# La Désirade

DU MÊME AUTEUR

*Dans Succès du Livre :*

Rachel et ses amours
La Lumière du matin
Le Chemin perdu
Les Soleils de l'automne

*Aux Éditions Albin Michel :*

La Route est longue, Jessica
Un matin, elle s'en alla
Jules Matrat
Ceux de la forêt
Le Château vert
Les Bonheurs courts :
* La Lumière du matin
** Le Chemin perdu
*** Les Soleils de l'automne

Charles Exbrayat

Les Bonheurs courts

* * * *

# La Désirade

Roman

Cette édition de *La Désirade*
est publiée par les Éditions de la Seine
avec l'aimable autorisation des Éditions Albin Michel.

*A Francis Esmenard, en témoignage d'amitié et de reconnaissance.*

C. E.

# PREMIÈRE PARTIE

## *Les petites amours*

# 1.

Le crêt de la Perdrix, point culminant du massif du Pilat (dernier rejeton des Cévennes septentrionales), se dégageait peu à peu de la nuit. Au-dessus de la vieille montagne, le ciel était de couleur changeante. L'heure modifiait les nuances d'un instant à l'autre. Cependant, de grandes traînées sanglantes annonçaient le vent. Les bêtes de l'ombre regagnaient à pas furtifs leurs abris. Le vol lourd des rapaces nocturnes, que la lumière blessait déjà, passait comme une menace silencieuse sur le petit monde de la forêt où les oiseaux diurnes commençaient à chanter. Les villages accrochés aux flancs de la montagne s'éveillaient peu à peu. Hommes et femmes, encore à moitié endormis, retrouvaient l'automatisme des gestes quotidiens pour entamer leurs tâches. Parmi les plus vaillants, Auguste Ramponat, damait le pion à tous, d'abord parce que ses rhumatismes ne lui accordaient que quelques instants de sommeil, ensuite parce que seul, le travail l'empêchait de penser qu'en cette fin d'année, il allait fêter son septante-quinzième anniversaire. Il était né en 1796, ce qui lui avait juste permis de participer à la tuerie de Waterloo et à la Campagne de France d'où il avait ramené la Légion d'honneur et trois ou quatre biscaïens qu'on n'avait pu lui ôter du corps. A la moindre variation de température, ceux-ci se rappelaient à lui. Le médecin qualifiait, tout bonnement, de « douleurs » les maux du vieux soldat. Cette définition simplette satisfaisait le docteur, pas Ramponat qui, lorsqu'il n'y tenait plus, s'en allait rendre visite, du côté de Riotord, à la Béatrice Pyfara, qui connaissait les herbes. Elle faisait boire deux ou trois infusions à son visiteur et lui permettait de coucher dans sa grange d'où il repartait le matin suivant, après un solide déjeuner. Quand arrivait le moment de se séparer, la femme et son hôte se jouaient la même scène, comédie répétée à chaque voyage. L'Auguste se raclait longuement la gorge avant de croasser :

— J'ai bien dormi... y a longtemps que ça m'était pas arrivé.

— C'est mes tisanes. Je t'en ai préparé deux gros paquets. Tu prends celle où qu'il y a une croix pendant six jours, puis celle où qu'il y a un carré, durant trois jours. T'as compris ?

— Je crois, oui.

— Quand t'en auras plus, tu reviens en chercher ou t'envoies quelqu'un.

— Entendu. Alors, je vais m'en aller.

— Bonne route, vieux gars.

— Avant... combien que je dois pour les tisanes et la nourriture ?

— Commence pas à déparler si tôt !

Une brave femme la Béatrice Pyfara.

A Tarentaize où il habitait, on estimait Ramponat, mais il était arrivé depuis trop peu de temps pour qu'on pût témoigner, à son égard, d'autre chose que du respect inspiré par son passé de soldat. Jusqu'en 1870, il avait vécu avec sa femme — Élise — à Saint-Étienne. Elle y était morte à la suite d'un panaris qui lui avait empoisonné le sang. Alors, ne se sentant pas le courage de continuer à loger dans les trois pièces où il rencontrait partout l'ombre de la défunte, Auguste avait rassemblé ses maigres biens pour monter s'installer à Tarentaize dans une ferme abandonnée, sur la colline de la Vierge. Une fois par semaine, il se permettait de boire une chopine à l'auberge des Lebizot. On lui faisait bon accueil. M. l'abbé Marcoux éprouvait de la considération pour ce vieil homme qui ne manquait à aucun de ses devoirs de chrétien. Berthe, la sœur du curé, en dépit de son caractère acariâtre, se rendait tous les lundis chez Ramponat pour s'assurer qu'il n'était pas mort. Le bonhomme s'avouait sensible à cette fruste attention.

Lorsqu'il descendait au village, Auguste croisait des gens qu'il saluait parce qu'il les jugeait sympathiques avec, toutefois, des degrés dans cette sympathie selon que ces hommes et ces femmes lui paraissaient ressembler plus ou moins aux camarades connus aux armées ou à sa femme. Ainsi, il retrouvait des traits de son Élise, dans le visage de celle qui menait d'une main ferme le domaine Versillac, Armandine. Il est vrai que, bien qu'elle eût dépassé la soixantaine, elle portait encore beau. Ce qui plaisait le plus à Ramponat, dans cette paysanne, c'était son apparence de solidité, de résolution que rien ne devait pouvoir entamer. Il avait entendu dire que son père, son mari, son gendre étaient morts de mort violente avec ou contre les soldats. Des hommes dont elle semblait avoir hérité l'énergie. On la réputait riche. Mais elle ne s'habillait pas mieux que les autres et se mêlait aux Tarentaizoises comme si, parmi elles, elle se sentait dans son milieu naturel. Elle avait longtemps habité la ville et on n'avait pas l'impression que la vie citadine l'eut marquée en quoi que ce soit, sauf, peut-être, cette allure autoritaire émanant de toute sa personne.

Armandine Cheminas, à l'église, était toujours accompagnée d'une grande et belle jeune femme, sa fille Charlotte. Une créature qui eût fait tourner les têtes si elle avait eu un peu de cette force de caractère s'imposant à chacun des gestes de sa mère. A sa décharge, on devait souligner que Charlotte — veuve Leudit — avait perdu son époux, Jean-Marie, quelques mois plus tôt. Le village entier respectait sa peine, mais on eût préféré la voir réagir mieux au malheur qui l'avait frappée. Chacun s'accordait à la juger une magnifique créature qui, malheureusement, manquait de ce rayonnement sans lequel nul ne s'impose. Charlotte était sans courage et cela se voyait.

Précédant les deux femmes, un gamin de dix ans — Joseph, fils de Charlotte et du soldat mort — marchait en donnant la main à une gosse à peu près de son âge, mais qui ne lui était pas apparentée, Thélise Colonzelle... Ramponat eut du mal à comprendre que ces deux enfants s'aimaient comme doivent s'aimer les anges.

Après la messe dominicale, Auguste allait boire sa chopine à l'auberge que dirigeaient les Lebizot. Ramponat éprouvait presque de l'amitié pour le patron, un grand et gros homme qui ne cessait de discourir que lorsqu'il descendait à la cave en vue d'un prompt ravitaillement. Tarentaize était habitué à entendre l'écho de la voix puissante de ce républicain acharné se heurter aux murs des maisons avant d'aller mourir dans les champs. Plusieurs générations avaient écouté Charles Lebizot vitupérer le roi, l'empereur, la Prusse et même sa chère et tant désirée République soupçonnée d'être manipulée par les dévots de Louis-Philippe et de Badinguet. Eugénie, la femme du bouillant Lebizot, était là pour arrondir les angles. Elle se révélait si aimable, si souriante qu'on ne songeait pas à rire de sa taille trop épaisse, de sa poitrine trop importante, de ses joues lui faisant un visage tout rond où se noyait, parfois, la lumière d'un regard resté merveilleusement jeune. Au surplus, nul n'ignorait que les Lebizot étaient les parrains de Charlotte et qu'ils demeuraient liés aux dames de la ferme Versillac par des souvenirs communs et une amitié que rien ne pouvait entamer.

Il y en avait un avec qui Ramponat eût aimé bavarder : Leudit, le menuisier. Ce qui l'attirait chez cet homme était un malheur commun. L'un et l'autre n'avaient plus de foyer. Élise était morte et la femme de Leudit resterait enfermée, sans doute à jamais, dans un asile. De plus, son fils avait été tué à l'ennemi. Auguste et Leudit n'espéraient plus grand-chose, mais le menuisier s'affirmait d'humeur étrange, tantôt sombre et tantôt exaltée. On chuchotait, dans le village, qu'il pourrait bien, un jour, rejoindre son épouse chez les fous.

Auguste, longtemps paroissien de la Grand'Église à Saint-Étienne — et paroissien estimé de ces messieurs du clergé — s'était mué en un pratiquant quasi fanatique que seuls, l'âge et l'éloignement empêchaient d'aller écouter la messe tous les matins. En vérité, ce n'était pas tellement l'amour des Évangiles qui l'animait, mais la promesse d'une vie où il rejoindrait son Élise. Si l'abbé Marcoux n'appréciait pas tellement une foi quelque peu détournée de ce qui aurait dû être son véritable objet — la passion gratuite de Dieu —, Mlle Berthe, en revanche, se laissait émouvoir par une fidélité charnelle éveillant en son cœur de vieille fille des échos désirés et inconnus. Cette tendresse pour une ombre enthousiasmait Mlle Berthe et l'aidait à entrebâiller les portes d'un monde sans cesse rêvé. Parce qu'elle en ignorait tout, la sœur du prêtre pouvait l'inventer et s'y promener en prenant la défunte Élise — elle aussi, imaginée à travers de banales photos — pour guide. L'opinion villageoise ne comprenait rien à un attachement dont elle ne pouvait deviner les causes.

* * *

L'année 1872 commença de façon maussade. A peine terminées les fêtes de fin d'année, la pluie se mit à tomber. Une pluie sans la moindre lumière, une pluie sans éclaircie, une pluie triste. Joseph et ses copains enrageaient de constater, chaque matin, que la neige différait son rendez-vous. Le fils de Charlotte perdait alors de sa turbulence naturelle. Face à ce grand silence auquel il n'était pas habitué, il se sentait désorienté. Quelquefois, la nuit, il s'arrêtait de pleuvoir et, brusquement, apparaissait un ciel si plein d'étoiles qu'on avait l'impression d'une hotte trop remplie sur le point de déborder, mais Joseph ne voyait pas l'étincelant spectacle et ne pouvait être consolé car il dormait. Pourtant, le gamin aimait les étoiles. Grâce à Lebizot et au couple de domestiques — Gaspard et Céline — qui remplaçait les Gintheaux trop vieux pour travailler encore utilement, Joseph parvenait à réciter les noms des constellations devant une Thélise émerveillée, quand les deux enfants avaient permission de rester un instant ensemble après la traite du soir. L'inépuisable pluie les frustrait de ce petit plaisir.

Tout d'un coup, la pluie cessa, remplacée par le gel qui pétrifie, cisèle, souligne l'existence de plantes auxquelles, d'ordinaire, on ne prend pas garde. Lorsque Joseph, au saut du lit, s'aperçut qu'il ne voyait plus le paysage familier à travers les vitres couvertes de fleurs de givre, il se sentit en proie à une étrange exaltation. Son café au lait à peine avalé et après avoir subi l'inspection minutieuse de sa grand-mère vérifiant l'épaisseur de ses lainages, il eut permission de sortir. Dehors, le froid le saisit brutalement. Il crut que quelque chose, dont il ignorait la nature et le nom, l'enveloppait et le serrait. Il poussa — pour s'encourager et se prouver à lui-même qu'il ne cédait pas à la peur — un appel qui résonna longuement dans un monde immobile, dans un silence si total qu'on n'entendait que le craquement de certains bois éclatant sous la morsure du gel.

Avec Thélise, emmitouflée dans son fichu, Joseph partit inspecter les petits ruisseaux courant à travers les champs et dont on voyait l'eau glisser sous une carapace de glace.

Un jour, les deux enfants s'étaient promis — afin de se montrer mutuellement leur courage — de se rendre au bois des Chirouzes. Ils voulaient voir à quoi ressemblait la forêt quand le froid y suspend toute vie. Mais, en abandonnant son lit et en se précipitant à la fenêtre, le fils de Charlotte s'aperçut qu'il neigeait. Ce n'était pas pour lui déplaire, la neige étant pleine de promesses de jeux, mais les Colonzelle laisseraient-ils Thélise sortir avec un temps pareil ? Joseph tentait de se rassurer : ce n'était que des flocons légers, de ceux dont on dit, lorsqu'ils tombent, que ce sont les anges qui secouent leurs ailes. Joseph devait rejoindre sa petite camarade. Les deux enfants avaient accoutumé de se retrouver dans le champ de Trapinotte sur le chemin de la Chaumeille.

Sous sa pèlerine que sa grand-mère l'avait obligé à prendre, Joseph, ayant rabattu son capuchon, se figurait être un soldat (comme il en avait vu à Saint-Étienne, à la grille de la caserne Rullière) qui marcherait en emportant sa guérite à la façon d'une carapace. Le lieu de son rendez-vous avec la fillette était vaguement dissimulé par une bordure de genêts que l'hiver avait dépouillés et rendus aussi secs que les balais d'un cantonnier. Thélise était déjà là. Toutefois, la joie qu'éprouvait Joseph se mua en une surprise intense : la fillette dansait. Elle courait, esquissait un envol, tendait ses mains, paumes vers le ciel pour recueillir des flocons puis, écartant les plis de sa pèlerine, elle se pliait en une révérence avant de repartir en pas très courts donnant l'impression de sauts multipliés. La stupéfaction du gamin, spectateur enthousiasmé, se changea en une véritable frénésie. Il bondit hors de sa cachette, escalada le talus et se jeta sur Thélise qu'il prit dans ses bras et embrassa sur les deux joues. Ce fut au tour de la fillette de ne pas comprendre. Elle tenta de se dégager en protestant :

— Mais, tu es fou ! qu'est-ce qui te...

Par la suite, Joseph ne put jamais expliquer son comportement. Il se rappelait seulement qu'il avait été emporté dans une sorte d'élan. Pour l'heure, le garçon tenait solidement sa proie et, sans savoir pourquoi, il posa ses lèvres sur celles de Thélise qui s'arracha, en larmes, à l'étreinte inattendue pour crier tandis que le coupable, penaud, se laissait disputer sans réagir.

— Enfin, pourquoi que tu voulais me cracher dans la bouche, grand sale ?

— Je... je voulais pas... j'avais envie de t'embrasser.

— Tu m'avais déjà embrassée... et puis c'était pas une raison pour me baver dessus !

— Je t'ai pas bavé dessus, c'était un baiser d'amoureux !...

— Qu'est-ce t'en sais ?

— L'an passé, j'ai vu le Jean Veauchette et la Gladys Beaurevoir... Ils se croyaient seuls et ils ont fait comme ça.

— Eh ben ! c'est des dégoûtants, eux aussi !

* * *

Mme Colonzelle était une forte et paisible créature. Bien qu'elle fût originaire de Saint-Chamond, elle s'était faite à la dure existence de la montagne. Elle avait eu du mal à supporter les premiers hivers. Ces interminables journées, où le froid et la neige vous retranchaient apparemment du monde vivant, avaient failli avoir raison de son courage. Mais, Mme Colonzelle possédait suffisamment d'ardeur et de ténacité pour ne se laisser rebuter par rien. De plus, elle se voulait capable de seconder son mari dans l'exploitation de leur ferme. Souvent, le soir, quand ils mangeaient la soupe, Antonia Colonzelle regardait son époux dont la lumière vacillante de la lampe, posée sur la table, découpait le visage en plans aux arêtes brutales. Malgré les joues creusées, les cernes sous les yeux, la fermière retrouvait les traits du garçon qui lui avait parlé d'amour à la foire de Valfleury où elle avait suivi son père, maquignon. Quinze années s'étaient écoulées depuis et pourtant, Antonia ressentait la même tendresse pour son compagnon. Lui, Adrien, avait vu le jour de l'autre côté de la vallée du Gier, à Saint-Christo-en-Jarez. Le père d'Antonia avait acheté la ferme que le ménage exploitait. Faits au climat, ne reculant pas devant le travail, les Colonzelle auraient été heureux s'ils avaient pu avoir des enfants. Ils s'étaient résignés à ce qu'ils tenaient pour une malédiction lorsque, à trente-cinq ans, Antonia avait mis au monde cette petite Thélise qui, pour l'heure, dansait avec les flocons de neige.

Assise près de l'âtre, Antonia épluchait des légumes qu'elle coupait en morceaux avant de les jeter dans le chaudron qu'elle accrocherait à la crémaillère. Thélise entra, visiblement bouleversée. L'enfant courut se jeter dans les bras de sa mère en hoquetant :

— Oh ! maman, maman, si tu savais !...

— Si je savais quoi, mon belou ?

— J'aime plus Joseph !

— Ah ?... qu'est-ce qu'il t'a fait ?

— J'ose pas le dire...

Un peu inquiète, tout de même, en dépit de l'âge des protagonistes, Mme Colonzelle insista :

— Tu dois tout me raconter.

— Même si c'est vilain ?

— Même si c'est vilain.

— Et même si c'est sale ?

La voix d'Antonia se fêla un peu.

— Même si c'est sale.

— Tu promets que tu te fâcheras pas ?

— On verra ! Qu'est-ce qu'il t'a fait, Joseph ?

Thélise cacha son visage dans la poitrine de sa mère et chuchota :

— Il... il a essayé de...

Mme Colonzelle, de plus en plus inquiète, s'énerva :

— Qu'a-t-il essayé, bon sang de bois ?

— De me cracher dans la bouche...

Antonia s'attendait à tout autre chose qu'à cette déclaration incongrue. Elle détacha sa fille collée à elle et la mit sur ses genoux.

— Maintenant, ma Thélise, il faut que tu m'expliques comment c'est arrivé.

— Je... je dansais avec les flocons de neige quand Joseph s'est jeté sur moi.

Pour sa maman, la fillette rapporta par le menu son aventure. La fermière, attendrie, avait les larmes aux yeux.

— Est-ce qu'il t'a expliqué pourquoi il avait agi de cette façon ?

— Il a surpris le Jean Veauchette et la Gladys Beaurevoir... il a voulu faire comme eux... c'est répugnant, hein, maman ?

— A ton âge, c'est sûr... Demain, je dois me rendre au village, j'en profiterai pour aller chez les Versillac. Je lui tirerai les oreilles au Joseph !

— Pas trop fort ?

— Et pourquoi pas trop fort ?

— Parce que je crois bien que je l'aime encore un petit peu.

Le soir, Antonia confia à son mari la mésaventure de leur fille et son indignation. Ils rirent doucement et partirent, enlacés, sur le chemin de leurs souvenirs communs.

* * *

Depuis la disparition de son mari, Charlotte Leudit vivait apparemment dans un état de prostration qui exaspérait sa mère, Armandine. La jeune veuve avait sombré dans une religion où la foi tenait moins de place que la superstition. Au vrai, elle aimait son mari mort beaucoup plus qu'elle ne l'avait chéri de son vivant. Son absence définitive lui avait fait pardonner son départ volontaire pour la guerre[1]. D'accord avec son beau-père, elle le cantonnait dans une zone d'ombre où ils imaginaient pouvoir le contraindre à les écouter et, le cas échéant, à leur obéir. A cet effet, Arthur Leudit avait transformé la chambre de Jean-Marie, son fils, en une sorte de chapelle où les photos du défunt, aux différents stades de sa courte existence, tenaient lieu d'images saintes tandis que les objets lui ayant appartenu — jouets, outils, livres — s'étalaient sur les meubles ou pendaient, accrochés au mur comme d'étranges ex-voto. Des bougeoirs entouraient un Jean-Marie prisonnier d'un cadre en peluche rouge souriant dans son uniforme de chasseur à pied. Leudit allumait les chandelles pour célébrer de singulières cérémonies où il appelait son fils à haute voix en le sommant de le rejoindre au plus tôt. Souvent, Charlotte rejoignait son beau-père et le soutenait dans ses fantasmagories.

M. l'abbé Marcoux n'aimait pas du tout ces apparences religieuses appliquées à ce qu'il n'hésitait pas à appeler de la sorcellerie. Le village, au courant, s'étonnait de ce que le curé n'intervînt pas. Le médecin consulté estimait que si Leudit n'était, assurément, plus très normal, son comportement cependant ne justifiait aucunement, aux yeux de la loi, une demande d'internement. Toutefois, ce qui surprenait le plus les gens de Tarentaize, c'était de voir Charlotte Leudit assister Arthur dans son dérèglement. Beaucoup se demandaient si la mort de son mari n'avait pas, aussi, quelque peu abîmé la raison de la jolie veuve.

Ce dont nul ne se doutait, à part Armandine, c'était que Charlotte ne se voulait absolument pas dupe des manifestations pitoyables de Leudit. Elle agissait, comme elle le faisait, pour se venger. La mère de Joseph en voulait au monde entier de sa vie manquée. Elle avait épousé Jean-Marie par pitié, parce que l'adoration qu'il lui avait vouée pendant des années avait fini par la toucher et puis, c'était une époque où elle croyait, en toute bonne foi, pouvoir devenir une fermière, semblable à celles parmi lesquelles

1. Cf. *Les Soleils de l'automne.*

elle vivait. Elle s'était trompée et elle gardait rancune aux autres de ses erreurs. D'abord à sa mère qui, profitant de son désarroi d'alors, l'avait persuadée de quitter Saint-Étienne pour mener l'existence rude et grossière de la campagne. A son mari ensuite, qui, sans se soucier de sa femme et de son fils, était parti dans une guerre perdue bien que rien ne l'y obligeât. Charlotte savait que ses mômeries avec Leudit exaspéraient Armandine et scandalisaient le village. Toutefois, elle ne prenait pas conscience qu'elle devenait victime parce que gagnée par son propre jeu. Du fait qu'aucune autorité extérieure n'y mettait fin, Charlotte commençait à se complaire dans l'atmosphère délétère de la maison Leudit. Petit à petit, à son tour, elle réinventait son mari mort et se mettait, tout doucement, à aimer un fantôme qui ne ressemblait plus à l'homme qu'il avait été. Il lui arrivait même, dans ses moments de plus grande exaltation d'envisager la vie monastique à la façon d'un refuge permettant d'échapper à une humanité qu'elle haïssait (ou se figurait haïr) pour n'avoir pas su lui apporter le bonheur auquel elle estimait avoir droit.

Entre Armandine et sa fille, l'entente des premières années avait disparu. Leurs caractères, dont elles s'étaient efforcées, un temps, d'arrondir les angles, avaient retrouvé leurs réactions naturelles un moment camouflées. Les Cintheaux, qui avaient aidé la grand-mère Élodie à élever Armandine et qui, bien que remplacés par un couple plus jeune — Céline et Gaspard Bertignat —, continuaient à vivre à la ferme pour éviter l'hospice, avaient cru à l'entente possible entre la mère et la fille. Ils étaient malheureux de constater qu'au fil des jours, le fossé s'agrandissait entre Armandine et Charlotte. Les deux femmes ne s'adressaient plus guère la parole en dehors des nécessités matérielles de l'existence commune, ou alors, elles se jetaient dans des empoignades verbales qui scandalisaient ou faisaient pleurer les domestiques.

Joseph, devant qui on évitait d'échanger des remarques blessantes, génératrices de querelles sans cesse recommencées, ne créait pas un lien affectif entre les deux femmes. Charlotte voyait dans ce gamin la preuve quotidienne de ses erreurs et de ses échecs. Quant à Armandine, à travers Joseph, elle chérissait le bébé qu'elle avait eu avant Charlotte, un garçon qui était mort au bout de quelques mois.

Depuis la disparition d'Élodie, l'aïeule au beau caractère et au grand cœur, la joie n'habitait plus la maison d'Armandine.

* * *

Quoiqu'elle n'attachât pas une grande importance à ce qu'il s'était passé entre sa fille et Joseph Leudit, Mme Colonzelle avait cru bon de mettre les dames, responsables de l'enfant, au courant des élans précoces de ce dernier. Antonia s'était parée de sa plus belle robe pour gagner la ferme Versillac ainsi appelée du nom d'un de ses premiers locataires, Honoré Versillac, le père d'Armandine. Le passage de Mme Colonzelle à travers le village éveilla nombre de curiosités et suscita pas mal de commentaires quand on sut où elle se rendait.

Antonia se présenta chez les « Dames » dans un moment d'accalmie, et si Charlotte se contenta de chuchoter ce qu'on pouvait prendre pour une salutation, la mère qui estimait beaucoup la vaillance des Colonzelle, se montra fort aimable. Son âge et sa réputation lui permettaient de s'adresser familièrement à n'importe qui. La visiteuse semblant embarrassée, elle se porta à son secours.

— Quel bon vent vous amène, Antonia ? On ne vous voit pas souvent...

— J'ai peur de gêner...

— Notre porte est toujours ouverte aux braves gens. Alors, que se passe-t-il ?

— Oh ! une bêtise... c'est votre Joseph... ou plutôt ma Thélise...

Charlotte se leva et demanda d'une voix sèche :

— Qu'ont-ils encore inventé ces satanés gosses ?

— Rien de grave, rassurez-vous.

— Je n'ai pas besoin d'être rassurée, seulement renseignée. Excusez-moi, mais je dois m'en aller... J'ai rendez-vous avec mon beau-père... Il n'a plus que moi. Ma mère me racontera.

Armandine haussa les épaules tandis que Mme Colonzelle, un peu perdue, ne pipait mot. Jetant un châle sur sa tête, la veuve s'en fut après de rapides salutations. Lorsque Charlotte les eut quittées la visiteuse, ne sachant qu'elle attitude adopter, se contenta de sourire, timide. Posant sa main sur un genou de son hôte, Armandine conseilla :

— Ne prêtez pas attention, Antonia... Ma fille est difficile à comprendre et moi-même, je... oh ! et puis, laissons-la à ses soucis... Qu'êtes-vous venue me dire ?

Mme Colonzelle raconta la conversation qu'elle avait eue avec Thélise la veille au soir. Armandine s'enquit, amusée :

— Et cela vous effraie ?

— Non, pas exactement, mais tout de même...

— Vous savez, Antonia, Joseph n'a que onze ans et Thélise dix.

— Il paraît que votre garçon a surpris des grands en train de s'embrasser et il aura voulu les imiter... Seulement, il faudrait pas qu'il aille plus loin.

— Si danger il devait y avoir, ce sera pour plus tard. En dépit des hardiesses maladroites, nos petits sont à l'âge béni de l'innocence... Ne l'oubliez pas... Joseph aime votre Thélise...

Mme Colonzelle eut un rire maternel.

— Un amour de gosse !

— Peut-être pas...

— Voyons, je...

— Écoutez-moi, Antonia... J'ignore si, petite fille, vous avez eu un amoureux, moi... Il s'appelait Mathieu[1]... Il ne me quittait pas... et cela a duré des années.

Antonia, émue, troublée, regardait cette femme déjà âgée, qu'on tenait pour riche et heureuse et qui, sans plus se soucier du monde l'entourant, partait dans sa jeunesse. Mme Colonzelle avait l'impression qu'une très vieille plaie s'était rouverte dans le cœur de son interlocutrice et continuait à la faire souffrir.

1. Cf. *Le Chemin perdu.*

— Pauvre Mathieu... Jamais il n'a osé m'embrasser... Son grand-père aussi m'aimait beaucoup... S'il avait vécu quelques années de plus... Je crois que j'aurais été heureuse avec Mathieu... Parce que je n'avais pas de dot, seulement cette ferme qui devait me revenir. Sa mère l'a forcé à en épouser une autre... Moi aussi, je me suis mariée... Lui, il a continué à m'aimer... jusqu'à la fin... Tous sont morts aujourd'hui... et voilà que, sans m'en rendre bien compte, j'arrive au terme de mon existence en sachant, au fond de moi, que je me suis trompée à un moment donné, que je n'ai pas pris le bon chemin et qu'il est toujours trop tard pour revenir en arrière.

— Vous... vous avez votre fille... il est vrai qu'elle non plus n'a pas eu de chance...

Dure, brutale, Armandine rétorqua :

— Elle ne la méritait pas !

Après un silence et, ne sachant quoi dire, Mme Colonzelle abandonna son siège en déclarant :

— Je voudrais pas vous déranger plus longtemps...

— Venez quand vous le désirez, Antonia, vous ne me dérangerez jamais.

La maîtresse de maison raccompagna son hôte et, tenant la porte ouverte :

— Deux enfants qui s'aiment, je ne pense pas qu'il existe quelque chose de plus beau...

Pendant que Mme Colonzelle se livrait à cette démarche diplomatique, le torchon brûlait entre Joseph et Thélise, enfermés à l'école mais assis à côté l'un de l'autre. La gamine livra la première escarmouche.

— Ma mère, elle m'a dit que t'étais un gros malpropre !

Le garçon eut un ricanement de défi. La petite, outrée, récidiva :

— Elle a dit que si tu recommençais, elle te tirerait les oreilles au milieu du village.

— Alors, j'y donnerai des coups de pied !

— Tu taperais sur ma maman !

— Et sur toi, par-dessus le marché !

Dépassée par cette horrible perspective, Thélise déclara à son compagnon :

— A partir de maintenant, je te cause plus !

— M'en fiche !

Pour montrer qu'elle aussi se souciait peu d'une amitié perdue, Thélise s'appliqua, ostensiblement, à dessiner les contours de la France, sur son cahier. Vexé d'une indifférence qui humiliait ses prérogatives de jeune mâle, Joseph s'ingénia à embêter sa voisine en poussant son coude, ce qui donnait une étrange allure à l'hexagone national. La patience de la fillette craqua lorsque son voisin, d'une poussée sournoise, obligea sa camarade à passer d'un trait de Bordeaux à Strasbourg, redonnant vie, au grand désespoir de sa compagne, à la France mérovingienne. Thélise appela au secours :

— Mademoiselle, y a Joseph, il fait rien que de m'embêter !

— C'est pas vrai !

La maîtresse, constatant les dégâts, traita Joseph de méchant et de menteur. En punition, il dut tendre les mains et reçut sur les doigts des coups de règle qui, malgré son orgueil, lui arrachèrent gémissements et larmes. Bouleversée par la cruauté du châtiment qu'elle avait provoqué, Thélise s'enquit, dans un chuchotement :

— T'as mal ?

— Merde !

La rage autant que la douleur firent que le dernier des Leudit lança cette grossièreté avec une véhémence dont toute la classe fut le témoin scandalisé ou amusé. Mademoiselle sursauta, suffoquée :

— Joseph ! à la porte !

Le gamin obéit sans murmurer et avec une dignité qui, d'un seul coup, obligea ses camarades à épouser sa querelle. A la récréation, personne n'adressa la parole à Thélise et quand elle voulut s'adresser à l'un ou à l'une, on lui tourna le dos sans répondre. Victime d'un ostracisme qui lui rendait l'existence insupportable, la petite fille, sur le chemin du retour, ne parvenait pas à décider si elle se jetterait dans la grande « boutasse » des Thiollière ou si elle se pendrait au hêtre qui marquait une limite du domaine paternel.

Quant à Joseph, il rentra chez lui, muni d'une lettre racontant son forfait et qu'il devait rapporter signée de sa mère, le lendemain. Ayant lu le message, Charlotte cria :

— Un voyou ! un pagnot de vogue ! voilà ce que tu es !

— C'est pas vrai !

— Tu oses me répondre ! Tiens ! attrape !

Une paire de gifles colora aussitôt les joues du gamin qui, les dents serrées, réussit à ne pas pleurer.

— Et ne me regarde pas comme ça ou tu en prends une autre !

Armandine s'adressa à son petit-fils.

— La maîtresse t'a donné une punition... monte la faire dans ta chambre.

Le gosse grimpa l'escalier sans murmurer car il n'aurait jamais osé encourir la colère de sa grand-mère. L'enfant disparu, Charlotte gémit :

— Je me demande d'où il tient cet esprit de révolte ?

L'aïeule leva les yeux de son ouvrage, regarda sa fille et, incrédule, soupira :

— Ma pauvre enfant... Je vais voir si le petit travaille ou s'il s'amuse.

Suivant une politique semblant réussir à toutes deux, Armandine, quand elle en avait la volonté, rompait l'entretien sitôt qu'elle jugeait que la conversation prenait un tour dangereux. Égoïste, Charlotte avait, à son insu, sans doute, inventé un monde où partout et dans n'importe quelle circonstance, elle tenait le rôle principal. Dans la sottise commise par Joseph, elle ne voyait pas une faute de gamin, mais la preuve qu'on essayait de la blesser par tous les moyens.

Tirant un peu la langue, le coupable s'efforçait de bien écrire sur son cahier la punition infligée. La voix de sa grand-mère le fit sursauter.

— Tu t'appliques... c'est bien.

— Qu'est-ce que c'est barbe !

— Tu n'avais pas à être grossier. Pourquoi as-tu dit un gros mot ?

— C'est la faute de Thélise !

— Tiens donc !

— Elle m'a fait taper sur les doigts par la maîtresse !

— Que lui avais-tu donc fait à Thélise ?

Joseph hésita, mais il n'arrivait pas à cacher quoi que ce fût à son aïeule et il convint, embarrassé :

— J'y avais poussé le coude pendant qu'elle dessinait. Demain, je vais plus m'asseoir à côté d'elle. J'irai près de l'Augustine Champravie, elle est seule à son banc.

— Pourquoi ?

— Parce qu'elle pue.

— Et qu'est-ce qu'elle dira, Thélise ?

— M'en fous !

— Elle va pleurer si tu la quittes ?

— M'en fous !

— Elle t'aime beaucoup.

— M'en fous !

— J'aurai de la peine, moi aussi. Je suis très attachée à Thélise.

— Je veux pas que t'aies du chagrin, mémé, mais c'est décidé, je marierai jamais la Thélise !

— Pour quelles raisons ?

— Je pourrai plus avoir confiance en elle. C'est une rapporteuse !

* * *

Chaque soir, dans la perpétuelle crainte de gêner, les Cintheaux mangeaient leur soupe dans l'âtre. Ils usaient de bols achetés le jour de leur engagement par Élodie. La longue suite des années les avait jaunis et craquelés. Les deux vieux en prenaient grand soin et, leur repas terminé, ils dégustaient un morceau de fromage ou une pomme avant de boire le vin que Joseph leur versait dans des verres épais.

On mangeait des pommes de terre sautées avec des morceaux de lard, lorsqu'on entendit une voiture s'arrêter devant la porte. Intrigués, tous levèrent la tête. On frappa à la porte. Gaspard alla ouvrir. Adrien Colonzelle entra. Un homme pas très grand, plutôt maigre, aussi nerveux que sa femme était placide. Il se dandinait, en faisant tourner son chapeau entre ses doigts. Armandine se leva :

— Que se passe-t-il ?

— Je voulais pas venir... C'est l'Antonia qui m'a forcé. Elle se mange les sangs.

— A cause ?

— La petite...

— Elle est malade ?

— Ben, malade... on peut pas dire... Depuis qu'elle est rentrée de l'école, elle s'arrête pas de pleurer, elle refuse de manger et elle raconte qu'elle souhaite mourir... Des bêtises. Seulement, sa mère, elle y croit à ces bêtises.

— On sait pourquoi elle se conduit de la sorte ?

— Paraîtrait que c'est rapport à une querelle avec votre Joseph.

Le nommé Joseph baissa le nez sur son assiette tandis que Charlotte commençait à l'attraper.

— Voilà que même chez les autres, maintenant, tu te mets à faire le mal !

Armandine interrompit tout de suite la diatribe :

— Prends ta pèlerine et ta casquette, Joseph, on va aller parler à Thélise.

Ce fut seulement dans la voiture de Colonzelle que la grand-mère se souvint qu'elle n'avait pas demandé l'avis de sa fille pour cette expédition nocturne.

* * *

Jamais Joseph n'aurait pensé que Thélise pût paraître si frêle dans le lit de ses parents. Le petit visage disparaissait dans le gros oreiller. Soudain, le gamin crut, sottement, que sa camarade était morte. Un sanglot lui noua la gorge.

— Qu'est-ce qu'elle a, au juste ?

Avant que sa mère n'ait pu répondre, la dormeuse ouvrit les yeux et quand elle vit ses visiteurs, un beau sourire illumina ses traits. Elle tendit les bras en disant :

— Joseph !

Le garçon avait tellement eu peur qu'il ne songea plus à son amour-propre blessé par la trahison de Thélise et enlaça la fillette. En quittant la chambre où les enfants, heureux d'être à nouveau réunis, se racontaient des histoires en échangeant des promesses éternelles, Armandine confiait à Antonia :

— Ces deux-là, il m'étonnerait que quelque chose pût les séparer, un jour.

A leur retour à la ferme, la grand-mère et son petit-fils trouvèrent Charlotte qui demanda d'un ton rogue :

— Alors, elle a terminé son caprice, cette mal-élevée ?

Joseph protesta :

— Thélise, elle est pas mal élevée ! Elle était malheureuse !

— Malheureux, c'est toi qui vas l'être si tu ne files pas te coucher !

Sans dire bonsoir à personne, le gamin, gonflé par un chagrin indigné, disparut. Charlotte gronda :

— Tu constates le caractère qu'il a ?

— Pourquoi l'as-tu accueilli en le disputant ?

— C'est ça ! prends encore sa défense contre moi !

— Je le protège du monde comme j'ai essayé de le faire pour toi. Le gosse est sensible, intelligent...

— ... et paresseux !

— Il n'est pas fait pour les études, voilà tout... Je suis sûre qu'il sera un très bon menuisier, comme son père, mais cela dépend beaucoup de toi.

— Comment ça ?

— Il faudrait que tu lui montres un peu d'affection, qu'il ne se sente pas abandonné, qu'il n'ait pas l'impression de n'être pas aimé.

— Tu es là pour me remplacer si tu estimes que je manque à mes devoirs !

— Ce n'est pas la même chose.

— Si tu penses de la sorte, je ne comprends pas pourquoi tu t'es montrée si dure envers moi quand j'étais en âge d'être aidée ?

— A quoi bon revenir sur le passé ? Tu as été une fillette impossible avant de devenir une adolescente odieuse... Je ne crois pas qu'il soit nécessaire de te rappeler tes hauts faits de ce temps-là ?

— En tout cas, moi, je ne me suis pas encore débarrassée

de mon fils comme tu t'es débarrassée de moi, en me collant en pension !

— Je travaillais !

— Tandis que moi...

— ... Toi, tu rêves ! Si je n'avais pas Céline et Gaspard pour m'aider, qui dirigerait la ferme ?

— Ça m'est égal...

— Que voudrais-tu faire ?

— Je ne sais pas... Si, pourtant, vivre dans un endroit plus civilisé, un endroit où on a l'occasion de porter des toilettes, de prendre le thé ou le café, enfin de vivre, quoi !

— Tu ne parlais pas de la sorte quand nous nous sommes installées ici ?

— Tu avais profité des coups durs que j'avais encaissés pour m'emberlificoter !

— Si tu as tellement envie de recommencer ta vie ailleurs, il ne faut pas te gêner !

— Il vaudrait mieux que tu ne me répètes pas ce conseil souvent ! Je n'ai que trop envie de le suivre et s'il n'y avait pas Joseph...

— Ce n'est pas Joseph qui te gênera... Tu ne l'aimes pas...

— Pas plus que tu ne m'as aimée !

— Ma pauvre Charlotte, tu n'auras jamais rien compris à ceux qui t'entouraient.

— Tu te trompes ! J'aimais et j'aime toujours Jean-Marie !

— Il est plus facile d'aimer les morts que les vivants.

Elles se regardaient, pareilles à deux ennemies s'affrontant dans un duel sans issue raisonnable. Exaspérée, Charlotte s'écria :

— Je souhaiterais que la foudre tombât sur ce village et le brûlât de fond en comble.

— Décidément, tu as une jolie nature...

Elles se séparèrent, furieuses l'une contre l'autre, chacune persuadée d'être une victime injustement accablée. Dans leurs chambres respectives, leurs colères tombées, elles dressaient de tristes bilans. Charlotte, oubliant ses échecs sentimentaux, ne se rappelait que les illusions mensongères mais si douces, nourries dans les bras d'un homme qui, en dépit des promesses, de ses engagements, l'avait abandonnée. Et puis, le pauvre Jean-Marie qui, lui, l'avait aimée vraiment. Balancée entre un amour réinventé et un amour mort, la veuve se coucha en se jugeant la plus malheureuse des femmes. Quant à Armandine, ayant refermé la porte de sa chambre, elle prit place dans le fauteuil réservé jadis à sa propre grand-mère, Élodie. Fermant les yeux, elle se reposait dans le silence vivant de la nuit. Elle se sentait loin, si loin de Charlotte... Elle n'aurait jamais cru qu'une mère et sa fille puissent devenir aussi totalement étrangères l'une à l'autre. Cela tenait à une longue suite d'incompréhensions tôt commencée. La différence entre les deux femmes — différence que les années ne faisaient qu'accentuer — tenait à ce qu'Armandine ne s'avouait jamais vaincue, tandis que Charlotte, face aux mêmes déboires, gémissait et invectivait le Ciel. Celle-là se croyait capable de renverser n'importe quel obstacle à force de travail, celle-ci voulait tout et tout de suite, comme une chose due.

Armandine, à soixante-deux ans, ne se sentait absolument pas vieille, peut-être même plus jeune que Charlotte, dolente et hargneuse. Armandine aimait la nuit. Elle dormait peu et passait une bonne partie des heures réservées normalement au sommeil, dans le fauteuil qui lui était une sorte de tremplin pour sauter dans le passé que le temps écoulé auréolait de couleurs apaisantes, revivifiantes. Dans l'obscurité, le fanal de ce qui avait été la ferme Landeyrat lui servait de bouée lui évitant de s'égarer dans ses songes. La ferme Landeyrat, c'était la Désirade inventée par son père. Dans la paix que troublaient seuls les cris des animaux pourchassés, Armandine s'offrait le luxe de repartir parmi les décors d'autrefois à la rencontre de ses défunts avec qui elle poursuivait d'interminables entretiens. Après ces voyages quasi quotidiens, dont elle revenait de plus en plus morose, elle se mettait au lit et priait longuement le Seigneur de la laisser vivre jusqu'à ce que Joseph soit devenu un homme capable de la remplacer. Cela supposait beaucoup d'années encore. Et qui, devenu un homme, Joseph trouverait-il pour l'aider ? Il ne pourrait compter sur sa mère, ni sur les Lebizot qui reposeraient au cimetière ou alors seraient devenus des vieillards impotents, ni sur Arthur Leudit qui, dès maintenant, commençait à perdre la raison. Alors ? Alors, il ne restait que Thélise, mais n'était-elle pas d'une nature trop sensible pour encaisser les coups durs et en triompher ? Si les soirées d'Armandine s'affirmaient jour après jour plus revigorantes, les aubes se révélaient toujours aussi déprimantes.

* * *

Bien qu'il n'y eût pas d'école ce jour-là, Joseph n'avait pas envie de rejoindre Thélise. Malgré la réconciliation de la veille au soir, il lui gardait rancune de sa délation. Se doutant qu'on se mettrait à sa recherche, à la fin du repas de midi il déclara qu'il allait se promener du côté du Sapillon. A la vérité, il avait l'intention d'emprunter la direction opposée dans le seul but de préserver sa liberté. Il s'engagea sur le chemin indiqué mais tourna à droite, sitôt qu'il fut hors de vue des maisons et, piquant à travers champs, grimpa la coursière qui, passant devant le cimetière, rejoint la route de Saint-Etienne au Rhône. Il y avait, à l'endroit où l'on abordait la voie empruntée par toutes les voitures, un petit bois de pins que Joseph considérait un peu à la façon d'un paradis privé. Au fur et à mesure qu'il approchait de son refuge, l'enfant fut alerté par des coups sourds dont l'écho devenait de plus en plus net tandis qu'il progressait. Le fils de Charlotte connaissait trop bien les mille bruits de la forêt pour ne pas comprendre que les bûcherons travaillaient dans « son » bois. Il se mit à courir et s'arrêta, le souffle court, les yeux pleins de larmes. Le soleil mettait des éclairs sur le fer des cognées, décrivant des courbes aériennes avant de mordre durement dans le tronc des pins dont la chair éclatait sous forme de copeaux. L'un d'eux vint tomber aux pieds de Joseph. Il le ramassa. L'odeur de la résine redonna au gamin le courage d'avancer vers les bûcherons. Il reconnut, parmi ces derniers, le Baptiste Vérin, l'Adolphe Verlieux et le Benjamin Tartara, tous habitant Tarentaize ou les hameaux environnants. Pourquoi lui détruisaient-ils son paradis? La colère et le chagrin lui brouillant la vue, le gosse ne prit pas garde à un grand vieux qui surgit d'entre les genêts :

— Va pas plus loin, petit, tu risquerais d'être blessé par la chute d'un pin.

— C'est mes pins !

— Qu'est-ce que tu racontes ?

— Je viens là depuis toujours !

L'homme eut un bon sourire.

— A ton âge, toujours, ça fait pas bien longtemps.

— J'ai onze ans !

— Comment t'appelles-tu ?

— Joseph Leudit.

— Tu es parent au menuisier ?

— C'est mon grand-père.

— Et ton père ?

— Il a été tué par les Prussiens.

— A présent, je sais qui tu es...

Il posa sa grosse main calleuse sur le crâne tondu de l'enfant.

— Mon pauvre gars... moi, je suis Saturnin Campelongue, charpentier au Bessat.

— J'ai entendu causer sur vous. Vous faites des maisons.

— Tout juste.

— Seulement, c'est pas une raison pour couper les arbres !

— Tu aimes bien les arbres, hein ?

— Oui.

— Moi aussi.

— Pourtant, vous les coupez !

— Pour trouver la place... A cet endroit, je vais bâtir une maison.

— Quand je serai grand, j'aurai une maison pour ma femme et moi. J'ai une fiancée.

— Diable ! t'es pas en retard, dis donc ?

— Elle s'appelle Thélise ; seulement je crois pas que je la marierai.

— Pourquoi donc ?

— Parce que c'est une rapporteuse.

* * *

En rentrant à la ferme, Charlotte, sans cesse de mauvaise humeur, exigea de son fils qu'il lui dise où il avait passé une partie de l'après-midi.

— J'ai vu un homme...

— Moque-toi de moi, je te le conseille !

— Mais, maman...

— Tais-toi ! Alors, tu ne veux pas me répondre ?

— J'ai vu un homme qui...

Charlotte gifla le gamin.

— Je t'apprendrai à me mentir, graine de bon à rien !

Armandine remarquà :

— Ne t'énerve pas, Charlotte.

— Toi, fiche-moi la paix !

— Si tu tiens à ce que ton fils te respecte, commence par respecter ta mère !

— Naturellement, tu prends son parti ! Continue de cette façon et tu en feras quelque chose de propre !

— Ma pauvre enfant...

— Je n'ai pas besoin que tu me plaignes !

— Tu le crois...

Furieuse, Charlotte, d'un geste rageur, s'enveloppa dans sa houppelande et sortit en claquant la porte. Soucieux, Joseph demanda :

— Elle est méchante, hein ?

— Elle n'est pas méchante, malheureuse seulement.

— Pourquoi ?

— Comment veux-tu que je le sache !

— T'as qu'à lui demander puisque t'es sa maman !

— Elle ne le sait pas elle-même...

* * *

Lorsqu'elle se figurait incomprise ou cruellement traitée, la jeune veuve se réfugiait chez son beau-père. Il l'écoutait énumérer ses griefs et quoi qu'elle racontât, il concluait :

— Le meilleur s'en est allé... Lui, au moins, il nous comprenait... S'il était là, tout serait différent.

Pour Charlotte, cette remarque, cent fois répétée pourtant, exerçait une sorte d'envoûtement. Le sens des mots n'avait aucune importance. La musique des syllabes déclenchait en elle quelque chose qu'elle ne comprenait pas mais dont les effets possédaient, sur son esprit, une espèce de pouvoir magique la faisant glisser et se perdre dans un monde où les morts avaient plus d'autorité que les vivants. A la suite d'Arthur Leudit, Charlotte pénétrait dans la chambre de Jean-Marie transformée en chapelle. Là, la veuve achevait de perdre toute notion du réel. Elle ne savait plus si ses prières s'adressaient à Dieu ou à son défunt mari qu'elle divinisait sans en prendre conscience.

A la suite de ces dévotions, Leudit annonçait :

— Maintenant, je monte le voir... Tu m'accompagnes ?

— Bien sûr !

Au fur et à mesure qu'ils grimpaient la pente caillouteuse où s'ouvraient les grilles du cimetière, ils ralentissaient le pas tandis que leur souffle devenait plus court. Le couple s'arrêtait de plus en plus souvent et se retournait pour regarder le village qu'il dominait. Pour Arthur, Tarentaize était un endroit où il avait choisi de vivre avec les siens, un lieu où un malheur impitoyable l'avait frappé. Il demeurait seul. Il ne restait rien des espérances autrefois nourries et pourtant, il persistait à aimer ce village où il avait cru pouvoir être heureux. Au contraire, Charlotte haïssait Tarentaize, non seulement parce qu'elle n'avait plus de mari, mais plus encore parce qu'elle s'y sentait à jamais enfermée. Qui aurait l'idée de venir la chercher dans ce trou perdu ? Comme toujours et parce qu'elle était ainsi bâtie, devant la tombe où reposait Jean-Marie, elle pensait beaucoup plus à elle qu'au défunt.

Ils redescendaient lentement, Leudit appuyé sur sa belle-fille qui s'aperçut qu'elle avait oublié de demander des nouvelles de sa belle-mère.

— Et maman Madeleine, vous en avez des nouvelles ?

— Oui et pas bonnes.

— C'est-à-dire ?

— A Saint-Étienne, on l'a jugée plus atteinte que je le croyais. Maintenant, va-t'en savoir s'ils se trompent pas ? C'est facile de dire que les gens sont fous. Qu'est-ce qui nous prouve que c'est pas eux autres qui le sont ?

En présence de Leudit, Charlotte perdait tout bon sens. Sans protester, elle approuvait les divagations du bonhomme et elle se serait fâchée si on lui avait soutenu qu'il déparlait.

— Ils l'ont expédiée dans un hôpital d'Annonay. J'irai dimanche.

— Je vous accompagnerai.

* * *

En annonçant qu'au prochain dimanche, elle se rendrait à Annonay, avec Leudit pour voir Madeleine, Charlotte déclencha la colère maternelle.

— Qu'est-ce que c'est encore que cette lubie ?

— Je vais visiter la mère de mon mari.

— Comme si tu ignorais qu'elle est folle !

— C'est toi qui le dis !

— Enfin, tu ne deviendrais pas folle, toi aussi ?

Armandine, assise très droite sur sa chaise, regardait sa fille aller et venir dans la pièce.

— Parce que j'ai pitié d'une malheureuse qui a tout perdu ?

— Parce que tu sacrifies ton fils et ta famille à des fantômes !

— J'aime les fantômes, je me sens bien avec eux.

— Mieux qu'avec nous ?

— Nous ? Qui ça, nous ? Une mère qui me méprise, un gamin qui me déteste, des serviteurs qui ne m'écoutent pas quand je leur parle !

Apitoyée, la grand-mère soupira :

— Pauvre Charlotte... Toute ta vie, tu détesteras ce que tu possèdes et chériras ce que tu n'as pas.

— La faute à qui ?

— La réponse est facile, mais tu ne l'admettrais pas.

Ces heurts entre la mère et la fille se multiplièrent

jusqu'au dimanche matin où Leudit vint chercher Charlotte avec son char à bancs et le cheval gris pommelé qui était l'orgueil du boulanger ami. Alors que la voyageuse s'apprêtait à partir, Joseph, ayant mis son costume propre pour se rendre à la messe, se précipita vers Charlotte.

— Emmène-moi, maman ! Je voudrais tant aller avec toi, voir la mémé.

— Par exemple ! Il ne manquerait plus que ça !

Armandine essaya, inutilement, de fléchir sa fille.

— Ce serait un beau voyage, pour lui...

— Tu oublies que nous ne nous rendons pas à une partie de plaisir !

Sans plus de succès, Joseph tenta d'attendrir son grand-père qui n'était pas descendu de sa carriole. Le vieux parut ne pas comprendre la prière du gamin et fixa sur lui un regard vide, indifférent.

Le cheval partit au trot sur la route descendant en pente raide vers le fond de la petite vallée où coule le Furan. Joseph suivit, aussi longtemps qu'il le put, l'attelage emportant sa mère. Rentrant à la ferme, le gosse remarqua, sans trop d'amertume :

— Elle a pas voulu m'emmener...

— Ça n'a pas d'importance... Tu sais ce que tu devrais faire ?

— Non.

— Aller embrasser tante Eugénie.

Le gosse partit comme une flèche. Il ignorait quels liens l'unissaient à Mme Lebizot, mais il l'adorait. Jamais elle ne l'avait grondé et elle le bourrait de friandises, à la grande colère de Charlotte. Eugénie, en dépit de la tendresse qu'elle portait à son mari, n'avait jamais pu se consoler de ne pouvoir être mère. Bien sûr, il était difficile d'admettre que cette imposante matrone ait été, trente ou quarante ans plus tôt, une des plus jolies et élégantes jeunes femmes de Saint-Étienne. De cette époque révolue, Mme Lebizot avait gardé un sens très sûr des couleurs et des nuances. Souvent, les Tarentaizoises lui demandaient conseil. Elle n'avait pas d'ennemi, ce qui, dans ce village, se révélait assez extraordinaire.

Eugénie ne quittait guère sa cuisine où elle régnait sans partage. Tout y était disposé, à portée de sa main. Elle s'évertuait à se déplacer le moins possible, car tout effort lui était pénible. On pouvait ajouter à ces faiblesses une paresse chaque jour plus incoercible. Laissant à son époux — dont le volume atteignait aussi d'étonnantes proportions — le soin de gérer leur auberge, Mme Lebizot avait su créer, autour d'elle, un petit univers silencieux, sans à-coups, où elle se laissait emporter paisiblement. En faisant irruption dans sa pièce réservée, Joseph en troubla la quiétude :

— Salut, tante Eugénie !

Il se jeta dans les bras de la bonne dame et enfouit son visage dans la grosse poitrine. C'était chaud et doux. Le gamin se mit à ronronner à la façon d'un chaton.

— Alors, mon belet, qu'est-ce que tu me racontes ?

Pour Eugénie, Joseph revécut la scène l'ayant opposé à sa mère et à son grand-père.

— Il ne faut pas leur en vouloir, mon belou. Ta maman souffre trop de l'absence de ton père pour s'intéresser à autre chose qu'à son propre malheur. Quant au pépé Arthur, tu comprends qu'il n'est pas comme les autres hommes ?

— Qu'est-ce qu'il a ?

— Il est ailleurs...

— Ça veut dire quoi ?

— Qu'il ne fait attention à rien. Il ne pense qu'à ton père. Il ne vit qu'avec ton père.

— Mais, puisqu'il est au cimetière !

— Pour toi, pour moi, pour tous, sauf pour lui.

— Et la mémé Madeleine ?

— Oh ! elle... la pauvre, elle est partie...

— Loin ?

— Très loin...

— Pour longtemps ?

— Très longtemps.

— Mais, maman a dit qu'elle allait la voir ?

— Elle le croit.

— Alors, elle va à Annonay pour rien ?

— Pour rien.

La curiosité de Joseph risquait de placer Eugénie dans une situation difficile lorsque son mari changea le cours des pensées du petit garçon.

— Qu'est-ce que j'entends ? Un homme chez moi, en cachette. Ceux qui osent faire ça, je les mange !

Charles, ouvrant sa large bouche, fit mine de se jeter sur le petit, tandis qu'Eugénie feignait de retenir son époux. Bien qu'il ne fût pas dupe, Joseph adorait ces fausses frayeurs et en riait à perdre haleine.

* * *

Sur le char à bancs les emportant vers la vallée du Rhône, ils ne parlaient pas. Bien qu'ils fussent assis côte à côte, chacun était muré dans un silence qui ne supportait pas l'intrusion de quoi que ce soit. Ils ne regardaient même pas les villages traversés. En entrant dans Annonay, à moitié frigorifiés, ils s'arrêtèrent devant un café et, sans se soucier d'attacher le cheval, Leudit entra boire un café arrosé. Charlotte était restée dans la voiture. On donna à Arthur l'adresse du couvent abritant Madeleine.

Une religieuse leur ouvrit la porte, s'enquit de leur identité avant de les prier de la suivre. Elle les conduisit dans une grande pièce claire aux murs ornés de tableaux pieux. Quatre chaises composaient tout le mobilier.

— Ne soyez pas inquiets. Je vais chercher Mme Leudit, mais je vous en prie, ne la fatiguez pas avec des questions auxquelles elle ne peut pas répondre. C'est une malade, ne l'oubliez pas.

Durant les quelques minutes qui suivirent la sortie de la sœur, ils se regardèrent presque apeurés. Tendus, ils suivirent l'écho de pas qui approchaient. Lorsque la porte s'ouvrit, ils s'arrêtèrent pratiquement de respirer. Avant de s'avancer vers eux, Madeleine les regarda longuement. Ils ne savaient ni que dire ni que faire. Charlotte nota que sa belle-mère avait beaucoup maigri et dans ses yeux, dansait parfois une étrange lueur. La fille d'Armandine, sans qu'elle eût pu en donner la raison, sentait sourdre en elle une réelle inquiétude.

Leudit, ses premières appréhensions vaincues, s'apprêtait à demander à sa femme des nouvelles de sa santé, quand celle-ci le devança.

— Comment te portes-tu, Arthur ?

Décontenancé, le bonhomme bafouilla :

— Mais... mais bien... tu... tu vois...

— Tu souffres plus de tes jambes ?

Sans attendre de réponse, elle se tourna vers Charlotte :

— A force de rester debout dans son atelier, il a attrapé des varices et il veut pas se soigner...

Une conversation paisible, avec des remarques sensées qu'on aurait pu tenir à Tarentaize. Le mari et sa bru se sourirent : la maman était guérie ! Ils déchantèrent lorsque la malade s'adressa à Leudit, sur un ton aimable :

— Pourquoi Jean-Marie n'est-il pas venu avec toi ?

— Madeleine, voyons... tu sais bien que notre pauvre fils...

— Je suis sûre que tu l'as puni ! pourquoi ?

— Madeleine, je t'en prie, essaie de...

Elle commençait à s'énerver sérieusement. Son corps se mettait à trembler.

— Tu devrais admettre qu'à douze ans, il a pas encore la raison d'un adulte ! Et d'abord, qui est cette personne ?

Charlotte eut l'impression qu'on lui jetait un seau d'eau glacée sur les épaules.

— La femme de Jean-Marie.

On eût pu croire qu'elle avait été frappée en pleine poitrine et violemment. Les yeux écarquillés, la bouche ouverte, on devinait un désarroi sans limites. Elle prit une profonde inspiration avant de hurler :

— Mon fils s'est marié sans me demander mon avis !

— Tu étais présente...

— Menteur ! Vous avez fait ça derrière mon dos ! Tu voulais pas que je le sache, hein ? Monstre ! Et celle-là qui ne dit rien ! Ta complice, pas vrai ? Vous avez pas honte, espèce de traînée, de me voler mon enfant !

— Je vous assure...

— Tais-toi, ordure ou je t'arrache les yeux !

Leudit essaya de la calmer.

— Écoute-moi, Madeleine...

— Tais-toi, salaud ! Je vais sortir de cette maison et je rejoindrai mon Jean-Marie et, ensemble, nous partirons...

La sœur, qui avait introduit les visiteurs, réapparut :

— Il me semble que j'ai entendu crier ?

Mme Leudit se précipita vers la religieuse :

— Ils m'ont volé mon petit garçon !

* * *

Sur la route, encore impressionnés par la scène qu'ils venaient de vivre, ils ne parlaient pas plus qu'à l'aller. Ils ne comprenaient pas. La maladie dont souffrait Madeleine était de celles qui désorientent l'esprit et vous font prendre conscience de votre impuissance. Soudain, Charlotte remarqua :

— Elle est bien malade...

— Oui.

— Elle ne reviendra plus.

— Non, sauf si Jean-Marie la ramène parmi nous.

Désorientée, la jeune veuve jeta un coup d'œil en coin vers le visage de son beau-père et elle comprit qu'il était sincère. Comme se parlant à lui-même, Leudit poursuivait :

— On ne le prie pas assez... Pourquoi reviendrait-il parmi nous s'il sent que nous ne l'aimons pas...

— Mais, nous l'aimons !

— Pas suffisamment... Moi, je sais qu'il reviendra... Il va déboucher d'un chemin de terre, me fera signe d'arrêter le cheval et il montera s'asseoir à côté de moi. Alors, tout reprendra comme avant.

Charlotte ne pouvait trancher pour se convaincre si elle était éveillée ou non, si elle rêvait ou pas. Elle réalisait, sans en ressentir un grand trouble, que son beau-père et elle parlaient d'une vivante comme d'une morte et d'un mort comme d'un vivant. Brutalement, Leudit tira sur les rênes en s'excusant :

— J'ai eu peur de le heurter.

— Qui ?

— Jean-Marie.

La veuve faillit protester au nom de la raison, mais elle se tut et, malgré elle, se mit à surveiller l'orée des chemins et des sentiers, au cas où Jean-Marie...

## 2.

Au début du mois de janvier 1873, Joseph découvrit quelques perce-neige aventureux, au hasard d'une brève sortie pendant laquelle la pluie s'arrêta un moment. Le reste du temps, le nez collé à la fenêtre, le gamin s'ennuyait. En sortant de l'école, il souffrait de ne pouvoir traîner en compagnie de Thélise. Il lui fallait réintégrer la ferme au plus tôt. Là, son goûter avalé, il s'installait derrière la vitre pour regarder l'eau tombant du toit emplir bassins et seaux dont les parois chantaient sous les chocs légers mais multiples des gouttes.

Lorsqu'il en avait assez de regarder tomber la pluie, Joseph se glissait dans l'étable dont il aimait la chaleur vivante. Il se sentait bien dans l'ombre tiède où passait l'écho amorti des mouvements de gros animaux se couchant ou se levant. Il fermait les yeux et ressentait un bonheur profond à respirer l'odeur puissante des vaches.

Lorsque la neige se décida à tomber, en quelques heures, elle recouvrit tout, nivelant le paysage désert où, seul, le vent du nord — la sibère — poussait sa longue plainte. Joseph croyait que c'était la fin du monde. Le vent, en s'engouffrant dans la cheminée, faisait entendre une sorte de mugissement quand il rabattait la flamme du foyer. Le soir, tandis que sa grand-mère et sa mère s'occupaient à des travaux d'aiguille, le gamin écoutait Gaspard et sa femme raconter des histoires terribles. Il y repensait dans son lit et cachait sa tête sous les couvertures pour échapper aux esprits mauvais, nés des contes des domestiques. Eux, ils les avaient entendus dans d'autres fermes. Ils les gardaient dans leurs mémoires frustes avec les Dix Commandements et les prières qu'ils récitaient pour se confier à Dieu avant de s'endormir. A croire que l'angoisse des âmes simples — identique dans presque tous les foyers de Tarentaize — relevait d'une peur ancestrale. On avait beau savoir que le printemps reviendrait obligatoirement, on ne pouvait s'empêcher de penser : et s'il ne revenait pas ? La perspective de jours sans soleil, sans lumière, faisait vivre aux plus naïfs de véritables agonies.

Vers le milieu de ce mois de janvier, Eugénie Lebizot, emmaillotée dans des lainages épais, s'appuyant sur un gros bâton, se risqua dans le paysage enneigé. Terrifiée à l'idée qu'elle pouvait tomber, elle avançait avec une extrême prudence. Enfin, haletante, elle réussit à atteindre la ferme Versillac et, sans autre forme de procès, en poussa la porte. Son entrée fut saluée par les exclamations amicales de la maisonnée. Eugénie et Armandine s'aimaient comme au temps où elles partaient à l'école, la main dans la main. En soixante-deux ans, jamais un nuage n'avait assombri leur mutuelle affection. On fit reproche à la nouvelle venue de se risquer dehors par un temps pareil.

— Je voulais vous apporter la nouvelle toute chaude.

— Quelle nouvelle ?

— Figurez-vous que ce midi, Claudius Cornillon — celui qui fait le chevillard au Bessat — a déjeuné chez nous. Il revenait de Saint-Étienne... On se demande, encore, avec Charles, comment il a pu passer... toutes ces congères...

Armandine s'impatientait.

— Eugénie, tu n'es quand même pas venue nous parler du Claudius Cornillon !

— Dans un sens, si, puisque c'est lui qui nous a annoncé la nouvelle.

— Mais quelle nouvelle, sainte mère de Dieu !

— Napoléon III est mort.

Si la disparition de l'ex-empereur ne troublait guère Charlotte ni Céline, occupées à ravauder des bas, elle avait déclenché, dans l'esprit de la maîtresse de maison, une sorte de choc qui, d'un coup, l'avait envoyée plus d'un demi-siècle en arrière. Il faisait beau en ce printemps de 1821, lorsqu'un vieux colporteur avait appris au grand-père Anselme que Napoléon Ier était mort dans l'île où les Anglais le retenaient prisonnier. Le brave homme, porteur de la triste nouvelle, ne s'était jamais douté que, ce jour-là, il avait tué le grand-père aussi sûrement que s'il lui avait planté son couteau dans le cœur. Armandine ne se rappelait plus le visage du colporteur, mais elle entendait encore le son de sa voix. Elle se souvenait de la figure de son aïeul et de la certitude qui l'avait subitement envahie : son pépé allait mourir, comme l'empereur. Sur le rideau gris de sa mémoire, se détachait la silhouette d'Élodie, sa mémé qui, ayant, sans doute, elle aussi, compris que son mari s'apprêtait à les quitter, prenait déjà les choses en main.

La maîtresse de maison revint parmi les autres au moment où Eugénie expliquait :

— Le pauvre, il aura pas eu de chance... Il a perdu deux guerres, au Mexique et chez nous, et pour terminer, il aura, lui aussi, fini ses jours chez les Anglais. Qu'est-ce que tu en penses, Armandine ?

— Que veux-tu que j'en pense ? Empereur ou non, on est tous dans la main du Seigneur.

— En tout cas, puisque le journal n'arrive plus, je suis contente de vous apprendre, toujours grâce au Claudius Cornillon, que le pays a réglé aux Allemands tout ce qu'on leur devait.

— Alors, ils vont s'en aller ?

— A l'automne, ils seront tous partis.

* * *

L'année glissait à la façon d'une rivière coulant dans une plaine et dont le cours est si lent qu'elle apparaît, parfois, immobile. Dans ces villages de montagne qui vivent un peu en dehors du temps, il n'y a que les nouvelles du journal rapportées par ceux ou celles sachant lire, ou bien ce que racontent les passants, pour créer de petites aspérités dans des existences monotones. Ces petites aspérités servent à ceux qui ont de la mémoire pour fixer leurs souvenirs. Ainsi le mois de mai dont nul ne peut prévoir si les saints de glace y exerceront ou non leurs coupables actions. Malgré les méfiances ancestrales, on se laisse toujours prendre. Les douceurs des nuits où se répercutent, entre les arbres des jardins, le chant du rossignol, les avertissements du coucou qui vous font mettre la main à la poche, Mamert, Servais — ces saints dont les bons chrétiens se demandent pourquoi le bon Dieu ne les a pas encore chassés de son paradis — demeurent à l'affût. Quand ils en ont permission, alors que confiants dans l'expérience de nos pères, nous abandonnons les vêtements trop chauds, ils nous envoient une bise incongrue qui, d'un seul coup, gèle le paysan jusqu'aux os, met en péril tous les semis et tuent nombre de fleurs trop pressées de fleurir. Lorsque Joseph se trouvait seul avec Thélise, il lui affirmait que le Ciel, par moments, avait aussi mauvais caractère que sa mère. Une comparaison qui scandalisait fort la fillette.

Le jeune Leudit était à l'âge où l'on adore les changements, où l'imprévu est presque toujours tenu pour distraction à ne pas manquer. Le froid brutal suivi d'ensoleillements fragiles le ravissait. La belle saison, enfin en place pour de bon, chacun savourait l'événement comme une victoire personnelle.

L'élection du maréchal de Mac-Mahon à la présidence de la République ne suscita guère d'émotion. On préférait oublier les batailles perdues. Seuls, quelques esprits grognons, du genre Lebizot, crurent bon de remarquer que les officiers généraux étaient comblés d'honneurs, pendant que ceux ayant assuré leur gloire pourrissaient dans la terre. C'était là l'occasion de belles querelles et Eugénie interrogeait le Seigneur pour essayer de savoir à quel âge son mari cesserait de faire marcher sa maudite langue.

Toutefois, le printemps de 1873 devait être marqué par un scandale dont les échos firent vibrer les portes de l'archevêché, à Saint-Étienne.

Le jour de la Pentecôte, à l'office dominical, M. Marioux, après avoir lu et commenté l'Évangile, se signa et, s'adressant directement à l'assistance, déclara :

— Mes très chers frères, mes très chères sœurs... Aujourd'hui nous célébrons l'amitié, l'affection du Seigneur... Souvenez-vous ! Il a envoyé le Saint-Esprit aux apôtres pour les éclairer sur ce que devaient être leur attitude, leur enseignement afin de ramener le plus d'ouailles possible dans le troupeau du Père. C'est pourquoi nous sommes certains de ne jamais nous tromper si nous écoutons et suivons ceux que le Seigneur nous a offerts pour guides. Nous, les servants de la Sainte Église catholique, apostolique et romaine, nous ne sommes à la tête de nos paroisses qu'afin de vous indiquer le chemin à suivre, vous éviter de vous égarer, vous rappeler sans cesse ce que Dieu attend de vous...

On écoutait le prêtre sans trop prêter attention à ses paroles. Pour la plupart des fidèles, les prêches faisaient partie du rite dominical et on ne s'efforçait absolument pas de comprendre des mots qu'on entendait sans en saisir le sens. Les grosses chaussures raclaient le dallage, tant on était impatient de sortir et de bavarder sur la petite place, à l'ombre de l'énorme « Sully » qui, avec ses branches, en occupait tout un côté. Les plus vieux, assoupis, se perdaient dans des songes où ils étaient toujours jeunes et véloces. L'atmosphère, pas très recueillie, se dégrada complètement lorsque M. Marioux, au lieu de reprendre le cours de l'office, resta en chaire et poursuivit son discours :

— Ce serait une affreuse erreur, mes frères, mes sœurs, si vous supposiez que le Seigneur épouse nos pauvres querelles. Souvenez-vous : « Pardonnez-nous nos offenses comme nous pardonnons à ceux qui nous ont offensés. » Or, vous ne pardonnez pas et vous mentez à votre Père, plusieurs fois par jour. En avez-vous conscience ? Au lieu de prendre exemple sur le Christ martyrisé et qui, pourtant, pardonne, vous copiez les politiciens avec leurs ambitions, leurs haines et leurs désirs de vengeance !

Célestin Dimizieux — qui, alors, était maire — mis à la place qu'il occupait par les Républicains, se demanda si l'abbé attaquait ou non la démocratie. Célestin se révélait d'imagination pauvre et d'intelligence courte. Il jeta un coup d'œil sur le premier adjoint, dont la mine satisfaite ne le rassura pas, car il le savait attaché au passé.

— Mes amis, vous n'ignorez pas qu'à Paris, c'est l'heure des représailles. Chaque semaine, de longues files de prisonniers politiques partent pour une déportation sans espoir...

Une voix anonyme lança :

— Des communards !

Pendant un instant, on eût pu croire que la foule des fidèles s'arrêtait de respirer. Sans l'ombre de colère dans la voix, le curé répliqua :

— Des communards, sans aucun doute, mais aussi des hommes et des femmes. Si on les arrache à leurs familles, qui s'occupera des enfants ?

La voix anonyme gronda de nouveau :

— De la méchante graine !

— Je plains celui qui, parmi vous, ose élever la voix, ici, en présence de Dieu pour glorifier l'injustice et mépriser la pitié ! Mes chers paroissiens, je vous demande, au nom de Celui qui mourut, pour vous, sur la croix, de réciter un *Pater* et un *Ave* pour tous ces malheureux, pour toutes ces malheureuses qui vont entamer leur montée au calvaire.

Ostensiblement, Célestin Dimizieux et sa famille quittèrent leur banc et sortirent. Après un léger flottement, nombreux furent ceux qui le suivirent. Bientôt, ne restèrent plus derrière le prêtre qu'une vingtaine de bigotes ne comprenant pas grand-chose à ce qu'il se passait, mais toujours résolues à obéir à l'abbé. Quand M. Marioux se retourna pour lancer le *Ite missa est* il n'y avait pratiquement plus personne pour lui répondre : *Amen.* A la sacristie où il entra, furieux, le pasteur, désavoué par son troupeau, trouva sa sœur en larmes :

— Qu'as-tu, Berthe ?

— Ce qu'ils t'ont fait ! Ce qu'ils ont osé te faire !

— Ils ne comprennent pas !... Ils sont prisonniers de haines qu'on leur a enseignées... et puis, ils craignent tellement pour leurs sous...

— Tu n'as pas peur qu'ils écrivent à l'évêque ?

— Ils le feront sûrement.

— Et alors ?

— Alors, si Monseigneur, ce jour-là, ne souffre pas d'une crise de goutte, j'en serai quitte pour un blâme de plus. Quelle importance, du moment que ce n'est pas Dieu qui me les inflige !

— Mais, si c'est un jour où Monseigneur a un accès de goutte ?

— Eh bien ! ma grande, je bouclerai une fois encore mon sac, toi ta malle, et nous partirons vers un nouveau poste vraisemblablement perdu dans la montagne. Que ces ennuyeuses perspectives ne t'empêchent surtout pas de préparer notre dîner.

Si M. Marioux n'avait guère éprouvé de grandes difficultés pour apaiser sa sœur, il n'en était pas ainsi chez Lebizot où la clientèle semblait prête à en venir aux mains. Enfermée dans sa cuisine, à l'écoute des rumeurs plus ou moins violentes emplissant la salle de l'auberge, Eugénie suppliait le Seigneur de calmer ces énervés. Tendant l'oreille aux propos des uns et des autres, Charles Lebizot promenait son gros ventre de table en table, éprouvant une terrible envie de se mêler à la discussion. Autour du maire s'étaient rassemblés les Républicains et parmi eux (ce dont ils n'étaient pas très fiers) celui qui, dans l'église, avait mis le feu aux poudres par sa réflexion sur les communards. C'était un homme — Arsène Bonson — qui se louait à la journée et buvait une partie de sa paie, destinée à nourrir sa femme et ses enfants. Pour lui, c'était son jour de gloire. Par son initiative osée, il avait surgi de l'anonymat. Il en profitait.

— Si ces bandits de la Commune avaient été fusillés, on s'attendrirait plus sur leur sort !

Le Jean Château, un paisible qui venait de la Barbanche, lança :

— On en a quand même tué plus de vingt mille !

— C'était pas assez ! Il fallait tous les massacrer pendant qu'on y était ! Après ce qu'ils avaient fait, ils n'avaient plus le droit de vivre !

On entendit alors une sorte de mugissement qui emplit la salle, traversa les murs et fit tomber Eugénie à genoux pour prier le Ciel de calmer son époux. Les consommateurs s'arrêtèrent de parler. Chacun se tourna vers l'aubergiste dont la maîtrise de soi avait craqué. Il ne parvenait pas à parler tant la colère et l'indignation l'étouffaient. Pour se soulager, il jeta à terre, où elles se brisèrent, deux chopines vides. Puis, se précipitant sur Arsène Bonson, il l'empoigna par le haut de sa veste et usant de sa grosse force que la fureur augmentait, il le souleva en lui hurlant dans la figure :

— Qu'est-ce que t'as dit, ordure ? qu'ils avaient pas le droit de vivre ? mais toi, espèce de cancrelat, de bon à rien, tu te figures que t'as le droit de vivre ? Moi, je t'affirme que t'es la honte du pays et qu'il fallait un enfant de salaud de ton espèce pour se permettre d'attaquer M. Marioux dans son église ! Allez ! oust ! dehors !

Joignant le geste à la parole, Lebizot ouvrit la porte et propulsa brutalement l'Arsène Bonson qui fila sans demander son reste. Il n'était nul besoin de se montrer particulièrement subtil pour comprendre que les invectives lancées à Bonson s'adressaient au maire dont on épia la réaction. Alors que Charles revenait vers son comptoir, Célestin Dimizieux l'arrêta au passage :

— Savez-vous que, légalement, vous n'avez pas le droit d'expulser un client qui ne suscitait pas de scandale ?

— Je suis chez moi, monsieur le Maire et j'y reçois qui je veux !

— Dans votre appartement, oui, mais ici c'est un lieu public. Il faudra pas vous étonner si vous recevez la visite des gendarmes.

Lebizot haussa ses lourdes épaules.

— Vous savez, j'ai eu à faire avec les gendarmes du roi. Ils étaient plus bêtes que méchants. Ceux de l'empereur se montraient plus malins et plus mauvais aussi. Je ferai donc connaissance avec ceux du maréchal de Mac-Mahon, s'il le faut.

— Je vous croyais bon Républicain ?

— Et depuis longtemps... Seulement, sans vouloir épouser leur cause, j'aime pas qu'on crache sur les vaincus.

Quelqu'un se leva, au fond de la salle, un bûcheron qui vivait dans la forêt, toute la semaine.

— T'as raison, Lebizot.

Un murmure l'approuva. Le maire, devinant que l'atmosphère ne lui était pas favorable, s'en alla et profita de son après-midi du dimanche pour écrire à l'évêque.

Mgr Paul de Peyrarvernay n'était pas encore un vieillard, mais sa carrière avait connu tant de vicissitudes (par suite des changements politiques et du jeu impitoyable des factions) qu'il s'avouait vieux avant l'âge. Croyant que le doute n'avait jamais effleuré, il menait une existence des plus austères, ce qui ne l'empêchait pas de souffrir de la gravelle et de la goutte, à l'instar d'un viveur se souciant peu de sa santé. Mgr de Peyrarvernay, encore trop jeune pour avoir un coadjuteur, se voyait néanmoins aidé dans sa tâche par le grand vicaire, M. Roizey, qui atteignait une cinquantaine joviale. Un esprit fin, le goût des nuances, une inclination à tout dédramatiser lui faisaient une réputation de diplomate.

Lors de sa visite matinale à l'évêque, ce dernier lui confia :

— Je crains de devoir vous ennuyer encore, mon cher ami...

— Je suis là pour cela, Monseigneur.

— Et c'est bien ce qui me navre... Un maire m'a écrit pour se plaindre d'un curé de sa paroisse... Tenez, lisez...

A peine le grand vicaire eut-il pris connaissance de la plainte de Célestin Dimizieux, qu'il s'exclama :

— Marioux ! ah ! je le connais, le bougre ! une âme en acier trempé et qui n'est pas à sa place parmi nous.

— Ah ? où vous semble-t-il que soit sa place ?

— Au Ciel !

— Convenez, monsieur le Grand Vicaire, qu'il ne nous appartient pas de l'y envoyer !

— Bien entendu, Monseigneur !

— Vous allez faire un saut à Tarentaize. Vous verrez les antagonistes et essaierez d'apaiser leurs courroux en approuvant tout le monde et en ne donnant raison à personne.

Le grand vicaire réussit au-delà de l'espérance épiscopale. Au maire — un sot — il glissa qu'il comprenait son attitude, mais regrettait qu'un olibrius, en répondant au curé, ait cru devoir transformer l'église en forum politique. Célestin Dimizieux, enchanté de se croire soutenu, dauba sur cet ivrogne de Bonson à qui il promettait de parler sérieusement.

Avec l'abbé Marioux, l'envoyé de l'évêque s'y prit autrement. Il exposa combien, Monseigneur, fatigué, malade, était fâché de ces querelles portant à l'Église des atteintes que les Républicains athées étaient trop heureux d'exploiter. M. Roizey ne cacha pas à son hôte qu'il approuvait son initiative dominicale en faveur des déportés au nom de la charité, vertu théologale par excellence. Seulement, il incombait à M. Marioux de prendre garde devant qui il parlait, le maire étant un sot et M. le grand vicaire craignait que ses administrés ne soient pas, dans leur ensemble, d'un niveau intellectuel plus élevé.

— Jadis, mon ami, la foi suppléait l'intelligence, mais aujourd'hui... Vous en appelez à la charité et personne ne vous comprend. A votre âge, monsieur l'Abbé, vous savez que les hommes chérissent plus la haine que l'amour.

Grâce à M. Roizey, les deux clans tarentaizois eurent la certitude d'avoir remporté la victoire et la paix revint dans le village.

* * *

Les feuillus qui montent la garde tout autour du pays, sentent venir l'hiver avant les sapins et avant les gens. Les premières feuilles que le vent automnal emportait étaient comparées, par les âmes sensibles, aux mouchoirs agités à la portière des voitures s'éloignant. Pour le plus grand nombre, elles étaient le signe avant-coureur des froids à venir et faisaient accélérer les provisions de bois.

Les esprits solides goûtaient la beauté fragile des premiers jours d'octobre : ces soleils encore lumineux, mais sans beaucoup de chaleur, les vents tièdes où passaient brusquement les attaques sournoises de la bise s'entraînant pour son impitoyable règne hivernal. Le bruit sec et lourd des haches fendant le bois, le crissement énervant des scies emplissant les cours des fermes. Les bêtes rentraient chaque semaine un peu plus tôt car il fallait se méfier du serein.

Armandine n'avait pas pris part aux querelles printanières ayant opposé adversaires et amis de M. Marioux. Fidèle du prêtre, elle s'était efforcée, au cours de conversations particulières, de démontrer l'erreur de ce mini-schisme. (Certains ne parlaient-ils pas d'aller entendre la messe au Bessat distant de cinq kilomètres ?) Mais elle avait soutenu Eugénie de toutes ses forces pour persuader Lebizot que les passions politiques n'étaient plus de son âge et qu'un commerçant ne devait pas prendre publiquement parti.

Grâce aux Tarentaizois de bonne volonté, le calme était revenu au village. La réconciliation s'était faite sur le dos du malheureux Bonson, persuadé trop tôt que son heure de gloire avait sonné. Dénoncé par les uns et les autres, il ne trouva plus de travail et dut partir avec sa femme et ses gosses. Mlle Berthe affirma à ses amies du lavoir qu'il fallait voir le doigt de Dieu dans le drame bousculant une famille jusqu'ici sans histoire. L'Apolline Durand, une bonne grosse, protesta que le Seigneur ne pouvait faire payer aux enfants les fautes de leur père. Elle fut approuvée, mais Mlle Berthe — bien que son frère le lui défendît, la jugeant trop sotte pour en comprendre les textes — se plongeait dans la Bible dès qu'elle était libérée de ses tâches quotidiennes. Elle en retenait des phrases qu'elle répétait plus ou moins fidèlement, mais qui suffisaient le plus souvent à imposer silence à ses contradicteurs du moment. La pauvre Apolline battit en retraite quand la sœur du curé, se redressant de toute sa taille et levant un index vers le Ciel, comme pour y prendre Dieu à témoin, lança :

— Les parents ont mangé les raisins verts et ce sont leurs enfants qui ont eu les dents agacées.

Nulle parmi les bavardes n'était assez versée dans les Écritures pour tenter de contredire Mlle Berthe et l'on se tut.

* * *

Cependant, le village fit de nouveau bloc lorsque vers le milieu d'octobre, on apprit que le maréchal Bazaine avait été condamné à mort par le Conseil de guerre. Du nord au sud de la France et de l'est à l'ouest, on haïssait le capitulard de Sedan. Pour quatre-vingts pour cent des Français, c'était à cause de Bazaine qu'on avait perdu la guerre. Si les 160 000 soldats, enfermés dans la ville et livrés à l'ennemi, avaient été jetés dans une bataille, même inutile, le cours de la triste et sanglante aventure aurait peut-être été changé. Seuls à demeurer insensibles à l'effervescence agitant la population, Leudit et Charlotte poursuivaient leur chemin dans le monde qu'ils s'étaient créé. La fille d'Armandine trouvait dans le ronronnement sans fin des prières et des litanies, à la lumière tremblante des flambeaux, un univers aux contours incertains où elle se laissait aller à l'abandon. Ayant lu dans un journal que lui avait prêté Mlle Berthe, un reportage sur les béguinages flamands, elle fut attirée et en parla à sa mère qui s'emporta :

— Depuis que tu as l'âge de raison, tu ne songes qu'à fuir tes obligations, qu'à déserter ton devoir !

— Mais Dieu...

— Ah ! je t'en prie ! pas à moi ! Dieu exige d'abord qu'une femme élève son enfant, mais toi, tu préfères te plonger dans les mômeries de ce pauvre fou de Leudit !

— Tu n'as pas le droit de...

— Eh bien ! je le prends !

— N'empêche que si je pouvais me rendre en Belgique...

— Pour devenir une demi-nonne ?

— Pour rejoindre mon mari.

— Ton mari, tu ne peux le rejoindre sur cette terre qu'à travers ton fils !

Les Cintheaux pleuraient en écoutant ces querelles qui n'en finissaient pas. Afin de se consoler, ils se replongeaient dans le passé, pour eux, un paradis perdu.

Après chacune de leurs chamailleries, Charlotte partait chez son beau-père et Armandine rejoignait Eugénie qui soupirait, après avoir entendu son amie parler de sa fille.

— Que veux-tu, ma pauvre, il faut admettre que nous

n'étions pas destinées à fonder une famille. Je me demande de qui Charlotte tient ce caractère impossible ?

— De son père !

— Voyons, Nicolas n'était pas méchant !

— Non, simplement égoïste... Seules ses idées comptaient et il était sans cesse prêt à leur sacrifier le bonheur des autres. S'il ne s'était pas fait tuer presque volontairement par les soldats du roi, il aurait, sans doute, su mieux élever notre enfant que moi.

— Pourtant, souviens-toi, il t'aimait...

— Moins que sa République.

* * *

Il y en avait au moins deux que ces querelles et ces indignations ne touchaient guère : Joseph et Thélise. Ayant oublié leur brouille ancienne, ils étaient redevenus inséparables. Le dimanche, soumis aux obligations religieuses et au rituel familial, ils ne se voyaient pas de toute la matinée. Dans l'après-midi, après les vêpres, ils se rejoignaient à l'heure où l'on quitte les habits du dimanche pour réendosser les vêtements de travail. Pour une heure ou deux, selon le temps, les enfants avaient permission de demeurer ensemble.

Généralement, les gosses grimpaient tout en haut de la colline — au flanc de laquelle est accroché le cimetière — surplombant le village. Ils citaient le nom des fermes et c'était à celui qui voyait le plus loin. Parfois, il leur arrivait d'apercevoir un paysan, sortant de chez Lebizot, prendre la direction de sa ferme en titubant, ce qui amusait beaucoup les petits et suscitait leurs commentaires.

— S'il continue à cette allure, le Jérôme Longes, il est pas encore arrivé chez lui !

— T'entends le Pascal Raffieux ? Il croit chanter !

— On dirait un cochon qu'on saigne !

— La Blanche, sa femme, va lui battre la mesure !

Ils riaient de faiblesses qu'ils ne comprenaient pas.

Les cloches de l'Angélus les obligeaient à se taire et, en bons petits élèves du curé, ils se signaient. Ils ne savaient pourquoi ils agissaient de la sorte. Peut-être parce que, pour eux, ce carillon vespéral devenait l'écho affaibli de la voix du Seigneur (le ciel est si grand !), ou plus simplement parce que ce chant grave et gai à la fois les troublait.

Joseph et sa camarade ne quittaient jamais leur poste d'observation sans contempler longuement ce qui avait été la ferme Landeyrat, pour le moment abandonnée. Il semblait qu'un sort malheureux se soit acharné sur le domaine dont les anciens se rappelaient la prospérité du temps de Landeyrat le Vieux. Thélise s'enquit :

— Pourquoi qu'elle a plus de nom, cette ferme ?

— Elle en a un.

— Comment c'est ?

— Je peux pas te le dire, c'est un secret

— Tu dois me dire tous tes secrets !

— Pour quelles raisons ?

— Parce que moi, je te dirai les miens.

— T'as des secrets, toi ?

— Non.

— Tu vois !

La petite était sur le point de pleurer. Joseph céda.

— On l'appelle la Désirade, mais c'est un nom que seuls ma grand-mère, ma mère et moi, on connaît. Alors, si jamais tu trahis le secret, je te verrai plus !

— Je parlerai pas !

— Jure-le !

Thélise tendit son bras pour un serment solennel.

— Croix de bois, croix de fer, si je mens, j'irai en enfer !

Fort consciencieusement, pour parachever sa promesse, elle cracha par terre. Les choses étant en ordre, Joseph récita tout ce qu'il se rappelait sur ce domaine merveilleux qui n'existait pas et pourtant s'étendait derrière les murs lézardés, les toits effondrés de la ferme Landeyrat. Thélise écoutait, ravie. Sur ce sujet, Joseph se montrait inépuisable. Doué d'une belle mémoire, il se rappelait tout ce que lui avait raconté Armandine sur la Désirade — dont il ne parvenait pas à décider si elle appartenait au monde réel ou à un songe — et y ajoutait tous les détails dont il l'embellissait chaque fois qu'il en parlait. D'un doigt impérieux, il montrait les écuries fantômes, les étables rêvées, décrivait la maison et les granges. Perdus dans la belle histoire, les enfants croyaient entendre, dans la paix du soir, le piétinement de chevaux invisibles et écoutaient les mugissements du troupeau imaginé. Ni l'un ni l'autre ne se doutaient que cent ans plus tôt, un petit garçon expliquait à une gamine qu'il aimait ce que serait sa Désirade. A travers les générations, en dépit des malheurs qui avaient accablé la famille, le conte s'était pieusement transmis des aînés aux cadets.

Quand ils se levèrent pour regagner leurs foyers respectifs, Joseph et Thélise ne savaient plus très bien où ils se trouvaient. Pour dissiper les ultimes images de la Désirade, le garçon prit la fillette par la main et l'entraîna dans la descente vers le village en chantant à tue-tête :

« Malbrough s'en va-t'en guerre,
mironton, mironton, mirontaine,
Malbrough s'en va-t'en guerre,
Ne sais quand reviendra. »

A son tour, Thélise joignit sa voix à celle de son compagnon.

« Il reviendra-z-à Pâques,
mironton, mironton, mirontaine,
Il reviendra-z-à Pâques
Ou à la Trinité. »

* * *

Chaque soir, quel que fût le temps ou la saison, Joseph couché, Armandine chaussait ses lunettes et, pour sa fille qui n'écoutait pas, pour les domestiques analphabètes, elle lisait les nouvelles du jour. Toutefois, les grands événements internationaux retenaient moins leur attention que les faits divers ayant eu pour cadre des horizons familiers. Charlotte ne réagissait pas ; trop préoccupée d'elle-même elle n'avait pas le temps de se soucier des autres. Au contraire, sa mère se passionnait pour tout ce qui faisait entrer dans la modeste demeure des êtres bons ou mauvais (dont elle imaginait l'aspect), des paysages inconnus qu'elle modelait à son idée. A travers les mots prononcés, elle entendait le pas lourd de Bismarck ou le déferlement d'un océan qu'elle n'avait jamais vu, sur un rivage dont elle ignorait tout. Ainsi, elle combattait la monotonie des jours et la morne résignation campagnarde des femmes de la terre.

Les domestiques se couchaient vers dix heures, les Cintheaux s'étaient retirés depuis longtemps et la mère restait seule avec sa fille. Elles ne parlaient pas, n'ayant rien à se dire. Si d'aventure Armandine se risquait à commenter une tâche accomplie dans la journée ou un événement survenu au village, ses propos demeuraient sans écho. Perdue dans ses songes égoïstes, Charlotte ne répondait pas, la vie de Tarentaize ne l'intéressant en rien. Que lui importait, Seigneur, que la Mélie Gourdan soit grosse d'un cinquième enfant, ou que le vieux Guillaume Peaugres ait été emmené à l'hôpital de Saint-Étienne, sans doute pour y mourir ? L'esprit de la veuve, bien loin de ces réalités vulgaires ou sordides, était encombré de révérences, de promenades sentimentales au clair de lune, de belles robes et, paradoxalement, dans cet univers tentateur, elle prenait son défunt mari, idéalisé, pour guide. Convaincue que Jean-Marie était au Ciel, le paradis devenait, pour elle, une sorte de soirée mondaine où les anges avaient le bon goût d'échanger leurs ailes contre des fracs. Ces songeries sans queue ni tête rendaient Charlotte indifférente à tout et à tous.

Heureusement qu'il y avait Joseph. Pour Armandine, ce petit garçon représentait le dernier cadeau que la vie pouvait lui faire et elle se voulait résolue à le protéger quoi qu'il dût lui en coûter. Physiquement, un bel enfant qui promettait de devenir un de ces hommes trapus, aux larges épaules qu'on rencontre dans n'importe quel village ou hameau de la montagne. Avec ça, une jolie figure héritée de sa mère. De plus, l'aïeule y retrouvait les traits de Nicolas, son mari mort depuis si longtemps. Joseph savait ce qu'il voulait et ne craignait pas de le dire. Armandine avait toujours eu peur de l'influence de Charlotte, et à travers elle, de Leudit. Elle redoutait qu'au moment où il quitterait l'école et qu'il rentrerait en apprentissage chez son grand-père, celui-ci ne tourneboule l'esprit du petit avec la complicité, consciente ou non, de la mère. Heureusement le gamin s'affirmait de la trempe de sa mémé.

Souriante, les yeux mi-clos, cessant de manier ses aiguilles, elle revivait la scène vieille de quelques semaines. Il était arrivé un léger accident à la table de la salle basse et Gaspard, le valet, voulant être gentil, s'adressa à Joseph :

— Quand tu seras grand, tu nous arrangeras des trucs comme ça, d'un coup de ton rabot de menuisier.

— Je veux pas être menuisier !

Aussitôt, Charlotte avait crié :

— Tu seras menuisier !

— Non !

— Tu feras ce qu'on te dira de faire !

— Non !

— Puisque c'est comme ça, va te coucher sans manger !

— Je serai quand même pas menuisier !

Il monta l'escalier dans un silence total. Lorsqu'il eut disparu, Gaspard s'excusa :

— Je regrette, j'aurais dû me taire...

Charlotte répliqua :

— Mais non, il fallait que ça éclate... Je l'y mènerai moi-même à l'atelier, à coups de fouet, s'il le faut !

Armandine intervint doucement :

— Peut-être qu'il n'a pas envie de travailler sous les ordres de son grand-père ?

— En voilà une autre ! Et pourquoi, je te prie, ne voudrait-il pas aller avec son pépé ?

— Parce que le bonhomme est fou et il n'y a que toi dans le village pour ne pas en prendre conscience.

* * *

Loin de ces orages familiaux — bien qu'ils en fussent les causes — Joseph et Thélise profitaient des belles douceurs de l'été de la Saint-Martin pour se précipiter sur le chantier ouvert dans le « paradis » du petit garçon. La carcasse de la maison avait été dressée. En ce dimanche, les oiseaux trouvaient là des perchoirs confortables. Ils criaient leur satisfaction à tous les échos. Pour éblouir Thélise, le fils de Charlotte, ôtant ses chaussures, se mit à grimper à travers les poutres sous le regard affolé de la gamine qui suppliait :

— Va pas si haut ! si tu tombais ?

Joseph était trop engagé dans la voie de son exploit pour entendre l'appel de la raison. Parvenu au faîte, il se cramponna solidement à la poutre maîtresse et jeta un coup d'œil autour de lui. Il se trouvait à la hauteur des branches où nichent les oiseaux. Il se figurait surprendre des secrets qu'il serait le seul à connaître. En bas, Thélise ressemblait à une petite chose inspirant la pitié. Enivré de sa gloire inventée, l'enfant relâcha son attention et sa main droite abandonnant la prise qui l'assurait, il tomba. Son cri angoissé fit jaillir celui de la fillette. Heureusement, le gosse se rattrapa à une planche en saillie qui arrêta sa chute. Les yeux brouillés de larmes, Joseph reprenait péniblement son sang-froid lorsqu'une grosse voix demanda :

— Et maintenant, sacré garagna, comment tu comptes t'en tirer ?

Sans attendre une réponse inutile, Saturnin Campelongue ôta sa veste des dimanches sur laquelle il posa son beau chapeau noir. A la gamine pleurant toutes les larmes de son corps, il tapota les joues humides en disant d'un ton paternel :

— Te mange pas les sangs, beauseigne, je vais te le ramener ton fiancé.

Le vieux grimpa et, attrapant l'imprudent par le fond de sa culotte, il le ramena au sol. Quand ils furent tous trois réunis, Saturnin conseilla :

— N'allez jamais seuls dans nos constructions. C'est trop dangereux.

Ils promirent. S'étant rhabillé, Campelongue s'enquit :

— Y a de belles promenades, dans le coin, pourquoi vous venez toujours ici ?

— A cause de la maison que vous fabriquez... à cause des bois... Ils sont beaux !

— Quel âge as-tu maintenant ?

— Bientôt treize ans.

— On reparlera de tout ça une autre fois.

Les deux gosses accompagnèrent celui qui, pour eux, devenait une sorte de grand-père, jusqu'à la route au bord de laquelle ils s'assirent pour regarder leur ami s'éloigner vers le Bessat. Ils jouaient à savoir celui qui, le premier, apercevrait, sortant d'un tournant à demi masqué par une avancée des collines, la silhouette que la distance ne cessait d'amenuiser. Quand elle disparut définitivement, ils ressentirent une grande et inexplicable détresse.

* * *

On mangeait la soupe chez les Colonzelle. La mère, regardant sa fille qui s'appliquait pour porter la cuillère à sa bouche, s'attendrissait. Elle ne comprenait pas par quel miracle elle avait pu mettre au monde une aussi belle enfant. Puis, l'idée lui vint que, d'ici huit ou dix ans, Thélise serait une jeune fille qui se marierait. A son tour, elle aurait des bébés et la grande roue tournerait sans se soucier de ceux qu'elle abandonnait en route. Le bonheur, le sien en ce moment, se révélait si fragile que, la gorge serrée, elle avait beaucoup de mal à avaler. Son mari et la gamine ne remarquèrent rien, celle-ci racontant à celui-là tout ce qu'elle avait vu en compagnie de Joseph. Quoique riche en événements, parsemé de réflexions et de commentaires, le discours de Thélise n'était absolument pas compréhensible. Les images qu'il suggérait se révélaient si farfelues que la maman se fâcha presque.

— Enfin, quoi ! Thélise, ça a ni queue ni tête ce que tu nous racontes ! Qu'est-ce que cette maison d'où Joseph a manqué tomber ? et qui est ce vieux qui l'a rattrapé ? et qui vous regardiez marcher sur la route du Bessat ? T'oserais pas te moquer de nous, ma cocotte ?

La petite paraissait sur le point de fondre en larmes lorsque Colonzelle prit les choses en main.

— Attends un peu, Antonia... Ce vieux qui a sauvé Joseph, je le connais et j'ai entendu parler de cette maison qu'on bâtit au sommet de la coursière. La charpente doit en être dressée et le copain de Thélise aura été faire le guignol sur les poutres, hein, ma grande ?

— Oui, mais Joseph, il faisait pas le guignol, il disait qu'il était un oiseau.

— Drôle d'oiseau ! Si on l'avait pas décroché, il serait encore là-bas, à pendre comme le linge à sécher !

Après avoir embrassé ses parents, la fillette monta se coucher. Quand elle fut dans son lit, elle attendit — selon un vieux rituel familial — qu'Antonia vînt lui donner le baiser du soir. La mère fut exacte au rendez-vous.

Thélise profita de ce que sa maman se penchait vers elle pour la prendre par le cou et lui chuchoter à l'oreille :

— J'ai un secret !

— Ah ! un gros secret ?

— Oh ! oui... Joseph a dit que j'ai pas le droit de dire notre secret sinon j'irai en enfer parce que j'ai juré de pas en parler aux autres. Mais toi, t'es pas les autres, hein ?

— Sûrement pas !

— Alors, tu crois pas que j'irai en enfer si je te raconte tout !

— Le bon Dieu peut pas reprocher à un enfant de se confier à sa maman.

— T'es sûre ?

— Sûre.

— Écoute : Joseph, il sera pas menuisier.

— Pourquoi ?

— Parce qu'il sera charpentier.

— Ah ?

Antonia ne comprenait pas bien l'importance secrète de cette décision.

— Comme ça, Joseph sera charpentier ?

Thélise, qui se figurait sans doute qu'il y avait là une faute obscure et grave, annonça triomphante et déjà combative :

— Il sera charpentier et moi aussi !

Adrien fumait sa pipe, en homme savourant le plaisir du repos, lorsque mi-souriante, mi-émue, Antonia lui annonça :

— T'auras pas à te faire du mauvais sang pour l'avenir de Thélise, elle a déjà choisi son métier.

— Tiens donc !

— Elle sera charpentier !

Quand ils eurent bien ri, Colonzelle remarqua :

— Le vieux semble leur avoir fait une sacrée impression.

— Tu le connais donc ?

— Tout le monde le connaît.

— Pour les petits, on peut avoir confiance en lui ?

— Confiance ! c'est de l'or en barre, Saturnin Campelongue !

— D'où il vient ?

— Un village de la haute montagne, du côté de Grenoble.

— Pourquoi qu'il en est parti ?

— Un grand malheur... Il avait un vieux mulet et tout le mal est venu de là...

— Raconte !

— C'est loin, tout ça... Vers 1830-1835, en tout cas sous le roi Louis-Philippe... Saturnin était déjà, quoique jeune, un bon charpentier qu'on appelait un peu partout. Faut t'expliquer, Antonia, que dans ces coins encore plus durs que les nôtres, on prend des sentiers qui tournent au flanc des montagnes au-dessus de précipices que rien que d'y penser, j'en ai la chair de poule.

— Mon Dieu !

— Quand il avait un chantier, Saturnin partait au petit jour en compagnie de Kléber, un mulet qu'il avait hérité de son père. A la belle saison, sa toute jeune femme, Elmine, filait le rejoindre, vers le soir, et ils revenaient à petits pas, heureux d'être ensemble. Paraît qu'ils s'adoraient ces deux-là. Elmine enceinte, Saturnin voulait plus qu'elle vienne le chercher à cause que les sentiers étaient trop rudes. Seulement, c'était une entêtée, l'Elmine et à la fin d'un après-midi de juin, elle a grimpé pour rejoindre son homme. A croire qu'elle supportait pas d'être séparée de lui plus de quelques heures. D'après ceux qui travaillaient avec Saturnin, il a beaucoup disputé son épouse, disant qu'elle était folle de se promener à travers la montagne dans son état. On raconte qu'elle riait de voir son homme aussi inquiet. Saturnin exigea que, pour redescendre au village, elle montât sur Kléber, une bête qui inspirait confiance à tous, et d'abord à Campelongue. Malheureusement, dans ces montagnes, la vie est si pénible qu'on a assez de mal à s'occuper des hommes, alors les bêtes... Saturnin ne s'était pas aperçu que Kléber devenait aveugle.

— Seigneur Jésus !

— Sur ce sentier difficile, il y avait un passage plus difficile encore que Kléber connaissait très bien, mais une grosse pierre en bordure était partie dans le trou. Le mulet n'a pas vu le piège. Il a posé son sabot dans le vide. Il a fait un violent effort de tout son corps pour se rattraper, malheureusement, le poids de la jeune femme a empêché la bête de rétablir son équilibre et tous les deux ont disparu dans le gouffre. Ceux qui avaient assisté à l'accident dirent qu'ils n'oublieraient jamais le cri déchirant de la pauvre Elmine.

— Et le mari ?

— D'abord, ils ont dû s'y mettre à trois pour l'empêcher de sauter à son tour.

— Le pauvre !

— Après, il a plus parlé à personne. Il ne sortait que la nuit pour se rendre au cimetière. Un matin, après avoir vendu tout son bien, il s'en est allé sans avertir qui que ce soit. Comme il passait au Bessat, le curé a eu recours à ses services pour quelque chose qui clochait dans la charpente de son église. On a apprécié son travail et le maire lui a demandé de rester. Voilà la triste histoire de Saturnin Campelongue. Avec lui, les petits ont un bon guide.

# 3.

Arthur Leudit devenait de plus en plus insupportable et le village commençait à avoir peur de lui. Le maire se demandait de quelle façon se débarrasser de cet encombrant personnage. Les gendarmes se récusaient, n'ayant le droit d'intervenir que dans le cas d'un incident grave. Le médecin refusait un permis d'interner qu'honnêtement il ne pouvait délivrer. Arthur était au courant de ces démarches visant à l'éloigner. Cela ne faisait qu'augmenter sa hargne à l'égard de ses contemporains. Par-dessus le marché, le menuisier s'était mis à boire. Chez Lebizot, il trouvait les auditeurs qu'il recherchait. Il faisait preuve d'un cabotinage inconscient de son rôle de père malheureux et d'époux esseulé.

Ayant déjà pas mal bu, Leudit s'adressa aux quelques paysans qui s'offraient une chopine :

— Tous ceux qui n'ont pas eu un fils tué ont qu'à fermer leur gueule !

Personne ne répliqua. Leudit insista.

— Bien sûr, vous vous foutez des morts, pourvu que vous ayez le ventre plein, hein, mes salauds ?

Avant que quiconque ait pu répondre, Lebizot intervint :

— Tu vas pas recommencer à nous emmerder, Leudit ?

— Vous entendez, vous autres, comment qu'il cause au père d'un héros ?

Marius Verneuil, un gros sanguin qui parcourt tout le massif du Pilat pour vendre son vin, répliqua :

— Tu sais qu'il a raison, Lebizot, hein, Leudit ? et que tu devrais nous foutre la paix ?

Arthur ricana, amer :

— Tous les mêmes ! des hypocrites ! Mon fils, il avait une femme et aussi un gosse qui devait devenir menuisier comme son père, comme moi. Maintenant que mon Jean-Marie est plus là, le gamin veut se faire charpentier et la veuve de mon fils qui me jurait qu'elle pouvait pas respirer sans lui, elle continue à vivre tranquille !

Lebizot se fâcha :

— Mais, par les cornes de Satan, qu'est-ce que tu veux qu'elle fasse ? qu'elle se détruise ?

— Sa place est au couvent !

L'aubergiste en resta muet. Verneuil répondit pour lui :

— T'as qu'à y entrer, toi, au couvent, au moins tu nous débarrasserais !

— C'est ça ! Massacrez-moi pendant que vous y êtes, bande d'assassins !

Charles, qui avait repris ses esprits, empoigna Leudit par le bras.

— Est-ce que tu te rends seulement compte que tu es saoul ?

— C'est vrai !

Il tomba à genoux.

— Je suis indigne de mon fils ! Il faut que Dieu me punisse !

— D'accord, mais va te faire punir ailleurs !

Doucement, il le poussa vers la porte et obtint sans difficulté son départ. Un moment, il le regarda à travers la vitre et le vit enlacer la croix dressée devant l'église, l'embrasser et se perdre dans une prière fervente. Lebizot revint à son comptoir en soupirant :

— Pauvre diable...

* * *

Dans le pré s'étendant derrière la ferme paternelle, Thélise gardait ses trois vaches, menu troupeau sans doute, mais qui l'emplissait de fierté tant les bêtes étaient bien tenues. La Noiraude, la Bayarde et la Rousse offraient un poil luisant aux rayons du soleil qui y mettaient de jolis reflets. Les vaches connaissaient la fillette et souvent, au hasard de leur promenade nourricière, passant près de la bergère, elles lui soufflaient dans le cou ou posaient un instant leur gros mufle sur les genoux de la petite. D'autres ont des chiens et des chats, Thélise avait des vaches. La Bayarde était arrivée sous forme de veau, à la ferme. La gamine la nourrit dans les premiers temps et commença à s'occuper sérieusement d'elle quand elle fut devenue génisse. Elle continuait à dispenser ses soins à la splendide bête, désormais l'orgueil des Colonzelle. Entre la vache et l'enfant s'était créée une sorte d'entente, de connivence, ne répondant pas à ce que l'on croyait savoir de l'indifférence de ces gros herbivores. Quand Thélise éprouvait une joie secrète ou un chagrin lui appartenant à elle seule, elle gagnait l'étable, passait ses bras sur le cou de la Bayarde, l'attirait vers elle et déversait ses confidences dans la grande oreille poilue qui frémissait sous le souffle chatouilleur de la petite.

* * *

Chaque fois qu'il revenait du chantier de Campelongue où il passait le plus clair de son temps, Joseph rejoignait Thélise aux champs. Seulement, depuis quelques semaines, au lieu de reprendre avec sa compagne leurs conversations d'autrefois, il lui racontait des histoires auxquelles elle ne comprenait rien. Avec un enthousiasme dont elle ne devinait pas la raison, il l'accablait de mots dont le sens lui échappait. Cependant, elle n'osait pas lui demander ce qu'était une galère [1] ou une guimbarde [2] de crainte qu'il ne se moquât d'elle. Elle en ressentait une impression d'abandon. Il ne s'en apercevait pas.

Vers la mi-septembre, Joseph fut réveillé par des détonations qui commencèrent par l'apeurer. Puis, la curiosité

1. Galère : petite varlope.
2. Guimbarde : outil servant à fouiller les entailles.

l'emporta. Il entendit rire Gaspard, ce qui n'était pas banal. Il enfilait ses culottes lorsque sa grand-mère entra, l'œil brillant, le geste vif.

— Habille-toi vite, mon lapin...

— Qu'est-ce qui se passe, mémé ?

— Les Allemands sont partis !

— D'où ?

— De chez nous, enfin de la France. Ils sont rentrés chez eux.

— Je descends tout de suite.

— Après t'être débarbouillé, hein ?

Ce fut une merveilleuse journée dont ceux qui la vécurent, devaient en garder le souvenir.

Tout Tarentaize s'était mis en dimanche. On écouta le discours patriotique du maire, on applaudit la fanfare qui joua des musiques militaires. On assista à la messe basse que M. Marioux célébra pour que Dieu ne soit pas absent de cette joie. Il ne prononça pas de sermon, se contentant, après la communion, de dire aux fidèles :

— Que votre joie ne vous fasse pas oublier les morts.

On récita une prière pour les trépassés et Charlotte sut que c'était à l'intention du pauvre Jean-Marie.

En quittant l'église, tandis que les femmes regagnaient leurs foyers pour préparer un repas qui sortirait de l'ordinaire, les hommes se hâtaient vers l'auberge où un Lebizot rayonnant offrait tournée sur tournée, au grand souci d'Eugénie qui n'aimait pas voir dilapider son bien.

Joseph et Thélise qui ne saisissaient pas très bien les raisons de cet enthousiasme se promenaient, la main dans la main, à travers le village. Ils rencontrèrent Charlotte qui revenait de la menuiserie. Ils coururent à elle. Elle les embrassa. Le geste était si rare, pour les gosses, qu'ils en demeurèrent tout gauches.

— Maman, pourquoi les gens, ils sont si joyeux ?

D'une voix âpre, elle expliqua :

— Parce que les Allemands sont partis, ils commencent à croire qu'ils ont gagné la guerre.

— Alors, ils se racontent des histoires ?

— Ils ne font jamais que ça... Je monte au cimetière voir papa. Tu m'accompagnes, Joseph ?

— Oui, maman.

Timide, Thélise s'enquit :

— Je peux venir aussi ?

Cette visite à la tombe de Jean-Marie fut un des derniers moments où Charlotte et Joseph communièrent dans une même peine et eurent le sentiment de ne faire qu'un.

* * *

On entra dans la mauvaise saison avec cette résignation qui caractérise les gens de la campagne. On s'enferme chaque soir plus tôt dans les salles basses et l'on se rapproche tous les jours davantage de l'âtre. On lutte comme on peut contre l'obscurité envahissante. Il fait encore nuit quand on se lève, il fait déjà nuit lorsqu'on mange la soupe. Le chuintement de la pluie tient compagnie. On a un peu peur, sitôt la porte ouverte, de plus rien distinguer dans ce brouillard qui, de la moindre ferme, fait un monde à part.

Une nuit, Armandine fut réveillée par un bruit qu'elle ne parvenait pas à identifier. Pourtant, elle connaissait bien les échos nocturnes de sa maison. Elle s'assit sur son lit et écouta. On eût dit d'une plainte douce, modulée. Elle se leva, passa sa robe, chaussa ses pantoufles, empoigna la lampe et sortit sur le palier en évitant de faire craquer le plancher. A travers la porte de Joseph et celle de Charlotte, elle attrapa de paisibles ronflements. Rassurée, elle descendit doucement l'escalier. En bas, elle n'eut aucun mal à localiser le bruit qui l'intriguait. Il venait de chez les Cintheaux. Elle frappa doucement. On ne répondit pas. Elle se glissa dans la pièce. La chandelle brûlait sur la table de nuit. Christine — son bonnet cachant ses cheveux gris — semblait reposer paisiblement, étendue sur le dos. A genoux, dans sa grande chemise, tenant la main de sa femme dans la sienne, le vieux Cintheaux pleurait. Ses sanglots avaient réveillé Armandine. Celle-ci devina ce qu'il était arrivé. La gorge serrée, elle dut se forcer pour chuchoter :

— Gustave... qu'y a-t-il ?

Il leva vers elle un visage ravagé aux paupières rougies.

— Elle est morte, madame Armandine, elle est morte, comme ça tout d'un coup, sans parler... Elle a pris ma main, elle a poussé un gros soupir et c'était fini...

Armandine tenta de trouver les mots susceptibles d'apaiser le chagrin de ce vieil homme qui, en un instant, n'avait plus de raison de vivre. Après de vagues et inutiles consolations, la maîtresse de maison, pour la première fois incapable de réagir, s'en fut réveiller Gaspard et sa femme afin qu'ils aillent habiller la défunte. Après quoi, elle regagna sa chambre dont elle ferma la porte à clé. Elle ne tenait pas à ce qu'on la vît pleurer.

Tarentaize estimait les Cintheaux. Le village entier accompagna Christine au cimetière où elle fut enterrée parmi les morts d'Armandine. Joseph avait le sentiment d'avoir perdu une autre mémé. Même Charlotte partagea la peine commune. Soutenu par Lebizot et Gaspard, Gustave se traîna jusque sur la tombe où allait dormir sa femme. Il ne savait plus où il était et ne comprenait pas pourquoi sa compagne de toujours l'avait abandonné. Les âmes les plus sensibles se hâtèrent de redescendre vers leurs maisons, car il n'y a rien de plus pénible à entendre que les sanglots des vieux.

* * *

Le vrai plaisir d'Armandine tenait tout entier dans la visite semestrielle qu'elle rendait à Me Julien Retourbey, notaire à Bourg-Argental. Le tabellion allait sur les septante ans et on le rencontrait plus souvent dans la forêt qu'à son étude où un clerc, formé par ses soins et déjà sur l'âge, le remplaçait. Me Retourbey ne recevait plus que les clients auxquels le liait une sympathie profonde et ancienne. Ainsi, Armandine Cheminas, née Versillac, dont il savait tout. Depuis que, veuve, elle était revenue à Tarentaize, elle avait confié la gestion de sa fortune à ce notaire. Elle n'avait pas eu à s'en plaindre. Homme de la vieille école, Me Retourbey ne risquait jamais l'argent confié dans des spéculations hasardeuses. Il s'en tenait au solide et, pour lui, le solide, c'était le bois, la forêt. Il éprouvait un véritable amour pour les arbres dont les diverses espèces lui paraissaient ressembler aux différents types humains. Épinglé derrière son bureau, une immense carte de la forêt couvrant les pentes du Pilat permettait d'entendre — à ceux que l'amour de la nature dotait d'une belle imagination — le chuchotement du vent dans les branches, de respirer l'odeur de la résine. Me Retourbey connaissait tout ce qui se passait dans ce vaste domaine qu'il ne cessait de parcourir. On ne vendait pas une parcelle boisée sans qu'il en soit informé. On racontait qu'il possédait une propriété forestière importante dont la guerre et les désastres dus à la Commune avaient augmenté la valeur. Le notaire avait su inculquer à Armandine sa passion pour les arbres et il avait placé l'argent de la vieille dame dans des lots aux essences variées. En dix ans, il avait doublé le capital de sa cliente.

Pour l'un comme pour l'autre, ce rendez-vous, tous les six mois, apportait une joie qu'aucun d'eux ne songeait à dissimuler. Cependant, comme tous les plaisirs de qualité, celui-ci obéissait à un rituel. Armandine était reçue dans le bureau personnel de Me Retourbey et, après les salutations d'usage, on se mettait tout de suite au travail. Le notaire rendait compte des opérations menées à bien pour les affaires de la veuve Cheminas. On atteignait à un moment solennel lorsque le tabellion évaluait la fortune d'Armandine et citait le chiffre des sommes liquides disponibles. Venait alors la partie la plus agréable de l'entretien, celle où le notaire montrait sur sa carte, cerclées au crayon rouge, les parcelles de forêt à vendre et signalait celles lui semblant d'un profit plus sûr. On discutait des prix, on calculait, on supputait et, finalement, on achetait. Quand ils étaient tombés d'accord, Me Retourbey, veuf depuis une vingtaine d'années, faisait atteler son tilbury et emmenait sa visiteuse déjeuner dans une auberge de Burdignes où il était connu et respecté comme il se doit.

De retour à Tarentaize, Armandine avait rajeuni de dix

ans, au moins. Nul n'était au courant de ses tractations forestières.

* * *

La vie continuait paisible, au village. On approchait de Noël et, comme toujours, l'existence, le comportement des hommes et des femmes semblaient s'épurer. On se chamaillait moins. On lançait moins de jurons. M. Marioux entretenait la mystérieuse attente de l'Enfant Jésus par des sermons-conseils qui mettaient les âmes en émoi, chacun s'interrogeant pour décider s'il était ou non digne d'assister aux trois messes basses qui célébreraient, une fois de plus, le prodigieux événement de Bethléem. La tristesse du ciel gris de décembre invitait à la méditation.

Dans les fermes, là où il y avait de la jeunesse et des filles à marier, les veillées sacrifiaient chansons et rires aux récits religieux et aux prières en commun. Une manière de se rassurer, de s'encourager les uns les autres. Chez Armandine, ni gaieté ni ferveur exagérée. On parlait peu.

Un soir où Armandine rallumait le feu que Charlotte avait laissé s'éteindre, la page d'un vieux journal lui tomba sous les yeux. Alors qu'elle s'apprêtait à le froisser, un nom retint son attention : Ledru-Rollin. On annonçait la mort déjà ancienne de celui qui avait été le ministre de l'Intérieur du gouvernement provisoire de 1848. Ce nom de Ledru-Rollin fit immédiatement surgir dans la mémoire d'Armandine, la silhouette de Firmin Tamplot [1], du fidèle Firmin pour qui Ledru-Rollin s'affirmait un dieu et qui était mort d'avoir constaté que les Français préféraient une dictature à la liberté. Plus les années passaient et plus Armandine avait des instants de relâchement où, oubliant son esprit pratique et son sens aigu des réalités, elle se laissait emporter dans ses souvenirs. Il lui suffisait, désormais, qu'un événement lui réimposât le passé pour qu'aussitôt elle abandonne ses contemporains et rejoigne un monde fantomatique. Si la mort de Ledru-Rollin amenait à la mémoire de la vieille

1. Cf. *Les Soleils de l'automne.*

dame, le visage de Tamplot, ce dernier entraînait celui de sa femme morte si misérablement [1] et celui de la chère Marthe, compagne des années difficiles et d'autres qui, à l'appel du souvenir, se dégageaient de l'ombre légère dont les entourait une tendresse qui n'oubliait pas.

A l'issue de ces songeries, Armandine jetait un coup d'œil quelque peu égaré sur ceux et celles l'entourant et se demandait ce qu'elle faisait dans ce monde qui n'était plus le sien.

Un autre se posait la même question, depuis la mort de son épouse : Gustave Cintheaux. Il ne mangeait plus guère et demeurait, des heures durant, dans une hébétude profonde. Bientôt, il n'eut plus la force de se lever. Le docteur consulté avoua son impuissance.

— Il a quatre-vingt-cinq ans et n'a plus envie de vivre.

On se relayait au chevet du malade que les soins attentifs emplissaient de confusion. A Armandine, il disait :

— Je vous cause bien du souci... et il ajoutait, convaincu :

— Je vais tâcher de me dépêcher...

Il tint parole et mourut le dernier dimanche de l'Avent. Ce fut une belle occasion, pour M. Marioux, de prononcer une émouvante homélie sur l'amour et sur la fidélité conjugales. Pour Armandine, Gustave était allé rejoindre les ombres lui tenant de plus en plus souvent compagnie.

L'année 1874 s'achevait, ainsi, bien tristement, lorsqu'au début d'un après-midi, un grand vieillard à cheveux blancs, enveloppé dans une épaisse pèlerine, poussa la porte de la ferme, s'avança jusqu'au milieu de la salle basse et, se découvrant, annonça :

— Je m'appelle Saturnin Campelongue, dit Savoyard le maître du trait, charpentier de haute futaie, compagnon passant du Devoir, enfant du père Soubise...
et montrant Joseph :

— ... je viens pour le petit.

1. Cf. *Les Soleils de l'automne.*

## 4.

La scène qui s'était déroulée à la ferme Versillac, après que Campelongue eut offert de prendre Joseph comme apprenti sitôt qu'il aurait atteint sa quinzième année, avait été des plus houleuses. Le fait que le gamin, enthousiasmé, supplia sa grand-mère, et non sa mère, de donner son accord, mit cette dernière dans tous ses états.

— Mais qu'est-ce que je suis donc, ici ? On ne me parle de rien ! Tout le monde se méfie de moi ! On me prend pour une cancorne [1], ma parole !

Armandine essaya d'apaiser sa fille.

— Allons, Charlotte, calme-toi...

— Je me calmerai si je veux !

— Eh bien ! tâche de vouloir !

— Que ça lui plaise ou non, Joseph sera menuisier ainsi que le souhaitait son père !

Joseph protesta.

— Non ! je serai charpentier !

Charlotte attrapa un bâton.

— Je vais te faire changer d'avis !

La grand-mère s'interposa :

— Reprends-toi ! ne te donne pas en spectacle... honteux.

— Je me doutais qu'une fois de plus tu le soutiendrais contre moi !

— C'est mon devoir quand tu te trompes...

1. Quelqu'un qui répète sans cesse.

Dans le silence qui suivit, Campelongue remarqua :

— Elle a pas bon caractère, la dame...

Du coup, la jolie veuve retourna au combat :

— Qui vous demande votre avis, espèce de mal-pendu !

Saturnin s'adressa à Armandine :

— Votre fille, madame ? Dans ce cas, je vous plains... Elle vous fera goûter les quatre misères...

— C'est déjà fait.

La maman de Joseph poussa un véritable hurlement et, montrant la porte à Campelongue :

— Sortez !

Armandine remarqua sèchement :

— Moi et personne d'autre ne peut chasser quelqu'un de ma maison.

Au lieu de déclencher l'explosion à laquelle on pouvait s'attendre, la réflexion de la mémé rendit son sang-froid à la jeune veuve.

— Dans ces conditions, je ne m'intéresse plus à ce que fera ou ne fera pas Joseph. Il peut devenir ouvrier agricole, je m'en fiche et je vous laisse disposer de l'avenir de cet enfant que je croyais être mon fils.

* * *

Prenant à cœur son futur métier de ménagère, Thélise — quand elle n'était pas au pré avec ses vaches — s'appliquait, sous le regard bienveillant de sa mère, à laver, repasser, coudre, aider à la cuisine et faire la vaisselle. Cependant, durant ces tâches quotidiennes, la petite sentait peser sur elle un autre regard, celui de Joseph. Pour lui, elle entendait être parfaite.

Malheureusement, Thélise ne voyait plus son amoureux aussi souvent qu'elle l'eût souhaité. Durant les jours de congés scolaires, tandis qu'elle était réquisitionnée par Antonia, Joseph rejoignait Campelongue qui lui enseignait le B A BA de la charpente. Pour la première fois de sa très jeune vie, la fillette faisait connaissance avec la jalousie dont elle ne savait pas encore le nom. Elle confiait ses amertumes légères à la Bayarde et elle lui en voulait de ne pas sembler partager ses soucis. Alors, elle prenait à témoin la pie-grièche cachée dans l'aubépine ou la mésange à longue queue qui penchait la tête pour l'écouter. De sa place, dans l'ombre d'une haie, Thélise (qu'on ne pouvait voir) s'amusait à regarder les paysans occupés à inspecter leurs avoines ou leurs seigles. Ils se penchaient et, avec des gestes d'une douceur inhabituelle, ils tâtaient les épis, puis se redressaient satisfaits. La petite, pour tromper son ennui, s'amusait à deviner à qui appartenaient ces silhouettes que la clarté brutale du soleil rendait toutes noires. Elle y réussissait presque toujours puisqu'elle savait à qui appartenaient les champs. Quand elle était lasse du jeu et que les yeux lui brûlaient un peu, elle reprenait son ravaudage. En dépit de l'absence de Joseph, la belle lumière de juin lui mettait de la gaieté au cœur et elle psalmodiait :

« Mon père a fait faire
Un petit bois taillis
Où le rossignol chante
Le jour et la nuit.

S'rai-j' nonnette, oui ou non ?
S'rai-j' nonnette ? je crois que non.

Il chante pour ces filles
Las ! qui n'ont point d'amis ;
Ne chante pas pour moi :
J'en ai un, Dieu merci !

S'rai-j' nonnette, oui ou non ?
S'rai-j' nonnette ? je crois que non. »

Sa pensée revenait toujours à Joseph qui, loin de se douter du tourment de Thélise, écoutait, passionné, attentif, ce que lui disait Saturnin.

— Tu te rappelles ce que je t'ai appris la dernière fois ?

— Je crois, oui.

— Bon. Quand dit-on d'un outil qu'il broute ?

— Lorsqu'il coupe mal.

— Bien ! Qu'est-ce qu'un cormier ?

— Une pièce de bois placée dans un angle.

— Exact ! Quel bois doit-on utiliser pour construire un escalier ?

— Si on a des sous, le chêne ou le noyer. Si on n'en a pas beaucoup, on prendra du sapin.

— Quelle est la particularité du bois de châtaignier ?

— Les araignées s'y installent pas.

— Je vois que tu t'intéresses et ça me fait plaisir. Tu iras sauter par-dessus le feu, la nuit de la Saint-Jean, avec Thélise ?

— Si on nous permet !

— Pourquoi pas ?

A cet instant, quelques grosses gouttes de pluie secouèrent l'extrémité des branches. Campelongue gronda :

— Nom de bleu ! pourvu qu'il ne pleuve pas pour de vrai !

— Pourquoi ?

Le bonhomme annonça doctoralement : « Eau de Saint-Jean ôte le vin, et ne donne pas de pain. »

La leçon terminée, Joseph s'offrait un long détour pour embrasser Thélise. Il maugréait, surtout quand le temps menaçait, mais la joie de sa camarade le payait de ses fatigues et dissipait sa mauvaise humeur. Chez les Colonzelle, il était déjà le fils de la maison. Le père, qui regrettait sans cesse de ne pas avoir eu de garçon, remerciait le Ciel d'avoir mis Joseph sur sa route. Sous le regard émerveillé de Thélise, son futur mari rapportait à Adrien les termes que le vieux charpentier lui avait appris et les explications données. Colonzelle admirait autant la science de Campelongue que la mémoire de son élève. Antonia qui, de l'âtre, les regardait, suppliait intérieurement la Vierge Marie de convaincre son Fils de faire un miracle de plus et de suspendre, pour quelques années, le cours du temps afin que les enfants restassent plus longtemps à ses côtés. Vieille mère poule qui s'inquiétait de voir pousser les ailes de ses « piots [1] ».

1. Poussins.

L'avant-veille de la Saint-Jean, alors qu'il rentrait chez lui et traversait le village, Joseph fut attiré par le bruit d'une violente discussion près de l'auberge. Il se précipita. Il s'agissait de son grand-père Leudit qui, à nouveau, faisait des siennes. Le vieux criait que Tarentaize était un village de salauds, de cochons, la lie de la terre, car on n'y honorait pas les pères des héros et que personne, dans cette bande de bons à rien, n'avait assez de cœur pour lui payer une chopine. On bousculait un peu Arthur et Joseph, les larmes aux yeux, crut que les autres s'apprêtaient à le battre.

Il se glissa parmi ceux qui houspillaient son grand-père et, prenant la main de celui-ci :

— Viens, pépé.

Le vieux regarda le gosse.

— Qu'est-ce que tu veux, toi ?

— Viens ! on rentre à la maison !

— Et pourquoi qu'on rentrerait ?

— Parce qu'ils vont finir par te cogner !

— Moi ? Je voudrais voir ça ! Tu me connais pas ! D'un seul bras, j'en « petafine » deux ou trois !

Lebizot appuya le petit.

— Va te coucher, Arthur...

— Je t'emmerde, Lebizot, comme j'emmerde eux autres !

Un homme de bonne volonté glissa son bras sous celui de Leudit.

— Amène-toi... Fais-leur voir que tu es le plus raisonnable !

— Tu sais que ce sont tous de pauvres idiots ?

— D'accord... lève les pieds que tu vas te foutre par terre !

La porte de la maison refermée sur le bon Samaritain ayant aidé le menuisier à réintégrer sa demeure, Joseph soutint Arthur, jusqu'à son fauteuil. Brusquement, l'ivrogne se mit à pleurer.

— Personne m'aime !

— Moi, je t'aime, pépé...

— T'es rien qu'un menteur !

— C'est pas vrai !

— Si ! D'abord, si tu m'aimais, tu te ferais menuisier !

— Je peux pas !

— Et pourquoi que tu peux pas ?

— Parce que je préfère la charpenterie.

— Tu préfères un métier de bûcheron à un métier d'artiste ! Fous le camp, graine de révolutionnaire !

— Mais, pépé...

— Fous le camp ou je m'en vais te frictionner.

Joseph sortit en courant et se précipita chez lui. Dans la cour, la Céline poursuivait une poule qui s'entêtait à couver. Le gamin s'arrêta pile :

— Alors, toi aussi, t'es méchante ?

— Je suis pas méchante, j'essaie seulement de l'empêcher de couver.

— Qu'est-ce que ça peut te faire ?

— On m'a toujours répété : « La Saint-Jean ne veut trouver poule couvant. » Tu sais, petit, les anciens, ils en savaient des choses... Vaut mieux suivre leurs conseils, quand on peut.

A la seule vue du gamin, les femmes de la maison comprirent qu'il se passait ou s'était passé quelque chose d'extraordinaire. Tout de suite, Charlotte flaira la sottise et, rogue, interrogea :

— Qu'est-ce que tu as encore fait ?

— Rien, maman, je te jure !

— Alors, pourquoi cet air sens dessus dessous ?

— Ils voulaient battre le pépé !

— Qui ça ?

— Des hommes...

Joseph raconta son sauvetage et comment Leudit, au lieu de le remercier, l'avait chassé en lui lançant des méchancetés.

Le petit ayant achevé son récit, Armandine s'adressa à sa fille :

— As-tu enfin compris ?

— Compris quoi ?

— Que ton beau-père a l'esprit dérangé et que c'est dangereux de le laisser agir à sa guise.

— En somme, tu souhaiterais qu'on l'enferme, hein ?

— Pour éviter un malheur.

— Jamais !

— Je vais en parler au curé.

— Je te le défends ! Ce sont des histoires de famille qui ne regardent que nous !

— Que ça te plaise ou non, je consulterai M. Marioux.

— Tu n'as pas le droit et...

— Charlotte, en présence de la maladie, ce n'est pas le droit qui importe mais le devoir.

Comprenant que sa mère et sa mémé allaient se disputer, Joseph espéra différer l'orage en parlant de son amie.

— Y a Thélise qui...

Mais Charlotte n'était pas d'humeur à s'intéresser aux faits et gestes enfantins.

— Ah ! laisse-nous tranquilles avec ta Thélise ! C'est une effrontée, comme toi !

Profondément choqué, Joseph remarqua :

— C'est vilain, ce que tu as dit, maman, parce que c'est pas vrai !

La mère prit l'aïeule à témoin.

— Voilà ton éducation ! Il me blâme ouvertement !

— Tu n'as qu'à pas te montrer injuste. Tu sais très bien que Thélise est une bonne petite, pourquoi la traiter d'effrontée ?

— Dans ces conditions, je monte dans ma chambre, vous pourrez énumérer mes défauts en toute tranquillité.

Joseph attendit d'avoir entendu claquer la porte de la chambre maternelle pour interroger Armandine :

— Pourquoi qu'elle veut pas que je parle de Thélise ?

— Elle est malheureuse et le bonheur des autres la rend mauvaise.

* * *

Les yeux mi-clos, les mains jointes sur son ventre, M. Marioux avait écouté Armandine, sans l'interrompre. Quand elle se tut, il déclara :

— Je comprends votre inquiétude, ma fille, et plus encore votre angoisse quant à ce qu'il pourrait arriver. Mais, ce pauvre Leudit n'a pas encore donné des signes caractéristiques de démence. Jusqu'ici ses excentricités peuvent aussi bien relever de l'intempérance que de la folie. Tant qu'on ne pourra pas prouver que ses sottises relèvent de celle-ci plutôt que de celle-là, on ne pourra rien faire. Enfermer un être humain est une terrible responsabilité. Le maire et le médecin ne l'endosseront que contraints et forcés.

— Que faire, dans ce cas ?

— Prier pour que Dieu nous protège et nous donne la patience nécessaire et puis, avoir pitié, beaucoup de pitié. Le Seigneur a eu la main très lourde envers ce malheureux.

Quittant la sacristie, Armandine tomba sur Eugénie qui descendait d'un char à bancs, avec beaucoup de peine, vu son volume. Obligeamment le conducteur lui vint en aide et s'il n'avait pas été solide, en prenant sa passagère dans ses bras, ils se seraient effondrés tous deux sur la route. La situation amusa Armandine.

— Merci, André, vous m'avez rendu un fier service.

— Charles et vous, pouvez toujours faire appel à moi, je répondrai : présent !

Eugénie et son compagnon se séparèrent après avoir renouvelé leurs protestations de mutuelle amitié. L'équipage s'étant éloigné, la mère de Charlotte s'enquit :

— D'où viens-tu avec l'André Peloux ?

— Un garçon bien obligeant... Il m'a menée jusqu'à Graix, je voulais voir le père Veylon.

— Toi ! un guérisseur ! un sorcier !

— A cause de Charles.

— Il ne va pas ?

— Je crois qu'il arrive au bout du chemin. Le docteur avoue qu'il y peut plus rien, sauf le mettre en perce. Alors, je suis allée voir le père Veylon.

— Qu'est-ce qu'il t'a raconté ?

— Il a fallu que je lui explique tout : comment était la peau du ventre de mon mari, s'il urinait beaucoup et de quelle façon, tout, quoi !

— Qu'en a-t-il conclu ?

— Que Charles était plein d'eau, que son foie devait être hors d'usage et qu'il ne pouvait rien pour lui. Seul, un miracle le sauverait, mais je pense pas que le bon Dieu, Il se dérangerait pour mon Lebizot, malgré l'amitié de M. Marioux.

— Ça t'ennuie pas que j'aille le voir, ton Charles ?

— Au contraire, ça lui fera plaisir.

Sous la couverture, le ventre énorme ressemblait à une montgolfière qu'on aurait commencer à gonfler. Sur le visage, la peau quasi parcheminée avait des reflets jaunes et cireux. En se réveillant, Lebizot vit les deux femmes à son chevet. Il sourit.

— Armandine... Je suis content que tu sois venue... A part mon Eugénie qu'est toujours là, y a pas grand monde pour me tenir compagnie.

— On est tellement occupé...

— C'est pas ça... On n'intéresse plus personne... Nous appartenons à une civilisation disparue... Tu te souviens ? Valbenoîte... la grosse neige pour Noël [1]... C'est loin, hein ? Tu crois que ça lui plairait à Nicolas ce qui se passe maintenant ?

— Non. Je ne pense pas...

— Lui aussi, il se trompait. Il voyait pas les choses sous leur vrai jour. Il imaginait, il inventait sans s'en rendre compte. Je vais te confier mon opinion sur la vie à présent que j'ai dépassé la septantaine : on est toujours couillonné.

* * *

Armandine rentrait à petits pas. Elle ne pouvait se leurrer, Lebizot, l'ami de toujours, allait mourir. Rejoindrait-il Nicolas ? A Valbenoîte, ils étaient quatre, le soir, autour de la table. De ceux-là, il n'en resterait bientôt plus que deux et puis, les femmes, à leur tour... Au fond, se disait Armandine, ce qui est le plus triste, ce n'est pas de mourir, mais de regarder mourir les autres.

Dans les champs, Armandine voyait les hommes couper le foin. Les jambes écartées pour l'équilibre, le buste penché en avant, d'un geste large, ils maniaient la faux et, en prêtant l'oreille, on entendait le long chuintement de la lame

1. Cf. *Le Chemin perdu.*

mordant les tiges. Par moments, l'un d'eux s'arrêtait, se relevait et, à petits coups de marteau, redressait le fil de sa faux avant de passer et repasser la pierre à aiguiser tenue au frais dans une poignée d'herbes humides. Tout s'affirmait en ordre dans l'univers campagnard aux gestes rituels. Armandine en eût éprouvé un grand réconfort s'il n'y avait eu la maladie de Lebizot.

Des femmes, la jupe légèrement retroussée, râtelaient le foin coupé. Sous leurs grands chapeaux de paille qui leur cachaient la figure, on les voulait toutes jeunes, on les imaginait toutes jolies. En juin, la douce lumière des fins de journée est trompeuse. On n'est pas dupe de ses sortilèges, mais on feint le contraire, pour le plaisir.

Le vent du proche crépuscule se levait timidement. Déjà, aux lisières des bois, des oiseaux au vol silencieux partaient en chasse. Armandine inspecta le couchant et elle rit de contempler un soleil rouge s'enfonçant dans un océan de couleurs vives. C'était bon signe. Il ferait beau. La promeneuse se souvint de ce que lui serinait sa grand-mère Élodie :

« Rouge le soir, blanc le matin,
Fait cheminer le pèlerin. »

Joseph, dans sa chambre, apprenait ses leçons. Céline achevait d'éplucher les légumes de la soupe, Gaspard donnait du foin aux vaches avant de les traire et Charlotte, au jardin, s'occupait des fleurs. La maison, aussi, apparaissait en ordre. Armandine éprouvait une joie tranquille à en prendre conscience. Elle se plaisait à croire, ne fût-ce qu'un moment, que dans ce monde si parfaitement réglé, aucun malheur ne pouvait l'atteindre. Hélas ! tous ses souvenirs s'inscrivaient en faux contre cet optimisme de commande. Elle rejoignit sa fille au jardin où, armée d'une sorte de fourche à quatre dents recourbées, elle grattait le sol au pied d'un massif de rhododendrons.

— Je viens de l'auberge.

Charlotte ne répondit pas.

— Lebizot ne va pas bien du tout...

La mère de Joseph ne s'interrompit pas.

— ... J'ai peur qu'il ne dure plus très longtemps...

On aurait pu croire que Charlotte n'avait pas entendu.

— C'est tout ce que ça te fait ?

La fille d'Armandine jeta sa fourche à terre et se retourna :

— Pourquoi ? Tu voudrais que je m'arrache les cheveux, que je me griffe le visage, que je crie et que je pleure ?

— Non, simplement, j'avais espéré que tu aurais de la peine.

— Parce qu'un vieillard est condamné alors que mon mari n'avait pas quarante ans quand il est parti ? tu entends ? pas quarante ans !

— Je te rappelle que Jean-Marie s'est engagé.

— Mais qui était avec lui, qui aurait dû l'empêcher de commettre cette folie ? Lebizot !

— Toi-même, je n'ai jamais pu te persuader de faire ce que tu ne voulais pas faire !

Têtue, Charlotte répéta :

— Il aurait dû l'empêcher !

— Je me figurais que tu aimais Eugénie. Elle a toujours pris ta défense, depuis que tu es au monde et dans les pires moments que j'ai traversés grâce à toi, elle a toujours été là pour te trouver des excuses. A ses yeux, tu représentais un peu l'enfant qu'elle aurait tant voulu avoir. Je crains, ma pauvre fille, que tu n'aies pas plus de mémoire que de cœur.

— Insulte-moi, c'est un tel plaisir pour toi !

— Je constate, je n'insulte pas... Jadis, Charlotte, tu étais déjà méchante, mais tu étais aussi intelligente, je crains que, désormais, tu ne sois plus que méchante.

* * *

Berthe Marioux, après le repas, tandis que son frère allumait sa pipe, décida :

— Eustache, tu dois aller visiter Leudit.

— Leudit ? Pourquoi ? Il ne vient plus à la messe du dimanche.

— Il n'exerce plus son métier de menuisier, non plus. Il épouvante ses pratiques d'autrefois. Au lieu de leur livrer le travail commandé, il leur adresse des sermons accompagnés de menaces et d'injures. Sa maison est devenue un taudis et le Paul Vanosc, qui tient l'auberge pendant la maladie de Lebizot, est jeune. Il a peur de Leudit et peut pas l'empêcher de se saouler. Après, l'ivrogne s'en prend aux clients et voilà plusieurs fois qu'il échappe à une raclée bien méritée. Jusqu'ici, Lebizot avait pu calmer ses colères, Vanosc pourra pas. Faut que tu interviennes, Eustache.

— Leudit ne m'écoutera pas.

— Y a des chances, mais t'auras fait ton devoir et s'il arrivait un malheur, t'auras rien à te reprocher.

— D'accord, j'y vais.

— Je t'accompagne jusqu'à la porte.

Ironiquement le curé ajouta :

— Et tu resteras derrière pour écouter.

— Sûrement ! En plus, s'il te menace, je rentrerai avec mon bâton et tu verras de quelle façon je l'arrangerai, ton ivrogne de menuisier !

— Berthe !... La charité chrétienne, qu'en penses-tu ?

— Dans ces cas-là, je m'assieds dessus.

— Oh ! tu n'as pas honte ?

— Non !

Leudit reçut fort mal le prêtre, tandis que Berthe demeurait à l'extérieur avec son gourdin, sentinelle de l'amour fraternel.

— Qu'est-ce que vous venez foutre ici, vous ?

— J'avais envie de vous voir.

— Pas moi !

— Pourtant, vous avez besoin des autres !

— Tous des salauds !

— Pourquoi ce mensonge ?

— C'est pas un mensonge. Ils refusent de respecter le père d'un héros !

— Si le père de ce héros n'était pas devenu un vieil ivrogne, on le respecterait.

— Oh ! j'ai compris ! Vous êtes avec eux ! D'ailleurs, ça m'étonne pas !

M. Marioux prit un ton sévère.

— Ça suffit ! Cessez de proférer des bêtises dont vous devriez avoir honte ! Asseyez-vous et écoutez-moi.

— J'ai pas envie...

— Vous m'écouterez quand même ! Arthur, Dieu vous a frappé durement, cruellement... Jean-Marie que tout le monde aimait, d'abord, ensuite votre compagne. Nous ne sommes pas assez près du Seigneur pour comprendre Sa rigueur. Toutefois, nous devons admettre qu'Il sait mieux que nous la raison de Ses décisions et nous devons lui garder notre confiance surtout quand Il paraît nous accabler.

— Jamais !

— Arthur, rappelez-vous les prières de votre enfance...

— Je les ai oubliées !

— Il faut les réapprendre.

— Pour remercier le Seigneur de m'avoir pris ma femme et mon fils ?

— Qui peut vous assurer que votre Jean-Marie n'est pas heureux là où il est ?

— Pourquoi me le fait-il pas savoir, dans ce cas, puisqu'il voit dans quel état je suis

— Parce que vous ne priez pas assez. Si vous récitiez vos prières, vous finiriez peut-être par entendre la voix de votre fils. Ceux qui nous ont quittés ne se manifestent pas aux ivrognes.

— Des histoires ! Je boirais pas si j'étais pas si malheureux... et qui c'est la cause de mes misères, hein ? Votre patron ! Puisque je peux pas l'atteindre, lui, c'est vous que je vais crever !

Leudit prit un couteau à découper qui traînait sur la table.

— J'ai déjà saigné, pas mal de cochons dans mon existence... Vous serez un de plus ! Faites vos prières, l'abbé, vous allez y passer !

— Voyons, Arthur...

— Vous avez peur, pas vrai ? Et vous avez raison parce que je vais vous percer la bedaine !

— Vous êtes fou !

— Ah ! vous aussi ! La calomnie pour se débarrasser de moi ! En tout cas, c'est pas vous qui réussirez à me faire enfermer ! Oust ! assez bavardé ! Faut y passer, mon vieux curé !

A cet instant, sous une poussée brutale, la porte s'ouvrit en grand et une furie se précipita, le bâton levé, sur le menuisier pétrifié par cette apparition. Avant qu'il ait retrouvé ses esprits, il recevait une volée de coups de trique tandis qu'une voix n'ayant rien de féminin hurlait :

— Salaud ! assassin ! cocu ! dégénéré ! Je vais t'apprendre à vouloir assassiner mon frère ! hérétique ! apostat ! sacrilège ! damné ! relaps !

Toutes ces injures étaient accompagnées du bâton. Le visage en sang, abruti sous la dure avalanche l'accablant, Leudit s'effondra dans le fauteuil et Marioux prévint sa sœur :

— Arrête ! tu vas le tuer !

— Une sale bête comme ça !

— Sale bête ou non, sa mort te conduirait en cour d'assises.

Berthe et son frère se mirent alors en devoir de ranimer et de panser le blessé. Quand il ouvrit un œil, sa première question fut :

— Il est parti ?

— Qui ?

— L'archange saint Michel ?

— Il était là ?

— Voyez pas dans quel état il m'a mis ?

— Pourquoi l'archange saint Michel ?

— Depuis quelque temps, je négligeais Dieu. Il a voulu me rappeler à l'ordre.

Se frottant les côtes, il précisa :

— Il devrait quand même lui dire de cogner moins fort.

Rentrés à la cure, M. Marioux embrassa sa sœur.

— Tu m'as tiré d'un mauvais pas, Berthe, je t'en remercie.

— Naturel, non, qu'on défende son frère ?

— Sans doute, mais je serais curieux de savoir où tu as appris ce chapelet d'injures abominables que tu as lancées à la tête du pauvre Leudit ?

Mlle Berthe rougit jusqu'aux oreilles et ne répondit pas.

Honteuse, elle abandonna les lieux pour se glisser dans l'église et réciter une douzaine d'*Ave Maria* devant la statue de Bernadette Soubirou qu'elle jugeait la seule intermédiaire possible pour demander à la Vierge d'oublier les horreurs proférées.

Sa prière dite, Mlle Berthe se sentit mieux. Après un large signe de croix, elle estima avoir récupéré sa pureté première et décida d'aller mettre en garde les dames Cheminas contre les initiatives, peut-être dangereuses, d'Arthur Leudit.

A la ferme, la sœur du curé fut amicalement reçue bien qu'elle ne fût pas de la compagnie ordinaire d'Armandine et de sa fille.

— Mesdames, je me suis permis de vous déranger pour vous mettre au courant de ce qu'il vient de se passer chez Leudit et qui a failli coûter la vie à mon frère.

Si Charlotte en demeura bouche bée, Armandine s'exclama :

— Seigneur Jésus ! racontez-nous vite !

Berthe raconta, sans oublier un détail, tout ce qu'elle avait entendu à travers la porte et comment elle avait pu intervenir juste à point pour sauver son frère que son hôte menaçait d'un couteau à découper.

— Quelle abomination !

Froide, Charlotte s'enquit :

— Que lui avait-on fait pour le mettre dans un état pareil ?

Sèchement, la sœur de l'abbé répliqua :

— Madame, vous devez admettre qu'un prêtre ne se rend pas chez un malade pour autre chose que lui apporter, avec l'aide du Saint-Esprit, le réconfort dont son âme perdue a besoin.

Armandine, curieuse, demanda :

— De quelle façon avez-vous réussi à le calmer ?

— Avec un bâton... Que voulez-vous, quand j'ai compris qu'il s'apprêtait à frapper mon frère, j'ai foncé et, à coups de trique, je l'ai forcé à s'arrêter.

— Il n'a pas réagi ?

— Je ne lui en ai pas laissé le temps.

La maîtresse de maison ne put s'empêcher de rire, ce qui déclencha la colère de sa fille.

— Qu'on ait blessé mon beau-père t'amuse ?

— Non, bien sûr, mais j'imagine le spectacle... Mademoiselle Berthe, Leudit ne doit pas vous porter dans son cœur. Désormais, il faudra vous méfier, craindre sa vengeance.

— Pas du tout ! Il m'a prise pour saint Michel, le glaive de Dieu !

Charlotte, exaspérée par le fou rire de ces deux inconscientes, quitta la ferme en claquant la porte. Elle marchait vite, ne regardant ni à droite ni à gauche. Elle n'entendait pas être distraite de ce qu'elle tenait pour une mission inspirée par Jean-Marie. Cependant elle ne put éviter sa marraine, Eugénie.

— Je me suis rendue à l'église pour une petite prière, des fois que là-haut, ils entendraient... Ta mère t'a dit pour ton parrain... Tu viens le voir ? Il en serait heureux. Il a toujours eu un faible pour toi.

— Je regrette... je n'ai pas le temps.

— Pas le temps ?

— Mon beau-père a été blessé. Je dois aller auprès de lui.

— Blessé gravement ?

— Une raclée.

— Bah ! il s'en tirera, lui !

— Pardonne-moi, je te répète que je suis inquiète.

Eugénie haussa les épaules.

— Tu es inquiète... Ma pauvre petite, tu auras toujours marché à côté de la réalité.

— Ce qui signifie ?

— Que pour te distraire, tu te joues la comédie, une comédie dont tu n'as même pas conscience. Je ne dirai pas à Charles que je t'ai rencontrée... Il en aurait trop de peine.

Charlotte hésita un instant puis reprit sa marche vers la menuiserie. Leudit sommeillait lorsqu'elle entra. Il ouvrit les yeux.

— Ah ! c'est toi...

— On vous a drôlement arrangé...

— Saint Michel...

— Assez de sottises !

— Ah ? toi aussi... Tu crois pas ce que je dis... T'as qu'à rejoindre les autres, tous les autres qui se moquent de moi !

— Mais si, mais si, je vous crois... Pour quelles raisons saint Michel est-il venu ?

— Pour me rappeler à l'ordre.

— Et il vous a battu ?

— Saint Michel est l'envoyé du Seigneur... Il me reproche d'oublier mes devoirs de chrétien... C'est vrai, seulement, ils devraient tenir compte de tout ce qu'ils m'ont assené depuis plusieurs années... J'étais un ouvrier consciencieux, pourtant... Je connaissais bien mon métier... J'étais bon père, bon mari... Malgré ça, on m'a pris mon fils, ma femme...

— Ces malheurs ne sont pas une excuse pour vous saouler et laisser votre maison devenir un taudis !

Quand elle était excédée par les autres et qu'elle en arrivait à ne plus pouvoir se supporter elle-même, Charlotte ne connaissait qu'un remède : une grande course à travers la campagne pour fatiguer le corps et endormir l'esprit. La fille d'Armandine vivait des moments difficiles. Comme beaucoup, elle s'aigrissait de n'avoir pas eu ce qu'elle estimait lui être dû. De ce fait, elle nourrissait une rancune tenace contre tout le monde et personne. Ne pas pouvoir notamment rendre quelqu'un responsable de ses échecs la déprimait. Pour expliquer sa paresse, son incapacité à entreprendre quoi que ce soit, elle préférait imaginer de vagues complots tramés par on ne sait qui et ayant son seul malheur pour but.

Revenant sur le passé, Charlotte ne se pardonnait pas d'avoir écouté sa mère après son échec avec Edmond [1] et de s'être laissé persuader de vivre à la campagne. Elle pensait à son mariage avec un menuisier — un brave garçon, certes, mais qui avait profité de son désarroi — alors qu'elle avait vécu de si beaux moments avec Edmond... Quelle déchéance ! Ah ! pourquoi avait-elle écouté sa mère ?... L'âge aidant, Charlotte souffrait de plus en plus de sa

1. Cf. *Les Soleils de l'automne.*

position médiocre. Son isolement volontaire ne mettait aucun frein à ses rêveries. A Tarentaize, elle estimait les gens et les choses indignes d'elle. Pour cette raison, elle ne fréquentait aucun foyer et ne se sentait bien dans sa peau qu'à l'église. Ainsi que toutes les déçues de l'existence, elle se réfugiait dans l'ombre du Seigneur. Non par suite d'une foi ardente, mais elle se sentait à son aise dans le ronronnement des prières, les flammes tremblantes des cierges, les odeurs si particulières des églises peu fréquentées. La maman de Joseph se pelotonnait sur sa chaise et goûtait alors une quiétude profonde.

Quoiqu'elle n'éprouvât pas le moindre intérêt pour le paysage l'entourant, la fille d'Armandine s'obligeait à des marches champêtres lui permettant d'exhaler son mépris envers ceux et celles goûtant des heures paisibles dans leurs masures et aussi de lutter contre un léger embonpoint alourdissant sa silhouette. Elle empruntait toujours le même chemin. Quittant la ferme, elle suivait la route facile de la Barrière d'où elle partait à travers champs et gagnait le bois des Étartés couvrant le versant d'une colline. Charlotte, dès qu'elle se trouvait sous les arbres, éprouvait l'enivrante sensation de régner sur un univers silencieux et prêt à la servir. Elle s'amusait à jouer à la fée parcourant son domaine enchanté.

Dans ce bois, une sorte de petite clairière, creusée dans le tissu serré des pins aux troncs rouges, délimitait un espace qui, pour Charlotte, s'était depuis longtemps transformé en un refuge où elle se sentait à l'abri de ses ennemis imaginaires. Elle y accédait par un sentier étroit serpentant entre les arbres. Elle approchait de son sanctuaire lorsqu'un écho étrange lui fit suspendre sa marche. Intriguée, elle ferma les yeux pour mieux écouter. Cela avait la sonorité assourdie de la plainte vespérale de l'engoulevent, mais une plainte qui se brisait par saccades. Étonnée, un peu inquiète aussi, la fille d'Armandine atténua autant qu'elle le put le bruit de ses pas. Bientôt, elle atteignit la lisière du bois en face des deux hameaux de la Lune et du Curtil dont la séparait une large combe herbeuse. Charlotte s'arrêta, le cœur battant et, scrutant les brefs espaces entre les arbres, elle finit par distinguer la mince et haute silhouette d'un homme qui, le dos tourné, semblait haranguer un auditoire invisible. Elle s'approcha sans plus prendre de précautions, l'inconnu étant trop perdu dans son discours pour prêter attention à quoi que ce fût. Elle ne tarda pas à reconnaître l'orateur : Leudit. Que faisait-il là ? Comment y était-il venu ?

Elle s'approcha à le toucher pour tenter de comprendre ce qu'il disait, tâche difficile, le vent du midi emportant, par instants, des phrases entières de la harangue. Charlotte n'était pas à son aise. Il lui semblait n'avoir pas le droit de surprendre la pensée du pauvre Arthur. Il parlait d'une voix grave, avec une certaine véhémence.

— Vous verrez quand l'heure du jugement sonnera ! Vous vous figurez, tous, que vous méritez le paradis parce que vous avez pas transgressé les dix commandements du Seigneur ! Mais, vous vous trompez ! Car on vous demandera simplement : as-tu aimé ton frère, ton voisin, ton ami ? Car Dieu nous l'a enseigné, il faut s'aimer les uns les autres ! L'avez-vous fait ? Non ! Mon fils est mort et, à part moi, qui c'est qui s'en soucie ? personne ! Vous avez laissé vos frères endurer seuls des misères qu'ils pouvaient pas supporter, qu'ils avaient pas la force de supporter. Moi, j'en peux plus. Vous comprenez ? j'en peux plus !

Il reprit haleine avant de poursuivre :

— Quelle faute j'ai commise, hein ? aucune ! Pourtant, j'ai été frappé plus durement que n'importe qui. J'étais menuisier, j'avais une femme, un fils qui était quasiment plus habile que moi dans le métier. J'étais heureux. Peut-être que c'est un péché d'être heureux ?... A présent, j'ai plus de femme ni de fils et ça vous pousse à rigoler ! car vous rigolez dans mon dos, je le sais ! Alors, un de ces jours, je vais prendre le fusil et...

— Père !

Il se retourna et sans marquer la moindre surprise, dit :

— Ah !... c'est toi...

— Pourquoi êtes-vous venu si loin ?

— J'avais idée de me pendre.

— Ne racontez pas de sottises !

— Si, si. J'ai pensé que puisqu'on laissait pas Jean-Marie me voir, me parler, c'était peut-être à moi de le rejoindre...

— Taisez-vous ! Vous savez bien que le bon Dieu ne pardonne pas à ceux qui se périssent ?

Elle le prit par le bras.

— Il faut rentrer, maintenant...

Ils se mirent en marche lentement. Quelquefois, l'un d'eux glissait sur les aiguilles de pin et devait se rattraper en s'accrochant à un arbre. Ils débouchèrent du bois dans les champs.

— Je vais te confier quelque chose, Charlotte : eux autres, ils se figurent que je suis fou... c'est pas vrai... enfin, pas encore... y a des jours où je déparle, c'est que j'en ai trop gros sur le cœur... alors, je bois pour plus penser à mon malheur... Tu comprends, mon fils c'était tout pour moi... Il devait me continuer... Je pensais qu'à cause de lui, je mourrais jamais...

Ils atteignaient les bâtiments de la Barrière et le chemin devant les ramener à Tarentaize. Un moment, ils avancèrent sans parler. Charlotte qui, du coin de l'œil, surveillait son beau-père, le jugeait calme, normal. Elle n'était pas loin de croire, dans ces minutes-là, que Leudit était vraiment victime d'une conspiration. Simplement, elle en ignorait les raisons. Qui donc Arthur gênait-il ?

— Vois-tu, ma fille, je me suis usé les genoux à même le plancher pour que le Seigneur autorise Jean-Marie à me parler. On lui a jamais accordé l'autorisation.

— Père, vous savez que la loi est la même pour tous : nous ne reverrons nos morts qu'après le Jugement dernier ?

— Jean-Marie est pas un défunt ordinaire !

A quoi bon répondre ?

Ils arrivaient au village et les vieilles qui, à travers leurs carreaux, les épiaient, haussaient les épaules.

— Ma voix n'atteint pas l'oreille du Seigneur, sans doute parce que je suis pas un bon chrétien. Que peut-on faire à ça ?

— Changer ! Devenir un vrai chrétien, aller à l'église après vous être lavé et dans un costume propre.

Il s'arrêta. Elle dut retourner un pas en arrière.

— Qu'y a-t-il ?

Il secoua la tête.

— C'est fini, Charlotte, je suis plus digne de la compagnie de Dieu. J'ai réfléchi. Je reverrai jamais Jean-Marie si quelqu'un vient pas à mon aide.

— Qui donc vous aidera si Dieu...

— Toi ! personne d'autre que toi !

— Je ne saisis pas ce que...

— Pourtant simple ! Jean-Marie t'aimait plus que tout au monde et tu lui rendais cet amour ?

Elle se contenta de hocher la tête, ce qui évitait de répondre et de mentir.

— Je sais aussi que tu te plais pas dans ce village de salauds, d'ingrats, de gens sans mémoire...

— Mais...

— Proteste pas, je te connais mieux que toi, si ça se trouve... Tu crois pas que tu serais mieux dans un couvent ?

— Je dis pas, cependant...

— Toi, tu comprends, t'as le cœur pur et si rien vient te déranger dans tes prières, le bon Dieu t'écoutera.

Charlotte était attendrie par la naïveté de ce vieil homme ignorant tout de son passé.

— Vous devez cesser de vous tourmenter avec ces histoires...

— C'est pas des histoires ! Le Seigneur t'entendra et Il permettra à Jean-Marie de me causer... Alors, tu lui diras ce que je peux pas lui dire et tu me répéteras ses réponses. J'irai te voir toutes les semaines dans ton couvent. On sera heureux.

* * *

Joseph, hors d'haleine, poussa la porte et du seuil, cria à sa grand-mère :

— Mémé, vite ! dépêche-toi ! Tante Eugénie a dit que tu viennes vite.

— J'arrive !

Ôtant sa blouse, Armandine pensa que les choses allaient plus mal pour Lebizot. Se hâtant vers l'auberge, elle chuchotait un *Pater* afin d'appeler discrètement Dieu au secours de son plus vieil ami.

Eugénie l'attendait avec une impatience qui la faisait bafouiller.

— Ah ! te voilà !

— Que se passe-t-il ?

— Le docteur est là... Il va ponctionner Charles, enfin le mettre en perce, quoi !

Dans la chambre du malade, Lebizot accueillit Armandine avec le sourire.

— Toi aussi, tu as été convoquée à la cérémonie ?

Le médecin lui coupa la parole.

— Calmez-vous... et vous, madame, si vous voulez m'aider, tendez cette toile cirée sur le drap pour éviter que celui-ci soit trempé. Le bougre en a accumulé quelques litres dans sa bedaine !

— Et ce seau ?

— Vous le placerez rapidement au terme de la source que va fournir notre patient. Après, vous n'aurez plus qu'à rapprocher le récipient du lit au fur et à mesure que notre ami cessera de faire couler les grandes eaux. Prête ?

— Prête !

Si Armandine appréhendait une opération sanglante, elle fut vite rassurée. Elle eut presque envie de rire quand la peau du ventre de Charles ayant été percée, il en jaillit un mince filet que la pression arrondissait en une courbe gracieuse. Lebizot ressemblait à l'un de ces personnages qui, sur les places publiques, crachent de l'eau dans les vasques des fontaines.

Après avoir donné ses instructions, le docteur remonta dans sa voiture dont le cheval s'impatientait et en démarrant vers une autre demeure où on l'attendait, lança :

— Je repasserai ce soir !

Ayant constaté que tout se déroulait normalement chez le malade, les deux femmes se retirèrent dans la cuisine, refuge d'Eugénie. Plus heureuses encore d'être ensemble, dans un moment difficile, elles entamèrent une de ces conversations que seuls peuvent nourrir des gens qui se connaissent depuis toujours et sont sûrs d'être mutuellement compris. Tous les quarts d'heure, l'une des deux se levait pour aller voir le patient et rapprocher le seau du lit au fur et à mesure que le jet, perdant de son ampleur, raccourcissait.

— Ta fille ne veut toujours pas t'accompagner, Armandine ?

— Je ne sais pas où elle est.

— C'est étrange... je me figurais qu'elle nous aimait bien, Lebizot et moi...

— Je pense qu'à part elle, elle n'aime personne.

— Pourquoi ?

— Parce qu'elle en est incapable. Une sorte d'infirmité.

Elles se turent, plongées dans des souvenirs les empêchant de comprendre le présent. Pour Eugénie, Charlotte restait la fillette difficile qu'elle tentait d'apprivoiser sans y parvenir. Pour sa mère c'était l'ennemie qui, cédant à sa vraie nature, après des années de dissimulation, se dressait contre elle à chaque instant.

— On ne dirait pas que c'est ton enfant.

— Elle a hérité de ma mère ce déséquilibre de l'esprit... Seulement, ma pauvre maman n'était pas méchante, au contraire...

— Oh, non !...

— Moi, je tiens de ma grand-mère Élodie. Tu te la rappelles ?

— Et comment ! Je la craignais plus que mes parents... Je me dis, parfois, que la société est curieusement faite... Louise, toi, ta fille, vous avez perdu vos époux, à peu près au bout du même nombre d'années... Ce malheur a rendu ta mère folle... toi, ça t'a donné le goût de te battre et Charlotte en a voulu à tout le monde...

— Tu te trompes, Eugénie, Charlotte en veut à tout le monde depuis bien plus longtemps...

Charles appela et les amies se précipitèrent auprès du malade qui, toujours aimable, leur annonça :

— Le service des eaux fait pas tellement bien son métier. La citerne est presque à sec.

Lorsque le liquide ne coula plus, Eugénie, suivant les instructions du médecin, retira la canule d'un coup sec, passa de l'eau-de-vie sur la plaie presque invisible et ne manqua pas de s'apitoyer en contemplant la peau du ventre de son mari. N'étant plus tendue par l'eau, elle apparaissait beaucoup plus grande pour ce qu'elle avait à couvrir et se recroquevillait en plis épais et nombreux. Les amies s'employèrent à envelopper le bassin de Lebizot dans une large ceinture de flanelle rouge. Après quoi, abandonnant le malade à un sommeil réparateur, elles retournèrent dans la cuisine pour y boire le café et reprendre la conversation interrompue.

— Qu'est-ce qu'elle te reproche, au juste, ta fille ?

Elles n'étaient plus que deux femmes âgées, plongées dans des bilans moroses en tentant de comprendre les raisons de ce qui les accablait.

— Mon caractère autoritaire.

— Elle n'a pas complètement tort, entre nous.

— Si j'étais autrement, où en serions-nous ?

— C'est vrai... Je me reproche assez de n'avoir pas eu l'autorité nécessaire pour empêcher Lebizot de boire.

— Quand on refait le passé, on le transforme toujours en quelque chose de plus beau que ce qui a été.

— Mais, enfin, elle t'aimait quand vous êtes arrivées ici ?

— Je crois qu'on se mentait toutes les deux, sans le savoir.

— Pourquoi ?

— Parce que je croyais ce qu'elle disait. Je n'avais pas encore compris que ce qu'elle m'avait obligée à endurer jadis tenait à son égoïsme foncier.

— Pourtant, Jean-Marie...

— Il lui apportait ce qui lui manquait... mais elle ne l'aimait pas au sens que toi et moi donnons à ce mot.

— Enfin, son fils...

— Elle a tenu à lui tant que son père a vécu... Sitôt Jean-Marie disparu, elle s'est monté la tête, elle s'est joué une comédie dont elle continue à tenir le premier rôle... Elle est la veuve inconsolable, la femme fidèle à une ombre. Elle a trouvé un auditeur en la personne de ce fou de Leudit. J'ignore quel est celui qui est la dupe de l'autre.

— Et Joseph ?

— Il ne l'intéresse pas... Elle est incapable d'avoir de la

tendresse pour deux. Et puis, à ses yeux, aimer son petit est d'une banalité indigne d'elle.

— Peut-être aurait-il fallu qu'elle ait un autre gosse...

— Je ne pense pas que cela aurait changé quoi que ce soit dans son caractère.

Le médecin, ainsi qu'il l'avait promis, revint voir son malade. Il l'examina, lui conseilla de se montrer sobre, puis il prit à part Eugénie et lui confia :

— Pour l'instant, ça va. Seulement, il ne faut pas nourrir trop d'illusions. Je pourrai ponctionner votre mari encore deux ou trois fois et puis... ça sera fini.

Armandine eut beaucoup de mal à consoler son amie de toujours. Elle ajouta les mots aux mots sans y croire parce qu'il y a des échéances qu'on ne saurait indéfiniment retarder. Elle souhaita une bonne nuit à Lebizot qui lui assura qu'il avait retrouvé sa silhouette de jeune homme.

Raccompagnant sa visiteuse, Eugénie déclara :

— Chacun porte sa croix, mais quand quelqu'un vous aide à la porter, ça fait du bien...

Armandine, ne sachant que dire en réponse, embrassa Eugénie qui ne voulut pas la laisser partir sans lui donner son sentiment sur Charlotte.

— Pour en revenir à ta fille, j'ai l'impression que tu exagères. Elle ne peut pas être devenue si mauvaise...

— Elle ne s'est pas encore rendue au chevet de son parrain...

— Inutile de me le rappeler. Charlotte a l'esprit tourneboulé. Elle approche de la quarantaine et le manque d'homme la travaille... Il faudrait la marier. Elle est encore jeune, elle est toujours belle et je suis convaincue que, le cas échéant, tu lui donnerais une gentille dot.

— Tu peux y compter car la cohabitation devient difficile ; et pourvu qu'elle me laisse Joseph...

* * *

Charlotte, après avoir quitté Leudit, était rentrée chez elle. Elle se félicita de l'absence de sa mère et se réfugia dans le jardin où elle savait goûter le silence dont elle avait besoin pour prendre une décision. Le conseil de Leudit, souhaitant la voir entrer au couvent dans le but d'obtenir des communications mystiques, la troublait. Naturellement la jeune femme n'ajoutait pas foi à ces pieuses calembredaines, mais la vie conventuelle l'attirait. Le malheur tenait à ce qu'elle n'en voyait que le côté romantique : le silence, le retrait en soi-même, la protection du Ciel, gage d'une bonne place dans le royaume des Cieux. Pour si intelligente qu'elle se crût, Charlotte imaginait le monde du silence à travers les fastes des grands offices célébrant les fêtes chrétiennes. Elle n'était pas loin de se persuader que, dans les couvents, c'était tous les jours dimanche.

Parce que son imagination vagabondait dans des régions inconnues, sur des chemins de rêve où il n'existait pas de garde-fou, Charlotte vivait déjà dans un univers dont elle ignorait les impératifs. Renoncer à la société de ses semblables impliquait qu'elle ne verrait plus guère sa mère, cela ne la gênait pas. Elle eut un serrement de cœur en évoquant Joseph. Toutefois, le petit ne ressemblait pas à l'enfant qu'elle aurait souhaité. Au fond, elle lui reprochait de grandir, marquant ainsi la fin de la jeunesse de celle lui ayant donné le jour. Joseph avait sa grand-mère aujourd'hui, Thélise demain. Il n'avait pas besoin d'elle. Elle décida d'aller exposer son point de vue à l'abbé.

* * *

Loin de se douter des préoccupations des adultes, Joseph consacrait la plupart de ses moments de loisirs à écouter les leçons de Saturnin Campelongue qui se plaisait à croire que son enfant, s'il avait vécu, aurait été un garçon à la ressemblance de son futur apprenti. Il aimait ce gamin à l'air éveillé, passionné de charpenterie. Le gosse lui apportait ce qu'il s'était figuré ne pouvoir jamais retrouver : une raison de vivre.

Pendant que les différents corps de métier travaillaient sur la maison des pins, Campelongue familiarisait Joseph avec les termes de métier.

— Sais-tu ce que désabouter veut dire ?

— Oui ! C'est quand on coupe de cette façon (il usait de ses mains pour s'expliquer), un tenon par rapport au morceau de bois dans lequel il s'assemble.

— D'accord, mais qu'est-ce qu'un tenon ?

— C'est une pièce dont l'extrémité a été taillée pour entrer dans un trou qu'on appelle mortaise.

— A peu près ça... Faudra relire dans ton cahier la définition que je t'ai donnée. Cependant, c'est du bon travail. On ne retient pas tout du premier coup.

De ces rencontres avec le vieil homme, Joseph revenait chaque fois plus assuré, plus attaché à son futur métier. Les mains dans les poches, sifflant à tue-tête, en redescendant vers le village, le gamin n'était pas loin de se prendre pour un homme.

* * *

Surpris de la visite de Charlotte Leudit, M. Marioux avait cependant accepté de la recevoir.

— Je ne m'attendais, certes pas, à votre visite, ma chère fille.

— Je suis là, mon père, pour solliciter votre appui.

— Dans quel but ?

— Entrer au couvent.

— Pour y faire retraite ?

— Non... pour toujours.

— Oh !...

Le curé prit un peu de tabac à priser dans une tabatière dont Lebizot lui avait fait cadeau le jour où l'on avait appris la chute de Napoléon III et le huma avec délices.

Après avoir chassé les grains de tabac maculant sa soutane d'un revers de main, il remarqua :

— Une vocation bien soudaine, non ?

— La grâce n'avertit pas...

— Sans doute... Votre famille, vous y avez songé ?

— Ma mère s'occupera de mon fils.

— Joseph est un gamin et sa grand-mère n'est plus jeune...

— Il y a Eugénie Lebizot, Saturnin Campelongue, voire les Colonzelle pour s'intéresser à mon enfant.

— Ne croyez-vous pas que vous serviriez le Seigneur au mieux, en élevant d'abord votre petit ?

— J'ai faim de Dieu. Aidez-moi à apaiser cette faim.

— Bon, bon... Ne vous exaltez pas. L'existence des religieuses est très dure.

— Je la trouverai douce.

— Tant mieux pour vous... Je vais essayer de savoir qui peut vous prendre à l'essai pendant un ou deux mois, le temps que vous vous fassiez une juste idée de ce qui vous attendra, si vous persistez.

— Je persisterai.

— Dans ce cas, je vous préviendrai sitôt que j'aurai une réponse satisfaisante... Toutefois, j'aimerais être certain que vous n'agissez pas de la sorte sous l'influence du malheureux Leudit ?

— Il m'a aidée à voir clair en moi.

— Lui qui ne voit pas clair en lui ?

— Quand il s'agit de religion, il ne tient que des propos sensés.

— Ce n'est pas l'impression que j'ai eue.

Ils se séparèrent assez froidement.

A la fin de cette même journée, Armandine rencontra l'abbé Marioux sur le chemin des Citadelles. Elle revenait de la ferme Colonzelle.

— Je ne dois pas négliger la famille de ma future petite-fille, n'est-ce pas ?

— Vous avez raison, ma chère amie. Savez-vous que, chaque fois que je rencontre ces enfants, une prière me monte spontanément aux lèvres pour supplier le Tout-Puissant de ne jamais séparer ces deux-là. Je crois, de toutes mes forces, à la pérennité des amours enfantines.

— C'est vrai. Elles vous marquent pour la vie.

— J'espère que Dieu me permettra de bénir leur union.

— Je souhaite de tout mon cœur qu'au moins un de nous deux soit encore là.

— Pourquoi pas ? Ma chère amie, j'ai reçu la visite de votre fille et comme elle ne m'a pas parlé sous le sceau du secret de la confession, je n'ai aucun scrupule à vous faire part de son étrange requête.

— Vous m'intriguez !

— Elle désire entrer au couvent.

— Non !

— Si !

— Elle aura écouté ce vieux fou de Leudit !

— Certainement !

— Eh bien ! je vais leur dire deux mots à ces demeurés !

Le prêtre sourit. A travers ces promesses belliqueuses, il retrouvait celle dont on lui avait toujours vanté l'énergie.

— Vous n'en ferez rien.

— Comment ? Vous vous figurez que je vais laisser ce malade de Leudit démolir ma famille ?

— Calmez-vous et écoutez-moi...

Après s'être signés, ils s'assirent sur le socle de la croix dressée presqu'à l'entrée du village, en venant des Citadelles.

— Vous devez penser que votre fille s'attend à une violente réaction de votre part, quand elle vous apprendra la nouvelle. Contrairement à ce qu'elle craint ou espère, vous ne réagirez pas... Vous accepterez. Vous approuverez, même... Cela la déconcertera mieux que n'importe quelle colère.

— Mais... après ?

— Elle gagnera le couvent que je lui aurai choisi. On y mettra sa vocation à l'épreuve, faites-moi confiance.

En dépit des engagements pris auprès du prêtre, Armandine eut beaucoup de mal à se contenir lorsqu'elle retrouva sa fille à la ferme. Jetant de rapides coups d'œil sur Charlotte, la mère se demandait comment elle pouvait dissimuler à ce point. Peut-être avait-elle hérité ce trait de son père ? Nicolas avait drôlement caché son jeu, lors de la sanglante affaire de la Croix-Rousse [1].

Le lendemain, un jeudi, Armandine était seule dans la grande salle basse. Les domestiques travaillaient aux champs, Joseph avait filé dès le début de l'après-midi et

1. Cf. *Le Chemin perdu.*

Charlotte était allée passer quelques instants auprès de Leudit. Vers cinq heures, on frappa à la porte, timidement. C'était Thélise.

— Que t'arrive-t-il, ma chérie ?

La poitrine gonflée de sanglots, elle chuchota :

— C'est Joseph...

— Qu'a-t-il fait ?

— Je sais pas où il est. Y a personne à la maison des pins.

— S'il n'y a personne, c'est qu'il est parti avec les autres.

— D'habitude, il me dit toujours où il va.

— Il aura oublié.

— Moi, j'oublie jamais !

Armandine fit asseoir la petite à son côté.

— Quel âge as-tu, maintenant ?

— Bientôt treize ans.

— Tu n'es plus un bébé. Tu dois apprendre à te conduire en femme. Il te faut accepter les jours comme ils viennent. Quand on est jeune, on se figure qu'on peut être heureuse tout le temps. Ce n'est pas vrai. Il y a les chagrins, les querelles, les regrets... Mais dans l'ensemble, quand on a du courage, le bonheur existe. Je suis sûre que Joseph et toi, vous formerez, le moment venu, un couple solide. Seulement, tu apprendras qu'avec les hommes, il faut avoir beaucoup de patience et pardonner bien des choses, car ils sont toujours prêts à commettre des sottises.

— Et si Joseph m'aime plus ?

— Il t'aimera. J'y veillerai. Dis-moi, et si c'est toi qui ne l'aimes plus ?

Un beau sourire illumina le visage de la gamine d'une lumière très douce.

— Moi ? Je l'aimerai toujours.

— J'en suis convaincue.

Sans doute, parce qu'elle n'avait pas la conscience tranquille après son entretien avec l'abbé Marioux, Charlotte arriva de méchante humeur et, tout de suite, s'en prit à Thélise :

— Qu'est-ce qu'elle fiche encore ici, celle-là ?

Thélise se leva d'un bond et courut vers la porte. La voix sévère d'Armandine l'arrêta dans sa fuite.

— Thélise ! reviens ici...

— Mais, la maman de Joseph...

— Elle aime rouspéter. Ne fais pas attention !

Charlotte cria :

— Voilà un bon conseil et je te remercie !

— Charlotte, tu deviens pénible. Pourquoi t'en prends-tu à cette enfant ?

— Parce que c'est toi qu'elle vient voir et non moi !

— T'intéresserais-tu à ses problèmes ?

— Des problèmes ! une morveuse !

— Tu vois bien qu'elle a raison de ne pas te demander conseil.

— Bonjour tout le monde !

C'était la manière de saluer de Joseph quand il entrait. En voyant Thélise, il s'exclama :

— Tu es là, toi ?

Sans attendre de réponse, il alla vers sa mère pour l'embrasser, mais celle-ci le repoussa.

— Va d'abord te laver, tu es dégoûtant et tu sens mauvais !

Armandine dit doucement.

— Viens m'embrasser, Joseph, et embrasse Thélise... Après, tu iras te débarbouiller.

Charlotte grinça :

— Décidément, tu n'en rates pas une ! Je te laisse avec tes protégés ! Je serai dans ma chambre si tu as besoin de moi... mais ça m'étonnerait.

— Moi aussi.

Inquiet, Joseph demanda :

— J'ai rien fait, pourtant ?

— Mais non, mon lapin. Ta maman a des soucis, c'est pourquoi, elle en veut un peu à tout le monde. Il faut essayer de ne pas s'en apercevoir. Monte vite te passer un peu d'eau sur la figure, après t'être lavé les mains. Ensuite, tu raccompagneras Thélise chez ses parents.

Dans le soir, dont les premières ombres remplissaient peu à peu les combes entre les collines, les deux enfants marchaient d'un bon pas. Joseph tenait solidement sa camarade par la main. Avec la pointe de leurs galoches, ils tapaient dans les cailloux rencontrés et riaient de les voir sauter au loin.

— Tu sais, je suis pas venu cet après-midi parce que le père Saturnin m'a emmené voir un nouveau chantier du côté de la Chaumienne. Alors, j'ai pas eu le temps. Pourquoi que t'as eu du souci ?

— J'avais peur que tu reviennes pas...

— En voilà une idée ! Quand on sera mariés...

— Parce que tu voudras toujours te marier avec moi ?

— Y a pas de raison !

— Des fois que tu m'aimerais plus...

— Dis pas de bêtises ! On se quittera jamais !

— Tu le jures ?

— Je le jure !

De joie, elle abandonna la main de Joseph et esquissa deux ou trois entrechats en riant aux éclats.

Adrien Colonzelle réparait un joug lorsque les enfants se présentèrent devant lui. Le père embrassa sa fille et se mit à parler de Saturnin Campelongue avec Joseph. Ils bavardaient avec tellement de conviction qu'ils ne s'aperçurent pas de l'absence de Thélise partie rejoindre sa mère.

Antonia repassait, la tête un peu penchée sur le côté et tirant légèrement la langue.

— C'est toi, ma cocotte ?

— Bonsoir, maman.

— T'es pas revenue avec Joseph ?

— Si.

— Où est-il ?

— Sous le hangar avec le papa.

— Qu'est-ce qu'ils font ?

— Ils parlent de Saturnin Campelongue... Oh ! maman, j'ai peur que Joseph, il aime mieux ce vieux que moi...

— Ne dis pas de bêtises, ma crapinette...

* * *

Charlotte avait attendu les heures calmes de la fin de l'après-midi pour rendre, enfin, visite à son parrain. On lui avait peint un tel tableau du malade que sa première impression fut qu'on avait beaucoup exagéré. Cependant, sans qu'elle sût en dire le pourquoi, elle ne retrouvait pas exactement le visage auquel elle était habituée. En présence d'Eugénie, Lebizot se força à plaisanter, à scandaliser légèrement sa compagne par ses propos anticléricaux jusqu'à ce qu'elle eût quitté la pièce. Quand ce fut fait, Charles adressa un clin d'œil à la visiteuse qui, l'espace d'une seconde, découvrit chez son parrain, la malice d'autrefois.

— Je voulais qu'elle s'en aille... Ma petite fille, je nourris guère d'illusions. Je vais pas tarder à rejoindre ton père. J'ai fait mon temps et largement, surtout quand je pense au pauvre Jean-Marie.

— Ne parle pas ainsi, parrain. Tu es bien soigné et tu te remettras.

Il l'interrompit d'un ricanement qui ressemblait à un sanglot.

— Si j'étais pas si vieux...

— Mais non, si tu t'arrêtais seulement de boire !

— Je t'ai toujours considérée comme une fille pas sotte du tout, ma petite Charlotte. Tu te fais pas plus d'illusions que moi. C'est plus qu'une question de semaines... Non, tais-toi. Nous pouvons pas nous mentir, toi et moi.

Maintenant, Charlotte comprenait que l'expression étrange de son parrain — qu'elle avait remarquée en entrant et qui l'avait intriguée — était, peut-être, l'empreinte de la mort.

— Quand je serai parti, ta marraine va être désemparée. Ta mère et toi, vous avez Joseph, elle, elle aura rien pour l'aider à tenir le coup. Je compte sur toi et sur Armandine pour qu'elle se sente pas complètement seule...

— Tu dois te douter que si un pareil malheur arrivait, Eugénie vivrait avec nous.

— Tu me le promets ?

La fille d'Armandine eut une brève hésitation qui échappa heureusement au malade. Elle ne pouvait pas lui apprendre qu'elle envisageait d'entrer au couvent, sous peine de le plonger dans un désespoir sans limites.

— Je te le promets.

Un sourire illumina la figure de Lebizot.

— Maintenant, tout est bien.

Charlotte attendit d'être dehors pour pleurer. Elle devinait que la mort de son parrain sonnerait le glas de sa propre jeunesse et la fin de ses illusions. Toutefois, contrairement à ce qu'on aurait pu imaginer, ces tristes perspectives fortifiaient son désir d'échapper à ce monde de déceptions, de peines et de larmes, en s'enfermant au couvent.

* * *

Chaque soir, abandonnant pour un moment la surveillance de son malade à Vanosc, qui les remplaçait à l'auberge, Eugénie se rendait à la ferme Lurieux, sise en dehors du village, sur le chemin du Sapillon, pour y prendre son lait. A l'époque où la santé de son mari ne lui causait pas d'inquiétude, cette promenade vespérale comptait parmi les rares plaisirs que pouvait goûter Mme Lebizot. Elle aimait la semi-obscurité de l'étable, l'odeur puissante qu'elle exhalait, le chant du lait giclant dans les seilles [1], et aussi les gens qu'on rencontrait, les conversations banales et cependant réconfortantes parce qu'on voulait y voir la preuve qu'on n'était pas seule. Évidemment, depuis quelques semaines, la maladie de Lebizot s'affirmait le thème obligé des entretiens. La première à venir aux nouvelles était la Berthe Marioux, tenant à apporter à son frère un bulletin de santé aussi complet que possible. Elle accompagnait toujours Eugénie jusqu'à l'auberge où sa pudeur et le souci de sa réputation lui défendaient d'entrer. L'entretien commençait chaque fois de façon identique :

— Et alors, madame Eugénie, votre pauvre mari ?

— Ça ne change guère...

— Misère de nous... S'il y avait pas le bon Dieu, je me demande où nous en serions... Et votre filleule ? Je l'ai pas revue depuis qu'elle est venue s'entretenir avec mon frère...

— Vous savez de quoi elle tenait à lui parler ?

— Un peu... N'est-ce pas, chez nous, les murs sont très

1. Seau.

minces et l'abbé a une voix forte... D'ailleurs, il s'agissait pas d'une confession, hein ?...

— C'est évident ! Là, entre nous, mademoiselle Berthe, que pensez-vous de la nouvelle lubie de Charlotte ?

— Déraisonnable, madame Eugénie, complètement absurde même, si vous tenez à mon opinion. Les jeunes femmes d'aujourd'hui ont beaucoup trop d'imagination et cela parce qu'elles lisent des mauvais livres qui leur embrument la cervelle. Mais, rassurez-vous ! Je doute qu'elle persiste longtemps dans sa vocation inventée lorsqu'elle aura été soumise quelques semaines à la vie des moniales.

— Que le Ciel vous entende ! Entre nous, mademoiselle Berthe, ce dont ma filleule a besoin, ce n'est pas d'une existence de cloîtrée mais au contraire d'un nouvel époux qui l'emmènerait vivre dans une ville où elle pourrait sortir, courir les magasins, se créer des relations, bref, vous voyez ce que je veux dire ?

— Très bien. Un homme dans ses âges, ayant du « de quoi » et occupant une situation en vue.

— Je me félicite de votre compréhension.

— Merci... Pardonnez mon indiscrétion... Votre Charlotte, peut-elle espérer du répondant ?

— Nul doute qu'Armandine lui donnera le maximum.

— C'est aussi ce que je pense.

Les deux femmes se séparèrent, enchantées l'une de l'autre. Elles se revirent tous les soirs qui suivirent. Mlle Berthe put ainsi apprendre à Eugénie que leur projet s'annonçait de plus en plus réalisable, grâce aux bons soins des Mères chrétiennes qui, à travers la montagne et jusqu'au rivage du Rhône, tendaient une espèce de filet aux mailles multiples où, sûrement, un époux possible se prendrait. En échange, Mme Lebizot confia à la pieuse demoiselle que le jour où elle permettrait à son époux de quitter sa couche pour aller s'asseoir dans le jardin, elle entendait ne pas recevoir de visites sauf, le cas échéant, celle de l'abbé Marioux.

* * *

Lorsqu'elle vit Charles, pour la première fois, dans sa longue chemise de nuit, se tenant droit sur la descente de lit, Eugénie eut beaucoup de mal à étouffer les sanglots qui lui nouaient la gorge. Était-il possible, Seigneur, qu'on puisse pareillement changer en si peu de temps ? Qui reconnaîtrait le gros et joyeux luron de Lebizot dans cet homme maigre, légèrement voûté, au teint de vieille chandelle ? Et cette angoisse qu'on lisait dans le regard vacillant ! Ce fut plus fort que sa volonté, et elle prit avec rudesse son mari dans ses bras, pour pleurer tout à son aise. Un peu étonné, il l'écarta en demandant :

— Qu'est-ce qui t'arrive, Génie ?

Elle bégaya :

— C'est... parce que... que je... suis heu-heureuse de... te voir de... debout.

Semblable à tous les malades ayant besoin de croire ce qui les rassure, il ajouta foi au mensonge réconfortant.

— Bon... quand les grandes eaux seront terminées, faudra m'aider à m'habiller.

Tous deux furent pris d'un fou rire lorsque Lebizot, vêtu de son costume de tous les jours, constata qu'il y flottait. Eugénie s'exclama :

— Tu ressembles à un épouvantail !

Le prenant par la main, elle le conduisit jusqu'au petit jardin faisant suite à l'auberge. Elle l'installa dans un fauteuil en osier et lui plaça une couverture sur les genoux.

— Tu seras comme un pacha !

Elle le laissa, rassurée, dans le soleil d'une jolie fin d'été. En se rendant chez l'épicière Mme Lebizot rencontra Mlle Berthe. Une heure plus tard, l'abbé Marioux se présentait à l'auberge. Si le prêtre fut frappé par l'aspect du malade, il n'en laissa rien paraître.

– Alors, mon bon, on est revenu parmi nous ?

— Pas pour bien longtemps...

— Voulez-vous vous taire !

— Ils me disent que je suis guéri... Je sais que c'est pas vrai !

— Vous ne savez rien! Oubliez-vous le « ni le lieu ni l'heure » ?

— Pour l'heure, d'accord, mais pour le lieu, pas besoin d'être sorcier.

— Et moi qui me figurais rencontrer un convalescent optimiste!

— J'ai passé les soixante-dix...

— Quelle importance?

Ils se turent, regardant la campagne autour d'eux, les champs, les vaches qui en broutaient l'herbe, les cheminées des fermes d'où montaient des fumées légères. Lebizot soupira :

— Le moment venu, ce sera dur de quitter tout ça...

— La même chose pour chacun...

— Ça empêche pas que c'est triste.

— Pas quand on croit à la promesse faite il y a plus de mille huit cent septante ans.

De nouveau, le silence s'établit entre eux. On entendit meugler des vaches, des bergers s'appeler d'une colline à l'autre. M. Marioux remarqua :

— La meilleure paix qui, par moments, nous est donnée.

— Si on avait le cœur aussi tranquille... Seulement, pour ça, il faudrait pas avoir de mémoire... J'aurais pas dû laisser Jean-Marie s'engager... J'aurais pas dû laisser Nicolas faire toutes les sottises qu'il a faites... J'aurais pas dû laisser Armandine se débattre seule avec sa fille... J'aurais pas dû être si faible avec Charlotte... C'est vrai qu'elle veut être nonne?

— Elle se le figure...

Tout cela était proféré à mi-voix. On aurait pu penser que quelqu'un psalmodiait des litanies. L'abbé reprit :

— Nous aussi, les prêtres, quand vient le moment des bilans, nous ne sommes pas à l'abri des remords. Lorsqu'on pense aux âmes qu'on aurait pu sauver et qu'on a abandonnées, soit par négligence, soit par lâcheté.

— Vieillir est décourageant... La force s'en va par petites étapes. On vous a sûrement raconté que j'ai eu affaire avec la justice de tous les régimes que j'ai connus. Je pouvais pas supporter l'injustice. Je gueulais pour les pauvres crevant de faim, pour les prisonniers, pour ceux et celles qu'on tuait dans les rues. Ah ! oui, pour gueuler, j'ai gueulé !

— Je m'en souviens...

— D'un coup, j'en ai plus envie...

— L'âge ?

— La lâcheté... En février, lorsqu'une explosion de grisou a tué deux cents pauvres types, au puits Jabin, j'ai pas bougé... Peut-être que ça me sera reproché plus tard ?

— Par qui ?

— Lui.

— Dieu n'est pas injuste.

— Oui et puis, peut-être que je guérirai ?

Il y avait une telle supplication dans sa voix que M. Marioux comprit que son ami l'avait fait marcher, plaidant le faux pour savoir le vrai... Lebizot feignait de croire à sa mort prochaine dans l'espoir qu'on le rassurerait. Il ne se sentait pas du tout en péril et avait une furieuse envie de vivre. Le prêtre constata, une fois de plus, que les grands malades redeviennent des enfants disposés à ajouter foi aux fables consolatrices.

— Je suis persuadé que vous guérirez, et vite, si vous vous montrez raisonnable.

— Je le serai ! je le jure !

Les illusions sont toujours accompagnées de faux serments. Timidement, Charles posa une ultime question à son hôte.

— A votre idée, qu'est-ce qu'il pense de moi, le bon Dieu ?

— Je suis sûr qu'il pense que vous êtes un brave homme et qu'il vous aime bien... moi aussi, du reste.

M. Marioux était sorti par le jardin. Il ne tenait pas à rencontrer Eugénie. Il n'aurait pas eu la force de lui jouer la comédie et de lui parler d'une guérison à laquelle, maintenant qu'il avait vu Lebizot, il ne croyait plus.

Devant la porte de la cure, Charlotte attendait le prêtre.

— Je vous ai vu arriver de loin.

— Je viens de chez votre parrain...

— Ah ?

— Je n'ai pas l'impression qu'il s'en tirera... Vous

devriez aller, de temps à autre, passer un moment près de lui... Il a besoin de se sentir entouré.

— J'irai... Vous n'avez pas reçu des nouvelles des couvents ?

— Si vous le souhaitez encore, les Clarisses de Brioude vous ouvriront leur porte le 15 novembre.

— Oh ! merci !

— Attendez pour me remercier. La règle des Clarisses est difficile à supporter.

— Je la supporterai !

M. Marioux regardait s'éloigner la jolie veuve en se demandant comment on pouvait, à ce point, se tromper sur soi-même. Berthe lui tapota l'épaule.

— La soupe va être prête, Eustache. Qu'est-ce qu'elle te racontait, la Leudit ?

— Rien que de banal, sauf qu'elle se croit appelée à devenir une sainte.

Ne se doutant pas qu'on s'exprimât aussi sévèrement à son endroit, Charlotte s'en allait à la rencontre de sa mère d'un pas conquérant. Maintenant que le curé lui avait déniché l'asile qu'elle souhaitait, elle se sentait pleine d'une force quasi invincible pour affronter les reproches, voire les malédictions maternelles. Pendant le dîner, elle se montra d'une fébrilité qui intrigua, sans plus. Les heures de la veillée semblèrent, à la future moniale, couler avec une lenteur désespérante. Enfin, Gaspard et Céline se retirèrent dans leur chambre. Joseph dormait depuis longtemps dans la sienne. Le moment était venu.

— Maman, j'ai quelque chose d'important à te confier, de très grave aussi.

— Tu n'es pas malade, au moins ?

— Mais non ! mais non !

— Alors, je t'écoute.

Charlotte respira profondément et lança :

— Je vais me faire religieuse. Le 15 novembre prochain, j'entre chez les Clarisses de Brioude pour commencer mon noviciat et ne crie pas, je t'en prie !

— Mais, ma petite fille, j'ai nullement envie de crier. Est-ce que tu sais à quoi tu as droit pour ton trousseau ?

Complètement déconcertée par l'indifférence maternelle — alors qu'elle s'apprêtait à un rude combat — Charlotte avait presque envie de pleurer.

— Maman, les Clarisses sont des cloîtrées...

— Je sais.

— Cela veut dire que nous ne nous reverrons quasiment plus.

— Je sais.

— C'est tout ce que ça te fait ?

Armandine posa son ouvrage dans son giron, remonta ses lunettes sur son front.

— Voyons, Charlotte, que voudrais-tu que je dise ? Me plaindre de ce que tu abandonnes une mère déjà âgée et un enfant encore jeune ? C'est un problème entre ta conscience et toi.

— En somme, tu me blâmes ?

— Serais-tu inconsciente au point d'espérer que je t'approuverais ?

— Décidément, nous ne nous serons comprises sur rien...

— Sur rien, et moi, je n'ai pas le refuge du couvent pour tenter de me consoler.

— Bonsoir.

— Bonne nuit.

Charlotte se tournait et se retournait dans son lit. Jamais, elle ne se serait figuré qu'Armandine prendrait les choses aussi paisiblement. N'avait-elle pas de cœur ? L'âge avait-il déjà affaibli ses facultés intellectuelles ? Apprendre que sa fille s'en va pour ne plus revenir et ne pas être davantage émue ! Ne pensant qu'à ce qui la touchait, pas une seconde il ne lui venait à l'idée que son attitude était plus extraordinaire que celle de sa mère. Un désespoir maternel l'eût mise mal à l'aise tout en la confortant dans son rôle de sacrifiée volontaire. Elle eût souhaité que sa décision fût acceptée dans un climat plus dramatique. Alors qu'elle pensait devoir être la proie de remords, elle s'abandonnait à une amertume indignée.

Sûre d'être mieux accueillie, le matin suivant, elle se rendit chez Leudit pour lui annoncer son futur départ. Ainsi qu'elle s'y attendait, son beau-père, sitôt qu'il eut entendu la nouvelle, tomba à genoux et entonna, à pleine gorge, un cantique, prouesse qui dut éveiller quelque étonnement dans le voisinage immédiat du menuisier. Relevé, il embrassa longuement Charlotte, lui jura que sa fidélité à un mort serait citée en exemple. Il ajouta qu'il espérait savoir très vite qu'elle était entrée en contact avec Jean-Marie. Elle ne devrait, alors, pas oublier de lui parler de son père qui attendait ses conseils, et même ses ordres.

La fille d'Armandine avait beau ne pas ignorer que Leudit déparlait, elle ne manquait pas de ressentir les billevesées qu'il débitait comme un hommage enthousiaste rendu à sa décision de prendre le voile. En tout cas, cette attitude un peu folle la consolait de l'échec subi la veille.

Continuant sur sa lancée, Charlotte qui baignait dans une douce euphorie se rendit chez les Lebizot. Elle trouva le couple dans la cuisine où Eugénie s'efforçait de convaincre son mari d'absorber des cachets. Ils reçurent leur visiteuse avec l'entrain dont ils témoignaient sans cesse jadis lorsque leur filleule les venait voir. Après s'être enquis des progrès de la santé de son parrain, elle annonça :

— J'ai une grande nouvelle !

Ils la regardèrent, attentifs.

— J'entre au couvent la seconde quinzaine de novembre.

— Ah ?

— Chez les Clarisses de Brioude.

Il n'y eut pas de cri, ni même d'exclamation. Charles se contenta de remarquer :

— Drôle d'idée...

Eugénie renchérit :

— J'ai du mal à t'imaginer en nonne.

— Pourquoi ?

— Je ne sais pas... Il ne me semblait pas que ce fût ton genre...

Agressive, Charlotte se cabra :

— Qu'est-ce que c'est, mon genre ?

— Je ne sais pas trop... pourtant, je me figure que tu aurais mieux été à ta place dans un salon que dans une cellule.

— La seconde est plus facile à trouver que la première.

— Pour le petit, tu t'es arrangée ?

— Ma mère et toi me remplacerez...

Charles intervint.

— Ça te fait pas quelque chose d'abandonner ton fils ?

— Si... mais l'appel de Dieu...

— Oui... J'ai du mal à admettre que le Seigneur exige d'une femme qu'elle abandonne sa famille, en chargeant les autres de ses devoirs.

— Parce que tu n'as pas la foi, parrain.

— Et toi, tu l'as ?

— Dame ! On ne s'enferme pas dans un couvent quand on ne croit pas.

— Tu as sûrement raison... eh bien ! je te souhaite bon voyage...

— C'est tout ce que tu trouves à me dire ? Tu sais que lorsque j'aurai prononcé mes vœux, nous ne nous reverrons plus ?

— Si tu as choisi cette manière de vivre, c'est toi que ça regarde, pas vrai ?

Charlotte était mortifiée à l'extrême. Elle comptait sur des pleurs, des supplications, des adieux déchirants mêlés d'admiration... Au lieu de cela, on lui disait au revoir, on l'embrassait comme si elle descendait à Saint-Étienne pour procéder à des achats. Afin de masquer ses désillusions, Charlotte feignait de se féliciter du peu d'intérêt qu'on lui témoignait. Elle se détacherait plus vite d'un milieu fermé à la grandeur.

Pendant que la fille d'Armandine naviguait sur les hauteurs d'un sacrifice librement consenti, d'autres se préoccupaient de lui assurer un avenir moins exemplaire, mais plus aimable. Ainsi, la Berthe Marioux qui, comme nombre de vieilles filles, s'affirmait, depuis des années, une marieuse infatigable. Quelques heures après la visite de Charlotte à sa marraine, celle-ci rencontra la sœur du curé.

— Ah ! Madame Eugénie ! Je me disposais à vous rendre visite... Comment se porte votre époux ?

— Aussi bien que possible, dans son état.

— Le pauvre... Tous les jours, je prie sainte Rosalie pour qu'elle lui vienne en aide.

— Je vous en remercie.

— A propos de votre filleule, je suis peut-être sur une piste intéressante.

— Déjà !

— J'ai mobilisé toutes mes relations. Mon frère rencontre beaucoup de curés qui, pour la plupart, connaissent bien leurs ouailles.

— Je n'en doute pas ! Alors ?

— Il serait question d'un marchand de terres, de maisons, de commerces... dans la cinquantaine... homme pieux, ayant toujours vécu avec sa mère et qui est complètement perdu maintenant qu'elle est morte. Une fortune rondelette.

— Où vit ce monsieur ?

— Serrières, sur le bord du Rhône.

* * *

Les adieux de Charlotte aux siens et à son village manquèrent de la solennité espérée. Joseph ne fut pas autrement peiné par le départ de sa maman car sa mémé lui avait affirmé qu'elle partait seulement pour un voyage de quelques semaines. La future moniale pleura pourtant, en embrassant son fils. Elle se montra plus indifférente avec Armandine qui se contenta de remarquer :

— Je persiste à penser que tu te trompes... mais, ce n'est pas la première fois, n'est-ce pas ?

— J'espérais que tu trouverais quelque chose de gentil à me dire plutôt que d'essayer d'affaiblir mon courage.

— Une mère s'apercevant que son enfant s'engage sur un mauvais chemin a le devoir de la mettre en garde.

— Bon, c'est fait, n'en parlons plus...

— Et puis, tant que tu n'auras pas prononcé tes vœux, tu pourras revenir, la porte te sera toujours ouverte.

— Merci.

— Dommage, quand même, que tu aies décidé de renoncer à la vie.

— Adieu, mère.

— Au revoir, Charlotte.

Seul, Leudit aida sa belle-fille à grimper dans la voiture

du courrier. A Saint-Étienne, la voyageuse coucherait chez la nouvelle propriétaire du « Miroir de Paris [1] ». De là, elle gagnerait Le Puy par la patache, et ensuite Brioude.

Au fur et à mesure qu'elle approchait du but de son voyage, Charlotte sentait la peur s'insinuer en elle et quand elle fut en présence des hautes et sévères murailles du couvent, elle fut saisie d'une véritable panique. Si le coin n'avait pas été aussi désert, elle aurait peut-être bien pris ses jambes à son cou. Pourtant, lorsque la sœur tourière, s'étant enquise de son identité, la fit entrer, elle eut l'impression de plonger dans un grand lac de silence. Pas un bruit, pas un écho, sauf à intervalles réguliers, le son clair de la cloche indiquant les heures ou appelant à la prière. Brusquement, Charlotte rencontrait ce qu'elle se figurait être l'endroit rêvé pour y vivre à l'abri des coups du monde. Elle ne pensa plus à Tarentaize et ses regrets s'effilochèrent dans le vent léger qui, aux approches du soir, semblait caresser ce havre de quiétude.

* * *

Armandine, aussi, marchait dans le silence. Cependant, au contraire de celui que savourait Charlotte, c'était un silence traversé de mille bruits où les chants des oiseaux, le grand remuement des branches, les frôlements des herbes tenaient le rôle principal. Depuis le départ de sa fille, la veille, la mère ne pouvait se dissimuler l'inquiétude la rongeant : et si elle ne revenait pas ? Bien sûr, au fond de son cœur, elle savait que sa pauvre enfant n'aurait jamais le courage nécessaire pour demeurer parmi les cloîtrées, mais qui peut deviner les réactions d'une femme que le goût de paraître, la conviction d'être au-dessus des autres à tous les points de vues, avaient envoyée à des échecs sans appel par des chemins imprévus.

Plus elle avançait en âge, et plus Armandine savourait un plaisir délicat dans ces promenades qui, une fois ou deux par mois, la renvoyaient sur les sentiers du bel autrefois.

1. Cf. *Le Chemin perdu*.

Elle ne tolérait jamais que quiconque l'accompagnât. Elle entendait être seule pour ressentir ce qu'elle seule pouvait ressentir. Le passé, qui lui servait chaque jour davantage de refuge, lui donnait la force de continuer. À part Joseph, elle s'intéressait davantage aux défunts qu'aux vivants. Elle se voulait en plus grande familiarité avec ceux-là qu'avec ceux-ci. Dans ses promenades-souvenirs, elle suivait toujours le même itinéraire.

Armandine commençait par s'arrêter au carrefour des routes menant à Saint-Étienne par Rochetaillée, à la vallée du Rhône par le Bessat, à Saint-Genest-Malifaux, d'où l'on filait vers la Haute-Loire et l'Ardèche. Elle ne répondait pas aux saluts des passants. Elle ne les voyait pas. Elle regardait une fillette dans ses beaux atours montant, folle de joie, dans la voiture où l'attendait le maire de Tarentaize, Landeyrat le Vieux qui avait affaire à la ville [1].

Quand elle revenait à la réalité, Armandine prenait la direction de la Chaumienne qu'elle abandonnait assez vite pour emprunter le sentier qui, à travers des champs incultes, envahis par les genêts, menait au bois des Chirouzes, le domaine féerique de son enfance. Elle écoutait les mêmes oiseaux que jadis et la voix du vent glissant entre les branches l'impressionnait autant qu'autrefois. Prise à son propre jeu, oubliant les années écoulées, elle prêtait l'oreille pour surprendre le passage de Mathieu, le petit garçon qui la suivait sans se montrer, dans l'unique but de la défendre si un homme ou une bête l'attaquait. Mathieu l'aimait. Retournant sur ses pas, Armandine avait les yeux pleins de larmes. Coupant à travers champs, elle rejoignait le chemin du Sapillon où, chaque soir, sa grand-mère venait chercher l'herbe pour les lapins. Elle revoyait — comme si elle était encore là — cette grande femme maigre qui, penchée vers le sol, maniait sa faucille avec des gestes précis et amples. Élodie, qu'aucun malheur ne pouvait abattre, avait enterré son gendre, son mari, sa fille avant de se laisser aller au repos si mérité.

Au moment de rentrer chez elle, Armandine contournait

1. Cf. *La Lumière du matin.*

le village et y pénétrait à la hauteur de la cure où avait si longtemps vécu celui qui l'avait aimée de l'amour le plus désintéressé, l'abbé Mauvezin. Le seul aussi, qui avait compris qu'elle se trompait, en dépit de sa réussite matérielle, et qu'un jour, elle retrouverait la voie négligée. Sur la route, devant elle, il semblait à Armandine qu'elle entendait le rythme brisé du pas de son pépé Arsène qui lui avait servi de père et racontait si bien les batailles de l'Empire, que ces abominations ressemblaient à des contes de fées. Hâtant sa marche, la vieille femme se dépêchait vers sa demeure et passait devant la ferme où, le dimanche, Nicolas Cheminas, le mari d'Armandine, regardait les occupants « faire quatre heures » et croyait, de toutes ses forces, que ce qu'il voyait était l'image du bonheur vrai. Pauvre Nicolas qui découvrait le monde et les hommes à travers les élans de son cœur...

En arrivant chez elle, Armandine se reposait un instant sur le banc placé à côté de la porte, le banc où Louise, sa mère, passait des heures et des heures dans une rêverie insoucieuse du temps depuis qu'elle avait perdu la raison.

Chaque fois qu'elle revenait de ses longues promenades, Armandine posait sur les êtres et les choses, des yeux qu'embuaient d'autres lumières.

* * *

La supérieure du couvent des Clarisses, mère Agathe de la Résurrection, était une femme d'une soixantaine d'années, petite, ascétique, mais avec un regard qui vous pénétrait. Devant elle, on se sentait en présence d'une force qui vous transportait. On devinait que cette frêle créature appartenait à la pieuse cohorte qui, le cas échéant, fournit les martyrs.

Mère Agathe avait reçu Charlotte avec cette espèce de détachement que l'on rencontre chez les grands malades encore solides et qui ont déjà pris congé de la vie.

— Ma fille, vous êtes ici pour vous imposer une épreuve, pour savoir si vous êtes capable de prendre place parmi nous. C'est pourquoi vous ne serez pas spécialement traitée.

Aujourd'hui, par suite des fatigues du voyage, vous êtes autorisée à vous reposer. Sœur Marthe — qui veille à la porte, la seule qui ait le droit de parler — vous guidera pendant les deux premiers jours. Après, vous imiterez vos compagnes. Je ne vous reverrai plus en particulier à moins que nous ayons à traiter, vous et moi, d'un sujet grave. Un mot, encore. Dans ce couvent, on ne parle pas. Rappelez-le-vous. Pous pouvez aller, sœur Marthe vous attend.

La tourière accueillit Charlotte avec un sourire et lui fit signe de la suivre. L'une derrière l'autre, elles empruntèrent de longs couloirs sombres et humides où l'hiver devait être pénible, elles montèrent un escalier encadré par un mur nu et une rampe en fer, pour arriver à un vestibule où s'ouvraient les portes des cellules. Sœur Marthe entra dans la troisième, à partir de la droite et, introduisant la nouvelle venue, dit :

— Voilà où vous mourrez si le Seigneur vous accepte dans son troupeau. Couchez-vous, je vous apporterai vos habits et reprendrai vos vêtements que je mettrai de côté jusqu'au jour où vous aurez pris votre décision.

Restée seule, Charlotte dut lutter contre les idées sombres qui lui envahissaient l'esprit. Elle s'était figuré autre chose. Il lui manquait la chaude amitié qu'elle avait espérée. Le linge de corps qu'on lui imposait, était épais et rêche. Les chaussures la firent sourire et elle se demanda si elle allait pouvoir marcher avec de pareilles grolles. La robe de religieuse, au contraire, l'enchanta. Elle y découvrait une sorte de passeport pour une existence exempte de soucis. Elle la plaqua contre elle pour constater l'effet produit. Seulement, il n'y avait pas de miroir.

Charlotte dut se forcer pour avaler l'écuelle d'eau chaude où flottait un morceau de poireau, ainsi que des pommes de terre cuites avec leur peau et pour assaisonnement, un peu de sel. Le tout, arrosé d'un grand verre d'infusion d'herbes du jardin. L'impétrante s'efforça de ne pas penser à la réconfortante odeur s'exhalant de la marmite où mijotait la soupe quotidienne préparée par Céline ou Armandine.

Les draps entre lesquels Charlotte se glissa la fit se féliciter de porter une chemise de nuit aussi rustique, sinon elle aurait eu la peau du dos arrachée. Elle était si fatiguée qu'elle s'endormit aussitôt. A peine avait-elle fermé les yeux — du moins le crut-elle — qu'elle fut brutalement secouée, tandis qu'une voix grondeuse disait :

— Eh bien ! eh bien ! On n'entend pas les cloches qui nous appellent à matines ?

Charlotte descendit à la chapelle en faisant de pénibles efforts. Le murmure des prières permettait de croire à la vie parmi ce troupeau de fantômes sans visage que composaient les Clarisses. L'entrée de sœur Marthe et de sa protégée ne suscita aucun mouvement de curiosité. Son chaperon fit placer Charlotte dans une stalle et lui mit entre les mains un gros livre à la page des matines. D'un geste impérieux, elle lui intima l'ordre de chanter. Les matines achevées, on enchaîna avec les laudes et les moniales n'eurent permission de regagner leurs cellules que vers une heure trente du matin. Charlotte sans prendre la peine d'ôter sa robe, se laissa tomber sur sa couche où elle s'endormit. Elle n'eut cependant pas le temps de rêver car, un peu avant six heures, sœur Marthe vint à nouveau la secouer pour la traîner à l'office de prime. Après un maigre petit déjeuner, composé d'une épaisse tranche de pain de seigle et d'un bol de lait agrémenté d'un soupçon de chicorée, les nonnes se rendirent au travail. Ayant à choisir entre la cuisine, la lingerie, le lavage et le jardin, Charlotte se décida pour ce dernier, parce que biner, piocher, sarcler étaient les seules choses qu'elle croyait savoir faire.

Penchée sur une plate-bande qu'il lui incombait de désherber, la fille d'Armandine, prise d'un zèle subit, s'escrimait à sa tâche, entre deux Clarisses dont elle ne voyait que les mains, vieillies à sa gauche, encore jeunes à sa droite. A nouveau, la cloche appela les travailleuses à l'office de tierce. Étonnée, la mère de Joseph s'aperçut qu'il n'était que neuf heures. Elle fit de son mieux pour imiter les autres, et se mit de nouveau à sarcler les mauvaises herbes tout en résistant, avec de plus en plus de difficultés, à une irrépressible envie de dormir. Elle passa la fin de la matinée dans un état second dont, à midi, l'arracha la cloche annonçant l'office de sexte. La dernière prière dite, on se rendit au réfectoire où, dans un silence total, on mangea des légumes verts bouillis et une assiette de haricots secs.

A la suite de ce qu'on pouvait, avec pas mal d'imagination, appeler le repas, Charlotte, laissant ses compagnes se promener silencieusement dans le cloître, dénicha une encoignure où elle se réfugia pour dormir. Elle sortit de son somme pour répondre à la cloche annonçant none. On ne s'était pas aperçu de son absence et, reposée, elle put, à la fin de l'office, retourner à ses travaux de jardinage qu'interrompirent les vêpres. Le dîner fut aussi frugal que le déjeuner et, c'est l'estomac léger qu'avant de gagner son lit, la fille d'Armandine s'en fut chanter complies et prendre congé de Dieu jusqu'à l'aube.

Charlotte s'acharna du mieux qu'elle le put à supporter ces épreuves physiques qui la brisaient, ces incessantes prières qui l'abrutissaient. Elle ne parvenait pas, toutefois, à manger l'insipide nourriture dont se contentaient ses compagnes. Elle se nourrissait de pain et buvait de l'eau. Elle tint le coup cinq semaines. Plus jeune, elle se serait peut-être habituée à la dureté de sa couche, à ces ruptures incessantes de sommeil, à des repas dont la seule vue coupait l'appétit, mais elle approchait de la quarantaine. Au lieu de prier, à la chapelle, elle se réfugiait mentalement chez sa mère, près de son fils, au creux du village qu'elle se figurait ne pas aimer. Seul, l'orgueil l'empêchait d'avouer son échec et de rentrer chez elle.

Au terme des cinq semaines marquées par la présence de Charlotte, la supérieure fit appeler sœur Marthe.

— Au sujet de la novice, quel est votre sentiment ?

— Elle n'a pas sa place parmi nous.

— Je le prévoyais.

— Elle est courageuse mais, sans la foi, notre règle est trop dure et elle n'a pas la foi.

— Vous en êtes certaine ?

— J'en ai tant vu... Elles sont sincères parce qu'elles n'écoutent que leur orgueil.

— C'est ce qui résiste le plus longtemps.

— Sans doute, ma Mère, mais rien, sauf la foi, la vraie, la

nôtre, ne saurait faire supporter le monotone déroulement des heures.

— *Amen.*

* * *

Un soir de la dernière semaine de l'Avent, Armandine finissait de tricoter un chandail qu'elle comptait offrir à Gaspard, lorsqu'une voiture s'arrêta devant sa porte. Intriguée, elle s'en fut ouvrir. Sa fille était là, droite, immobile dans la neige, son pauvre bagage à la main. D'une voix lasse, elle dit en baissant la tête :

— C'est moi...

Sa mère la prit aux épaules et la poussant vers l'âtre :

— Entre, Charlotte... Je t'attendais plus tôt.

# DEUXIÈME PARTIE

# *De nouvelles noces*

# 1.

Le début de l'année 1877 ne fut pas célébré dans la joie, tant par Armandine que par Eugénie. On organisa une courte fête pour Joseph et Thélise qui récitèrent des compliments de leur cru, avant de recevoir des cadeaux. Cette tristesse ambiante était due à l'état de Lebizot. Il avait été ponctionné à deux reprises et, visiblement, se trouvait déjà fort engagé sur le chemin où l'on ne peut faire demi-tour. Depuis pas mal de temps, le malade ne ressemblait plus à l'homme qu'il avait été et qu'on aimait. Jour après jour, comme si elle craignait d'être prise de court, la mort avait travaillé le visage de Charles. On eût dit qu'elle s'efforçait de donner au mourant la gravité lui ayant fait défaut sa vie durant. Les joues perdaient de leur rondeur, le nez prenait une importance inattendue et les yeux s'enfonçaient lentement dans les orbites. Parce qu'elle ne quittait pratiquement pas son chevet, Eugénie était moins frappée que les visiteurs du changement qui s'opérait chez son époux.

Pour passer un jour de l'An pas trop triste, on dîna chez Eugénie où on avait invité les Colonzelle. A seule fin de distraire les jeunes, on s'efforça de plaisanter, de rire tout en tendant l'oreille vers la chambre du malade au cas où il eût appelé. Mais, Lebizot n'était plus en état de s'intéresser à quoi que ce soit. Sa femme essayait de montrer bonne figure à ses hôtes, sans y parvenir.

Charlotte — que son court séjour chez les Clarisses semblait avoir transformée — remplaçait sa marraine et distrayait la société. Cependant, Thélise et Joseph sentaient qu'il se passait quelque chose d'anormal et se montraient soucieux.

On se sépara en échangeant des consolations plus que des vœux inutiles. Engoncés dans leurs houppelandes et éclairant leur marche avec une lanterne d'écurie, les Colonzelle s'éloignèrent en direction des Citadelles. Ils passèrent devant les fermes d'où leur parvenaient les échos de vaisselles bousculées et de chansons rituelles qu'on se rappelait ce soir-là.

La maladie, déjouant les pronostics médicaux, avait été beaucoup plus vite qu'on ne l'imaginait. Le docteur, ex-officier de santé de l'armée de Chanzy, avait conservé le parler rude des camps. A Eugénie gémissante, il disait :

— J'aurais cru qu'il durerait plus longtemps mais, que voulez-vous, il n'a quasiment pas de foie...

Vers la mi-janvier, Charles ne cessa plus de délirer. Il appelait au secours des copains disparus depuis bien des années et entretenait une conversation interminable avec Nicolas Cheminas, à la mémoire duquel il était resté profondément attaché. Eugénie, bouleversée, pleurait en le regardant parler avec un mort dont il semblait écouter les réponses. Charles s'acharna à vivre jusqu'au jour de la fête de saint François de Sales. Ce matin-là, Eugénie qui sommeillait dans son fauteuil de garde-malade, sursauta en entendant crier son mari.

— Allons, calme-toi... je suis là.

— Et Nicolas ?

— Il... il est en course...

— Génie... faut lui dire qu'Armandine l'aime et qu'il a pas le droit de la faire languir comme ça...

— Tu lui diras toi-même quand il rentrera...

Lebizot laissa retomber sa tête sur l'oreiller. Avec cette intuition qu'apporte une tendresse sans faille, Eugénie comprit que son vieux compagnon allait mourir. Elle envoya Vanosc prévenir l'abbé Marioux.

— Les soldats ! attention, Nicolas ! les soldats sont derrière toi !

Tenant la main de sa femme dans la sienne, Charles se

cramponnait comme s'il espérait arracher son ami à la poigne des hommes de la Ligne.

— Tu vois, hein ? je t'avais prévenu, pourtant ! Te tourne pas les sangs en eau, Génie et moi, on te tirera de là. Tu dois pas avoir peur... Rappelle-toi, t'es passé par des moments plus difficiles... Faut pas avoir peur, je te dis... Je suis là... et Génie aussi. On t'abandonnera pas.

Le visage ruisselant de larmes, Eugénie écoutait, à présent, un mourant consoler un mort.

Le curé entra et Eugénie lui céda la place en l'avertissant.

— Il ne sait plus ce qu'il dit...

— Pourvu que Dieu le comprenne, c'est l'essentiel et Il comprend tout.

Demeuré en tête à tête avec l'agonisant, l'abbé Marioux se pencha vers son ami.

— Tu m'entends ?

Charles fixa sur lui un regard qui dérivait sitôt qu'il semblait s'accrocher à un point quelconque.

— Charles, veux-tu que je te parle du Seigneur qui t'attend ? Lebizot, cherchant sa respiration, se mit à hoqueter, sa main crispée ramena une couverture invisible. Le prêtre psalmodia très vite les prières de circonstance et donna l'extrême-onction à celui qui ne le voyait déjà plus, puis il appela Eugénie et l'invita à s'agenouiller de l'autre côté du lit pour prier avec lui. Brusquement interrompant leurs oraisons, Lebizot se redressa pour lancer d'une voix forte :

— Dieu est républicain !

Et il retomba sur sa couche où il commença à râler. Eugénie, en joignant les mains, s'exclama :

— Seigneur Jésus ! Il part sur un blasphème !

L'abbé sourit à la femme éplorée :

— Vous vous trompez, ma fille, Charles vient de faire au Tout-Puissant le plus beau compliment dont il était capable.

M. Marioux demeura près de Lebizot jusqu'à la fin et lui ferma les yeux.

L'annonce de la mort de Charles se répandit très vite à travers Tarentaize. Dans les maisons, les femmes se signèrent, quelques-unes même pleurèrent le brave homme qui s'en allait. A la ferme Versillac, tout le monde se mit à genoux pour demander à Dieu de recevoir, sans trop de manières, le bon garçon qui montait vers Lui. La prière dite, Armandine et Charlotte se hâtèrent vers Eugénie, enfermée dans sa cuisine, pendant qu'on habillait le défunt. Elle dit :

— Nous voici toutes trois sans mari...

Son amie rétorqua :

— Charlotte, tout comme toi, vous avez été heureuses avec vos époux... surtout toi, Eugénie, parce qu'avec Charles, vous êtes restés longtemps ensemble...

M. Marioux sonna le glas pour annoncer ce départ à ceux qui travaillaient hors de chez eux. Tous connaissaient Lebizot, tous l'estimaient. Il ne manqua personne à l'office funèbre. Le village entier entonna, d'une seule voix, le *Dies irae.* A cause des plus vieux, la montée du raidillon menant au cimetière fut lente. M. Marioux, murmurant les litanies destinées à attirer l'attention des saints et des bienheureux sur le nouveau-venu, se voyait contraint de s'arrêter par instants pour reprendre haleine. Le chagrin et l'âge lui faisaient le souffle court. On embrassa beaucoup Eugénie. Joseph versa toutes les larmes de son corps en voyant pleurer sa marraine. Thélise sanglota parce que son camarade pleurait.

Les contemporaines de la veuve, pour la plupart veuves elles-mêmes, s'étaient agglomérées à l'écart, phalange funèbre attendant son heure pour entrer, à son tour, dans la danse de mort.

Elles entourèrent Eugénie. Leurs consolations, prononcées en même temps, se fondaient en un brouhaha léger qui évoquait la rumeur monotone des abeilles à l'entrée d'une ruche. Armandine et sa fille, écartant celle-ci, repoussant celle-là, arrachèrent leur amie à l'emprise de ces prêtresses du souvenir. Au terme du maigre repas qui les réunissait, on convint que Mme Lebizot vendrait son commerce et viendrait habiter chez Armandine. Ainsi, elle sentirait moins peser sa solitude quotidienne que dans un décor familier rappelant trop l'absent.

Longtemps, on devait parler, à travers la commune, du

magnifique adieu adressé par M. Marioux à son ami Lebizot. Le prêtre avait su parler de l'amitié en termes tels que, non seulement on avait compris ses propos, mais encore qu'on s'était senti plus riche après les voir entendus. Mlle Berthe éprouva une légère jalousie rétrospective. Un seul ne participa pas au deuil général : Leudit. Il ne sortait pratiquement plus de chez lui. Une voisine lui apportait chaque jour le nécessaire pour subsister. Le menuisier, s'estimant entouré de Judas, mâles et femelles, haïssait tout le village et, en chacun, il découvrait un ennemi acharné à lui nuire. Il passait les journées derrière ses vitres, guettant le retour de son fils. Parfois, quand il en voyait un ou une qu'il détestait particulièrement, il ouvrait sa fenêtre pour l'insulter. Les gosses avaient pris l'habitude d'éviter de passer devant la maison du maboul.

Au cours de la semaine qui suivit l'enterrement de Lebizot, Armandine et Eugénie, la tête encombrée par les souvenirs, furent incapables de diriger leur maison. La mère de Charlotte remit à sa fille le souci de s'occuper de la ferme avec Céline et Gaspard, tandis que Mme veuve Lebizot entrait en pourparlers avec un bûcheron de la Côte des Pins pour qui la cognée devenait trop lourde à manier. Elle acceptait de lui céder son affaire sous la seule condition qu'il gardât le brave Vanosc. On s'entendit vite de part et d'autre et quand on eut signé chez le notaire, les deux femmes se sentirent délivrées, « en attendant notre tour », commenta Eugénie.

— On imagine que ceux qu'on aime ne mourront jamais...

— C'est cette illusion qui nous permet de vieillir...

— Pourquoi ?

— Parce qu'au fur et à mesure que le temps passe, on sait que la séparation obligatoire sera de moins en moins longue.

Là-dessus, les vieilles amies évoquaient les deux hommes qu'elles avaient connus et aimés. La voix chevrotante, elles se rappelaient la maison de Valbenoîte, les grandes inondations du Furan, leur découverte du monde merveilleux de la mode chez Mlle Marthe et tous les personnages qui, à un moment ou à un autre, avaient traversé leur existence. Tous ces gens, qui se rendaient à l'appel de leurs mémoires conjuguées, leur faisaient paraître plus vide la salle basse de la ferme où elles bavardaient.

* * *

Sous prétexte que Joseph portait le deuil de son parrain, Thélise refusait les robes de couleurs claires qu'elle dissimulait sous ses épais vêtements de drap. Au début de février, profitant d'une journée limpide où le soleil brillait plus qu'il ne chauffait, les enfants s'offrirent une longue promenade. La neige crissait sous leurs galoches et pour taquiner sa compagne, Joseph secouait sur elle les branches enneigées sous lesquelles elle passait. Ils s'étaient risqués jusqu'au bois du Toile, mais après s'être quelque peu enfoncés sous les arbres, ils battirent précipitamment en retraite après avoir surpris des rumeurs inquiétantes venues du fond de la forêt. Pour rentrer au village, ils durent passer devant le cimetière et Joseph se crut obligé de réciter un *Pater* sur la tombe de son parrain. Comme d'habitude, Thélise l'imita. En sortant de l'enclos, la fillette s'enquit :

— Tu crois que nous aussi, on mourra ?

— C'est obligé.

— Pourquoi ?

Il haussa les épaules. C'était bien là une question de fille !

— Parce que, quand on est vieux, il faut qu'on meure, sans ça y aurait plus que des vieux...

Cette éventualité n'intéressait pas Thélise et elle n'entrait en aucune façon dans ses préoccupations de l'heure. Elle murmura :

— Si on meurt pas ensemble, on sera séparés !

— Bien sûr !

— Alors, on se verra plus ?

— On se retrouvera au paradis.

— C'est vrai ?

— Et comment !

Rassurée, elle passa à un sujet plus gai.

— Tu crois qu'on nous laissera jouer avec les anges ?

Il s'arrêta pile et dit d'un ton sévère :

— Tu pourrais pas t'arrêter de déparler ? Quand on mourra, on sera aussi vieux que ma grand-mère, et tu te figures quand même pas que ma mémé, elle a envie de jouer avec les anges ?

Elle baissa le nez, confuse :

— J'avais pas pensé...

— Et puis, on n'est plus des gosses.

Non, ils n'étaient plus des gosses. Thélise commençait à assumer une sérieuse part dans les travaux, tant intérieurs qu'extérieurs, de la ferme Colonzelle. Quant à Joseph, brûlant de ce zèle qui enchantait Campelongue et adoucissait sa vieillesse solitaire, c'était tout juste s'il ne se prenait pas pour un vrai charpentier. Le vieil homme et l'adolescent passaient des heures merveilleuses, l'un enseignant, l'autre écoutant. Pendant les rares beaux jours, ils se donnaient rendez-vous sur un chemin ensoleillé entre le Bessat et Tarentaize où, au cours de longues allées et venues, Saturnin Campelongue exposait son savoir, appris sur le tas, à celui qu'il tenait pour son disciple.

Sur le plan de la future maison étalé sur le sol devant eux, Saturnin rappelle à Joseph que les mesures sont toujours relevées de l'intérieur et donc qu'on ne doit pas oublier l'épaisseur des murs. Maintenant que le fils de Charlotte est officiellement promu au titre de lapin [1], il se figure, tout de bon, que son aide est indispensable pour construire la villa. Cette conviction lui donne un sérieux qui étonne. Il s'applique à retenir ces mots difficiles que le vieux lui lance à la volée. Il s'efforce de se rappeler le sens : les moises [2], le poinçon [3], les arbalétriers [4]. Il se les répète dans sa chambre, au travail, en promenade. Il aurait souhaité faire découvrir aux autres les sortilèges de ce vocabulaire étrange, mais personne n'y prêtait attention. Cela n'intéressait pas. Heureusement qu'il y avait Saturnin, sans qui il se fût trouvé bien isolé.

1. Apprenti charpentier.
2. Pièces jumelées allant d'un mur à l'autre.
3. Pièce verticale placée dans l'axe du bâtiment.
4. Pièces assemblées au sommet du poinçon.

Après l'enterrement de Lebizot, Joseph vécut des jours difficiles. Campelongue s'en rendit compte.

— Qu'est-ce qui ne va pas, petit ?

— Je peux pas m'empêcher de penser à mon parrain.

— Je sais, je suis passé par là... il y a longtemps. On imagine que la vie n'a plus de sens et, pourtant, on continue, par habitude.

— C'est pas juste qu'on meure !

Le vieux hocha la tête.

— L'ancienne révolte. Elle mène à rien. Il faut se consoler en songeant aux millions d'hommes, de femmes et d'enfants morts avant nous et que nous irons rejoindre, si Dieu existe.

— Et s'Il n'existe pas ?

— Alors, nous nous réveillerons pas. Vois-tu, petit, le grand malheur, c'est pas de mourir, mais de rester seul. Tiens ! qui s'amène là ?

Ils fixèrent le chemin qu'ils dominaient pour essayer de reconnaître la silhouette que l'éclat du soleil, la frappant de face, empêchait de distinguer. Quand l'inconnu ne fut plus qu'à une trentaine de pas des deux amis, Joseph s'exclama :

— C'est le père Ramponat... un vrai vieux... Il habite en dehors du village. Il y vient que le dimanche, à la messe, et aussi pour boire un coup.

Déjà le bonhomme arrivait sur eux.

— Salut !

— Salut...

— J'y vois plus beaucoup... Je voulais savoir si je vous connaissais... Toi, t'es Joseph, le petit-fils de Mme Versillac, une maîtresse femme que je respecte, mais vous...

— Je m'appelle Saturnin Campelongue.

— Le charpentier ?

— Tout juste.

— Paraît que vous êtes un brave homme.

Joseph ajouta :

— Le meilleur ! et il poursuivit, avec orgueil : Je suis son apprenti !

— T'as de la chance !...

Ramponat semblant triste, Campelongue sortit un litre de sa musette.

— Vous boiriez pas un canon, des fois ?

— C'est pas de refus, surtout que ça fait un bout de temps que je marche.

— Vous venez de loin ?

— Oui et non.

— Ah ?

— Faut que je vous explique. Je suis veuf depuis des années... Mon épouse est enterrée à Saint-Étienne où on habitait. Jusqu'à ces temps, je me débrouillais tout seul, surtout que la sœur du curé venait m'aider une ou deux fois par semaine. Une sainte fille, celle-là. Seulement, à présent, j'ai de l'anfrizène [1]... ça me croise les nerfs sur le cœur. Y a des jours que je peux même plus respirer.

— Le médecin, qu'est-ce qu'il en pense ?

— Que je suis trop vieux pour vivre seul.

— Alors ?

— Alors, le maire et lui, ils se sont débrouillés pour que je rentre à l'hospice de Saint-Genest, lundi. Si ma défunte voit ça, elle va en être toute retournée, la pauvre. Elle avait tellement peur de l'hospice. Elle disait : « J'espère que le bon Dieu, il m'accordera la grâce de mourir avant. » Le Seigneur l'a écoutée...

Sans grande conviction, Campelongue essaya de consoler Ramponat :

— Paraîtrait que cet hospice, il est correct.

— Ça se peut, mais c'est l'hospice. L'idée que je vais m'asseoir avec d'autres vieux, sur un banc, au soleil... C'est dur quand on a été son maître...

— La vie...

— Oui, la vie. Une belle saloperie, si vous permettez.

Joseph se jugeait un peu trop écarté de la conversation.

— Y a longtemps que vous marchez, m'sieur ?

— Depuis ce matin... j'ai cru que je devais aller dire adieu à tous ceux que j'avais connus dans ce coin. Moi, je les aimais bien... Pas eux.

1. Emphysème.

— A ce point ?

— Dans toutes les fermes où je suis entré, on m'a raconté que j'avais de la chance, que j'allais me reposer et qu'on me souhaitait une bonne santé... Même pas un canon, même pas une poignée de main... je devais me rendre à l'évidence : ils se souciaient de moi comme d'une guigne. Je m'étais trompé sur leur compte. A l'hospice, je leur dirai le contraire, à cause de la honte... Ça me ferait plaisir de vous serrer la main.

Campelongue et Ramponat se serrèrent la main et tandis que ce dernier s'éloignait, Saturnin confia à son apprenti :

— Celui-là, Joseph, c'est un vrai malheureux.

— Mais comment c'est possible que les autres, ils soient aussi méchants ?

Campelongue secoua la tête.

— C'est pas qu'ils soient méchants, mon garçon, mais ils ont leurs misères et celles des autres les intéressent guère.

* * *

Mme Chambles était l'épouse du pharmacien de Sablons, petit pays situé de l'autre côté du Rhône. Un pont, sans cesse emprunté, le relie à Serrières, sentinelle avancée dans l'Ardèche huguenote. Cependant, les guerres de religion étant révolues depuis longtemps, catholiques et protestants vivent en bonne intelligence, sauf Mme Chambles qui continue, dans la mesure de ses moyens, à combattre l'hérétique. Sans doute la profession de son mari l'oblige-t-elle à traiter tous ses clients, quelle que fût leur confession, avec la même courtoisie. Cependant, s'il y avait des pommades douteuses quant à leur fraîcheur, des cachets bientôt hors d'usage, elle n'éprouvait aucun scrupule à les réserver aux huguenots. Mme Chambles se flattait d'être une de ces femmes fortes dont parle l'Évangile. En dépit d'un corps qui, malgré l'ampleur des robes, ne se laissait pas oublier, Olympe possédait une âme guerrière. Sitôt qu'elle avait une possibilité de contrer les messieurs de la Religion, elle se portait aux avant-postes, mais de façon aussi sournoise que discrète. Sa hantise était les mariages mixtes qu'elle tenait pour sacrilèges et scandaleux, quelles que fussent les opinions du pasteur et du curé.

Elle dépensait des trésors d'énergie pour faire le siège de celui ou de celle sur le point de succomber au charme pervers d'un ou d'une hérétique. Elle avait transformé son association des Mères chrétiennes en une phalange toujours prête au combat pour la plus grande gloire du Seigneur. M. l'abbé Mazeaux, curé de Sablons, avait parfois l'impression d'être le chapelain d'une croisade en marche pour terrasser les infidèles. Il en était gêné et ne trouvait un peu de réconfort qu'auprès de son ami Clavettes, pasteur de Serrières.

Les tenants des deux confessions nourrissaient un attachement égal pour le vieux fleuve qui les séparait matériellement, mais moralement les réunissait car nombre d'anciens, toutes croyances confondues, avaient eu l'eau du Rhône pour cimetière. En franchissant le pont, on jaugeait la vitesse du courant et chacun avait une pensée pour l'arrière-arrière-grand-père Charles-Auguste assassiné par les huguenots de l'époque, ou pour la trisaïeule Deborah violée puis jetée dans le courant, avec une pierre au cou, par la soldatesque catholique du temps.

Dès que Mme Chambles, qui ne cessait de regretter de ne pas être née trois siècles plus tôt, apprenait qu'une demoiselle de l'Église réformée laissait glisser un regard des plus tendres sur un jeune homme élevé dans la « vraie » religion, elle entamait une patiente campagne de sous-entendus calomnieux. Cela allait des soupirs apitoyés sur cette pauvre petite jusqu'à la lettre anonyme, en passant par les allusions aux parents défunts qu'on avait laissés mourir chez les fous, tout cela savamment distillés dans les oreilles avides des « babièles [1] » des deux rives qui préféraient les racontars médisants aux disputes sur la dévotion due ou non à la Vierge. Ces manœuvres sordides portaient assez souvent leurs fruits et aboutissaient à des rancunes inépuisables entre familles qui jusqu'alors s'estimaient. Mme Chambles considérait ces échecs familiaux comme des victoires per-

1. Commères.

sonnelles et, avec une inconscience effarante, n'hésitait pas à en faire hommage au Saint-Esprit. Gagnée par un exemple répété jour après jour, la servante, Blandine, partageait les convictions belliqueuses de sa patronne. Ayant la « comprenette » un peu limitée, elle déclarait, à ceux voulant l'entendre, que les protestants étaient des catholiques faisant exprès de ne pas être catholiques. Ces derniers désignaient leurs ânes ou leurs cochons par le nom de « ministres » tandis qu'aux mêmes animaux, leurs adversaires accolaient le surnom de « monseigneur ». Les choses n'allaient jamais plus loin et relevaient davantage d'un folklore traditionnel que d'un mépris déclaré.

La communication que le curé de Sablons transmit à Mme Chambles touchant les espérances de son ami et collègue Marioux, à propos d'une belle jeune veuve à marier, fit qu'Olympe se sentit envahie par une sainte frénésie. Elle décida aussitôt de se rendre auprès de cet abbé Marioux afin de récolter de plus amples renseignements. Donc, un samedi, vers dix heures, elle prit place dans sa voiture tirée par le cheval Luther et conduite par Gédéon, le jardinier, pour se rendre à Tarentaize. A la fin du déjeuner campagnard arrangé en un tour de main par Mlle Berthe, son frère écoutait leur visiteuse lui donner des nouvelles de l'abbé Mazeaux et lui peindre la fermeté des avant-postes catholiques à la frontière du pays parpaillot. Un tel entretien mettait les nerfs de M. Marioux à rude épreuve car il haïssait le fanatisme le plus souvent allié à la bêtise et à la méchanceté. Aussi, dès qu'il le put, le curé prit congé de Mme Chambles, en prétextant un malade à visiter. Restées seules, les deux femmes firent le panégyrique de leurs candidats respectifs. Mlle Berthe réussit à montrer, de loin, Charlotte à son invitée qui la jugea jolie et de bonne façon. Elles témoignaient de tant d'enthousiasme l'une et l'autre que lorsque Mme Chambles repartit, elles étaient convaincues, toutes deux, que l'affaire pouvait se conclure très vite. Elles oubliaient simplement qu'elles n'avaient pas encore demandé l'avis de ceux qu'elles mariaient déjà. Si Mlle Berthe hésitait à aller parler de cette histoire aux dames Versillac, Olympe était résolue à avoir, au plus tôt, un entretien avec Prosper Colombier.

* * *

Ayant passé sa robe des dimanches — la nouvelle lui semblait imposer cette tenue — Mlle Berthe guetta le passage d'Eugénie pour la rattraper. Après les salutations d'usage, la sœur du curé chuchota :

— On a des nouvelles.

— Ah ?

— Ma grande amie, Mme Olympe Chambles, présidente des Mères chrétiennes de la paroisse de Sablons est venue me voir hier, et après avoir aperçu Mme Charlotte, a été enchantée, au point qu'elle s'apprête à rendre visite à M. Prosper Colombier, le monsieur dont je vous avais touché un mot. Mon amie estime que votre protégée ne pourrait pas trouver mieux.

— On vous devra un grand merci si ça se fait.

— Laissez donc ! J'espère que Mme Charlotte a compris qu'elle n'avait pas la vocation de religieuse.

— Je la crois bien guérie.

— Notez que c'est une bonne garantie pour le futur époux.

Elles étouffèrent des rires pourtant discrets et il fut entendu que dès que Mlle Berthe aurait quelque chose de positif, elle se hâterait d'en faire part à Mme Lebizot qui se chargerait alors d'avertir Charlotte et sa mère.

* * *

M. Colombier se présentait sous l'aspect d'un quinquagénaire puissant, au visage coloré, l'air doux (ce qui lui permettait de vaincre dans toutes les discussions avec les vendeurs ou acheteurs se laissant prendre à ses manières patelines) et une chevelure blonde qui lui seyait à merveille. On le réputait de mœurs pures et de commerce agréable. Bien des mères eussent souhaité l'avoir pour gendre, une dizaine d'années plus tôt. Quoique catholique, il était bien vu des protestants. On lui savait gré d'aller faire ses frasques à Annonay et de ne point défrayer ainsi la chronique scandaleuse de Serrières.

A la vérité, Prosper n'était pas aussi pur qu'on se plaisait à l'imaginer et, pour tout dire, il eût volontiers cédé à une irrépressible inclination à la débauche. Seulement, il y avait eu, pendant quarante ans, la présence quotidienne, tyrannique, inquisitoriale de Proserpine Colombier, née Praveyra, des Praveyra d'Anneyron, qui vivaient du négoce et qu'elle n'entendait pas voir confondre avec les Praveyra de Chambalud, des petits-cousins travaillant la terre. Pieuse et bornée, Proserpine dont le mari était mort en poussant un soupir de soulagement s'était transformée en garde-chiourme pour élever son fils. Exclusive, jalouse de son autorité, elle engageait des filles qu'elle choisissait de plus en plus laides au fur et à mesure que Prosper grandissait. Ainsi, elle lui avait laissé en héritage une Marie dont le visage, effroyablement disgracié, eût réduit à la chasteté les plus acharnés trousseurs de jupons. Prosper s'en serait débarrassé dès le retour du cimetière, mais la remplacer par qui ? A tant faire que d'avoir une figure nouvelle auprès de lui, il aimait mieux qu'elle fût jolie. Mais d'avance, il entendait les cris de réprobation des deux communautés et les calomnies sur les rapports de Prosper et de sa servante. Il garda Marie et continua de se rendre à Annonay.

Mmes Chambles et feue Colombier avaient partagé un goût commun pour l'intransigeance et un grand mépris des hommes. Jusqu'à la mort de Proserpine, ces dames se rencontraient une fois par semaine pour prendre le thé tantôt chez l'une, tantôt chez l'autre et papotaient délicieusement. Elles s'appliquaient à un recensement des cancans et des on-dit touchant la conduite de celle-ci ou la dépravation de celui-là. Un merveilleux tremplin pour exprimer ou justifier, preuves à l'appui, leur dégoût partagé des hommes. On commençait par démolir la mémoire du défunt Colombier. A en croire sa veuve, c'était un mécréant, ne pensant qu'à coincer les servantes dans les encoignures. Il semblait, à les écouter, n'avoir vécu que pour s'accoupler avec n'importe qui, n'importe où.

— Une bête, mon amie, une véritable bête et pourtant, ajoutait-elle en rougissant légèrement, il avait tout ce qu'il lui fallait dans son ménage !

Mme Chambles, que l'amitié ne rendait pas aveugle, n'approuvait certes pas le défunt, mais le comprenait.

— Heureusement, ma toute bonne, que Prosper a hérité de vous et non de son père !

— J'y ai veillé et, croyez-moi, ce fut une bataille incessante et ce, d'autant plus qu'étant joli garçon, les tentations se multipliaient autour de lui. Si je vous disais que des effrontées le traquaient jusque dans son bureau !

— Pas possible ?

— Hélas ! Je vais vous confier une bonne chose, Olympe : si les hommes sont des cochons uniquement préoccupés des soi-disant impératifs sexuels, les femmes ne valent guère mieux... Si vous saviez le nombre de ces créatures, mariées ou non, qui ont rôdé autour de mon Prosper... Ah ! si je n'avais pas été là !

Pareille harangue interdisait à Mme Chambles, qui n'avait pas, elle, la chance d'être veuve, de répondre sur un ton identique. On peut charger un mort de tous les péchés, mais un vivant...

— César, mon mari, ne me semble pas porté aux excès qui enchantaient votre époux... Au contraire, il reste des mois sans exiger que je me plie au devoir conjugal. Inutile de vous préciser que je ne m'en plains pas, tant ces saletés me soulèvent le cœur !

— Comme je vous comprends !

— Voyez-vous, le plus grand reproche que je puisse adresser à César, c'est son absence.

— Pardon ?

— Il n'est jamais là, même quand il est là...

— Je crains de ne pas bien comprendre...

— Je veux dire qu'à le voir, on a l'impression que son esprit est ailleurs. Dans sa pharmacie, il laisse à Major, notre vieil employé, le soin de servir les clients et pendant ce temps, il se réfugie dans son laboratoire où personne, pas même moi, n'a le droit de le déranger.

— Par exemple !

— C'est que, voyez-vous, Proserpine, César a la passion des simples et dès qu'il trouve un moment, il court la campagne pour cueillir ses herbes dont il espère composer, un jour, un élixir qui serait une panacée.

— Bah ! il vaut mieux cette manie inoffensive que si, comme mon défunt, il ne pouvait pas apercevoir un jupon sans lui emboîter le pas !

— Je ne le supporterais pas !

— Croyez-vous que je l'aie supporté ? J'ai mené une guerre de tous les instants contre cette dépravation et j'ai fini par gagner.

— Comment cela ?

— Dame ! Puisqu'il a préféré mourir plutôt que de s'avouer vaincu.

Ces dames, heureusement, ignoraient que César Chambles, depuis une quinzaine d'années, avait une « habitude » du côté d'Assière, auprès de laquelle il goûtait, dans un amour partagé, une douceur de vivre qu'il ne trouvait plus chez lui depuis longtemps. Elle s'appelait Hélène, une femme douce qui souffrait de cette situation, mais aimait trop César pour envisager de le quitter. Quant à lui, le plus dur était de résister à la tentation d'utiliser un poison subtil qui, en expédiant Olympe dans un monde meilleur, lui eût rendu sa liberté.

* * *

A son retour de Tarentaize, Olympe envoya Blandine, sa bonne, chez Prosper pour demander un rendez-vous.

Prosper redoutait autant Mme Chambles qu'il avait craint sa mère, aussi s'empressa-t-il d'écrire un mot à Olympe pour l'avertir qu'il serait enchanté et honoré de la recevoir vers quatre heures. Il glissa le billet dans une enveloppe qu'il scella des armes qu'il s'était données et confia le pli à Blandine.

Au déjeuner, Olympe annonça à César :

— J'espère que tu n'as pas besoin de moi, cet après-midi ?

— Parce que ?

— Je vais à Serrières, bavarder avec Prosper Colombier.

— Tiens donc !

— Ce garçon a besoin qu'on s'occupe de lui.

— Je le croyais quinquagénaire ?

— Et alors ? C'est un homme seul...

— S'il est heureux ?

— On ne peut pas, on n'a pas le droit d'être heureux dans la solitude.

— Pour quelles raisons ?

— C'est contraire à l'enseignement de l'Église !

— Ma pauvre Olympe ! Quand donc apprendras-tu à ne te soucier que de tes affaires et à foutre la paix aux autres ?

— Je refuse le confort de l'égoïsme !

César se mit à rire.

— Ma parole, si je ne te connaissais pas, tu me convaincrais !

Il plia sa serviette, se leva.

— Tu t'en vas ?

— J'ai besoin de travailler.

— Allons donc ! La vérité est que tu ne supportes plus ma présence !

— Pas ta présence, tes discours ! A ce soir, et essaie d'avoir pitié de ce pauvre Prosper.

Olympe dut monter dans sa chambre pour dégrafer son corset, elle étouffait sous la double pression intérieure de la digestion et de la colère. Pour se calmer, elle pensa que Colombier aurait intérêt à ne pas l'énerver.

Colombier logeait sur le haut de Serrières, dans une charmante maison de notaire bâtie un siècle plus tôt, avec cette élégance qu'on mettait aux choses de la vie. Trois marches conduisaient à un perron qu'ornaient deux vasques de pierre où Marie cultivait des géraniums. De chaque côté de la porte, une niche creusée dans le mur de la façade abritait une lanterne que la servante allumait, le soir venu. Aux yeux de Mme Chambles, le coin était mal famé car il abritait deux des plus riches familles protestantes de la petite ville. Tout en remontant la rue étroite, elle récitait des *Ave Maria* pour que la Sainte Vierge n'aille pas croire qu'elle trahissait.

La demeure où habitait Colombier était imposante et,

parce que ni lui ni sa bonne n'y menaient grand bruit, il y régnait un silence qui eût donné de la mélancolie aux plus joyeux lurons. Dans ce calme d'où toute vie semblait exclue, le coup de sonnette d'Olympe résonna longuement et de façon lugubre. On perçut l'écho feutré de savates traînant sur le parquet et la porte s'ouvrit. Mme Chambles avait beau y être habituée, le visage de cauchemar de Marie lui causait un malaise sans cesse renouvelé.

Prosper reçut Mme Chambles dans son vaste bureau encombré de meubles épais, lourds. Sur des rayonnages cossus s'entassaient des livres de droit et des ouvrages relatifs aux travaux des champs et à l'élevage. Pas de romans qui eussent pu faire passer le maître de maison pour léger. Acheteurs et vendeurs se sentaient à l'aise dans ce décor confortable. Un journal traînant sur une table révélait que M. Colombier « pensait bien », ce qui n'était pas pour déplaire à une clientèle où les catholiques côtoyaient les protestants, sans le moindre antagonisme.

— J'espère que vous ne m'apportez pas de mauvaises nouvelles ?

— Non pas. Mon cher Prosper, je suis venue ici, guidée par votre mère.

— Ah ?

— La pauvre chère âme redoutait tellement la solitude pour son enfant bien-aimé.

Colombier eut un rire aimable.

— Vous, vous tenez à me marier !

— Il serait temps, non ?

— Je me sens très bien comme je suis, je vous assure.

— Vous n'avez pas honte ? fait comme vous l'êtes, riche, si ! si ! on sait ce qu'on sait ! Comment osez-vous vous contenter des « ganipes [1] » d'Annonay ? Je vous parle comme vous parlerait votre mère. Si vous poursuivez cette existence morne et sans but, vous finirez, avec l'âge, par tomber sous la coupe d'une « gambelle [2] » quelconque qui vous convaincra de l'épouser ! A moins (parvenue à ce point

1. Femmes de mauvaise vie.
2. Femme facile.

de sa harangue, la visiteuse baissa la voix comme si elle s'apprêtait à lâcher des abominations)... à moins que vous ne vous laissiez mettre le grappin dessus par une de ces intrigantes parpaillotes qui, la sénilité aidant, vous fera renier la vraie foi pour rejoindre l'armée de Satan !

Colombier se mit à rire.

— Vous ne désarmerez jamais, n'est-ce pas ?

— Jamais !

— Enfin, nous ne sommes plus au XVII$^{e}$ siècle !

— Peu m'importe ! Je continue la lutte contre les hérétiques, *ad majorem gloriam Dei !* J'appartiens et appartiendrai jusqu'à ma mort au dernier carré des soldats de la foi, ceux qui ne se rendent pas !

— Madame Chambles, je serais surpris si vous n'aviez pas quelqu'un à me proposer ?

— En effet.

— Voilà donc à quoi rimait ce fougueux préambule ?

— Moquez-vous ! Vous me remercierez plus tard !

— De qui s'agit-il ?

— D'une veuve...

— Oh ! la ! la ! Ça commence mal !

— Écoutez-moi ça, si ce n'est pas malheureux ! A cinquante ans on voudrait sans doute recevoir une jeune pucelle dans son lit ?

— Ce ne serait pas pour me déplaire !

— Et qu'est-ce que vous en feriez, mon pauvre ami ?

— Merci !... Je vous écoute.

— Elle s'appelle Charlotte et est veuve depuis six ans d'un soldat tué à la guerre.

— Quel âge ?

— Une quarantaine pleine de jeunesse. Jolie, distinguée, portant bien la toilette. Sa mère a été, pendant des années, à la tête du « Miroir de Paris », le magasin de modiste le plus élégant de Saint-Étienne. Après que la maman eut vendu son affaire, ces dames se sont retirées à Tarentaize, dans le massif du Pilat, où elles possèdent un petit bien de famille.

— Comment se nomme cette déesse campagnarde ?

— Charlotte... Charlotte Leudit.

— Pas d'enfant, j'espère ?

— Un garçon qu'élève sa grand-mère. Il ne vous gênera pas.

* * *

Il était cinq heures du matin lorsque Mlle Berthe, ayant coiffé son plus beau chapeau et mis sa robe la plus seyante, rejoignit le Justin Rozel qui, avec ses quatre chevaux, assure le transport du lait de toute la commune vers Saint-Étienne. Au départ, tout allait bien et puis Justin s'arrêtait à la Barbanche pour boire un vin blanc qui lui « faisait » la bouche, puis aux Essertines parce que c'était une habitude venant de loin, ensuite à Rochetaillée sinon le Pétrus Boulain qui tient le café du « Lion Blanc » aurait tenu pour injure méditée le fait que le Justin ne s'arrêtait pas chez lui pour déguster son blanc-cassis matinal. Enfin, à l'entrée de Saint-Étienne, au Portail-Rouge, il buvait le bol de café où il laissait couler un demi-verre de beaujolais. On parvenait enfin à la place des Ursules où Mlle Berthe prenait congé de son hôte à éclipses. On se donna rendez-vous au café « Laisser dire » dans ce quartier putassier par excellence. Les clientes du voiturier ne se formalisaient pas de ces haltes vineuses car, s'il ne buvait pas, il se montrait scandaleusement importun. Les dames et demoiselles comme-il-faut ne supportaient pas des attouchements contraires aux bonnes mœurs, sans compter que ce diable de Rozel avait des gestes plutôt rudes et une délicatesse laissant beaucoup à désirer.

Mlle Berthe s'était faite belle pour se rendre chez la coiffeuse. Elle voulait paraître à son avantage chez les dames Versillac où elle s'apprêtait, l'après-midi même, à porter une attaque ayant pour but immédiat de convaincre Mme Charlotte de se remarier et de lui faire miroiter les avantages d'un bel établissement dans une gentille petite ville où elle tiendrait le haut du pavé, où le climat était heureusement différent de celui de Tarentaize. Mlle Berthe marchait gaiement dans les rues stéphanoises où les devantures des magasins en s'ouvrant, faisaient penser à des paupières qui se relevaient sur des yeux encore embués de sommeil. La sœur du curé descendit la grande artère, longea la place de l'Hôtel-de-Ville (des groupes y discutaient politique, le regard farouche, les poings crispés) pour atteindre la place Marengo et ses ombrages. Mlle Berthe ne résista pas au plaisir de s'asseoir un moment sous un énorme platane dont les branches étendues formaient une voûte majestueuse. On était en mai. La douceur du souffle vous caressant le visage, la transparence de l'air donnaient l'impression qu'on était entré, sans y prêter beaucoup d'attention, dans un monde nouveau où il n'y avait pas place pour les laideurs de la vie. On allait d'un pas ralenti, on se souriait, les amoureux s'embrassaient sans se soucier des autres, les enfants, auréolés de cris, commençaient à courir dans les allées. Des vieux, que chaque passant attendri jugeait ressembler à un aïeul, se hâtaient vers les bancs ensoleillés où des inconnus les aidaient à s'installer. Le miracle de mai.

Lorsque la pendule de l'Hôtel de Ville, à laquelle répondait très vite celle de la Préfecture, fit entendre les huit coups de l'heure, Mlle Berthe se leva, adressa un ultime et amical regard à tout ce qui l'entourait avant de partir en direction du salon de Mlle Fanny à deux cents mètres de là, rue d'Arcole. Quand elle en ressortit, l'aînée de M. Marioux ressemblait à l'un de ces jolis moutons frisés qui, à l'abord des crèches, suivaient des bergers inspirés. Le plus pénible restait à accomplir. Si la voyageuse voulait retourner à Tarentaize autrement qu'à pied, il lui incombait de ramener le Justin à l'énorme voiture pleine de « biches [1] » vides, de l'installer à sa place et surtout de s'en remettre aux chevaux pour ramener l'équipage à l'écurie. Fidèle à ses habitudes, avant de pousser la porte du « Laisser dire » Mlle Berthe récita un *Pater* et un *Ave,* se recommanda à sainte Réparate, sa protectrice depuis qu'elle avait lu le récit de sa courte vie, et entra. Tout de suite, elle fut suffoquée par la fumée des pipes et assourdie par le bruit des conversations tenues à pleine voix. A travers un brouillard léger, elle finit par repérer le Justin Rozel affalé sur sa chaise et promenant sur ceux qui l'entouraient le regard vide des ivrognes. Serrant

1. Récipient contenant le lait.

les dents, Mlle Berthe se glissa entre les tables sans que personne ne lui prêtât attention. Soudain, alors qu'elle approchait du Justin, une main indiscrète lui caressa gentiment le postérieur. Elle se retourna, indignée, disposée à exprimer sa façon de penser au goujat qui s'était autorisé un geste que pas un homme, depuis qu'elle était pubère, ne s'était permis. Mais, avant qu'elle n'eût ouvert la bouche, une seconde main, encore plus audacieuse, lui explora la croupe. Elle cria « Sainte Vierge ! », invocation qu'on n'avait pas l'habitude d'entendre dans ce café et qui, du coup, figea l'attention unanime. Quant aux grossiers personnages s'étant laissés aller à ces ignobles privautés, ils échangeaient leurs impressions :

— Qu'est-ce que t'en penses, Alfred ?

— Y a pas épais de graisse...

— On se demande même sur quoi elle s'assoit.

— C'est une mal-nourrie.

— Des fesses comme ça, elles écartent le péché.

— Pas sûr ! Peut-être que si on y donnait un coup de pouce...

Le rouge aux joues, la sueur aux tempes, Mlle Berthe écoutait, avec horreur, cette discussion tenue d'une voix tranquille et assez haute pour que toute l'assistance en profitât. La sœur de l'abbé avait l'impression que tous ces mâles puants avaient les yeux fixés sur son derrière dont chacun estimait, sans doute, le poids, la courbe, le côté peut-être aguichant. Ces commentaires impudiques s'accompagnaient de lourdes exclamations et de rires gras. Ce fut un véritable calvaire que vécut là Mlle Berthe, accrochée à la veste du Justin refusant de bouger. Elle avait l'impression d'être, telle sainte Blandine dans l'amphithéâtre lyonnais, exposée nue à une foule réclamant son supplice.

La scène eût duré si deux hommes — des Bessatères [1] — ne s'étaient approchés du Justin, l'avaient empoigné par un bras et traîné à travers la salle, suivis de la pauvre demoiselle. Dehors, les bons Samaritains obligèrent le voiturier à marcher entre eux.

1. Habitants du Bessat.

Arrivés à l'endroit où se reposaient les chevaux, ils dessaoulèrent un peu Justin en lui entonnant du café dans la gorge, à la suite de quoi l'ivrogne éructa une ribambelle de jurons contre ceux tentant de l'arracher à sa torpeur. Quand les Bessatères le jugèrent en état de conduire ses bêtes, ou mieux de se laisser conduire par elles, ils l'abandonnèrent à son sort et saluèrent Mlle Berthe, installée près du cocher, qui les remercia avec ferveur. Justin émergea des vapeurs de l'ivresse pour regarder fixement sa compagne et demander, hargneux :

— Qu'est-ce que vous foutez là, vous ?

La sœur de l'abbé eut toutes les peines du monde à faire comprendre au voiturier qui elle était et qu'elle avait gagné Saint-Étienne au matin, avec lui. Peu convaincu, Justin grommela :

— Ces punaises de sacristie, faut que ça se faufile partout...

Piquée, Mlle Berthe se promit de faire payer cher à ce triste individu de Rozel son insolence à son égard et les humiliations subies, par sa faute, au café. Cependant, sans qu'elle s'en soit rendu compte, Justin s'était endormi à ses côtés. On sortait de Saint-Étienne pour emprunter la route de Rochetaillée. Les chevaux ne risquaient pas de se tromper. Ils suivaient cette route depuis tant d'années... Le cocher se mit à ronfler et se coucha sur l'épaule de la voyageuse, lui soufflant dans le cou une haleine avinée. Ils avaient passé le Portail-Rouge lorsque Mlle Berthe, excédée, donna un violent coup de coude dans l'estomac de son compagnon pour l'obliger à se redresser. Le coup avait-il été trop fort ? Toujours est-il qu'au lieu de se redresser, le conducteur bascula en arrière et s'en fut s'étaler parmi les biches vides où il s'endormit sans plus de façon. L'équipage, livré à lui-même, ne se hâta aucunement et s'arrêta devant son écurie où, les poings sur les hanches, la Julie Rozel attendait son mari. Il était presque trois heures. Quand Mlle Berthe fut descendue, la Julie demanda :

— Où est-il ?

De la tête, la sœur du curé indiqua l'endroit où dormait Justin. Son épouse lui jeta un coup d'œil, se précipita chez elle, revint avec un seau d'eau et le flanqua sur le visage de son mari. Celui-ci, suffoqué, crut tout de bon être en train de mourir. Cependant, il récupéra assez de raison pour estimer que ce ne pouvait être des anges qui s'exprimaient de cette façon.

— Saligaud! cochon! éponge à vin! t'es encore allé te pocharder, hein, bougre de fumier d'ivrogne! File à la maison, feignant! et tâche de pas discuter sinon je te fais sortir la poussière de tes vêtements à coups de trique!

— Me cou... coucher? J'ai pas... pas mangé?

— Tu déjeuneras avec une bonne tasse de camomille!

— J'ai faim!

— Je m'en fous! D'ailleurs, ou que tu mettrais la nourriture dans ton estomac plein de vin?

* * *

L'abbé sifflotait en bourrant sa pipe lorsque sa sœur entra. Avant qu'elle n'ait pu placer un mot, il s'écria :

— C'est un beau jour, Berthe!

Amère, elle s'enquit :

— Pourquoi, je te prie?

— Parce qu'on a fichu le gouvernement en l'air!

— Et alors?

— Et alors, cela a démontré à Mac-Mahon qu'on en avait assez de ses histoires!

— Pourtant, Eustache, c'est la noblesse qui protège l'Église!

— Elle la protège comme on entretient le mur d'un rempart, mais elle ne l'aime pas, tandis que nos paysans s'en prennent à Dieu ainsi que le feraient des enfants, pour un marché manqué, un orage dévastateur, mais ils L'aiment.

— Les gens à qui je viens d'avoir affaire ne semblent pas nourrir une grande révérence à l'égard du Seigneur!

Surpris, l'abbé pria Berthe de lui fournir des explications. Quand elle arriva à l'épisode des attouchements salaces, le curé ne put s'empêcher de rire, ce qui indigna son aînée.

— Ça t'amuse! Un pareil affront! à mon âge!

— Moi, je trouve ça, plutôt flatteur...

— Oh !

— Dame ! Cela prouve qu'en dépit de ta septantaine approchante...

— Tais-toi ! je t'en prie ! Tu devrais avoir honte de parler de la sorte !

— Tu fais une montagne d'une taupinière ! Réfléchis, ma bonne Berthe, quand ils s'occupaient de toi, ces goujats, ils te voyaient de dos.

— Eh bien ?

— Avec vos robes si amples, l'âge n'apparaît pas, surtout sur cette partie de votre corps. En bref, tu as subi des caresses qui ne t'étaient pas destinées.

— Avec une pareille mentalité, je me demande ce que tu dois faire au confessionnal ?

M. l'abbé sourit.

— Je vais te le dire, mais tu me promets de ne pas le répéter ?

— Je te le promets !

— Je dors...

— Je ne te crois pas !

— Le contraire m'aurait étonné... Pourquoi es-tu descendue à Saint-Étienne ?

— Il fallait que je sois coiffée par quelqu'un de la ville.

— Aujourd'hui ?

— Aujourd'hui... Vers quatre heures, j'irai rendre visite aux dames Versillac.

— Toi, tu mijoterais un mariage que ça ne me surprendrait pas. Qui est ta proie ?

— Charlotte Leudit.

— Tu ne pourrais pas lui foutre la paix ?

— Je fais mon devoir !

— Quelle étrange manie as-tu de vouloir sans cesse te mêler de la vie des autres ?

— Peut-être parce qu'il n'y a jamais rien eu dans la mienne...

Ému, l'abbé Marioux découvrait que, sous l'apparence un peu ridicule, un peu exaspérante de sa sœur, se cachait un être qui ressemblait aux autres, qui souffrait comme les autres. Parce qu'elle n'avait jamais eu de foyer à elle, elle s'était réfugiée dans une religion étroite, bornée, simplette comme eût été, sans doute, son ménage si elle avait eu la possibilité d'en fonder un. Le curé se leva, prit Berthe dans ses bras et l'embrassa longuement.

* * *

Chez Armandine, la grande pièce a un air de fête. Des fleurs ont été disposées partout. Charlotte s'en étonne. Sa mère lui explique qu'elle attend Eugénie et Mlle Berthe. Joseph passe la journée chez les Colonzelle.

— Maman, que me caches-tu ? A quoi rime ce déploiement ?

— J'attends une ambassadrice.

— Tu te moques de moi !

— Pas du tout. On m'a prévenue qu'on avait des nouvelles, de bonnes nouvelles.

— A quel propos ?

— A propos de toi.

— De... Ah ! ça y est ! Je comprends ! Mlle Berthe m'a trouvé un mari ?

— Ça se pourrait.

— Tu ne penses pas que tu aurais pu me demander mon avis ?

— N'aie crainte, tu le donneras. Personne n'a ni le goût ni le pouvoir de te forcer à accepter ce dont tu ne veux pas.

— Heureusement !

Elles restèrent un long moment sans parler, s'affairant en gestes inutiles qui leur donnaient une contenance. Charlotte posa sur la table l'assiette qu'elle tenait à la main.

— Maman, pourquoi tiens-tu tellement à te débarrasser de moi ? Je te gêne ?

— Ne dis pas de sottises, Charlotte. Il est vrai que je n'ai pas été une mère très affectueuse, très attentionnée, mais je t'ai toujours aimée et de toutes mes forces du moment où je t'ai mise au monde. Malheureusement, je n'ai peut-être pas su te le dire... et puis la vie m'a durement traitée et tu n'as rien fait en vue de me la rendre plus facile.

— Je sais...

— Aujourd'hui, tu es mal dans ta peau. Tu as trente-neuf ans. Pour bien des femmes de notre temps, ce serait le prologue de la vieillesse. Pas pour toi qui es aussi jeune qu'il y a dix ans.

— C'est toi qui le dis.

— Je te connais mieux que personne, Charlotte, et je sais que tu souffres de deux choses : la première — excuse-moi de t'en parler aussi crûment — est que tu as besoin d'un homme. La seconde est que tu rêves d'une maison où tu serais seule à commander. Franchement, je me trompe ?

— Non.

— Mlle Berthe va peut-être nous donner des nouvelles de celui qui, le cas échéant, pourrait devenir ton mari. Tu n'es pas contre, n'est-ce pas ?

— Non, mais Joseph ?

— Je suis là... Quand il reviendra de l'armée, ce sera à Thélise de s'occuper de lui.

— Et Jean-Marie ?

— Quoi, Jean-Marie ?

— Ai-je le droit de trahir sa mémoire ?

Armandine fixa sa fille, avant de lui répondre calmement :

— Pas à moi, veux-tu ? Tu n'étais pas amoureuse de ton époux. Il n'était, à tes yeux, qu'un ami fraternel.

— Le beau-père va crier !

— Dans ce cas, il me trouvera sur sa route !

Pour la première fois, depuis des années, la mère et la fille se comprenaient. Délivrées de leurs soucis, n'étant plus obligées de feindre, elles s'étreignirent spontanément au moment où entraient Eugénie et Mlle Berthe. La marraine s'exclama, ravie :

— Eh bien ! voilà qui fait plaisir à voir !

On s'embrassa, on se congratula et on passa à table pour boire du café au lait et manger une tarte aux fraises qu'Armandine avait réussie à la perfection. On la félicita hautement. Les agapes terminées, Eugénie s'essuya la bouche et déclara :

— Il est temps de parler de choses sérieuses... Charlotte est au courant, maintenant, de nos démarches ?

Railleuse, la fille d'Armandine répliqua :

— Ne t'en fais pas, on me prend enfin pour une adulte.

— Et tu approuves le projet ?

— Sous réserve de connaître le monsieur en question.

— Naturellement ! A vous, mademoiselle Berthe.

Dans ces occasions-là, la sœur de l'abbé Marioux goûtait des moments privilégiés. Elle ne se prenait pas pour Dieu le Père, mais tout juste.

Mlle Berthe parlait, parlait, parlait, heureuse, se baignant dans les mots, s'enchantant des phrases, admirant les arguments qu'elle énumérait. On la laissait aller son train, elle en profitait. Une fois, il y a pas mal d'années, elle avait bu du champagne au mariage d'une des ouailles de son frère. Elle se rappelait que cette boisson l'avait plongée dans un état second. Le liquide pétillant dans sa coupe la remplissait d'une allégresse sans objet. Elle avait l'impression que ces bulles absorbées lui montaient au cerveau où elles éclataient, la plongeant dans une euphorie sans limites. Curieusement, elle éprouvait un sentiment très proche de celui ressenti dans cette aventure ancienne, en étant écoutée par ses auditrices. Elle crut de son devoir de brosser un tableau imposant de Mme Chambles, de son caractère, de ses relations. De là, elle s'offrit un léger détour pour parler de la maman de Prosper. A écouter Mlle Berthe, les autres étaient en droit de penser qu'on leur décrivait une sainte. Enfin, vint le tour de Colombier. Emportée par une imagination dont elle venait de donner déjà une belle preuve, l'oratrice faillit manquer d'épithètes pour caractériser le prétendant en puissance. Elle alla si loin que Charlotte remarqua :

— Avec de pareilles qualités et un si grand nombre de vertus, comment se fait-il qu'à cinquante ans, il ne soit pas encore marié ?

Mlle Berthe suspendit pile son exposé, à la façon d'un cheval qui plie sur ses postérieurs quand son cavalier lui scie la bouche pour l'arrêter. Elle bafouilla et, finalement, avoua :

— C'est... c'est à cause de sa mère.

— Ah ?

— Elle ne voulait pas qu'il la quitte.

Armandine commenta :

— Cette Mme Colombier devait être difficile à vivre ?

— Assez, oui, je pense. C'est pourquoi, maintenant qu'il est libre, Prosper rêve d'un foyer où il ne serait plus tyrannisé par les caprices d'une vieille femme égoïste.

Brûlant ses vaisseaux, la sœur du curé mit autant d'acharnement à démolir feue Mme Colombier mère qu'elle en avait employé pour la hisser sur un piédestal. Elle en aurait pleuré de rage et de confusion. Eugénie, toujours bonne âme, se porta à son secours.

— On vous comprend très bien, chère amie. Pour vendre sa marchandise, il faut toujours en exagérer les qualités. Et puis, cette personne ayant quitté ce monde, ce qu'elle était de son vivant ne nous intéresse pas. N'est-ce pas, mes chéries ?

Les « chéries » approuvèrent et on convint que le mois prochain, Prosper Colombier viendrait saluer ces dames. Dans le cas où cette entrevue ouvrirait sur d'aimables perspectives, à son tour, Charlotte se rendrait à Serrières pour faire connaissance avec le cadre où, le cas échéant, elle serait appelée à vivre. Les exagérations de Mlle Berthe, oubliées, on se sépara enchantées les unes des autres.

* * *

Ne se souciant absolument pas des problèmes que débattaient les grandes personnes, Joseph et Thélise vivaient leur tendresse au quotidien. En dépit de sa fermeté d'âme, Armandine ne pouvait les voir s'en aller côte à côte sur les sentiers qu'elle avait, elle-même suivis, sans sentir les larmes lui monter aux yeux. Elle les essuyait rapidement pour que personne ne surprenne ce moment de faiblesse. Elle retournait à ses travaux en murmurant :

— Seigneur, cela recommence donc toujours ?

Contrairement à sa grand-mère que poursuivait l'amour de Mathieu Landeyrat[1], au cours de ces promenades à

1. Cf. *Les Soleils de l'automne*.

travers champs et bois, Joseph ne parlait que de son futur métier de charpentier. Thélise en montrait de l'humeur, mais tout à son sujet, le garçon ne s'en apercevait pas.

— Quand je serai un homme et que je pourrai faire ce que je voudrai, je bâtirai une belle maison pour nous deux.

Sans s'en douter, il reprenait le vieux rêve de ses aînés : construire une demeure pour la bien-aimée. Pareille aux fillettes d'autrefois, Thélise se laissait bercer par ces fables et « voyait » leur futur refuge.

— Ce sera comme la Désirade ?

— En plus beau encore !

Armandine avait raison : tout recommençait toujours.

## 2.

Le soleil de juin donnait une couleur d'écrevisse cuite aux hommes occupés à couper le foin. Les femmes, elles, le visage dissimulé sous un grand chapeau de paille fixé au chignon par une longue épingle, éparpillaient les andains pour qu'ils sèchent plus vite. Les bouteilles de vin, bien qu'elles fussent enfouies dans des fougères qu'on arrosait de temps en temps, tiédissaient et n'étanchaient plus les soifs ardentes. Heureux ceux qui travaillent en lisière de la forêt, réserve d'ombres apaisantes.

Juin, le mois où tout le monde semble heureux. On ne pense même plus aux sous et les vieux couples s'attendrissent dans des promenades crépusculaires. Au long de la journée, les oiseaux de la lumière s'épuisent en courses folles et, à peine le soleil couché, les nocturnes les remplacent. Leur vol silencieux suscite moins de méfiance que d'habitude. Ceux et celles que la chaleur empêche de dormir s'accoudent à leurs fenêtres pour regarder la nuit et s'étonnent que plongés dans une pareille sérénité, les hommes songent encore à mal faire.

Au fur et à mesure qu'approchait la date devant marquer la première visite de Prosper Colombier à Tarentaize, Mlle Berthe, en proie à une nervosité allant s'accentuant, se contrôlait de moins en moins. Si les gens la rencontrant s'en étonnaient, l'abbé, lui, ne remarquait rien. En effet, depuis que le président Mac-Mahon s'était résigné à dissoudre la Chambre et à décréter l'organisation d'élections générales pour l'automne, il rayonnait. Il était persuadé qu'en octobre, les Républicains triompheraient et renverraient chez eux les légitimistes, les orléanistes et les bonapartistes, tous nostalgiques du roi ou de l'empereur. Devant la perspective merveilleuse d'une République qui appartiendrait enfin et complètement aux Républicains, les petits soucis de sa sœur ne comptaient guère aux yeux du curé.

Pour des raisons identiques à celles troublant l'attitude de Mlle Berthe, Mme Chambles ne tenait plus en place, ce qui énervait son époux. Le temps lui durait qu'ait lieu l'épreuve qui marquerait sa victoire ou sa défaite. Sa réputation était en jeu. Curieusement, à la fébrilité du camp de Prosper, répondait un calme absolu du côté de Charlotte. Semblable à sa mère, elle refusait d'échafauder des hypothèses qu'une proche réalité risquait de réduire à néant.

Enfin, le grand jour arriva. Prosper possédait un cabriolet dont il était très fier, tiré par un anglo-normand — Duc — encore plein de feu. Mme Chambles s'installa avec quelque appréhension. Elle se méfiait des chevaux qui n'étaient pas sur le point de prendre leur retraite, mais le plaisir de se montrer aux côtés de Colombier, dans un bel équipage, l'emportait sur ses craintes. On quitta Serrières tout de suite après un rapide déjeuner dont l'heure avait été avancée. On n'était pas invité à dîner chez les dames Versillac. Pour une première rencontre, c'eût été trop familier. On prendrait le thé en dégustant de la pâtisserie.

Gagner Tarentaize exigeait qu'on allât presque toujours au pas jusqu'au Bessat, à quelques kilomètres du but, tant la montée était rude dès le départ. Ainsi, les voyageurs avaient-ils le temps de converser et d'admirer la nature. Plus que sa compagne, Prosper était sensible au charme agreste de paysages sévères bordés de tous côtés par la ligne sombre des sapins. Cependant, Mme Chambles ne pouvait réprimer un frisson quand, sur la route, le cabriolet croisait un homme ou une femme aux traits burinés et vêtus de nippes. Colombier plaisantait :

— J'espère que la dame attendant notre visite ne ressemble pas à ces brutes ?

— Oh ! S'il en avait été ainsi, vous figurez-vous que je vous aurais alerté ? Ma gentille veuve est une dame !

— J'en suis certain. Pardonnez-moi, chère amie, une plaisanterie d'un goût douteux...

Dans le naïf espoir de tromper la curiosité du village, Colombier arrêta son cheval à la porte de la cure où Mlle Berthe, ayant déjà le chapeau sur la tête, les accueillit. Elle excusa son frère occupé à la préparation de son sermon dominical. Après que Mme Chambles eut remis de l'ordre dans sa tenue, le trio s'achemina vers la ferme Versillac. La sœur de l'abbé, le cœur battant, toqua à la porte. Charlotte ouvrit et, tout de suite, ce bel homme qui la dévorait des yeux, lui plut. De son côté, Prosper ne songeait pas à cacher son goût pour cette femme avenante qui promettait de le changer de sa nourriture amoureuse habituelle.

Sur l'invitation d'Armandine, les visiteurs entrèrent. Bien qu'il fût parfaitement tenu, le décor ne rappelait en rien les intérieurs familiers aux nouveaux venus. Sans en prendre conscience, ils arboraient un sourire condescendant en s'asseyant autour de la table. Naturellement, comme il s'agissait d'une première rencontre, on ne se permit aucune allusion au motif de la visite. On parla de tout et de rien, du temps, des récoltes, de la politique qu'on ne fit qu'effleurer. Colombier s'efforça de briller. Il y parvint. De son côté, Charlotte témoigna d'excellentes manières et d'une culture qui, d'un coup, la plaçait à la hauteur des femmes réputées les plus intelligentes de la société serriéroise. Prosper, charmé, ne revenait pas de sa chance. Le thé était bon, la pâtisserie excellente, l'ambiance devenait des plus chaleureuses lorsque Joseph fit son entrée, remorquant Thélise. Charlotte annonça :

— Voici mon fils Joseph et sa fiancée Thélise.

Le garçon salua ainsi qu'on lui avait appris à le faire et la demoiselle se permit une révérence qui l'eût amenée le derrière par terre si son compagnon ne l'avait retenue et remise sur pied. Ayant reçu la part de gâteau qui lui revenait, le petit couple s'esquiva. Mme Chambles crut devoir dire :

— Ils sont charmants ! Et s'adressant à Mme Leudit :

J'imagine que ce presque jeune homme vous est profondément attaché ?

— Il l'est surtout à sa grand-mère.

Mme Chambles se tenait pour diplomate et, constatant que depuis le passage de Joseph, Colombier avait perdu de son enjouement, elle attaqua, plaidant le faux pour savoir le vrai.

— Mais, on ne sait jamais ce que l'avenir réserve, n'est-ce pas ? Si vous étiez dans l'obligation de quitter votre village...

— Ma mère s'occuperait de Joseph. C'est là une chose dont nous sommes convenues depuis longtemps.

Nul ne pensa à blâmer, fût-ce intérieurement, l'indifférence de Charlotte à l'égard de son enfant puisque cette attitude contentait tout le monde, sauf Eugénie qui n'osa cependant pas intervenir. On décida qu'en juillet, ces dames, auxquelles se joindrait Mlle Berthe, viendraient déjeuner à Serrières. Prosper crut bon de préciser :

— J'espère que vous me pardonnerez, mesdames, de vous traiter à l'auberge, dans une pièce qui nous sera réservée. Un vieux garçon comme moi ne saurait recevoir chez lui où une bonne, presque septuagénaire, a beaucoup de mal, déjà, à assurer le strict minimum d'un service pourtant réduit. De plus, cette malheureuse femme a un visage de cauchemar. Sa vue vous impressionnerait désagréablement.

Mme Chambles tint à rassurer :

— Prosper a hérité de cette servante qui était très attachée à feue Mme Colombier... Il est à prévoir que si sa situation sociale se modifiait, par exemple, s'il devait s'obliger à des réceptions, il serait dans l'obligation de se séparer de la vieille servante, n'est-ce pas, mon ami ?

— Sans aucun doute, mais en l'installant à Annonay dans un havre où elle serait bien soignée et aurait une fin de vie heureuse.

Chacun étant apparemment pétri de bons sentiments, on se quitta en se félicitant du prochain rendez-vous. Mlle Berthe rayonnait quand elle entra dans la pièce où son frère lisait son bréviaire.

— Alors, tu as réussi, ma grande ?

— Je crois que ça a marché au-delà de mes espérances. Ils se sont plu, c'était visible et je suppose que dans moins d'un mois, ils seront solidement « achinés [1] » l'un à l'autre.

— Et ça te rend heureuse ?

— Tu ne peux deviner à quel point !

— Pauvre Berthe...

— Pourquoi me plains-tu ?

— Parce que je pense que si tu avais mis autant d'acharnement à te dénicher un mari que tu en mets à en trouver pour les autres, tu ne serais pas là à vieillir auprès d'un vieux bonhomme insupportable.

— Nous ne conduisons pas nos existences, Dieu s'en charge.

— Quand tu cancanes avec les commères du village, tu m'exaspères, mais je reconnais que tu as de bons côtés et je t'aime bien. Embrasse-moi.

On était moins attendri chez Armandine où l'on commentait, avec sérieux, les différentes impressions éprouvées au cours de la rencontre. La maîtresse de maison se félicitait de ce que Charlotte, si l'on s'entendait, n'aurait aucune peine à s'installer dans ce milieu bourgeois, son aspiration secrète. Quant à Charlotte, elle estimait que ce M. Colombier était un bel homme et qu'il semblait jouir d'une excellente santé, ce qui n'était pas à dédaigner. Priée de faire connaître son opinion, Eugénie se récusa :

— Je vous adore toutes les deux, et vous le savez, mais je n'ai jamais partagé vos goûts. Abandonner sa maison, son fils, ça me dépasse. Cependant, vous êtes plus intelligentes que moi et je ne suis qu'une bête trop sentimentale. Allez, faites de beaux rêves et laissez-moi en dehors de vos histoires.

Quand Eugénie eut regagné sa chambre, la mère et la fille tombèrent d'accord pour estimer que la marraine vieillissait beaucoup, ces temps, et qu'elle montrait une sensibilité d'un autre âge. Il importait donc de ne pas la mêler de trop près aux futures tractations. Armandine ajouta :

1. Étroitement attachés sentimentalement.

— Il faudra te méfier de cette dame Chambles. Je crains qu'elle n'ait pris un sérieux ascendant sur ce garçon. Elle s'imagine, peut-être, que c'est elle qui régentera ton foyer ?

Charlotte arbora son sourire cruel des mauvais jours.

— Ne te tracasse pas pour moi. Si elle essaie de fourrer son nez dans mes affaires, j'aurai tôt fait de la prier d'aller voir chez elle si j'y suis et d'y rester.

Il y avait des années que la mère et la fille ne s'étaient pas aussi totalement comprises. Le triste de la chose tenait à ce qu'elles s'entendaient sur un projet dont le résultat immédiat serait leur séparation.

* * *

Sur la route glissant vers le Rhône et que le cabriolet de Colombier descendait à vive allure, malgré les petits cris angoissés de Mme Chambles à chaque tournant, Prosper vivait en pleine euphorie et quand sa compagne sollicita son avis sur Charlotte, il se répandit en de tels compliments que l'épouse du pharmacien en fut quelque peu froissée.

Aussi, il perçut un brin de méchanceté dans la réponse de Mme Chambles :

— Eh bien ! dites donc, je ne vous aurais pas cru si inflammable ! Seigneur ! à vous écouter, on penserait que vous avez rencontré la merveille des merveilles ! Cette femme n'est pas mal, certes ! mais elle n'est pas de la première fraîcheur !

— Et moi ?

— Puis, il y a la mère...

— Qu'est-ce qu'elle a ?

— Rien de précis, cependant elle m'inquiète un peu.

— Parce que ?

— Elle est nettement au-dessus de sa condition.

— Ce n'est pas pour me déplaire.

— Méfiez-vous-en quand même... Un conseil que vous donnerait votre mère, j'en suis sûre !

Prosper répliqua avec une âpreté qui laissa sa compagne pantoise :

— Écoutez, amie. Ma mère m'a mangé la vie... Son

despotisme, son esprit étroit, sa méchanceté latente m'ont obligé à chercher refuge auprès des putains. Alors, maintenant que je suis débarrassé de cette virago qui pendant un demi-siècle a profité de ma lâcheté, ce n'est pas pour recevoir encore ses ordres fût-ce par personne interposée.

Mme Chambles, tout au long du discours de Colombier, avait poussé des râles d'indignation. Des hoquets de stupéfaction l'empêchaient de respirer à l'aise. Comment aurait-elle pu imaginer une trahison pareille de Prosper à l'égard d'une mère qui s'était, tout entière, consacrée à lui ? Ne retrouvant pas son souffle, elle balbutia :

— Je... je n'aurais ja... jamais supposé que... que vous n'é... étiez pas heureux auprès de votre mère !...

— Alors, ma chère, il faut admettre qu'en dépit de votre expérience, vous ignorez ce qu'est le bonheur.

— Je souhaite, en tout cas, que vous soyez aussi heureux en ménage que je l'ai été et le suis avec mon mari !

— C'est son opinion qu'il faudrait connaître.

— Prosper, vous me faites beaucoup de peine...

— Je le regrette car vous êtes ma seule amie, celle envers qui je serai toujours redevable de la présence de Charlotte dans mon foyer, mais ce n'est pas une raison pour continuer à avancer les yeux fermés.

Quand elle descendit, à Sablons, devant la porte de sa maison, Mme Chambles était, tout à la fois, contente de son voyage et désenchantée par l'attitude de son protégé qui avait si rapidement et si totalement retourné sa veste. En posant un baiser rapide sur les joues de Colombier, elle se demandait, vu la faiblesse dont il venait de témoigner, s'il ne serait pas capable de nouer des relations amicales avec les protestants.

Le pharmacien leva les yeux de son livre et regarda sa femme. Il ne manqua pas de remarquer son air désemparé.

— Tu n'as pas fait bon voyage ?

— Excellent !

— Ton ambassade a échoué ?

— Elle a réussi au-delà de toute espérance ! Prosper, du premier coup d'œil, est tombé amoureux fou, il ne sait plus ce qu'il raconte !

— Bah ! nous sommes tous passés par là... Il aura les années qui lui restent à vivre pour se repentir...

— Si tu savais comme il m'a parlé de sa mère !

Et, incontinent, elle récita le chapelet d'injures que Colombier avait adressé au fantôme maternel.

— Tu te rends compte, César ? Parler en ces termes de cette sainte femme si entièrement dévouée ! Qu'est-ce que ça signifie, à ton avis, César ?

— Que l'amour a contraint Prosper à un retour sur lui-même et il n'a pas pu, alors, ne pas reconnaître que la défunte était la plus foutue garce que j'aie jamais rencontrée.

— Oh !

Assommée, Olympe se laissa tomber dans son fauteuil. Comment pouvaient-ils nourrir une aussi horrible opinion de celle qui mourut dans le respect de tous ? A moins que ce ne fût que la démonstration d'une hypocrisie générale ? Timidement, elle remarqua :

— Je me figurais que toi et moi, on avait des idées identiques ?

— Heureusement, non !

— César, me faut-il comprendre que tu n'es pas heureux avec moi ?

— Je ne le suis pas, en effet.

— Depuis quand ?

— Depuis des années...

— Pour... pourquoi ?

— Parce que depuis des années, tu m'emmerdes.

Olympe monta se coucher. En guise de dîner, elle but une tasse de tilleul où elle ajouta une cuillère à soupe d'eau de fleur d'oranger.

* * *

En ce mois de juillet, des champs semble sourdre une chaleur que le début de l'après-midi rend insoutenable. C'est l'heure où, après le repas, les hommes font la sieste dans l'ombre violette des granges. L'air est épais et la montagne s'enfonce dans une torpeur que la nuit dissipera.

Les odeurs, les parfums exaspérés par la canicule, vous assaillent et vous accablent vite. Il faut beaucoup de courage pour voyager dans un pareil climat, écrasé par des robes que la bienséance impose et qui vous étouffent. Dans les sacs, on a mis un flacon de vinaigre des « quatre voleurs » au cas où l'une de ces dames se sentirait défaillir. Armandine et Charlotte sont seules. Eugénie a refusé de les accompagner et, malgré l'envie qu'elle en avait, Mlle Berthe n'a pas osé. C'est Colonzelle qui s'est offert à emmener ses amies à Serrières avec sa jument Cri-Cri et son simple char à bancs. Colonzelle a beaucoup de respect pour Armandine et sa fille. Souvent, il parle d'elles avec Antonia. Si Joseph et Thélise ne sont pas séparés par la vie, peut-être qu'avec les Leudit et les Versillac, ils ne formeraient plus qu'une grande famille. Un beau rêve.

On est parti d'assez bonne heure. Malgré cette précaution, il fait très chaud à la Croix-de-Chaubouret, lorsqu'on aborde la descente sur Saint-Julien-Molin-Molette. Cri-Cri allonge sa foulée et, fouettée par le vent de la course, semble retrouver une seconde jeunesse. Au fur et à mesure que la route perd de l'altitude, on remarque, dans la campagne encore sévère, des avancées de la culture méridionale. A Saint-Julien, quand on plonge dans la fournaise du pays rhodanien, les mûriers apparaissent en bordure du chemin et dans les jardins, sur le vert des haricots, des pois, des salades pointe la note claire des tomates, ces sentinelles du Midi. Le visage des dames devient d'un rouge luisant et des mèches de cheveux mouillées glissent sous les capelines. Maintenant que Cri-Cri a perdu sa fougue matinale, on se risque à ouvrir les ombrelles. Avant d'arriver à Serrières, on s'arrêtera à une fontaine afin de se rafraîchir la figure et réparer le désordre du voyage.

Le frein serré, le char à bancs passait entre les premières maisons de la petite ville. D'où elles étaient, les voyageuses voyaient le pont suspendu enjambant le Rhône. Prosper les attendait à l'amorce du quai. Il eut un petit sourire condescendant en contemplant l'équipage de Colonzelle. La curiosité des passants contraignit les membres du trio à mettre un terme au plaisir de se revoir. On décida de gagner tout de suite le restaurant, après être allé jusqu'au parapet et regarder le grand fleuve. Charlotte fut impressionnée. A la table qui leur était réservée, Mme Chambles était déjà installée. Jouant les maîtresses de maison, elle fit les honneurs de la table, ce qui déplut fortement aux dames de Tarentaize. Colombier en prit conscience et, se rangeant aussitôt du côté de Charlotte, il commença, à son tour, à estimer qu'Olympe en prenait un peu trop à son aise. Au cours du repas, quelques réflexions indiquèrent à Mme Chambles que son crédit périclitait. De ce moment, cette petite paysanne qu'elle était allée chercher dans un pays impossible lui devint odieuse. Peu à peu, les autres, avec une grossièreté inimaginable, l'écartèrent de leur conversation. Elle tenta de s'y réinstaller en prévenant celle qu'elle savait devoir être la future Mme Colombier :

— Je crois de mon devoir, chère madame, de vous mettre en garde contre un danger permanent qui rend cette ville insalubre.

Ils la regardèrent, tous trois, stupéfaits :

— Insalubre pour les âmes, s'entend !

Ils respirèrent.

— Ici, les hérétiques forment la majorité de la population. Ce sont des gens insinuants, qui se glissent partout. J'ai eu beaucoup de mal, jusqu'ici, à défendre Prosper contre l'emprise des parpaillots.

Les dames de Tarentaize se regardèrent, interloquées. Colombier expliqua :

— Notre chère Olympe a un cœur de ligueuse et regrette de n'être pas née au XVIe siècle. Elle aurait pris part à la Saint-Barthélemy.

Charlotte s'exclama :

— Quelle horreur !

Olympe répliqua, vertement :

— Vous préféreriez que ce soit eux qui nous égorgent ?

Le dîner tirait à sa fin et, par crainte d'un éclat, Prosper voulut mettre un terme à un débat risquant de tourner à l'aigre. Il envoya prévenir Colonzelle qu'il pouvait remonter à Tarentaize quand il lui plairait. Pour sa part, il se chargerait de raccompagner ses hôtes.

On quitta le restaurant pour une promenade digestive le long du Rhône puis, Marie ayant été écartée pour la journée, on visita la maison Colombier. Très vite, les choses allaient se détériorer. Dans chaque pièce, lourdement meublée, Mme Chambles, avide de revanche, fût-ce par une morte interposée, rappela que l'arrangement de cette demeure était le fait de Mme Colombier mère. Prosper, que l'attitude d'Olympe énervait, prévint ses hôtes :

— Je dois vous confesser que ma mère n'avait aucun goût.

Olympe couina d'indignation tandis que son protégé poursuivait :

— Comme en plus, elle était d'un tempérament despotique, je la laissais faire pourvu qu'elle ne touchât point à mon bureau.

Charlotte demanda :

— Qu'est-ce qui vous empêche, désormais, de meubler cette maison à votre idée ?

— J'ai bien l'intention de le faire !

Armandine, qui n'était pas d'un naturel patient, bouscula le protocole.

— Monsieur Colombier, ne pourrions-nous nous entretenir en tête à tête, vous et moi ?

Mme Chambles interrogea avec aigreur :

— Dois-je comprendre que je suis de trop ?

— Exactement.

— Oh ! vous entendez, Prosper ?

— Chère amie, il me semble que Mme Versillac est mieux à même que quiconque pour décider si ce qu'elle a à me confier exige le secret de mon cabinet ou non et, apparemment, il l'exige.

Armandine confirma.

— Conversation intime.

Olympe, ne voulant pas s'avouer vaincue, argua d'une ultime raison.

— Mais, Prosper, vous ne pouvez revenir seul de Tarentaize, dans la nuit ?

— N'ayez pas de souci, j'emporterai mes pistolets.

— En somme, je n'ai plus qu'à rentrer chez moi ?

— Je pense, en effet, que ce serait le plus sage.

Reine outragée, Mme Chambles s'en fut sans saluer personne. Sitôt qu'elle eut refermé la porte derrière elle, Colombier entraîna Armandine dans son bureau et l'installa dans le fauteuil lui faisant face.

— Je vous écoute, chère madame.

— Monsieur Colombier, Tarentaize est loin de Serrières et je n'ai plus l'âge de courir les routes, fût-ce dans un cabriolet confortable.

— Alors ?

— Alors, ne tournons plus autour du pot. Nous savons pourquoi vous êtes venu nous voir, vous savez pour quelles raisons nous sommes ici. Ni ma fille ni vous n'êtes des jeunes gens ignorant les réalités de la vie. Je suis à peu près certaine que vous plaisez à Charlotte.

— De mon côté, je puis vous assurer que Mme Leudit me plaît infiniment.

— Dans ces conditions, j'ai le droit de vous demander : êtes-vous prêt à l'épouser ?

— Demain, si la chose était possible.

— Parfait ! Voilà ce qu'elle aura en dot.

Prosper écouta attentivement, avec des hochements de tête approbateurs.

— Tout cela, chère madame, est parfait et fort généreux de votre part. De mon côté, voilà ce que j'apporte.

A son tour, Armandine écouta et se déclara satisfaite. Elle conclut :

— Si vous êtes d'accord, je vous recevrai, seul, le 20 août, et vous en profiterez pour me demander la main de ma fille.

* * *

Ayant voulu éviter la chaleur de jour, ils quittèrent Serrières par une nuit tiède et embaumée où, de loin en loin, passait l'haleine d'un vent paresseux. Le cheval montait au pas la dure côte. On avait une impression de presque immobilité. En comparaison avec le char à bancs de Colonzelle, Armandine et sa fille, dans le cabriolet de Colombier, croyaient être assises sur un nuage. Au début, les voyageurs n'échangèrent que quelques mots tant il leur semblait que, sous la voûte étoilée d'un ciel les emplissant d'une ferveur quasi religieuse, bavarder serait sacrilège. Ils attendirent d'avoir atteint le sommet de la côte pour arrêter l'équipage et laisser souffler le cheval. Cette halte, qu'il fallait meubler, marqua le départ d'un entretien entre Prosper et Charlotte, qui ne devait presque plus cesser jusqu'à l'arrivée. Armandine, assise derrière le couple, écoutait leurs propos. Elle s'apitoyait et, en même temps, s'émerveillait de la banalité et de la fraîcheur des idées échangées. Elle ne se souvenait pas qu'il en ait été ainsi pour eux, lorsqu'elle se promenait avec Nicolas sous les platanes de Valbenoîte. Ce qui frappait essentiellement la vieille dame et l'émouvait un peu, c'était l'accent de franchise qui perçait dans les questions et réponses, ce qui était étonnant de la part de tourtereaux dont l'un était quinquagénaire et l'autre atteignait la quarantaine. Sincères, ils l'étaient. Celui-ci, parce qu'il découvrait à cinquante ans les douceurs possibles d'un foyer où régnerait une jolie femme, celle-là parce que, s'estimant jusqu'ici maltraitée par la vie, entrevoyait la revanche tant désirée. Charlotte ne se posait pas la question de savoir si, un jour, Prosper l'aimerait comme l'avait aimée Jean-Marie, ou si elle-même éprouverait un attachement sérieux pour ce bel homme assis à son côté et qui devait être un bon compagnon de lit. Cela lui était égal. Égocentrique parfaite, elle ne s'occupait que d'elle et de ce qu'elle pouvait espérer recevoir sans jamais songer à donner.

Sur la route, où le cheval va au pas, Armandine, que les propos des autres n'amusent plus, demeure attentive à la nuit. Elle passe entre des alignements de sapins géants que la brise nocturne ne parvient pas à troubler. Elle écoute les couinements désespérés des petits rongeurs sous les griffes des prédateurs. Elle attrape l'écho assourdi de fuites furtives. Elle retrouve son enfance.

On arrive à Tarentaize vers minuit. On fait le moins de bruit possible pour ne réveiller personne et cependant, Armandine n'ignore pas qu'au moment où l'attelage traverse au pas le village endormi, des vieux se retournent dans leur lit en se demandant qui passe si tard sous leur fenêtre.

Laissant le cheval se reposer, Prosper accepta de prendre un petit en-cas. Après que Charlotte eut déposé devant lui du saucisson, du fromage, du pain et du vin, elle demanda la permission de se retirer en invoquant la fatigue de la journée. Avant de la quitter, Prosper lui baisa la main en l'assurant qu'il lui tardait d'être plus vieux de quelques semaines. Charlotte fut touchée tant par les manières que par les propos de celui qu'elle tenait déjà pour son promis. Une fois demeurée seule avec son futur gendre, Armandine demanda :

— Je crois que nous sommes d'accord sur tout ?

— C'est-à-dire, il y a la question du gamin...

La grand-mère se cabra aussitôt.

— Je pensais cette question réglée une fois pour toutes. Vous n'avez nul besoin de vous encombrer d'un garçon qui va avoir seize ans. De plus, Joseph est ma seule raison de vivre. Je n'entends pas la sacrifier. Bien entendu, le petit ira voir sa mère chaque fois qu'il le désirera, à condition que vous soyez d'accord. De son côté, Charlotte, ici, sera toujours chez elle.

La conscience en repos, Prosper approuva hautement son hôtesse.

* * *

Dans la touffeur du sous-bois où les bêtes engourdies sommeillaient Joseph et Thélise, côte à côte, se promenaient à pas lents. Ils aimaient ce silence leur donnant l'impression d'être seuls dans un monde déserté. Des citadins se perdraient au milieu de cette forêt épaisse où quelques mélèzes ont beaucoup de mal à trouver une place parmi les épicéas et les pins. Le jeune couple, lui, se dirige merveilleusement bien à travers un domaine que tous deux hantent depuis leurs premières promenades indépendantes. Ils se repèrent à des trous et à des marques invisibles pour les gens de la ville. Les gendarmes de Saint-Genest, eux-mêmes, ne rattrapent presque jamais celui qu'ils poursuivent s'il est du pays et a eu le temps de se glisser parmi les arbres.

En abordant la forêt, Joseph et Thélise ont été accueillis par le « tsip-stap » du pouillot véloce qui joue un peu le rôle de guetteur pour la gent ailée. Dans la pénombre, sous les branches des grands conifères, le passage des petits amoureux inquiète la mésange noire, le bec-croisé et le bouvreuil. Au creux du silence, le ricanement du geai intimide l'adolescente et les coups de bec du pivert sur l'écorce des arbres sonnent à la manière d'un avertissement indéfiniment répété.

Joseph s'intéresse surtout aux arbres qu'il examine avec son œil d'apprenti charpentier. Sa compagne marque plus d'intérêt pour les fleurs et c'est pourquoi ils se dirigent vers les eaux chantantes du Furan qui court longuement à travers la forêt avant de lui échapper pour gagner les champs et filer vers Saint-Étienne. Longtemps avant que les promeneurs ne parviennent à son bord, on entend l'écho limpide du ruisseau qui fait ses premiers pas. Pendant que Joseph ôtait ses chaussures et, assis sur la rive, laissait tremper ses pieds dans l'eau, sa compagne cueillait des bruyères et des genêts dont elle composait un bouquet sévère qu'elle offrirait à sa mère. Sa tâche achevée, la gamine revint s'asseoir près du garçon. Allongés sur le dos, ils regardaient les gros nuages blancs auxquels ils trouvaient des ressemblances avec des hommes et des femmes qu'ils connaissaient. Soudain, sans que rien n'ait laissé prévoir la question, Thélise demanda :

— Pourquoi que tu m'aimes ?

— Parce que t'es Thélise, tiens !

— Mais, y a d'autres filles que moi et bien plus jolies, la Louise Félines, la Germaine Sarameille, la Bertrande Boulieu...

— Ça n'empêche pas que c'est toi que je préfère.

Elle en ronronnait de plaisir, la petite.

— Jo, tu crois que tu m'aimeras longtemps ?

— Je pense que oui.

— Combien on aura d'enfants ?

— Ça dépendra.

— De quoi ?

— Des sous que je gagnerai.

Rassurée, Thélise s'apprêtait à piquer un petit somme quand Joseph, à son tour, s'enquit :

— Et moi, pourquoi que tu m'as choisi ?

— Je sais pas, mais ce que je sais, c'est que lorsqu'on prononce ton nom devant moi, ça me fait chaud à l'intérieur et je sais aussi que j'aimerai jamais que toi et pour toute la vie.

— Alors, écoute : avec mon couteau, je vais graver nos initiales dans le mélèze, là-bas...

Thélize battit des mains.

— Ça sera notre arbre !

* * *

Célestin Dimizieux était un maire heureux. La récolte de seigle s'annonçait bonne, le foin avait été abondant, aucune maladie n'avait attaqué les troupeaux et ses administrés, gens paisibles, n'attachaient pas plus d'importance qu'ils n'en méritaient, aux événements politiques. A part le curé et quelques vieux républicains cramponnés à leurs convictions, on se souciait peu des élections qui allaient avoir lieu en octobre. Cependant, en dépit de ce tableau quasi idyllique, Célestin n'osait pas s'abandonner au bonheur tranquille que lui offraient ses concitoyens et la nature. Cette sourde inquiétude qui gâtait le plaisir de vivre du maire tenait à Arthur Leudit, le beau-père de Charlotte, que la mort de son fils et l'internement de sa femme avaient rendu idiot mais un idiot hargneux et dangereux pour la paix du village. A plusieurs reprises déjà, Dimizieux avait essayé d'envoyer Arthur rejoindre son épouse à l'hôpital d'Annonay, mais chaque fois le médecin de Saint-Genest avait refusé le permis d'interner, sous prétexte que le malade n'était pas assez atteint pour justifier une aussi grave mesure. Cela démontrait que ce docteur avait des scrupules professionnels et aussi qu'il s'intéressait très peu aux craintes des Tarentaizois. Presque chaque nuit, le pauvre Célestin était la proie de cauchemars où Leudit était découvert pendu, à la porte de la mairie ou occupé à mettre le feu au village. La plupart des habitants partageaient cette angoisse du maire, surtout les voisins du malade. Quant à Arthur, il vivait pratiquement retranché du monde dans une saleté innommable. Sur les conseils du curé, on avait tenté une plainte auprès de la préfecture stéphanoise, que le souci de l'hygiène d'un village de montagne préoccupait peu. Plusieurs pères de famille avaient prévenu Dimizieux que s'il arrivait quoi que ce soit à leurs gosses, qui n'osaient plus faire les commissions, terrorisés par Leudit, rien ne les empêcherait de pendre ce fou de menuisier à l'arbre le plus proche de sa demeure.

Parmi celles à qui Arthur inspirait la plus grande frayeur, il y avait Eugénie. Depuis la mort de son cher Lebizot, elle vivait chez Armandine et les excentricités du malade lui faisaient craindre le pire pour ses amies. Elle redoutait que Leudit, apprenant le prochain mariage de Charlotte, ne se livrât à un acte de démence. Armandine avait fort à faire pour la rassurer. Quant à Charlotte qui se souciait tellement de son beau-père quelques mois plus tôt, elle l'avait apparemment oublié comme elle semblait avoir oublié Jean-Marie, ce jeune époux sans lequel elle affirmait jadis ne plus pouvoir vivre.

Lorsque Eugénie et sa vieille amie se retrouvaient seules, elles parlaient de l'indifférence des jeunes générations. Mme Lebizot avait son franc parler dont elle usait à chaque occasion propice.

— Si Charlotte agit comme elle agit, c'est qu'elle est avant tout égoïste et cet égoïsme, de qui le tient-elle, sinon de toi ?

— Je te remercie !

— Armandine, rappelle-toi ? Tu as négligé Nicolas pour ta réussite commerciale, non ?

— Ce n'est pas moi qui l'ai envoyé dans les émeutes où on l'a tué !

— Il n'y serait pas allé s'il avait eu le foyer dont il rêvait.

— Une ferme ! J'aurais dû devenir paysanne pour lui plaire ?

— Et le sauver !

— Pourquoi, moi, me serais-je sacrifiée ?

— Parce que tu étais sa femme.

— Pas son esclave pour autant !

Elles demeurèrent silencieuses un instant puis, Armandine dit :

— Je croyais aimer Nicolas et je le croyais de toutes mes forces mais, en vérité, sans en prendre clairement conscience, mon cœur est mort quand Mathieu en a épousé une autre et que je n'ai pu entrer en maîtresse, au bras de celui qui m'a vraiment aimée depuis l'enfance, dans le domaine Landeyrat.

— Il faut admettre que Charlotte a hérité de ta dureté devant la vie.

— C'est vrai que je n'ai été ni une bonne épouse ni une bonne mère. Sans doute devais-je inconsciemment en vouloir à Nicolas de ne pas être Mathieu, et à Charlotte...

— De ne pas être le petit garçon que tu as perdu et dont Joseph, aujourd'hui, tient la place.

— Tu as sans doute raison.

— Tu ne peux pas te figurer, Armandine, le choc que j'ai éprouvé, moi qui aurais tant voulu avoir des gosses, en entendant ta fille accepter d'abandonner son fils pour ne pas gêner son futur mari. Naturellement, toi ça t'était égal puisqu'on te donnait Joseph...

— Tu sais très bien que Charlotte n'aime et n'a jamais aimé qu'une personne au monde : elle.

Eugénie secoua la tête.

— La vérité c'est que ni toi ni ta fille, vous n'avez été et n'êtes des mères.

— Un peu tard pour y remédier, non ?

— Sans doute... J'espère que Joseph t'apportera ce que ton petit Charles et Charlotte n'ont pu te donner.

— Que Dieu t'entende ! On prend un peu de café ?

* * *

Depuis qu'elle savait ne pas devoir finir ses jours à Tarentaize, Charlotte avait retrouvé sa bonne humeur. Elle sortait pour un oui pour un non, allait chez l'un, chez l'autre et visitait des foyers où elle n'avait jamais mis les pieds. Ceux qui n'étaient pas au courant des projets matrimoniaux de leur visiteuse ne comprenaient pas. Joseph, lui aussi, était heureux de constater la gaieté de sa mère et Armandine se félicitait de l'amélioration de ses relations avec sa fille.

Ainsi que tous les soirs, Joseph, sa journée auprès de Campelongue terminée, revenait de chez les Colonzelle. Au moment où il s'apprêtait à s'asseoir à table, sa mère le prévint :

— Joseph, avant de te coucher, tu passeras dans ma chambre, j'ai à te parler.

Pendant tout le repas, l'amoureux de Thélise passa en revue les faits et gestes des derniers jours et n'y trouva vraiment rien qui fût susceptible d'avoir irrité l'auteur de ses jours. Un peu inquiet tout de même, le moment venu, il rejoignit Charlotte qui le fit asseoir sur son lit.

— Je veux te parler comme à l'homme que tu es presque devenu et ne me réponds pas avant que j'aie terminé. Je suis sûre que depuis longtemps, tu as compris que, contrairement à vous tous, je ne me plais pas à la campagne. J'ai été élevée à la ville et la ville me manque. Je suis restée ici à cause de ton père que j'aimais beaucoup et à cause de toi. Mais il y a six ans que ton père est mort. De plus, je ne t'apprendrai rien en te disant que si ta grand-mère et moi avons une profonde affection l'une pour l'autre, nous ne nous entendons pas. Envisager de vieillir ensemble est au-dessus de mes forces. Or, figure-toi qu'un monsieur habitant Serrières sur le Rhône va me demander de refaire ma vie avec lui. Il a une cinquantaine d'années, il est riche, il a l'air bon et honnête. Je crois que je serai heureuse enfin, autant qu'on peut l'être à mon âge, avec lui. Seulement, si je lui dis oui, il faudra que j'aille habiter Serrières.

— Je te verrai plus !

Cette exclamation mit les larmes aux yeux de Charlotte. Pour la première fois, elle comprenait que son fils l'aimait. Elle en fut bouleversée. Le prenant dans ses bras, elle le serra contre elle en chuchotant :

— Je me figurais que tu n'aimais que ta grand-mère ?

— Je vous aime toutes les deux.

— Joseph ! mon chéri, si tu ne veux pas que je me remarie, tu n'as qu'à le dire et j'enverrai promener M. Colombier.

— Non !... tu serais trop malheureuse !

— Naturellement, tu viendras me voir quand tu le voudras et moi-même, je monterai souvent pour la journée, près de vous.

Ils se quittèrent, s'étant compris comme jamais. En regagnant sa chambre, Joseph passa devant celle d'Armandine. Un rai de lumière filtrait sous la porte. Il frappa et on lui permit d'entrer. La grand-mère, dans sa camisole à feston et ses cheveux gris roulés en torsades autour de la tête, impressionnait toujours le garçon.

— Ta mère t'a parlé ?

— Tu étais au courant de son prochain mariage ?

— Évidemment, gros benêt !

— Alors, pourquoi que tu m'en as pas parlé ?

— Ce n'était pas mon affaire, mais la sienne. Elle est ta mère. Maintenant, laisse-moi dormir.

Joseph sorti, Armandine s'allongea voluptueusement sous son drap. Le gamin resterait avec elle.

* * *

Ce mois d'août n'a pas failli à la tradition, il règne une chaleur suffocante. Pour tenter d'échapper le plus longtemps possible à l'ardeur du ciel, Prosper a quitté Serrières vers quatre heures du matin. Duc a pu monter la grande côte qui prend naissance au niveau du Rhône, sans se fatiguer beaucoup. Son maître ne le pousse pas. A la vérité, ils ont sommeil tous les deux et si, de temps à autre, sur le plateau qui sépare Félines de Saint-Julien-Molin-Molette, le fouet, en chatouillant la croupe de la bête, la convainc de trotter un peu, c'est uniquement afin qu'ils ne s'assoupissent pas l'un et l'autre. Les premiers rayons du soleil rattrapent l'équipage au moment où ayant traversé Saint-Julien, il attaque la longue montée menant au col de la Croix-de-Chaubouret d'où on peut hardiment trotter pendant un moment jusqu'à Tarentaize. Pour l'heure, le cheval souffle et sa sueur attire les taons que Prosper chasse de la mèche du fouet. Lui-même se débat contre les mouches qui lui font une escorte harcelante. Maintenant que le jour est bien levé, la chaleur se fait de plus en plus oppressante et si elle assourdit les bruits, elle renforce les odeurs. Des centaines de mètres avant d'atteindre un village, la puanteur du fumier étalé dans les cours vient vous chercher. On sort sur le pas des portes, en se grattant les côtes ou le ventre, pour regarder passer la voiture et se demander si on connaît ou non celui qui la conduit.

Colombier arrive à Tarentaize — où l'on est debout depuis l'aube — vers neuf heures. Gaspard emmène aussitôt le cheval à l'étable. Les vaches ont été conduites au pré. Les dames sont un peu confuses qu'on ait dû commencer le nettoyage de la pièce plus tôt que prévu, mais Eugénie est là et sa bonne humeur dissipe vite la gêne des premiers instants. Une fois la machine lancée, pourquoi l'arrêter.

On attendit l'arrivée des Colonzelle. Quand ils furent là, Prosper demanda à Armandine la main de sa fille. La mère répondit qu'elle la lui accordait volontiers, mais qu'il convenait que l'impétrant s'adressât à Charlotte, qui n'était plus sous la tutelle de sa mère. A son tour, la maman de Joseph tendit la main à Colombier pour marquer son acceptation. Tout se termina par des embrassades et pendant qu'on achevait de se préparer pour la messe dominicale, Eugénie fila apprendre aux Marioux la nouvelle et pria le curé de l'annoncer à ses ouailles. Mlle Berthe rayonnait : encore une victoire qu'elle pouvait ajouter à son palmarès.

En dépit du respect dû aux lieux saints et toujours observé, la présence de Prosper encadré par Armandine et Charlotte, suivi par Joseph, Thélise et Eugénie, le couple Colonzelle fermant la marche, suscita une vive curiosité, si vive que les plus dévotes se perdirent dans les prières du début de la messe et il fallut aller vite pour rattraper le prêtre, ce qui entraîna d'étranges chevauchements. Mais l'excitation atteignit son comble lorsque le curé, après lecture de l'Évangile, annonça :

— Je suis heureux de vous apprendre qu'il y a promesse

de mariage entre Prosper Colombier, habitant Serrières sur le Rhône, et Charlotte Cheminas, veuve Leudit.

Le prêtre, pendant toute la seconde partie de l'office, les entendit piétiner d'impatience. Le temps leur durait de se retrouver dehors afin d'examiner celui qui voulait épouser Charlotte et se renseigner sur cet inconnu, notamment au sujet de sa fortune. Après l'*Ite missa est* on se rua vers le porche et, sans aucune pudeur, on s'installa, on se pressa, on se bouscula, il fallait voir les amoureux de près. On ne fut pas déçu et force fut de reconnaître que les fiancés formaient un beau couple et que Charlotte avait beaucoup de chance.

A la sacristie, Mlle Berthe, dont c'était le jour de gloire, rangeait les vêtements sacerdotaux de son frère lorsqu'une pensée lui traversa l'esprit : Leudit ! Elle courut vers l'abbé.

— Eustache ! As-tu songé à Leudit ?

— Ma foi non. Pourquoi ?

— Dieu seul sait ce dont ce malheureux est capable.

— Bah ! il est enfermé dans sa tanière. Il n'a pas de raison d'en sortir.

— Les fiançailles de Charlotte ?

— Il n'est sûrement pas au courant. Tu sais aussi bien que moi qu'il vit ailleurs, là où nos histoires ne parviennent plus.

Berthe regagna la sacristie à demi rassurée.

Pendant ce temps, Armandine, Charlotte, Mme Colonzelle s'affairaient autour de la table, mettant le couvert fleuri des jours de fête. Céline secondait Eugénie à la cuisine, tandis que son mari, Gaspard, s'occupait des boissons. Dans un coin, Prosper et Colonzelle discutaient du prix des terres dans la commune tout en buvant du quinquina. On avait expédié Joseph et Thélise au jardin pour éviter de les avoir dans les jambes. Assis sur le banc, ils demeuraient là, en silence. Quelque chose, dans cette ambiance de fête les gênait, sans qu'ils aient pu préciser de quoi il s'agissait. La fillette demanda :

— Ça t'ennuie pas que ta mère, elle se remarie ?

— C'est elle que ça regarde, pas vrai ?

— Moi, ça me plairait pas que ma maman, elle prenne un nouveau mari.

— Mais, ton père est pas mort !

— Heureusement !

— Les filles, vous pouvez pas vous passer de dire des bêtises.

— N'empêche que ta mère, elle s'en ira et elle te laissera !

— Et alors ? J'ai ma mémé, non ?

Thélise chuchota :

— Et moi...

— Toi aussi, bien sûr.

On les appela pour passer à table lorsque M. Marioux et sa sœur furent arrivés. Un repas des plus gais. Prosper paraissait heureux d'avoir bientôt une jolie femme à lui ; Charlotte se faisait une joie de son proche changement d'existence ; Armandine était ravie à la perspective de régner seule sur son petit domaine ; Mlle Berthe savourait un triomphe mérité ; les Colonzelle ressentaient déjà l'orgueil d'appartenir un jour, et pour de bon, à la famille Versillac (qu'on ne savait appeler autrement dans le pays). Gaspard et Céline mangeaient au bout de la table, le plus proche du feu, et assuraient le service sous les ordres d'Eugénie. Celle-ci traversait des instants de mélancolie quand elle pensait à quel point Charles eût été à son aise dans cette ambiance. Thélise et Joseph occupaient l'autre extrémité de la table. On fit honneur au repas composé par la veuve Lebizot, avec l'approbation de la maîtresse de maison : pieds de mouton en salade, tête de veau vinaigrette pour les estomacs plus délicats, des haricots verts du jardin, un gigot, des côtelettes et des pommes de terre rissolées accompagnées d'une grosse salade de laitue assaisonnée d'huile de colza. Pour les fromages, on avait fait appel à la fourme de Montbrison, à la brique de chèvre, au mont-d'or lyonnais et aux rigottes de Condrieu. Les desserts virent se succéder les crèmes, les meringues, les flancs et les tartes. Le vin venu de la vallée du Rhône coula gaiement et Prosper ne fut pas le dernier à « aplater des canons [1] ». Le dessert pris, pour lutter contre la fatigue, on demanda à Thélise de

1. Vider des verres.

chanter. Timide, elle se laissa prier puis se décida, sur l'injonction paternelle.

« Mon père a fait faire un étang
C'est le vent qui va frivolant
Il est petit, il n'est pas grand,
C'est le vent qui vole, qui frivole,
C'est le vent qui va, frivolant. »

Peu à peu, elle prenait de l'assurance et elle termina sous les applaudissements de la tablée. Sollicité à son tour, Joseph se vit obligé d'imiter sa compagne. Malheureusement, il chantait tellement faux qu'on le fit taire au plus vite. Armandine, Eugénie, Mlle Berthe se refusèrent à chanter, invoquant leur âge et leurs voix rouillées. Mme Colonzelle roucoula une romance où il était question de cœurs fidèles que rien ne pouvait faire fléchir. Adrien Colonzelle entonna « Les blés d'or ». Céline susurra « Les princesses au pommier doux » :

« Derrière chez mon père,
Vole, mon cœur, vole !
Derrière chez mon père,
Y a un pommier doux
Tout doux !
Y a un pommier doux. »

Prosper avait une belle voix de baryton, on l'apprécia,

« Gentes gallans de France
qui en la guerre allez,
je vous prie qu'il vous plaise
mon amy saluer.

Comment le saluroye
Quand point ne le cognois ? »

et il arrachait des larmes aux âmes sensibles quand il détaillait, avec des cassures dans la voix, le sort du pauvre ami perdu.

« Ne plorés plus, la belle,
Car il est trespassé
Il est mort en Bretaigne,
les Bretons l'ont tué. »

Charlotte ne pouvait pas ne pas répondre à son fiancé, cela lui eût donné d'entrée un avantage que, si minime qu'il soit, elle n'entendait pas tolérer. Elle se leva et à son tour, entonna gracieusement une ronde qu'elle avait choisie pour qu'on pût la reprendre en chœur.

« Y avait dix filles dans un pré
Toutes les dix à marier
Y avait Dine
Y avait Chine,
Y avait Suzette et Maryine,
Ah ! ah !
Cath'rinette et Cath'rina ;
Y avait la jeune Lison,
La comtess' de Montbazon,
Y avait Madeleine,
Et puis la Dumaine. »

Dès le deuxième couplet, les hommes crièrent ensemble : Ah ! ah ! Au troisième couplet, les femmes ajoutèrent leurs voix à l'énumération des noms des filles et au quatrième couplet, tout le monde chantait.

Une belle journée ! Pendant que les femmes aidaient Céline à desservir la table, que Gaspard attelait Duc au cabriolet, Armandine emmena sa fille et Prosper au jardin, où elle prit immédiatement la parole :

— Vous deux, vous n'êtes plus des enfants... Vous vous doutez qu'on ne peut prévoir un mariage trop précipité, on jaserait. Je vous propose de célébrer la noce, au printemps prochain.

Sincères ou pas, Prosper et Charlotte poussèrent des exclamations indignées.

— Vous n'y pensez pas ! Huit mois à attendre !

— Réfléchissez : dans nos montagnes, on ne se marie guère l'hiver à moins d'habiter sur place. Comment franchiriez-vous le col, Prosper ? et chez nous, la neige se montre à la Toussaint.

Ils convinrent qu'en effet, il y avait là un problème difficile à résoudre. Armandine, une fois de plus, apporta la solution.

— Je comprends fort bien que vous ayez envie de vous connaître avant de prononcer le oui définitif. Nous avons une cousine éloignée à Boulieu, dans le bon pays et pas très loin de Serrières. Prosper pourra y aller bavarder avec sa fiancée qui y passera l'automne.

Colombier prit affectueusement congé de chacun. Il n'était déjà plus un étranger. Gaspard amena l'attelage devant la porte et Prosper réussit un joli départ. Après que le fiancé les eut quittés, les invités se répandirent en propos élogieux sur son compte. Les Marioux s'en allèrent en remerciant grandement leurs hôtes. Les Colonzelle voulurent en faire autant, mais Thélise, songeant à tous les desserts qui restaient, mêla sa voix à celles des femmes de la maison pour retenir ses parents à dîner. Colonzelle céda en annonçant qu'il se rendrait tout de suite à sa ferme pour s'occuper des animaux. Il promit d'être de retour dans une couple d'heures.

On attendit que le fermier revint pour manger la soupe dont personne n'eût accepté l'absence. Quoiqu'on n'eût pas très faim, on se força et quand le dessert arriva, les dames avaient légèrement dégrafé leur corsage. On riait, on plaisantait, quand des coups violents frappés à la porte interrompirent la fête. Joseph s'en fut tirer le verrou et, sale, hirsute, dépenaillé, Leudit entra. Un silence épais s'établit. Le menuisier repoussa son petit-fils et se dirigea directement vers Charlotte.

— C'est vrai ce qu'on raconte ?

— Quoi ?

— Que tu vas te remarier ?

Armandine répondit pour sa fille.

— Exact. Après ?

Leudit ne lui prêta pas attention. Il demeurait face à Charlotte.

— C'est-y vrai ou pas ?

— Ma mère vous l'a dit. C'est vrai.

— T'oserais faire ça ?

— Faire quoi ?

— Abandonner mon fils !

— Je peux pas vivre avec un mort !

— Qui parle d'un mort ?

— Jean-Marie est au cimetière, vous le savez !

— T'es une menteuse ! Jean-Marie va revenir et qu'est-ce qu'il pensera quand il verra qu'on a pris sa place ?

Colonzelle posa sa grosse main sur l'épaule du malheureux.

— Rentre donc chez toi...

— Toi, je te connais pas... tu dois être une canaille comme les autres. Il revint à Charlotte : une vraie salope, voilà ce que tu es !

Joseph cria :

— Vous avez pas le droit d'injurier ma mère !

— Ta mère ? c'est une moins que rien !

Thélise se mit à pleurer, en se cramponnant à Joseph qui voulait sauter sur son grand-père. Colonzelle empoigna Leudit par la taille et le porta dehors.

— Vous avez pas honte, pauvre maboul, de parler comme ça à une mère devant son fils ?

— C'est une traînée ! Je le raconterai à tout le monde !

— Dans ce cas, on appellera les gendarmes et ils vous emmèneront !

— Moi ? (Il éclata de rire.) Qui oserait porter la main sur quelqu'un dont le fils est l'ami de Jésus-Christ ?

— En voilà une autre !

— J'y causerai à mon fils et il demandera à Jésus d'envoyer ses anges exterminateurs qui brûleront ce putain de village et feront rôtir ses habitants ! et qui c'est qui rigolera ? moi !

— En attendant, tu vas aller te coucher et dormir !

— Je dors plus !

Le père de Thélise parvint à allonger Leudit sur son lit et fila raconter au curé ce qu'il venait de se passer et les menaces du dément. Marioux se précipita chez le maire pour lui annoncer le programme d'Arthur. Une fois de plus, le pauvre Célestin ne put dormir. Il passa la nuit à se battre contre les flammes imaginaires qui dévoraient Tarentaize. Il confia à sa femme :

— C'est pas difficile, si ça doit continuer comme ça, c'est pas lui mais moi qu'on enfermera.

Mme la mairesse était une forte créature que la colère pouvait rendre dangereuse. Le médecin en fit l'expérience quelques jours plus tard. Comme il passait dans le village, revenant de soigner une femme de la Chaumienne qui s'était ébouillanté un pied, Mme Dimizieux le héla :

— Quelque chose qui ne va pas, Léontine ?

— Pas moi, c'est Célestin.

— Qu'est-ce qu'il a ?

— Il devient fou.

— A cause ?

— A cause d'un vrai fou dont vous refusez de nous débarrasser !

— Vous n'allez pas recommencer ?

— Bien sûr que je vais recommencer et je recommencerai jusqu'à ce que les gendarmes aient emmené ce maniaque ! Vous voulez pas m'écouter ? Alors, on va s'y mettre tous !

— Voyons, Léontine, il n'a tué personne et n'a mis le feu nulle part ?

— Vaut mieux pour vous que ça n'arrive pas, sans ça...

— Sans ça ?

— Sans ça, je vous jure que vous serez tenu pour responsable et je laisserai à personne le soin de tirer sur la corde où vous serez accroché par le cou !

— Mais... mais, vous me... menacez de... de mort !

C'est alors que Célestin se montra tandis que d'autres Tarentaizoises, attirées par les éclats de voix, s'agglutinaient autour des adversaires. Hors de lui, le médecin apprit avec véhémence au maire que sa femme l'insultait sous prétexte qu'il estimait ne pas avoir de motif suffisant pour réclamer l'internement de Leudit. Paroles malheureuses qui déclenchèrent la fureur de ceux et de celles qui, jusqu'ici, n'étaient que témoins. Ils entrèrent brutalement dans le débat en traitant le docteur d'escroc, de vendu et lui dépeignirent le sort qu'ils lui réservaient si, par la faute du menuisier, un malheur s'abattait sur le village. Célestin. souriant, s'adressa à celui qu'on invectivait :

— Vous les entendez ? Comment voulez-vous que je les retienne, le moment venu ?

Il avait beau avoir participé à de dures batailles avec la II^e Armée de la Loire, le médecin éprouvait plus de crainte devant ces visages butés, ces regards haineux qu'en face des Prussiens et des Bavarois. Il ne savait quoi dire, tant sa philosophie — lui enseignant depuis des années qu'il était, dans la société, un être à part méritant et obtenant, partout, le respect — était battue en brèche.

— Scandaleux ! tout simplement scandaleux !

Il remonta dans sa voiture, flanqua un coup de fouet inutile à son cheval et quitta Tarentaize au galop. Célestin, homme pratique, confia à sa femme :

— On s'est pas fait un ami.

— On s'en fout !

* * *

C'était un de ces jours merveilleux de l'été finissant. Tout est immobilité. Il règne un silence que trouble seulement l'affolement d'un mulot qu'un bruit a surpris dans son sommeil. La lumière est dorée mais plus nuancée qu'au fort de l'été. On a le sentiment que les rayons du soleil, plutôt que de chauffer ou de réchauffer, ont pour tâche unique d'éclairer et de montrer des choses auxquelles, d'ordinaire, on ne prête pas attention. Un peu avant le crépuscule, le vent se lève, un vent tiède, soufflant avec douceur, mais de brefs passages froids font penser à l'hiver qui se profile au loin. Dans les fermes, on recommence à faire largement rougeoyer l'âtre.

Maintenant, Campelongue parle à Joseph ainsi qu'à un vrai compagnon. Sans y faire allusion pour ne pas exciter sa vanité, le vieil homme admire la facilité du garçon à retenir les termes techniques. Depuis qu'il le connaît, il sait que la passion de la charpenterie le tient et solidement. Le bonhomme est à la fois ému et fier. Ce petit Leudit le continuera et de belle façon. Il en est sûr.

— L'an prochain, quand les anciens t'interrogeront afin de décider si tu es capable ou non de faire un bon compagnon, faudra pas te laisser intimider. Chacun a sa manie. Par exemple, le père Chamblay s'intéresse qu'au bois. Y a bien des chances pour qu'il te pose des questions sur les assemblages et la façon de « piquer » les poutres et toutes les pierres d'une future charpente. Le Charles-Joseph Chaffois, depuis qu'il a pris sa retraite, écrit une sorte de dictionnaire du métier dont il entend qu'on respecte le vocabulaire comme tu respectes les paroles du *Credo*. Il te demandera de lui expliquer ce qu'est un mors d'âne [1], un poinçon [2], etc. Le Paul Évilliers a été, sa vie entière, un spécialiste du levage. Tu peux être persuadé qu'il exigera que tu lui énumères, par le menu, les gestes des charpentiers « levageurs ». Qu'est-ce que tu veux, chacun a sa marotte et plus il avance en âge et plus il y tient.

Joseph buvait les paroles de son maître. Il se voyait déjà édifiant des cathédrales. Campelongue poursuivit :

— Toi, malgré ta jeunesse, tu as compris. Les autres ne peuvent pas deviner ce que nous éprouvons, nous autres charpentiers, devant la maison que nous avons bâtie. Quand je me promène, de ferme en ferme, c'est comme si je me baladais parmi les membres de ma famille. Je note que celle-là vieillit mal, que celle-ci aurait besoin d'une cure de rajeunissement. Parfois, je me fais du mauvais sang en voyant un toit qui s'affaisse, un mur qui a du fruit. J'en veux aux propriétaires de ne pas soigner mes enfants malades. Et puis, il y a les maisons isolées que j'ai expédiées loin dans les prés. J'ai une tendresse particulière pour celles-là. Il me semble que je dois les surveiller de plus près. De même qu'en bavardant, je surveille les fougères derrière toi, car

1. Renfort d'un tenon portant une lourde charge.
2. Pièce placée verticalement dans l'axe de la ferme.

tout à l'heure, j'y ai vu se glisser un serpent, mais je pourrais pas te dire si c'était une couleuvre ou une vipère.

Dans un cri et un remue-ménage de plantes, Thélise jaillit de sa cachette.

— Où... où il est le serpent ?

Feignant la surprise, Campelongue s'étonna :

— J'aurais juré que c'était un serpent.

Joseph, sévère, s'enquit :

— Voilà que tu nous espionnes, à présent !

— C'est... c'est pas vrai !

— Mince de culot ! et qu'est-ce que tu faisais dans les fougères ?

— Je... je voulais être... être sûre que tu rentrais par... par chez nous.

Le garçon prit son maître à témoin.

— Vous vous rendez compte !

— Bah ! je souhaite pour toi, mon petit, que vienne jamais le jour où tu regretterais cet attachement d'autrefois et toi, Thélise, tu as bien tort de lui montrer combien tu lui es « achinée »... Allez, rentrez maintenant et que Dieu vous garde !

Ils marchèrent d'abord en silence... Ils ne se trouvaient pas bien loin de la ferme Colonzelle lorsque Thélise s'enquit d'une voix mouillée :

— Tu m'en veux ?

— Oui. Tu me rends ridicule aux yeux de Campelongue ! Comment veux-tu qu'il me prenne au sérieux si nous nous conduisons comme des gosses ?

— C'est parce que je t'aime !

— Mais, nom d'un chien ! moi aussi, je t'aime et je suis pas toujours collé dans tes jupes pour ça !

La gamine réfléchit et conclut :

— Peut-être que tu m'aimes moins que je t'aime ?

Les parents de Thélise discutaient à l'entrée de leur ferme. Le cheval encore attelé indiquait qu'Adrien revenait de Tarentaize. Le couple semblait fort excité. Thélise craignant un malheur — elle était sans cesse prompte à s'affoler — se précipita vers sa mère.

— Maman, qu'est-ce qui se passe ?

Colonzelle répondit pour sa femme.

— M. Thiers est mort.

L'ex-président n'était plus au pouvoir depuis quatre ans et si le nom était encore familier aux jeunes, ils ignoraient ou ne se rappelaient plus ce que les Français lui devaient. Adrien leur rafraîchit la mémoire :

— C'est grâce à lui que les Allemands sont partis plus tôt que prévu, il a libéré le territoire.

Antonia et sa fille récitèrent une prière pour le repos de l'âme de M. Thiers.

* * *

Le départ de Charlotte pour Boulieu-lès-Annonay, où l'hébergerait la cousine Irma, suscita un grand mouvement de curiosité dans Tarentaize. Ce départ inattendu éveillait toutes les curiosités et donnait naissance à toutes les hypothèses. Les esprits se calmèrent quand on sut que la fiancée serait de retour pour Noël. On regarda Joseph et Colonzelle porter les bagages dans le char à bancs. On assista aux adieux de la mère et de la fille, du fils et de sa mère et, en plus, la marraine qui embrassa sa filleule. Lorsque la voiture démarra, on remarqua, avec étonnement, que même la sévère Armandine se tamponnait les yeux de son mouchoir.

A Boulieu-lès-Annonay, la cousine Irma habitait une jolie petite maison ouvrant sur un jardin de curé dans le quartier des Fontanes. Irma cachait, sous une austérité sans faille, le chagrin de n'avoir pu vivre une existence semblable à celle de la plupart des femmes. Elle vieillissait sans mari, sans enfants et consacrait à Dieu ses regrets et ses espérances de revanche. Elle cousinait de très loin avec Armandine par l'intermédiaire de la mère de celle-ci, Louise. Dans nos campagnes, les liens de parenté ne résistent guère à l'éloignement. De plus, Irma qui tournait de plus en plus au mystérieux, n'avait pas grand-chose de commun avec la veuve prenant le monde des réalités à bras-le-corps. Leurs relations se bornaient à des vœux écrits pour la nouvelle année, quand on y pensait. Comment Armandine s'était-elle rappelé cette lointaine cousine pour héberger Charlotte? parce qu'elle savait qu'Irma ne refusait jamais le service demandé et parce que la réputation de la vieille fille protégerait la fiancée de Prosper des calomnies promptes à se répandre dans les villages quand on ne comprend pas. Les hommes et les femmes sont ainsi faits que lorsqu'ils ont à choisir entre deux interprétations, ils adoptent immédiatement la plus laide. Nul à Boulieu n'oserait soupçonner Irma Midon de se vouloir complice de fréquentations immorales. Charlotte et Colombier pourraient bavarder tant qu'il leur plairait dans le jardin attenant à la maison, sans que personne n'y trouve à redire.

Irma Midon était une grande femme maigre, toujours vêtue de noir et coiffée à bandeaux. Elle ne riait jamais, souriait rarement. Elle portait le deuil de son père, mort dans la forêt en 1840, alors qu'elle avait cinq ans. Elle n'avait jamais eu la possibilité de rêver à un autre homme tant l'idolâtrie vouée par sa mère, Nathalie, à ce mari mort jeune interdisait toute pensée étrangère à ce culte familial. Irma avait été élevée par une mère douloureuse qui, sans arrêt, répétait à la fillette fautive : « Si papa voyait ça... » « Tu fais beaucoup de peine à papa... » « Oh ! qu'est-ce qu'il doit dire, le papa ! » Habituée, dès sa petite enfance à vivre dans la société d'un disparu devenu un juge sans repos, la pauvre Irma avait été littéralement étouffée sous la double surveillance d'un mort et d'une vivante. Étant de caractère faible, Irma avait tout de suite cédé à une mère dont l'autorité s'exprimait le plus souvent par des gémissements, des reproches larmoyants, des appels à la mémoire de son mari. Dans les cas qu'elle estimait graves, la maman grimpait à l'étage au-dessus et suppliait la Sainte Vierge d'éclairer une enfant rebelle. Une comédie pitoyable que la mère égoïste avait jouée pendant plus de quarante ans. Sa mort avait rendu la liberté à une fille de près de cinquante ans complètement désemparée, ne sachant rien de la vie, ignorance la confinant dans une solitude totale et une peur incessante de tout. Alors, à son tour, elle s'était réfugiée dans la religion et s'obligeait à vivre l'existence des nonnes du couvent de Boulieu, sauf en ce qui concernait les offices nocturnes. Irma ne pouvait se dire heureuse ou malheureuse. Elle était engourdie dans ses prières indéfiniment répétées.

L'annonce de l'arrivée de Charlotte l'avait d'abord terrifiée. Comment se débrouillerait-elle ? Elle n'avait pas appris à vivre avec quelqu'un, mais une bonne chrétienne ne peut refuser d'aider son prochain, et encore plus quand celui-ci ou celle-ci est de sa parentèle. C'est ainsi que dans les premiers jours d'octobre, amenée par Adrien Colonzelle, Charlotte débarqua chez Irma Midon.

Contrairement à ce que l'on eût pu redouter, les deux cousines sympathisèrent très vite. Irma découvrait dans Charlotte le modèle de la femme libérée qu'elle aurait voulu être. A travers Irma, Charlotte avait la révélation d'un monde étrange, feutré où l'on menait une existence au ralenti et strictement réglée. En pensant à l'univers de son hôtesse, la fille d'Armandine voyait un étang dont la surface était parcourue de rides légères. La première visite de Prosper intimida la vieille demoiselle. Elle prit grand soin de ne pas importuner les amoureux. Cependant, lorsque, à travers ses volets mi-clos, elle les découvrit assis l'un auprès de l'autre, elle ne put retenir ses larmes. Elle ne connaîtrait jamais ces instants-là et pourtant, elle aurait tant souhaité...

* * *

Alors qu'il se rendait à l'un de ses rendez-vous journaliers avec Campelongue, Joseph croisa son grand-père en dehors du village. Il ne le reconnut pas tout de suite, tant il était propre et à peu près correctement habillé.

— Pourquoi tu t'es fait si beau, pépé ?

— Pour pas que mon fils ait honte de moi quand je le rejoindrai et qu'il me présentera à son ami Jésus-Christ.

— Vous avez encore le temps !

— Tu penses pas qu'avec ça (il sortit de sa poche un pistolet de l'armée)... on peut pas abréger le temps qui nous reste ? C'est un cadeau de mon Jean-Marie. Alors, maintenant, qu'on me foute la paix !

Sans plus de manières, Leudit tourna le dos à son petit-fils et, à grandes enjambées, partit en direction des Grands Bois.

Négligeant son rendez-vous avec le maître charpentier, Joseph était revenu à la ferme pour annoncer :

— J'ai rencontré le pépé...

Visiblement, cet événement n'intéressait guère l'aïeule.

— Et alors ?

— Il était propre et presque bien habillé.

— Serait-il redevenu raisonnable ?

— Je crois pas. Il va se tuer.

— Tu es fou !

— Il m'a montré le pistolet qu'il a emporté.

Armandine s'écria :

— Et tu me racontes ça tranquillement !

— Qu'est-ce tu veux qu'on y fasse ?

— Mais tu ne te rends pas compte ? un suicide, n'y a pas pire déshonneur pour une famille ! Décidément, rien ne m'aura été épargné ! Eugénie !

Eugénie qui, sous prétexte qu'elle souffrait de varices, avait pris la douce habitude de faire la grasse matinée, finissait de s'habiller lorsque l'appel d'Armandine l'arracha brutalement à sa toilette. Elle enfila un caraco et se précipita, aussi vite qu'elle le pouvait, dans la salle où, en quelques mots, son amie la mit au courant du nouveau malheur qui les menaçait. Mme veuve Lebizot joignit les mains, ferma les yeux pour supplier le Seigneur de venir à leur secours. La grand-mère n'était pas d'humeur à avoir recours aux patenôtres.

— Ce n'est pas le moment de gémir, Eugénie ! Accompagne Joseph chez le maire et explique-lui ce qu'il se passe.

Quand il les vit arriver, et notamment la grosse Eugénie hors d'haleine, Célestin Dimizieux devina qu'une nouvelle tuile allait lui tomber sur le crâne. Sans laisser à ses visiteurs le temps de respirer, il attaqua :

— Qu'est-ce qu'il y a encore de cassé ?

Joseph recommença le récit fait à Armandine. Eugénie, incapable de parler, appuyait les dires du garçon par d'affirmatifs hochements de tête. Après avoir écouté, le maire conclut :

— Il a de nouveau trouvé un moyen pour nous emmerder ! Je vais le faire rechercher parce que c'est mon devoir, mais nom de Dieu ! j'espère qu'on le retrouvera trop tard !

Une heure après, la moitié de la population mâle battait les bois en hurlant le nom d'Adrien Leudit. Personne ne pouvait deviner que le grand-père de Joseph avait gagné la route de Saint-Étienne au Rhône et était monté dans la diligence de Grenoble. Au début de l'après-midi, les gendarmes de Saint-Genest-Malifaux, que le médecin s'était décidé à prévenir, arrivant à Tarentaize, apprirent la fuite et les intentions suicidaires de Leudit. Ils n'eurent d'autre ressource que de se mêler à la battue.

* * *

Olympe Chambles ne décolérait pas et rendait la vie impossible tant à César, son mari, qu'à sa bonne. Elle finissait même par ennuyer ses cancanières fidèles par les soupçons dont elle accablait la future Mme Colombier. Les plus prompts à savourer les ragots estimaient que l'épouse du pharmacien dépassait les bornes du crédible. Olympe en perdait une partie de sa popularité. On se mettait à la refuser pour guide. Ce fut pis lorsque Colombier prit à son service Josuah Malleval, un huguenot, fils d'un pasteur du Mazet, dans la Haute-Loire. Mme Chambles était persuadée que Prosper n'avait agi de la sorte qu'en vue de l'offenser et de la braver. Elle tenait de longs discours prophétiques et vengeurs à sa servante, qui l'approuvait hautement quand sa maîtresse lui donnait permission d'exprimer son opinion. Cependant, c'est à table, avec son mari pour seul auditoire qu'Olympe donnait libre cours à la haine l'habitant tout entière.

— Tu te rends compte, César ? Ce garçon auprès de qui je me suis voulue une seconde mère, se conduire de cette façon à mon égard ?

D'ordinaire, César ne répondait pas. Il se contentait de manger en silence. Parfois, cependant, il émettait une exclamation ou une remarque des plus brèves ou bien, exaspéré, il s'emportait. Ce fut le cas.

— Quelle façon ?

— De quelle façon ? Mais sans moi, Prosper serait resté un vieux garçon dépensant son argent avec des gourgandines au risque d'attraper des maladies honteuses !

— C'est toi qui lui as trouvé une femme.

— Je m'en repens assez ! une garce ! elle va le mener par le bout du nez ! C'est à cause d'elle qu'il me traite comme la dernière des dernières !

— Ma pauvre Olympe... Sais-tu que, par moments, je me demande si tu jouis encore de toutes tes facultés...

— Oh !

— Tu critiques ici, tu injuries là et tu invoques des affronts imaginaires, des injures qui n'ont pas été dites, des persécutions inventées.

— Que tu prennes le parti de mes ennemis ne m'étonne pas ! et que Colombier, ce monstre, ait osé engager un parpaillot en qualité de secrétaire ne t'indigne pas ?

— Ça devrait ?

— César, je te plains car, lorsque tu passeras au Tribunal suprême, tu seras tenu pour déserteur, celui qui a abandonné le bon combat de la vraie religion.

— Olympe, pourquoi ne te rends-tu jamais compte à quel point tu me casses les pieds avec tes fantasmagories d'un autre âge ?

Une fois de plus, Olympe regagna sa chambre sans prendre de dessert.

* * *

Si Mme Chambles haïssait Josuah qu'elle ne connaissait pas, c'était pour deux raisons : elle n'avait pas été consultée lors du choix et il appartenait à l'engeance maudite des huguenots. L'épouse du pharmacien devinait, à travers la présence de ce Malleval auprès de Colombier, l'aboutissement d'un complot mené par les parpaillots de Serrières. Persuadée que l'engagement de Josuah marquait la fin de son influence et le triomphe des hérétiques, Olympe se réfugia dans un silence qui, ne lui étant pas naturel, la rongeait. Drapée dans sa dignité, telle Cassandre sur les remparts de Troie, elle attendait que se réalisent ses sombres prophéties.

Ce Josuah était un très bel homme proche de la trentaine. Un grand brun aux yeux tendres où les ex-fanatiques de Mme Chambles discernaient des langueurs orientales. Un garçon qui plaisait beaucoup et se serait depuis longtemps marié s'il avait eu quelque fortune. Malheureusement, il ne possédait pas un fifrelin, étant le cinquième d'une famille de huit enfants. Il avait assumé différentes sortes de métiers pour vivre tout en réussissant à passer des examens de droit. Des relations communes avaient parlé de Malleval à Prosper qui avait grand besoin d'un secrétaire connaissant bien la loi et ses sentiers secrets, d'abord parce qu'amoureux, il tenait à avoir le plus de temps possible à consacrer à sa Charlotte, ensuite parce que dans ses opérations financières, il se trouvait souvent sur la frontière étroite séparant l'escroquerie de l'honnêteté commerciale. Josuah était payé afin de l'avertir : allez-y ! ou : attention, danger !

Une fin de matinée semblable aux autres, Prosper se hâtait de réunir les dossiers, contrats et offres de vente ou d'achat qu'il avait l'intention de remettre à Josuah pour pouvoir filer rejoindre Charlotte lorsque Malleval entra dans le bureau :

— Il y a là un homme qui demande à vous parler.

— Il a un nom, cet homme, j'imagine ?

— Il ne veut pas le donner parce que son nom ne vous dirait rien.

— Envoyez-le voir ailleurs si j'y suis !

— Il prétend que vous le connaissez bien. Il vient de Tarentaize.

— De... Faites-le vite entrer !

Persuadé qu'il s'agissait d'un envoyé de sa future bellemère, Colombier arbora un sourire commercial pour accueillir Leudit qui, sans ambages, demanda :

— Vous êtes Prosper Colombier ?

— Mais oui et... vous-même ?

— Arthur Leudit.

— Leudit... êtes-vous...

— Le père de celui dont vous essayez de voler la femme !

— Pardon ?

— Charlotte est ma belle-fille.

— Était !

— Non ! est !

— Dans ces conditions, où est son mari ?

— Au ciel, avec Jésus, son ami.

— Je vois... Charlotte est veuve.

— Mensonge ! Elle est pas veuve puisqu'elle sait où est son époux !

— Adressez-vous aux gendarmes !

— Vos complices ! Vous vous croyez malin, pas vrai ? mais j'ai une meilleure idée pour vous empêcher de dépouiller Jean-Marie !

— Peut-on la connaître ?

— Vous tuer !

Ce disant, Leudit sortit de sa veste le pistolet si consciencieusement nettoyé et le braqua sur Colombier. Ce dernier n'avait jamais eu l'occasion de se demander, devant le danger, s'il serait courageux ou lâche. A présent, s'il en devait juger par sa gorge serrée, la sueur lui coulant dans le dos et la déroute lui remuant les tripes, il était lâche.

— Mais... je ne vous co... connais même pas !

— Quelle importance ? Vous essayez de me voler ce qui m'appartient, alors je vous tire dessus. Normal, non ? Qui trouverait à redire à ce geste de simple justice ?

— Dieu !

— Oh ! de ce côté-là, je suis couvert ! Mon Jean-Marie et Jésus ils se quittent pas.

— Et votre femme ? Vous pensez que ça lui fera plaisir d'apprendre qu'elle est l'épouse d'un assassin à qui on va couper le cou ?

Leudit, subitement, sembla se désintéresser de la discussion. Il paraissait plongé dans un monde de réflexions où il ne trouvait pas son chemin.

— Ma femme... c'est vrai que j'ai une femme... Madeleine... elle était jolie dans sa robe blanche... où qu'elle est ?

— Là où vous allez la rejoindre : chez les fous !

— Les fous ! C'est donc ça, votre truc ? Vous voulez m'envoyer chez les fous, hein ?

— Mais non, mais non, je...

— Fais ta prière, je te tire dessus. Je peux pas te rater !

Dans un réflexe d'autodéfense, Prosper jeta à la tête de son visiteur le livre ouvert devant lui. Surpris, Leudit appuya sur la détente. La balle partit se loger dans une des portes de la bibliothèque. Le coup de feu eut comme effet immédiat de faire accourir Josuah qui, sans demander d'explication, se jeta sur Arthur et le ceintura. Prosper en profita pour appeler les gendarmes qui emmenèrent le fou tandis que sa victime désignée reprenait haleine et déclarait à son secrétaire :

— Josuah, vous m'avez sauvé la vie. Vous venez à Boulieu avec moi, je tiens à vous présenter à ma fiancée qui vous remerciera. Je fais atteler pour midi.

A Serrières, comme dans n'importe quelle petite ville, les nouvelles se répandent plus vite qu'ailleurs. Colombier et son secrétaire se mettaient à peine en route que déjà, tout le monde était au courant de l'attentat. De Serrières, la nouvelle eut tôt fait de franchir le pont et de débouler dans Sablons où la pharmacie Chambles fut le premier poste atteint par l'écho de l'événement. Olympe crut en défaillir de bonheur. Elle abandonna son mari et le déjeuner pour courir, telle une furie, de maison en maison, annoncer la punition de Dieu qui, ainsi que l'on pouvait s'en rendre compte, une fois encore, se rangeait toujours du côté des catholiques. César, ce coup-ci, ne put se retenir et allongea une solide paire de gifles à son épouse qui, sur le moment, en demeura sans voix.

* * *

Charlotte fut surprise de la présence de ce jeune homme au côté de son fiancé. Prosper présenta son secrétaire.

— ... à qui vous devez, ma chère amie, de me voir encore en vie !

Irma, présente à l'entretien, constata, naïvement, à voix basse :

— Qu'il est beau !

Lors de cette entrevue initiale, Josuah se montra d'une discrétion extrême et conquit Mlle Irma par sa serviabilité.

Il proposa à son patron d'aller faire un tour avec sa fiancée, tandis qu'il tiendrait compagnie à leur hôtesse, laquelle se demanda, en rosissant, s'il était correct de sa part de rester seule avec un jeune homme. Prosper accepta d'emblée et, montant dans son cabriolet avec Charlotte, fit trotter Duc en direction de Samoyas. On avait mangé une collation rapide et pendant que les amoureux échangeaient des promesses définitives avec les arbres du suc de Combes pour témoins, Josuah écoutait, sans bâiller, l'histoire de Midon écrasé par un arbre, une quarantaine d'années plus tôt.

Quand les deux hommes, vers le soir, furent dans la descente de Serrières, Prosper voulut savoir ce que son secrétaire pensait de Charlotte. Josuah fit preuve d'un enthousiasme qui, ne dépassant jamais les bornes de la bienséance, emplit Colombier d'une joie orgueilleuse. A peu près au même moment, Irma, fermant les volets du petit salon où elle avait reçu ses hôtes, interrogea sa cousine :

— Que penses-tu de ce jeune homme, Charlotte ?

— Il a de très beaux yeux...

Et cette nuit-là, Charlotte eut des rêves amoureux dans lesquels, à sa grande honte, Josuah se substituait à Prosper. De son côté, Josuah eut une nuit difficile. Il ne pouvait s'empêcher de penser tendrement à cette jeune femme si belle... Il savait, bien sûr, qu'elle était promise à son patron, mais estimait cela fort injuste.

* * *

Après avoir gardé Leudit sous surveillance, à l'hôpital, le psychiatre jugea son cas désespéré et le fit transférer chez les malades mentaux, dans le service du jeune médecin Malmont qui, déjà, s'occupait de Madeleine Leudit. Quand il eut interrogé Arthur et entendu ses réponses insanes à propos des relations de son fils et du Christ, il décida de tenter une expérience en mettant brusquement le nouvel arrivé en présence de sa femme. Il escomptait des réactions pouvant améliorer le psychisme des deux malades. Avec son assistant, il se posta derrière un « regard » qui permettait de voir sans être vu. Des infirmiers solides attendaient, dans un coin, l'ordre d'intervenir.

Leudit qui, depuis son arrestation, demeurait prostré, ne prêta pas tout de suite attention à la dame en noir qui, les mains dans son giron, demeurait immobile sur sa chaise, puis elle se retourna pour regarder Arthur, le fixant de ses yeux vides qui voyaient ce que les autres ne voyaient pas.

— Bonjour, monsieur.

— Bonjour, madame. Vous attendez quelqu'un ?

— Mon fils. Et vous ?

— Moi aussi. Il s'appelle Jean-Marie.

— Le mien se nomme également Jean-Marie.

Cet aveu fit froncer le sourcil à Arthur. Il ne fallait pas que cette bonne femme s'imagine qu'elle pourrait lui voler son garçon, si l'idée lui en venait.

— Et où c'est qu'il est, votre Jean-Marie ? demanda-t-il, d'un air entendu.

— Au Ciel.

— Tiens donc ! Juste comme le mien, hein ?

— Ça se peut quoique ça m'étonnerait !

— Parce que ?

— Parce que le bon Dieu, Il a sûrement pas voulu donner à un autre le prénom de Son fils.

— C'est pas Dieu possible ! Vous prétendez que votre fils est aussi celui du Seigneur ?

— Tout juste !

Leudit éclata de rire et, railleur, s'enquit :

— Peut-on savoir comment Il vous l'a fait, cet enfant ?

Madeleine baissa pudiquement les yeux et répondit en souriant :

— Il m'a visitée.

— Qui c'est qui vous a visitée ?

— L'ange Gabriel.

La surprise empêcha Arthur de répliquer immédiatement.

— Et mon Jean-Marie qui est l'ami du Christ, qu'est-ce qu'il devient ?

— J'en sais rien, mon bon monsieur, et je m'en fous !

— Vous avez un sacré culot, la vieille ! D'abord, comment qu'il est monté au ciel, votre fils ?

— Les Bavarois l'ont tué.

— Ah ! nom de Dieu de nom de Dieu ! Vous êtes une saloperie de menteuse, madame ! c'est mon Jean-Marie qui a été tué par les Bavarois ! et je vous défends de dire le contraire, sinon je vous colle un de ces agrognons [1] sur le museau que vous m'en direz des nouvelles !

— Osez donc lever la main sur moi, espèce de païen, et les légions célestes vous réduiront en cendres !

Les infirmiers firent irruption et entraînèrent les malades au moment où ils allaient en venir aux mains.

Refermant les guichets par où ils avaient assisté à la pitoyable comédie, le docteur Malmont confia à son assistant :

— En voilà deux qui ont vécu un demi-siècle ensemble et ils ne se reconnaissent même pas.

* * *

La nouvelle de l'internement de Leudit émut profondément le village. Sans doute, le dément s'était-il rendu odieux et inspirait-il une crainte irrépressible aux Tarentaizois. Cependant, apprendre qu'il ne restait plus personne d'une famille qu'on avait connue heureuse en troublait plus d'un.

L'abbé Marioux semblait ne pas partager l'émotion de tous. Il faut préciser qu'il ne témoignait pas par là, d'une sécheresse de cœur inattendue, mais simplement que chez lui, tout s'effaçait devant la joie triomphante dont il débordait depuis qu'on avait appris que les élections générales avaient marqué le succès complet des Républicains et qu'à son grand dépit, Mac-Mahon avait été contraint d'appeler Dufaure — un des vainqueurs de la consultation électorale — à la tête du gouvernement. Le curé appartenait à cette race de dormeurs éveillés qui,

1. Coups.

spontanément, plie la réalité à ses rêves et voit le monde à travers le prisme de ses songes. Le prêtre, en toute bonne foi, se persuadait que l'arrivée des Républicains au pouvoir, marquait le début d'un âge d'or pour le peuple.

## 3.

Charlotte ne se décida à quitter Boulieu qu'au moment où les premières neiges apparurent sur les montagnes voisines. La cousine Irma pleura sur sa prochaine et irrémédiable solitude. Prosper jura qu'il allait vivre dans une impatience fébrile en attendant l'heure printanière de son union avec celle qu'il ne laisserait plus partir. Josuah ne dit mot mais son regard douloureux valait un long discours. Une fois encore, le brave Colonzelle fut mis à contribution et quand le char à bancs démarra, Charlotte eut la soudaine conviction d'avoir vécu un moment de son existence qu'elle regretterait juqu'à la fin de ses jours.

L'air était déjà vif. Au fur et à mesure qu'on s'élevait au flanc du Pilat, on se recroquevillait sur soi-même pour ne rien perdre de sa chaleur naturelle. Colonzelle, qui avait prévu la chose, enveloppa sa passagère dans une lourde pèlerine, sentant le suint et la bouse de vache, mais qui fournissait une tiédeur bien agréable en dépit de ses fortes senteurs.

Au début du voyage, Charlotte ne parla guère, la mémoire trop encombrée des images appartenant au monde qu'elle venait de quitter. Depuis son séjour à ses côtés, elle éprouvait une sorte de tendresse protectrice envers l'humble Irma. Sa résignation l'exaspérait. Elle lui donnait l'impression de vivre auprès d'un lac aux eaux transparentes et vides dont jamais le moindre vent ne ridait la surface. Charlotte plaignait Irma mais au fond, elle se demandait — récapitulant ses propres malheurs — si le renoncement de la vieille fille n'était pas, en fin de compte, une merveilleuse défense contre les souffrances dont le monde est prodigue. Irma demeurait avec Dieu et, son hôtesse partie, elle retrouverait le rythme apaisant des offices et des prières. Elle ne viendrait pas au mariage de sa cousine, rien ne lui permettrait de quitter son petit univers aux frontières précises. Quand Charlotte serait devenue Mme Colombier, il y avait peu de chance pour que le couple éprouvât l'envie de monter à Boulieu. Irma ne descendrait pas à Serrières, expédition dont la seule idée lui donnait le vertige. La cousine retournerait à l'obscurité d'où la visite de Charlotte l'avait un instant tirée, et on n'entendrait plus parler d'elle jusqu'au jour où la supérieure du couvent estimerait de son devoir de prévenir ses parents de son décès. La fille d'Armandine, que le gris du ciel inclinait à la mélancolie, songea à ceux et à celles qui avaient traversé son existence et s'étaient fondus dans l'ombre sans limites que chacun traîne derrière soi. Ces visages, plus ou moins effacés, qui hantent nos souvenirs, nous les évoquons avec tendresse ou rancœur, mais ils ne nous quittent jamais. Bercée par le pas régulier du cheval et quelque peu engourdie par le froid, la voyageuse s'endormait dans son passé. Le claquement du fouet, l'arrachant à sa torpeur, l'obligea à abandonner le temps enfui pour retrouver le présent, et le présent s'appelait Prosper Colombier.

Vis-à-vis de Prosper, les sentiments de Charlotte étaient fort mélangés. Elle lui savait gré de l'avoir arrachée à la morne existence que lui réservait Tarentaize et à la promesse d'une vieillesse esseulée. Cependant, elle savait ne pas confondre reconnaissance et amour. Elle n'aimait pas Prosper. Sans doute, était-ce un bel homme qui lui donnerait bien des satisfactions dans l'ordre matériel des choses mais elle ne pouvait lui demander plus. Au cours de leurs promenades autour de Boulieu et de leurs longues conversations, ou plutôt des interminables monologues de Colombier, elle l'avait jugé retors, sans grand scrupule et impitoyable quand son intérêt entrait en jeu. Borné dans le domaine concernant les aventures de l'esprit, Prosper possédait une éducation des plus rudimentaires. Il ne fallait pas lui demander de s'intéresser à quoi que ce soit en dehors des tractations avec les paysans. Malgré les lourds parfums dont il s'aspergeait, on respirait sur lui une odeur d'étable. Ce n'était pas comme Josuah...

Charlotte avait beau se défendre d'établir des comparaisons entre les deux hommes, elle ne parvenait pas à ne point juger l'un par l'autre. Autant Prosper s'affirmait d'une lourdeur pénible quand il se mettait en tête de plaisanter, autant son secrétaire témoignait de finesse. Par moments, lorsqu'il leur arrivait de se retrouver tous les trois chez Irma, la jolie veuve avait l'impression que le secrétaire parlait pour elle seule et elle en éprouvait un plaisir profond sur la nature duquel elle préférait ne pas s'interroger. En outre, la beauté des traits de Josuah mettait en évidence la médiocrité de ceux de son patron qu'épaississaient ses excès de table. A la vérité, en dépit de sa quarantaine, Charlotte ne pouvait s'empêcher de penser à l'amour et chaque fois que son esprit se risquait dans ce domaine, le visage de Josuah s'imposait à sa mémoire. Si elle refusait de ruser avec elle-même (ce qui lui arrivait parfois), il lui fallait convenir que cet homme ne la laissait pas indifférente. Quant à lui, elle était assez femme pour avoir compris qu'il l'aimait ou, du moins, qu'il avait une furieuse envie d'elle. Cette certitude ne lui déplaisait pas, au contraire.

— Vous dormez, madame Charlotte ?

La fiancée de Colombier éprouva quelques difficultés à se reprendre pendant que le voiturier poursuivait :

— Par ces temps froids, vaut mieux pas s'assoupir en plein air, parce qu'on se surveille plus et alors les maladies, elles en profitent pour vous attaquer. Ça vous ennuie pas de revenir au pays ?

— Au contraire ! La maison me manquait et tous ceux qui l'habitent.

Histoire de meubler la conversation, Colonzelle mit sa compagne du moment sur le chapitre de ses amours avec Prosper dont il se crut obligé de prononcer l'éloge pour ce qu'il en savait. Il fut frappé — bien que de cœur simple ou à cause de cela ? — par le manque de chaleur dans les réponses de Charlotte. Elle parla de Colombier comme de quelqu'un de sympathique rencontré dans un salon, pas comme de son futur mari. Cette remarque assombrit l'humeur d'Adrien. Le soir, dans le grand lit conjugal, il ne put se tenir de faire part de ses observations à Antonia qui avait sommeil, ce qui lui permettait de simplifier tous les problèmes.

— Mon pauvre Adrien, tu oublies que Mme Charlotte a quarante ans et qu'elle en est à son second mariage. Elle a plus beaucoup d'illusions, sans doute, et ne peut plus voir les choses autrement qu'elles sont. C'est notre cas, non ? et je suis plus jeune que la fiancée pour laquelle tu t'inquiètes ! Laisse à notre Thélise le plaisir de croire que le mariage ressemble à un conte de fée. Bonne nuit.

— Bonne nuit, ma grande.

Si Antonia s'endormit tout de suite, ainsi qu'en témoignait un ronflement discret et rythmé, Adrien fut beaucoup plus long à trouver le sommeil. Il ne comprenait pas le raisonnement de sa femme. Pour lui, les fiançailles demeuraient une période heureuse de l'existence et il n'admettait pas que l'âge, le temps passé, puissent en ternir l'éclat.

On avait reçu Charlotte avec enthousiasme. Elles étaient toutes là : la mère, la marraine, Thélise, Mlle Marioux, Céline avec, en plus, Joseph et Gaspard. Pour la première fois, la fille d'Armandine eut le sentiment que son arrivée faisait plaisir. Peut-être qu'on l'aimait, après tout ?

* * *

Alors, pour Charlotte commença le temps de la longue patience. Les jours passaient en un morne défilé dont aucun événement singulier ne troublait le calme et lent cortège à peine rompu par les fêtes de fin d'année et l'anniversaire de Joseph.

Le 9 février 1878, M. Marioux, bouleversé, annonça à sa sœur que le pape Pie IX était mort l'avant-veille. Le curé de Tarentaize nourrissait une dévotion particulière envers ce grand pontife, rassembleur de ce premier concile du Vatican ayant décrété l'infaillibilité pontificale en matière de dogme.

Cependant, un point sombre demeurait qui, depuis toujours, tarabustait la foi du vieux prêtre. Il ne pouvait croire totalement à la sainteté de la Vierge. Il expliquait à Berthe que saint Jean l'Évangéliste affirme : « Il (Jésus) descendit à Capharnaüm, lui, ainsi que sa mère et ses frères et ses disciples... » Si Jésus avait effectivement eu des frères et des sœurs, cela changeait les aspects de son passage parmi les hommes. Berthe, consultée, répondait qu'il fallait avoir l'esprit pervers pour se poser de pareilles questions. Le grand vicaire de Saint-Étienne, à qui l'abbé écrivit, lui fit répondre par son secrétariat, qu'un desservant de paroisse rurale n'avait pas à jouer les théologiens. Cependant, pour ne point sembler se dérober, il démontra que les phrases incriminées étaient, sans doute, dues à l'erreur d'un copiste inattentif. Au lieu de « sa mère et ses frères et ses disciples... », il importait de supprimer une conjonction inopportune et de lire « sa mère et ses frères, les disciples... » car les disciples de Jésus se voulaient ses frères.

Après lecture de la lettre du grand vicaire, M. Marioux comprit qu'il serait toujours seul avec ses angoisses et son inutile désir de comprendre.

* * *

Le point culminant de la vie tarentaizoise, en ce printemps jusque-là bien morne, fut le mariage de Charlotte. Prosper s'était installé au Bessat d'où il descendait tous les jours pour faire la cour à sa fiancée. On se maria, naturellement, à l'église du village. Celles qui se souvenaient du passé et des défunts pleurèrent beaucoup. La chorale s'imposa de louables efforts pour ne pas chanter trop faux. M. Marioux adressa une affectueuse mise en garde aux nouveaux mariés, soulignant que l'âge, dit de raison, ne préservait ni des erreurs ni des sottises, mais que l'amour est la meilleure sauvegarde des couples prenant à deux le chemin de la vie. L'abbé trouva le moyen de glorifier la mémoire de Charles Lebizot, son ami, ce qui eut pour effet immédiat de faire sangloter Eugénie. S'il rendait hommage à la fidélité du souvenir, Armandine jugea déplacé ce panégyrique. Qu'est-ce que la mémoire de l'ancien cabaretier avait à voir avec le mariage qu'on célébrait et ce, d'autant plus que Lebizot et Colombier n'avaient jamais eu l'occasion de se rencontrer. A la sortie de l'office, ces dames embrassèrent beaucoup de monde et furent largement embrassées, après quoi la noce se hâta vers le Bessat où le repas devait avoir lieu.

On se mit à table dans un vieil hôtel que fréquentaient les voyageurs de commerce depuis plus d'un siècle. Le soir, à la veillée, on remontait encore plus haut dans le passé, en affirmant aux hôtes de passage que le farouche baron des Adrets avait habité quelques jours en ces lieux et qu'il avait la charmante habitude, chaque matin, histoire sans doute de se mettre en forme, de faire pendre deux ou trois catholiques avant d'avaler son premier repas. Il est vrai qu'ayant été frappé par la grâce de la religion romaine, il se mit à massacrer avec entrain les huguenots cévenols qu'auparavant il menait au combat. Prosper remarqua qu'une pareille aventure se terminant à la confusion des parpaillots eût enchanté Olympe Chambles.

Aidée par Eugénie, qui en qualité de marraine, avait exigé de prendre sa part des dépenses, Armandine avait remarquablement fait les choses et même un homme comme Colombier, habitué aux tables annonéennes, reconnaissait que peu de restaurants, parmi ceux qu'il connaissait, auraient pu présenter un aussi appétissant menu. Ce menu, les invités et les membres de la famille en trouvèrent le programme imprimé sur soie dans leurs couverts. Entremêlée de fleurs champêtres, la liste des plats s'offrait à toutes les gourmandises :

Salades du berger (pour obéir à la tradition voulant que la salade se mange au début du repas. Dans l'assaisonnement de celle-ci on avait émietté un petit fromage de chèvre très sec)

Croquettes de ris de veau

Truites au lard

Poule au riz

Après un petit verre de marc pour faciliter la digestion :

Selle de mouton farcie en cocotte avec des pommes de terres sautées

En entremets, on dégusta :

Des crêpes fourrées à différentes confitures

Enfin, les desserts que Thélise attendait avec impatience :

Bonbons au caramel

Œufs à la neige flottant sur une crème dont la première cuillerée vous parfumait la bouche.

Gâteau au chocolat et aux amandes

Quatre-quarts aux fruits

Un marchand de vins de Saint-Chamond, alerté deux mois plus tôt, avait réussi à se procurer les nobles vins que réclamaient ces agapes : saint-émilion, chambertin et un château-yquem qui emporta tous les suffrages. Au café, les dames congestionnées s'absentaient à tour de rôle afin de relâcher les corsets les étouffant. Les hommes n'avaient pas attendu leur permission pour desserrer cols et cravates. Parce qu'on avait bien mangé et bien bu, on était heureux et quand on est heureux, on chante. Les participants à la noce n'y manquèrent pas. Chacun y alla de la sienne. Prosper proposa de contribuer à l'euphorie générale en disant une chanson qu'il se jugeait pour le moment incapable de chanter. Applaudi par tous, il se leva et annonça le titre et l'auteur : « Le porte-drapeau » par Dominique Lassalle. N'ayant jamais fait de service militaire, Colombier se voulait farouchement militariste et affirmait à qui l'écoutait, qu'il rêvait au jour où l'on reprendrait l'Alsace et la Lorraine aux Prussiens. Après s'être longuement gratté la gorge et bu un demi-verre de château-yquem pour s'éclaircir la voix, il se lança :

« Je suis heureux que parmi tant de braves,
L'on m'ait nommé pour porter l'étendard;
De cet honneur, nous sommes les esclaves,
Et nuit et jour, il est sous mon regard.
Dans les combats, ce signe de vaillance
Doit nous guider comme un divin flambeau,
Et rappeler la gloire de la France,
D'un bras puissant, je porte mon drapeau. »

Il était vraiment superbe, Prosper, quand il lançait avec vigueur en mimant le drame (Thélise en oubliait de refermer sa bouche pleine de gâteau).

> « Rends ton drapeau, nous te laissons la vie !
> Non, non, Prussiens, non je ne le rends pas ;
> Près de mourir, je n'ai plus qu'une envie :
> C'est de tomber, mon drapeau dans les bras ! »

Pour faire plus vrai, Prosper étala une serviette de table sur sa poitrine. Thélise reprit son souffle et acheva de déguster son dessert tandis que toute la noce applaudissait. Seule, Charlotte jugea que son mari s'était ridiculisé.

Le nouveau couple, devant partir le lendemain vers Paris afin d'assister à l'ouverture de l'Exposition universelle, s'en fut coucher à Bourg-Argental. Le lieu de leur refuge avait été tenu secret pour éviter de possibles farces folkloriques et de mauvais goût. Les mariés partis, les convives restèrent encore une bonne heure à table avant de regagner Tarentaize. Armandine, heureuse d'avoir casé sa fille, se convainquait que Charlotte allait, désormais, suivre un chemin sans histoire. Quelques heures plus tard, sa foi dans la sagesse retrouvée de son enfant eût été ébranlée si elle avait pu deviner qu'acceptant l'étreinte fougueuse de son mari, Charlotte pensait à Josuah.

* * *

Chacun des participants à ce fameux repas garderait un souvenir inoubliable de cette journée au Bessat. Armandine, délivrée du lourd souci d'une fille mal dans sa peau, retrouvait la sérénité apportée par son refuge campagnard. Eugénie savourait la douce et vivifiante chaleur d'une amitié la protégeant de la solitude tant redoutée après la mort de son mari. Le départ de Charlotte renforçait les liens d'affection entre Armandine et sa camarade de toujours. L'abbé Marioux, ainsi que sa sœur se persuadaient qu'ils avaient retrouvé une famille, conviction illuminant leur avenir. Les Colonzelle goûtaient la réconfortante impression d'avoir assisté à une répétition générale du mariage de leur fille. Céline et Gaspard, les valets, bénissaient, une fois de plus, le jour où, à Saint-Genest-Malifaux, la veuve Cheminas les avait engagés. Quant à Joseph et Thélise, dans leurs beaux costumes raidissant leur maintien, ils avaient quitté la table sitôt les nouveaux mariés partis, pour regagner la ferme Colonzelle.

Ils allaient à petits pas, sans parler, comme s'ils prenaient encore part à une cérémonie inconnue, mais exigeant le silence et la gravité. Heureux d'être ensemble, ils éprouvaient cependant une gêne légère qu'ils ne savaient à quoi attribuer. Ils regardaient les montagnes les entourant. Ils découvraient une sorte de réconfort dans le paysage familier. Après avoir hésité, ils se lancèrent sur les sentiers où l'herbe atteignait les genoux de la petite et mouillait les belles chaussures. Dans cet endroit, apparemment désert, ils se figuraient être seuls au monde. Tous deux savaient qu'il n'y avait pas de plus merveilleux pays que le leur. Ils s'arrêtaient pour contempler, dans l'ombre des branches basses d'un fayard, les couleurs qu'offrent au regard les cultures que le soleil éclaire différemment selon qu'elles se trouvent autour du village ou s'accrochent sur les pentes des collines. De loin, ils voyaient le Sully sur la place, devant l'église et, tout autour d'eux, quand ils pivotaient sur leurs talons, il n'y avait que la forêt montant une garde immuable. La poussée de mai, exacerbant la floraison, semblait aussi les imprégner. Ils se jetaient de petits coups d'œil à la dérobée. Ils éprouvaient l'envie de parler, mais ne savaient que dire. Ils étaient gauches et, s'en rendant compte, ils s'irritaient et avaient un peu honte. Une chouette, que leur passage dérangeait, s'envola avec de lourds battements d'aile. Elle semblait fâchée. Ils rirent. Joseph prit la main de Thélise dans la sienne. Il la serra très fort. Elle ne se plaignit pas. Ce n'était pourtant pas la première fois qu'ils marchaient, la main dans la main mais, en cet instant, ce geste banal, si souvent répété, faisait trembler la fillette, un tremblement de joie.

Ils traversèrent des champs. D'où ils étaient parvenus, ils

voyaient la ferme Colonzelle. Ils s'arrêtèrent et Joseph proposa :

— Si on attendait un moment sous ce sorbier ? Pas la peine qu'on arrive avant eux...

Thélise acquiesça. Ils s'allongèrent à l'ombre d'un feuillage qui leur mettait des taches dorées sur le visage. Ils ne disaient rien. Ils étaient bien. Ils étaient heureux. En enfonçant ses doigts à travers l'herbe, Joseph sentit le chaud de la terre. Thélise, les yeux au ciel, regardait les nuages. Son amoureux tourna un peu la tête pour la voir de profil. C'est vrai qu'ils étaient jolis, son petit nez, sa bouche aux lèvres mi-closes et la boucle de cheveux descendant sur la joue. Le garçon sentit un drôle de remue-ménage en lui. Il avait, subitement, le souffle court et des crispations par tout le corps. Un élan irrépressible le poussa vers sa compagne. Il dit d'une voix rauque :

— Thélise...

Elle tourna son visage vers lui et sourit :

— Je suis là...

Brusquement, à ses yeux, elle n'était plus une gamine.

— Thélise... j'ai une grosse envie de t'embrasser.

— Pourquoi ?

— Je sais pas...

Il la prit dans ses bras et, la serrant contre lui, il lui embrassa le front, le nez, les joues. Elle sentait le pain frais puis, cédant au vertige qui lui troublait l'esprit, il écrasa ses lèvres contre les siennes. Elle lui rendit sa caresse. Quand ils se séparèrent, ils étaient écarlates l'un et l'autre, couleur témoignant du plaisir éprouvé et du léger remords qui l'accompagnait.

Thélise chuchota :

— A présent, c'est comme si j'étais ta femme.

— Mais tu es ma femme... puisqu'on est promis depuis longtemps.

En entendant cette promesse, l'héritière des Colonzelle crut entrer en paradis.

— Tu diras à personne ce que nous avons fait, hein ?

— Même pas à maman ?

— Surtout pas à ta mère !

— Pour quelles raisons ?

— T'as pas besoin d'explications. Tu dois seulement savoir que si tu causes de nous à qui que ce soit, je te reverrai plus.

— Je te promets de me taire.

— Jure-le !

— Je le jure ! Croix de bois, croix de fer, si je mens, je vais en enfer...

— C'est bien.

— Mais... on s'embrassera encore de la même façon ?

Au lieu de lui répondre, Joseph la reprit dans ses bras. Le soir, à la ferme, lorsque sa mère l'interrogea sur sa promenade avec son amoureux, elle mentit par omission et garda pour elle son secret. Elle était devenue une jeune fille qui, à cet instant, se séparait définitivement de l'enfant qu'elle avait été jusque-là.

* * *

Depuis la promenade ayant couronné le mariage de Charlotte, Joseph et Thélise vivaient dans le bonheur d'un secret partagé. Les jours coulaient autour d'eux en bras parallèles de même que la rivière se divise sur le rocher émergeant de son lit. Rien ne les préoccupait plus. Refermée sur ses songes, Thélise enchantait ses parents par son empressement à les aider dans leurs tâches. Joseph apprenait farouchement sous la paternelle férule de Campelongue.

Les mois, les semaines défilaient devant le regard inattentif des deux tourtereaux trop occupés de leurs propres personnes pour se soucier du temps qui passait.

Les éblouissements dorés de juin, les nuits parfumées de juillet, les étoiles d'août que l'on contemple de sa fenêtre quand il fait trop chaud pour dormir, les soleils intermittents de septembre, les feuilles mortes d'octobre, le grand souci des défunts qui s'inscrit en novembre et le silence des neiges précoces amènent sans à-coup, le village à Noël. Depuis qu'ils se sont furieusement embrassés, Joseph et Thélise, sûrs l'un de l'autre, avancent dans un bonheur sans inquiétude. Désormais, ils mènent une existence secrète que nul ne soupçonne.

Charlotte, elle aussi, a ses secrets. Sitôt revenue de Paris, elle n'a plus pu supporté la vie étriquée de Serrières. Elle n'aurait pas dû se rendre dans la capitale. Ce voyage lui a fait cruellement prendre conscience de ce qu'elle tient pour un malheur sans espoir : un mari qu'elle n'aime pas, une ville qu'elle déteste. Sans doute, avait-elle été éblouie par sa visite à l'Exposition universelle où ses pôles d'intérêt se révélaient à l'opposé de ceux de Prosper. Le soir, son mari l'avait traînée à des spectacles où l'essentiel se résumait dans les danses maladroites de filles à moitié nues, alors qu'elle eût souhaité s'enivrer des grandeurs du théâtre classique. Quant aux dîners, la jeune épousée, qui aurait aimé s'asseoir aux tables fastueuses des restaurants à la mode, se voyait conduire au bouillon Duval où Colombier affirmait qu'on y mangeait aussi bien qu'ailleurs pour un prix modique. Ainsi, Charlotte découvrit que son mari, lorsqu'il ne s'agissait pas d'un plaisir strictement personnel, se montrait plutôt rat. En bref, les premiers moments d'exaltation dissipés, la voyageuse s'avoua fort déçue.

Il avait fallu très peu de temps à la nouvelle Mme Colombier pour s'apercevoir que, sous ses dehors aimables, Prosper était un égoïste assoiffé de plaisirs vulgaires et la proie d'appétits qu'il apaisait de façon brutale. Charlotte n'aimait pas un mari qui la choquait sans cesse. Elle ne nourrissait plus d'illusions : elle était en train de perdre sa dernière bataille. La nuit, elle rêvait aux femmes élégantes aperçues dans la journée, aux magnifiques toilettes qu'elles portaient. A côté des hommes dont ces jolies personnes étaient entourées, Prosper avait l'air balourd du maquignon qui, ayant quitté le foirail, s'est fourvoyé dans un salon.

Charlotte ne pouvait se plaindre à personne. C'était, pour elle, le pire. A Serrières, elle était une étrangère qu'on n'aurait pas crue. A Tarentaize, on l'aurait jugée impossible à satisfaire. Les apparences s'avéraient en faveur de Prosper. De plus, il fallait compter avec la haine vigilante de Mme Chambles qui, par ses espions, demeurait à l'affût. L'unique consolation de Charlotte résidait dans ses voyages trimestriels chez sa mère où elle passait une semaine d'affilée. Parfois Joseph, un rude marcheur, venait demander à Colombier l'hospitalité d'une nuit. Auprès d'Armandine, l'épouse de Prosper jouait la comédie du bonheur, sans chercher à deviner si on ajoutait foi ou non à ses dires. Confier ses déceptions n'eût servi à rien et l'eût humiliée. A la vérité, Charlotte avait une autre consolation : la présence de Josuah Malleval. Elle savait qu'il était épris d'elle. Nombre de regards surpris à l'improviste lui apportaient le témoignage d'une passion qui l'émouvait étrangement. Elle reportait sur cet amoureux trop discret la tendresse refusée à son époux. Quand Prosper, usant de ses prérogatives et bien loin de se juger importun, réclamait ses droits conjugaux, sa compagne fermait les yeux et se figurait entre les bras de Josuah. Cette fiction lui procurait un tel plaisir qu'il lui arrivait d'exhaler des gémissements dont Colombier tirait de quoi satisfaire sa vanité.

Malleval n'était certainement pas le plus beau garçon du pays, cependant il relevait de cette race d'hommes que les femmes ont envie de protéger, et assez beaux pour que les dévouements féminins ne soient pas gratuits. De plus, Josuah n'appartenait pas à un clan et nulle n'avait de droit sur lui. Toutefois, celui qui meublait les songes de Charlotte se révélait timide. Il avait dû trop travailler afin d'arriver au terme de ses études pour courir les amourettes estudiantines. Les seules filles qu'il avait connues étaient de celles que n'importe qui peut rencontrer, moyennant quelque argent. Si bien qu'en dépit d'une trentaine dépassée, Josuah possédait un cœur neuf et une naïveté dans l'ordre du sentiment qui cadrait mal avec la malignité dont il témoignait dans son métier. Sitôt qu'il avait vu Charlotte, il en était tombé profondément amoureux et il se racontait de tendres histoires dont elle était l'héroïne. Que le personnage inventé cadrât ou non avec son modèle importait peu. Il aimait pour le plaisir d'aimer. En présence de l'épouse de son patron, il maîtrisait à grand-peine un émoi enchantant celle qui en était la cause. Cependant, les choses n'allaient pas plus loin et Charlotte espérait des audaces auxquelles, au fond, elle ne croyait pas. Pourtant, le dernier dimanche de l'Avent, revenant de la messe où ils avaient communié tous les trois, Colombier, affamé par son jeûne matinal, ordonna qu'on servît une sérieuse collation.

On s'apprêtait à manger des côtelettes lorsque la bonne — une assez plaisante fille engagée à la place de la maritorne qui veillait sur Prosper — vint annoncer qu'on demandait Monsieur. Colombier poussa deux ou trois jurons et se leva en prévenant qu'il reviendrait au plus vite. Le maître de maison sorti, Charlotte et Josuah n'échangèrent pas un mot, peut-être parce qu'entre eux, régnait un tumulte les empêchant de parler. La fille d'Armandine posa sa main sur la table. Alors, pris d'un vertige qui abolissait toutes ses craintes, le secrétaire plaça sa propre main sur celle de la femme qu'il aimait. A cette minute, on entendit la voix du mari. Charlotte se dégagea avec vivacité, mais eut toutefois le temps de serrer les doigts de son voisin dans les siens.

* * *

L'abbé Marioux encourut un nouveau blâme de l'évêque aux premiers jours du mois de février 1879. A la grande angoisse de Berthe, son frère fut convoqué à l'évêché. Elle le fit aussi beau que possible et, le regardant s'éloigner, elle s'affirma à elle-même que son curé avait encore de la prestance.

Quoi qu'il en montrât, le prêtre n'était pas tellement faraud lorsqu'il se présenta à l'évêché. Il y fut reçu par Mgr le coadjuteur qui, aux salutations un brin excessives, répliqua d'un ton peu amène :

— Alors, monsieur, vous avez encore fait des vôtres ?

— Je... je ne comprends pas, Monseigneur ?

— Voyez-vous ça ! Il ne comprend pas ! Me prenez-vous pour un sot ?

— Loin de moi cette pensée, Monseigneur !

— Dans ce cas, cessez de vouloir me le faire croire !

Le frère de Berthe baissa le nez.

— Monsieur Marioux, on m'a rapporté que, dans votre village, le 2 février, vous avez offert à boire — au cabaret ! —

à quelques individus mal notés par les gendarmes. Pourquoi ?

— Pour célébrer le départ de Mac-Mahon !

— Dieu du Ciel ! Aviez-vous une rancune particulière contre le maréchal ?

— Particulière ? Sûrement pas, Monseigneur ! Simplement, républicain, je m'exaspérais de voir ce vieil officier s'efforcer d'empêcher la jeune République de vivre !

— Vous n'exagérez pas un peu ?

— Il ne nommait à la tête du gouvernement que des conservateurs.

— Et vous pensez avoir pour mission de faire du prosélytisme en faveur de ceux pour qui l'Église est une institution abominable et Dieu, une histoire inventée par des coquins pour asservir le peuple ?

— Certainement pas !

— Alors ?

M. Marioux restant coi, le coadjuteur ajouta doucement :

— Vous n'ignorez pas, j'imagine, que notre évêque est plus que conservateur. Il regrette l'époque des châteaux forts et rêve de nouvelles croisades. Ah ! mon pauvre ami, s'il avait appris votre dernière incartade, je ne sais où il vous aurait expédié... Vous avez de la chance que je lise d'abord le courrier... Regagnez Tarentaize, monsieur Marioux, et tâchez de mettre un frein à une exubérance qui n'est plus de votre âge. Allez, mon ami.

— Monseigneur, je ne sais comment vous remercier.

— Félicitez-vous, simplement, de ce que je sois, moi aussi, républicain.

* * *

Depuis la scène de la collation où Charlotte avait discrètement montré à Josuah qu'il ne lui était pas indifférent, il régnait dans la maison une atmosphère étrange, mais il eût fallu à Prosper plus de subtilité qu'il n'en possédait pour s'en rendre compte. Frôlements, regards appuyés constituaient les armes essentielles dont disposaient les amoureux pour se prouver leur flamme. C'était peu, assurément. Cependant, ce peu était si riche de promesses qu'il permettait de supporter une attente délicieuse.

Malleval ne devait jamais oublier le premier baiser qu'il osa poser sur le visage adoré. On venait à peine d'entrer dans le mois de juin où, matin après matin, les privilégiés de la vallée du Rhône cueillaient des quantités de fruits et notamment des cerises dont Serrières débordait. Il y en avait de partout. Les gosses, gavés, n'y touchaient plus et les mères, excédées, remplissaient machinalement les bocaux de confitures. A demi assoupis dans la chaleur ambiante, Josuah et Prosper travaillaient au ralenti lorsque Charlotte fit une entrée fracassante en criant :

— On a tué le prince impérial !

Colombier avait beau se prétendre républicain, il nourrissait, depuis qu'il avait amassé une jolie fortune, une inclination particulière et secrète pour les gouvernements aristocratiques. Le remplacement de Mac-Mahon par Jules Grévy l'avait scandalisé. L'annonce de la mort du prince lui remettait en mémoire les belles heures de l'Empire vécues à travers les gazettes. Charlotte pleurait sans bien savoir pourquoi.

— Je vais aux nouvelles, occupez-vous de ma femme, Josuah.

Le secrétaire prit place aux côtés de la maîtresse de maison, lui tapota la main, se pencha beaucoup sur son épaule et, sans l'avoir expressément voulu, mit un furtif baiser sur la joue humide de Charlotte. Celle-ci tourna son visage vers l'audacieux et, dans ce mouvement, leurs lèvres se frôlèrent pour se fondre enfin dans un baiser auquel Mme Colombier mit un terme quelques secondes avant que son mari ne rentrât.

— Ce sont les Zoulous qui l'ont tué... Il est tombé dans une embuscade et il semblerait, d'après nos anglophobes, que les soldats de Sa Majesté britannique ne se soient pas portés promptement à son secours.

Malleval conclut amèrement :

— Ainsi, après le grand-oncle, les Anglais auront eu le petit-neveu.

A travers le secrétaire, par haine des Anglais, la France, pour un instant, redevenait bonapartiste.

A Tarentaize aussi, la mort du prince impérial avait causé un certain émoi chez les gens âgés dont les pères avaient appartenu à la Grande Armée et parmi ceux-là, Eugénie et Armandine. Pour celle-ci surtout, l'annonce de la disparition du jeune homme avait fait resurgir dans sa mémoire les merveilleux récits du pépé Anselme. Elle entendait, comme un écho assourdi, les canonnades d'Austerlitz et d'Eckmühl, la clameur enivrante des escadrons s'emballant à la suite de Murat. Elle revoyait les vétérans mutilés, aux uniformes défraîchis, venus assister aux obsèques du grand-père. A Joseph, lui demandant pourquoi elle pleurait, l'aïeule tenta d'expliquer et s'aperçut que ce faisant, elle imitait inconsciemment Anselme. La chaîne, un moment cassée, se renouait.

Le 5 juin au soir, M. Marioux qui prenait le frais dans son jardin, vit arriver, conduits par sa sœur, Armandine, Eugénie, suivies de cinq vieillards. Au premier abord, cette curieuse délégation l'étonna. Il s'était levé pour la recevoir et, comme il s'y attendait, Armandine prit la parole :

— Monsieur l'Abbé, le prince impérial est mort...

— Je sais et je pense à celle qui fut, un temps, impératrice des Français et qui n'est plus rien sinon une veuve et une mère éplorée. Dieu a parfois de ces rigueurs qui déconcertent ses plus fidèles serviteurs.

— Monsieur l'Abbé, nous sommes ici, tous fils, petits-fils et petites-filles d'un soldat de la Grande Armée. Nos anciens ne nous pardonneraient pas de ne point nous soucier de son petit-neveu tué au combat.

— C'est-à-dire... ?

— Nous souhaitons faire célébrer une messe à la mémoire du prince défunt.

M. Marioux était fort ennuyé ; se rappelant les remontrances subies à cause de Mac-Mahon, était-il sage de courir le risque d'une nouvelle, et peut-être définitive, algarade à l'évêché ? Il s'apprêtait à refuser mais, regardant ces vieux visages tendus vers lui, il crut y deviner le reflet des lointains fastes de l'Empire. Il accepta après une ultime tentative pour sauvegarder sa tranquillité :

— Ne pourrait-on pas annoncer simplement que la messe sera dite à une intention particulière ?

Armandine répliqua sèchement :

— Nous n'avons pas l'habitude d'avoir honte de nos morts et encore moins de les renier.

Le curé s'inclina, mais sitôt que ses hôtes eurent disparu, il s'empressa d'écrire à Mgr le coadjuteur pour lui demander conseil. On lui répondit qu'il n'y avait pas d'obstacle à la cérémonie, à la seule condition qu'elle se déroulât le plus discrètement possible.

* * *

Pour Joseph, le grand jour de l'épreuve était arrivé. Depuis plusieurs semaines, au fur et à mesure qu'approchait la date de son voyage à Lyon en compagnie de Campelongue, il ne vivait plus tant l'agitait la crainte d'un échec. Couché, il tentait d'imaginer les pièges tendus à son jeune savoir et s'efforçait d'y répondre victorieusement. Mais le désespoir l'empoignait quand il prenait conscience qu'il n'affrontait que des problèmes dont il connaissait la solution.

Enfin, ce fut le départ : Campelongue vint chercher son élève très tôt. L'un et l'autre emportaient leurs chaussures du dimanche dans leur mince bagage. Après le solide petit déjeuner que leur prépara Armandine, ils partirent gaillardement pour couvrir les quatre lieues les séparant de Saint-Étienne. Tout au long de la route, le vieil homme s'appliqua à tester, une fois encore, les connaissances de son élève. Les deux voyageurs parvinrent à la grande ville vers midi et, moyennant quarante sous chacun, s'offrirent un bon repas. A trois heures de l'après-midi, ils montèrent dans la diligence à destination de Lyon. Quand il n'allait pas à pied, Campelongue n'avait confiance que dans les chevaux.

Dès leurs premiers pas dans l'imposante cité, Joseph fut pris d'une sorte de vertige. Cette foule encombrant les rues, la chaussée parcourue par des attelages lui faisaient tourner la tête et, instinctivement, il prit la main de son maître et s'y accrocha. Les voyageurs s'en furent dîner et coucher à la Croix-Rousse, chez un vieil ami de Campelongue. A la Croix-Rousse, Joseph retrouva l'atmosphère villageoise hors de laquelle il se sentait perdu.

Le lendemain, ils se rendirent de bonne heure auprès de trois anciens qui, pour plaire à leur compagnon d'autrefois, devaient juger le savoir de son apprenti. On passa par des rues encore silencieuses où, de loin en loin, on voyait arriver une voiture de maraîcher traînée par un cheval fatigué. Joseph n'en menait pas large. Au fur et à mesure qu'approchait le moment de l'examen, la peur lui crispait le ventre et les paroles encourageantes de son guide ne lui étaient d'aucun secours. Se glissant de rues en ruelles, ils parvinrent au portail de fer d'un atelier portant l'inscription : VACHER ET CIE CHARPENTERIE.

Dante, suivant Virgile au long des différents cercles de l'Enfer, n'était sûrement pas plus impressionné que Joseph accompagnant Campelongue dans des couloirs qui n'en finissaient pas. L'écho de leur marche était étouffé par le bruit des machines où le ronflement grave des courroies de transmission était dominé par le chant monotone des scies. Ils débouchèrent enfin dans un atelier abandonné. Derrière une longue table, siégeaient trois vieillards auprès desquels Campelongue, physiquement, eût pu passer pour un jeunot. Joseph ne se doutait pas qu'on pût devenir aussi vieux. Sous les yeux pleins d'appréhension de l'impétrant, se déroula une étrange cérémonie entre son maître et ceux qui allaient juger le fils de Charlotte. Sans prononcer un mot, ils commencèrent à échanger des signes avant de tenir des propos auxquels le garçon ne comprit rien. Enfin, les interlocuteurs revinrent dans le monde intelligible et Campelongue présenta son protégé. Après quoi, il prit congé et annonça à Joseph qu'il l'attendait au café faisant le coin de la rue.

Saturnin attendit plus de deux heures en buvant une chopine de beaujolais. Au fond, Campelongue était aussi inquiet que son élève. Sans doute, avait-il confiance dans les jeunes capacités de Joseph, mais les anciens, se référant à une époque révolue, se montraient si difficiles... Le fiancé de Thélise réapparut vers onze heures.

— Alors ?

— Je sais pas... ils m'ont rien dit, seulement qu'ils vous attendaient.

Ce fut au tour de Campelongue de rejoindre les anciens tandis que Joseph refrénait avec peine son impatience. Quand Saturnin rappliqua, il avait un air qui ne trompait pas et le garçon oublia tous ses soucis.

— J'ai entendu ton éloge ! Ils pensent que tu seras un excellent charpentier. Concernant ton avenir, ils m'ont donné des conseils dont je te parlerai plus tard ; pour le moment, on va célébrer ta réussite. Ils s'en furent manger un bon pot-au-feu précédé d'une salade de barabants au lard, suivi d'un fromage de montagne et d'œufs à la neige. Ils étaient parfaitement « coufles [1] » lorsqu'ils s'embarquèrent dans la patache les ramenant à Saint-Étienne. Bien que les sièges fussent durs, ils s'endormirent dès les premiers tours de roues. Ils descendirent dans la capitale stéphanoise vers les sept heures du soir et, d'un commun accord, après avoir mangé une saucisse aux herbes et avalé une assiette de soupe aux légumes, ils décidèrent de remonter tout de suite à Tarentaize.

Ils avançaient à bonne allure dans la nuit d'avril dont la luminosité annonçait le printemps. Cependant, il traînait encore des froideurs hivernales vous assaillant sous la forme de l'haleine froide d'un vent qu'on n'entendait pas. Ils n'échangeaient pas un mot. Heureux, ils se contentaient de goûter le calme de l'heure, calme qui se renforçait au fur et à mesure qu'ils gagnaient les hauteurs. Tant qu'ils étaient restés dans les rues, même désertes, ils avaient été accompagnés d'une rumeur sourde traversée de brefs éclats : la respiration de la ville. Les dernières maisons disparurent avec le café du Portail-Rouge. Aussitôt, les marcheurs furent enveloppés d'un silence vivant, celui des champs et des bois. Dans le lointain, ils voyaient s'éteindre les lampes dont

1. Repus, rassasiés.

l'éclat faisait ressembler les fenêtres à des yeux ouverts sur l'obscurité.

Maintenant, ils bavardaient. Ils semblaient délivrés si l'on en devait juger par l'alacrité joyeuse de leurs propos. Dans l'air qu'ils respiraient, ils retrouvaient les odeurs qui, en ville, leur manquaient. Joseph avouait que si la Croix-Rousse l'avait émerveillé, il ne lui sacrifierait pas son horizon tarentaizois.

— Voilà, disait Campelongue, on vient au monde dans un endroit qu'on peut pas oublier et en dehors duquel on n'est jamais complètement heureux. Va-t'en savoir pourquoi ? A cause de la terre où on a commencé à marcher à quatre pattes et qu'on connaît bien ? A cause du village où tu creuses peu à peu ta place ? Peut-être aussi à cause des morts qui vous retiennent au pays comme l'ancre retient le bateau ?

— Mais, vous ?

— Je sais... Tu es au courant de ce qui m'a fait fuir de chez moi, jadis... A présent que je suis vieux, je vois les choses d'une manière différente. Il y a des nuits où je rêve à mes montagnes d'autrefois, aux neiges étincelant sous le soleil. J'ai l'impression que tout cela appartient à une autre vie.

Ils abordaient Rochetaillée où tout dormait. Le bruit de leurs pas résonnait entre les maisons qui s'en renvoyaient l'écho de façade en façade. Tout de suite après l'agglomération, ils entamèrent la dure montée des Essertines. Ils avançaient entre les arbres. Parfois, ils longeaient un espace déboisé et, des profondeurs de la vallée du Furan, montait un souffle frais. Des bêtes, que leur passage dérangeait, s'enfuyaient à travers les fougères et sous les branches basses des épicéas. Par instants, on humait des relents d'herbe fraîchement coupée et Campelongue constatait :

— Il y a des impatients par ici.

Soudain, ils entendirent le chant incongru d'un coucou et Saturnin grogna :

— Qu'est-ce qu'il fout, au lieu de dormir, celui-là ?

Ils rirent. Comme ils traversaient les Essertines, leur

parvint l'annonce de l'heure par le clocher de Planfoy. Campelongue dit encore :

— On est benaises[1], hein ?

— Oui.

— Aucune ville peut te donner cette paix pareille à celle qui devait régner sur la terre, avant les hommes.

Ils se turent pour mieux goûter le silence. Ainsi, ils abordèrent le plateau de la Barbanche. Parfois, un caillou roulait sous leurs pas et pendant un laps de temps très court, on suivait le bruit de sa course.

Il était presque minuit lorsque les deux amis atteignirent le carrefour où leurs routes se séparaient. Joseph, qui était à moins d'un kilomètre de sa ferme, offrit à Saturnin de venir coucher chez sa grand-mère car le bonhomme devait encore couvrir une lieue avant d'arriver à sa porte. Il refusa :

— Les vieux chevaux ne se reposent vraiment que dans leur écurie.

Ils se séparèrent après que Campelongue eut tapé sur l'épaule du garçon en déclarant :

— Dors bien, apprenti... demain, je te donne congé. Mais, après-demain, je compte sur toi, comme d'habitude.

Joseph ne se mit pas en route tout de suite. Immobile, sur le côté du chemin, il écoutait décroître le pas de cet homme qu'il n'eût pas mieux aimé s'il avait été son père. Quand il ne perçut plus le moindre écho, il descendit vers Tarentaize niché entre ses collines.

La journée qui suivit le retour de Joseph fut occupée, d'abord, à faire à la grand-mère le récit de son voyage de la veille, les pièges tendus par les anciens et qu'il avait su éviter. Cela sous les yeux émerveillés d'Eugénie, de Gaspard et de Céline. Quand, après avoir solidement déjeuné, il fut parti voir Thélise et ses parents, Eugénie confia à Armandine :

— C'est de son père qu'il tient sa sensibilité aux choses de la nature.

— Sans doute, mais je crains qu'il n'ait aussi hérité des

1. Avoir le ventre plein et aucun souci.

faiblesses paternelles devant la vie et je ne serai pas toujours là pour le protéger.

— Il y aura Thélise.

— J'ai peur qu'elle ne soit pas de force, elle est trop tendre.

Baissant les yeux, la marraine avoua :

— Moi aussi.

Thélise avait commencé par se jeter au cou de Joseph quand il s'était montré sur le seuil, mais quand il eut raconté les péripéties de son examen, le père Colonzelle ne put se retenir d'embrasser son futur gendre en affirmant qu'il était fier de lui. Thélise, émerveillée, contemplait le garçon qu'elle aimait avec, dans le regard, une flamme illuminant son visage. Elle s'arracha à son rêve pour demander :

— Tu as écrit à ta mère ?

— Non.

— Alors, écris-lui vite. Elle doit être impatiente de connaître le résultat de ton examen.

Thélise se trompait. Charlotte se souciait peu de ce que faisait son fils étant, pour l'heure, tout entière accaparée par sa lutte amoureuse avec Josuah.

## 4.

Depuis que leurs mains s'étaient jointes au cours d'un déjeuner dominical, Josuah ne doutait pas de sa proche victoire et profitait des moindres occasions pour tenter de la précipiter. De son côté, Charlotte reconnaissait que le secrétaire, chaque jour davantage, lui plaisait. Il suffisait à celui-ci de se tenir auprès de Colombier pour s'assurer un avantage certain sur son rival. Peu à peu, Mme Colombier ne pouvait plus souffrir son mari. Elle était choquée par la lourdeur de son esprit et par ses appétits brutaux. A cause de Josuah, elle détestait en Prosper tout ce qui avait fait son charme à ses yeux, lors de leurs fiançailles. Ce n'était pas la crainte du remords qui maintenait encore la fille de Nicolas Cheminas sur l'étroit chemin de la fidélité conjugale, mais la crainte de l'opinion publique manœuvrée par une aussi parfaite garce qu'Olympe Chambles. Pour le moment, son amour de tête lui suffisait. Elle rêvait qu'elle devenait la maîtresse de Josuah, mais ne se risquait pas plus loin que le songe. Cependant, Malleval, profondément épris, la harcelait. Ce n'était que frôlements, mains qui se cherchaient, caresses esquissées, baisers mimés. Charlotte ne tentait rien pour endiguer une ardeur qui la flattait et quand il arrivait que Josuah lui offrît son bras, elle pesait sur lui de tout son poids comme si son corps se fondait avec le sien. Dans ses lettres bimensuelles à sa mère, Mme Colombier en arrivait à écrire beaucoup plus sur le secrétaire de son mari que sur son mari lui-même. Armandine s'en inquiéta et l'écrivit à son enfant. Du coup, celle-ci réalisa son imprudence et, maladroitement, cessa toute allusion à celui qu'elle aimait, en cachette, croyait-elle. Du coup, la mère, fine mouche, confia ses craintes à Eugénie :

— J'ai peur que Charlotte ne nous cause encore des soucis.

— Allons, bon ! et pourquoi ?

— Je la soupçonne de vouloir prendre un amant.

— Oh !

— Ne commence pas à crier, ça ne sert à rien !

— Mais enfin, il y a à peine un an qu'elle est mariée !

— Et alors ?

— Je finirai par croire qu'elle a le vice dans le sang !

— C'est plus simple. Elle s'ennuie. Elle s'est toujours ennuyée. Avec Leudit. Avec Colombier. Elle n'a jamais rencontré l'homme qu'elle aurait suffisamment aimé, admiré pour qu'il donnât un sens à sa vie. Elle est seule. Comprends-tu, Eugénie ? Elle a été vouée à la solitude du jour où elle s'est séparée de moi. Je n'ai pas su la convaincre de rester à mes côtés. Depuis, elle cherche. Son départ au couvent n'était pas un caprice, mais une tentative, parmi d'autres, de se trouver elle-même.

— Que vas-tu faire ?

— Que puis-je faire ? Rien.

— Dans ce cas, elle est perdue...

— J'en ai peur.

Charlotte se souciait peu des appréhensions maternelles. Elle se grisait du jeu dangereux qu'elle menait avec Josuah dont elle décourageait malignement les avances qu'elle provoquait. Forteresse assiégée mais qui eût été désespérée de voir s'éloigner l'envahisseur, elle se défendait, plutôt mal que bien, contre les attaques de l'adversaire. A l'automne de 1879, lors de la recherche d'un dossier, la maîtresse de maison fit un faux pas calculé qui la précipita dans les bras du secrétaire qui posa ses lèvres sur les siennes. Elle se dégagea promptement.

— Vous perdez la tête, mon ami ! Si mon mari...

— Je m'en fiche ! Je vous aime !

— Voyons, Josuah !

Il l'attrapa par les poignets.

— Je vous aime ! Tu entends ? Je t'aurai !

— Lâchez-moi ! J'ai mal...

— Dis-moi si tu m'aimes ?

Ce tutoiement soudain lui donnait l'impression d'être déjà la maîtresse de cet homme qu'elle désirait de tout son être. Partagée entre la joie de se savoir aimée et la peur de voir surgir Prosper, Charlotte vécut là des secondes horribles et délicieuses. Elle chuchota :

— Vous savez bien que je vous aime...

— Mon amour !

— Taisez-vous ! Tais-toi ! nous serions perdus si...

Et le jeu continua, favorisé d'une part par l'aveuglement traditionnel de l'époux ne pouvant imaginer que, lorsque l'on a la chance d'être la femme de M. Colombier, on puisse chercher ailleurs. De plus, Prosper n'avait pas renoncé à ses goûts vulgaires et était retourné à ses amours rétribuées du samedi à Annonay, laissant à Charlotte le soin de veiller sur son foyer et, à Josuah, la charge d'avoir l'œil sur ses affaires..

Il ne fallut pas longtemps aux cancanières de Serrières pour disserter haineusement sur l'imprudence de Prosper. Une des premières averties fut Olympe. A l'écoute de ces sales nouvelles, elle bavait d'excitation. En dépit des rebuffades encaissées jusqu'ici, elle se hâta de mettre son mari au courant et conclut :

— Tu te rends compte, César ? à peine un an après le mariage ! Pour moi, c'est ce huguenot qui l'aura débauchée !

— Es-tu donc si sûre qu'il y a entre eux autre chose que de l'amitié ?

— Pas encore, mais je ne tarderai pas à être fixée !

César Chambles retourna à ses flacons et à son mortier. Avant de quitter la salle à manger, il demanda :

— En quoi une aussi peu ragoûtante cuisine te regarde-t-elle ?

— Elle me regarde comme elle regarde tous ceux et toutes celles qui défendent la fidélité conjugale et qui n'admettent pas que des hérétiques se permettent de détruire les foyers catholiques !

Le pharmacien regarda longuement sa femme et dit :

— Olympe, tu es tout de même une foutue garce et tu me dégoûtes...

Sur cette affirmation, il laissa à elle-même une Olympe folle de rage et d'humiliation.

* * *

Un après-midi de janvier 1880, Joseph arriva chez les Colonzelle alors que ceux-ci achevaient de dîner. On s'inquiéta à propos de l'heure inhabituelle de sa visite. A la campagne, on ne cesse de redouter les malheurs, petits ou grands. Le garçon rassura ses amis :

— Non, non, rien de grave. J'ai seulement voulu vous mettre au courant le plus tôt possible.

Brusquement, Thélise eut peur de ce qui allait suivre. Le père s'enquit :

— Au courant de quoi, mon gars ?

— Je partirai au service à l'automne.

La petite poussa un cri avant de fondre en larmes. La mère l'attira contre elle.

— Allons, mon belou, tu savais pourtant qu'il lui faudrait y aller...

— Oui, mais pas... pas si... si tôt...

Joseph expliqua :

— Je suis soutien de famille, alors je ferai qu'un an et si je devance l'appel, je pourrai choisir mon régiment, enfin presque...

— C'est bien raisonné, admit Colonzelle.

Thélise était plus difficile à calmer.

— Où t'iras ?

— A Lyon, je pense.

— Alors, on se verra plus pendant un an ?

Une pareille perspective lui nouait la gorge, l'empêchant de respirer.

— J'aurai des permissions.

Armandine, parce qu'elle se voulait apte à saisir le bon côté des choses, approuva son petit-fils en s'efforçant de ne pas penser au pauvre Jean-Marie, le père de Joseph.

Charlotte, mise au courant, négligea de répondre à la lettre de sa mère, étant trop occupée par ses amours. A quarante-deux ans, elle avait des exaltations de pucelle. Elle oubliait son passé quelque peu tumultueux, et la différence d'âge qui eût dû l'écarter de Josuah. Elle vivait une sorte de songe éveillé, se souciant de moins en moins des règles de la morale en honneur dans la cité. Elle devint la maîtresse de son secrétaire, un samedi que Prosper se trouvait à Annonay. Le plus beau de l'affaire tenait à ce que l'amant de Mme Colombier était aussi épris d'elle qu'elle de lui. Quoiqu'ils vécussent seulement le moment présent, ils ne pouvaient s'empêcher, après l'amour, de parler de l'avenir. Josuah, surtout, se montrait passionné.

— Il faut se décider, ma chérie. Je ne supporte plus que tu appartiennes à un autre !

— Je suis mariée...

— Divorce !

— Il ne voudra jamais.

— Dans ce cas, partons ?

— Où irions-nous ?

— N'importe où, pourvu que ce soit loin !

— Avec quel argent vivrons-nous ?

— Je travaillerai...

— Bien sûr... Mon pauvre grand... j'ai quarante-deux ans.

— Quelle importance ?

— Dans quelques années, je serai une vieille femme tandis que toi...

— Tais-toi ! Je t'aime, tout le reste n'a aucune importance.

* * *

Le dimanche des Rameaux, à la sortie de la messe, Olympe s'entretint longuement avec la servante des Colombier et, toute frétillante, se hâta vers sa demeure. Entrant dans le salon où César lisait le récit des amours tourmentées de Longuemare et de Fellaire de Sizac, héros de *Jocaste,* livre d'un quasi-débutant, Anatole France, Mme Chambles s'écria :

— Ça y est ! Je les tiens !

Arraché à sa lecture, César grogna :

— Qu'est-ce qui y est ?

— Charlotte et le secrétaire !

— Qu'ont-ils fait ?

— Ils couchent ensemble !

— Comment le sais-tu ?

— Leur servante me l'a dit.

— Spontanément ?

— Non... Je lui glisse une pièce, chaque semaine, afin qu'elle me renseigne.

— Tu es descendue si bas ?

— Je ramperais dans la boue pour servir le Seigneur !

— C'est fait.

A table, ils déjeunèrent en silence jusqu'au moment où la maîtresse de maison s'écria :

— César ! tu es fâché parce que je combats le vice ?

— Non, parce que tu es ma femme.

— Ce qui veut dire ?

— Que j'ai honte de toi !

— Elle est raide, celle-là ! Tu as honte de moi parce que je fais mon devoir ! Tu trouves normal que Charlotte trahisse ses engagements et que son amant trompe la confiance de son patron ?

— S'ils s'aiment...

— Ce n'est pas une excuse !

— Pauvre Olympe...

— Moque-toi, injurie-moi, rien ne me fera dévier de ma route !

César prit le temps de bourrer et d'allumer une pipe avant de demander :

— Tu vas, sans doute, rendre visite à Prosper, pour le mettre au courant ?

— Non.

— Tu auras donc recours à l'ignominie de la lettre anonyme ?

— Non.

— Dans ce cas, je ne vois pas ce...

Olympe interrompit son mari en piquant une véritable crise de nerfs. Sa voix, incontrôlée, sautait parfois à l'aigu, elle étouffait, de la mousse blanchâtre apparaissait aux commissures de ses lèvres :

— Ils paieront, les impies ! les fornicateurs ! Ils ont vécu dans le péché, ils vont vivre dans la peur, les maudits, jusqu'au jour où je déciderai de dévoiler leurs turpitudes !

Elle haletait, le visage empourpré par la colère, ses mains s'ouvrant et se fermant convulsivement.

— Olympe, te rends-tu compte que tu es une malade ?

— Cause toujours, tu ne parviendras pas à me faire oublier mon devoir !

— Tu ne penses pas qu'un de ceux dont tu tentes de briser la vie pourrait se venger ?

— N'essaie pas de m'effrayer, tu n'y arriverais pas ! Personne, tant à Serrières qu'à Sablons, n'oserait lever la main sur moi !

— Que Dieu t'entende !

— Il m'entendra et, le cas échéant, protégera celle qui, sa vie durant, aura combattu pour Sa plus grande gloire et le triomphe de Son Église !

* * *

Dans le monde où une commune tendresse leur permettait de respirer, Joseph et Thélise étaient bien loin de ces laideurs. Ils continuaient à se rencontrer tous les jours et, souvent, par les dimanches ensoleillés, ils partaient tous deux, de bon matin, leurs provisions dans un sac et feignaient de se perdre dans les grands bois. Personne, dans la commune, ne trouvait à redire, tant on avait confiance en eux. Ils étaient les fiancés de Tarentaize et les bigotes les plus hargneuses n'auraient pas toléré qu'on se permît la moindre suspicion quant à la pureté des mœurs de nos jeunes gens. A la vérité, ces derniers s'aimaient avec une telle conviction, qu'ils ne sentaient pas le besoin de se le répéter. Une fois pour toutes, ils avaient décidé qu'ils seraient mari et femme. Dès lors, à quoi bon revenir sans cesse sur le sujet ? Heureux d'être ensemble dans le silence vivant de la forêt, ils avançaient, la main dans la main, Joseph retenant Thélise quand, d'aventure, elle trébuchait sur une souche cachée par des myrtilles ou glissait sur un champignon éclatant avec un bruit mou. Quand ils parlaient, c'était uniquement pour envisager le côté matériel de leur avenir. D'un commun accord, ils s'étaient résolus à ne plus se préoccuper du départ de Joseph pour l'armée. L'extraordinaire résidait dans le fait que le couple ne suscitait pas d'envieux. Peut-être cela venait-il de ce qu'ils étaient promis l'un à l'autre depuis si longtemps qu'on ne parlait jamais de celui-ci sans parler de celle-là.

Ils marchaient entre les arbres sans bien savoir où ils se trouvaient. Soudain, l'écho affaibli d'une cloche leur enseignait qu'il était midi, mais l'annonce venait-elle du Bessat, de Laversanne ou de Saint-Genest ? Ils discutaient du problème et goûtaient le plaisir de n'être pas d'accord. En tout cas, cet appel assourdi leur indiquait qu'ils devaient déjeuner. Ils s'asseyaient alors sitôt qu'ils découvraient un espace assez grand pour qu'une fois assis, ils puissent étendre leurs jambes. C'est à Thélise que revenait le soin d'ouvrir la musette où étaient entassées les provisions. Elle assumait, de la sorte, son rôle de ménagère et ce, d'autant plus, que c'est elle qui, toujours, apportait le casse-croûte préparé par ses soins. Généralement, le menu se composait d'un morceau de saucisson, de porc rôti et de fromage avec une ou deux chopines de vin allongé d'eau. Après leur frugal repas, ils repartaient à l'affût du moindre signe révélant la direction prise. Très vite, Joseph reconnaissait un paysage et annonçait fièrement qu'ils étaient sur le point d'arriver à la Batey ou au bois de Maupeux ou à Cherblanc. Promenade après promenade, Thélise s'émerveillait du savoir de son amoureux.

Lorsque les jeunes gens rentraient au village, ils croisaient des familles endimanchées qu'ils saluaient. On leur adressait d'affectueuses moqueries et on se retournait pour les suivre, un moment, des yeux, car ils formaient vraiment un beau couple. Joseph n'était pas de haute taille, mais à dix-neuf ans, il avait les épaules larges des hommes qui travaillent dans le bois. Armandine soutenait que son petit-fils avait hérité de son grand-père ses cheveux noirs et ses yeux bleus. Dans les traits du garçon, la grand-mère retrouvait le visage de Nicolas, son époux disparu. Thélise n'avait rien qui attirait particulièrement l'attention. Simplement, ceux qui la rencontraient la trouvaient plaisante à regarder. Une grâce naturelle, un corps joliment proportionné lui donnaient une démarche légère et l'inclinaient, naturellement, à des gestes gracieux.

* * *

Contrairement à ce qu'il se passait d'ordinaire, celui qui témoignait alors du plus mauvais caractère dans le village, c'était l'abbé Marioux. Il envoyait promener ses paroissiens, se mettait en colère pour un oui pour un non et sa malheureuse sœur, subissant rebuffade sur rebuffade, invoquait en pure perte les saints envers qui elle montrait la plus déférente révérence. Cela durait depuis le mois de mars, exactement depuis le 31 mars, jour où on avait appris la loi scélérate chassant les jésuites de France ainsi que les congrégations non reconnues par l'État. Ce n'était pas que M. Marioux ait nourri un attachement particulier envers les bons Pères, mais il devinait dans la mesure qu'il jugeait monstrueuse, une menace à peine voilée contre l'Église tout entière. Cependant, ce qui blessait le plus cruellement le prêtre tenait à ce que ce décret inique avait été pris par ses chers Républicains qui, affirmait-il, reniaient leurs engagements, eux qui avaient promis de respecter les libertés. M. Marioux eût souhaité que le village manifestât sa réprobation, mais il dut vite se rendre à l'évidence : les Tarentaizois se fichaient des jésuites comme de leurs premières culottes. Le curé considérait l'attitude de ses ouailles à l'égal d'une trahison. Ne pouvant s'en prendre à la collectivité, M. Marioux s'en prenait à sa sœur. Pour comble, lors de sa tournée pastorale, Mgr le coadjuteur n'avait pas manqué de dauber sur la valeur des promesses républicaines et il avait pris congé en disant :

— Croyez-moi, mon ami, le jour n'est pas loin où vous regretterez Mac-Mahon.

Au soir de cette visite, l'abbé dut se coucher et le médecin appelé craignit longtemps de déceler les symptômes d'une jaunisse.

* * *

A Sablons, un autre drame — mais réduit celui-ci à un couple — suscita des commentaires passionnés qui eurent tôt fait de franchir le Rhône et de mettre également Serrières en effervescence.

Les époux Chambles ne se parlaient plus guère et ne se voyaient qu'aux repas. César pensait constamment à celle qui l'attendait avec une patience due à un amour profond et s'exaspérait en pensant que sa femme l'empêchait d'être heureux. Olympe savourait d'avance, en s'arrêtant à chaque détail, ce que serait sa vengeance, et avec tant de plaisir qu'elle se mettait parfois à rire apparemment sans raison. Elle aurait aimé partager sa joie malsaine avec son époux, mais elle redoutait sa réaction. Toutefois, ce jour-là, elle n'y put tenir. César se levait de table pour gagner son officine où, déjà, des clients l'attendaient, lorsque Olympe annonça :

— L'heure est venue !

— De quoi ?

— Le châtiment, voulu par le Seigneur, va s'abattre sur les coupables !

— Ça signifie quoi, ce charabia ?

— Je vais apprendre aux débauchés, et d'abord aux huguenots, qui je suis et qu'ils seront bientôt au ban de la société.

Le pharmacien était devenu livide.

— Tu... oserais ?

— Et comment !

— Je te savais stupide et méchante, mais pas à ce point-là !

— Tes injures ne me touchent pas ! Je suis mandatée par Dieu pour faire respecter Sa Loi !

— Saleté !

Chambles attrapa le jonc qui servait à battre les rideaux et entreprit de cogner sur son épouse, laquelle se mit à hurler. Dans la boutique, trois bonnes femmes se regardèrent, interloquées. Elles n'avaient pas encore échangé leurs avis lorsque la porte, séparant le magasin de l'appartement privé des Chambles, s'ouvrit brutalement pour laisser passer une Olympe décoiffée, gémissante que son mari poursuivait en criant, entre deux coups de bâton :

— Gourgandine ! Malfaisante ! Je t'apprendrai à laisser les jeunes hommes en paix ! A ton âge, tu n'as pas honte ?

Le couple disparut au tournant de la maison. Les clientes s'observèrent, éberluées. L'une d'elle, la Blanche Châteauneuf, résuma leurs sentiments en remarquant :

— Qui aurait pu penser une chose pareille de Mme Chambles ? Elle qui est toujours prête à donner des leçons de morale à Pierre et à Paul ! Arriver à cet âge-là pour tromper son mari, c'est pas croyable !

Tout de suite, les bavardes se mirent à s'interroger frénétiquement sur l'identité possible de l'amant d'Olympe. Lorsque César regagna l'officine, il s'excusa en termes si vagues qu'il ne fit que renforcer l'opinion des personnes présentes quant à la vertu de Mme Chambles.

— Je vous demande pardon, mesdames, de m'être donné en spectacle, mais il y a des choses qu'un honnête homme ne peut pas accepter à moins de passer pour complice.

On l'approuva hautement.

Rentrée par le jardin, Olympe se mit au lit, après quoi, sa servante pansa son dos qui portait les traces évidentes de la colère du mari. Or, curieusement, au lieu d'en vouloir à son époux, Mme Chambles concentrait son désir de revanche sur Charlotte et Josuah. Tandis qu'étendue sur le ventre elle ruminait d'atroces projets, elle était loin de se douter que, par les soins de Blanche Châteauneuf et de ses acolytes, les dépravations supposées de l'épouse du pharmacien faisaient l'objet de toutes les discussions dans les foyers de Sablons. Dès le lendemain matin, la nouvelle du scandale franchissait allégrement le Rhône et ne tardait guère à faire bourdonner les maisons de Serrières. Colombier annonça la nouvelle en riant à Charlotte et au secrétaire en y ajoutant un commentaire moqueur :

— Hein ? qui aurait cru ça de ce dragon de vertu ? Seigneur, je me demande qui a pu tomber dans ses filets ?

Des deux côtés du fleuve, on daubait sur l'épouse de César à tel point qu'un après-midi, M. l'abbé Mazeaux demanda si Mme Chambles pouvait le recevoir. Intriguée et quoique alitée encore, Olympe passa une robe de chambre et rejoignit le prêtre installé au salon. Elle commença l'entretien en le priant d'excuser une tenue peu convenable, mais justifiée du fait qu'elle gardait le lit. Le curé répondit, assez sèchement, qu'il n'était pas là afin de discuter vêtements et protocole. Le ton de son visiteur irrita Olympe qui, à son tour, éleva la voix pour s'enquérir :

— Puis-je alors vous prier de me confier la raison de votre présence ?

— Évidemment, bien que ce ne soit pas facile...

— Pas facile ?

— Ma chère enfant, depuis que j'entends en confession mes paroissiens et mes paroisiennes, je suis au courant de la plupart des faiblesses humaines.

— Je n'en doute pas, mais...

— De plus, par des confidences plus proches de la médecine que de la morale, j'ai appris qu'il y a des périodes de la vie où hommes et femmes arrivant au-delà de la maturité, sont complètement bouleversés au point d'oublier les règles élémentaires d'une conduite sans reproche.

Olympe écoutait sans comprendre. Qu'est-ce qu'il prenait à ce vieux prêtre de se complaire dans ce genre de confidence ?

— Ma conviction est que pareils écarts relèvent, à mes yeux, non du vice, mais plutôt d'un regret légitime d'une jeunesse qui s'éloigne et du combat désespéré que livrent dans le fol espoir de la retenir des créatures de Dieu momentanément désemparées. Elles oublient que le seul vrai remède pour combattre les démons intérieurs est la prière et l'appel au secours adressés au Seigneur. N'est-ce point votre avis ?

— Si, si, mais pourquoi me racontez-vous des histoires que je connais depuis longtemps ?

La réponse claqua :

— Permettez-moi de vous dire qu'il n'y paraît pas !

— Pardon ?

— Madame Chambles, ignoreriez-vous que tout Sablons jase à propos de la raclée — je réprouve le geste — qui vous a été infligée publiquement par votre époux ?

— Ma vie privée ne regarde que moi !

— Et Dieu !

— Le Seigneur sait que j'appartiens à la phalange de Ses plus dévouées combattantes !

— Et pour fortifier votre âme, vous pratiquez l'adultère ?

— Quoi ?

— Et vous forniquez avec des jeunes gens ?

— Oh !

— A votre âge, ma fille, jouer les Mme Putiphar !

Blême, Olympe se dressa et montrant la porte :

— Sortez ! J'en ai assez écouté ! J'écrirai à Monseigneur !

— Je ne vous le conseille pas. Rappelez-vous qu'il a été écrit : « Malheur à ceux par qui le scandale arrive... »

M. Mazeaux s'en fut avec infiniment de dignité. Sitôt qu'elle eut entendu le pas du prêtre s'éloigner, Mme Chambles s'effondra dans sa bergère. En pleine panique, elle ne comprenait pas ce qu'il venait de lui arriver. Elle devinait qu'elle était la victime d'une monstrueuse machination et, avec un parfait illogisme, elle en accusait Charlotte et Josuah qui ne savaient même pas qu'elle se voulait acharnée à leur perte. Les misérables ! mais s'ils croyaient se sortir d'affaire sans autre dommage, on allait voir ce qu'on allait voir ! Persuadée que le vieux curé perdait le sens des réalités et prenait ses fantasmes pour des vérités indiscutables, elle appela la servante et lui demanda de l'aider à s'habiller. Elle voulait se rendre compte de la folie des propos de M. Mazeaux.

Olympe, entrant chez la boulangère-pâtissière, suscita un certain remous parmi les clientes. On la salua, cependant, avec réserve à ce qu'il lui sembla. Tout de suite, elle en marqua de l'humeur. Chez l'épicière, elle reçut un accueil identique : courtois, sur un fond de raillerie qui l'exaspéra au plus haut point et lorsque Eulalie Pavezin, l'épouse du boucher, s'enquit de l'état de son dos, elle éclata :

— En quoi est-ce que ça vous regarde ?

Piquée, l'autre répliqua vertement :

— Il est naturel qu'on s'inquiète de l'état de santé d'une personne qui reçoit une correction en public, non ?

Olympe mentit effrontément :

— M. Chambles ne se permettrait pas de lever la main sur moi !

— La main peut-être, mais le bâton ?

— Espèce de vieille babièle, prendriez-vous mon mari pour un fou ?

— Seulement pour un cocu !

L'assistance se mit à rire paisiblement. Hors d'elle, Olympe hurla :

— Ah ! ça vous va bien, Eulalie Pavezin, de jouer les vertueuses quand on sait que votre malheureux Hector porte plus de bois qu'un cerf adulte !

— En tout cas, moi, je n'ai jamais essayé de débaucher des jeunes gens et permettez-moi de vous dire qu'il faut être une vraie dégoûtante pour aller frotter sa vieille peau contre celle d'un jouvenceau !

Une voix pointue lança :

— Y a des créatures à qui le retour d'âge fait perdre toute pudeur !

Ne pouvant tenir tête à la calomnie, Olympe, trahie par les siens, franchit le Rhône pour aller conter sa mésaventure à ses amies de Serrières. Après avoir traversé le pont, elle rencontra Mme Laurisse, l'épouse du notaire. Elle se précipita vers elle.

— Ah ! Germaine, si vous saviez ce...

Mais l'autre, d'un ton presque insultant, lança :

— Excusez-moi, je suis pressée.

Elle s'écarta aussitôt, laissant, plantée sur le trottoir, une Olympe qui avait du mal à retrouver sa respiration. Machinalement, elle courut chez Laure Chevalard, sa compagne la plus fidèle dans sa lutte opiniâtre contre l'influence huguenote. Ayant manié le heurtoir de cuivre en forme d'étrier, Séverine — la bonne qu'elle connaissait depuis toujours — lui ouvrit, sans son habituel sourire.

— Madame est là ?

— Je sais pas, je vais voir...

Et, sans autre forme de procès, elle referma l'huis, abandonnant la visiteuse sur le perron. Quand elle reparut, ce fut pour annoncer d'une voix haute et claire :

— Madame fait dire à Madame qu'elle n'est pas là.

Le bruit de la porte violemment poussée résonna longuement dans le cœur de l'épouse du pharmacien. Le complot se précisait, la calomnie faisait son œuvre. Alors, une colère démente s'empara d'elle. Elle hurla des injures et des menaces adressées à on ne savait qui. Les gens la regardant tenir des discours incohérents, la prenaient pour folle. Olympe était maladivement persuadée que le malheur l'accablant était l'œuvre de Charlotte et de son amant. Un malencontreux hasard fit se rencontrer Mme Chambles et Josuah. Au passage, celui-ci la salua. Elle réagit brutalement sous les yeux des passants surpris :

— Vous pouvez garder votre salut et remiser votre mine hypocrite !

Le secrétaire, interdit, ne savait que répondre à cette agression inattendue.

— Madame...

— Il n'y a pas de Madame pour vous, espèce de fornicateur !

— Oh ! comment osez-vous...

— Et vous, misérable, comment osez-vous coucher avec la femme de votre patron ?

Josuah blêmit jusqu'aux lèvres.

— C'est... c'est ignoble...

— Je ne vous le fais pas dire ! Vous allez payer, mon garçon, vous et votre complice ! Quand je jugerai le moment venu, j'avertirai Prosper Colombier. Alors, il vous chassera ! Quant à elle, il la traitera de telle façon qu'elle n'osera plus sortir de chez elle !

Écrasé, Josuah ne put que dire :

— Je pense qu'il est inutile de réclamer votre indulgence ?

— Mon indulgence, misérable, après ce que vous m'avez fait ?

— Moi ?

— Vous et votre traînée qui m'a chassée d'une maison qui était la mienne. Je vais me venger, vous entendez ? me venger !

Ayant perdu toute mesure, Olympe avait agrippé son interlocuteur par le revers de sa veste et le secouait :

— Vous vivrez dans l'angoisse, jour après jour, vous interrogeant pour deviner quand je parlerai à Colombier. En attendant, beaucoup de plaisir à vous deux !

Le visage congestionné, l'épouse de César repartit vers Sablons. Ah ! on avait voulu ruiner sa réputation ! Eh bien ! les calomniateurs seraient déconfits lorsqu'ils apprendraient la vérité. Elle ne pouvait prévoir que celles et ceux ayant assisté, de loin, à l'algarade entre Josuah et Olympe et qui avaient déjà entendu les bruits fâcheux courant sur le compte de Mme Chambles, furent persuadés qu'ils tenaient la solution de l'énigme et que c'était le secrétaire de Colombier la proie des ardeurs amoureuses d'Olympe.

Certain que son roman s'achèverait très vite et d'une manière répugnante, Josuah ne savait plus quelle décision prendre. Il n'acceptait pas l'idée que Charlotte soit la victime de leur commune tendresse. Il aurait aimé l'avertir immédiatement des dangers dont leur couple était menacé mais son amie se trouvait, depuis la veille, à Tarentaize, pour sa visite mensuelle à sa famille, visite qui, en moyenne, durait trois ou quatre jours.

* * *

Au village, on s'extasiait devant la métamorphose de Charlotte. Au lieu de la veuve mélancolique, taciturne que l'on connaissait, on voyait une jeune femme rieuse, aimable, s'inquiétant de celui-ci et de celle-là. Joseph était heureux d'avoir enfin une mère selon son cœur et s'intéressant à Thélise. Mme Colombier passait de longs moments avec les deux jeunes à parler de leur avenir. La bonne Eugénie était enchantée de cette transformation. A sa grande surprise,

Armandine ne partageait pas son enthousiasme, sans fournir à son amie les raisons de son attitude.

Un après-midi où Eugénie rendait visite à Mlle Berthe, la mère et la fille travaillaient ensemble à des travaux d'aiguille. Soudain, n'élevant pas la voix, comme si elle posait une question dont la réponse lui importait peu, Armandine s'enquit :

— Comment va ton mari ?

— Oh ! lui, pourvu qu'il boive et qu'il mange...

— Et ton amant ?

Sur le coup, Charlotte, interloquée, resta muette. Impassible, l'aïeule attendait.

— Mère, où as-tu pris que...

Armandine interrompit sa fille :

— Charlotte, s'il n'est au pouvoir de personne de deviner ce que l'autre pense, n'oublie pas que je t'ai mise au monde et que tu es plus proche de moi que n'importe qui. Lorsque tu es malade, je le sens.

— Mais, je ne suis pas malade !

— Je devine aussi lorsque tu es contente et, en ce moment, tu débordes de joie. Or, je ne pense pas que ce soit Prosper qui te mette soudainement dans un état pareil ; il me faut donc croire que quelqu'un... et puis, tes lettres...

— Qu'ont-elles, mes lettres ?

— Tu consacres trois ou quatre lignes à Prosper et une page à Josuah... Tu l'aimes ?

— De toutes mes forces !

— Il est plus jeune que toi...

— Quelle importance puisqu'il m'aime !

— Tu es mariée, Charlotte.

— Et alors ?

— Votre aventure est sans issue.

— Je ne m'intéresse pas à demain. Aujourd'hui me suffit.

— Ton cœur t'a joué pas mal de tours, rappelle-toi ?

— Je ne me rappelle rien... Ma vie commence avec Josuah !

— Puisses-tu le croire longtemps...

Charlotte abandonna sa tâche, se leva, embrassa sa mère en murmurant :

— Je suis contente que tu sois au courant. A présent, je vais prendre un peu l'air au jardin.

Sur le banc où chaque génération du clan avait pris place au long des années, la maîtresse de Josuah s'installa du mieux qu'elle le put pour rêver à l'absent. Au fond, elle avait un peu honte d'une impatience ne cadrant plus avec son âge, mais son amour triomphait de tous les obstacles que le bon sens dressait sur la route de son bonheur. Elle écoutait résonner en elle, les paroles de sa mère, « votre aventure est sans issue ». Armandine se trompait ! Elle était convaincue qu'Armandine se trompait ! Charlotte ne voyait pas de quelle façon les choses évolueraient et, cependant, elle avait confiance. Dans sa certitude, oubliant que l'adultère ne pouvait guère compter sur la complicité du Ciel, elle adressait une fervente prière à Dieu pour L'appeler à son aide.

L'euphorie de Charlotte allait être de courte durée. Quarante-huit heures après son aveu à sa mère, elle reçut deux lettres, une de son mari, une de son amant. Elle ouvrit d'abord celle-ci et faillit se trouver mal en lisant le récit de l'agression de Mme Chambles contre Josuah. Le secrétaire tentait de rassurer celle qu'il aimait, en lui jurant qu'il ne permettrait pas — et ce, par n'importe quel moyen — à la maudite Olympe d'infliger le moindre mal à Charlotte. En dépit de son angoisse, cette dernière ne put s'empêcher de sourire en parcourant les nouvelles envoyées par son époux :

« Figure-toi, ma toute bonne, que Serrières est en émoi. Un scandale inattendu. Sais-tu qui en est la ridicule héroïne ? Je te le donne en mille ! Non, ne cherche pas, tu ne trouverais pas : l'incarnation de toutes les vertus, le censeur de nos mœurs, l'oracle écouté des familles, le bras séculier de l'Église, notre Olympe Chambles, elle-même ! Que dis-tu de ça, ma grande ? Avoue que la gaupe cachait parfaitement son jeu ? L'affaire a été découverte après que son mari l'eut durement corrigée à coups de trique et en public ! Les témoins de l'incident racontent qu'à travers les injures qu'il adressait à sa femme, César lui a reproché de courir après des hommes plus jeunes qu'elle. Aurais-tu cru à une déchéance pareille ? Comme tu t'en doutes, sitôt l'histoire connue, des deux côtés du fleuve, nos babièles se sont mises en campagne pour connaître l'identité de la proie de cette vieille mante religieuse. Elles n'eurent pas à patienter longtemps car, au début de la semaine, en pleine rue, se moquant des gens, Mme Chambles s'est jetée sur celui qu'elle souhaitait dévorer et, aux dires des spectateurs qui assistaient à cette scène répugnante, elle le suppliait, se cramponnait à lui, hoquetait, un spectacle navrant, paraît-il, où notre Olympe, oubliant la plus élémentaire pudeur, s'abandonnait, sans retenue, à ses plus bas instincts ! Enfin, le garçon, objet de cette salace passion, n'est autre — tiens-toi bien ! — que notre sévère et prude Josuah ! »

Les yeux pleins de larmes, Charlotte interrompit sa lecture, les fadaises qui suivaient ne l'intéressaient pas. Quel sot, ce Prosper ! Une seule lumière : Olympe s'était prise à son propre piège. Mais, pour combien de temps ? La jeune femme balança : devait-elle ou non rejoindre Serrières ? Elle ne pouvait solliciter un conseil de personne, surtout pas d'Armandine.

La sagesse l'emporta sur la passion et Charlotte décida de demeurer à Tarentaize en attendant d'autres nouvelles. Dans son village, dans sa ferme, sous l'aile de sa mère, elle se savait à l'abri de quoi qu'il pût arriver.

* * *

— Alors, mon garçon, j'ignorais que vous étiez l'idole des bourgeoises secouées par les tendres ardeurs de leur arrière-saison ?

— Je vous en prie, monsieur...

La mine déconfite de Josuah faisait s'esclaffer Prosper qui se trouvait à son aise dans ces lourdes plaisanteries. Il était le premier enchanté de ses remarques égrillardes et devait fréquemment s'essuyer les yeux tant il riait.

— Allons, Josuah, ne vous mettez pas martel en tête. Personne ne songe à vous blâmer. Vous n'êtes pas responsable des élans que vous déchaînez, que diable ! Filez faire un tour au bord du Rhône, la fraîcheur du fleuve vous poussera à recouvrer votre sang-froid et vous conseillera de n'attacher aucune importance aux élucubrations d'une folle ! Dites donc, j'y pense : et si Chambles venait vous demander réparation ? Vous vous rendez compte ? Étant l'offensé, il choisirait les armes ; prendrait-il la seringue ou la canule ?

De nouveau, il éclata de rire en bégayant :

— Dans... dans ce... ce cas, je... je serai... vo... votre... tété... témoin !

Exaspéré, écœuré, Josuah sortit du bureau. Après son départ, Colombier mit plusieurs minutes à se calmer.

* * *

Olympe crut défaillir de joie lorsque la servante lui annonça que M. Josuah sollicitait une entrevue. Avec infiniment de mépris, où vibrait cependant une vanité méchante, elle ordonna :

— Mettez-le au salon, j'arrive.

Quand elle entra, la seule vue de sa victime écrasée dans un fauteuil l'emplit d'allégresse. Josuah se leva :

— Je me suis permis de venir chez vous, madame...

— Pas pour me demander de me taire, j'espère ?

— Pour vous prier d'avoir pitié.

— Pitié ! Pitié de menteurs, de traîtres ? Ah ! non, par exemple ! Rien au monde, vous entendez ? rien ! ne pourrait m'empêcher d'arracher le masque hypocrite qu'arborent vos coreligionnaires et vous-même ! Une revanche sur Luther dont on me saura gré !

— C'est stupide !

— On verra si c'est stupide ! Quant à votre maîtresse, cette putain...

— Taisez-vous !

— Cette chienne qui passe d'un lit à l'autre...

— Je vous dis de vous taire !

— Cette salope qui sort des bras de son mari pour se précipiter dans ceux de son amant ou de ses amants — vous devez admettre qu'une fille aussi facile est toujours prête à coucher avec le premier venu —, je la déshabillerai ! Son mari la chassera ! cet imbécile qui n'a pas voulu me croire quand je le mettais en garde ! Chacun aura son paquet, comptez sur moi ! Pour vous, vous seriez bien inspiré de boucler votre bagage.

— Pour aller où ?

— Rejoindre les crève-la-faim de votre espèce !

Josuah savait qu'elle ne se vantait pas. Tout s'effondrerait. Il devrait trouver un autre emploi loin, très loin de Serrières, tant il serait éclaboussé par le scandale. Il ne verrait plus Charlotte, son aimée qui vivrait des jours épouvantables et malheureux à cause de cette garce de bonne femme qui continuait à débiter injures et menaces.

— J'apprendrai à ceux que je rencontrerai à quel point on doit se méfier des huguenots et de celles qui n'hésitent pas à se lier charnellement avec l'un d'entre eux, bien qu'élevée dans la vraie religion !

— Vous êtes folle !

— Vous verrez si je suis folle quand j'aurai ameuté Sablons et Serrières contre les impudiques, les Judas et les Messaline !

— Vous n'ameuterez personne.

— Tiens donc ! et qui m'en empêchera ?

— Moi.

— Je voudrais voir ça par exemple !

La colère, le désespoir avaient plongé Josuah dans un état second. Il s'approcha d'Olympe qui, brusquement, eut peur.

— Vous n'oseriez pas...

Mais, c'était trop tard, les mains vigoureuses de Josuah lui enserraient le cou. Il devait protéger Charlotte contre cette femme qui voulait lui faire du mal et ça, il n'entendait pas le permettre, il ne le permettrait pas !

Josuah recula d'un pas et lâcha Olympe qui s'affaissa sur le sol. Il se pencha et constata qu'elle était morte. Son premier sentiment fut de délivrance : Charlotte ne risquait plus rien. Presque aussitôt, il fut pris de panique. Il était devenu un assassin. Dans son esprit en déroute, l'image de la guillotine s'imposait, il en claquait des dents. La bonne entra et, voyant sa maîtresse sur le tapis, s'écria :

— Qu'est-ce qu'elle a ?

— Elle est morte.

— Oh ! mon Dieu ! morte ! Comment est-ce arrivé ?

— Je l'ai tuée !

Les yeux exorbités, la bouche ouverte sur un cri qui ne jaillissait pas de sa gorge contractée, la servante parvint à chuchoter :

— Pourquoi ?

— Elle était mauvaise.

— Je... je vais prévenir Monsieur.

Josuah profita de l'absence de la domestique pour s'enfuir par le jardin.

— On a assassiné Madame !

L'annonce, criée par la servante ayant fait irruption dans le magasin, causa une sensation profonde. César se précipita, guidé par la domestique. Les trois ou quatre clients auraient voulu suivre, mais ils n'osèrent pas.

Ayant longuement examiné la dépouille d'Olympe, César se releva et dit, en essayant de faire chevroter sa voix :

— Pas de doute, elle est bien morte... Tenez, voilà pour vous.

Il glissa un demi-louis dans la main de la bonne et, comme s'il réalisait en même temps ce que son geste avait d'incongru en un pareil moment, il ajouta :

— Pour la terrible émotion que vous avez ressentie devant un aussi pitoyable spectacle.

— Oh ! merci, monsieur. J'espère que l'assassin de Madame sera guillotiné !

— Encore faudra-t-il le trouver !

— Je sais qui c'est !

— Attention ! Il faut être sûr pour...

— Mais, monsieur, c'est lui qui m'a dit qu'il avait tué Madame !

Une heure plus tard, les gendarmes, ayant interrogé tout le monde, se mettaient à la recherche de Josuah Malleval.

* * *

La nouvelle de la vilaine mort d'Olympe Chambles déclencha de passionnantes discussions, sans susciter le moindre regret. D'aucuns même disaient qu'après avoir osé faire étalage, en pleine rue, de ses désirs lubriques, elle n'avait eu que ce qu'elle méritait. L'abbé Mazeaux voyait dans cette fin affreuse un témoignage évident de la colère du Seigneur et il confiait à ses intimes :

— La malheureuse est partie sans avoir fait sa paix avec Dieu ! Je la plains.

Le pasteur Clavettes, de son côté, découvrait dans la mort ignominieuse de son plus sérieux adversaire la preuve que le Ciel était de son côté.

Le plus abattu était Prosper Colombier. Le geste de son secrétaire ne constituait pas une réclame pour ses affaires. Pourquoi, diable ! Josuah avait-il cru nécessaire de se débarrasser d'Olympe de façon aussi radicale ? S'il s'était franchement expliqué avec lui, Prosper se serait chargé de mettre Mme Chambles au pas ! C'est ce qu'il avait confié au brigadier de gendarmerie venu l'interroger. Crime passionnel, avait conclu le représentant de l'ordre. Et si Josuah venait lui demander asile, que ferait-il, lui, Colombier ? Il ne le livrerait sûrement pas à la police. Il lui donnerait de l'argent et l'enverrait se faire pendre ailleurs. Afin de soulager sa nervosité, il écrivit à Charlotte.

* * *

Au bord d'un petit bras du Rhône, dans un coin marécageux où ne s'aventuraient que les pêcheurs de grenouilles, Josuah, l'oreille tendue, à l'écoute de la moindre rumeur insolite, réfléchissait sur son sort. Il ne pouvait pas franchir le fleuve dont les ponts devaient être gardés. Il ne savait plus que décider. De toute façon, désormais, Charlotte était perdue pour lui. Alors à quoi bon fuir ? fuir où ? pour rejoindre qui ? Il devait, avant tout, éviter que son geste démentiel oblige Charlotte à paraître à son procès. Si Olympe était au courant de leur liaison, il fallait admettre que quelqu'un l'avait renseignée, quelqu'un qui savait et qui viendrait, peut-être, à la barre, dire les vraies raisons du crime. Un risque que Charlotte ne pouvait pas courir et l'unique moyen de la tenir à l'écart, c'était qu'il n'y eût point de procès. A cet imbroglio, il n'existait qu'une seule issue.

Josuah regarda le ciel derrière lui. Jamais il ne l'avait vu si beau. Le vent léger avait des douceurs étranges. Dans ce coin que le Rhône frôlait, le tumulte de la vie s'amenuisait par instants. Il y régnait un silence plein de promesses apaisantes. Il avança et la fraîcheur de l'eau ne le fit pas frissonner, tant il avait l'impression d'appartenir déjà au fleuve qui l'arracherait à la colère des hommes. Lorsque le courant enserra sa poitrine, il eut le sentiment d'une étreinte quasi amoureuse. Il pensa à Charlotte, à Charlotte qu'il aimait et, perdant pied, il s'enfonça d'un coup dans le flot ayant l'aspect d'une soie grise.

* * *

A Sablons comme à Serrières, on poussa un soupir de soulagement quand on apprit la découverte du cadavre de Josuah, ce qui arrêtait l'action de la justice. Il n'y aurait pas de scandale. On laissa entendre que le meurtrier, son crime commis, s'était donné la mort. Il fallait voir, dans ce drame, l'effet d'une crise passagère de démence. Prosper, qui n'avait pas encore expédié sa lettre à Charlotte, y ajouta le récit de la fin tragique de son secrétaire et conseilla à sa femme de demeurer encore à Tarentaize, pour n'être point assaillie de questions par les curieux imaginant un roman amoureux (avec la mère Chambles !) afin d'éxpliquer et le crime et le suicide.

Lorsque Charlotte lut la lettre de son mari, elle commença par s'affoler mais, quand elle arriva à la fin tragique de son amant, il lui sembla qu'on venait de la poignarder. Josuah et son amour... Josuah et ses rêves... Josuah et ses baisers... Tout cela relevait, désormais, du passé. Elle avait la conviction d'appartenir, soudain, elle aussi, au passé.

Ne voyant pas revenir sa fille, Armandine, craignant elle ne savait quoi, la rejoignit au jardin. Elle la trouva sur le banc, comme elle s'y attendait. Tout de suite, l'attitude de Charlotte la frappa. Elle était assise très droite, raide, le visage blême (on eût dit que le sang s'en était retiré), les yeux immobiles et fixés sur le carré de choux. Dans son giron, ses mains crispées tenaient une lettre.

— Qu'as-tu, Charlotte ?

Elle ne répondit pas. Elle ne donnait pas l'impression d'avoir entendu.

— De mauvaises nouvelles ?

Toujours le silence. Armandine commença d'avoir peur.

— Charlotte, mon petit, tu as mal ?

Elle se serait adressée à un arbre, c'eût été la même chose. Alors, la mère prit la lettre sans que sa fille réagisse. Elle la lut, poussa un soupir et murmura :

— Il n'y a donc point de bonheur sur terre pour les femmes de notre maison...

Puis, prenant Charlotte par les épaules, elle appuya sa tête sur sa poitrine et, d'une main, lui caressa la joue. Au bout d'un certain temps, Mme Colombier parut revenir à elle et éclata en sanglots.

— Allons, allons, mon petit...

— Oh ! maman, si tu savais !

— Je sais... j'ai lu la lettre.

— Mon pauvre Josuah...

— Pourquoi a-t-il tué cette vieille femme ?

— Elle voulait nous nuire, nous perdre de réputation.

— C'était à prévoir...

Elles se turent un instant. Armandine rompit le silence en déclarant :

— Naturellement, il a commis son crime pour te protéger...

— Sans doute...

— Et pour cette raison aussi, il s'est donné la mort.

— Josuah... mon cher Josuah...

L'aïeule regarda longuement sa fille avant de dire d'une voix grave :

— Tu as raison de pleurer... Celui-là t'aimait.

* * *

Lors du retour de Charlotte à Serrières, les esprits étaient en partie apaisés. Malgré les recommandations que sa belle-mère lui avait écrites, Prosper ne put se tenir, au cours du premier repas qui les réunissait.

— Tu parles d'une histoire ! Qui aurait pu soupçonner une chose pareille ?

Les dents serrées, Charlotte était forcée d'écouter.

— Le plus fort c'est qu'il n'y avait pratiquement personne derrière le corbillard de la Chambles et qu'au contraire, une foule a suivi la dépouille de Josuah jusqu'au cimetière. On avait réussi à convaincre le pasteur, avec la complicité du médecin, que notre pauvre ami avait agi dans un moment de folie... et c'était sûrement le cas, pas vrai ?

— Je ne sais pas.

Étonné du ton de la réplique, Prosper insista :

— Tu sembles ne pas être intéressée ?

— J'aimerais qu'on ne parle plus de ce drame.

— Ah ! les femmes ! vous avez tôt fait d'oublier !

— Prosper, tais-toi, je t'en prie !

— Bon, bon, n'en parlons plus... N'empêche qu'il nous aimait bien, toi surtout...

— Mais tais-toi donc, imbécile !

Jusqu'à ce jour, Charlotte se contentait de ne pas aimer son mari. Désormais, elle se mit à le haïr.

* * *

Joseph, n'ayant pas obtenu Lyon pour lieu de garnison, dut se contenter de Grenoble où il accomplirait son temps dans l'artillerie de montagne. Sitôt la nouvelle sue, Thélise vécut dans une angoisse quotidienne. La nuit, elle rêvait de Grenobloises ensorceleuses, le jour, elle essayait de calculer à combien de kilomètres son amoureux allait vivre loin d'elle. Chaque fois que Joseph, Campelongue ou ses parents faisaient allusion à Grenoble, la petite se transformait en fontaine. Le fils de Charlotte, qui n'était pas tellement heureux à l'idée de quitter le pays, voyait ce qui lui restait de courage fondre sous les larmes de sa protégée. L'amollissement de son petit-fils n'échappait pas à la grand-mère, peu portée aux faiblesses. Elle sut rapidement la raison de ce fléchissement de la volonté de Joseph et un soir qu'elle était venue la voir, elle entreprit Thélise sans ménagement :

— Tu vas bientôt finir de te transformer en saule pleureur ?

C'était la première fois que la grand-mère s'adressait à elle sur ce ton.

— Tu ressembles à une gamine capricieuse et si vraiment tu ne devais pas changer de caractère, alors tu ne serais pas la compagne qu'il faut à mon petit-fils !

Thélise eut un râle de désespoir et Armandine, émue, lui prit la main.

— Je vais te parler comme je parlerais à n'importe quelle femme. Tu m'écoutes ?

L'autre opina de la tête, trop gonflée de larmes pour répondre.

— Je connais bien Joseph, tu t'en doutes. Il est courageux. Son père l'était, mais il est aussi tendre que lui. C'est un faible qui a sans cesse besoin d'être dirigé, soutenu, protégé moralement. Tu dois être forte. Nous l'avons toutes été dans la famille. Nous aussi, mon petit, nous aurions aimé être caressées, dorlotées, mais c'est nous qui devions dorloter des époux vivant dans leurs rêves sans beaucoup se soucier de ceux qui étaient auprès d'eux. C'est pourquoi il nous faut les remplacer dans les batailles de l'existence, sinon on finit par ressembler à la pauvre Charlotte.

— Elle... elle est malheureuse ?

— Elle n'était pas faite pour être heureuse.

— Pourquoi ?

— Parce qu'elle exigeait tout des autres, sans jamais rien donner d'elle-même en échange. Thélise, ton Joseph a beaucoup de peine de te quitter pour quelques mois et il n'y a que toi qui puisses le consoler, lui rendre ce courage sans lequel un homme n'est pas un homme.

— J'essaierai.

— Ne le laisse jamais, ni aujourd'hui ni plus tard, l'emporter sur toi ou laisser ses songes dépasser la réalité.. A cette condition, tu peux fonder un foyer où tu élèveras tes enfants sans trop de souci. Tu m'as comprise ?

— Je crois que oui.
— Tout dépend de toi, maintenant. Embrasse-moi.

* * *

A Serrières comme à Sablons, avec le temps, les échos du scandale allaient s'estompant. Des mariages, des naissances, des morts avaient occupé les esprits. En dehors des deux pitoyables héros dormant au cimetière de chaque côté du Rhône, la seule vraie victime de ce sanglant fait divers était le ménage Colombier. Mais, de cela, personne ne se doutait. Depuis son retour, Charlotte vivait au ralenti. Elle ne s'intéressait à rien sinon à Dieu et sa piété était citée en exemple. On ignorait que, ne pouvant se rendre sur la tombe de Josuah sans risquer d'éveiller des curiosités malveillantes, Mme Colombier se réfugiait à l'église pour penser paisiblement à l'homme qu'elle avait aimé. Elle espaçait ses visites à Tarentaize, ne voulant pas s'écarter de l'endroit où elle avait cru à un bonheur possible. Fidèle à sa nature, Charlotte ne songeait qu'à sa propre peine. Quant à Prosper, il avait vite renoncé à tenter d'arracher son épouse à ce qu'il appelait ses « bondieuseries » et avait totalement renoué avec ses habitudes de garçon en ménageant les apparences autant que faire se pouvait.

* * *

— Vous avez vu, monsieur Campelongue, j'ai pas pleuré !

Le vieil homme posa sa grosse main déformée sur l'épaule de Thélise.

— Tu as été très courageuse, je suis fier de toi.
— Et maintenant, je peux ?
— Si ça doit te soulager...

Ils avaient accompagné Joseph jusqu'au plateau de la Barbanche, là où on ne voit plus Tarentaize, disparu entre les collines. Le vent du nord, plein de bruissements de branches et de feuilles, séchait brutalement les larmes de

Thélise. Ils marchaient d'un bon pas pour échapper à ces poussées de froid leur coupant le souffle. Campelongue et la fiancée de Joseph étaient venus chercher le jeune homme chez sa mère, puis ils étaient partis tous les trois sur la route de Saint-Étienne, histoire de faire un bout de conduite à celui qui quittait le pays.

Au retour, là où la route du Bessat et celle descendant à Tarentaize se séparent, Campelongue s'arrêta :

— C'est ici qu'on se dit au revoir, ma fille.

— Pourquoi ?

— Parbleu ! parce que je dois rentrer chez moi !

— Vous ne voulez pas venir manger la soupe ?

— Que dira ta mère ?

— Mes parents, ils ont une grande estime pour vous. Et puis, vous nous parlerez de Joseph.

— Ah ! finaude !...

Ils repartirent, côte à côte, vers les Citadelles.

* * *

Le seul personnage qui jouissait d'un bonheur sans mélange était César Chambles, le pharmacien de Sablons. Il ne cachait plus beaucoup ses amours illégitimes, qui rentreraient dans la norme sitôt que la décence le lui permettrait. Il avait pris un aide qui le remplaçait à partir de cinq heures du soir jusqu'au lendemain, neuf heures. Sitôt Chambles installé dans sa voiture, une couverture sur les genoux, l'équipage filait d'un trot soutenu vers les amours du veuf. Le cheval passait grand train à travers un paysage silencieux parce que déserté par l'homme et ses troupeaux. L'hiver s'annonçait par mille signes familiers à ceux vivant à la campagne.

En pensant à la femme qui l'attend et qu'il ne cachera bientôt plus, César a une pensée presque amicale pour Olympe dont la mort lui a ouvert les portes de la liberté. Passant devant l'église, il s'arrête et va saluer le curé.

A table, ce même soir, il confie à son amie :

— Je suis allé rendre visite à ton abbé.

— Ah ?

— Pour lui commander une messe à une intention particulière.

— Et à qui est-elle destinée ?

— A Josuah Malleval.

— L'assassin de ta femme ! Si ça se savait...

— Et puis après ?

— Tout de même, ça pourrait donner des idées. Enfin, César, pourquoi as-tu fait ça ? Par pitié envers ce malheureux garçon ?

— Non, ma chérie, par reconnaissance.

TROISIÈME PARTIE

# *La première fêlure*

# 1.

Sur l'étroite couche où chaque mouvement le faisait se heurter au châlit, sous la couverture grossière de coton où des générations de soldats avaient sué avant lui, Joseph ne parvenait pas à attraper le sommeil. Tout lui déplaisait dans sa nouvelle existence, la brutalité verbale des sous-officiers comme la grossièreté de ses compagnons de chambrée. Au cours de ses longues insomnies, il éprouvait un plaisir cruel à se retrouver dans sa ferme de Tarentaize dont il goûtait les douceurs de nuits tranquilles où, quand il ne dormait pas, l'ombre imaginaire de Thélise lui tenait compagnie.

Joseph détestait Grenoble. Tout, dans la ville, lui devenait prison, aussi bien les hauts murs de la caserne, que les montagnes enserrant la ville dans un étau où les vallées avaient du mal à se frayer un passage. Où étaient les belles collines tarentaizoises et leurs champs et leurs bois ? Ici, le plus souvent, le roc était nu et quand il y avait des arbres, il semblait qu'ils fussent accrochés aux pentes à la façon d'un naufragé cramponné à une épave.

On n'avait pas laissé sortir les recrues avant qu'elles ne sachent s'habiller sans aucune négligence et qu'elles aient appris à saluer c'est-à-dire à ne pas confondre les garçons de recette, les appariteurs des Pompes funèbres et les officiers ou sous-officiers. Dès ses premiers pas dans cette cité dont il ne savait rien, l'artilleur Leudit, sous sa grande galette lui descendant jusqu'aux oreilles, se sentit perdu et se hâta de regagner la caserne où il retrouva deux apprentis de son espèce, deux hommes de la campagne : Max Chanas qui venait des environs de Mende, dans la Lozère, et Guillaume Tournon qui arrivait d'Aubenas, dans l'Ardèche. Parce qu'ils avaient les mêmes regrets et partageaient des rêves identiques, pendant que leurs camarades buvaient ou couraient les filles, ils parlaient de leurs terres, de leurs troupeaux. Ils ne se connaissaient pas assez pour se laisser aller aux confidences touchant leurs amours. Max était un colosse paisible, Guillaume pas très grand, mais solide. Avec eux, Joseph se sentait à son aise. Leur commune crainte tenait à la présence soudaine, imprévue de l'adjudant-chef Émile Escandorgue, un colérique, sanguin, qui semblait savourer son droit de « gueuler » autant qu'il lui plaisait. Parfois, Joseph, couché, songeait à sa mère à qui il en voulait quelque peu de l'avoir abandonné. Il prenait soudain conscience que, sans sa grand-mère, il eût été un enfant malheureux.

* * *

Charlotte vivait dans le souvenir de Josuah qu'elle magnifiait en le parant de qualités infinies et d'innombrables vertus. Cette soumission amoureuse à l'absent la poussait à ne trouver que des défauts à son remplaçant, Félix Chamond, que Prosper avait choisi fort disgracié par la nature pour éviter des racontars toujours possibles, surtout dans la minute où, dans un élan de haine incontrôlé, sa femme lui avait jeté à la tête qu'elle avait été la maîtresse de Josuah. Cet aveu avait donné lieu à une scène terrible, où les époux en étaient venus aux mains. Le fait, connu dans la ville, l'opinion se trompa une fois encore et décréta que la conduite dissolue de Prosper était la cause de ces affrontements déshonorants. Depuis, les époux ne s'adressaient plus la parole, faisaient chambre à part et ne se rencontraient qu'aux repas. Cependant, Colombier, filant le plus souvent passer ses soirées à Annonay, laissait sa femme dîner en tête à tête avec son commis. On l'en blâmait. Il y en avait même quelques-uns pour regretter que le physique de Félix lui interdît de faire la cour à sa patronne. On avait de la peine pour la pauvre Mme Colombier, délaissée par son mari qui lui préférait les gourgandines de la ville. Ses visites constantes à l'église valaient à Charlotte le respect de tous. On vantait la piété, la décence, la retenue, la discrétion de Charlotte qui ne se plaignait jamais, n'accablait pas un mari scandaleux et se contentait de soupirer quand on se permettait une allusion à son existence conjugale.

* * *

Dans la cour de la caserne, les hommes apprenaient à marcher au pas sous les hurlements de l'adjudant-chef invectivant les recrues, menaçant classiquement les maladroits d'aller en permission, le moment venu, avec ses bottes ! Les malheureux, sous les commandements, trébuchaient, sautaient d'un pied sur l'autre, dans l'espoir de rattraper une cadence qui leur échappait. Une ! deux ! gauche ! droite ! Ces coups d'aiguillon destinés à leur faciliter la besogne finissaient d'affoler les débutants. Le sous-officier en haletait de rage. Il se figurait (ou, du moins, en donnait l'impression) que tous ces idiots, ces attardés mentaux s'appliquaient à manœuvrer de façon stupide à seule fin de le mettre hors de lui. Réduit à ce rôle de cheval de manège, Joseph sombrait dans l'abrutissement.

— Allez vous mettre en tenue ! Vous avez cinq minutes ! Je vous attends ici ! Rompez les rangs ! et que ça saute !

Ce fut la ruée à travers la cour d'abord, dans l'escalier menant aux chambrées ensuite. Bientôt, la troupe fut de retour et se rassembla, non sans heurts, devant Escandorgue.

— A droite ! alignement !

La troupe y parvint de façon maladroite et dans la confusion. Ce tumulte rappelait à Joseph la bousculade du troupeau lors des premières sorties printanières quand les vaches semblent devenues folles et gambadent comme des veaux goûtant le charme de la liberté en plein air après la pénombre chaude de l'étable.

— Garde à... vous ! Repos ! J'espère que vous appréciez l'honneur immérité qui vous a été fait en vous intégrant à ce régiment d'artillerie de montagne où l'on n'admet, d'ordinaire, que des garçons de qualité ! Il faut croire que tout change... Enfin, on doit travailler avec ce qu'on a. Vous ne devez pas nourrir d'illusions, nous ne sommes pas dans un régiment de fillettes. Vous allez en baver, mes bonshommes ! Mon boulot consiste à faire de vous des soldats ! et je vous fiche mon billet que j'y arriverai, de gré ou de force ! Je sais que ce sera difficile car, au point de vue jugeote, vous me paraissez très inférieurs aux mulets de l'entretien desquels vous serez chargés. Vous serez peut-être appelés à combattre un jour dans nos montagnes. Il vaut donc mieux que vous connaissiez le terrain. Je ne vous cache pas qu'on ne gardera que les costauds. Même démontés, nos canons pèsent leur poids. Et de tout cela, vous ne pourrez en venir à bout qu'en observant une discipline de tous les instants, et en vous vouant corps et âme à ce qu'exige la patrie. Pouvez disposer !

* * *

Thélise, dans le champ où elle gardait ses bêtes, s'indignait que le soleil pût encore briller sur la campagne alors que Joseph était absent. Elle ne comprenait pas que ses parents puissent ne pas partager ses angoisses amoureuses, semblant ne pas se préoccuper d'un silence qu'elle jugeait plein de menaces. Dans le monde qui l'entourait, Thélise avait son petit univers à elle. Elle vivait par et pour Joseph. Tout le reste lui importait peu. Elle se séparait de son père et de sa mère qui n'entraient pas dans ses soucis. Elle les jugeait indifférents ou égoïstes. Ne pouvant confier à quiconque ses craintes, Thélise exposait ses problèmes à ses vaches dont le silence lui paraissait signifier une compréhension totale.

Elle passait des heures et des heures à tricoter assise au bord d'un parterre de choux dont elle interdisait l'accès à ses bêtes. Elle essayait d'imaginer le cadre où vivait Joseph. Naturellement, elle n'avait aucune idée de ce qu'était une caserne et la manière dont on s'y comportait. Mais surtout, elle imaginait, sottement, que les Grenobloises n'avaient qu'un but dans leur existence : séduire Joseph et l'enlever à sa fiancée. Comment Thélise pourrait-elle lutter contre des filles qu'elle voyait sous l'aspect de ces femmes dangereuses dont on parle dans les romans ? Elles sentent bon à tous les moments de la journée. Elles portent des dessous affriolants et sont perpétuellement à moitié nues. De quelle façon défendre Joseph contre ces créatures perverses ? Si seulement le garçon écrivait... Depuis un mois qu'il était parti il n'avait pas donné de ses nouvelles, à part quelques cartes postales adressées, pas seulement à elle, Thélise, mais aussi à la famille. Thélise était jalouse. Depuis qu'Armandine l'avait rabrouée, elle n'osait plus se plaindre de crainte de déclencher la colère de l'aïeule.

Contrairement à ce dont essayait de se persuader la jeune fille, ses parents la surveillaient et s'inquiétaient du mutisme de leur enfant qu'ils devinaient malheureuse. Ils souffraient d'un manque de confiance qui les choquait et les peinait. Un jour, Antonia Colonzelle n'y tint plus. Elle attrapa sa fille au moment où celle-ci allait détacher ses bêtes à l'étable et l'attira contre elle :

— Enfin, tu vas te décider à me dire ce que tu as ?

— J'ai rien.

— Thélise, continue comme ça et je te colle un agrognon !

— Mais, puisque je te dis...

— Et elle s'entête ! Bonne mère, tu vas y avoir droit...

— Joseph, il m'aime plus...

— Par exemple ! et comment tu le sais ?

— Il m'écrit pas...

— Il doit pas avoir le temps...

Thélise haussa les épaules.

— Quand on veut...

— Écoute : si tu souhaitais que ton promis, il fasse pas son service militaire, fallait fréquenter un estropié ! Tu as encore le temps, d'ailleurs ! Écris à Joseph que tu veux plus de lui et va faire les doux yeux au fils Balthazar, de Conduran, qui ressemble à une grosse araignée. Les siens seront sûrement heureux de s'en débarrasser !

Sur un cri rappelant le brame du cerf, Thélise s'enfuit en

courant pour se réfugier dans la grange où elle put pleurer à son aise sans déranger personne.

* * *

Ce soir-là, Joseph avait décidé de sortir de la caserne avec ses deux copains, Tournon et Chanas. Il triomphait de sa timidité en se persuadant que Grenoble n'était pas une plus grande ville que Saint-Étienne et qu'en tout cas, il ne s'était pas égaré dans Lyon — et Lyon, c'était autre chose. Il oubliait qu'alors Campelongue l'accompagnait. En dépit de ces raisonnements, il se sentit perdu sitôt qu'il atteignit le centre de la ville. Les piétons affairés, les voitures glissant au rythme du trot de leurs attelages, les cris, les appels, les mises en garde, les injures abrutissaient les trois camarades plantés sur un trottoir de la place Grenette et se demandant s'ils trouveraient l'énergie de pousser plus avant leur découverte de la ville. Heureusement, Guillaume Tournon eut l'idée salvatrice de leur montrer la Grand-Rue, étroite et paraissant beaucoup plus calme. Ils s'y hâtèrent et, sans s'en douter, s'engagèrent dans la vieille ville. Au long des voies tortueuses, ils purent se détendre et marcher de leur pas paisible de paysan, soudain retrouvé. Sur la place aux Herbes, ils découvrirent un café, pour l'heure, déserté, et y entrèrent pour y boire une chopine de vin de Savoie. Ils commencèrent par énumérer leurs griefs contre l'existence à la caserne. Tout y passa, depuis l'adjudant-chef jusqu'à la nourriture qu'ils jugeaient abondante mais mauvaise. Ils exhalaient leurs rancunes basées sur des comparaisons où un passé récent servait de test.

Après les plaintes, les jeunes hommes glissèrent aux évocations, chacun souhaitant faire comprendre aux autres qu'il habitait le plus beau village de France dans la plus belle région de France. Mais tous trois, à leur totale confusion, s'apercevaient qu'ils ne savaient pas parler de ce qui leur tenait le plus à cœur. Ils enrageaient de ne pouvoir trouver les mots pour peindre les images qu'ils portaient en eux. Guillaume ne sut dire autre chose que dans la campagne d'Aubenas, on fabriquait un fromage — le picodon — qui n'avait pas son pareil. Max énumérait les nombreux troupeaux de vaches occupant les prairies lozériennes. Quant à Joseph, il avait beau se creuser la tête, il ne devinait pas de quoi il aurait pu parler en dehors des arbres dans l'espoir de faire apprécier son coin. Au fond, tous se rendaient compte de leurs lacunes et en éprouvaient une honte inattendue. A présent, ils n'avaient plus qu'une hâte : regagner la caserne. Pour payer, Guillaume sortit son portefeuille et, tandis qu'il y cherchait son argent, une photo tomba sur la table, montrant une belle fille blonde aux appas généreux. Aussitôt, les autres s'exclamèrent :

— C'est ta femme ?

— Ta sœur ?

— Ta payse ?

Tournon baissa modestement les yeux et soupira :

— Ma promise.

— Comment qu'elle s'appelle ?

— Léontine.

Tenant à être polis, les copains affirmèrent :

— Un joli prénom...

— Tu dois pas t'embêter avec elle ?

Rougissant, Guillaume protesta que sa fiancée et lui avaient des principes et qu'il ne se passerait rien avant le mariage qui aurait lieu après sa libération. Sur ce, Tournon se lança dans un panégyrique enthousiaste de Léontine Mouillefontaine qui, à ses yeux, était incomparable. Sans compter qu'en plus de ses charmes, elle apporterait, en dot, une terre de dix hectares et un troupeau de moutons de plus de soixante têtes. Les filles laissées au village, les terres, les bêtes, voilà des sujets sur lesquels les copains n'hésitaient pas à discuter. Max évoqua une Amélie Bourjarac dont il montra la photo avec une vanité non dissimulée. Ses amis contemplèrent une grande fille brune et sèche qui devait arpenter la lande lozérienne d'un pas qui eût laissé plus d'un militaire sur place. Une ombre de moustache révélait une virilité rassurante.

Joseph remarqua :

— Elle doit pas être commode tous les jours !...

— On n'a pas le temps de faire les gracieux.

Guillaume, curieux, s'enquit :

— Elle t'apportera du de quoi ?

— Même pas... Deux vaches rouges... cinq moutons, deux chèvres et un lopin de terre d'un hectare où c'est tout que pierres et chiendent.

— Alors, pourquoi ?

— Parce qu'il y en a pas d'autre, tiens !

Leudit ne pouvait pas faire moins que ses camarades. Il exhiba le portrait de Thélise. Guillaume s'étonna :

— C'est une gosse !

Max confessa :

— Amélie compte cinq années de plus que moi.

Joseph essaya d'expliquer que Thélise et lui se connaissaient depuis l'enfance. Ses interlocuteurs ne l'écoutaient plus. Par le sortilège de photos, pourtant sans charme, ils étaient retournés au pays qu'ils confondaient avec les femmes les y attendant.

Ils reprirent le chemin de la caserne en traînant un peu les pieds. Trop de souvenirs les tiraient en arrière, alourdissant leurs pas.

* * *

La grande affaire de cette époque, à Sablons, fut le mariage de César Chambles. Quelques grincheux trouvèrent cette union un peu précipitée. On les fit taire, la majorité de l'opinion approuvant le pharmacien d'oublier le plus vite possible une compagne scandaleuse, à qui un abominable trépas n'avait pas apporté le pardon. Aux yeux de beaucoup, elle continuait à être tenue pour une goule dont la passion charnelle et démesurée avait amené sa mort et celle, imméritée, d'un pauvre garçon dont l'innocence n'avait pu se déprendre du filet où elle entendait le capturer. Quant à César, il était trop heureux pour se montrer ingrat envers celui à qui il devait sa liberté. S'il l'avait osé, il aurait fait porter, au fils que sa compagne ne tarderait pas à lui donner, le prénom de Josuah. Cependant, il se rendait compte qu'une telle initiative déclencherait un nouveau scandale et risquerait de revigorer des curiosités malsaines.

Il se promit, la prochaine fois qu'il irait à Vienne, d'aller visiter le pasteur de la ville et lui demander quel prénom catholique correspondait à Josuah. Ainsi, il pourrait témoigner sa reconnaissance au pauvre Malleval dans la plus totale discrétion.

Le curé de Serrières était intrigué par le comportement de Charlotte Colombier. Une piété aussi fervente, qui aurait dû le réjouir, le déconcertait. Comme tout le monde, il n'ignorait pas que le ménage Colombier ne marchait pas. Il en attribuait la responsabilité à Prosper, dont il connaissait les tristes écarts de conduite. Sans doute, Mme Colombier venait-elle supplier le Seigneur de lui accorder la force de supporter son calvaire ? Il résolut de l'aider, d'abord parce que c'était son devoir de prêtre, ensuite parce que Charlotte l'apitoyait. Pour lui, l'innocence pieuse de Mme Colombier l'assimilait aux femmes fortes qui passent dans les Écritures. Aussi, une fin d'après-midi, il aborda la délaissée qui, s'arrachant à sa prière, venait de se relever.

— Mon enfant... je vous observe depuis pas mal de temps déjà... et vous m'effrayez un peu...

— Pourquoi donc, monsieur le Curé ?

— Une foi, apparemment ardente, semble guider vos pas.

— Je prie, simplement.

— Oh ! non, pas simplement ! Serait-il indiscret de vous demander ce que vous suppliez Dieu de vous accorder ?

— Le pardon.

— Allons donc !

— Je n'ai pas toujours été une bonne chrétienne, je n'ai pas toujours suivi les commandements de l'Église...

— Je ne vous crois pas, mon enfant. Vous vous accusez pour tenter de réduire la grave responsabilité de votre époux. Je sais qui vous êtes. D'autres le savent aussi et tous, nous admirons votre courage. Tous, nous vous plaignons.

Une fois encore, le conte prenait le pas sur la réalité et la femme adultère devenait l'agneau sans tache injustement martyrisé. N'étant pas tenu par le secret de la confession, l'abbé donna Charlotte en exemple à ses ouailles les plus fidèles. Une semaine plus tard, les commères de Serrières avaient fait de Mme Colombier une sainte. Le plus étonnant est que la première victime de cette réputation usurpée fut Charlotte elle-même. Inconsciemment, elle souhaita ressembler au portrait idéal que l'opinion brossait d'elle. Elle oublia, peu à peu, ses amours charnelles avec Josuah, pour les transformer en une sorte de tendresse mystique. Elle se consolait et s'admirait tout ensemble. Doucement, elle modifia son aspect physique et vestimentaire. Elle se tira les cheveux en arrière avec un chignon sur la nuque sans se soucier des mèches qui commençaient à argenter sa chevelure. Elle ne portait plus que des robes noires que n'éclairait même pas un simple col blanc. Prosper confiait à qui voulait l'écouter qu'il avait été trompé et qu'au lieu d'une jeune femme apparemment attirante, il avait épousé une nonne. Les maris, répétant ces confidences à leurs compagnes pour les amuser, se faisaient rabrouer. Pour les épouses chrétiennes, l'attitude de Charlotte s'expliquait par les mœurs dissolues de ce débauché de Colombier. A cet instant de la discussion, il fallait que l'époux fît grande attention de ne pas recevoir quelques éclaboussures. Pour s'en sortir, il devait accabler Prosper pour montrer clairement qu'il n'avait rien de commun avec l'infâme Colombier.

Prosper, lui, ne décolérait pas. Il avait la certitude d'avoir été dupé. C'était la première fois de sa vie que cela lui arrivait. Il se sentait affreusement humilié. Il se vengeait en se rendant de plus en plus souvent chez Mme Angélique, dans la banlieue annonéenne.

Mme Angélique Lavaudieu était la veuve d'un notaire de Tournon plein d'ambition, qui avait cru devenir, avec l'argent de ses clients, un roi de l'immobilier. Malheureusement pour lui, l'Ardèche n'était pas un de ces départements où la rage de bâtir enfièvre les esprits. Me Lavaudieu avait vu trop haut, trop grand et trop vite ! Un matin, le notaire comprit qu'il ne lui restait plus qu'une solution et pendant que sa femme était au marché, il se fit sauter la cervelle. Angélique avait eu la bonne idée de persuader son mari d'acheter, à son nom, une jolie villa située sur la route de Quintenas. La veuve y vivait une maturité plutôt sévère parce que désargentée. Elle se souvint alors qu'elle connaissait beaucoup d'hommes riches, ayant été ses hôtes du temps de sa splendeur. Sans doute, ces messieurs n'auraient-ils pas reçu Mme Lavaudieu dans leurs salons, mais ils ne répugnaient pas à la fréquenter, le suicide du notaire ayant transformé l'escroquerie en maladresse. Angélique eut l'idée de recevoir les notables en compagnie de leurs petites amies pour passer quelques heures au calme et dans la discrétion la plus absolue : jamais deux visiteurs en même temps, pas de domestiques. Une atmosphère feutrée, silencieuse, rassurante. Les clients ne rechignaient pas à payer cher ces heures d'isolement. Prosper comptait parmi les habitués de Mme Angélique.

* * *

Thélise crut que le Ciel s'était entrouvert pour elle seule lorsque Paul Rompon, le facteur lui tendit une lettre en l'avertissant :

— Elle vient de Grenoble.

Sur l'instant, la demoiselle, suffoquée par la joie, aurait juré que son ange gardien s'était, pour un moment, substitué au brave Paul. Elle était presque certaine de lui avoir vu des ailes écrasées par les courroies de son sac postal. Elle avait tellement envie de lire ce que lui écrivait Joseph qu'elle ne prit pas la peine de remercier Rompon, ni même de lui offrir un canon, un manque évident de la plus élémentaire civilité. Le facteur en fut humilié.

Réfugiée dans la grange, sa retraite ordinaire, Thélise commença à lire, mais pas trop vite pour faire durer le plaisir. Hélas ! elle n'avait pas achevé la première page qu'elle fondit en larmes, au bout de la seconde, elle crut défaillir et n'eut que la force de rejoindre, en gémissant et en titubant, la cuisine où sa mère préparait des râpées pour le repas de midi. A la vue de sa fille, à qui le souffle semblait manquer, Antonia faillit jeter sa pâte dans le feu au lieu d'y mettre le morceau de bois qu'elle tenait de l'autre main. La sottise qu'elle avait manqué de commettre ne prédisposait pas Mme Colonzelle à la compréhension. Rogue, elle s'exclama :

— Qu'est-ce que t'as encore ?

— Joseph...

— Qu'a-t-il inventé, cet apôtre ?

— Il est peut-être noyé, à cette heure !

Du coup, ce fut sa louche de pâte qu'Antonia balança tout entière dans le feu qu'elle éteignit presque, au lieu de la faire couler dans la poêle.

— Bon Dieu de bon Dieu ! Mais, c'est pas vrai ? On veut me faire tourner le sang en eau ! et pourquoi qu'il s'est péri, le Joseph ?

— Il pouvait plus supporter de vivre loin du pays, loin de moi...

Et, au terme d'une longue plainte quasi animale, elle ajouta :

— Me voilà veuve avant d'être mariée...

Ses jambes ne la portant plus, Mme Colonzelle se laissa tomber sur une chaise en pleurant, à son tour. En bonne femme de la campagne, elle entonna une sorte de mélopée en l'honneur de Joseph Leudit qui aurait pu être son gendre. Elle énuméra ses qualités de bon travailleur, elle clama ses vertus familiales et, pour finir, ouvrit ses bras à sa fille qui s'y réfugia.

— Qui c'est qui t'a écrit cette triste nouvelle ?

— Joseph...

La mère fixa son enfant avec le regard triste et vide d'une vache contemplant le passage d'un train. Puis, réagissant brutalement, elle écarta Thélise et cria :

— Joseph t'a annoncé qu'il était peut-être mort ?

— Pas tout à fait... Il me dit qu'il est tellement malheureux que, souvent, il a envie de se jeter dans l'Isère.

Elle crut nécessaire de préciser :

— C'est le fleuve qui passe à Grenoble... Ça doit être profond !

— Moins que ta bêtise ! Mais qui m'a donné une fille aussi gourde ! A ton âge ! Tu devrais avoir honte !

— Je veux pas qu'il se noie !

— Espèce d'idiote ! Quand on veut se périr pour de bon, on n'avertit personne. Le grand-oncle Félix — un frère aîné de ta grand-mère Julia — lorsqu'il s'est jeté dans le barrage, il a fait ça très discrètement. Les gendarmes qui voulaient l'emmener devant le juge pour une histoire de braconnage, ils ont trouvé que son cadavre. C'était un homme qui connaissait les manières, le grand-oncle Félix.

Quand il fallut expliquer au père Colonzelle que le repas n'était pas prêt parce que le feu s'était éteint et qu'il fallait le rallumer, il exigea des explications et ne comprit rien aux raisons fournies par les voix enchevêtrées des deux femmes.

— Taisez-vous ! Antonia... pour quelle raison y a rien à manger ?

— Je voulais préparer des râpées...

— Où qu'elles sont ?

— Dans le feu.

— Hein ?

Mme Colonzelle tenta d'énumérer les différents malheurs l'ayant accablée au point de lui ôter son sang-froid. Adrien ricana pour montrer son scepticisme puis, se versant un verre de vin, il le porta à ses lèvres après avoir demandé :

— Et pourquoi toutes ces idioties ?

— Parce que Joseph veut se noyer...

Thélise précisa :

— Dans l'Isère !

La nouvelle fit que Colonzelle avala de travers, s'étrangla, éructa, voulut crier, s'étouffa. Sa femme et sa fille se précipitèrent. L'une lui flanquait des grandes tapes dans le dos tandis que l'autre ouvrait largement le col de la chemise paternelle. Ayant repris son souffle, Adrien hoqueta :

— Jo... Joseph est... est mort ?

— On peut pas dire qu'il soit mort pour de vrai, papa...

— Pour de vrai ? T'oserais pas te foutre de ton père, quand même ?

De crainte que la discussion ne tournât mal, Antonia raconta la scène qu'elle avait vécue avec Thélise et conclut :

— Pour dire qu'il est mort, on peut pas... mais dire qu'il en a pas envie, on peut pas non plus.

Colonzelle ferma les paupières, joignit ses grosses mains et les serra l'une contre l'autre, en jurant d'une voix résignée et atone :

— Nom de Dieu de nom de Dieu de nom de Dieu !

Sa fille se signa en remarquant :

— Tu devrais pas jurer comme ça !

Le père se leva pesamment de son siège, regarda sa femme et sa fille avec des yeux lourds de reproches et déclara :

— Je rentre, éreinté, affamé, et on m'annonce qu'il y a rien à manger parce que le fiancé de ma fille a fait savoir qu'il s'était noyé et a pris soin d'écrire cette nouvelle après sa mort. Cela prouve que c'est un mort bien élevé. Seulement, moi je marche pas dans ces fantasmagories et je vais chercher ailleurs ce que je trouve plus chez moi. A ce soir.

Il sortit sans que personne ne prononçât un mot. Dès qu'il fut dehors, Antonia s'en prit à sa fille.

— Alors, t'es contente ? Avec tes histoires à dormir debout, tu nous as mis dans un joli pétrin !

Thélise soupira :

— Personne me comprend...

— Oh ! si que je te comprends ! Depuis que t'es fiancée à Joseph, tu cesses plus de nous embêter : et il m'écrit pas, et il m'aime pas, et il m'a oubliée et patati et patata, du matin au soir ! Aujourd'hui, c'est le bouquet : Joseph s'est suicidé ! Je suis veuve avant d'avoir été mariée ! et des jérémiades à n'en plus finir ! Mais, est-ce que tu te rends compte, Thélise, que tu fais perdre la boule à ton pauvre père ? et que moi, je deviens chèvre ?

* * *

L'abbé Marioux regardait sa visiteuse avec une curiosité non dissimulée. Il connaissait Armandine depuis trop longtemps pour ne pas deviner que la maîtresse femme craquait pour une raison qu'il n'allait pas tarder à apprendre. Le prêtre et l'amie redoutaient ce qui n'avait pas encore été dit. Il sentait que cette démarche à laquelle elle n'était pas habituée, humiliait Mme Cheminas. Il se porta à son secours :

— Quelque chose ne va pas, ma chère amie ?

— Je suis de nouveau dans les ennuis.

— A cause ?

— Joseph.

Il la regarda avec des yeux ronds avant de s'exclamer :

— Ce n'est pas possible !

En guise de réponse, elle lui tendit la lettre de son petit-fils que le père de Thélise lui avait apportée, en déclarant que s'il était plus jeune, il irait à Grenoble pour botter les fesses de son futur gendre et le ramener à la raison. Le curé rendit la lettre à la grand-mère.

— Le changement d'état, de cadre, d'occupation, de paysage expliquent son désarroi.

— Pas sa lâcheté !

— Allons, allons, ma bonne, n'employons pas de grands mots qui dépassent le plus souvent notre pensée.

— Il témoigne d'une absence de caractère terrifiante.

— Pourquoi ?

— Parce que j'y retrouve cette résignation, ce manque de jugeote qui font préférer l'accessoire à l'essentiel. Son grand-père, sa mère, son père même ont vécu dans des mondes où ils étaient étrangers et qui les ont tués ou désespérés.

— Il faut lutter et tenter de rattraper ceux et celles qui ne sont pas encore perdus.

— Je suis si lasse... Les miens ne s'en doutent pas... Une fatigue intérieure qui me ronge.

— Dieu vous a mise sur terre pour combattre.

— Il devrait comprendre que je suis fatiguée...

— Il accable ceux qu'Il aime...

— Cela dépasse ma volonté...

— Songez à la croix qu'Il a dû porter jusqu'au Golgotha... Comme Simon de Cyrène, je suis là pour vous aider ainsi qu'il L'a aidé.

Ils se turent un instant. Chacun épiant le visage de l'autre. Tous deux virent une figure terriblement marquée non seulement par le temps, mais par les sottises des gens qu'ils aimaient.

— Mme Eugénie peut venir à votre secours.

Armandine haussa les épaules.

— Elle a eu des chagrins, mais elle ne s'est jamais colletée avec la vie.

— Qui peut savoir ? Même les êtres qui nous sont les plus chers nous demeurent souvent des énigmes. Cela fait bien des années que je vis avec ma sœur, Berthe. Croyez-vous que je la connaisse pour autant ? Est-elle heureuse, malheureuse ? Je l'ignore. Et mes ouailles ? Si mon état ne m'obligeait pas à les aimer, pensez-vous que je m'intéresserais à ce tas de païens qui vont à Dieu, le dimanche et chez les jeteurs de sort durant la semaine ?

— Ce sont des créatures du Seigneur.

— Et c'est Lui que je sers à travers eux, mais à moi aussi, il arrive parfois que le courage manque. Il faut sans cesse se reprendre, mon amie, et le jour où nous n'en aurions plus la force, marquerait notre fin et... notre trahison.

* * *

Assise près de la fenêtre, Eugénie ravaudait. De son poste, que nul ne songeait à lui disputer, elle observait le ciel, épiait le passage des gens et remarquait, dans le troupeau défilant devant elle, l'absence d'une ou de plusieurs bêtes. Elle avait été réveillée, au matin, par la grosse voix de Colonzelle et quand elle était descendue pour savourer son petit déjeuner, elle avait été frappée par le visage soucieux d'Armandine. Depuis leur enfance, Eugénie n'osait pas interroger son amie. Elle attendait des confidences qui ne venaient pas toujours. Cette fois, elle essaya de contourner la difficulté en jouant l'innocence :

— Ce n'était pas Colonzelle qui se trouvait là, tantôt ?

— Si !

— Des ennuis ?

— Des soucis... Maintenant, je vais à la messe.

— A la messe !

— Je dois voir M. Marioux. Je l'attraperai juste après l'office.

A la vérité, la grand-mère de Joseph voulait passer quelques instants, seule, pour réfléchir à ce qu'avait dit l'abbé, et le seul endroit où elle se savait certaine d'être tranquille, était l'église. Armandine, en sortant, laissa Eugénie, dévorée par la curiosité. Que cachait cette nouvelle lubie de vouloir écouter la messe du matin, à la façon des vieux désœuvrés ? Et pourquoi son amie souhaitait-elle rencontrer le curé ?

Ainsi que la plupart de ses contemporains, Eugénie tenait à être au courant de la vie du village dans ses moindres détails. Une maladie dont elle n'eut pas été informée, lui devenait injure longuement méditée. C'est pourquoi, elle vivrait mal tant qu'Armandine ne serait pas de retour avec les explications qui convenaient. Pourtant lorsque celle-ci réapparut, Eugénie devina que ce n'était pas le moment de poser des questions. Sans mot dire, la maîtresse de maison se débarrassa de son fichu, changea ses sabots contre des pantoufles et se fit chauffer un peu de café. Le silence se prolongeant, Eugénie n'y tint plus.

— Y avait du monde ?

— Toujours les mêmes. Maintenant qu'ils n'ont plus personne avec qui bavarder, ils prennent Dieu pour confident. Pour eux, l'Église s'avère quelque chose ouvrant sur un monde où ils retrouvent la place qu'on leur refuse dans le nôtre.

— T'as vu l'abbé ?

— Oui... Nous avons longuement bavardé à propos de cette lettre que Colonzelle m'a apportée ce matin. Tiens ! lis !

Eugénie obéit et quand elle eut achevé sa lecture, elle ne put que soupirer :

— Pauvre petit...

Armandine s'emporta :

— Pauvre petit ? Alors qu'il mériterait une bonne correction pour n'être pas à la hauteur de son métier d'homme ? Pauvre petit ! Une mauviette, oui !

— Tu n'essaies pas de te mettre à sa place...

— Je ne fais que ça, depuis toujours, me mettre à la place des autres ! Je commence à en avoir assez !

— Tu es dure...

— Pourtant, j'aimerais me laisser aller, me faire consoler... Mais, non ! Il faut sans cesse que je coure au rempart pour défendre une brèche...

— C'est vrai, et si on n'ose pas te plaindre sachant que tu ne le supporterais pas, on t'admire.

— Qui ça, on ?

— Tous !

— Allons donc ! Ils ont peur de moi et, comme ils craignent de m'affronter, ils racontent qu'ils m'admirent... Au fond, tout au fond, ils me détestent.

— Ce n'est pas vrai !

Armandine, émue, s'en fut prendre Eugénie dans ses bras.

— Pas toi, ma grosse, bien sûr... Si tu savais comme je suis lasse, par moments. Ça dure depuis trop longtemps... Tu as été témoin, Eugénie... Souviens-toi... Mon père... la seule image que je garde de lui, c'est ce grand corps étendu dans la cuisine perdant son sang. Je me rappelle... il était désespéré de mourir, de nous laisser... j'avais dix ans quand j'ai dû remplacer ma mère auprès de mes grands-parents. Ce n'était pas drôle tous les jours. Une maman qui avait perdu l'esprit et dont il fallait s'occuper comme d'une enfant... Une aïeule pas commode... un grand-père qui vivait uniquement parmi les ombres de l'Armée napoléonienne... Et puis le pauvre Mathieu qui m'aimait et que j'ai abandonné, sans comprendre ce qu'il m'apportait. C'est le seul vrai remords de ma vie. Et Nicolas... Ces batailles sans cesse livrées et toujours, toujours recommencées... Il m'aimait, mais il me préférait un rêve, la République. J'ai porté son deuil, mais c'est pour elle qu'il est mort. Ma plus grave défaite fut Charlotte. Je l'ai vue gâcher sa vie, sans pouvoir rien empêcher. Elle a hérité de son père, cette obstination à se perdre dans les nuages. Elle n'a jamais aimé vraiment.

— Pourtant, Jean-Marie...

— Un faible qui lui était entièrement soumis. Celui-là aussi marchait sans bien savoir où il allait. Il ne se dressait jamais contre les événements, il s'inclinait. La seule fois qu'il a fait preuve d'indépendance, ce fut pour commettre une bêtise. Son engagement, après tout ce qu'il avait donné à l'armée, était ridicule. Ce premier faux pas lui a coûté la vie.

— N'empêche que c'était un héros !

— Ma pauvre Eugénie... Les héros sont vite couronnés sur les places publiques. On devrait compter avec la perte de leurs foyers pour établir une opinion. Comme Nicolas, Jean-Marie a sacrifié les siens à la chimère d'une France qui n'existait plus.

Elles reprirent haleine dans le silence de la maison où le tic-tac de l'horloge prenait une importance démesurée. Ce qu'Armandine avait dit faisait se dérouler le long défilé des souvenirs ancrés dans leurs mémoires vieillies, mais fidèles.

— Et voilà que Joseph, à son tour, m'empêche de me reposer. Il a dû hériter de sa mère cette peur devant les responsabilités, cet égoïsme que donne une enfance trop choyée... Parce qu'il n'est plus dans son milieu naturel, parce qu'il lui faut servir au lieu d'être servi, il s'affole et parle de se suicider ! Tu ne crois pas Eugénie, que j'ai le droit d'être lasse ?

— Si ! Seulement, je te connais et je sais que tu n'abandonneras pas. Que vas-tu décider ?

— D'écrire à ce polisson de Joseph.

Parce qu'elle était calme et s'était toujours appliquée à ce qu'elle faisait en prenant son temps et en réfléchissant, Eugénie avait conservé la belle écriture de sa jeunesse et servait de secrétaire à son amie, aux grandes occasions. Dans le sous-main qui demeurait toujours sur la tablette formée par un ressaut du mur devant la fenêtre, elle prit une enveloppe, une feuille de papier et se réinstalla à la table où Armandine avait déjà disposé l'encrier et le porte-plume.

— Je suis prête.

— Alors, on y va.

« Joseph,

« D'abord, que je te dise qu'après lecture de ta lettre stupide, Thélise a eu le sang tourné quasiment en eau. Elle croit tellement à tout ce que tu lui dis, même quand c'est des bêtises, qu'elle voulait déjà se préparer des habits de deuil. Je te répète, Joseph, que c'est un vrai péché de mentir à une innocente comme ta fiancée et si tu étais là, je t'expliquerais mieux ma façon de penser. En tout cas, fais-moi le plaisir d'écrire immédiatement à Thélise pour lui assurer que tu n'as pas envie de mourir, sinon je vais à Grenoble et je te tire les oreilles sur le front des troupes.

« Je t'embrasse. Ta marraine t'embrasse aussi, quoique tu ne le mérites pas.

« Ta grand-mère, Armandine. »

Pendant que son amie cachetait sa lettre, Eugénie remarqua :

— Tout ça ne m'apprend pas pourquoi tu t'es rendue à la cure, voir M. Marioux ?

— Pour rien... vraiment, pour rien.

## 2.

En dépit de ce qu'Armandine et Eugénie craignaient, la lettre de sa grand-mère ne blessa pas Joseph. Il s'en amusa même en essayant d'imaginer le désespoir de la chère Thélise, l'indignation de l'aïeule et l'épouvante de la marraine. La réaction quelque peu cynique du soldat n'était pas due à une soudaine sécheresse de cœur, mais bien à un état d'esprit nouveau relevant de plusieurs causes. D'abord, une certaine accoutumance à la vie de la cité, ensuite la découverte, dans la ville, de havres où l'on pouvait goûter un repos quasi champêtre, et encore la sympathie inattendue de l'adjudant-chef Escandorgue pour Joseph et ses deux amis Max et Guillaume et, plus que tout peut-être, l'attribution au fiancé de Thélise du mulet Tiburce.

Escandorgue, homme de la campagne, nourrissait une estime particulière pour les garçons qui, comme lui, arrivaient des champs et des bois. Il se méfiait instinctivement des citadins dont il ne comprenait pas la mentalité et haïssait l'indiscipline latente. Tout de suite, il avait inscrit Joseph et ses copains dans la compagnie muletière. Tiburce portait le tube du canon. Sitôt qu'il le vit, Joseph aima Tiburce pour sa gentillesse, sa douceur et même sa beauté. C'était une grande bête qui, jamais, n'avait décoché un coup de pied ou donné un coup de dent. Max et Guillaume eurent à s'occuper d'animaux plus banals parce que de caractère amorti. En visitant les écuries, conduit par le sous-officier, Joseph découvrit un puissant mulet dont la robe de couleur noire faisait ressortir le blanc éclatant du plastron. L'animal était superbe et seul. Joseph s'en étonna :

— Qui est celui-là ?

— Aramis.

— Pourquoi le laisse-t-on à l'écart ?

— Personne n'est autorisé à l'approcher à part moi, sauf celui qui lui apporte sa nourriture.

— Pour quelles raisons ?

— Je te l'expliquerai un jour.

Dans cette ambiance nouvelle, Joseph oublia vite sa mélancolie, voire ses angoisses des débuts de son incorporation. Aussi extravagant que cela puisse paraître, le fiancé de Thélise avait retrouvé le goût de vivre, en grande partie grâce à Tiburce. Le soldat profitait de tous ses moments de liberté pour visiter son compagnon à quatre pattes. A cela s'ajoutait qu'après la soupe du soir, Joseph et ses amis prirent l'habitude de sortir de la caserne et de se promener dans Grenoble dont ils découvraient la beauté. Ils aimaient le grouillement de la place Grenette à l'orée de la vieille ville, impressionnés par les maisons aux façades majestueuses. En paysans habitués au soleil et à la lumière, le trio s'étonnait devant l'étroitesse des rues et l'obscurité régnant dans les appartements aux fenêtres ouvertes. Cependant, ils se sentirent complètement délivrés le jour où ils dénichèrent le Jardin des Plantes. Un jardin paisible au bout d'une rue silencieuse. A l'instant où ils en franchirent l'entrée, les trois soldats eurent le sentiment de pénétrer dans un monde à part, où les bruits de la ville ne parvenaient pas, ou très amortis. En quelques minutes, les visiteurs avaient fait le tour de ce coin privilégié. Derrière une grille, une famille de daims regardait les curieux avec leur doux et mélancolique regard. Assis sur un banc, les amis ne parlaient guère. A l'abri d'arbres magnifiques, ils voyaient se modifier le décor les entourant, l'imagination débordant le réel. Fermant les yeux, dans le long chuintement du vent, à travers les branches d'arbres exceptionnels, Joseph entendait bruire les forêts de conifères de ses hauts plateaux et dans les rires des enfants joueurs que surveillaient des mères empanachées, il croyait entendre Thélise l'appeler comme autrefois.

Ouvrant les paupières et découvrant les visages tendus de ses copains, Joseph comprit qu'eux aussi se trouvaient loin de ce jardin, celui-ci dans sa Lozère natale, celui-là dans son Ardèche dont il éprouvait, à travers son uniforme, l'ardeur réinventée d'un soleil absent.

Ils rentrèrent à la caserne sans mot dire. Il leur fallait le temps de se réacclimater à Grenoble.

* * *

Prosper Colombier se sentait de plus en plus mal à l'aise chez lui. Il ne pouvait plus supporter l'existence quasi fantomatique de Charlotte. Il négligeait ses affaires en dépit des avertissements de son secrétaire qu'il rabrouait.

— Avouez que vous êtes content de me rapporter de mauvaises nouvelles, hein ?

— Monsieur Colombier !

— Ce n'est pas vrai, peut-être ? Celui-ci ne peut pas payer, celui-là se plaint d'avoir été escroqué et refuse de régler les billets qu'il a signés, cet autre veut m'assigner au tribunal ! C'est pour me faire plaisir, sans doute, que vous m'annoncez tout ça ?

— Mon devoir...

— Votre devoir ! Laissez-moi rire ! Reconnaissez plutôt que vous avez partie liée avec cette zombie qui, apparemment, me sert de femme !

— Monsieur Colombier !

— J'en ai assez de vos mines hypocrites, de vos tons papelards ! Foutez-moi le camp ! et dites qu'on attelle.

— Mais, monsieur...

— Quoi, encore ?

— Vous devez recevoir pas mal de monde, en fin d'après-midi.

— M'en fous !

— Qu'est-ce que je leur dirai ?

— Ce que vous voudrez !

Le secrétaire sortit, l'oreille basse. Une heure plus tard — ayant été retardé par un entretien téléphonique qu'il ne pouvait interrompre car il émanait du bureau du procureur —

Prosper s'apprêtait à quitter son bureau lorsqu'il se heurta au curé de Serrières. Hargneux, il protesta :

— Vous auriez pu vous faire annoncer !

— La porte donnant sur la rue était ouverte, je me suis permis de...

— Oui, bon. Vous voulez quoi ?

— Vous parler.

— A quel sujet ?

— Votre femme.

— En quoi nos relations conjugales vous regardent-elles ?

— Je suis prêtre.

— Et puis ?

— Il m'appartient de défendre l'innocence lorsqu'elle est bafouée, la vertu contre le vice.

— Vous ne manquez pas de souffle, l'abbé ! Alors, la vertu, c'est Charlotte et le vice, c'est moi ?

— Tout Serrières connaît vos mœurs dissolues !

— Si ma femme ne me refusait pas sa couche...

— Elle vous la refuse parce que vous la souilleriez !

— Nom de Dieu ! Cette sainte nitouche me rendra fou ! et si je vous disais qu'elle a été la maîtresse de mon défunt secrétaire, Malleval ?

Le prêtre se leva.

— Non content d'insulter une femme qui est un exemple pour tous, vous tentez de ternir la mémoire d'un mort dont chacun, ici, respecte le souvenir. Vous êtes ignoble, monsieur Colombier.

— Et vous, vous me cassez les pieds ! Alors, rentrez chez vous et cessez de m'embêter.

Le soir même, Serrières, averti de l'essentiel de cette scandaleuse conversation, se dressait tout entier contre l'infâme Prosper. On regrettait de ne pouvoir comme on l'eût fait un siècle plus tôt, le balancer dans le Rhône par une nuit sans lune. Les mœurs ayant changé — au regret de beaucoup — on se contenta d'oublier d'inviter Colombier, de ne pas répondre à ses salutations, en bref de le tenir pour pestiféré. Au contraire, c'était à qui montrait le plus d'amabilité, voire d'admiration à l'égard de Charlotte. Cependant, elle refusait toutes les visites et vivait pratiquement cloîtrée chez elle. Elle n'en sortait que pour se rendre à l'église. On mettait son attitude sur le compte de la honte que lui inspiraient les débordements connus de son mari. On louait une réclusion volontaire destinée à sauver une âme perdue. Toutefois, Charlotte avait beau faire, elle ne sauverait pas, aux yeux du Seigneur, un homme que l'opinion avait irrémédiablement condamné.

* * *

Joseph prenait de plus en plus de goût à ses sorties en ville, à la différence de Max et de Guillaume, âmes plus simplettes que le déracinement anéantissait. Au fil des jours, le fiancé de Thélise prit l'habitude de se promener seul. Ainsi, il pouvait suivre les itinéraires de son choix, s'arrêter où il lui plaisait, boire une chopine de vin de Savoie sans requérir l'approbation de quiconque. Au fond, le petit-fils d'Armandine devait s'avouer que ses copains, arrachés à leurs fermes isolées ne parvenaient pas à se faire à une existence où presque tout les déconcertait. Fidèles aux engagements pris, ni Max ni Guillaume ne jetaient les yeux sur les filles rencontrées. D'ailleurs, les auraient-ils regardées qu'ils ne les auraient pas vues. Leurs promises, pour si rustiques qu'elles fussent, leur semblaient les plus belles du monde et ne pouvaient souffrir aucune comparaison désavantageuse. Ils ne se rendaient pas compte qu'à travers celles auprès desquelles ils s'étaient engagés, c'était leurs champs, leurs bêtes, leurs maisons qu'ils aimaient. Dans la mémoire de celui-ci, le baiser volé à celle-là avait la saveur du lait « bourru[1] » tandis que cet autre, quand il pensait à sa bien-aimée, à qui il avait présenté sa demande dans un bois de pins, il respirait une odeur de résine. Joseph ne permettait pas au fantôme de Thélise de l'occuper à ce point.

Dans les rues grenobloises, Joseph n'hésitait pas à se retourner sur le passage de jolies filles auréolées de rires. Il admirait la minceur des tailles, la cambrure des reins, la

1. Lait sortant du pis de la vache.

finesse de chevilles entr'aperçues à la descente d'un trottoir ou lors du franchissement d'une flaque d'eau. Les chapeaux, abritant plus ou moins des minois aguicheurs, l'émoustillaient. Seul, son uniforme l'empêchait d'aborder ces créatures un peu folles. Alors, dépité, il gagnait un café et buvait son vin blanc en comparant Thélise aux demoiselles rencontrées. N'ayant pas la simplicité de cœur de ses deux camarades, les comparaisons auxquelles il se livrait, n'étaient pas à l'avantage de la petite Colonzelle. En se rappelant les silhouettes féminines hantant les artères citadines, le fils de Charlotte ne pouvait que s'apitoyer sur l'indigence vestimentaire de sa fiancée. Mal fagotée comme elle l'était, Thélise eût fait rire dans cette foule encombrant les trottoirs. Joseph reconnaissait, toutefois, que la petite possédait une grâce naturelle qui n'avait rien à voir avec celle, apprise, des demoiselles de la ville. Ces dernières enchantaient par le charme primesautier de leurs gestes et, essayant de l'analyser, le garçon pensait aux bulles lui piquant le nez quand il commençait à boire un verre de limonade.

Thélise possédait l'élégance des jeunes animaux en liberté. Pour matérialiser ses idées, l'amoureux songea à ce chevreuil qu'il avait surpris, un matin d'automne, dans le bois des Chirouzes. Il était demeuré un quart d'heure, fasciné, à le regarder vivre. Il en était ainsi avec Thélise. Il pouvait la contempler longuement quand elle sommeillait, allongée dans l'herbe et ses baisers, quand elle acceptait de lui en laisser prendre un ou deux, avaient le goût du pain frais. Mais, le jeune Leudit avait parfaitement conscience qu'en dehors de Tarentaize, Thélise perdrait ce qui la rendait si agréable à voir. Il essaya de l'imaginer sous un de ces drôles de petits « bibis », tortillant la croupe pour se dégager de ces robes à falbalas entravant son pas et la poitrine comprimée dans ces lingeries fortement armées. Il ne put s'empêcher de rire. Que Thélise restât pareille à ce qu'elle était ! Seulement, cette acceptation impliquait qu'une fois marié, Joseph ne s'écarterait plus de Tarentaize. Il n'avait jamais rêvé de quitter cet endroit et pourtant, cette constatation lui flanquait le cafard. Maintenant qu'il habitait dans une grande cité, peu à peu il apprenait à en savourer l'atmosphère et il se voyait mal passer toute son existence entre l'atelier et l'étable avec, pour unique distraction, la partie de cartes hebdomadaire au café et la messe dominicale. Charpentier, l'élève de Campelongue, débarrassé de ses complexes de cul-terreux, appréciait l'architecture des vieux hôtels particuliers, des beaux monuments qui avaient traversé les siècles. Les montagnes qui, au début, l'avaient effrayé lui apparaissaient, désormais, comme un prodigieux rempart défendant la ville et ses habitants.

Les incertitudes dans lesquelles il se débattait donnaient à Joseph un esprit maussade quand il réintégrait la chambrée. Avec Guillaume et Max, il ne pouvait que ressasser les souvenirs et chacun essayait de faire comprendre aux deux autres les beautés d'un pays qu'ils ne connaissaient pas. Pendant ce temps, les appelés de la ville se racontaient — avec des détails des plus grossiers — leurs bonnes fortunes, vraies ou inventées. Ne pouvant trouver le sommeil et dégoûté des odeurs et des bruits, le petit-fils d'Armandine, passant son manteau sur ses épaules, s'en fut marcher sur les glacis de la caserne. Il prit place sur une grosse pierre et y somnolait lorsqu'une voix grondeuse demanda :

— Qu'est-ce que tu fiches ici, toi ?

— Je... j'étais descendu pour... pour voir Tiburce, mais les gardes d'écuries ne m'ont pas laissé rentrer.

— Ils ont eu raison ! Qu'est-ce que tu lui voulais à Tiburce ?

— Rien... me mettre à côté de lui... Je préfère sa compagnie à celle des autres, là-haut. Au moins, le mulet ne sent pas mauvais.

— Tu me plais, Leudit, parce que je te comprends. Plus tu vieilliras, plus tu te rendras compte que la fréquentation des bêtes est bien plus saine que celle des hommes. Mais, cette vérité, on ne la comprend qu'à l'orée de la vieillesse. Avant, trop de choses vous occupent la cervelle. C'est plus facile pour les gens de la terre que pour ceux des villes, sans doute parce qu'ils sont plus près des grandes vérités. Le berger en sait plus que n'importe qui, bien qu'il n'ait jamais étudié.

Joseph était surpris et, en même temps, ému par ces réflexions inattendues de la part de quelqu'un que ses camarades tenaient pour une brute, ayant un règlement à la place du cœur et ne se plaisant que dans les cris et les injures.

— Chef, si vous pensez ainsi... pourquoi êtes-vous militaire de carrière ?

L'adjudant haussa ses lourdes épaules.

— Je m'appelle Escandorgue. Tu te doutes que je ne suis pas né dans le Nord. J'ai vu le jour dans un village du Gard. Mes parents étaient fermiers. Mes grands-parents étaient fermiers. Et puis, vers ma dix-huitième année, je suis tombé amoureux. Elle se nommait Élise. Elle était la fille d'un riche paysan. Elle en a épousé un autre qui avait des écus. J'étais trop jeune, alors, pour me consoler, je me suis engagé. En 1854, juste pour partir à la guerre de Crimée. J'étais à l'Alma où une balle russe m'a cassé un bras. J'étais rétabli depuis belle lurette quand éclata la guerre d'Italie. Je me suis battu à Magenta en juin 59 et quelques jours plus tard, à Solferino. Âgé de vingt-quatre ans, je me suis porté volontaire pour aller en Cochinchine fêter mes vingt-cinq ans.

— Une vie formidable !

— Dont il ne reste rien pour vous la rappeler sinon les rhumatismes nés de vieilles blessures. A cette époque, je m'ennuyais trop dans les garnisons pour ne pas accueillir avec joie, en 63, la guerre du Mexique qui s'est si mal terminée. Je suis resté quatre ans là-bas...

— Vous en avez vu, des pays !

— Ils ne m'ont jamais fait oublier ma garrigue natale.

— Et après ?

— Après, j'ai usé le temps entre l'absinthe et les putes jusqu'à la guerre de 70. Je n'en ai pas vu grand-chose car j'ai reçu un fameux coup de baïonnette dans la poitrine, à Gravelotte, le 18 août 70. J'ai mis pas mal de mois à me décider à revivre. Il paraît que j'ai longtemps hésité. On a voulu me renvoyer chez moi. J'avais trente-six ans. Mes parents étaient morts. L'armée était devenue ma vraie famille. Une fois complètement rétabli, j'ai rengagé. J'ai recommencé à vivre au hasard des cafés et des bordels des villes de garnison. A présent, nous sommes en 82 et la retraite, pour moi, n'est plus loin.

— Que ferez-vous ?

— Je retrouverai la nature. J'en ai assez des villes et de leurs saloperies.

— Vous n'allez quand même pas devenir ouvrier agricole ! Personne oserait vous commander !

— Et je ne supporterai plus qu'on me commande !

— Alors ?

— Je crois que j'irai dans les Alpes et que je me ferai berger. Des mois dans les alpages, seul avec les bêtes... Ça serait merveilleux et finir par crever devant le regard des vaches et sous un ciel plein d'étoiles, je ne demande rien de plus.

— Vous quitterez l'armée sans regrets ?

— C'est pas moi qui suis son débiteur... Je veux finir mon temps à Grenoble. J'espère que l'Intendance me permettra d'acheter Aramis qui est réformé.

— Réformé ? Pourquoi ?

— Parce que c'est un tueur.

— Quoi !

— Je t'expliquerai une autre fois. Maintenant, il faut aller dormir.

Gêné, ne sachant quelle attitude adopter, Joseph esquissa un vague salut mais, déjà, l'adjudant lui tournait le dos.

Joseph laissa croire à ses camarades ce qu'ils voulaient car, pour rien au monde, il ne leur aurait parlé de l'adjudant tel qu'il venait de le découvrir. Au fond, il avait été bouleversé par les confidences d'Escandorgue. Comment avait-il pu le juger si mal jusqu'ici ? Soudain, il comprenait que les hommes ne ressemblent jamais aux personnages que, spontanément, on met à leur place. Avant de s'endormir, parti sur d'étranges chemins, Joseph se demanda pour la première fois qui était vraiment sa grand-mère, et Campelongue et Thélise... Il s'endormit avant d'avoir pu répondre aux questions qu'il se posait.

* * *

Depuis la mort de son amant, Charlotte écrivait régulièrement à Irma, la cousine de Boulieu, qui avait pratiquement renoncé au monde et vivait une existence, en partie copiée sur celle des moniales du couvent jouxtant sa maison et son petit jardin, où la voix des cloches réglait son quotidien. Les abominations ayant eu Serrières pour cadre l'horrifiaient. Elle se demandait comment de pareilles choses se révélaient possibles sur cette terre où le Christ était descendu pour racheter les erreurs des hommes. Cependant, la conduite de Prosper Colombier la scandalisait plus que tout. A plusieurs reprises, chaque jour, elle suppliait saint François Régis, de ramener le mauvais sujet dans le droit chemin. Malheureusement, il ne semblait pas que les prières de la pieuse demoiselle eussent le moindre effet.

Au tableau très sombre que, dans ses lettres, Charlotte brossait de Serrières et de ses habitants, Irma répondait par la description des événements rythmant le cours de ses journées selon les saisons.

« Ma bien chère cousine,

« Je suis malheureuse en lisant ce que tu m'écris à propos de la conduite de ton mari. J'ai du mal à réaliser une aussi grande vilenie. Il avait l'air si correct, si amoureux quand il venait te voir ici. En apprenant tes misères, je me félicite d'être restée demoiselle. Dans ma maison, j'essaie de calquer (un peu) mon emploi du temps sur celui de mes saintes voisines. Si mon âge et mes pauvres forces ne me permettent pas de prier pendant les matines et les laudes, je ne manque pas les oraisons de prime, quand je me lève, vers six heures. Après, je déjeune et je fais mon ménage. Je m'interromps à neuf heures pour réciter tierce. Avant de me mettre à table, c'est l'office de sixte que je n'oublie jamais. Ma sieste terminée, je ne me rends pas au jardin avant none, mais tout de suite après pour soigner mes fleurs et mes légumes jusqu'au moment où, en fin d'après-midi, la cloche des vêpres me fait retourner dans le salon où j'ai mon prie-Dieu. Je mange ma soupe avant qu'il ne fasse complètement nuit et je gagne ma chambre à l'instant où la clochette appelle discrètement les nonnes au dernier office de leur dure journée : complies. Ma chère Charlotte, je pense que tu es encore trop jeune pour comprendre le bonheur que m'apporte cette existence immobile. Je le regrette pour toi.

« Je t'embrasse.

« Irma. »

Lire une lettre d'Irma rendait à Charlotte certains souvenirs d'enfance, certaines impressions physiques perdues loin dans le temps et que revivifiaient les phrases de sa pieuse correspondante. Par exemple, le récit de l'existence quotidienne de cette candide cousine la renvoyait, d'un élan, à ces jours de printemps où, voulant faire preuve d'indépendance, Charlotte s'était écartée dans la forêt, au-dessus du hameau de Praroué. Elle revoyait la gamine affolée, se croyant perdue et cherchant vainement entre les arbres une indication susceptible de la remettre dans la bonne direction, lorsqu'elle était tombée sur une flaque d'eau, profonde de quelques centimètres dont la surface, figée comme un miroir, bougeait à peine sous le choc d'insectes minuscules et aventureux. Elle s'était agenouillée, avait plongé ses mains dans l'eau pour se rafraîchir le visage. Elle avait alors ressenti un sentiment extraordinaire jamais retrouvé depuis, jusqu'au jour où elle avait reçu la première lettre-confidence d'Irma : une fraîcheur apaisante qui, nettoyant le regard, ne permettait plus de voir que des choses limpides. Non sans un peu d'amertume, Charlotte s'avouait qu'en dépit de son intelligence, de ses efforts, de sa farouche volonté, elle n'était jamais parvenue à cette paix du cœur, à cette sérénité intérieure que la cousine semblait avoir atteintes sans la moindre angoisse. Elle envia Irma, priant dans son jardin, attentive à la cloche du couvent. Elle l'aurait rejointe sur-le-champ, sans ce mari débauché la maintenant prisonnière et qui l'eût fait rechercher par les gendarmes si elle s'était enfuie du domicile conjugal.

Dans Serrières, les démêlés du couple Colombier servaient de pâture aux conversations de salon comme aux ragots des boutiques. En termes plus ou moins crus, cela dépendait de la position sociale, on répertoriait les frasques de Prosper. On approuvait Charlotte de ne plus se laisser toucher par un homme dont les sales habitudes risquaient non seulement de lui faire attraper de ces maladies dont on ne parle qu'à mots couverts, mais encore de contaminer son innocente épouse. Retrouvant les ardeurs guerrières des fortes femmes de l'Ancien Testament, les bourgeoises ardéchoises s'unissaient aux gens du commun pour faire pression sur le clergé (tant protestant que catholique) afin que cessât au plus tôt le martyre supposé de Mme Colombier. Mais comment ? Il était fortement déconseillé aux pratiquantes des deux religions, de demander au Seigneur de trancher le fil des jours du bourreau. Il fallait s'en remettre au hasard et à la justice immanente, ce qui ne calmait en rien les impatiences féminines. Tenu au courant par Félix de ce qu'on racontait sur lui et du complot fomenté par les bigotes, Colombier rapportait ces propos à ses compagnes de débauche et buvait, en leur compagnie, l'argent du ménage. Aux affirmations écoutées de Mme Alice de Bretaye, douairière du clan catholique : « Ce Colombier est un vilain, un méchant », répondait le jugement plus brutal encore d'Antoinette Épagny, oracle du parti huguenot : « Prosper Colombier est une âme basse qui se gangrène chaque jour davantage. Le Seigneur ait pitié de lui. » Ces jugements sévères trouvaient un écho dans le peuple et l'Adélaïde Avenches, la forte en gueule du lavoir, jurait, approuvée par toutes, que si elle était la belle-mère de Colombier, elle le petafinerait à coups de trique jusqu'à ce qu'il ait plus figure humaine.

* * *

Thélise paraissait avoir retrouvé sa quiétude d'esprit depuis que Joseph lui écrivait régulièrement. Cependant, si aux yeux des autres, la jeune fille montrait une certaine sérénité, et paraissait rassérénée, au fond de son cœur, elle persistait à nourrir son inquiétude quant à l'amour de son promis. L'absence de nouvelles lui faisait craindre un détachement définitif. Des missives où passait un bel appétit de vivre la poussaient à redouter la présence inattendue d'une rivale déjà presque triomphante. Thélise, rongée par une jalousie d'autant plus forte qu'elle prenait source dans l'imaginaire, n'osait confier ses souffrances à quiconque de peur d'être moquée. Elle ne se risquait plus à chercher du secours auprès d'Armandine, craignant une rebuffade exaspérée. Ce qui blessait profondément la jeune fille, c'était la certitude confiante de Joseph quant à leur commune tendresse. Il ne manifestait jamais le moindre souci. Il vivait dans la conviction de la fidélité de Thélise. Sans doute avait-il raison, mais elle eût aimé qu'il lui fasse jurer, de temps en temps, qu'elle demeurait totalement attachée aux promesses anciennes. Était-il donc assez sûr d'elle pour aller s'amuser sans la moindre inquiétude ? Elle savait, pourtant, que ces filles n'existaient pas. Elle se torturait avec un plaisir douloureux. Elle aurait tant voulu que Joseph lui adressât des reproches touchant la crainte d'une possible infidélité. Malheureusement, son amoureux ne semblait pas atteint par les affres de la jalousie. Il aurait dû craindre que les jeunes hommes de Tarentaize ne rôdent autour de Thélise, cette douce et jolie créature abandonnée à elle-même n'ayant, pour la protéger, qu'une promesse. Parmi ces loups, se trouvait Basile Saillon, un beau garçon revenu de l'armée depuis moins d'un an. Il était cultivateur et habitait avec ses parents le hameau du Plomb. Ayant rencontré peu de cruelles dans les vogues dominicales du canton, il se tenait pour invincible et entendre chanter la vertu de Thélise l'exaspérait. Il se mit en tête de vaincre un obstacle que tout le monde affirmait infranchissable. Naturellement, avant même d'entamer les premières escarmouches, il se vanta auprès de ses camarades de son futur succès. On refusa de le croire, ce qui le poussa dans ses ultimes retranchements. Jean Coppet, son ami de toujours, l'avertit :

— Prends garde, Basile, tu vas te mettre tout le pays à dos.

— Je m'en fous !

— L'Adrien Colonzelle n'est pas un doux...

— J'en ai pas peur !

— T'as peut-être tort...

— On verra...

— Et puis, dans quelques mois, le Joseph sera de retour.

— Oh ! arrête avec tes jérémiades !

Le père et la mère étaient de braves gens qui n'entendaient point malice. Cœurs simples, ils n'arrivaient pas à se persuader que ce beau garçon de Basile était né de leur chair. Ils en étaient émerveillés. Sans doute le jugeaient-ils un peu couratier, mais ils pensaient que cela était dû à son âge et se voulaient convaincus — par orgueil inconscient — que c'était les filles qui tournaient autour de leur gars.

Cette accumulation de vantardises et d'aveuglements fit qu'un matin, revenant de chez un fermier de Conduran à qui ils avaient porté ses papiers, le chef Sépey et le gendarme Sarraz s'arrêtèrent, intrigués, devant une fille qui, assise au revers du talus, pleurait toutes les larmes de son corps. Les représentants de l'ordre descendirent de leurs chevaux et interpellèrent la désespérée :

— Qui es-tu ?

Elle ne répondit pas. Sépey passa sa grosse main sous le menton de la fille et releva son visage qu'il lâcha presque aussitôt en criant :

— Thélise ! Nom de Dieu !

Sépey aimait bien les Colonzelle dont il avait toujours admiré le courage. De plus, il nourrissait une inclination particulière envers Thélise qu'il citait en exemple à ses propres filles, Alberte et Judith.

— Tu es malade ?

— Non.

— Alors, qu'est-ce que tu fabriques là, dans un fossé ?

— Je vous attendais. On vous a vus passer.

— Et pourquoi que tu nous attendais ?

— Pour que vous me meniez en prison.

Ils restèrent un instant sans réagir, puis le chef s'emporta :

— A ton âge, te moquer des gendarmes ! t'as pas honte ?

— Je me moque pas... Je dois être emmenée en prison.

— Ah !... et pour quel motif, je te prie ?

— Assassinat.

Le gendarme Sarraz, qui ne parlait pratiquement jamais, s'exclama :

— Foutre !

Quant au chef, les yeux ronds, la bouche ouverte, il faisait penser à une truite pêchée à la main dans le Furan et qu'on a jetée sur l'herbe où elle agonise en cherchant vainement à respirer.

— Qui... qui as-tu tué ?

— Le Basile Saillon.

— Le Saillon, du Plomb ?

— Tout juste !

— Pourquoi lui as-tu fait passer le goût du pain ?

— Il voulait me... me violenter...

— Où ça s'est passé ?

— Dans le creux au-dessus des Palais... Je cherchais deux de mes vaches qui s'étaient écartées. Le Basile s'est amené et sous prétexte de m'aider, il a essayé de me tripoter en me disant des saloperies.

— Alors ?

— Quand j'ai compris qu'il était trop fort pour moi, je me suis arrachée de ses bras, j'y ai crié que, s'il me laissait pas tranquille, j'allais cogner. Il a rigolé et il s'est avancé. J'ai eu peur et, de toutes mes forces, j'y ai fait péter mon bâton sur le crâne.

— Qu'a-t-il dit ?

— Rien. Il est tombé et il a plus bougé. Je me suis sauvée.

— Bon. Rentre chez toi. Sarraz et moi, on va voir.

* * *

Les gendarmes partis, Thélise reprit le chemin de la ferme où Antonia, affolée, guettait le retour de sa fille. Quand la petite apparut au bout du chemin, la mère se précipita :

— Mais, qu'est-ce qui t'est arrivé, Seigneur Jésus ! Depuis que les vaches sont rentrées seules, je deviens folle ! J'attendais ton père pour partir à ta recherche. Il va crier, le papa, parce que j'étais tellement hors de moi que j'ai pas pensé à préparer le dîner... Je vais me dépêcher de battre une omelette, ça sera toujours ça... Alors, pourquoi t'as été si longue, ma cocotte ?

— Je suis pas sûre mais je crois bien que j'ai tué le Basile Saillon...

Une fois encore, Antonia lâcha le saladier qui se cassa sur le sol où les œufs battus se répandirent en un petit lac d'un jaune lumineux. N'ayant plus de voix, elle chuchota :

— Tu penses avoir tué le Basile Saillon ?

— Oui.

— Comment ?

— D'un grand coup de trique sur le crâne.

— Pourquoi ?

— Il voulait me sauter dessus !

Cette réponse galvanisa Mme Colonzelle qui cria :

— Le cochon ! s'il était pas mort, je le retuerais ! T'as bien fait de te défendre, ma fille, mais peut-être que t'aurais pu cogner un peu moins fort ?

— J'avais peur...

— Je comprends... On enverra le père téléphoner aux gendarmes.

— Ils sont prévenus.

— Par qui ?

— Par moi.

Thélise dut expliquer sa rencontre avec le chef et son adjoint. Elle termina en s'enquérant :

— Tu crois qu'ils vont m'emmener en prison ?

— Je sais pas...

— S'ils me conduisent en prison, je pourrai plus épouser Joseph...

— Ma foi...

La trop émotive fiancée tomba sur le sol, évanouie.

Pendant ce temps, les gendarmes poussaient la porte de la ferme des Saillon et le premier qu'ils découvrirent fut le Basile à qui on avait mis un chiffon plus ou moins propre autour de la tête. La mère de Basile interpella le chef et son adjoint :

— Vous arrivez quand c'est fini, hein ? On me tue à moitié mon fils et vous autres, vous vous baladez ! C'est honteux !

Le père Saillon, Marcel, homme fort et placide, ne tenait

pas à se mettre mal avec les gendarmes et réprouvait les violences verbales de son épouse.

— Allons, Clémentine, calme-toi...

— Me calmer quand on me massacre mon enfant ! J'espère que vous saurez vite qui c'est qu'a fait ça ?

— Oh ! mais, je le sais... Toi aussi, Basile, tu le sais, hein ?

La mère revint à la charge.

— Comment voulez-vous qu'il le sache, beauseigne ! On l'a attaqué par-derrière !

Le chef demanda à son adjoint :

— Vous vous doutiez, Sarraz, qu'il y avait des filles assoiffées de sang masculin dans la commune ?

— Ma foi, non !

Mme Saillon s'emporta :

— Qu'est-ce que vous racontez ?

— C'est une fille qui a assommé votre garçon.

— Une fille !

— La Thélise Colonzelle.

Le père se leva, tout pâle tandis que sa femme criait :

— Mais pourquoi qu'elle l'aurait cogné ? pourquoi ?

— Dis-lui, Basile...

Saillon gueula :

— Tais-toi, Clémentine ! Tu comprends rien à rien ! (Il se tourna vers son fils :) Et toi, sacré vieux verrat, tu peux nous expliquer ce que tu lui voulais à la Thélise ?

— Ben... pas grand-chose...

Une gifle, qui lui fit saigner le nez, interrompit son maigre discours, tandis que Marcel Saillon reprenait le sien.

— Essaie encore de t'attaquer à une fille et je te jure, devant les gendarmes, que je te flanquerai une raclée que t'en resteras estropié !

Clémentine voulut, de nouveau, se porter au secours de son rejeton.

— Marcel, t'as pas le droit de...

Ce fut alors la brave dame qui, à son tour, eut droit à un soufflet qui l'envoya s'asseoir sur sa chaise où elle demeura sans mot dire. Le chef conclut :

— Basile, s'il y a une seule plainte contre toi, on t'embarque. Salut, la compagnie !

A peu près au même moment, ne se doutant de rien, Colonzelle rentrait chez lui. S'arrêtant sur le seuil, il huma l'air et, tout de suite, s'emporta :

— Nom de Dieu ! Antonia, la soupe est pas prête ?

— J'ai bien autre chose à penser !

Alors, Adrien prit conscience du pitoyable tableau que lui offraient sa femme et Thélise. Celle-ci avait une figure désespérée, celle-là tassée sur son siège montrait un visage bouffi de larmes.

— Mais c'est pas vrai ! Qu'est-ce qu'il y a ? Encore le Joseph ?

— Non... oh ! non... Ce coup-ci, c'est notre petite...

— Qu'est-ce qu'elle a fait ?

— Elle croit avoir tué le Basile Saillon.

Colonzelle chancela et dut se rattraper à la table avant de croasser :

— Qu'est-ce que tu racontes ?

— Elle pense avoir tué le Basile.

— Où ?

— Au Creux de l'Épine.

— Pourquoi ?

Il fallut, de nouveau, reprendre le récit de la mésaventure survenue à Thélise. Lorsque Antonia se tut, Adrien décrocha son fusil du mur, le chargea pour tuer le sanglier, puis comme il sortait sa femme gémit :

— Adrien ! où vas-tu ?

— Chercher le Basile... S'il est mort, je lui cracherai dessus... S'il est encore vivant, je l'achèverai.

Une double plainte salua son départ. Colonzelle arrivait à la barrière clôturant sa ferme quand les gendarmes mirent pied à terre. Le chef et Adrien se connaissaient depuis des années et s'estimaient. Le premier s'enquit :

— Où vas-tu comme ça, l'ami, avec ton fusil ? Des fois que tu saurais pas que la chasse est pas ouverte ?

— Laisse-moi passer ! Je vais régler son compte à un voyou.

— Fais demi-tour et rentre chez toi.

— Mais...

— Tu voudrais quand même pas te rebeller contre la loi, Adrien ?

En grommelant, Colonzelle obéit et le trio s'en fut rejoindre les deux femmes. Antonia serra sa fille contre elle, prêt à la défendre. Le chef annonça :

— Pas de cadavre au Creux de l'Épine.

Thélise protesta :

— Il était étendu par terre, le nez dans l'herbe et du sang sur la joue !

— Calme-toi, petite. Que ça te plaise ou non, tu as tué personne !

— Où est-il, dans ce cas ?

— Chez lui, où Sarraz et moi, nous sommes allés lui exprimer notre façon de penser.

— S'il est pas mort, il est au moins blessé ?

— Tu lui as juste un peu fendu la peau du crâne...

Colonzelle posa son fusil sur la table en déclarant :

— Espérons que ça lui sera une bonne leçon !

Le chef appuya :

— Surtout après la gifle que lui a assenée son père !

— Et c'est tout ce qu'il aura comme châtiment ?

— Fais-moi confiance, Adrien, il s'en sortira pas aussi facilement.

— Comment ça ?

— Nous avons notre plan.

Lorsque les gendarmes quittèrent la ferme, Thélise, rassurée et un peu fiérote de son geste, prit du papier à lettres et l'encrier pour écrire à Joseph ce qu'il s'était passé pendant que la mère mettait la table en vue de servir un repas froid à Adrien.

Sépey et Sarraz arrêtèrent leurs montures devant l'auberge de Tarentaize où leur apparition causait toujours une sensation mitigée. Le patron les salua avant de demander :

— Quel bon vent vous amène, messieurs ?

— Simplement le besoin de boire un coup, tant nous avons la gorge sèche après avoir trop ri.

Tout de suite, les clients dressèrent l'oreille. Quand il les sentit attentifs, le chef s'enquit :

— Basile Saillon, c'est le coq du village, hein ?

— Ça se dit...

Un buveur ajouta :

— Il passe le plus clair de son temps à se vanter de ses bonnes fortunes.

— Je crois pas qu'il se vantera de son dernier exploit ! Vous connaissez tous la Thélise de Colonzelle ?

Le patron opina :

— Une brave petite.

— Eh bien, figurez-vous que votre Basile, il l'a attaquée, au Creux de l'Épine.

Il se fit un silence puis une voix oppressée jura :

— Nom de Dieu ! On va y casser la gueule, à ce malfaisant !

— Plus la peine, c'est fait.

— Et qui a osé ?...

— Thélise.

Sépey se fit une joie de rapporter par le menu, d'abord l'incident ayant mis aux prises Basile et Thélise, puis sa visite au Plomb. Il prit soin de mentionner la gifle paternelle dont avait hérité l'apprenti séducteur.

Deux heures plus tard, la commune entière était au courant et pendant un mois, le jeune Saillon, sa réputation de don Juan campagnard envolée, n'osa pas sortir de chez lui. Mise au courant par Eugénie, à qui rien n'échappait de ce qui se passait dans le village, Armandine conclut :

— Peut-être, après tout, que la Thélise sera une solide.

En fin de compte, la moins heureuse, dans cette aventure, fut Thélise. Elle s'attendait à une lettre où Joseph la consolerait en accablant Basile de menaces et d'injures. Au lieu de l'épître enflammée qu'elle espérait, l'héritière des Colonzelle reçut une courte missive où Joseph lui affirmait que sa confiance en elle le mettait à l'abri de la jalousie et que, s'il n'excusait pas Basile, il le comprenait d'avoir voulu tenter sa chance. Thélise ne pleura pas, bien que terriblement déçue. Pour la première fois depuis que Joseph et elle se connaissaient, elle s'interrogea sur la sincérité du sentiment de son promis et elle déchira rageusement la lettre reçue. Quand sa mère s'enquit :

— Qu'est-ce qu'il te raconte, le Joseph ?

Elle répondit d'une voix sèche qui surprit ses parents :

— Rien que des bêtises.

* * *

Au début, sitôt l'ordre donné d'adopter le pas de route, ils s'étaient mis à bavarder entre eux, sauf ceux d'origine paysanne qui savaient ce que représentait, comme fatigue, la longue marche promise. Le clairon les avait jetés au bas de leur lit à trois heures du matin, pour brosser les mulets, les faire manger, les harnacher. Puis, à leur tour, les hommes avaient absorbé une nourriture trop abondante pour les citadins peu habitués à déjeuner ainsi au réveil. Pendant ce temps, Joseph et ses copains mâchaient avec application le pain, le saucisson, le fromage qu'ils arrosaient de verres de vin dont la vue révulsait l'estomac des buveurs de café. Un peu après quatre heures, on se rassembla dans la cour de la caserne. L'adjudant-chef se contenta d'annoncer :

— Pour cette première épreuve de marche, ceux qu'ont rien dans le buffet vont en baver. Quant aux bonshommes qui tomberont en route, une voiture-balai les ramassera. Selon l'endroit du parcours où ces femmelettes s'arrêteront, ils seront privés de permission pendant des semaines et des semaines. Vous voilà prévenus, hein ? et maintenant, attention ! Arme sur l'épaule droite ! demi-tour à droite, droite ! Direction la grille d'entrée, en avant, marche !

A quatre heures et demie, on quitta la caserne, au seul bruit du pas cadencé ; on défila entre les maisons pour la plupart endormies. Quand on eut franchi l'Isère, on mit le fusil à la bretelle et les soldats, maintenant bien réveillés, bavardèrent, chantonnèrent, estimant que l'aventure était plus agréable qu'on ne le leur avait laissé entendre. Ceux qui étaient au courant se taisaient. On ne fit la première halte qu'au bout de huit kilomètres. Le moral était encore au beau fixe. Cependant, certains s'interrogeaient sur ce que serait leur comportement. Joseph était heureux. Cette marche dans la nuit lui rappelait ses courses matinales en compagnie de Campelongue lorsqu'ils se rendaient de l'autre côté du Grand Bois. Alors, le lever du jour était un spectacle qui enchantait sans cesse le petit-fils d'Armandine. Il ne s'en lassait jamais. Bien sûr, les premiers moments dans la fraîcheur de l'aube le rendaient grognon : le regret de la tiédeur du lit, le sommeil dont il ne parvenait pas à débarrasser ses paupières, la bouche mauvaise, tout concourait à lui gâter l'humeur et à le plonger dans un mutisme hargneux. Cependant, dès qu'il avait parcouru quelques centaines de mètres, sitôt qu'il avait vu sortir de l'ombre les silhouettes familières des fermes devant lesquelles il passait, il retrouvait sa gaieté naturelle et son énergie coutumière. Maintenant, avec Maxime, Guillaume et leurs mulets devant lui, Joseph fermait la marche en compagnie de Tiburce. La présence de la bête lui permettait de vaincre l'espèce de solitude où sombraient la plupart de ses camarades se sentant de plus en plus isolés au fur et à mesure que se déroulait la dure épreuve de cette marche test.

A huit heures et demie, la troupe entrait dans Vizille. Elle avait couvert dix-sept kilomètres. Durant la halte, on n'entendit ni le bruit, ni les cris, ni les injures, ni les interpellations habituels. Un silence épais régnait où chacun reprenait son souffle et essayait d'oublier des pieds qui, déjà, pesaient lourd. Joseph était resté debout, la joue appuyée sur le flanc de Tiburce. La chaleur émanant du corps de l'animal le réconfortait. L'adjudant-chef s'adressa aux trois amis pour leur demander comment cela allait. Il eut un petit rire satisfait lorsqu'ils répondirent que tout était en ordre et Joseph ajouta qu'il pensait qu'il en était de même pour tous. Escandorgue ricana :

— Ne te fais pas d'illusion. C'est à partir du vingtième kilomètre qu'il va y avoir du dégât. Pas vrai, Fernand ?

Fernand s'occupait du fourgon tiré par quatre mules et que, seul, il savait conduire.

— Eh oui, mon lieutenant !... Avec Onésime, on va bientôt commencer à ramasser les cadavres !

Onésime, son adjoint, était une sorte d'Hercule quelque peu microcéphale. Il ne comprenait rien à rien. On le gardait à cause de ses muscles qui lui donnaient une force énorme. Il obéissait aveuglément à Fernand.

On repartit avec des geignements et des jurons. Au péage de Vizille, on s'engagea dans les gorges de la Romanche où le spectacle n'était pas fait pour vous mettre la joie au cœur. Heureusement, en arrivant à Séchilienne, vers dix heures et demie, on ordonna une longue halte d'une heure trente, repos dont on devait profiter pour manger les repas froids emportés. Fernand allait de l'un à l'autre et versait le vin dans les quarts en fer-blanc. Cela en ragaillardit plus d'un. Le coup de sifflet du départ fit se relever des gens dont certains ne tenaient plus bien sur leurs jambes. On franchit la Romanche et, tout de suite, on se mit à grimper. On ramassa le premier soldat épuisé, à Saint-Barthélemy-de-Séchilienne. Il était étendu sur le dos, la bouche grande ouverte pour attraper l'air qui lui manquait. En passant, Joseph adressa la parole au vaincu, mais ce dernier était incapable de répondre. Sur ce, Fernand surgit avec son fourgon ; Onésime emporta l'artilleur dans ses bras comme s'il se fut agi d'un enfançon et lança à ceux qui les regardaient :

— C'est le premier, par le dernier !

On avait beaucoup ralenti l'allure, mais cela n'empêchait pas que sur cette route grimpant en lacet au flanc d'un énorme rocher dont la paroi abrupte donnait le vertige aux plus intrépides, la fatigue se faisait de plus en plus lourde. Joseph et ses amis commençaient eux-mêmes à tirer la jambe. La nourriture pesante ingérée trop rapidement les barbouillait. Fernand dut s'arrêter huit fois sur les dix kilomètres de montée et, huit fois, Onésime joua les nourrices. Vers trois heures de l'après-midi, la troupe arriva sur une sorte de promontoire où l'on fit halte pour permettre aux hommes d'admirer la chaîne de Belledonne tandis que la Romanche serpentait à mille mètres au-dessous d'eux. Mais rares étaient parmi ces jeunes soldats ceux en état de s'intéresser au paysage offert.

On mit encore une heure pour couvrir les trois derniers kilomètres qui séparaient les artilleurs de montagne de la Morte, hameau dressant ses sept ou huit maisons sur des prairies en pente douce où le commandement avait décidé de passer la nuit. Les plus forts dressèrent les tentes tandis que la cuisine s'installait à l'écart. Joseph et les mulets choisirent de camper sur un replat où l'herbe poussait drue, parsemée de fleurs dont la seule vue faisait saliver Tiburce et les autres bêtes.

La plupart des soldats, épuisés, étaient tombés à la renverse et dormaient. Ceux qui ne sommeillaient pas avaient ôté leurs souliers et tentaient de soigner leurs pieds ensanglantés. Le médecin, suivi de l'infirmier, tamponnait les plaies avec de la teinture d'iode et crevait les ampoules.

Après la soupe, point de bavardages et encore moins de chants. Au crépuscule, la troupe dormait à l'exception des cuisiniers et des muletiers. Assis autour d'un petit feu, Joseph, Max et Guillaume échangeaient leurs impressions. Max et Guillaume admirent qu'ils avaient déjà effectué des marches aussi longues à la recherche de bêtes égarées. Joseph avoua que l'épreuve lui avait plu. D'un commun accord, ils daubèrent sur les citadins qui, le cas échéant, ne seraient pas en état de se battre à la suite de pareils exercices. Ils sursautèrent lorsque l'adjudant-chef, brusquement surgi de l'ombre, leur demanda comment ils se sentaient. Ils répondirent « très bien » d'une voix unanime. Escandorgue émit un petit rire satisfait.

— Je m'en doutais, les gars. Heureux de ne pas m'être trompé à votre sujet.

Joseph s'enhardit :

— Chef, quand nous raconterez-vous l'histoire d'Aramis ?

— L'assassin ? Si vous n'êtes pas trop las...

— Non ! non ! non ! Allez-y, on vous écoute.

— Une vilaine affaire. Aramis était une aussi brave bête que les autres. Pour son malheur, on la confia à un gars qui venait d'Embrun et qui ne se prenait pas pour rien, sous prétexte que son père était un gros éleveur de bovidés et de mulets. Il entendait donner des leçons à tout le monde. Sur n'importe quel chapitre, il se prétendait le plus fort. Moi, ce type ne me plaisait pas et je l'avais à l'œil. Un soir où il le pansait, Aramis, sans doute harcelé par les mouches, a relevé brusquement la tête et a cassé le nez de Benjamin Aussois qu'on a emmené à l'infirmerie. Quand il est revenu parmi nous, le blessé n'a rien dit, mais une nuit, il est descendu aux écuries, a entravé Aramis et s'est mis à y cogner dessus avec un manche de fourche, une raclée à le tuer. Les gardes n'osaient pas intervenir tant leur camarade semblait incapable d'entendre autre chose que sa fureur démente. On est venu me chercher et j'ai sauté sur le bonhomme. Les gardes m'ont aidé et on a descendu ce salaud directement en prison. Il y est resté un mois. Malheureusement, je me trouvais en permission lorsqu'il en est sorti, autrement je lui aurais interdit l'entrée des écuries.

— Que s'est-il donc passé ?

— Aussois est venu parler à Aramis. Lui a-t-il demandé pardon ? Lui a-t-il juré de se venger ? On ne le saura jamais.

— Pourquoi ?

— Parce qu'Aramis a attendu que son ennemi soit entre lui et le mur et, de sa croupe, il l'a littéralement écrasé. C'est fort un mulet et quand on a réussi à dégager le Benjamin, il était mort étouffé, les côtes brisées. Vous me croirez ou pas, mais avant qu'on ne retire le cadavre de ses pattes, Aramis y a pissé dessus.

— Oh ! dites donc !

— Naturellement, on a voulu tuer le mulet. J'ai réussi à le sauver en payant sa nourriture, en le faisant soigner. Je l'emmènerai avec moi, à l'heure de ma retraite.

Guillaume demanda :

— Pourquoi vous faites ça, chef?

— Parce que j'ai quarante-huit ans et qu'Aramis est le seul ami que j'aurai eu dans ma vie. Dormez bien, les gars. Réveil à six heures, départ à huit.

Enroulé dans sa pèlerine, Joseph avait dormi près de Tiburce. Lorsque Guillaume, vers quatre heures trente, l'avait réveillé pour qu'il prît son tour de garde, le dernier, il avait grogné, protesté un peu, mais, retrouvant son sang-froid, il s'était mis à rire. Tandis que Guillaume s'allongeait sur l'herbe, l'amoureux de Thélise sautillait sur place pour se réchauffer puis, ayant inspecté les bêtes, il alla saluer les cuisiniers et revint s'asseoir sur une sorte d'éminence bossuant la prairie. Un vent léger courait sur le plateau, sorte de prélude au spectacle merveilleux de la naissance du jour. Petit à petit, une clarté ténue parut se glisser dans l'immensité nocturne. Par degrés, de larges bandes de ciel se dégageaient des ténèbres. Envoûté par ce spectacle, Joseph ne pensait à rien. Brusquement, il prenait conscience de sa faiblesse, de son peu d'importance devant ce qui se déroulait sous ses yeux. Bientôt, la pointe d'une montagne émergea de l'ombre. Éclairée par le soleil levant, elle semblait appartenir à un autre univers que celui où il demeurait. Le processus s'accéléra. L'un après l'autre, les sommets se montraient. On avait l'impression d'un appel auquel les géants répondaient dans un ordre parfait. Puis, l'élève de Campelongue se figura qu'il contemplait quelque chose qu'il n'avait pas le droit de voir, de même lorsque enfant, à l'église, il relevait doucement la tête au moment de l'élévation dans l'espoir de surprendre ce qui échappait aux fidèles respectueux des rites. Sa pensée suivit alors, un chemin imprévu. Ces masses énormes que le jour naissant obligeait à reprendre leur place dans l'immuable décor, le ramena à l'étable de la ferme quand les vaches se levaient avec effort à l'heure de la traite. Cette atmosphère familière imaginée le conduisit à Thélise. En ce moment, elle devait dormir sagement en attendant l'appel de sa mère. De la façon la plus naturelle, Joseph assimilait la pureté du ciel tout neuf à la pureté de Thélise et il éprouva une envie intense de la serrer dans ses bras. Il se promit — devant la chaîne de Belledonne qui émergeait, radieuse, des dernières ombres de la nuit — d'écrire dès le lendemain, une longue lettre à sa future femme.

Les jambes étaient raides, les pieds douloureux, les épaules lasses lorsque, sur les ordres que l'écho multipliait, la troupe s'ébranla. Heureusement, durant la matinée, on ne ferait que descendre jusqu'à Laffrey où aurait lieu la halte du déjeuner. On mit quatre heures pour couvrir les dix-sept kilomètres séparant la Morte de Laffrey. Tandis que les soldats se restauraient, le capitaine fit appeler l'adjudant-chef.

— Escandorgue, que pensez-vous de cette cuvée ?

— Il y a des bons, mon capitaine, mais ils sont loin d'être la majorité.

— Va falloir les entraîner dur !

— D'accord, mon capitaine.

— Les grandes manœuvres auront lieu dans deux mois. Je ne veux pas qu'ils me fassent honte ! Je compte sur vous, Escandorgue, pour en faire des hommes.

— A vos ordres, mon capitaine.

Le retour à Grenoble par Vizille ne fut qu'un long calvaire pour nombre de ces jeunes soldats, durant les vingt-trois kilomètres qui leur restaient à parcourir pour retrouver la caserne et leurs lits. Ce soir-là, ils ne furent guère nombreux à réclamer la soupe. Avant l'extinction des feux, les maréchaux des logis durent obliger à se relever des hommes qui dormaient sur leur couche sans s'être déshabillés, certains même n'avaient pas eu la force d'ôter leurs souliers.

Au rassemblement matinal qui suivit cette journée éreintante, rares étaient ceux capables d'affecter une allure martiale. Escandorgue fut salué de grognements discrets et vindicatifs à son arrivée. Il en avait l'habitude. En réponse à cette hostilité latente, il fit mettre tout le monde au garde-à-vous, en lançant deux ou trois coups de gueule en vue d'accélérer le mouvement.

— Repos !

L'adjudant-chef se campa devant les hommes.

— Il ne faudrait pas vous figurer que ça va être tous les jours dimanche ! Vous vous êtes amusés pendant quarante-huit heures, ça suffit... Maintenant, on se met au boulot, on s'entraîne, on se fabrique une volonté et dès la semaine prochaine, on ira se rendre compte si les chamois de Belledonne nous reçoivent en amis. Rompez !

Une pareille mauvaise foi tua dans l'œuf toute velléité de révolte.

* * *

Depuis les derniers incidents dont sa fille avait été l'héroïne, Colonzelle ne rentrait jamais chez lui sans une certaine appréhension. En mettant le pied dans la cour, il tendait l'oreille pour saisir les bruits familiers et rassurants. En ce milieu de journée, la ferme était curieusement silencieuse. Le cœur étreint par une crainte basée sur le souvenir, Adrien se précipita dans la salle basse et tout de suite, il respira plus à l'aise. Antonia achevait de mettre le couvert. Néanmoins, il parut à Colonzelle que sa femme n'avait pas son air habituel.

— Ça va, ma grande ?

— Ça irait mieux si j'avais pas mis au monde une fille complètement idiote !

Le fermier pensa qu'il s'était réjoui trop tôt. D'une voix étranglée, il s'enquit :

— Où est-elle ?

— Dans sa chambre.

— Elle est malade ?

— Du ciboulot, oui !

— Enfin, pourquoi qu'elle descend pas ?

— Parce que pour l'heure, notre fille vit dans les nuages et veut pas abaisser son regard sur quelque chose d'aussi grossier que la nourriture !

— Qu'est-ce que tu racontes ?

— La vérité !

— Alors, elle est folle ?

— Ma foi...

— Je vais la chercher, nom de dzi !

Adrien gravit lourdement l'escalier menant à la chambre de sa fille. N'étant pas habitué aux mœurs policées, il entra sans se donner la peine de frapper. En combinaison, Thélise, devant son miroir (acheté à un colporteur), se poudrait le nez.

— Alors, qu'est-ce que tu as ?

— Je suis heureuse, papa !

— A cause ?

— J'ai reçu une lettre de Joseph.

— Et ça t'empêche de manger avec nous ?

— J'ai pas faim !

Colonzelle prit sa fille dans ses bras et lui chuchota :

— Joseph t'aime et tu l'aimes, et c'est bien. Mais, viens quand même à table...

Au cours du repas, Thélise n'était visiblement pas à ce qu'elle faisait. Les yeux dans le vague, un sourire stupide sur les lèvres, la respiration calme mais hachée de soupirs profonds, elle ne prenait pas plus garde à la nourriture qu'elle absorbait selon un rythme anarchique qu'aux regards de plus en plus irrités que lui adressaient les auteurs de ses jours. A la fin, n'y tenant plus, Adrien jeta son couteau sur la table, en criant :

— Cré Dieu ! Tu vas te décider à nous dire ce que tu as ?

— Mais... rien...

Antonia intervint, brutale :

— Moque-toi de ton père et je te fais virer la tête d'une calotte !

— Joseph... il m'écrit des choses comme il m'en a jamais écrit !

— Ah ? on peut lire ?

— Non ! c'est trop intime !

Le père revint à la charge, soupçonneur :

— Des fois qu'il t'écrirait des saletés !

— Oh ! papa !

— Alors, répète-nous ce qu'il te raconte !

— Je peux pas !

— Pourquoi ?

Thélise rougit jusqu'aux oreilles et avoua dans un chuchotement :

— Parce qu'il parle de... de ma... ma poitrine et de... enfin de mes hanches.

Adrien rugit :

— Est-ce qu'il les connaîtrait, vingt dieux ?

— Oh ! papa...

— Parce qu'attention, hein ? Je veux que ma fille, elle arrive propre au mariage ! Je tiens pas à être déshonoré ?

En vue d'adoucir l'indignation paternelle, Antonia conclut la discussion :

— Nous avons confiance en toi, Thélise. Seulement, j'estime que c'est pas le genre de choses qu'on doit écrire à une fiancée qu'on respecte !

— Il dit que c'est à cause des montagnes.

— Quelles montagnes ?

— Celles où il a passé la nuit. Elles l'ont fait penser à moi.

Mme Colonzelle s'adressa à son époux :

— Tu comprends, toi ?

— Non... En tout cas, Thélise, t'as pas à faire ta sucrée : t'es pas la seule du pays à avoir de la poitrine et des fesses !

* * *

Armandine, dans la salle basse de la ferme, marchait de long en large sous le regard anxieux d'Eugénie. Soudain, elle s'arrêta et ouvrant là porte donnant sur les communs, appela de sa voix impérieuse :

— Gaspard !

Depuis le temps qu'il se trouvait à son service, avec sa femme, le domestique se sentait sans cesse inquiet quand il paraissait devant la maîtresse de maison.

— Vous m'avez appelé, patronne ?

— Sais-tu conduire une voiture avec un cheval ?

— Bien sûr, patronne.

— Parfait. Demain, nous irons chez Martin Bonnefin, au Bessat, lui acheter un cheval. En attendant, regarde si notre vieux char à bancs est encore en état de rouler.

— Y a juste qu'à le graisser et le nettoyer.

— Dis à Céline de t'aider.

Gaspard sorti, Eugénie s'étonna :

— Beauseigne ! Tu veux acheter un cheval ? mais pour quoi faire ?

En entrant, l'abbé Marioux dispensa Armandine de répondre.

— Mesdames, je me suis permis de vous déranger pour vous annoncer que j'ai reçu des nouvelles de votre fille et filleule, Charlotte.

Eugénie, toujours craintive, s'inquiéta :

— Bonnes, au moins ?

— Merveilleuses ! et j'en suis fier ! C'est la raison pour laquelle je n'ai pas voulu tarder à vous les communiquer.

Armandine endigua l'enthousiasme du prêtre par un sec :

— Asseyons-nous. Nous serons plus à l'aise pour vous entendre.

Tout le monde prit place.

— Alors, monsieur le Curé, ces nouvelles ?

— Elles se résument en une phrase : notre Charlotte est en train de devenir une sainte !

La mère ironisa :

— Simplement ?

Quant à Eugénie, elle battit des mains et sa grosse figure rayonna.

— Dieu soit loué !

Sa compagne la calma :

— Je t'en prie ! Ne tombe pas en extase ! ce n'est pas encore le moment !

L'abbé Marioux expliqua que son collègue de Serrières avait écrit pour lui annoncer que son ancienne paroissienne faisait l'admiration du pays tout entier par l'existence prude et pieuse qu'elle menait. Elle subissait, sans murmurer, les vilenies dont son mari se rendait journellement coupable à son endroit. L'église était devenue la retraite de la malheureuse jeune femme. Armandine, qui savait ce que les autres ne savaient pas, haussa les épaules.

— Voyons, monsieur le Curé, vous n'ignorez pas que les mal-mariés se réfugient toujours dans le Seigneur ?

— Souvent, en effet, mais il y a la façon.

— Et la façon de ma fille... ?

— Elle est hors du commun d'après mon confrère.

— Alors, espérons qu'elle persistera dans cette voie.

— J'en suis sûr.

Lorsqu'elles furent de nouveau seules, Eugénie (qui depuis la mort de Lebizot, son époux, s'était, elle aussi, engloutie dans la religion) joignit les mains et, avec une expression de parfaite béatitude sur le visage, chuchota dévotement :

— Tu te rends compte, Armandine ? Une sainte !

— Il faut croire, dans ce cas, qu'on peut parvenir à la sainteté par d'étranges chemins !

* * *

Martin Bonnefin, un sexagénaire au poil gris et rude, était né parmi les bêtes et ne s'en était jamais écarté. Les chevaux, les vaches, les moutons et les porcs, dont il faisait commerce, n'avaient pas de secret pour lui. Du premier coup d'œil, il notait le détail indiquant la bête de qualité et ses doigts, agiles autant qu'expérimentés, avaient tôt fait de déceler la cicatrice qu'on voulait cacher, l'anomalie qu'on espérait camoufler. C'était merveille de le regarder soulever la paupière d'un cheval, plaquer l'oreille contre son flanc et se relever pour demander ironiquement au vendeur :

— T'as pas honte, Firmin, d'espérer faire encore travailler ce vieux ?

L'autre s'en allait sous les rires des curieux. Bonnefin passait pour honnête et cette qualité reconnue lui assurait, dans tout le canton, la première place parmi les marchands de bestiaux. En voyant entrer Armandine et Gaspard dans sa cour, il s'étonna :

— Madame Cheminas ! Vous êtes venue à pied de Tarentaize ?

— Pourquoi non ?

— Ma foi... Vous êtes plus de la première jeunesse...

— Si, à soixante-douze ans, on pouvait plus faire une lieue et demie, autant vaudrait se rendre au cimetière ! Mais, je ne suis pas venue pour bavarder.

— Auriez-vous dans l'idée d'acheter une bonne vache ?

— Non, un cheval.

— Un cheval !

— Qu'est-ce qu'il y a d'extraordinaire ?

— Rien... oh rien !... et ce serait pour quoi faire, ce cheval ?

— Pas pour le monter, bien sûr ! L'atteler, tout simplement.

— Ah ?... mais, c'est pas vous qui conduirez ?

— Sitôt que je me serai habituée.

Martin hocha la tête.

— On m'avait pourtant dit que vous ressembliez pas aux autres... Avec nos routes qui font que descendre et monter, vous avez besoin d'une bête forte et tranquille. Je crois avoir ce qu'il vous faut. Un bai brun. Le meilleur caractère à condition qu'on l'oblige pas à changer d'allure quand il en a choisi une.

— Mais, tout de même, il lui arrive de trotter ?

— Quand on le lui demande... gentiment. En revanche, il connaît pas la fatigue.

— Vu son comportement, le contraire m'étonnerait.

— Je vais le chercher.

En l'absence de Bonnefin, Armandine demanda son avis au domestique.

— Qu'en penses-tu, Gaspard ?

— Martin a bonne réputation et dans ce métier, c'est plutôt rare... Enfin, faut voir... je m'y connais assez... J'ai débuté à quatorze ans chez un maquignon qu'a fini en prison. C'est dire que j'ai appris pas mal de trucs... Laissez-moi faire à mon idée.

— Tu décideras pour moi... Attention, le voilà !

Le marchand revenait, tenant par la bride un assez bel animal qui, à première vue, ne semblait pas très fringant. Armandine remarqua :

— Il a plutôt l'air endormi.

— C'est une attitude qu'il adopte pour qu'on le laisse se reposer.

— Quel âge a-t-il, à ton avis, Gaspard ?

Le domestique retroussa les lèvres du cheval, lui fit ouvrir la gueule, examina le tout soigneusement pour conclure :

— Une dizaine d'années.

Bonnefin approuva :

— Vous avez l'œil, l'ami. Neuf ans et huit mois.

Puis, on entama un long débat sur le prix, l'acheteur et le vendeur montrant une âpreté sans faille. Comme toujours, chacun y mettant du sien, on parvint à un accord et on se tapa dans la main. Armandine se détourna pour retrousser sa jupe et plongea vers la poche cachée dans son jupon. Elle paya avant de demander :

— Il répond à quel nom, ce cheval ?

— Sacripant.

— Vous avez dû être son parrain, non ? Gaspard, attrape

Sacripant et mettons-nous en route. Nous ne sommes pas encore rendus.

Mais, Martin ne voulut pas que sa visiteuse s'en retournât à pied dans son village. Il décida qu'il allait atteler son propre cheval — Pomponet — et ramener Mme Cheminas chez elle tandis que Sacripant, attaché au cul de la charrette, aurait l'impression de trotter en pleine liberté.

L'équipage fit une entrée remarquée dans Tarentaize et quand on vit Gaspard conduire un beau cheval dans l'étable où les vaches ne parurent pas troublées par cet hôte inattendu, les commérages filèrent bon train, ayant pour thème essentiel : qu'est-ce qu'Armandine pouvait bien avoir à faire d'un cheval ?

* * *

Encadré par Max et Guillaume, Joseph marchait d'un bon pas sur la route montant à Corenc où les rentiers commençaient à construire de petites maisons ouvrant sur des jardins. Joseph était heureux, entouré de ses copains et sentant Tiburce derrière lui. La troupe exécutait une des dernières marches d'entraînement préparatoires aux grandes manœuvres. On ralentit l'allure pour grimper au Sappey où des hommes et des femmes applaudirent le passage des Alpins. Parmi ceux qui les regardaient, il y avait nombre de vaincus de 70 et, dans les fanions des artilleurs de montagne défilant sous leurs yeux, ils voyaient des promesses de revanche. On ralentit le pas pour gravir les pentes du col de Porte.

Depuis le spectacle du lever du jour sur le massif de Belledonne auquel il avait assisté dans le silence de l'aube, Joseph s'était pris d'un attachement passionné pour ces montagnes qui, au début, lui inspiraient de la crainte. Il rêvait d'y amener Thélise et de lui faire partager son enthousiasme. Sans qu'il en prît conscience, ses lettres ressemblaient davantage à un chant d'amour pour un pays que sa correspondante ignorait, plutôt qu'à un débordement de tendresse pour la bien-aimée. Thélise s'en rendait parfaitement compte et se demandait avec chagrin ce que cela signifiait. Il n'y avait pas de réponse. De toute façon, elle ne l'aurait pas comprise.

En marchant, Joseph regardait s'éloigner, sur sa droite, ces deux géants que sont Chamechaude et la dent de Crolles. En dépit des camarades au milieu desquels il se sentait un peu noyé, il jouait à se croire seul dans ce décor féerique. A midi, on fit halte à côté de Saint-Pierre-de-Chartreuse pour manger un repas froid. En dépit des vingt-six kilomètres parcourus, on plaisantait, on chantait. Sans doute, y avait-il quelques traînards, mais on ne les plaignait plus, on les méprisait même un peu. On chantait parce qu'on était fier d'être fort et capable de surmonter la fatigue. Par le col du Cucheron, on gagna Saint-Pierre-d'Entremont où l'on dressa les tentes. Après un court repos, les exercices commencèrent. On assembla les pièces des canons, dans les prés au pied des montagnes, on bombarda à blanc un ennemi inventé. Dans ce fracas de bataille pour rire, l'adjudant-chef se trouvait à son affaire. Il courait d'une batterie à l'autre, stimulant le zèle de ceux-ci, stigmatisant ceux qui traînassaient, se fichant d'agresseurs fantômes. L'amoureux de Thélise ne prisait guère non plus ce petit jeu de la guerre, mais pour d'autres raisons que celles des paresseux secoués par Escandorgue. Il jugeait scandaleux ce bruit, brisant l'immense royaume du silence qui, jusqu'à l'arrivée de la troupe, n'était traversé que par les cris brefs et rauques des rapaces dont les sifflements des marmottes annonçaient l'approche. Les coups de canon déchirant la quiétude du paysage semblaient aussi incongrus à Joseph que les braillements d'un ivrogne entré par mégarde dans l'église alors qu'on célèbre la messe. Le petit-fils d'Armandine contemplant, autour de lui, le fantastique décor, se sentait comme envoûté. Il se persuadait qu'il eût aimé vivre dans cette solitude impressionnante et quasi religieuse. Il comprenait le désir de l'adjudant-chef de s'en aller habiter une partie de l'année dans ce calme d'avant les hommes. Il lui parut, tout d'un coup — sans qu'il sût sur quoi reposait cette soudaine certitude — que jamais il ne s'était trouvé si près de Dieu. Indifférent à ce qui se déroulait autour de lui, Tiburce croquait une herbe courte et délicieuse.

A dix-huit heures, on redescendit au cantonnement pour manger la soupe, la viande et les pommes frites que les cuistots avaient préparées pendant que leurs camarades jouaient à la petite guerre. Les muletiers avaient dû soigner leurs animaux et les nourrir avant de songer à prendre leur repas. Tiburce donnait l'impression d'être en pleine forme. Sous la vague lueur des étoiles, son poil brillait. Lui aussi paraissait plus heureux que dans son écurie grenobloise.

Les trois copains dînaient assis en rond. Ayant bu son quart de vin, Max éructa d'une manière sonore, referma son couteau et remarqua :

— Chez moi, en Lozère, du moins là où j'habite, y a pas plus de bruit qu'ici, à cette heure. Quand je surveille les moutons juste avant de les rassembler, je m'amuse à regarder s'éclairer les fenêtres des fermes perdues dans le causse. Je sais pas pourquoi, mais ça me fait du bien d'apercevoir ces lumières. Je me figure que c'est un signal que les autres m'adressent pour m'indiquer que tout va bien. On se sent moins seul. Je vais vous dire, les gars, sur le chemin du retour, quand on n'y voit pratiquement plus, qu'on entend le vent de la nuit vous siffler aux oreilles et aussi de drôles de cris, on presse le pas et lorsqu'on pousse la porte de l'étable et qu'on se retrouve dans la chaleur du troupeau, on redevient un autre homme !

Guillaume aprouva. Quant à lui, arrivant d'un pays civilisé, la campagne ne l'effrayait pas la nuit. Il raconta que le soir, on se rendait visite d'une ferme à l'autre. On passait de belles soirées à écouter les anciens raconter des histoires du vieux temps. C'est dans une de ces veillées qu'il avait rencontré sa promise.

Alors que ses copains attendaient de lui quelques confidences touchant les paysages nocturnes de son pays, Joseph se leva, souhaita le bonsoir à ses amis étonnés et fila se coucher, non sans être allé caresser Tiburce. Max et Guillaume se demandèrent quelle mouche l'avait piqué. A la vérité, le petit ami de Thélise se posait des questions dont il n'entendait pas faire part à des garçons qui, aussi gentils qu'ils soient, n'auraient rien compris à ses préoccupations. Un problème nouveau s'imposait à l'esprit du petit-fils d'Armandine : pourquoi le joli visage de sa fiancée ne lui tenait-il pas toujours compagnie quand il se trouvait parmi ces hautes montagnes ? Sans en pouvoir donner des raisons précises, il ne « voyait » pas Thélise parmi ces pentes abruptes, ces sommets se perdant dans les nuages, pas plus qu'il ne la « voyait » dans les rues de Grenoble. La jeune fille était faite pour un décor en dehors duquel elle s'étiolerait. Dans ce cas, il faudrait que Joseph et elle passent toute leur existence à Tarentaize. Jamais encore, le fils de Charlotte n'avait aussi profondément songé au sort qui l'attendait. Cette constatation ne lui procura pas un repos bienfaisant.

Le lendemain fut, de nouveau, une rude journée, tant pour les hommes que pour les bêtes. On circula à travers le massif de la Grande Chartreuse. Le soir, en rentrant à Grenoble, la troupe entière était fourbue. Seul, Escandorgue jubilait : ses élèves devenaient des soldats. On se coucha de bonne heure, le bataillon ne songeant qu'à dormir. Joseph s'apprêtait à se glisser dans son lit lorsque le vaguemestre entra dans la chambrée, en lançant :

— Il est ici, le deuxième classe Leudit Joseph ?

— Présent !

— Un télégramme pour toi, vieux.

Inquiet, l'amoureux de Thélise tourna et retourna la dépêche entre ses doigts avant de l'ouvrir. Le texte était court :

« Beau-père décédé. Enterrement mardi. On t'attend. Affection. Armandine Cheminas. »

On l'interrogea :

— C'est grave ? des ennuis ? mauvaises nouvelles ?

Leudit haussa les épaules.

— Aucune importance.

C'était cruellement vrai. Par sa grand-mère, il savait que sa mère n'était pas heureuse avec un homme se conduisant mal. Une fois couché, le garçon ne put s'empêcher de penser à Charlotte avec une pointe de remords. A côté d'une maman bizarre passant des emportements de l'amour maternel aux élans mystiques d'une foi étrange, l'enfant avait très vite perdu pied. Le mariage de Charlotte avait matérialisé une indifférence que l'éloignement expliquait aux yeux de l'opinion. Heureusement qu'Armandine avait été là, et aussi Eugénie. Grâce à elles, le gamin avait grandi, entouré d'une tendresse peut-être un peu moins mièvre, mais sûrement plus solide. En songeant à son existence passée, Joseph se sentait emporté dans un grand élan de reconnaissance pour les vieilles dames ayant su, jadis, remplacer la mère défaillante. Il s'endormit en souriant à Armandine.

3.

Prosper Colombier ne fut guère pleuré. Bigots et bigotes des deux communautés s'entendirent pour voir, dans le trépas cruel de celui bafouant la loi divine, le témoignage de la colère du Ciel.

Le soir où il devait mourir, Prosper passa une excellente soirée chez Mme Angélique, en compagnie d'une brunette qu'il convoitait depuis longtemps. Pour fêter sa victoire, la propriétaire lui avait préparé un repas froid des plus fins, arrosé de crus exceptionnels. A la suite de ses ébats avec la demoiselle, il s'était senti l'estomac et la tête vides. Confiant dans sa robuste constitution et dans son mépris des maladies qu'il se figurait réservées aux autres, il avait grimpé dans sa voiture et, salué par les adieux familiers de celles qu'il abandonnait, s'était élancé au grand trot, persuadé que l'air vif du petit matin allait lui remettre les humeurs en place. Néanmoins, il lui tardait de retrouver son lit.

L'attelage traversa Annonay encore endormi. Après le carrefour des routes grimpant vers la montagne ou descendant vers le Rhône, Colombier fit accélérer l'allure car, brusquement, il ne se sentait pas bien du tout. Un peu avant Peaugres il grogna :

— Le brouillard ! Il ne manquait plus que cette saloperie !

Il n'y avait pas de brouillard et la brume qui montait en lui n'avait rien à voir avec les phénomènes météorologiques.

Il ne distinguait plus grand-chose en dehors de la croupe dansante de son cheval. On traversa Peaugres sans que le voyageur en prît nettement conscience. Tout, autour de lui, devenait irréel. Alors qu'il abordait la descente rapide sur Serrières, il ne comprit pas pourquoi Josuah, qui était mort pourtant, venait chantonner à ses oreilles et d'où pouvaient provenir ces coups de marteau lui secouant le cerveau. La petite brunette de Mme Angélique apparut soudain sur le bord de la route et lui adressa un signe d'amitié. Prosper ne distinguait plus la bête tirant sa carriole. Les guides, qu'il tenait d'une seule main, lui semblaient ne rien diriger. Il eut un brusque haut-le-corps et un liquide fade lui emplit la bouche avant de couler sur son gilet. A l'odeur, au goût, il devina qu'il s'agissait de sang et il prit peur. Il voulut crier pour appeler à l'aide. Il n'y parvint pas et il ne comprit pas pourquoi l'aube, faisant marche arrière, cédait à nouveau place à la nuit.

Le cheval, en regagnant son écurie, donna l'alerte. On crut à un accident et on se persuada que Colombier, immobilisé par une fracture, ne pouvait pas bouger et attendait des secours. Félix Chamond, secrétaire de Prosper, prit la tête des recherches, auxquelles des gendarmes se mêlèrent. Il y eut des intransigeants pour affirmer qu'on ne retrouverait jamais le corps, le diable l'ayant emporté. Pourtant, ce fut à Félix que revint le triste privilège de découvrir le cadavre de son maître parmi les genêts d'un champ descendant en pente raide vers le fleuve. La figure violacée du mort, le sang ayant coulé de son nez sur son menton, tout indiquait l'apoplexie. Le médecin ne fit aucune difficulté pour délivrer le permis d'inhumer.

Dès le lendemain du drame, la vieille Mme de Bretaye, de sa voix chevrotante, confiait à ses commensales :

— Dieu a joué un bon tour à ce misérable en ne lui laissant pas le temps de se repentir. Ainsi, il ira directement en enfer.

M. le curé ayant voulu protester, au nom de la charité chrétienne et de l'amour du prochain, contre un verdict aussi rigoureux, fut vivement rabroué.

— Si l'on vous écoutait, l'abbé, le pouvoir du Seigneur

tomberait en quenouille ! Toujours pardonner ! Mais alors à quoi servirait une existence terrestre exemplaire devant le Tribunal suprême si les canailles y étaient présentées comme des agneaux ?

Le curé ne répondait pas, tout en se demandant quelle curieuse interprétation des textes évangéliques professaient ceux qui se voulaient les défenseurs de la foi.

Quant à Antoinette Épagny, sur le parvis du temple, entourée des commères habituelles, elle affirmait :

— On ne m'empêchera pas de croire que si ce réprouvé avait embrassé la vraie religion, la nôtre, au lieu de tomber dans les fantasmagories des papistes, il aurait eu une tout autre conduite et la droite du Seigneur ne l'aurait pas si cruellement frappé.

Dans l'affaire, la veuve se révélait, sans aucun doute, la plus calme. Sitôt connue la fin misérable de son mari, Charlotte avait ressenti ce qu'elle éprouvait jadis, au terme de la dernière classe ouvrant sur les vacances. Elle était délivrée et, loin de prier pour le défunt, elle remerciait Dieu et ses saints de la rendre à la vie. Confirmant son image de marque, elle se vêtit de noir et, grande statue funèbre, elle reçut les hypocrites condoléances avec infiniment de dignité. A tous ceux essayant d'insinuer que le décès de son mari la libérait, elle se contentait de répondre en baissant les yeux :

— Il était encore jeune pour mourir...

Félix Chamond, qui n'ignorait rien des sentiments mutuels des deux époux n'attendit pas que Prosper ait définitivement quitté sa maison pour offrir à la veuve de racheter l'affaire Colombier, à la seule condition qu'elle ait la patience de se contenter de paiements échelonnés. Charlotte accepta le marché, sous réserve, toutefois, de l'approbation maternelle.

Armandine était arrivée en compagnie d'Eugénie dans le char à bancs que tirait Sacripant et que conduisait Gaspard. Thélise et Joseph suivaient dans la voiture menée par Colonzelle. Au passage, à Boulieu, on aurait souhaité emmener la cousine Irma, mais celle-ci ne sortait plus de son petit univers réglé par les cloches du couvent. Thélise vivait dans un rêve. Ce long voyage en voiture lui donnait un avant-goût de son voyage de noces. Sa joie, lorsque Joseph était apparu devant elle, est difficile à traduire. Une envie de rire et de pleurer à la fois la secouait. Elle était sûre qu'il n'existait pas de soldat aussi beau. Il est vrai qu'avec sa galette inclinée sur l'oreille, la longue cape qui l'enveloppait, le fiancé montrait fière allure. Même les parents Colonzelle furent impressionnés. L'accueil d'Armandine ne ressemblait en rien à celui de Thélise. Attrapant son petit-fils aux épaules, elle l'avait serré contre elle puis, l'ayant écarté pour le regarder mieux, elle avait conclu :

— Tu es comme je l'espérais.

Alors, seulement, elle l'avait embrassé pour de bon avant de l'abandonner aux tendres emportements de la bonne Eugénie. Lorsqu'il put se dégager, Joseph s'enquit :

— Et maman, elle a de la peine ?

Armandine haussa les épaules.

— Je me demande qui pourrait regretter cette brute ! Je m'occuperai de ta mère, ne te fais aucun souci. Quant à toi, dépêche-toi de finir ton temps et de revenir épouser Thélise qui sera la meilleure femme que tu pourras trouver. Tu n'as pas changé d'avis à son sujet, j'espère ?

— Oh non !

— Dans ce cas, file la rejoindre. Elle doit compter les minutes.

Les fiancés s'étaient assis un peu en dehors de la ferme Colonzelle, au pied d'un noyer, orgueil de la famille. Ils ne parlaient pas, ayant trop de choses à se confier et des choses très différentes. Elle aurait voulu lui raconter sa bataille victorieuse contre Basile Saillon dans l'espoir qu'il la féliciterait. Il aurait souhaité lui parler de la beauté impressionnante des montagnes et de Tiburce. Pour en finir avec le silence, elle se jeta à l'eau :

— Je te l'ai pas bien écrit dans ma lettre, mais j'ai eu très peur quand le Basile...

— Oui, je m'en doute. Si je rencontre Saillon, je lui dirai deux mots dans le nez. Ce que j'aimerais, ma Thélise, c'est que tu connaisses le pays où je vis.

— Je me figurais que t'y étais malheureux ?

— Plus maintenant.

— A cause ?

— Des montagnes.

— Je saisis pas...

Il essaya — en y mettant toute sa force de conviction — de lui expliquer ce qui changeait en vous lorsqu'on se trouvait devant des sommets vertigineux, ou lorsqu'on marchait sur des plateaux où, seul, le vol puissant des grands rapaces mettait une note de vie. Elle l'écoutait et ne comprenait pas.

— Quand nous serons mariés, Thélise, je t'emmènerai là-bas. Tu verras... C'est beau...

A écouter Joseph parler avec cette flamme qu'elle ne lui connaissait pas, la jeune fille éprouvait à nouveau les affres de la jalousie. Comment aurait-elle pu se douter que les Grenobloises dont elle redoutait les grâces ensorcelantes n'existaient pas pour le soldat. Il n'y avait que les montagnes. Loin de la rassurer, cette constatation la déprimait. On peut se battre contre des rivales, mais contre des montagnes ? Timide, elle posa la question lui brûlant les lèvres :

— Lorsque tu vas revenir et qu'on sera mariés, on restera ici, hein ?

Il poussa un gros soupir avant de répondre, résigné :

— Faudra bien !

Ce soupir meurtrit profondément Thélise. Elle y entendait le prologue d'un abandon. Elle avait de la peine, mais elle ne voulait pas qu'il s'en aperçoive. Elle essaya d'une autre méthode.

— Tu sais que mes parents, ils ont été fâchés par ta lettre ?

— Quelle lettre ?

— Celle où tu écrivais sur... sur... enfin, sur mes avantages.

Joseph se mit à rire.

— Tes parents retardent, ma belle ! On va se marier, oui ou non ?

— Oui, je l'espère...

— Alors, j'aurais pas le droit de parler de ton corps

quand, dans quelques mois, nous coucherons dans le même lit !

Elle rougit violemment et ne répondit pas.

Le lendemain, dans la voiture les emportant vers Serrières, Thélise, découvrant des horizons ignorés, ne pensait plus à ses soucis de la veille. Collée contre Joseph, elle était heureuse et ne songeait à rien d'autre qu'au bonheur désormais à portée de sa main.

Charlotte les reçut avec tendresse ; elle prit dans ses bras les deux amoureux et les supplia :

— Défendez votre bonheur. Aimez-vous au point de ne jamais vous disputer pour rien... On se fait mal inutilement et puis après, on regrette.

* * *

Les obsèques furent décentes. Pour la veuve, on s'assembla en grand nombre. Toutefois, au cimetière, nul ne se risqua à prononcer le panégyrique du défunt ou à feindre des regrets que personne ne ressentait. Thélise fut une des rares à pleurer, ce qui la fit regarder de travers par une assistance étonnée que l'existence dissolue de Colombier pût donner du chagrin. A Joseph qui l'interrogeait, la jeune fille ne sut que répondre. Elle ne voulait pas dire que, depuis ses retrouvailles avec son amoureux, elle ne se reconnaissait plus. En réapparaissant dans sa vie, le nouveau Joseph en avait crevé ce tissu arachnéen qui la composait, essentiellement bâti de souvenirs réinventés et de rêves. Thélise constatait avec désespoir que le garçon revenu ne ressemblait pas à celui qu'elle attendait avec tant d'impatience. Elle ne comprenait pas ce qui lui arrivait. Elle se figurait, parce que de nature jalouse et inquiète, que Joseph ne tenait plus à elle comme autrefois. Cet entêtement à parler de montagnes, alors qu'elle espérait tellement qu'il ne parlerait que d'eux, la déconcertait.

Tout de suite après la cérémonie funèbre, Joseph et Thélise quittèrent Charlotte — auprès de laquelle Armandine et Eugénie demeureraient quelques jours — après de froides embrassades (la mère paraissait soudain complètement détachée d'un monde ne l'intéressant plus). Ils remontèrent à Tarentaize en compagnie de Colonzelle, le soldat Leudit devant rejoindre sa caserne dès le lendemain. Pendant le lent voyage de retour, Adrien et son futur gendre ne cessèrent de bavarder, délaissant la pauvre Thélise chez qui la colère, peu à peu, supplantait le chagrin. Aussi, lorsque le père convia l'amoureux de sa fille à manger la soupe avec eux, Thélise s'y opposa en invoquant sa fatigue et le fait que Joseph devrait se lever de bonne heure. Elle prit congé du petit-fils d'Armandine sur un baiser des plus conventionnels et attendit d'être dans sa chambre pour pleurer tout son saoul.

De leur côté, Charlotte et sa mère avaient longuement veillé. Eugénie, épuisée par les émotions était montée se coucher.

— As-tu pensé à ce que tu vas faire, désormais, ma petite ?

— Oui, tout est arrêté.

— Ah ! Je t'écoute.

— Je vends l'affaire de Prosper, dont j'hérite, à Félix.

— Il a donc de l'argent ?

— Non pas, mais c'est un débrouillard. J'ai confiance. Il me paiera tous les trimestres après arrangement sur le prix.

— On ira voir Me Retourbey à Bourg-Argental. C'est un honnête homme qui défendra tes intérêts comme il défend les miens depuis longtemps.

— Tu lui diras de partager chacun des versements de Félix en deux, la moitié pour moi et la moitié pour Joseph.

— Comment trouves-tu Thélise ?

— Un peu esclave, non ?

— Sans aucun doute. Je vais devoir m'occuper d'elle. Mais, toi, je te ramène à Tarentaize ?

Il y eut un silence, puis Charlotte sourit à sa mère et lui dit, timidement :

— Je ne voudrais pas te peiner, maman, mais je ne peux pas revenir à Tarentaize. Je ne suis pas plus disposée à y vivre aujourd'hui qu'hier.

— Alors ?

— Je vais rejoindre Irma. Nous vieillirons ensemble.

— Irma et ses patenôtres ! mais c'est une morte-vivante !

— Et moi ? Tu crois que je n'ai pas commis assez d'erreurs pour aspirer au silence ?

— Je ne t'ai guère contrariée depuis que tu en as terminé avec tes folies. Va retrouver Irma. Une fois de plus, tu te sauves devant la vie.

— Je n'ai plus le goût de m'intéresser à l'existence.

— Tant pis pour toi ! Moi, je ne déserte pas.

De nouveau, les deux femmes se heurtaient et laissaient se creuser entre elles un fossé que le temps ne leur permettrait plus de combler.

* * *

A la suite du court passage de Joseph, on respirait une atmosphère étrange chez les Colonzelle. Naturellement, l'attitude de Thélise s'affirmait la cause essentielle de la gêne que tout le monde ressentait, sans pouvoir en définir les raisons. Contrairement à son habitude, la fille d'Antonia et d'Adrien n'affectait plus un air désespéré quand le facteur tardait d'apporter une lettre du fiancé et, lorsqu'il s'en présentait une, dans le courrier, loin de se jeter dessus comme autrefois, il arrivait à la demoiselle de ne pas la lire avant le soir. Ses parents n'y comprenaient plus grand-chose. Venu sous le fallacieux prétexte d'une enquête sanitaire, le médecin avait rassuré les Colonzelle : du point de vue physique, leur enfant se portait aussi bien que possible. Sans doute, quand on bavardait un peu avec elle, pouvait-on trouver dans ses réflexions, les traces d'une mélancolie qui n'avait rien d'alarmant.

— Mais enfin, docteur, pourquoi serait-elle mélancolique ?

— Allez savoir !

— Elle a tout ce qu'il lui faut, ici !

— Mon bon Colonzelle, votre fille est à l'âge où des déceptions sentimentales, voire de simples regrets, conditionnent le physique. Mon métier m'empêche d'être poète et, à travers un léger dérangement intestinal, je dois penser à un rendez-vous manqué, un retard dans les règles résulte souvent d'une querelle d'amoureux. Thélise ne s'est pas disputée avec son fiancé ?

— Elle se confie plus à nous !

— Tâchez de la confesser et vous trouverez le remède.

La visite du docteur déclencha une véritable inquisition maternelle. D'abord, Antonia profita des absences de sa fille pour fouiller ses tiroirs et ses cachettes qu'elle connaissait depuis que Thélise avait une chambre pour elle seule. Elle fit chou blanc. Ensuite, elle attaqua directement :

— Si tu avais quelque chose qui te préoccuperait, tu en parlerais à ta mère, hein ?

— Bien sûr...

— T'es une sacrée menteuse, ma petite !

— Mais, maman...

— Tais-toi ! parce que si je t'entends encore débiter des mensonges, je pourrai plus me retenir et je serais capable de te taper dessus à t'estropier pour le restant de tes jours !

— Pourquoi tu me cognerais ?

— Parce que tu m'obliges à me manger les sangs, fille dénaturée ! parce que ton pauvre père, il devient fou à te regarder jouer les fantômes !

— Les fantômes ?

— Tu nous causes pas, tu t'intéresses plus à la ferme, t'as tellement changé que même moi, ta mère, je te reconnais plus ! Thélise, qu'est-ce que t'as ?

— Tu te fais des idées !... Je t'aime. Simplement, je suis plus une enfant croyant au père Noël. Maintenant, je sais que la vie c'est plus difficile que je me le figurais.

— De quand date cette belle découverte ?

— Je sais pas...

— Tu sais pas, hein ? Eh bien ! moi, je vais te le dire : depuis la visite de Joseph et tu vas m'apprendre pourquoi.

* * *

Sa sieste terminée, Eugénie avait l'habitude de remercier le Seigneur en une courte action de grâce pour lui avoir permis de se réveiller. La bonne femme menait cette opération par étapes pour ne point bousculer un corps et un esprit qui fonctionnaient désormais au ralenti. Aussi fut-elle choquée d'entendre frapper sans ménagement à la porte. Elle glapit un « Entrez » avec une si évidente mauvaise humeur que n'importe quel visiteur eût hésité à se présenter. Pas Mme Colonzelle, trop absorbée dans ses soucis pour prêter attention, ne fût-ce que quelques minutes, à ce qui ne relevait pas de ses préoccupations immédiates.

— Bonjour, Eugénie... Mme Armandine est là ?

— Hé non, ma pauvre !... Elle a filé tout de suite après le repas avec Gaspard et la voiture pour rendre visite à son notaire, à Bourg-Argental.

— Dommage ! J'aurais dû rappliquer ce matin, mais on commence à vivre à l'envers, chez nous !

— Parce que ?

— C'est ce que j'étais venue apprendre à Mme Armandine. Thélise veut plus épouser votre Joseph.

Eugénie resta bouche bée sans pouvoir articuler un mot. Quand, enfin, elle récupéra son souffle, ce fut pour demander :

— Elle en a trouvé un autre ?

— Oh ! mais dites, Eugénie, pour qui vous la prenez ma Thélise ? C'est votre Joseph qui vaut pas un pet de lapin ! Faire ça à ma fille que tout le pays envie, c'est monstrueux ! Je vous le dis, Eugénie, si ce misérable remet le pied à Tarentaize, je le courserai avec une fourche !

Eugénie, de l'avis unanime, était la meilleure personne qu'on pouvait rencontrer à la seule condition qu'on ne s'en prenne ni à Armandine, sa presque sœur, ni à Joseph, son filleul.

— Vous avez un certain toupet, Antonia, de venir insulter mon Joseph à domicile. Les caprices de votre fille m'intéressent pas !

— Et qu'elle soit pleine de larmes rentrées, vous vous en fichez aussi ?

— Complètement !

— Eugénie, j'avais une grosse estime pour vous, à présent, c'est fini parce que je m'aperçois que vous êtes une sans-cœur, capable de tout ! même de protéger un criminel !

— Un criminel ?

— Il me tue ma Thélise à petit feu, votre monstre ! mais je vous avertis : si mon enfant meurt de chagrin, personne d'autre que moi lui trouera la peau à votre Joseph ! Vous pouvez y faire la commission, si vous y écrivez à ce dénaturé !

A la suite d'une pareille algarade, Eugénie dut boire un petit verre de mélisse pour retrouver complètement ses esprits. Qui aurait cru ça d'Antonia ? une femme si courageuse, une des ménagères citées sans cesse en exemple ? A croire que l'amour maternel chamboulait les têtes les mieux faites ! Pourquoi Joseph ne voulait-il plus de Thélise, la plus gentille et la plus sage des filles du pays ?

* * *

La famille Colonzelle passait une soirée paisible. Antonia lavait la vaisselle que Thélise essuyait. Adrien fumait sa pipe en lisant l'*Almanach des Bergers* qu'il achetait chaque année au père Cresson, un vieux plein de poils qu'on se figurait toujours voir pour la dernière fois et qui revenait, sans cesse, à la belle saison. Comme il n'avait jamais répondu à une question ne touchant pas à son métier, on ne savait rien de lui. Tout ce qu'on pouvait dire, c'est qu'une année, on l'attendrait en vain, ce qui prouverait qu'il serait mort. Mais où ? pourquoi ? On ne l'apprendrait pas. Par suite de son passé ignoré et de son avenir nébuleux, Cresson passait aux yeux de la majorité des Tarentaizois pour un de ces personnages dont parlent les contes et qui, moitié dieu, moitié homme, sont condamnés (on ignorait pourquoi) à arpenter les chemins et les sentiers à travers bois et prés, durant l'éternité. Une contrefaçon du mythe du « Juif errant ». Les enfants adoraient Cresson qui, le soir, leur racontait de si belles histoires. Les adultes (sauf quelques-uns dont Colonzelle) se méfiaient à cause du « mauvais œil ». Depuis des années, le colporteur avait l'habitude — durant les deux ou trois jours qu'il passait dans la commune — de coucher dans la grange d'Adrien après avoir avalé le bol de soupe que lui préparait la maîtresse de maison. Lorsque le vieux n'était pas trop fatigué, il parlait des pays traversés. Il donnait des nouvelles de la nature (coupes de bois, dégâts des orages, prévisions sur le gibier et la pousse des champignons) ou des humains : naissances, mariages, décès et affaires traitant de ventes ou d'achats de fermes ou de locations. Ces soirs-là, Thélise, encore jeunette, avait permission de ne pas monter se coucher tout de suite après le dîner. Quand elle gagnait son lit, la tête bruissant de noms de villages, elle s'endormait en rêvant qu'emportée dans un nuage, elle flottait au-dessus de Colombier, Graix, la Valla, Saint-Régis-du-Coin, où elle n'aurait pu se rendre à pied, ce qui rendait ces petites agglomérations hors du monde familier de la fillette, au même titre que la Chine ou les Amériques.

Adrien cogna le fourneau de sa pipe entre un des chenets avant de remarquer :

— Y a la Grise qui mène. Va falloir la conduire au taureau.

Antonia était très prude et aurait souhaité que toutes les femmes n'ayant pas encore eu d'enfants crussent que ces derniers se trouvaient dans les choux. Les paroles réalistes de son mari la choquaient.

— Adrien ! pas devant ta fille !

Amusée autant qu'attendrie, Thélise protesta :

— Voyons, maman, je suis plus un bébé !

— Pour moi, si !

Adrien renchérit :

— Qu'est-ce que tu feras, alors, quand elle épousera son Joseph ?

C'était ce qu'il ne fallait pas dire. On s'apprêtait à entamer une discussion larmoyante lorsque Armandine entra. On se tut. C'était le propre de Mme Cheminas d'imposer le silence, chaque fois qu'elle apparaissait alors qu'une conversation était en cours. La vieille dame ne laissa pas le temps aux Colonzelle de lui souhaiter le bonsoir et s'en prit immédiatement à Antonia :

— Qu'est-ce que c'est que cette histoire de brigands que vous avez racontée à Eugénie, au point de lui tourner les sangs ?

— Je voulais vous mettre au courant...

— En insultant mon petit-fils ?

— Oh ! insulter...

Adrien protesta :

— Je voudrais bien qu'on me mette au courant, tout de même !

On ne lui répondit pas. Armandine se tourna vers Thélise :

— Alors, c'est vrai que tu ne veux plus de mon Joseph ?

— Oh si !...

— Dans ce cas, je ne vois pas pourquoi ta mère est venue faire chez moi cette scène indécente ?

Piquée au vif, Antonia s'emporta :

— Mais, saint François-Régis me protège, c'est Joseph qui veut plus d'elle !

Ne s'occupant que de la jeune fille, la visiteuse s'enquit :

— C'est vrai ?

— Je sais pas...

A nouveau, la mère voulut intervenir. Armandine ne lui en donna pas le temps.

— Y a-t-il un endroit où l'on pourrait parler tranquillement, Thélise ?

— Dans ma chambre.

— Montons-y !

Antonia voulut protester mais son mari la prévint :

— Elle sait mieux que toi ce qu'il faut lui dire.

— En somme, je suis plus maîtresse chez moi ?

— Tu causes trop, ma femme, et pas toujours dans l'intérêt de Thélise.

— Je suis une mauvaise mère, à présent ?

L'éclat des voix se chamaillant ne pénétrait pas dans la chambre de Thélise où Armandine tentait de confesser sa future bru.

— Qu'as-tu, mon petit ?

— Rien de particulier...

— Écoute-moi... Je ne suis pas venue jusqu'ici pour t'entendre dire des mensonges. Tes parents, qui te connaissent mieux que quiconque, affirment que tu ne te ressembles plus. Donc, il y a quelque chose qui s'est passé, quoi ?

— Je vous assure que...

— Thélise, ta mère serait-elle devenue folle tout d'un coup ?

— Sûr que non !

— Alors, explique-moi pour quelles raisons elle a fait une scène affreuse à la pauvre Eugénie, qui a été obligée de se coucher tant ça l'avait révolutionnée ? Pourquoi est-elle venue chez moi pour insulter mon petit-fils ? et enfin, pour quels motifs a-t-elle annoncé que tu ne voulais plus de mon Joseph ?

Thélise ne répondit pas tout de suite, d'abord parce que la vieille dame l'intimidait, ensuite parce qu'elle avait la gorge nouée.

— Eh bien ? Tu me réponds pas ?

Larmoyante, la dolente demoiselle parvint à dire :

— C'est lui qui veut plus de moi...

— Pourquoi ?

— Il m'aime plus...

— Il te l'a dit, écrit ?

— Non, mais je l'ai senti quand il est venu pour l'enterrement. Je compte plus pour lui.

— Tiens donc ! et de quoi t'es-tu aperçue ?

Thélise conta à Armandine que, pendant tout le temps où ils étaient restés ensemble, Joseph n'avait fait que lui parler des montagnes, de Grenoble, de ses copains, de son mulet et que, pas une fois, il n'avait envisagé l'avenir avec elle. Il n'avait jamais essayé de l'embrasser. Elle conclut :

— Grand-mère, comprenez-moi... Je veux pas qu'il soit malheureux... Je souhaite pas me marier avec quelqu'un qui pensera à une autre qu'à moi. Joseph restera pas à Tarentaize. Joseph est plus un paysan. C'est un homme de la ville, maintenant.

Armandine considéra longuement la petite.

— Tu acceptes toujours de devenir sa femme ?

— Oui, mais...

— Pas de mais, tu la seras. Vois-tu, ma fille, ce qu'il se passe est un peu ma faute et celle de tes parents. Joseph et toi, vous vous êtes mutuellement promis depuis si longtemps que, plutôt qu'une paire d'amoureux, vous faites penser à un couple marié où chacun a tellement confiance dans l'autre qu'il n'éprouve pas le besoin de le répéter. Tu t'en apercevras vite, Thélise, les hommes sont difficiles à supporter. Ils sont moins attachés que nous à leur foyer. Ils imaginent sans cesse qu'ailleurs, c'est mieux. Il faut avoir de la poigne pour défendre son bonheur. Ce n'est pas avec des larmes qu'on y réussit et je t'apprendrai à avoir de la poigne. Compte sur moi.

* * *

Lorsque Charlotte ouvrit pour la première fois ses volets sur le jardin encore mouillé de rosée, elle respira largement l'air de ce jour à peine né et se mit à rire, sans raison apparente. Simplement, elle était heureuse comme elle ne pensait pas l'avoir jamais été. Irma serait une attentive compagne et Dieu n'était pas loin. Charlotte atteignait enfin cette paix du cœur qu'elle cherchait depuis tant d'années et qu'elle n'avait trouvée ni dans le dévergondage de sa jeunesse, ni dans ses amours, aujourd'hui mortes, et qu'elle avait crues un moment indestructibles, ni dans son essai de vie couventine, ni dans son union avec Leudit dont elle portait le deuil comme une sœur de son frère, ni enfin dans son mariage avec Prosper, ou ses tendresses extra-conjugales avec Josuah. Appuyée à sa fenêtre, Charlotte estimait que si le paradis existait, le jardin d'Irma en était un avant-goût.

Toutefois, en elle-même, la fille d'Armandine savait qu'elle ne méritait pas le bonheur qui promettait d'être le sien, tout entier contenu dans cette sensation profonde de paix intouchable parce que complètement détachée du monde des autres. La veuve n'ignorait pas que la tranquille vie promise était l'aboutissement d'un parfait égoïsme. Il lui faudrait prier beaucoup pour espérer que le Seigneur oubliât qu'elle avait été une mauvaise fille, une mauvaise mère, une mauvaise épouse. Si elle atténuait ses responsabilités pour ce qui concernait Armandine — trop forte pour tolérer d'être plainte —, Leudit — qui avait choisi son destin —, Colombier — dont l'ignominie naturelle justifiait les amours clandestines de son épouse et de Josuah —, il restait Joseph. Charlotte n'avait jamais eu la fibre maternelle et elle était bien contente que la grand-mère se soit chargée de remplacer la maman défaillante. Charlotte aimait Joseph, mais elle s'aimait plus encore.

Sitôt dans le jardin où tout lui paraissait si neuf, si frais, Charlotte eut tôt fait de se persuader qu'elle avait enfin découvert le havre où elle jetterait définitivement l'ancre. Ce petit jardin comportait trois arbres : un bouleau, un pommier et un sapin bleu. Une touffe d'hortensias, quelques rhododendrons et une demi-douzaine de roses trémières. Entre les arbres, entre les fleurs, de minuscules parcelles de gazon. Sous le bouleau, un banc où Irma avait l'habitude de prier ou de lire l'*Imitation de Jésus-Christ.* L'incessant et exact rappel des cloches du couvent empêchait la monotonie.

Sa chambre remise en ordre, Charlotte était descendue à la cuisine où elle avait aidé sa cousine à préparer un repas qui obéissait strictement aux commandements religieux. Souvent, les deux femmes s'interrompaient dans leur besogne ménagère afin d'obéir aux ordres aériens du couvent et se perdre pendant quelques instants dans les oraisons imposées par la règle monacale. Vers onze heures, Charlotte recouvrait sa liberté (ne connaissant rien à la cuisine, elle eût été pour Irma une gêne plutôt qu'une aide) et, si le temps le permettait, elle se glissait dans le jardin et prenait place sur le banc où, se repliant sur elle-même, elle s'enfonçait avec délices dans le présent, en tentant d'oublier le passé. Un sourire heureux sur les lèvres, elle se comparait au voyageur perdu dans le désert et qui, à bout de forces, avant de s'allonger sur le sable et y attendre la mort, s'impose d'escalader une dernière dune derrière laquelle lui apparaît l'oasis salvatrice. Le jardin de la cousine Irma était l'oasis que Charlotte aspirait à rencontrer depuis si longtemps. Elle savait qu'elle y serait heureuse jusqu'à la fin.

* * *

A nouveau, Armandine avait écrit à son petit-fils, en lui décrivant sommairement l'état d'esprit de Thélise et la triste atmosphère régnant à la ferme Colonzelle. La grand-mère, à travers la plume d'Eugénie, ne mâchait pas ses mots :

« Joseph,

« Si tu veux plus faire ta vie avec la petite des Colonzelle, il serait plus franc de le dire clairement. Sans doute, Thélise sera-t-elle bouleversée et il faudra la surveiller de près dans les premiers jours, pour qu'elle ne commette pas de bêtise. Moi-même et Eugénie, nous aurons de la peine car nous sommes très attachées à cette enfant. Mais tu ne dois pas reculer devant une épreuve aussi cruelle soit-elle pour les autres. Le mariage exige un effort de tous les instants et qu'on ne peut s'imposer que lorsqu'on s'aime vraiment, sinon c'est un supplice qu'on supporte rarement jusqu'au bout. Réfléchis et prends ta décision.

« Ta grand-mère, dont tu finiras par abréger l'existence.

« Armandine. »

Après lecture de cette lettre, dans la cour de la caserne, le soldat Leudit demeura figé sur place. Comment pouvait-on imaginer qu'il n'aimait plus Thélise, sa Thélise ? Mais la perdre, ce serait le mutiler à jamais, tant elle faisait partie de son être ! Tout débutait avec Thélise, tout finirait avec Thélise. Puis, suivant une pente naturelle, il chercha qui, par bêtise ou par malice, essayait de les séparer et, la colère rendant injuste, il s'en prit à Antonia qui ne voulait pas quitter sa fille. Sans raisonner plus avant, il décida d'écrire tout de suite à sa fiancée, tout en se montrant des plus brefs afin de souligner son mécontentement et son chagrin.

« Ma Thélise chérie,

« Ma grand-mère m'apprend que tu crois que je t'aime plus. Ceux ou celles qui te mettent de pareilles idées en tête auront affaire à moi ! Et toi, je t'en veux de les écouter. Tu sais très bien que je t'aime et que j'aimerai jamais que toi. Tu peux montrer ma lettre à qui tu veux.

« Je t'embrasse de tout mon cœur.

« Ton Joseph Leudit. »

Lorsque Thélise eut lu une vingtaine de fois ce billet, elle le plia pour le faire entrer dans une sorte de sachet qu'elle porta sur la poitrine, à la façon d'un scapulaire.

## 4.

A la vérité, dans cette épître enflammée adressée à la fille des Colonzelle, Joseph s'avouait qu'il n'avait pas été complètement franc. Il avait horreur d'infliger la moindre peine à qui que ce soit et ce constant souci l'inclinait souvent à mentir.

Dans le train qui l'emportait vers son pays, loin de Grenoble, il revivait les derniers jours avant sa libération. Les copains heureux de sa joie sincère ou supposée, les camarades jaloux. Pourquoi lui et pas eux ? Joseph avait pris congé de Max et de Guillaume en buvant un litre et en jurant de se revoir, ce qui attendrissait les trois amis, bien qu'ils fussent persuadés qu'ils mentaient tous les trois. Une page était tournée, on ne devait plus se soucier de ce qui s'était déroulé avant. Avec Escandorgue, les adieux avaient été simples.

— Alors, ça y est, tu nous quittes ?

— Fallait que ça arrive...

— Sans doute. T'as la bonne place, maintenant, tâche de t'y cramponner. Un métier, une payse, une ferme. Qu'est-ce que tu pourrais vouloir de plus ?

— Est-ce que je sais ?

— Prends garde ! Moi aussi, j'ai rêvé... Tu vois où ça m'a conduit ?

— Bah ! vous allez bientôt prendre votre retraite...

— Ouais...

— Je voudrais vous dire, chef... Si, quand vous quitterez

l'armée, vous savez pas tout de suite où vous rendre... montez dans le train jusqu'à Lyon et Saint-Étienne. Là, vous embarquez dans la patache et vous arrivez chez nous. On vous y recevra en ami.

Pour la première fois de sa vie, Escandorgue avait la larme à l'œil. Toutefois, l'adieu à Tiburce fut, pour Joseph, le plus pénible. Il avait pris la grosse tête de l'animal dans ses bras, l'avait embrassée sur le museau, là où la peau est molle et tiède. Ensuite, il avait chuchoté à l'oreille du mulet toutes les raisons qui l'obligeaient à partir et à l'abandonner. Escandorgue qui assistait à la scène lui tapa sur l'épaule :

— Ne crois pas qu'il comprend rien à ce que tu lui racontes. C'est là l'erreur qu'ils commettent tous en se figurant que les bêtes sont insensibles au sens des mots. Tiburce sait que tu étais son ami. Je prendrai soin de lui, je te le promets. D'ailleurs, lui aussi n'est plus très loin de la retraite.

Une dernière claque amicale sur la croupe de Tiburce et Joseph sortit de l'écurie et de l'armée.

Installé dans un wagon de troisième classe, le dos tourné au sens de la marche, Joseph ne se souciait ni des mauvaises odeurs dégagées par la machine, ni des secousses. Il regardait s'éloigner ce pays auquel il s'était habitué, où il avait appris à vivre et qu'il savait devoir regretter longtemps. Pendant que le train longeait le mont Rachet, franchissait l'Isère, le soldat libéré, au lieu de témoigner cette joie vulgaire et braillarde qui est d'usage en pareille circonstance, demeurait silencieux. Les yeux fixés sur l'horizon qui fuyait, il voyait Escandorgue se promenant dans la cour à grandes enjambées, le nez en l'air, tel le chien de chasse cherchant à déceler dans le vent l'odeur du gibier. Il essayait de repérer les tire-au-flanc feignant de s'occuper à des besognes inutiles pour couper aux exercices. Le chef, quand il les découvrait — et il les découvrait presque toujours — avait tôt fait de les renvoyer à des tâches plus guerrières non sans avoir équitablement réparti un certain nombre de jours de salle de police. Et qu'avait pensé

Tiburce lorsqu'un autre que Joseph, lui apportant son fourrage, s'était mis à le nettoyer ?

A la sortie de Voreppe, on suit le pied du massif de la Chartreuse avant de s'arrêter à Moirans. Puis, ce fut Voiron. Immobile, Joseph contemplait le spectacle qui allait s'amenuisant. Selon les caprices du rail, un sommet apparaissait brusquement pour s'effacer tout aussi vite derrière une épaulée ou un contrefort. On eût dit des ballerines qui, avant la chute définitive du rideau, venaient, une dernière fois, saluer. Alors qu'il roulait sur le plateau de Bièvre, après Rives et avant le Grand-Lemps, le Dauphiné envoya à celui qui partait un magnifique adieu en lui permettant de voir d'un seul coup d'œil, le massif de la Grande Chartreuse, celui de Belledonne et le Vercors. C'était fini. Joseph se trouvait définitivement éloigné d'un pays qu'il aimait. Là-bas, dans la plaine que fermaient les chaînes alpines, il y avait Tiburce... Le petit-fils d'Armandine se rencogna à sa place et ferma les paupières.

En attendant l'heure du train pour Saint-Étienne, Joseph s'installa au buffet de la gare, à Lyon. Il ne parvenait pas à surmonter son « babaud[1] ». A la table voisine de la sienne, deux hommes bavardaient :

— On se trouvait benaises après le dîner quand voilà-t-il pas que la Germaine, la fille de ma sœur Adèle, une gamine qu'on tenait pour un peu nioche[2] se met à turlupiner le Jean-Claude, mon coissou[3].

Joseph n'écouta pas plus avant. Il lui avait suffi d'entendre prononcer quelques mots de son pays pour être renvoyé, en esprit, à Tarentaize. Les grandes oreilles de Tiburce s'effaçaient devant le joli visage de Thélise. Leudit éprouvait une honte qui le meurtrissait cruellement. Comment avait-il pu oublier cette fille qu'il jugeait supérieure à toutes les autres et qu'il aimait ? Sans doute, Tiburce, Escandorgue, les montagnes, les nuits en altitude l'avaient profondément marqué mais qu'était-ce à côté de ce qui se trouvait dans

1. Cafard.
2. Molle, empruntée.
3. Dernier-né.

l'autre plateau de la balance ? Thélise, Armandine, Eugénie, les Colonzelle, Campelongue et puis les souvenirs inépuisables. Joseph se rendait compte qu'il avait failli sombrer dans la plus monstrueuse ingratitude. Il s'était repris à temps. Il ne voulait penser qu'à Tarentaize, le reste importait peu et s'oublierait vite.

Ce fut presque avec enthousiasme que le fils Leudit grimpa dans le train (d'une saleté repoussante) qui allait l'emmener à Saint-Étienne. A peine le convoi s'ébranlait-il que les voisins de Joseph sortirent de leurs sacs du pain, du saucisson à l'ail, du fromage de bique et un litre de vin qu'ils se passaient de l'un à l'autre, non sans en avoir offert à l'étranger qui refusa poliment.

Après Givors, le train haleta entre des collines herbeuses où l'on voyait paître des vaches aux robes très différentes de celles rencontrées dans les alpages. L'horizon s'élargit après Rive-de-Gier. Les contreforts du massif du Pilat s'encastrèrent dans la fenêtre. C'est dans un repli de cette montagne que se nichait Tarentaize. Toutefois, au lieu de l'attendrir, ce décor, pourtant imposant, irritait celui qui revenait et cela parce qu'il lui imposait, de nouveau, le souvenir des colosses alpins. Il avait la gorge serrée à l'idée qu'il ne reverrait jamais les géants rocheux au flanc desquels le régiment serpentait pour gagner de la hauteur sans efforts démesurés. Il ne dormirait plus dans l'air purifié des hauts plateaux. Il n'assisterait plus, à l'aube, à la naissance d'un monde dont la grandeur, tout ensemble, le transportait et le terrifiait. Quand Leudit descendit à la gare de Châteaucreux, les longues oreilles de Tiburce réoccupaient le devant de sa mémoire.

Dans la patache qui mettrait trois heures pour arriver au carrefour où il descendrait pour couvrir le dernier kilomètre le séparant de son village, le fils de Charlotte ne reconnut personne. Il put ainsi profiter d'un isolement inespéré. Le décor qu'il traversait lui était si familier qu'il s'inscrivait en lui, presque à chaque tour de roues, à la façon d'un jeu de construction, si facile que les pièces s'emboîtent les unes dans les autres sans le moindre effort de la part du joueur. On passa ainsi à Rochetaillée, aux Essertines et l'on commença à voir les hautes collines au creux desquelles il y avait Tarentaize, le terme du voyage. Pour Joseph, c'était aussi la fin de l'aventure. Le village, qu'il ne tarderait plus à atteindre, devenait le port où il jetterait l'ancre pour toujours et, malgré lui, ses yeux cherchaient, sur l'horizon, la chaîne des sommets alpins. Engourdi dans ses pensées moroses, le fiancé de Thélise ne prenait plus garde au trajet. Le voiturier arrêta son attelage pour crier :

— Hé ! l'homme ! si vous tenez à gagner Tarentaize, c'est ici qu'il vous faut descendre !

Ramené brutalement à la réalité, Joseph sursauta et, pris d'une soudaine panique, répliqua :

— Je vais aller jusqu'au Bessat.

— Comme vous voudrez, ça vous coûtera vingt sous de plus.

Pourquoi le petit-fils d'Armandine avait-il subitement décidé de pousser jusqu'au Bessat ? Par une peur inexplicable de retrouver son existence d'avant ? Pour se donner l'illusion de pouvoir, encore, changer le cours des événements ? Il n'avait annoncé à personne le jour et l'heure de son arrivée et, d'instinct, il se rendait auprès de son vieux maître afin de décider de ce qu'il devait faire.

Chaque soir, avant de se coucher, Campelongue préparait sa soupe de telle façon qu'au matin suivant, il n'avait qu'à y couper le pain. Le tout réchauffé, le charpentier allait au jardin manger son petit déjeuner. Il était, pour l'heure, occupé à peler les légumes de sa future cuisine lorsqu'on frappa à la porte. Peu habitué à recevoir des visites, Campelongue hésita un instant avant de crier :

— Entrez !

Il poussa une exclamation de surprise en voyant Joseph.

— Toi !

— J'ai fini !

— Je suis content !

Les deux hommes s'étreignirent.

— Quand es-tu arrivé ?

— J'arrive.

— Tu veux dire que t'es pas encore passé chez toi ?

— Non.

— Pourquoi ?

— J' sais pas.

Le charpentier regarda longuement son visiteur avant d'exprimer son opinion :

— Qu'est-ce qui te tracasse, Joseph ?

— J'ai pas envie de rentrer à la maison...

— Ah ?... pour quelles raisons ?

— Je sens que je me plairai plus ici.

— Tu as rencontré une fille ?

— Non, un pays...

— Raconte !

Joseph s'efforça d'être clair et ce n'était pas facile. Il dit sa révolte première contre les montagnes dont la seule vue lui donnait l'impression d'étouffer. Il rappela qu'entre Grenoble et lui, ça n'avait pas été tout seul. C'est peu à peu que la ville l'avait attiré à elle et l'y avait maintenu solidement, si bien qu'en partant, il avait l'impression de trahir. Quant aux Alpes, il lui avait suffi d'en dépasser les abords trop civilisés pour en tomber amoureux. Revivant le passé, il évoqua des paysages, des aubes, des lumières et les magnifiques solitudes des sommets. Il conclut en se plaignant : qui pourrait le comprendre puisque lui-même ne se comprenait pas.

— Moi.

— Vous ?

— Joue pas l'étonné ! Tu serais pas venu jusqu'ici si t'avais pas été convaincu que j'étais le seul qui te prendrait pas pour un fou. T'as pas oublié que je suis né et que j'ai vécu dans l'Alpe. Je connais depuis longtemps ce que tu viens seulement de découvrir. C'est pas un regret, fils, qui te rend malade en ce moment, mais une vraie maladie.

— Une maladie !

— La bougeotte ! Ton séjour en Dauphiné t'a donné l'envie de voir d'autres pays... Patiente, tu les verras...

— Comment ?

— Laisse-moi faire... Il est bien tard pour rentrer chez toi. Tu coucheras ici et demain, tu fileras à Tarentaize.

Au moment où ils sortaient de table et s'apprêtaient à se coucher Campelongue s'enquit :

— Tu aimes toujours ton métier ?

— Je pense bien !

— Et Thélise ?

— Naturellement !

Le vieil homme ne put s'empêcher de remarquer que son protégé avait mis davantage de conviction dans la première de ses réponses que dans la seconde.

Dans la chambre, Joseph retrouva l'odeur du bois et cette senteur fit plus pour le réconcilier avec son pays que toutes les discussions. Il s'endormit en pensant à Thélise et non à Tiburce.

Au matin, alors que Joseph cassait la croûte avant de se mettre en route pour son vrai retour à la vie civile, Campelongue l'interrogea :

— Et maintenant, que comptes-tu faire ?

Le garçon haussa les épaules.

— Que voulez-vous que je fasse ? me marier et travailler.

— T'as pas l'air tellement emballé ?

— Je devrais l'être ?

— Il me semble ! Tu es jeune, tu vas avoir une bonne et jolie épouse, t'as un métier... Que veux-tu de plus ?

— J'ai peur de jamais complètement oublier les montagnes...

— La mer peut te les faire oublier.

— Que voulez-vous dire ?

— Que nous sommes ainsi faits que, dans nos mémoires, une image chasse l'autre.

— Pas chez moi !

— Allons donc ! T'es pas fabriqué autrement que tes contemporains ! Le passé cède toujours au présent... sauf chez quelques hurluberlus comme moi... Joseph, crois-tu possible de retarder ton mariage d'un an ?

— Moi, oui, mais Thélise ?

— Si tu es d'accord, il faudra bien qu'elle s'incline.

— Pourquoi que je lui ferais de la peine ?

— Je te le dirai la semaine prochaine... Si mes idées sont bonnes, j'irai vous les expliquer, à ta grand-mère et à toi.

— Dites-moi au moins...

— Non, vendredi prochain, vers quatre-cinq heures.

Joseph ignorait ce que Campelongue mijotait, mais il avait confiance et c'est pourquoi il partit d'un bon pas sur la route de Tarentaize. Le temps était superbe. Sur sa gauche, dans une brume légère et violette, il pouvait voir les montagnes de la Haute-Loire avec le puissant Mézenc et l'amusant Gerbier-de-Jonc. Évidemment, à côté de Chamechaude, de Belledonne... Il devait s'imposer un effort pour ne plus songer au passé, mais un poulain courant dans un pré revivifia le souvenir de Tiburce. Les cailloux roulant sous ses chaussures lui rappelaient les dures routes alpines. Peu à peu, malgré son bon vouloir, Joseph retombait sous l'empire des jours enfuis. Cela lui gâtait l'humeur.

Tandis qu'Eugénie trottait à travers la pièce en poussant de menus cris de joie, Armandine, regardant son petit-fils, sourit :

— Tu es devenu un homme. Il était temps car ta marraine et moi, nous ne rajeunissons pas.

— Vous avez pas vieilli, toutes les deux !

— C'est le dedans, mon gars, qui s'en va jour après jour. Tu ne peux pas deviner à quel point ton retour nous fait du bien, n'est-ce pas, Génie ?

Encore bouleversée et dans l'incapacité de répondre, Eugénie reprit Joseph dans ses bras et lui plaqua un gros baiser sur chaque joue. Malgré sa ferme volonté de ne se laisser attendrir par rien, de montrer, partout et en n'importe quelle circonstance, la fermeté qu'il estimait seule convenir à un garçon au retour de l'armée, Joseph rendit, avec usure, ses baisers à sa marraine. Armandine interrompit ces preuves d'affection.

— Allons... vous ne croyez pas que cela suffit ?

Ils arrêtèrent leurs élans, un peu gênés, et Eugénie protesta :

— Tu es toujours là pour nous reprendre sitôt qu'on est heureux ! Pourquoi ?

— Parce qu'il y a un temps pour tout. Joseph, mon grand, comment es-tu arrivé ? Il n'y a pas de service à cette heure-ci ?

Leudit balança. Il avait l'intention de répondre que quelqu'un, rencontré à Saint-Étienne, lui avait offert de le déposer à l'orée de la route de Tarentaize, mais il n'avait jamais menti à sa grand-mère et il savait que s'il commettait cette erreur, elle s'en apercevrait.

— Je suis arrivé hier soir.

— Hier !... mais où as-tu passé la nuit ? Chez les Colonzelle ?

— Non, chez Campelongue.

— Pourquoi ?

— Ça serait trop long à expliquer...

— Explique quand même !

Naturellement, Eugénie était devenue d'esprit trop simplet pour comprendre quoi que ce soit aux états d'âme de son filleul. Armandine, au contraire, semblait suivre parfaitement un raisonnement où les montagnes tenaient compagnie à un mulet et à un vieux sous-officier au cœur tendre. Quand son petit-fils eut terminé, elle demanda :

— En somme, tu n'as plus envie de te marier, mais tu n'oses pas te l'avouer et encore moins l'avouer aux autres, c'est-à-dire à nous.

Eugénie, joignant les mains, gémit :

— Oh ! Seigneur ! Tu vas pas abandonner Thélise ? Elle en mourrait !

Armandine s'en prit vivement à son amie :

— Ah ! je t'en prie, la situation est assez compliquée comme ça ! Joseph, tu n'aimes plus Thélise ?

— Si...

— Alors ?

— Je voudrais pas l'épouser tout de suite.

— Dis-le-lui.

— J'ai peur de sa réaction... Vendredi, Campelongue viendra te voir. Il affirme qu'il a un moyen d'obtenir ce répit sans blesser personne.

— Tant mieux ! Attendons-le donc... D'ailleurs, j'ai à lui parler d'un projet.

— Qu'est-ce que c'est ?

— Tu permets que j'aie mes secrets, moi aussi ?

* * *

— Je me figurais que c'était moi que tu aurais voulu voir en premier ?

Avec une jolie mauvaise foi, Joseph répliqua :

— Et passer dans mon village sans saluer ma grand-mère ? Qu'est-ce qu'on aurait pensé ?

— J'imaginais que tu étais impatient de me revoir ?

— Mais, je l'étais ! D'ailleurs, j'ai à peine pris le temps d'embrasser ma grand-mère, la marraine, Gaspard et Céline avant de courir ici.

Ils étaient assis sous le bel arbre de la ferme Colonzelle. Joseph avait retrouvé avec plaisir le décor qui était le sien depuis l'enfance. Contrairement à ce qu'il avait raconté à Thélise, avant de la rejoindre, il avait pris le temps de saluer ceux qui, dans le village, lui tenaient le plus à cœur, des vieux pour la plupart. Quand il avait pris la direction des Citadelles où habitaient les Colonzelle, c'est avec un plaisir intact qu'il avait suivi le chemin caillouteux glissant entre les arbres et les prés pour aboutir à la maison de Thélise. Chaque pas faisait lever en lui des souvenirs que les ans écoulés paraient d'un charme discret. Des parfums oubliés lui montaient à la tête, tandis qu'il se figurait entendre des rires éteints. Il était entré avec impétuosité chez sa bien-aimée et, après un bref salut aux parents déconcertés par son arrivée, il s'était jeté sur Thélise et l'avait serrée dans ses bras en une étreinte rassurant tout le monde.

Ces instants tumultueux passés, Joseph et Thélise avaient filé s'asseoir sous leur arbre où, les premiers et exaltants moments des retrouvailles passés, on en était venu à parler de choses sérieuses, et ces choses sérieuses, pour la fille des Colonzelle, c'était le mariage.

— Qu'est-ce que tu vas faire, à présent ?

Un terrain périlleux où le fils de Charlotte ne devait avancer qu'avec une extrême prudence.

— Il faut que je me retourne. Je dois voir Campelongue pour le prier de me conseiller. Au fond, il y a que lui pour savoir si je suis un bon charpentier.

— Ça suffit pas ?

— Eh ! non... D'abord trouver un atelier et un atelier de charpentier, c'est pas rien...

— Ici...

— T'y penses pas ! Nous devons habiter au village, mais où ? je sais pas.

— Ça risque de prendre du temps...

— Et alors ? on n'est pas pressés.

— Toi, peut-être, moi si... Depuis que j'attends !

— Sois raisonnable...

— J'en ai assez d'être raisonnable ! Joseph, honnêtement, est-ce que tu m'aimes encore ?

— En voilà une question ! Tu es tout pour moi.

— Alors, pourquoi ta grand-mère, elle vient pas me demander à mes parents ?

— Qu'est-ce que tu penserais d'un homme qui se marierait sans être en état d'entretenir son ménage et d'élever ses enfants ?

— Mais, Armandine...

— Tais-toi ! Elle a assez fait pour moi. J'ai pas le droit d'aller, avec ma femme, vivre à ses crochets.

Joseph se perdait dans des raisonnements hypocrites, inutilement, Thélise ne pensant et ne voulant penser à rien d'autre qu'au mariage. Leur discussion s'affirmait sans issue car elle s'acharnait à l'attirer sur un terrain qu'il fuyait.

— Tu vois, là-bas, ces montagnes ?

— C'est la chaîne du Mézenc et, plus à droite et plus loin, celle des Puys.

— T'as jamais eu envie de découvrir ce qu'il y a derrière ?

— Derrière ? non.

— Moi, si.

Au cours du silence qui suivit, les multiples bruits de la nature se firent réentendre. Thélise rompit ce silence en déclarant d'une voix posée :

— Je suis moins bête que tu le crois, Joseph. Tes histoires de montagnes sont une façon d'avouer que t'as plus envie de te marier, du moins dans les semaines qui viennent.

— Je te jure...

— Non, Joseph, non. Depuis que nous nous connaissons, j'ai beaucoup pleuré à cause de toi. Je veux plus pleurer. Il en sera ce que le bon Dieu voudra. Viens me voir quand tu en auras envie, mais à partir de maintenant, nous sommes plus liés par quoi que ce soit, chacun agit à son idée.

— Je t'aime, Thélise.

— D'accord, tu m'aimes, mais tu aimes encore mieux ta liberté.

Elle se leva, l'embrassa à la manière de la sœur embrassant son frère. Il essaya de la retenir en la prenant aux épaules.

— Je suis malheureux...

— A qui la faute ?

Elle se dégagea pour rentrer à la ferme. Il partit de son côté, sans prendre congé des Colonzelle. Regagnant Tarentaize, Joseph ne se sentait pas très à l'aise, il n'était même pas fier du tout de ce qu'il avait fait. A sa mine, Armandine comprit qu'il s'était passé quelque chose de grave. Elle n'eut aucun mal à confesser son petit-fils qui, devant elle, demeurait sans défense. Lorsqu'il se tut, l'aïeule parla à son tour :

— Au cours de mon existence, j'ai rencontré bien des sortes d'hommes et quels qu'aient été leurs défauts et leurs qualités, ils se ressemblaient tous sur un point : une totale incapacité à distinguer le fragile du solide. Tous, ils se laissaient emporter par leurs passions : le jeu, l'amour, la boisson, la politique, le besoin d'être ailleurs. J'espérais que tu ne serais pas pareil aux autres... Hélas ! Tu tiens à jouer les enfants prodigues ! Eh bien, pars... Seulement, persuade-toi que je ne ressemble pas au père de l'Évangile. Si je suis encore là quand tu reviendras, ne compte pas sur moi pour t'accueillir comme un héros. A mes yeux, Joseph, tu es un déserteur. Pour moi, Thélise est ma petite-fille et je ferai en sorte, sur le plan matériel, qu'elle reçoive ce que tu aurais dû lui apporter.

* * *

Les heures qui suivirent la visite de Joseph aux Colonzelle et son entretien avec sa grand-mère, furent pénibles. Le hasard voulut qu'Adrien rencontrât le garçon sur la coursière du Bessat. Le père de Thélise n'avait rien d'un violent. Il ne se mettait en colère que si l'on touchait aux siens.

— Salut, Joseph !

— Bonjour, Adrien.

— Tu sais pourquoi je suis content de te rencontrer ?

— Ma foi...

— Pour t'expliquer.

— M'expliquer quoi ?

— Attends !... faut pas me bousculer les idées ! J'ai déjà assez de mal à dire ce que j'ai envie de dire...

— Allez-y quand ça vous plaira.

— D'accord... Alors, voilà... J'ignore ce qui s'est passé entre Thélise et toi, et j'ai pas cherché à savoir parce que ça me regarde pas et que j'ai pas envie de me mêler de vos disputes d'amoureux. Moi-même avec l'Antonia, dans le temps... mais, ça intéresse personne. Seulement, dans tout le pays et dans toutes les fermes, on croit que les cloches vont bientôt sonner pour votre mariage. Il y a si longtemps qu'on pense à vous deux... Alors, si jamais tu voulais plus marier la Thélise, on se demanderait pourquoi. Les jaloux seraient trop heureux de chuchoter que c'est parce que ma fille s'est mal conduite et ça, je le supporterais pas. J'ai beaucoup d'amitié pour toi, Joseph, mais j'accepterai pas d'être déshonoré par ta faute. Tu as bien compris ?

— C'est pas moi, c'est vous autres qui comprenez pas !

— Quoi ?

— Que j'aime Thélise !

— Dans ce cas, fiston, persuade ta grand-mère de vite venir me demander ma fille.

Sans rien ajouter, Colonzelle descendit de son grand pas lourd vers Tarentaize, laissant sur place un Joseph exaspéré. Mais, nom d'un chien ! qu'avaient-ils, tous, à se raconter des histoires idiotes ? Pourquoi refusaient-ils d'admettre qu'il aimait Thélise plus que n'importe qui et qu'il n'envisageait pas de vieillir ailleurs qu'à ses côtés ? Parce qu'il ne souhaitait pas se marier tout de suite, on usait de grands mots, de menaces ! Étaient-ils bornés à ce point ? Il en pleurait presque de rage. Pour se calmer, il traversa la grand-route de Saint-Étienne et du Bessat, et s'enfonça dans le bois du Toile où il marcha sans but pendant une heure avant de se laisser tomber parmi les fougères où il s'endormit.

* * *

Pour recevoir Campelongue, Armandine avait expédié Eugénie à la cure sous prétexte de donner un coup de main à Mlle Berthe qui faisait ses confitures. Le charpentier s'était présenté dans son costume de dimanche avec une chemise d'une blancheur éclatante. La mère de Charlotte aimait les vieux qui se tenaient bien. Ils avaient bu le café et la goutte. Maintenant, ils étaient assis l'un en face de l'autre. Leurs vieilles mains croisées sur leurs cuisses, ils se regardaient et chacun pouvait lire, au long des rides ravinant les deux visages, le récit des malheurs dont ils avaient triomphé. Comme il se doit, Armandine parla la première :

— Monsieur Campelongue, quand Joseph m'a appris que vous désiriez me rencontrer, j'allais vous appeler pour mettre sur pied une série de travaux importants que je souhaitais entreprendre au plus tôt, compte tenu de mon âge. Malheureusement, vous êtes sûrement au courant du dernier caprice de Joseph ?

— En effet !

— Je suis donc obligée de remettre à plus tard l'exécution de mes projets en espérant que mon petit-fils va retrouver son bon sens.

— Il n'est pas fou, madame Armandine.

— Alors, qu'est-ce qu'il a ?

— Peur d'être enfermé, tout de suite, dans les rets du mariage.

— C'est stupide ! Le pays entier attend l'annonce de ces noces !

— Il attendra encore un peu. Il faut comprendre... Joseph est sorti pour la première fois de son terrier et a découvert le Dauphiné. Il en a été bouleversé. Maintenant, il veut aller ailleurs, avant de regagner sa maison.

— Jamais les Colonzelle n'accepteront !

— Si, parce qu'il y a une façon, pour notre garçon, de voir du pays sans irriter personne.

— En faisant quoi ?

— Son tour de France.

QUATRIÈME PARTIE

# *Ce qu'il y a derrière...*

1.

Obtenir la permission de partir ne fut pas une mince affaire pour Joseph. Il découvrait qu'une absence de longue durée risquait d'être un accident dangereux, tant du point de vue sentimental que du point de vue matériel. Exiger de Thélise qu'elle patientât encore au moins deux ans, Armandine ne s'en sentait guère le droit. Si l'on ajoutait son année de service militaire à la nouvelle absence prévue, Joseph, quand il reviendrait, serait oublié et, dans ce cas, qui le ferait travailler ? Campelongue ne veut pas se mêler du problème des rapports entre les jeunes gens, cependant au sujet de la situation future de Joseph, il est persuadé — si le garçon devient compagnon — que tous les entrepreneurs de la région feront appel à lui pour les travaux délicats, les mieux payés.

— Vous avez sans doute raison, mon bon ami, mais ce n'est pas seulement à Thélise que vous demandez de se sacrifier, à nous aussi Eugénie et moi. J'ai soixante-treize ans, Eugénie, soixante-quatorze. Qui me garantit que, dans deux ans, nous serons encore là pour saluer le retour de mon petit-fils ?

— Personne, à part Dieu.

— Difficile à interroger !

— C'est pourquoi il faut s'en remettre à la foi qui apporte toutes les réponses.

Armandine ne semblait pas tellement convaincue.

— Vous exigez beaucoup, monsieur Campelongue. Thélise, sa mère, Eugénie et moi allons être malheureuses. Pourquoi les femmes doivent-elles sans cesse prendre la plus lourde part ?

— Je l'ignore, mais il en est ainsi depuis le début du monde. Sans doute à cause d'Ève ?

— Ce n'est pas juste !

— Peut-être que notre idée de la justice n'est pas celle de Dieu...

— Vous voulez boire quelque chose ?

— Non, merci. Moi non plus, j'ai pas le cœur à rire, mais je m'efforce de penser qu'à l'avenir de Joseph. Je suis allé à Lyon. On s'y rappelle bien votre petit-fils. Ils le recevront comme aspirant. Après, il pourra partir sur les routes.

— Quand ?

— Le mieux serait avril ou mai.

— Que le Ciel le garde et nous garde !

* * *

On avait dîné dans un silence presque total. Joseph, comprenant qu'il ne pourrait partir sans blesser cruellement celles qui l'aimaient, avait mauvaise conscience, ce qui le rendait maussade. Armandine, depuis la visite de Campelongue, ne nourrissait plus aucune illusion et savait que son petit-fils s'en irait. Cette certitude l'empêchait de montrer son entrain ordinaire. Eugénie, sentant que quelque chose de désagréable se tramait sans qu'elle devinât la nature exacte de la menace pesant sur la maison, ne pipait mot. Gaspard et Céline n'avaient guère l'habitude de parler à table, sauf quand on les interrogeait. Ils se réfugiaient dans un silence protecteur. Soudain, la paisible Eugénie s'énerva. Posant avec bruit son couvert, elle s'écria :

— Enfin, qu'est-ce qui se passe, ici ?

Armandine regarda son amie de toujours, la confidente des bonnes et des mauvaises heures, avant de répondre doucement :

— Joseph va nous quitter.

Les domestiques en restèrent bouche bée tandis qu'Eugénie gémissait.

— Il vient à peine de rentrer !

Quant à Joseph, désemparé, il ne savait quelle attitude adopter. La réponse de sa grand-mère à sa marraine prouvait son acceptation à l'idée de son départ. Eugénie insistait :

— Où veut-il donc aller ?

Joseph répondit :

— Faire mon tour de France.

— Le tour... Mon Dieu, mais ça sera long !

— Assez, oui.

— Combien de temps seras-tu parti ?

— Deux ans, peut-être.

Eugénie poussa un cri léger et si Céline ne l'avait retenue dans ses bras, elle aurait roulé au sol, évanouie. On dut lui baigner les tempes avec un chiffon imprégné de vinaigre des « quatre voleurs » et lui entonner un petit verre de mélisse pour la ramener à une claire conscience des choses et des gens. Armandine la fit conduire dans sa chambre par Céline, tandis que Gaspard desservait. Un peu honteux, Joseph ne trouvait rien à dire. Une fois encore, l'aïeule se porta à son secours.

— Tu te figurais que je n'étais pas au courant ?

— Je suis heureux que tu saches.

La grand-mère ne répliqua pas tout de suite. Elle donnait l'impression de chercher dans les plis de sa large jupe qu'elle défroissait et lissait en gestes machinaux. De son côté, Joseph, pas très fier, n'osait pas renouer le dialogue.

— Cette idée de faire le tour de France, c'est toi ou Campelongue qui l'a eue ?

— Campelongue.

— Je m'en doutais...

— Comment ?

— Tu as dû te laisser aller à des confidences qui l'ont poussé à te conseiller de partir.

— Ma foi, je vois pas...

— Bien sûr que si ! Tu sais parfaitement de quoi il a été question entre vous deux. Joseph, je te repose la question : aimes-tu toujours Thélise ? réponds franchement.

— Oui, je l'aime et l'aimerai toujours.

— Pour lui prouver ton amour, tu t'apprêtes à l'abandonner pendant deux ans ?

— Tu peux pas comprendre !

— Ou tu ne peux pas m'expliquer ?

Leudit s'énervait de ce qu'il prenait pour de l'entêtement.

— Je tiens à voir comment c'est, ailleurs.

— Ça t'avancera à quoi ?

— A me meubler la cervelle ! Je veux devenir quelqu'un !

— Et si Thélise t'annonçait qu'elle s'en allait courir les routes pendant deux ans, que dirais-tu ?

— Une fille, c'est pas la même chose !

— Parce que tu te figures qu'elles ne rêvent pas, elles aussi ?

Le garçon haussa les épaules.

— Elles ont pas le goût de l'aventure dans le sang.

— Qu'en sais-tu ?

Cette question désarçonna le garçon. Elle troublait les certitudes dans lesquelles il vivait depuis qu'il était en âge de penser. Que les femmes puissent nourrir des rêves ayant pour objet ni l'amour conjugal, ni l'amour maternel, ni le train du ménage, ne lui était jamais venu à l'esprit, pas plus qu'il n'aurait envisagé de leur donner le droit de vote. Au fond, ainsi que la plupart de ses contemporains, toutes classes sociales confondues, il tenait les filles et les épouses pour d'éternelles mineures incapables d'avoir des idées en dehors de leur domaine limité. Et voilà qu'Armandine, par ses remarques, l'obligeait à envisager des hypothèses auxquelles il n'avait jamais pensé. Pour se rétablir dans ses convictions, Joseph se répétait que, si sa grand-mère ressemblait aux hommes quand il y avait des décisions à prendre, c'est que la mort l'avait contrainte à occuper une place qui ne lui était en rien destinée. Le petit-fils ne parlait pas car il ne savait que dire. Quant à l'aïeule, elle semblait perdue dans un songe dont il valait peut-être mieux ne pas la tirer. On entendit, venant de l'étable, les mugissements désespérés de la Bayard appelant son veau qu'on avait vendu la veille. Puis, Armandine parla, mais d'une voix faible et détimbrée, comme si elle poursuivait un monologue intérieur.

— Mon père aussi, qui avait couru le monde avec Napoléon, s'ennuyait à Tarentaize. Il aimait sa femme, Louise. Il m'aimait. Pourtant, chaque soir, il se rendait à l'auberge pour vivre quelques heures avec ses camarades, dans un autre monde, celui des souvenirs. Il est mort parce qu'il se croyait encore soldat de l'empereur et il nous a laissées. Celui que je considérais comme mon vrai grand-père a voulu mourir pour rejoindre Napoléon dans l'au-delà. Mon mari souhaitait également vivre ailleurs et il s'est fait tuer pour s'être aventuré dans un milieu qui n'était pas le sien. Alors, comme ma mère, comme ma grand-mère, je suis restée seule. Rien n'obligeait ton père — qui remplaçait le fils que je n'avais pas eu — à quitter son foyer pour redevenir soldat. Pourtant, à son tour, il s'est en allé se faire inutilement tuer dans une guerre déjà perdue. Maintenant, c'est toi. Mais, qu'est-ce qui vous pousse donc tous à renoncer au bonheur paisible d'un foyer où l'on s'aime, pour vous lancer sur les routes ? Je renonce. Je suis fatiguée. Pars, mon garçon. Sacrifie tout ce qui constitue d'ordinaire la joie d'un homme pour des chimères. Je n'essaierai plus de te retenir.

— Grand-mère, je te demande pardon.

— Ce n'est pas à moi mais à Thélise que tu dois demander pardon.

— Pourquoi ?

— Parce que c'est elle, surtout, qui va souffrir. Moi, j'ai l'habitude, elle, non.

* * *

En se rendant au Curtil, où Campelongue conduisait un chantier, Joseph était de bien méchante humeur et cela d'autant plus que c'était à lui-même qu'il adressait des reproches. Il ne lui venait pas à l'idée de mettre en doute ce que prévoyait sa grand-mère qui ne lui avait jamais menti et envers qui il nourrissait une confiance totale. De quelle façon Thélise allait-elle réagir lorsqu'on l'aurait mise au courant ? Joseph entendait déjà les cris, les pleurs sans compter le père qui risquait de se fâcher tout rouge.

Comment les persuader que ce n'était pas parce qu'il ne les aimait plus qu'il voulait s'en aller. De toute façon, ils ne comprendraient pas. Ayant vécu toute leur vie au village, ils n'admettraient jamais qu'on puisse, fût-ce pour quelque temps, trouver mieux ailleurs. Ils verraient de l'ingratitude là où il n'y avait que curiosité. Seules, Armandine et peut-être Eugénie étaient capables de saisir la vérité. Malheureusement, en femmes ayant déjà longuement vécu, elles ne pensaient qu'aux chagrins infligés aux autres et elles savaient, au terme de leurs expériences, que rien ne méritait les larmes de ceux ou de celles qu'on chérissait.

Sur le chemin bordé de haies où le passage du promeneur déclenchait des fuites secrètes, Joseph se morigénait sans parvenir à se convaincre. Il savait, tour de France ou non, compagnon ou pas, qu'il aurait toujours sur place le travail dont il avait besoin pour faire vivre son ménage. La sagesse commandait d'épouser la fille qu'il aimait et, une fois installé, de retrousser ses manches et de se mettre à la tâche. Seulement, dans ce cas, il ne verrait jamais les paysages d'au-delà du Mézenc et la mer... Enfin, deux ans, ce n'est quand même pas une éternité ! Pour la première fois, le petit-fils d'Armandine prenait réellement conscience que l'écoulement du temps ne se révélait pas identique pour tout le monde. Il s'en était douté lors de ses veillées dans les Alpes. Il lui avait paru que le temps cessait soudain sa fuite et ressemblait alors à un grand lac que n'agitait plus le moindre courant.

Sur le chantier, on entendait gronder la voix de Campelongue. Joseph sourit en constatant que le vieux n'avait rien perdu de sa vigueur et que, sûrement, le moment venu, il grimperait dans les échafaudages, trop fier de son titre de charpentier de « haute futaie » pour ne point y faire honneur. Sans se montrer, le fiancé de Thélise regarda travailler l'équipe où chacun accomplissait sa tâche sans rechigner. Les ordres claquaient dans l'air embaumé par les senteurs des arbres abattus en vue de trouver la place nécessaire à l'édification de la maison. Campelongue sifflait la pause quand il aperçut son élève.

— Ah ! te voilà, toi... Dis donc, tu me parais guère dans ton assiette ?

— Je peux pas m'en tirer : ou je sacrifie les autres ou je me sacrifie moi !

Le vieil homme sortit sa tabatière, se fourra une bonne prise dans le nez, renifla, éternua, secoua les grains de tabac restés sur son gilet et remit la tabatière dans sa poche.

— Elle me vient de mon défunt père qui affirmait que, pendant la grande retraite de Russie, c'était son tabac qui lui avait le plus manqué. Si j'étais sûr, petit, que tu sois capable d'oublier, au fil des ans, tes rêves de voyage, je te conseillerais d'épouser tout de suite ta Thélise et de compter sur le temps pour effacer tes soucis. Seulement, je te connais. Avec ton foutu caractère, tu t'inventeras je ne sais quel domaine enchanté dont on t'aura refusé l'entrée. Alors, tu t'aigriras et tu seras plus vivable. Il vaut mieux, tout compte fait, que tu partes.

— Deux ans, saperlipopette, c'est quand même pas l'éternité !

— Ça dépend...

— De quoi ?

— Pour toi, voire pour Thélise, deux années ne comptent guère... mais pour ta grand-mère, ta marraine et moi... ? Tous trois, nous arrivons au bout de la route et qui de nous oserait se prétendre assuré d'être encore là à ton retour ? C'est toute la différence entre les larmes de ta fiancée et celles de ta grand-mère. La première trépigne d'impatience, la seconde dépérit, torturée par l'angoisse d'une absence contre laquelle elle peut rien. Tu comprends ?

— Je crois, oui.

— Mais, tu pars, pourtant ?

— Je pars.

— Que dira Mme Armandine ?

— Elle sera pas contente mais elle me laissera partir...

— T'as prévenu chez Colonzelle ?

— La grand-mère s'en charge.

Campelongue secoua la tête.

— Ton départ aura au moins un avantage : il te sortira des jupes de ton aïeule. Sur la route, tu seras obligé de te conduire à ton idée et peut-être qu'à force, tu finiras par devenir un homme sachant prendre ses responsabilités.

* * *

Ils l'avaient écoutée en silence. Parfois, ils s'adressaient mutuellement un coup d'œil pour s'assurer que l'autre comprenait comme lui. Dès les premiers mots entendus, ils avaient deviné qu'un malheur les menaçait. Cependant, ils n'étaient pas totalement pris au dépourvu. L'attitude de Thélise, en dépit de son mutisme, leur avait appris que cela ne tournait plus rond entre leur fille et Joseph, depuis le retour de ce dernier. La colère et le chagrin bouleversaient Colonzelle dont la femme ne parvenait pas à admettre que le mariage, prévu depuis toujours, n'aurait pas lieu.

Armandine conclut :

— Voilà ce que je devais vous dire. C'est fait.

Antonia gémit :

— Alors, quand ma petite rentrera, ce soir, faudra que j'y apprenne que son histoire avec Joseph, c'est fini ?

— Pas finie, ajournée.

— Ça signifie quoi, ajournée ?

— Retardée... de deux ans.

— Deux ans, vous vous rendez compte ?

— Oui.

— On risque de mourir, Colonzelle et moi avant qu'il rapplique, votre garçon !

— Et moi, qui suis bien plus vieille que vous ?

Colonzelle, tassé sur sa chaise, parut se réveiller et grogna :

— C'est pas honnête...

Armandine, un peu honteuse de la peine que son petit-fils l'obligeait à infliger à ces braves gens, manquait de conviction dans ses reparties. Elle s'en apercevait et s'en irritait, ce qui l'inclinait à parler plus durement qu'elle ne l'aurait souhaité.

— Il me semble, au contraire, que c'est honnête de vous prévenir !

— Pourquoi Joseph, il a pas parlé de ce départ ?

— Il l'ignorait jusqu'à ces jours derniers.

Antonia pleurnicha :

— Comment qu'elle va réagir, ma petite ?

— Si elle aime mon petit-fils, elle l'attendra...

— Que vous dites, vous, mais...

— Antonia, vous savez bien que le sort des femmes est d'attendre. Jeune, on attend le fiancé, puis c'est le mari qui est au cabaret et dont on attend la rentrée en sommeillant à moitié sur une chaise, ensuite les enfants... les angoisses en attendant leur naissance et la pire de toutes les attentes, quand l'époux ou le fils s'en va à la guerre...

— C'est vrai, madame Armandine... Nous, les femmes, personne se soucie de ce qu'on pense sitôt qu'on est plus jeune... Même nos enfants refusent de nous croire. Alors, ça recommence toujours et y a pas de raison pour que les choses changent...

Colonzelle, sentant obscurément que le discours de son épouse était dirigé contre lui en tant qu'homme, aurait voulu protester, mais à court d'argument, il se tut. Armandine reprit :

— Croyez-moi, Joseph aime profondément votre fille et il ne lui viendrait pas à l'idée de faire sa vie avec une autre. Je suis sûre que dans deux ans, vous serez de noces, moi, c'est moins sûr... Mais j'espère que Dieu, qui ne m'a jamais abandonnée, me permettra d'être à vos côtés. En tout cas, si cela peut rassurer la petite, on pourrait les fiancer avant que mon garçon ne s'en aille ?

Antonia renifla ses larmes.

— J'en causerai à Thélise... Elle a que vingt ans, vous comprenez ?

— Elle a bien de la chance...

* * *

Joseph, dans son impatience de voir revenir Armandine de son ambassade, s'asseyait pour se relever presque aussitôt et faire quelques pas dans la pièce puis recommençait son manège. Exaspérée, Eugénie s'exclama :

— Sors ou reste ! mais cesse ces promenades idiotes qui me flanquent le tournis !

Ils étaient sur le point de se quereller tant ils étaient nerveux lorsque Armandine poussa la porte en disant « bonsoir ». Ils répondirent machinalement, ne prenant pas garde aux mots qu'ils prononçaient. L'aïeule, sans se presser, posa ses affaires sur la table et comme s'il s'agissait d'une course aussi banale qu'à l'ordinaire, renseigna ceux qui tremblaient d'énervement.

— Je suis passée chez les Colonzelle...

Les deux « alors ? » que lancèrent Eugénie et son filleul se confondirent en un même cri dont la grand-mère ne tint aucun compte.

— ... pour les mettre au courant du dernier caprice de mon petit-fils.

Puis, donnant l'impression d'avoir dit tout ce qu'elle avait à dire, elle sortit son cahier de comptes et feignit de se plonger dans des calculs absorbants. Pourtant habituée à ces manières, Eugénie en était dupe chaque fois. Elle s'emportait, ce qui ravissait sa vieille amie.

— Enfin, quoi ! Ce n'est pas possible ! Depuis des heures, on est là, avec le petit, à se ronger les sangs en attendant que tu nous racontes ce qu'il s'est passé et tu nous parles pas ! A croire que t'es pas sortie de la maison ! Tu nous fais devenir chèvres, tiens !

Avec une parfaite mauvaise foi, Armandine répliqua :

— Si vous étiez si pressés d'être au courant, pourquoi n'y avez-vous pas été vous-mêmes ?

Joseph s'adressa à l'aïeule sur un ton anxieux :

— Qu'est-ce qu'ils ont dit ?

La grand-mère changea de ton.

— Te serais-tu imaginé, par hasard, qu'ils pousseraient des cris de joie en apprenant que tu les privais d'un plaisir qu'ils escomptaient depuis des années, qu'ils te remercieraient du mauvais tour joué à leur fille ?

— Thélise était là ?

— Non. Ses parents la mettront au courant. A mon avis, c'était à toi de la prévenir.

— Pour la voir pleurer ! l'entendre m'accuser de tous les péchés ? Merci !

— Dis donc, Joseph, ce n'est tout de même pas elle qui est responsable ?

— D'accord, pourtant...

— Tu es comme tous les hommes, mon petit, tu veux bien infliger la souffrance, mais tu ne veux pas la voir en face ! Pour rassurer les Colonzelle, j'ai offert de vous fiancer officiellement avant ton départ.

— Qu'est-ce qu'ils en ont pensé ?

— Rien. Du moins, ils n'ont pas cru bon de me le confier.

Eugénie estima nécessaire de plaindre les Colonzelle. Relevant ses lunettes sur le front et abaissant son tricot dans son giron, elle soupira :

— Ça doit pas être gai chez eux, ce soir.

Joseph s'emporta avec une telle violence que la marraine en eut les larmes aux yeux.

— C'est de ma faute, je sais ! je suis un criminel, pourquoi pas ?

Eugénie demeurant coite, Armandine la suppléa :

— Non, tu n'es pas un criminel. Simplement un égoïste. Je dois pourtant t'avertir. J'ai donné ma parole que, dans deux ans au plus tard, tu épouseras Thélise.

— C'est mon intention. Devrais-je le répéter sans cesse !

— Pour moi, Thélise est déjà ma petite-fille et elle sait que je n'en accepterai jamais une autre sous mon toit. Te voilà prévenu. Tout ce que je laisserai reviendra à Thélise et à toi. Unis vous aurez tout, séparés vous n'aurez pas grand-chose. Maintenant, nous ne parlerons plus de ton départ jusqu'au jour où tu en auras fixé la date. Appelle Céline, elle va se mettre en retard pour la soupe.

Eugénie déclara qu'il était inutile de placer son couvert, elle n'avait ni le goût ni le courage de se mettre à table. Armandine regimba :

— Plus tu vieillis et plus tu deviens capricieuse. Pourquoi refuses-tu de souper ?

— Je pense aux Colonzelle. Ils doivent vivre de durs moments.

* * *

Lorsque Thélise était rentrée, ni son père ni sa mère n'avaient osé lui rapporter la visite d'Armandine, mais durant le repas, ils montrèrent de tels visages que leur fille devina qu'il s'était passé quelque chose en son absence et que ce quelque chose leur coupait l'appétit. Ayant fini sa soupe, elle abandonna sa cuillère, repoussa légèrement son écuelle et demanda posément :

— Et si vous me disiez ce que vous avez ?

Après une brève hésitation, ils le lui dirent. Contrairement à leur crainte, Thélise n'éclata ni en sanglots ni en imprécations. Elle se contenta de remarquer :

— Je le savais. Joseph était plus le même depuis son retour.

Timidement, Antonia risqua :

— Parce qu'il t'aime, il avait peur de...

— Oh ! je t'en prie, maman ! Il me donne une drôle de preuve de son amour !

Le père soutint sa femme.

— Il faut pas le juger trop vite... D'ailleurs, sa grand-mère offre, si tu le veux, de célébrer tout de suite vos fiançailles.

— Pour quoi faire ? Ça l'empêchera pas de partir... Pensons plus à ça et vous faites pas de mauvais sang. Je suis très bien entre vous deux. Pour quelles raisons irais-je chercher ailleurs la tendresse que j'ai chez moi ! Bonne nuit. Dormez bien.

Les parents n'étaient pas convaincus. Toutefois, ils feignirent de l'être afin de ne pas rendre vains les efforts que s'imposait leur fille en espérant les leurrer.

Thélise ferma à clef la porte de sa chambre afin de n'être pas dérangée par l'inquiétude maternelle. Quand elle fut certaine de ne plus craindre aucune intrusion, elle s'allongea sur son lit et y pleura sans retenue. Persuadée que le départ de Joseph n'était qu'une ruse pour rompre son engagement, elle lui en voulait de l'avoir bernée jusqu'ici par des promesses qu'il savait ne pas vouloir tenir. Elle était injuste et en avait vaguement conscience, mais sa colère, son chagrin impliquaient l'injustice. D'abord, elle rêva de le punir en se suicidant. Se reportant aux histoires lues, aux images admirées, elle voyait Joseph, tout faraud, venant lui dire adieu et la trouvant morte. Elle serait sur son lit, habillée de sa plus belle robe, les mains jointes et lui, debout, la regarderait le visage ruisselant de larmes, déjà rongé par le remords. Que ferait-il alors ? Thélise se plaisait à croire qu'il entrerait au couvent et Tarentaize garderait le souvenir des deux amoureux. On les citerait en exemple. On parlerait d'eux aux veillées. Seulement, avant cette apothéose, il y avait un obstacle à franchir, le suicide. La pendaison et la noyade déformaient horriblement les traits. La désespérée ne désirait pas être une morte laide. Le poison ? Il paraît que cela fait très mal et puis on vous fait vomir. Une manière peu ragoûtante de prendre congé. Tandis que son désir de disparaître s'estompait, Thélise pensa à ses parents. Avait-elle le droit de leur infliger pareille peine ? Assurément non. S'étant facilement persuadée qu'elle ne pouvait agir de la sorte, Thélise envisagea de se marier avec un autre que Joseph. Cette fois, elle se voyait au bras d'un beau garçon, remontant le chœur de l'église et passant devant Joseph qui la contemplait avec des yeux désespérés. Alors, ce serait lui qui risquait de mettre fin à ses jours. Quelle que soit la solution envisagée, Thélise se savait vouée, sans qu'elle en voulût convenir, à une fidélité obligée.

* * *

Maintenant que les Colonzelle connaissaient les intentions de Joseph, ce dernier trouvait sans cesse un prétexte pour différer sa visite. Un après-midi qu'avec Armandine et Eugénie il dressait la liste de ce qu'il se proposait d'emporter le moment venu, Thélise entra et son apparition rendit l'assistance muette.

— Je dérange ?

La grand-mère se chargea de répondre :

— Absolument pas. Je t'ai déjà dit que tu étais ici chez toi.

— J'étais...

— Non. Tu es et tu seras toujours la bienvenue dans ma maison.

— Je suis là parce que l'absence de Joseph m'inquiétait. Je pensais qu'il était peut-être malade...

— Il n'est pas malade. Il a honte.

Joseph protesta :

— Je t'en prie, grand-mère !

— Ce n'est pas vrai ?

— Non... J'ai de la peine, c'est tout.

Thélise ironisa :

— Tu voudrais pas qu'on te plaigne, des fois ?

— Non, mais j'ai de la peine, une grosse peine...

— Garde-la-toi... Madame Armandine...

— Désormais, je veux que tu m'appelles grand-mère.

— Je... je peux pas vous dire... vous dire ce que ça me fait... parce que je pleurerais et je veux pas pleurer devant lui.

— Eh bien ! tais-toi.

— Pourtant, je dois vous avertir que je vous remercie pour votre offre de célébrer nos fiançailles...

— Tu ne le désires pas ?

— Non. Je tiens pas à forcer la main de qui que ce soit.

Armandine prit Thélise dans ses bras.

— Tu deviens telle que je te souhaitais. Salue tes parents...

Eugénie conseilla :

— Dis-leur que si dimanche, ils n'ont rien envisagé de spécial, qu'ils viennent faire les quatre heures avec nous. Tu es d'accord, Armandine ?

— Naturellement, et j'en aurai beaucoup de plaisir. A bientôt, ma grande fille.

Au moment où Thélise s'apprêtait à sortir, Joseph s'enquit timidement :

— Est-ce qu'on pourrait se promener ensemble au début de l'après-midi ?

— Si t'en as envie, je serai prête.

Leudit accompagna celle qui, malgré l'absence de tout engagement officiel, demeurait à ses yeux, sa fiancée, et quand les deux vieilles femmes se retrouvèrent seules,

Armandine sourit à sa complice de toujours avant de donner son opinion :

— Je crois que notre petite-fille est de bonne race.

* * *

Au cours de la semaine qui suivit, on reçut une lettre de Charlotte. Armandine la lut à haute voix. Fidèle à elle-même, la mère de Joseph décrivait son existence en compagnie de sa cousine. Elle parlait comme une nonne, invoquant le Seigneur à chaque ligne ou presque. Elle expliquait par le menu ses petites joies médiocres, qui tenaient essentiellement à ce que, s'étant douillettement glissée dans un cadre proche de la vie monastique, elle se laissait porter au fil des jours sans n'avoir plus à endosser la moindre responsabilité. Elle ne faisait grâce d'aucun détail sur ses occupations quotidiennes comme si l'épluchage des pommes de terre ou le grattage des carottes pouvaient intéresser qui que ce soit. Elle terminait en disant son espoir d'apprendre que ceux et celles qu'elle aimait se portaient bien puisque, chaque jour, elle demandait à Dieu de les garder en bonne santé.

L'ayant lue, Armandine chiffonna la lettre et la jeta au feu en déclarant :

— Notre pauvre Charlotte devient de plus en plus stupide.

Ce fut son seul commentaire.

* * *

Lorsque, au début de l'après-midi dominical, Joseph se présenta chez les Colonzelle, il y fut reçu aussi familièrement que d'habitude.

On ne s'autorisa aucune allusion à ce qui était pourtant le souci de chacun. Après avoir bu le café, les jeunes gens sortirent. L'attitude de Thélise déroutait complètement le visiteur. Elle le traitait ainsi qu'elle eût traité n'importe qui. De tous, elle semblait la plus enjouée. Joseph donna le choix à sa compagne entre différentes promenades. Elle les refusa toutes.

— Ces balades, nous les parcourons depuis que nous savons marcher. On y a été heureux. On y a joué au papa et à la maman. J'ai pas oublié. Alors, refaire ces chemins aujourd'hui, maintenant que tu as renié tes engagements me serait trop pénible. Tu sais, à chaque arbre, je suis capable d'accrocher un souvenir, à chaque buisson une promesse.

— Je te jure, ma chérie, qu'il s'agit seulement d'ajourner notre mariage, pas d'y renoncer !

— Tu te racontes des histoires, mon pauvre ami. A qui feras-tu croire que tu me prouves ton amour en m'abandonnant ?

— Deux ans, c'est pas long...

— Pour toi, peut-être, mais pour ceux qui aiment, c'est une éternité. As-tu pensé à ce qu'on va raconter dans le village ?

— Cela m'est égal !

— Parce que tu pars... Moi, je reste. Cependant, n'aie pas de soucis, je tiendrai le coup. Et puis, il y aura peut-être des garçons qui prendront ma défense...

— Qui donc ?

— Tous ceux qui m'estiment.

— Le Basile Saillon, par exemple ?

— Pourquoi pas ?

Il ne la reconnaissait pas. Autrefois, elle aurait pleuré, gémi. Elle l'aurait supplié. Au lieu de cela, elle menait le jeu calmement. Qu'elle ait du chagrin, il en était certain. Or, cette fois, la peine, au lieu de l'amollir semblait l'avoir durcie. Elle parlait d'une voix nette.

— Quoi qu'il arrive, maintenant, Joseph, nous deux, ça ne sera plus comme avant.

— Pourquoi ? parce que je pars pour apprendre et devenir un des premiers dans mon métier ?

— Non, parce que j'ai plus en toi la confiance que j'avais depuis toujours. Si tu reviens... si je suis encore libre... si tu l'es de ton côté, on se mariera. On sera un couple comme les autres alors qu'on aurait été si différents... Tu racontes que tu peux pas te marier en gardant au cœur ton envie de visiter la France, c'est sans doute vrai. As-tu songé que moi, je garderai au cœur, jusqu'à la fin de mes jours, le regret du couple que nous aurions pu former si tu étais demeuré fidèle à ta jeunesse ?

Chaque dimanche, ils reprenaient ces discussions ne menant à rien. Ils le faisaient sans colère, sinon sans amertume. Ils parlaient d'eux-mêmes avec une tendre résignation, à la façon dont on invoque l'ami que l'on vient d'enterrer.

En rentrant chez lui, Joseph s'injuriait et donnait raison à Thélise. Il devait renoncer à ses idées absurdes de voyage et se hâter d'épouser celle qu'il aimait. Cependant, le soir venu, sitôt qu'il fermait les yeux sur de bonnes résolutions, les paysages alpins venaient le hanter, les montagnes impressionnantes, les chemins qui se perdaient dans le ciel, les grandes solitudes que traversait le vol silencieux des rapaces. Il s'endormait, de nouveau décidé à partir.

Armandine lisait dans son petit-fils ainsi que dans un livre. Elle devinait ses combats, ne se laissait pas prendre à ses faux triomphes sur son envie de partir et regardant le visage du jeune homme, elle voyait celui de son grand-père en proie à des luttes identiques. Malheureuse de ne pouvoir l'aider, elle lui demandait parfois :

— Qu'as-tu, mon petit ?

Le plus souvent, il haussait les épaules sans répondre. Elle feignait de ne pas l'avoir remarqué et fournissait la réponse à la question qu'elle avait posée.

— Tu souffres du mal dont ont souffert tous les hommes de la famille : ton arrière-grand-père Honoré, ton grand-père Nicolas, enfin, Jean-Marie ton père...

— Pourquoi me redis-tu tout ça, grand-mère ?

— Je ne veux pas qu'un jour puisse venir où tu risquerais ta vie à seule fin de n'avoir pas rêvé en vain. Pars et reviens, délivré de tes songes, c'est l'unique moyen pour toi de rendre ta femme heureuse.

Joseph embrassa son aïeule en chuchotant :

— Tu es la seule qui me comprenne.

— Sans doute parce que je suis la seule à te connaître vraiment.

Le jeune homme se leva.

— Je dois rejoindre Campelongue. Il attend, pour me présenter au grade d'apprenti, que je sois capable de montrer mes capacités dans le domaine du trait.

— Ça signifie quoi ?

— Faudrait que j'exécute un dessin coté, que j'aurais inventé : une église, une ferme, un atelier, enfin n'importe quoi qui puisse se réaliser matériellement.

— Ça doit être très difficile ?

— Plus c'est difficile, plus ça me plaît, grand-mère !

— Alors, s'il en est ainsi, écoute : mon père, quand il est revenu de la guerre, il ne se rappelait plus grand-chose de sa vie d'avant. Naturellement, il se souvenait de celle qui lui avait servi de mère et qu'il aimait tellement que lorsque je suis née, il a voulu me donner son prénom. Il se rappelait aussi d'une petite fille blonde — Marion — qui avait été la compagne de ses premiers jeux. Pour elle, il avait inventé cette espèce de domaine enchanté qu'il nommait « la Désirade ». Mon pauvre papa a été la première victime de la légende. Toute sa vie, il a eu foi dans l'histoire imaginée. Ce domaine de la Désirade, c'est un peu la chronique familiale de notre maison. De génération en génération, on s'est transmis le mythe de la Désirade et les étrangers, comme mon époux ou ton père, en s'intégrant au clan, adoraient la légende familiale. Les uns après les autres, ils pouvaient décrire la Désirade telle que mon père, Honoré l'avait décrite à sa petite camarade, il y a un siècle. Je suis sûre que toi-même...

— Oh ! moi, je pourrais te dessiner tous les bâtiments à peu près tels que ton père les voyait.

— Dans ce cas, ton problème est résolu.

— Je ne sais pas ?

— C'est pourtant simple : dessine la Désirade.

Joseph courut faire part de la proposition de son aïeule à Campelongue qui l'approuva.

— Une fameuse idée, fiston. Dans son exécution, tu vas pouvoir montrer tout ce que tu sais faire. Les compagnons que tu as rencontrés avant de partir à l'armée ont apprécié ton habileté. Ils sont d'accord pour que tu entames ton tour de France en qualité d'apprenti, à la seule condition que tu fasses connaître tes capacités dans le dessin. Surtout Beaujolais Brave Compagnon — le plus vieux — il est un fanatique du trait.

Surveillé par Campelongue, le fiancé de Thélise se mit à la tâche avec enthousiasme.

— Tu te rends compte, Thélise, que je vais matérialiser sur le papier le vieux rêve de la famille ?

Non, elle ne se rendait pas compte, Thélise ! Elle était fermée à tout ce qui n'était pas un bonheur devant débuter par son mariage. Sans se soucier de son visage boudeur, le petit-fils d'Armandine poursuivait avec exaltation :

— Il y a cent ans, un petit garçon confiait à une petite fille comment il envisageait leur avenir. Je vais pouvoir montrer, à qui voudra le voir, le domaine inventé par mon arrière-grand-père !

* * *

Désespérant de comprendre son compagnon, Thélise commençait à se demander si tous les membres de la famille, dont Joseph était l'ultime rejeton, ne se révélaient pas un peu fous. En revanche, à la fin d'avril 83, quand Leudit étala sur la table de la ferme, soigneusement essuyée par Céline, le plan de la Désirade, Armandine et Eugénie ne surent que dire. Ce dessin les renvoyait, l'une et l'autre, à leur petite enfance, lorsque Honoré Versillac, assis près de l'âtre, leur racontait la Désirade. Les deux amies embrassèrent avec vigueur le garçon qui leur apportait un si magnifique cadeau puis Armandine s'inquiéta :

— Si tu emportes ce dessin à Lyon, nous ne le reverrons plus !

— Rassure-toi, avant de le monter là-bas, Campelongue et moi en ferons une copie que tu garderas.

* * *

Sous le soleil printanier, la Croix-Rousse ressemblait à un jardin où les métiers à tisser mettaient un bruit lancinant et rythmé. Joseph trouvait cette étrange musique agréable. Campelongue, sachant que cet écho se répandant à travers le quartier ne faisait que scander la misère ouvrière, ne partageait pas son sentiment. Ils étaient arrivés la veille au soir et avaient couché dans un hôtel modeste du Gourguillon. Impatients, ils s'étaient levés de bon matin et se promenaient pour calmer leurs nerfs. A l'heure prescrite, ils se présentèrent à la « cayenne [1] » où on les attendait. Le cœur de Joseph battait à une cadence accélérée. Il entendait parler de compagnonnage depuis si longtemps qu'il avait le sentiment de pénétrer dans un monde mystérieux où le secret régnait en maître. Sa première impression fut assez décevante. Il s'attendait à il ne savait trop quoi, mais sûrement pas à pénétrer dans une grande salle triste où quelques hommes, assis sur des bancs, buvaient en silence. La « mère [2] » — une forte commère au sourire bienveillant — accueillit les visiteurs.

— Que venez-vous chercher ici, les amis ?

Campelongue répondit en montrant Joseph :

— Il est convoqué pour passer son épreuve d'aspirant charpentier de haute futaie, compagnon passant bon drille.

— Je vais prévenir le « premier en ville ». Espérez un moment.

Ils attendirent quelques minutes au bout desquelles la femme revint accompagnée d'un sexagénaire à la moustache épaisse qui salua cordialement Campelongue :

— Je suis heureux de saluer Savoyard le maître du trait.

— Oh ! je vous reconnais Belleville l'Honneur de son Père... Nous avons travaillé ensemble en 76 et en 80.

— Le bon temps. Vous venez pour ce jeune homme, il paraît ?

— Mon élève.

— Alors, il a pas à se faire de bile. Les anciens l'attendent. Je les rejoins. Le rôleur [3] conduira votre garçon.

1. Maison des compagnons et apprentis.
2. Elle dirige la cayenne.
3. Sorte de maître des cérémonies.

Et soudainement, sous le regard effaré de Joseph, Campelongue et l'ami retrouvé se livrèrent à une sorte de danse rituelle aux mouvements décomposés pour finir par une accolade. La mère souffla au petit-fils d'Armandine :

— Ce sont des hommes d'un autre âge. Ils se saluent à l'ancienne mode en pratiquant la « guilbrette [1] ».

Belleville l'Honneur de son Père ayant quitté la salle, le rôleur, un garçon de haute taille à l'air endormi, se montra. Il salua Campelongue et dit à Joseph :

— Si vous voulez bien ?

Après un dernier regard à son maître qui le rassura de la main, Joseph suivit le rôleur qui l'amena devant une porte à laquelle il frappa. Quand il eut obtenu la permission d'entrer, il s'effaça pour laisser Joseph pénétrer seul dans le local où on l'attendait. Parmi ceux le regardant venir à eux, l'impétrant reconnut les trois vieillards devant lesquels il avait comparu près de deux années plus tôt. Il répondit fermement aux questions sur sa moralité, sur ses raisons de souhaiter être reçu compagnon. Le premier en ville demanda à l'assistance :

— Quelqu'un désire-t-il parler pour ce jeune homme ? Bourguignon la Paix des Cœurs ? On vous écoute.

Il s'agissait d'un vieillard que Joseph connaissait de vue. Le bonhomme discourut d'une voix un peu frêle mais encore ferme, pour déclarer :

— Le seul souci que nous avions concernait son aptitude au trait. Avec cette étude qu'il nous apporte, nous pouvons être rassurés.

On fit circuler le dessin et il n'y eut pas une voix discordante. Tous approuvèrent Bourguignon la Paix des Cœurs. On pria l'impétrant de sortir et quand on lui ordonna de revenir, ce fut pour lui annoncer :

— Stéphanois, nous vous avons jugé digne de poursuivre votre éducation sur le tour de France afin qu'un jour, dans l'une de nos cayennes, vous soyez reçu charpentier de haute

1. Accolade.

futaie, compagnon passant bon drille selon le rite des enfants du père Soubise.

Le vieux tendit à Joseph une sorte de carnet.

— Voilà votre « affaire », dont vous ne vous séparerez jamais, sauf dans les cayennes où vous le confierez à la mère. Il portera les traces de vos activités et l'adresse des patrons chez qui vous aurez travaillé. Il vous servira de passeport auprès des gendarmes et vous fera reconnaître dans les cayennes où vous vous présenterez. Après les libations traditionnelles, vous prendrez la route quand vous le voudrez. Bonne chance, la coterie !

Tous reprirent en chœur le souhait de l'ancien et, quelques heures plus tard, lorsqu'il quitta la cayenne en compagnie de Campelongue, Joseph se sentait devenir un autre dans un autre monde.

* * *

Dans la voiture les ramenant chez eux, le maître et son élève — heureux d'être désormais liés par quelque chose de plus que l'amitié — bavardaient sans se soucier de ceux qui les entouraient. Joseph dit son intention de partir à la mi-mai et de gagner Valence.

— Tu peux choisir les étapes que tu veux à condition de passer obligatoirement par les cayennes de Marseille, Bordeaux, Nantes, Orléans et Lyon.

L'inquiétude commença à mordre de nouveau Joseph quand il se retrouva seul sur le chemin de Tarentaize. Ce succès qui l'enivrait, comment serait-il reçu par Armandine et Eugénie, et surtout par Thélise ?

Si Armandine félicita son petit-fils, Eugénie pleurnicha en pensant au départ proche de son filleul, mais on était fait à ses manières. Au contraire, chez les Colonzelle, où il s'attendait à des cris et à des larmes, Joseph fut reçu avec une sorte d'amicale indifférence qui le choqua profondément. Quand il eut annoncé son succès, Adrien demanda :

— Je suppose qu'on doit te féliciter ?

— Ma foi...

— Bravo donc ! Personnellement, je comprends pas

pourquoi tu as besoin de quitter tous ceux qui t'aiment et de courir les routes afin de devenir un bon charpentier alors que de l'avis de Campelongue, tu l'es déjà !

— C'est pas la même chose...

Thélise intervint :

— Tu peux pas le raisonner, papa. Il a envie de partir, qu'il parte ! Personne pourrait le retenir, pas plus toi que n'importe qui. On met la table, maman ?

Sans s'occuper davantage du visiteur, les femmes vaquèrent à leurs occupations ménagères tandis qu'Adrien s'installait dans son fauteuil et dépliait son journal. Humilié, Joseph prit un congé des plus brefs. Sur le chemin du retour à la ferme, le garçon tremblait de rage. Personne encore n'avait osé le traiter de cette façon ! S'ils voulaient, par leur attitude, lui faire comprendre que la famille Colonzelle n'entendait pas poursuivre les projets de mariage, grand bien leur fasse ! Leur fille n'était pas un modèle unique dans le canton ! La Rosalie de Thélise-la-Combe, par exemple ! Cependant, en même temps qu'il feignait de croire aux arguments que son dépit lui fournissait, il avait envie de pleurer en pensant que sa Thélise pourrait s'écarter de lui. Ce fut dans ce tumulte de sentiments qui lui bouleversait les traits qu'il rejoignit Armandine, Eugénie et les domestiques. La grand-mère s'étonna :

— Ils ne t'ont pas retenu à dîner ?

Le garçon eut un rire amer.

— Retenu à dîner ? C'est à peine s'ils m'ont pas foutu à la porte !

— Thélise n'a pas protesté ?

— C'est elle qui a tout déclenché, la garce !

La grand-mère se fit sévère.

— Joseph ! quelle est cette façon de parler de ta future femme ?

— Oh ! ma future femme, c'est vite dit !

— Attention ! Tant que je serai vivante, tu ne trahiras pas les engagements pris !

— Mais si c'est elle qui veut plus de moi ?

— Serais-tu stupide ? ça me vexerait.

* * *

On est au dix de mai. Jamais la campagne n'a été aussi belle. Un esprit romanesque pourrait penser qu'elle déploie tous ses charmes et joue les coquettes pour essayer de retenir celui qui a fixé son départ au quinze du mois.

Joseph se promène seul. Il prend congé de son pays. Il a le cœur un peu serré. Il ne souhaite pas de témoin. C'est une affaire entre l'herbe et lui, l'arbre et lui, entre l'eau vive et lui. Il s'arrête et écoute longuement le chant ténu des petits ruisseaux courant dans les prés. Au loin, les montagnes ont l'air d'avoir été passées à l'indigo. Le bleu de mai. Perdu dans les herbes hautes ou presque enseveli sous le feuillage d'un fayard, voilà une de ces croix où le gamin s'arrêtait jadis pour dire un *Pater* ou un *Ave* le jour des Rogations ou déposer des fleurs à la Fête-Dieu. Il ferme les yeux et il entend le chant pointu des enfants que le prêtre essaie vainement de retenir dans les limites d'un solfège respecté. Il monte au cimetière et de là, il a le sentiment de tenir le village dans sa main et c'est cette image qu'il veut emporter avec lui, celle qu'il se promet de ne jamais oublier. Loin de là, du côté du Plomb, on étête les arbres. Joseph a la curieuse impression que le rouge-gorge, chantant à quelques mètres de lui, lui dit au revoir au nom de tous les oiseaux que l'homme des champs fréquente quotidiennement : les rossignols, les tourterelles, les corneilles et tous les passereaux. Le garçon rentre à la ferme un peu triste à l'idée de tout ce qu'il va quitter mais ça ne lui enlève pas l'envie de partir.

Le fils Leudit part demain. La « malle aux quatre nœuds » est déjà prête sur la table de sa chambre. Son vrai bagage, avec les habits et les souliers de rechange l'accompagnera dans la voiture de roulage qu'il prendra à Serrières et qui le conduira à Valence. Il s'en va d'un bon pas sur le chemin des Citadelles, hameau dont relève la ferme des Colonzelle. Cependant, au fur et à mesure qu'il approche, son allure ralentit. Au fond, il ne sait pas de quelle façon il sera reçu. Il redoute surtout Antonia. Elle est moins intelligente que les autres et demeure fermée à toute explication. Pour elle, elle ne sait qu'une chose : sa fille est malheureuse et elle en veut à celui qui est la cause première du chagrin de son enfant : Joseph. Au moment d'entrer chez les Colonzelle, le garçon hésite encore. En partant sur les routes, ne se ferme-t-il pas les portes d'un paradis à sa portée au profit d'une aventure dont la recherche ne s'impose pas ? Au lieu de construire pour les autres, pourquoi n'agrandirait-il pas sa propre demeure ? A-t-il le droit de sacrifier le bonheur de sa famille et de ceux qui l'aiment, au sien ?

— Alors, tu entres ou tu entres pas ?

Jovial, debout sur son seuil, Adrien interpellait Joseph. Celui-ci poussa le portillon de planches bien taillées.

— Les femmes sont en train de manger...

— Je pars demain, à l'aube, et je suis venu...

— ... nous dire au revoir... Enfin, c'est ton idée... Tout ce que j'espère c'est que tu saches ce que tu fais.

— Je le crois.

— Dans ce cas, amène-toi, mais t'attends pas à des cris de joie.

— Je m'en doute.

Ils pénétrèrent dans la maison. D'abord, les femmes feignirent de ne pas prêter attention au nouveau venu puis, Adrien dit :

— Antonia, tu pourrais offrir une tasse de café à Joseph ?

Mme Colonzelle se leva de table et posa, devant son hôte obligé, une tasse qu'elle emplit de café. Sans le regarder, Thélise poussa vers lui le sucrier.

— Je suis venu vous annoncer que je partais demain.

Antonia glapit :

— Tu penses quand même pas qu'on va pleurer ?

— Vous non, mais...

Thélise se redressa et, regardant de ses yeux tristes celui qu'elle aimait, elle secoua la tête :

— Moi non plus, Joseph, c'est trop tard. J'ai plus de larmes...

— J'aurais souhaité avant de partir que nous nous engagions devant tous.

— A quoi bon ? Ta grand-mère désirait que nous célébrions nos fiançailles. Je te répète : à quoi bon ? Si tu dois m'oublier, aucun engagement quelle qu'en soit la forme t'empêchera de me trahir si tu en as envie. Moi, je me suis engagée devant tout le village lors de l'enterrement de ton père. J'ai quitté les miens pour te rejoindre. Je t'ai pris la main et je t'ai plus lâché jusqu'à ce que mes parents viennent me chercher chez toi. Que pouvais-je faire de mieux ?

— Bon... dans ce cas, au revoir à tous. (Il se tourne vers Colonzelle :) Est-ce que je peux embrasser Thélise ?

— Ça, mon gars, ça la regarde.

La jeune fille s'approcha.

— Si tu crois que c'est nécessaire...

Vexé par cette remarque qui, visiblement, comble la mère de joie, Joseph prend sa fiancée dans ses bras et a la surprise de la sentir se coller contre lui et chuchoter à son oreille :

— Tâche de revenir, je t'attendrai le temps qu'il faudra.

Colonzelle raccompagna l'amoureux de sa fille. Pendant ce temps, Antonia confiait à cette dernière :

— Crois-moi, crois-moi pas, mais je suis contente qu'il s'en aille ! Il s'est assez moqué de nous !

— Tu devrais avoir honte de parler ainsi de celui qui sera mon mari.

Mauvaise, Antonia ricana :

— Ton mari ? D'abord, il faudrait qu'il revienne et ça, à mon idée, c'est pas sûr du tout.

Thélise a regardé sa mère bien en face et répond d'une voix grave :

— S'il revient pas, je mourrai.

La mère est restée un instant médusée, puis elle a crié :

— Tu oserais me faire une chose pareille ? Sais-tu que si tu devais mourir à cause de ce monstre, je serais capable de te tuer ?

— Mais, si je suis déjà morte ?

— Je te retuerai avant d'abattre tous les membres de cette famille maudite où t'aurais pas vergogne d'entrer.

Thélise sourit et proposa :

— En attendant ce massacre, si on pelait les légumes pour la soupe ?

Sur la route, Joseph marche vite. A présent, il sait que Thélise l'aime toujours autant. Cette conviction lui apporte la force dont il a besoin pour partir. Il longe un champ où travaillent des hommes dont il ne reconnaît pas la silhouette. Sans doute des ouvriers agricoles étrangers au pays. L'un d'eux lève le bras et crie : « Salut ! » et Joseph répond : « Salut ! » Sûr de la tendresse de Thélise, il est disposé à aimer tout le monde.

## 2.

Assis dans le char à bancs que conduit Gaspard, Joseph a beaucoup de mal à ne pas sombrer dans le sommeil dont le domestique l'a tiré à trois heures. Le garçon ne s'est pas encore arraché aux brumes de la nuit. Il ne sait pas très bien ce qu'il fabrique dans cette carriole. La croupe dansante de Sacripant, par son rythme régulier, endort l'esprit du garçon. Il se retourne. Il voit la malle, son paquet et son bâton. Il n'ignore pas que, s'il le veut, il n'aura jamais beaucoup de chemin à couvrir à pied, grâce à l'argent que la grand-mère et la marraine lui ont glissé, mais il entend demeurer fidèle à la tradition. Emmitouflé dans une grosse veste de fourrure qui sent encore la bique, Gaspard, silencieux (c'est sa nature), semble ne s'intéresser à rien. Pourtant, surveillant la route, les champs et le ciel, il voit tout. Joseph grogne :

— Le temps est pas au chaud...

Gaspard se racle la gorge, crache loin avant de répondre :

— Normal. C'est la saint Pancrace, aujourd'hui ; t'as pas oublié : « Saint Mamers, saint Gervais, saint Pancrace, trois saints de glace. » Demain, c'est la saint Honoré. Si on y a un peu de froidure, c'est bon pour les légumes.

Le domestique lève son fouet pour montrer de larges écharpes de brume au-dessus des montagnes de la Haute-Loire et annonce, sentencieux :

— Y a des chances pour qu'août soit pluvieux.

Joseph ne répond pas. Que pourrait-il répondre à un homme qui n'ignore rien des caprices de la nature ? Gaspard ne sait ni lire ni écrire. Sa science repose sur ses propres observations et sur l'expérience des anciens. Ce sont les leçons du dimanche, quand on passe l'après-midi à l'auberge. On y cause entre gens d'âge sur le climat, les bêtes, les récoltes, qui portent leurs fruits pendant que les jeunes se querellent en jouant aux cartes.

On roule. Joseph, maintenant bien réveillé, regarde des deux côtés de la route, à la façon du pensionnaire qui, les vacances terminées, regagne son collège. Il veut tout voir encore une fois pour se rappeler. On arrive, en pleine forêt sur le pont enjambant le Furan. Sacripant, en cheval d'expérience, se met au pas. Il sait qu'il y a une lieue de montée à travers les arbres pour atteindre les Tours sur la grand-route de Saint-Étienne à Valence. Dans le silence qui enveloppe les voyageurs, on entend chanter l'eau descendant vers la ville, un chant qui s'amenuise au fur et à mesure qu'on s'éloigne. On éprouve guère le besoin de parler. Les coups de bec d'un pic emplissent un instant la forêt où résonne, de temps à autre, le ricanement d'un geai. Soudain, Gaspard dit :

— Alors, c'est pour deux ans que tu pars ?

Naturellement, il a retrouvé le tutoiement d'autrefois, de l'époque où le gamin venait chercher refuge près de lui contre la colère menaçante du jars ou l'énervement d'une génisse.

— Oui, deux ans.

— Tu reviendras, c'est sûr ?

— Je reviendrai, mon vieux... si je ne revenais pas, Thélise en mourrait.

Gaspard laisse passer un moment avant de répondre :

— La petite, on sait pas parce qu'à son âge, on a le goût de la vie. Mais ta grand-mère et ta marraine, sûr...

— Pourquoi ?

— Parce qu'elles tiennent à cause de toi, seulement à cause de toi. Tu penses pas qu'elles sont fatiguées ?

— Si, peut-être...

— Alors...

Ils n'ont plus échangé un mot jusqu'aux Tours où ils ont tourné à gauche vers le col du Grand Bois. Sacripant s'est remis à trotter, fouetté par l'air vif qui le baigne et l'émoustille. Le plateau est le domaine du vent qui, l'hiver, y accumule les congères. En retrouvant la forêt pour la grimpée vers le col, le cheval reprend son allure paisible.

Joseph ne prête plus attention au paysage. L'opinion de Gaspard est entrée en lui, occupant son esprit tout entier. Brusquement, il prend conscience de ce qu'il doit aux deux vieilles femmes s'efforçant de suppléer un amour maternel défaillant. Bouleversé, il revoit son départ de la ferme. Céline et Eugénie pleurent, celle-ci avec moins de discrétion que celle-là. Eugénie a soupiré :

— C'est long, bien long, deux ans...

Joseph comprend seulement maintenant ce que sa marraine souhaitait exprimer à savoir que le temps n'a pas la même durée pour tout le monde. A moins d'accident ou de maladie, Thélise sera présente au temps fixé pour le rendez-vous, mais la dolente Eugénie? l'inflexible Armandine? Cette dernière a accompagné son petit-fils à la voiture et lui a assuré :

— Si Dieu m'aide, je tiendrai jusqu'à ton retour, sinon il ne faudra pas m'en vouloir et te rappeler que c'est toi qui as voulu partir.

Sur la route passant au milieu d'une forêt d'épicéas, Joseph a l'impression que tous ces grands arbres le regardent avec sévérité. Après le col, Sacripant se lance gaiement dans la descente sur Laversanne. Gaspard ne parle plus et Joseph n'a pas envie de converser avec qui que ce soit. Avant le départ, on a décidé de faire une pause à Boulieu pour embrasser Charlotte. Ils s'arrêtent devant sa porte à dix heures. C'est Irma qui leur ouvre. Elle ne reconnaît pas le garçon. Ce n'est que lorsqu'il demande à voir sa mère qu'elle l'embrasse et s'inquiète de la santé de son aïeule. Elle introduit le fils de son amie au salon et cantonne Gaspard à la cuisine avec un verre d'eau de noix. Il aurait préféré autre chose.

Resté seul dans le salon, Joseph se sent mal à l'aise. Cette atmosphère feutrée l'oppresse. Il ne trouve aucun réconfort dans la contemplation des tableaux pieux qui encombrent les murs.

— Comment vas-tu, Joseph ?

Le fiancé de Thélise, surpris dans son examen des « œuvres d'art » accumulées sur les murs, sursaute. Il s'avance vers sa mère, la prend dans ses bras et la sent se raidir. Il dit :

— Maman...

Alors, Charlotte se relâche un peu et tend à son fils ses joues sèches et comme vernissées sur lesquelles il dispose, d'une lèvre intimidée, des baisers furtifs.

— Assieds-toi, Joseph, et raconte-moi.

Charlotte écoute son fils lui apprendre qu'il quitte le pays pour deux ans. Il lui explique les raisons professionnelles de son départ. Joseph s'excite, rappelant les épreuves déjà heureusement subies quand, tout à coup, il a l'impression de parler dans le vide, sa mère paraît avoir l'esprit ailleurs. Il se tait, la gorge serrée. Charlotte lui sourit :

— C'est bien. Je souhaite que tu réussisses. Je prierai pour toi.

Cependant, cela est exprimé d'une voix tellement indifférente que Joseph ne sait plus quelle attitude adopter.

— Et ma mère, se porte-t-elle bien ?

Joseph respire. Il s'agit d'un sujet plus facile. Il peut en parler longuement, mais Charlotte se contente de quelques renseignements superficiels à propos d'Armandine, d'Eugénie et des Colonzelle, avant de décider que la conversation a assez duré.

— Il va être l'heure de la prière, il faut que je te quitte...

De nouveau, deux baisers secs et froids.

— J'espère que toi-même, mon enfant, tu n'oublies pas de réciter tes prières ?

Maintenant, il a envie qu'elle s'en aille.

— Oui, oui...

— C'est ce qu'il y a de plus important.

Elle sort sans qu'il y prenne garde. S'il avait été seul dans la maison, il aurait pleuré. Mais Irma doit rôder derrière la porte et Gaspard, sans doute, se morfond à la cuisine. Le domestique s'étonne du visage que montre son patron. Il n'ose pas l'interroger et Joseph hésite à lui avouer que, désormais, il se sent vraiment orphelin.

L'attelage descend à vive allure vers Serrières. Après leur visite à Boulieu, ils n'ont pas desserré les dents. On arrive à Peaugres lorsque Gaspard demande :

— Au fond, pourquoi tu pars ?

— Pour tenter de devenir un bon charpentier.

— Pourquoi t'as pas voulu être paysan ?

— J' sais pas.

— T'avais rien contre ?

— Non, mais la ferme est trop petite pour deux ménages.

* * *

Campelongue, légèrement embarrassé, se tient debout et il faut qu'Armandine le prie de s'asseoir pour qu'il prenne un siège.

— Je suis venu à cause du petit. Comment ça s'est passé ce départ ?

On le rassure en lui affirmant qu'il n'y a eu aucune anicroche.

— Et maintenant, mon bon Campelongue, ce n'est pas une raison parce que mon petit-fils a cru nécessaire de prendre deux ans de vacances pour que nous fassions de même.

Le charpentier approuve d'un hochement de tête sans comprendre où Armandine veut l'amener. La grand-mère s'en va chercher dans sa chambre un rouleau de papier qu'elle étale sur la table. Le vieil homme reconnaît le dessin de Joseph, intitulé « la Désirade ». Il lève vers son hôtesse un regard étonné.

— Et alors ?

— On va bâtir la Désirade. Vous apportez votre savoir, moi j'apporte les sous.

— Ce sera très cher.

— Aucune importance, je vendrai mes bois. Ça vous dit ?

— Bien sûr ! mais où bâtira-t-on ?

— J'ai acheté la ferme Landeyrat et les terres.

— Nom d'un chien ! Madame Armandine, je sais plus quoi répondre !

— C'est très simple : vous marchez avec moi, oui ou non ?

— Oui ! cent fois oui !

— Seulement, mon ami, il vous faut garder le secret. Pour ceux qui vous interrogeraient, c'est de Me Retourbey, notaire à Bourg-Argental que vous recevez les ordres et les fonds.

— Me Retourbey ? d'accord.

— D'ailleurs, c'est chez lui que devront être adressées toutes les factures.

— Entendu.

— Un moment encore : vous ne toucherez pas au vieil arbre qui se dresse au milieu de la cour. L'inauguration devra avoir lieu dans...

— Attendez ! Laissez-moi deviner (Il fait semblant de réfléchir et lance :) dans deux ans !

— Jour pour jour !

* * *

Dans la voiture l'emportant sur la rive droite du Rhône, Joseph n'est pas d'humeur bien gaie. En l'abandonnant à Serrières, Gaspard, quoique d'abord rude et peu enclin aux caresses, s'était montré plus affectueux que sa mère et cela, le garçon a du mal à le constater, de la peine aussi. De Charlotte, suivant le cours naturel des choses, sa pensée l'emporte vers Thélise. Elle aussi, en ce moment, ne souffre-t-elle pas ?

Joseph, pour économiser son argent, voyage sur le toit de la diligence, aux places les moins chères. Il baigne ainsi dans le vent frais de la course. Il a pour compagnons des gens comme lui et qui, apparemment, ne roulent pas sur l'or. Parmi eux, se trouve une fille, la tête enserrée dans un bonnet, les épaules emprisonnées dans un châle, qui se rend à Valence pour y entrer en condition chez des bourgeois. Joseph croit entendre qu'il s'agit d'un notaire ou d'un avocat, un gros, un important quoi !

La voiture passe entre des jardins où des hommes et des femmes sarclent, binent, éclaircissent sous les rayons d'un soleil déjà vif dont on s'abrite avec de grands chapeaux de paille décolorés. Joseph reconnaît qu'il voyage à travers une belle région où il doit faire bon vivre. Devant les murs des maisons, dans les villages qu'on traverse, on a installé les vieux sur une chaise ou un banc, avec un gros gilet de laine et un cache-nez autour du cou. Au passage, on leur crie :

— Salut, grand-mère ! grand-père !

Les vieux répondent en esquissant des gestes qu'ils n'achèvent pas. Les arbres fruitiers en fleurs transforment la vallée du Rhône en un lieu paradisiaque. Enivré de couleurs et de parfums, l'esprit de Joseph s'écarte de plus en plus de son village pour savourer le moment présent et augurer de l'avenir. Le voyage est un enchantement. On arrive à Valence en fin d'après-midi et Joseph, résolu à goûter les beautés d'un monde qu'il découvre, décide de passer la nuit dans la capitale de la Drôme. Il prend une chambre dans un hôtel de rouliers d'où démarrent la plupart des voitures filant dans toutes les directions. L'odeur forte des chevaux (ils sont une trentaine dans l'écurie accolée à l'hôtel) gâte un peu le plaisir du voyageur émerveillé. Les conducteurs de ces grosses guimbardes mènent grand tapage, buvant, jouant aux cartes, se querellant, s'embrassant sous prétexte qu'ils ne se sont pas rencontrés depuis un certain temps. Tout cela s'affirme si nouveau, si imprévu aux yeux du petit-fils d'Armandine qu'il n'en témoigne pas d'humeur. Malgré le bruit, il s'endort, rêvant d'un tour de France qui ressemblerait aux voyages des contes de fées.

On s'en va à l'aube pour toucher Nîmes au début de l'après-midi. Excité, Joseph est le premier à grimper sur le toit de la voiture et doit sortir de sa malle aux quatre nœuds le gilet de laine qu'Armandine y a placé, tant le vent du matin vous pénètre jusqu'aux os. On roule une heure dans la campagne endormie. La rosée de mai est abondante et il faut un bon moment au soleil pour faire évaporer cette eau. Les croupes des chevaux fument sous les rayons déjà chauds et les voyageurs, encore empêtrés dans les brumes du sommeil, s'ébrouent à la façon des chiens sortant de l'étang d'où ils rapportent le gibier abattu par leur maître.

Après deux heures de route, on s'arrête à Montélimar pour laisser aux bêtes le temps de souffler et permettre au cocher, comme aux voyageurs, de se rafraîchir. Engourdi dans un bien-être inattendu, Joseph n'a pas quitté sa place. Il regarde s'agiter les passants si différents de lui. Amusé, il écoute leur parler chantant qui, sans qu'il sache pourquoi, lui fait chaud au cœur. On traverse le Rhône à Pont-Saint-Esprit où on change d'attelage. Tout de suite après cette étape, on s'écarte du fleuve pour parcourir une plaine où la vigne, à chaque tour de roue, impose davantage sa présence.

Il est une heure trente lorsqu'on pénètre dans Nîmes. Joseph laisse sa malle en consigne et part avec son balluchon, accroché au bâton qu'il porte à l'épaule. Il se dirige vers la cayenne où doit commencer sa vie vagabonde d'aspirant. Par chance, le refuge qu'il cherche ne se situe pas très loin du bureau des messageries. Joseph découvre, dans une ruelle malodorante, une porte de chêne où on a gravé « Les enfants du père Soubise ». Il pousse la porte et, après quelques pas dans un couloir obscur ouvrant sur une seconde porte, il se trouve dans une grande salle aux murs nus où il n'y a qu'une très longue table entourée de chaises et de bancs. Un peu déconcerté par cette simplicité monacale, le nouveau venu hésite, ne sait où se diriger lorsqu'une femme aux cheveux blancs, menue mais dont l'œil brille d'un singulier éclat, s'approche :

— Vous désirez quoi, mon garçon ?

— Je m'appelle Stéphanois, aspirant chez les charpentiers du père Soubise. Vous, vous êtes la mère, je suppose ?

— Oui.

— Alors, je dois vous remettre mon « affaire » pour que vous me la gardiez pendant le temps que je resterai à Nîmes.

— Vous avez l'air d'un bon petit. Vous pourrez coucher et manger ici pour quelques sous, en attendant que vous ayez trouvé de l'embauche. Asseyez-vous, je vais chercher le premier en ville qui fait sa sieste.

Joseph, après ce bref entretien avec la mère, a le sentiment d'être chez lui, ou mieux, d'être en visite chez des parents. Il commence à goûter les douceurs du compagnonnage. Un homme — sorti il ne sait d'où — s'approche, s'arrête à deux mètres de lui, ôte son chapeau et commence, avec son couvre-chef, une série de manipulations dans lesquelles l'aspirant reconnaît le « salut de boutique » que Campelongue lui a enseigné. Il répond par d'autres figures imposées par la règle des Enfants du père Soubise. L'homme demande :

— Quel est ton nom ?

— Stéphanois.

— Moi, c'est Limougeot Cœur fidèle. Ici, je suis le premier en ville. Naturellement, tu cherches du travail ? Hé ! la mère ? Vous voulez appeler Narbonne l'Honneur du Languedoc (et pour Joseph il précise), c'est le rôleur. Il connaît toutes les places où on embauche. En attendant, on va boire la bouteille de bienvenue.

Narbonne l'Honneur du Languedoc est un solide gaillard d'une trentaine d'années à la moustache arrogante. Il écoute Joseph répondre aux questions qu'il lui pose sur les différents travaux de charpente qu'il croit pouvoir assumer. En conclusion, il déclare :

— Tu m'as l'air bien armé, la coterie, et je connais un bourgeois, M. Mollans, qui devrait t'employer. Comme tu n'es qu'aspirant je vais t'accompagner. Allons-y !

Ce M. Mollans dirige une entreprise de construction en dessous de la tour Magne. Un quadragénaire, haut en couleurs, au verbe facile et dont la bonhomie n'est pas feinte. Il aime les ouvriers fiers de leur travail. En blouse, il ne dédaigne pas, quand Mme Adélaïde Mollans suffit aux tâches d'écriture, de donner un coup de main par-ci, par-là. Il reçoit, avec la plus grande cordialité, le rôleur et son protégé. L'honneur du Languedoc l'assure qu'il a de la chance de prendre à son service un garçon d'aussi bonne qualité que Joseph. On se met vite d'accord sur les conditions. Le nouveau venu sera nourri et logé. Il touchera, chaque semaine, un salaire sur lequel on débat peu. On convient que Stéphanois se mettra à la besogne dès le lendemain matin, à six heures.

Sur le chemin du retour à la cayenne, le rôleur explique à

son compagnon qu'ayant été reçu compagnon deux ans plus tôt, il n'est pas retourné à Narbonne parce qu'il a connu une Nîmoise qu'il espère ramener dans son pays. En attendant qu'elle se décide à le suivre, il occupe son emploi à la cayenne.

Vers la fin de la journée, il vient pas mal de monde dans la grande salle que la mère surveille. La pièce est emplie par le ronronnement que troue, de temps à autre, la note aiguë d'un juron ou une exclamation en un patois venant de Nantes, de Bordeaux, de Toulouse ou de Lyon. Joseph prend place en face d'un bonhomme au poil gris qui boit seul. Le fils d'Armandine se sent assez heureux pour désirer que tous le soient. Il commande une bouteille et, avant de remplir son verre, il remplit celui de son vis-à-vis en disant :

— Avec votre permission !

L'autre ayant acquiescé, Joseph lève son gobelet.

— Honneur aux anciens !

L'homme boit, s'essuie les lèvres et déclare :

— Vous êtes sûrement un brave garçon.

— Charpentier ?

— Non, couvreur. Un métier aussi difficile.

— C'est vrai. Il y a longtemps que vous êtes sur le tour ?

— Seize ans.

Joseph manque s'étrangler et tout de suite pense que son nouvel ami se moque de lui.

— C'est pas possible !

L'autre soupire :

— Et pourtant... Il y aura seize ans le dix novembre que j'ai quitté l'entreprise de mon père à Loches. C'est pourquoi on m'appelle le Tourangeau l'Obstiné.

— Moi, c'est Stéphanois. Nîmes est ma première étape.

— J'ignore comment vous êtes intérieurement, mais si je peux vous donner un conseil, allez le plus vite que vous pourrez.

— Pourquoi ?

— Pour être de retour chez vous avant que la route vous ait ensorcelé.

— Je comprends pas pour quelles raisons ?

Tourangeau l'obstiné a brusquement pris le regard

illuminé de celui qui voit ce que les autres ne voient pas. Il semble s'adresser à Joseph, mais en vérité, il se parle à lui-même.

— J'avais presque achevé mon tour... Je me trouvais entre Angers et Tours, un soir d'été. Il faisait une nuit douce, parfumée pleine d'étoiles et, installé à la lisière d'un champ de maïs, je passais des heures merveilleuses à contempler le ciel. Je me suis endormi, le nez dans l'herbe et je me suis saoulé de l'odeur de la terre. Au matin de mon ultime étape, j'ai compris que je ne repasserais plus une nuit comme celle que je venais de vivre. Ensuite, j'ai repensé à toutes les villes que j'avais connues, les gens que j'avais rencontrés. Je savais que, de retour chez moi, je n'en bougerais plus, je demeurerais à jamais prisonnier de la maison, de la famille, du métier. Alors, je suis reparti. Il y a treize ans de cela. Je n'ai pas regretté ma décision. Je sais que rares sont ceux qui me comprennent, mais il y en a quelques-uns. Si, au cours de vos voyages, vous croisez un vieux bonhomme avec une besace sur le dos, un bâton à la main et coiffé d'un chapeau dérobé à un épouvantail, dites-vous que c'en est un qui, lui aussi, préfère dormir sous la voûte céleste plutôt qu'à l'abri d'un plafond. Alors, je vous le répète, si vous tenez à mener une existence bourgeoise, avec femme et enfants, hâtez-vous de boucler votre tour et rentrez vite chez vous. Allez, adieu la coterie !

Dans la chambre que la mère a mise à sa disposition, Joseph songe à ce que lui a raconté Tourangeau l'Obstiné. Sa première réaction est d'incrédulité. Comment pouvait-on préférer le hasard des routes aux certitudes paisibles d'un chez-soi où vous attendent celles qui vous aiment ? Il devait être un peu fou, ce Tourangeau. Toutefois, en revivant les impressions laissées par les nuits dans les Alpes, le petit-fils d'Armandine commence à comprendre les propos de l'homme qui ne rentrera jamais chez lui. Parce qu'il se rappelle le regard illuminé de son interlocuteur, Joseph est certain que, le moment venu, cet homme ne mourra pas à l'hôpital. Si Dieu est juste, la mort frappera Tourangeau l'Obstiné un soir d'été ou de printemps, au creux d'un talus, sur un lit d'herbes à moins que, ce soir-là, il n'ait préféré s'endormir du grand sommeil sous les branches d'un arbre.

* * *

M. Mollans accueillit paternellement Joseph et le confia à un vieux compagnon charpentier, Bressan l'Aimable, qui s'était fixé à Nîmes où il avait fondé une famille. A la fin de la matinée, l'ancien résuma ses sentiments :

— Stéphanois, pour un aspirant, vous vous débrouillez bien. Qui vous a appris ?

— Savoyard le Maître du trait.

— Je ne l'ai pas connu, mais j'en ai entendu parler.

A midi, lorsque le patron vint chercher Joseph pour dîner, Bressan l'Aimable ne tarit pas d'éloges sur son élève. Cela ne fit que renforcer la bonne humeur naturelle de M. Mollans. Il le présenta à son épouse, comme un oiseau rare, vu son âge, que le Seigneur lui avait envoyé et proposa qu'il prît pension chez eux. Mme Mollans salua gentiment son hôte et accepta la suggestion de son mari. Elle pria Joseph de s'asseoir à table. La maîtresse de maison était une femme de haute stature, au visage sévère non sans beauté. Elle était entièrement vêtue de noir, en bonne huguenote de stricte obédience. Alors que Thérèse Mollans posait la soupière sur la table, la porte s'ouvrit sous la vigoureuse poussée d'une jeune fille rieuse qui s'écria :

— Bonjour, p'pa, bonjour m'man ! Tiens ! qui c'est celui-là ?

La mère protesta :

— Vraiment, Suzanne, tu pourrais t'exprimer autrement devant notre hôte !

Le père s'adressa à son invité :

— Excusez-la, Joseph. C'est notre fille unique et nous avons à son égard des faiblesses coupables.

A ce moment, Suzanne entra dans la conversation en disant :

— Il a l'air gentil.

Puis, on se mit à manger la soupe après la prière d'usage. Tout en portant la cuillère à sa bouche, Suzanne jetait des coups d'œil en dessous au nouveau venu et quand elle surprenait son regard, elle lui adressait un sourire complice. Joseph présuma que cette demoiselle trop délurée pourrait être la cause de gros ennuis.

Le dimanche après-midi, la famille Mollans, à laquelle Joseph s'intégrait, effectuait une promenade à l'itinéraire immuable. Un exercice qui ressemblait à un inventaire des monuments fameux de la ville. A petits pas, Suzanne et le pensionnaire des Mollans, marchant devant les parents, se laissaient glisser jusqu'à la Maison carrée où M. Mollans prononçait quelques mots sur l'ancienneté de l'édifice et, dans ses bons jours, se permettait des remarques sévères sur l'ambition de Rome et des Romains. Pareille à une barque emportée par un courant des plus discrets, la famille gagnait les arènes où M. Mollans trouvait des accents épiques pour évoquer l'horreur des jeux du cirque ou, au contraire, s'attendrir sur les martyrs jetés aux bêtes. Si la mère et la fille connaissaient par cœur les témoignages sans cesse rabâchés de l'érudition paternelle dont elles supportaient, avec peine, les redites, il n'en était pas de même pour Joseph qui écoutait avec plaisir, flattant ainsi agréablement la vanité de son patron. De là, sans hâter l'allure, on remontait vers le jardin de la Fontaine où l'on allait visiter (rite toujours observé) le temple de Diane, les bains, avant de prendre place sur un banc où on regardait passer les élégantes Nîmoises, distraction qui permettait à Suzanne d'exercer sa verve critique en dépit des remontrances maternelles.

Bien que les manières aguichantes de Suzanne gênassent beaucoup le pensionnaire des Mollans, il n'envisageait pas sans déplaisir le moment où il lui faudrait repartir. Tous les dimanches, après la promenade, Joseph écrivait à Thélise ou à sa grand-mère. Ainsi, chaque semaine, une lettre arrivait à Tarentaize.

Si ces nouvelles rassurantes apaisaient les inquiétudes d'Armandine et d'Eugénie, elles irritaient Thélise, trouvant injuste que son fiancé paraisse heureux alors qu'elle était si malheureuse. Mû par la méfiance des réactions possibles de celle qu'il aimait, Joseph, dans la description de la famille l'hébergeant, avait transformé Suzanne en une belle-sœur de M. Mollans, âgée de plus de trente ans, qu'on gardait par charité. Dans le portrait peu avenant qu'il en traçait, il l'avait affublée de cheveux raides, incolores et de grandes dents l'apparentant à la gent équine. De son côté, Thélise écrivait chaque semaine, pour tenir son fiancé au courant de ce qui se passait dans le pays. C'est ainsi que celui-ci apprit que des maçons et charpentiers commandés par Campelongue avaient commencé à mettre bas les ruines de ce qui avait été, dans le vieux temps, la ferme Landeyrat. Joseph en eut de la peine car il pensait au chagrin de sa grand-mère et de sa marraine qui, sous la pioche des démolisseurs, voyaient disparaître les témoins auxquels elles accrochaient leurs rêves.

Joseph dut expliquer à ses hôtes les raisons de l'humeur sombre qu'avait déclenchée chez lui la lettre de Thélise. On le félicita pour son bon cœur et loin de lui reprocher une faiblesse qui l'honorait, on l'assura qu'on ne l'en estimait que davantage.

Ce fut ce soir-là qu'en entrant dans sa chambre, Joseph découvrit, dans un joli vase posé sur la commode, un gros bouquet de fleurs des champs.

* * *

En voyant débarquer ces étrangers parmi lesquels on entendait le parler lourd des Auvergnats, l'accent chantant des ouvriers venus du Midi auxquels se mêlaient les appels et les chansons des Piémontais, Tarentaize était entré en ébullition. Si Campelongue n'était pas apparu à la tête de ces gens-là, on aurait presque eu peur. Une ferme à moitié abandonnée servit de dortoir au plus grand nombre. Deux contremaîtres logèrent à l'auberge où les ouvriers prirent, un temps, leurs repas. Connaissant les liens d'amitié unissant Campelongue aux dames de la ferme Cheminas, on ne s'étonna pas qu'Armandine hébergeât le vieil homme. Bientôt, la crainte, dans le village, fit place à une curiosité fébrile. Pour qui travaillait-on ? On vit arriver un vieux monsieur dans un élégant cabriolet. On sut très vite qu'il s'agissait d'un notaire de Bourg-Argental. C'est en vain que les commères se mirent à l'œuvre. Les ouvriers ne savaient rien, les contremaîtres s'en remettaient à Campelongue, lequel affirmait ne connaître que le notaire qui, chaque semaine, lui apportait l'argent pour la paie et les ordres pour les prochains travaux. On fit, sournoisement et avec beaucoup de prudence, le siège d'Armandine qui répondit aux curieuses qu'à son âge, elle ne s'occupait guère des bâtisseurs, si bien qu'au bout de deux ou trois semaines d'énervement, on se résigna et l'on ne s'intéressa plus qu'à la poursuite des travaux, les vieux surtout. Sitôt leur soupe avalée, ils venaient s'installer en un point d'où ils pouvaient voir tout le chantier et passaient là leur après-midi, les mains croisées sur la canne plantée en terre, entre leurs genoux.

* * *

On arrivait à la mi-juin. Il y avait un mois que Joseph était entré chez M. Mollans. Choyé par le patron, il n'envisageait pas de partir avant longtemps. Il s'avouait profondément sensible aux gentillesses dont il était l'objet, notamment ces fleurs qui, chaque soir, ornaient sa chambre. Le jour de la Saint-Cyr, Mme Mollans attrapa son pensionnaire au moment où il allait sortir.

— Joseph, vous ne nous aviez pas confié que vous aimiez tellement les fleurs ?

— Ma foi, je crois que tout le monde, ou presque, les aime.

— Pas au point d'en acheter tous les jours !

— Je ne comprends pas !

— Je m'en doutais... Bonne journée, mon petit, et ne vous mettez pas en retard, M. Mollans et vous, pour le dîner.

Quelques jours avant la Saint-Jean, Mme Mollans — toujours levée la première — entra dans la chambre où son mari achevait de s'habiller.

— Monsieur Mollans (elle l'appelait ainsi par déférence envers le chef de famille et pour suivre une tradition des basses Cévennes dont elle était originaire)... j'ai de mauvaises nouvelles pour toi.

— Ah ?

— Il faut demander à Joseph de s'en aller.

— Joseph !

— J'ai autant de peine que toi, mais c'est indispensable.

— Parce que ?

— Parce que notre fille est folle !

— Je n'y comprends plus rien ! et quand je ne comprends pas, tu sais que je me fâche !

Mme Mollans raconta combien elle avait été intriguée par la passion de Joseph pour les fleurs et sa surprise quand le garçon l'avait assurée que ce n'était pas lui qui fleurissait sa chambre.

— Le pauvre, il se figurait que, dans une sorte d'élan maternel, je déposais tous les jours un bouquet sur sa commode. Pour en avoir le cœur net, j'ai surveillé l'escalier et qui j'ai vu ? Suzanne ! Suzanne était la pourvoyeuse de fleurs.

— Mais, pourquoi ?

— C'est ce que je lui ai demandé, figure-toi, monsieur Mollans, et sais-tu ce qu'elle m'a répondu, cette effrontée ? Que Joseph était l'homme de sa vie, qu'elle l'épouserait sitôt qu'elle aurait dix-huit ans ! Elle m'a avoué que celui qu'elle aimait n'était encore au courant de rien. A mon avis, monsieur Mollans, nous ne devons pas attendre qu'elle l'y mette.

— Quel malheur ! Un si bon ouvrier...

— Nous devons nous résigner, monsieur Mollans et puisque nous n'avons ni l'envie ni la possibilité de chasser notre fille, il faut que Joseph s'éloigne.

Visiblement, M. Mollans était fort ennuyé. Il savait que sa femme avait raison et que ce qu'elle proposait se révélait la seule issue possible. S'il avait été seul, il aurait pris sa canne et administré une solide correction à sa fille, mais cette méthode aurait dressé son épouse contre lui. Il soupira :

— Je vais donner son congé à Joseph avec la certitude de commettre une injustice.

Joseph ajustait deux pièces de bois lorsqu'un commis vint lui annoncer que le patron l'appelait dans son bureau. Intrigué, le petit-fils d'Armandine obéit à la convocation. Quand M. Mollans eut le garçon devant lui, il ne sut plus comment s'exprimer :

— Vous m'avez appelé, patron ?

— Oui, Joseph, pour te donner ton compte.

— Vous me chassez !

— Non, je te demande de partir. Dieu est témoin de ma honte. Il sait que je commets une injustice mais que je ne peux agir autrement. J'espère qu'Il me pardonnera de te prier de t'en aller.

— Pourquoi ?

M. Mollans baissa la tête et répondit à voix basse :

— A cause de ma fille.

— Mlle Suzanne ! Vous pensez pas que je me suis mal conduit avec elle ?

— Non, rassure-toi.

— Si c'est ma présence chez vous qui est une gêne, je peux trouver une chambre en ville ?

— Cela ne servirait à rien. Elle saurait vite où tu loges et ça recommencerait.

— Qu'est-ce qui recommencerait ?

Le patron se leva, sortit de son placard une bouteille et deux verres.

— Une petite vigne que je possède du côté de Frontignan.

Ils trinquèrent, burent et après s'être essuyé les lèvres du fin mouchoir dont son épouse lui avait fait cadeau après l'avoir brodé elle-même, M. Mollans expliqua d'une voix qui tremblait parfois :

— Joseph, je vais te parler comme au fils que j'aurais voulu avoir. Mme Mollans et moi, nous nous sommes mariés sur le tard. Je souhaitais être pasteur et ma future femme était indispensable à ses vieux parents. Tu comprends que, pour nous, la naissance de Suzanne fut une sorte de miracle. L'enfant était fragile ; aussi, par crainte de la perdre, nous lui avons passé tous ses caprices. Seulement, au fur et à mesure qu'elle grandissait, elle devenait odieuse et il nous fallait l'aimer profondément pour supporter, voire pour excuser ses incartades. Quand elle a été une jeune fille, les choses ont empiré. Elle n'est pas vicieuse, mais dans la famille de Mme Mollans le vin a créé pas mal de ravages et je crains que ma pauvre enfant paie pour de lointains parents. Suzanne est une exaltée. Chaque fois qu'elle rencontre un garçon pas trop mal de sa personne, elle se persuade qu'il meurt d'amour pour elle, mais qu'il n'ose pas se déclarer. Nous avons évité déjà bien des histoires, quelques-unes de justesse. Maintenant, tu saisis pourquoi ces fleurs dans ta chambre ?

— C'était Mlle Suzanne ?

— Oui. Mme Mollans et moi, nous nous rendons compte qu'il va falloir nous montrer plus sévère envers Suzanne.

— Quand voulez-vous que je parte ?

— Où comptes-tu te rendre ?

— A Marseille.

— Pourquoi ?

— J'ai jamais vu la mer.

— Il y a un train demain à six heures. Je t'y conduirai pendant que les femmes dormiront encore. Je connais un patron charpentier, je vais lui écrire, tu lui remettras ma lettre. Il t'embauchera si c'est possible. Je te regretterai, Joseph.

— Moi aussi, monsieur.

— Les enfants ne nous facilitent pas la vie... Tu ne devrais pas aller à Marseille.

— Ah ! Pour quelles raisons ?

— Marseille est une ville où les hommes, mariés ou non, jeunes ou vieux, rêvent, et j'ai l'impression que tu aimes te perdre dans des songes, non ?

— Ma foi... Pour échapper à la réalité quand elle ne correspond pas à ce qu'on espère.

— Il vaut mieux, crois-moi, avoir recours à Dieu. Je ne doute pas que tu sois sceptique. En tout cas, rappelle-toi que les ports sont des pièges pour les esprits romantiques. Je souhaite que tu gardes les pieds sur la terre...

* * *

Cela faisait plus d'un mois et demi que Joseph avait quitté la ferme. Chaque matin, le premier soin d'Eugénie, sitôt lavée, pomponnée, était de rayer un jour sur le calendrier que M. Marioux lui avait procuré. La bonne femme éprouvait une sorte de panique intérieure quand elle essayait de réaliser l'importance du temps qui s'écoulerait avant le retour de son filleul. Elle ne se portait pas très bien depuis quelques semaines. Elle avait le souffle de plus en plus court et un cœur qui, pour un oui ou pour un non, battait la chamade. Dans ses moments de crise, elle suppliait Dieu de patienter encore un peu, de ne pas la rappeler à Lui tant que Joseph ne serait pas de nouveau là. Le docteur, venu la voir, ne s'était pas montré très optimiste. La patiente arrivait à soixante-quatorze ans. Ayant toujours témoigné, depuis son retour au village, d'un robuste appétit, elle avait accumulé des kilos qui l'empêchaient de respirer à l'aise. Il importait, avant tout, de lui éviter de trop fortes émotions. Armandine s'y employait de son mieux. Pour tromper l'ennui d'heures monotones, devenue incapable de gros efforts dans la maison, elle s'était mise en tête d'apprendre à confectionner de la dentelle du Puy sous le faux prétexte d'embellir le trousseau de Thélise. Son « carreau » sur les genoux, ses lunettes au bout du nez, elle s'efforçait de se débrouiller dans le jeu des fuseaux, mais les mélangeant sans cesse, elle n'avançait guère.

Lorsqu'elle descendait l'escalier la menant à la salle basse, Armandine s'arrêtait pour observer sa vieille amie que ses insomnies poussaient à se lever avec les domestiques. Tassée sur elle-même, Eugénie donnait l'impression d'une très vieille femme. Chaque fois qu'elle la regardait travailler sur son carreau, avec ses gestes maladroits, la maîtresse du domaine était prise de pitié. Était-ce là la gamine délurée qui, en compagnie d'Armandine, se battait au nom de l'empereur! la demoiselle accompagnant sa camarade et l'amoureux de celle-ci, Mathieu Landeyrat, dans de longues promenades dominicales où elle tenait le rôle ingrat de chaperon... la jeune femme résidant à Valbenoîte où elle l'avait accueillie... l'épouse heureuse menant par le bout du nez son gros mari qui l'adorait... enfin, la villageoise de retour au pays natal... Était-il possible que l'on changeât à ce point-là ?

En vieillissant, Armandine, elle, devenait de plus en plus autoritaire, et elle avait de rudes prises de bec avec Campelongue lorsqu'ils se retrouvaient en tête à tête. La curiosité des Tarentaizois quant au propriétaire des bâtiments que l'on construisait, s'était calmée. On ne s'intéressait plus qu'au travail pour l'admirer.

Chaque dimanche, Armandine se rendait chez les Colonzelle, à moins que Thélise ne vînt chez les dames selon qu'une lettre de Joseph était arrivée dans l'une ou l'autre maison. Si la grand-mère lisait à haute voix l'épître reçue, la jeune fille ne donnait qu'un résumé de la sienne, car elle contenait des choses intimes qu'on n'étale pas en public.

Au jour fixé, Thélise guettait la venue du facteur. Évidemment, le courrier s'affirmait beaucoup moins régulier qu'elle ne l'espérait et chaque attente vaine la plongeait dans un chagrin puéril. Ses parents la rabrouaient de se conduire comme une gamine incapable de réfléchir. Mais, lorsqu'elle recevait des nouvelles, elle ne cessait plus de rire et de chanter. Elle discourait sur Nîmes avec une telle volubilité qu'à l'entendre, on aurait pu croire qu'elle connaissait bien la capitale huguenote. Antonia qui, décidément, ne pardonnait pas à Joseph, affirmait craindre pour lui les manières sournoises des fidèles de l'Église réformée et, prenant les devants, elle jurait que jamais un protestant n'entrerait dans sa famille. Pour changer de conversation, afin d'éviter des heurts entre sa femme et leur fille, Colonzelle parlait de cette imposante bâtisse que Campelongue s'apprêtait à construire. Pour l'heure, on en était aux fondations si importantes qu'on pouvait penser qu'il s'agissait d'une forteresse.

Un soir où Armandine lisait à haute voix — au bénéfice d'Eugénie qui somnolait sur sa chaise, de Céline et de Gaspard qui, eux, luttaient contre l'engourdissement — deux ou trois pages de l'*Imitation de Jésus-Christ*, on frappa violemment à la porte. Le valet s'en fut ouvrir. La fille des Hartennes, les boulangers, une gamine de quatorze ans, fit irruption dans la pièce en criant :

— Madame Armandine ! Madame Armandine !

— Oui, qu'est-ce qu'il y a, Ninette ?

— M. l'abbé voudrait que vous alliez vite chez lui.

— Pourquoi ?

— Parce que Mlle Berthe est en train de passer.

Pendant qu'Eugénie se mettait à geindre, que Gaspard se signait, que Céline tombait à genoux et commençait à réciter une prière, Armandine jetait un fichu sur ses épaules et sortait avec la petite messagère.

Dans le grand lit, Mlle Berthe était si menue qu'on avait beaucoup de peine à se persuader qu'il s'agissait bien d'elle. Le curé, au pied du lit, priait. A la vue d'Armandine, le visage de la mourante s'éclaira. Elle fit signe à la visiteuse de se pencher vers elle.

— Maintenant que vous êtes là, je n'ai plus peur... Vous veillerez sur mon frère, n'est-ce pas ?

Pour apaiser la moribonde, Armandine promit. Elle prit place sur une chaise et, elle aussi, se mit à psalmodier doucement les litanies qui doivent aider les malades à s'en aller sans trop de regrets. Une manière naïve de prévenir ceux qui attendent de l'autre côté. Elle ne partit qu'au petit matin lorsque Berthe eut rendu le dernier soupir.

Eugénie s'est promis de s'imposer un effort et d'accompagner Armandine au cimetière. Le temps est au beau. Dans les champs, on commence à faucher le foin. C'est pourquoi nombre d'hommes n'iront pas à l'enterrement. On ne peut pas se mettre en retard pour la fenaison, il suffirait d'un orage... M. Marioux comprendra. Le glas s'est mis à sonner de bonne heure. Cette note lourde, épaisse, qui s'enfonce dans l'air léger de juin annonce qu'on baisse le rideau sur une existence. Pour Mlle Berthe, la pièce est terminée. Beaucoup de femmes, beaucoup de vieux et les curés du Bessat, de Planfoy sont venus soutenir leur confrère de Tarentaize. Après l'office, derrière le corbillard, on monte avec effort. Certains abandonnent et redescendent vers le village. Eugénie, cramponnée au bras de Gaspard, va jusqu'à mi-parcours où, complètement essoufflée, les yeux hors de la tête, elle se laisse tomber sur le sol. Le domestique reste auprès d'elle en attendant qu'elle soit en état de rentrer à la maison.

Ils sont tous partis, laissant M. Marioux prier quelques instants, seul. Armandine aussi est là, devant la tombe des siens. Elle rejoint l'abbé quand il se relève.

— Si vous avez besoin de quoi que ce soit, n'hésitez pas à m'appeler.

— Je sais... Tous ceux qui sont là-dessous nous écoutent, peut-être... Des ombres.

— Nous marchons au milieu des ombres qui nous ont aimés...

— Vous... mais moi ? Lorsque mon tour viendra, qui se souciera de moi ? J'ai le sentiment d'être dans une barque accrochée au rivage par une chaîne rongée de rouille. Quand elle cédera, je partirai au gré du courant et nul ne m'appellera de la rive abandonnée.

Ils revinrent à Tarentaize à petits pas, en s'appuyant l'un sur l'autre.

* * *

En descendant du train, Joseph avait stupéfié la première personne à qui il avait demandé :

— S'il vous plaît, monsieur, la mer c'est par où ?

Souriant, presque attendri par la naïve question, l'interpellé avait donné le renseignement et le garçon était parti très vite, après avoir laissé ses bagages en consigne. Avant de se rendre chez M. Arthez — le patron charpentier de marine auquel M. Mollans le recommandait — Joseph tenait à découvrir la mer. Il ne pourrait pas travailler tant qu'il n'aurait pas vu cette Méditerranée dont il rêvait depuis qu'il avait décidé de partir sur le tour de France. Maintenant, immobile sur le Vieux-Port, il regardait l'eau qui, en petites vagues courtes, venait battre le quai. La mer... C'était ça... Cette masse liquide dont on devinait, au-delà des jetées fermant le port, la force énorme. Joseph est effaré par le spectacle. Il se sent tout petit, tout menu par rapport à ce qu'il voit. Des flâneurs de quai, ceux qui sont toujours en quête de n'importe quoi pour deux ou trois sous, tournaient autour de ce jeune homme dont l'attitude les intriguait. L'un d'eux se décida :

— Vous cherchez quelque chose, monsieur ?

Fixant celui qui l'interrogeait, le regard brumeux du dormeur brusquement éveillé, Joseph répondit :

— La mer.

L'autre en resta la bouche ouverte. La colère la lui fit refermer. Il allait exprimer sa façon de penser quand le garçon expliqua :

— C'est la première fois que je la vois.

Alors, le portefaix s'éloigna et pour ses camarades restés en arrière, il porta le doigt à son front et le fit tourner pour faire comprendre que le bonhomme était un « ravi ». En abandonnant le quai où il avait éprouvé de si fortes émotions, Joseph ressentait déjà le désir profond de voguer sur la mer pour découvrir d'autres pays, d'autres gens. Il avait suffi au petit-fils d'Armandine de respirer l'air marin, l'odeur âcre du varech, pour oublier momentanément la montagne ; mais pas Thélise. Il regrettait profondément de ne pas l'avoir près de lui. Après un ultime coup d'œil sur les bateaux se balançant mollement au gré d'une houle qu'on ne pouvait prendre au sérieux, un gardien du port indiqua à Joseph l'endroit où s'élevait le chantier de M. Célestin Arthez.

Célestin Arthez était un grand et gros homme, congestionné et sentant l'ail de loin. Jovial, il accueillit Joseph comme un ami de toujours et lorsqu'il eut lu la lettre de M. Mollans, il se répandit en actions de grâces pour remercier le Ciel d'avoir veillé sur la santé de son correspondant, puis il se redressa de toute sa hauteur pour déclarer avec une grandiloquence théâtrale :

— Jeune homme, comment vous appelez-vous ?

— Stéphanois.

— Moi, dans le temps, c'était Marseillais le Cœur en joie. En tout cas, mon ami Mollans me fait un tel éloge de vos qualités que je n'ai nul besoin de vous interroger sur vos états de service pour vous engager. Vous savez où loger ?

— Non.

— Alors, vous pouvez vous rendre chez les époux Bourafigue ; ils louent des chambres à des garçons sérieux. Je vais leur mettre un mot pour vous recommander.

— C'est bien aimable, patron.

— Je compte sur vous, demain à six heures. Jules Corbagosse sera prévenu.

Les époux Bourafigue reçurent paternellement Joseph. La chambre qu'on lui offrait, l'enchanta du premier moment puisqu'elle donnait sur le port. La foule des mâts s'étalant sous ses yeux remplaçait sa forêt disparue. Sitôt installé, il ressortit et marcha des heures durant au bord de l'eau car seule la mer l'intéressait. Il croisait des filles superbes aux yeux qui vous mettaient du feu dans le sang, mais son éducation paysanne le poussait à les trouver vulgaires et un peu trop aguichantes. Ce genre de femmes ne lui ferait certes pas oublier sa Thélise.

Les Bourafigue, deux vieillards sympathiques, fournissaient le souper au pensionnaire et pour le repas de midi, Mireille Bourafigue, l'épouse, préparait le casse-croûte que son hôte emportait le matin dans ce que Joseph appelait depuis son plus jeune âge, un gandot[1]. Mais c'était Clovis, le maître de maison, qui intéressait le plus notre Tarentaizois. Ce vieux bonhomme était doué d'une verve intarissable à laquelle l'accent méridional donnait une saveur particulière. Le soir, sitôt qu'il avait tiré quelques bouffées de sa pipe, Clovis plongeait dans ses souvenirs. Ancien marin, il avait dû embarquer à seize ans car la ferme familiale ne pouvait le nourrir, étant donné qu'il avait un frère aîné, Adolphe, qui devait, selon la tradition, prendre la place du père. De son hérédité paysanne, il avait retenu les belles histoires du folklore provençal qu'animait sa voix ensoleillée. Cependant, le petit-fils d'Armandine se sentait redevenir un enfant émerveillé lorsque papa Bourafigue évoquait ses voyages, ses aventures. Il semblait à l'auditeur subjugué qu'à travers les phrases de Clovis, il voyait les villes dont il était question, il respirait l'odeur des épices

1. Petit récipient à couvercle.

qu'on allait chercher sur les côtes africaines. Quand il arrivait au conteur de se laisser emporter par son imagination, il atteignait à une sorte de délire et parlait des négresses nues accueillant les équipages en portant, sur la tête, des plateaux débordant de fruits et de fleurs. Sa femme, sans relever la tête de son ouvrage, faisait « ti ! ti ! ti ! » entre ses dents. Ce simple rappel au bon sens ramenait Clovis plus près de la vérité. Joseph se doutait que son hôte mentait. Cela ne le gênait nullement. Il préférait la fable à la réalité puisque, de toute façon, il n'aurait jamais l'occasion d'établir une comparaison. A dix heures au plus tard, M. Bourafigue montait se coucher. Une quinzaine de minutes après, sa femme rangeait son ouvrage en confiant à son pensionnaire :

— Il ne faut pas penser que Clovis mente. Sur le moment, il croit ce qu'il raconte.

Elle eut un sourire à l'adresse du jeune homme avant de conclure :

— Il y a des fois où ça l'aide bien.

* * *

Le matin était frais et sa lumière, belle. La mer semblait se dégager des voiles légers flottant à la surface des vagues. Les embarcations des pêcheurs rentraient déjà au port ayant à la poupe et à la proue un fanal évoquant l'image de feux follets. Du large, arrivait un souffle ample que Joseph respirait à pleins poumons.

M. Arthez, toujours souriant, attendait le petit-fils d'Armandine et le conduisit directement auprès du contremaître.

— Jules, voilà un gaillard qui nous est chaudement recommandé par quelqu'un qui sait tout ce qu'on peut savoir en matière de charpente. Je te le confie. Tu me diras ce que tu en penses. Je vous reverrai ce soir.

Jules, un homme petit, râblé, aux bras énormes, s'enquit :

— Comment c'est, votre nom ?

— Stéphanois.

— Ah ! vous faites votre tour de France ?

— Je le commence.

— Amenez-vous. Vous ferez équipe avec Auxerrois. Un jeune, lui aussi.

Du premier instant, Auxerrois plut à Joseph. Un grand blond, mince avec des yeux bleus comme jamais Joseph n'en avait vu. Auxerrois qui, lui aussi, sympathisa tout de suite avec le nouveau venu, confia que sa blondeur et ses yeux, surprenant tellement les gens, étaient les fruits des amours rapides de sa mère et d'un matelot suédois. Auxerrois proposa à son ami d'aller se balader avec lui, un dimanche, au bord de la mer, ce que Joseph accepta avec enthousiasme. Le soir, alors qu'ils abandonnaient les ateliers, on retrouva le souriant M. Arthez qui, du regard, interrogea Jules, lequel se contenta de dire :

— C'est un bon.

* * *

Il ne se passait pas un jour sans que Thélise ne se demandât ce que devenait Joseph loin d'elle. Selon son humeur du moment, elle l'imaginait au café avec une fille sur les genoux et elle se morfondait, ou bien acharné à un travail qu'il suspendait pendant une minute ou deux pour relire sa dernière lettre qu'il portait dans la poche de sa chemise sur son cœur, alors elle chantait. Au village aussi on s'entretenait de Joseph et, dans l'ensemble, on se demandait quelle mouche avait piqué le garçon pour abandonner sa terre et sa fiancée, à seule fin de courir les routes.

On avait mis trois mois pour creuser les fondations du domaine au propriétaire mystérieux. En dépit de ceux et de celles qui s'étaient spontanément transformés en espions et espionnes, on n'avait jamais vu — seule personne étrangère au chantier — que le notaire qui ne manquait jamais, lors de ses visites bimensuelles, de saluer Mme Cheminas, sa cliente, et de prendre le thé en sa compagnie.

Thélise a déjà rayé quatre-vingt-dix jours sur le calendrier, quatre-vingt-dix jours depuis qu'il est parti. Thélise, aux champs, somnole sous le dur soleil d'août. Elle relâche sa surveillance. Les vaches sont tellement abasourdies par la chaleur qu'elles en oublient de brouter. Des insectes courent sur la robe de la bergère. L'étoffe est ample. Il s'y creuse de petites vallées où les fourmis, les grillons des genêts viennent se mettre à l'abri. Quand la jeune fille promène son regard alourdi autour d'elle, elle ne voit, dans la campagne désertée où le seigle prend une belle teinte dorée, que des bestiaux éparpillés jusqu'à l'horizon. Les bergers, engourdis, dorment à l'ombre des sorbiers. Cependant, la nuit, Thélise peut plus facilement penser à Joseph, parce qu'elle est seule. De sa chambre, elle entend ronfler son père. Aucun bruit ne parvient de l'étable. Les bêtes aussi dorment d'un sommeil épais. Dans la cour, le chien qu'a éveillé une odeur fugace se dresse, fait quelques pas en humant l'air ambiant, s'étire longuement, bâille à se décrocher les mâchoires puis se laisse lourdement retomber sur le sol où il fourre son museau entre ses pattes et se rendort.

Il est près d'une heure du matin. Thélise ne parvient pas à trouver le sommeil dans la touffeur de sa chambre dont la fenêtre est trop étroite pour changer l'air. En chemise de nuit, elle regarde le beau ciel d'août pour y surprendre les étoiles filantes réputées pour exaucer les vœux si on a le temps de les formuler durant la partie visible de leur course. L'enfant des Colonzelle ne demande rien d'autre aux puissances célestes que le retour du bien-aimé. Elle contemple la grande traînée laiteuse parcourant la voûte céleste. Les anciens l'appellent le chemin de saint Jacques. Elle ne sait pas pourquoi mais elle se demande si Joseph le voit aussi.

* * *

Dans le cortège qui, en ce quinze août, monte vers la statue de la vierge érigée au sommet de la colline surplombant le village, Thélise a pris place parmi les jeunes filles de la paroisse. Elles portent un large ruban bleu en sautoir. Elle a de la peine. Si son fiancé n'avait pas été pris de cette folie de partir, elle marcherait avec les femmes mariées et quelquefois, au fur et à mesure que la montée s'accentuerait,-

elle se retournerait pour tenter d'apercevoir son mari parmi la cohorte bavarde des hommes.

Pour la première fois depuis qu'elle est de retour au village, Armandine ne s'est pas mêlée aux fidèles de la Sainte Vierge. Ses jambes n'ont plus la force de grimper la pente sévère de la colline, surtout sous la canicule. De plus, elle n'a pas voulu laisser seule la pauvre Eugénie qui ne bouge guère de son fauteuil où elle s'obstine à démêler l'inextricable écheveau de fils accrochés chacun à une épingle, dont la tête de verre est colorée en rouge, vert, bleu ou jaune. Dans l'atmosphère brûlante, il ne passe pas un souffle d'air, les voix portent loin. Armandine, qui regarde monter le cortège a l'impression que, parvenu au sommet, il va continuer son ascension et s'élever dans le ciel. Elle voit, petite silhouette noire, précédant ses ouailles, M. Marioux (peinant probablement, lui aussi, le pauvre, car il a soixante-trois ans) qui chante les litanies de la Sainte Vierge : *« Sancta Maria. »*

La foule répond : *« Ora pro nobis, Sancta Dei genitrix, Sancta Virgo Virginum, Mater Christi. »*

A chaque appellation nouvelle, le chœur aigu des filles se mêle à celui plus solide des femmes en une plainte lancinante : *« Ora pro nobis... Ora pro nobis... Ora pro nobis... »*

* * *

Auxerrois est devenu l'ami de Joseph. Ils sortent souvent ensemble, unis par une même passion pour la mer. Chaque dimanche, ils passent des heures sur le rivage, les pieds dans l'eau. Ils mangent dans de petits cabarets de pêcheurs où ils dégustent les poissons fraîchement sortis des filets. Ils ne parlent jamais boutique, seulement de la mer. Le clapotis des vagues est devenu une musique dont le Tarentaizois ne peut plus se passer. Il a essayé d'expliquer à Thélise dans ses lettres, mais ce n'est pas possible. Alors, il s'est rabattu sur la description des poissons et des coquillages. Il a dit les odeurs surprenantes, les couleurs inattendues. A la lecture de ces lignes, Thélise sourit. Joseph la prend sans cesse pour une gamine. Comme s'il y avait des poissons rouges et d'autres bleus, des coquillages tapissés intérieurement de nacre et des plantes qui, sans doute, poussaient au fond de la mer ! Il oubliait de préciser qui labourait sous l'eau ! A table, les descriptions du fiancé de leur fille, amusaient les Colonzelle. Antonia, qui n'avait toujours pas pardonné ce qu'elle appelait la fuite de Joseph, remarquait avec aigreur :

— Ce garçon est tellement habitué à faire son faramelan [1] qu'il doit nous prendre pour des idiots !

Bonhomme, Adrien tentait de calmer son épouse :

— Tu sais, Antonia, j'ai toujours entendu dire que les gens du Midi ne peuvent pas vivre sans se raconter des histoires qu'ils finissent par prendre pour des vérités.

* * *

Avec l'automne, le ciel méditerranéen offrait de nouvelles richesses et la mer montrait des couleurs étranges qui enchantaient Joseph. Depuis trois mois il vivait heureux à Marseille. Dans cette ville, tout lui plaisait, aussi bien les choses que les gens. Son amitié avec Auxerrois se renforçait de jour en jour, grâce à des goûts communs et aussi ce besoin d'aventures qui les taraudait intérieurement l'un et l'autre.

Souvent, le soir, au lieu d'écouter les histoires saugrenues de son hôte, Joseph retournait sur le port. L'eau le fascinait. Il se persuadait que les vaguelettes battant le quai avaient peut-être roulé sur les plages d'Afrique et il demeurait là, perdu dans des songes sans fin. Quand il se couchait, il gardait longtemps dans l'oreille le clapotis léger d'un ressac plus imaginaire que réel.

Un dimanche, alors qu'ils achevaient leur sieste, Joseph parla de Thélise à son ami et ce dernier ne parut guère intéressé. L'autre s'en étonna.

— Vous n'avez pas une fille qui vous attend au pays ?

— Non.

— Comment ça se fait ?

1. Prétentieux.

— Je suis un homme libre et qui entend rester libre. Ma vie n'est pas dans un foyer avec une femme et des enfants.

— Bien sûr, pendant que vous faites votre tour de France...

Le garçon blond haussa les épaules.

— Fini pour moi, le tour de France !

— Quoi !

— Depuis des semaines et des semaines, j'attends un embarquement. Je pense partir d'ici un mois... pour Tanger, Rabat, Douala...

Joseph devina que son compagnon se saoulait de ces syllabes sonores qu'il répétait indéfiniment. Après une longue inspiration, il poursuivit :

— Ce doit être de mon père, le matelot, que je tiens cette envie d'être toujours ailleurs, cette incapacité à me fixer. Sans doute ne voudrez-vous pas en convenir, mais vous êtes comme moi, vous crevez d'envie de partir, vous aussi.

— Je vous assure...

— Ta ! ta ! ta ! Y a qu'à voir de quelle façon vous regardez la mer.

Joseph dormit mal, cette nuit-là. Il tentait de se persuader qu'Auxerrois racontait n'importe quoi. Il ne parvenait pas à se convaincre car, au fond, tout au fond de lui-même, il savait qu'Auxerrois avait raison. Le souvenir de Thélise, d'Armandine, d'Eugénie, de Campelongue ne pourrait lutter, le cas échéant, contre l'attirance de l'inconnu. C'est alors que résonna dans la mémoire du petit-fils d'Armandine, à la dérive, l'avertissement de M. Mollans : Marseille est une ville où l'on risque de se perdre dans les rêves.

Le lendemain, Joseph demandait son compte à M. Arthez.

## 3.

Même Eugénie, soutenue par Thélise et Antonia, avait voulu venir. Armandine le lui avait pourtant déconseillé car il faisait très froid et il y avait beaucoup de neige. Mais, jamais encore, Eugénie n'avait manqué la messe de minuit. Emmitouflée dans des fourrures, les pieds dans des bottes, la tête serrée dans un châle de laine, tassée sur la chaise dont elle ne pouvait se lever seule, elle écoutait, ravie, les cantiques depuis toujours entendus. Fermant les yeux, elle abandonnait le Jésus vers qui se hâtaient les bergers et les rois mages, et retournait à sa propre enfance. Les gamins et gamines vêtus de blanc pour figurer les anges étaient, souvent, les arrière-petits-enfants de celles et de ceux qui, soixante-cinq ans plus tôt, chantaient aux côtés d'Armandine et d'elle-même. Se penchant un peu, Eugénie pouvait apercevoir la Julie Lussan, une énorme qui débordait de partout et dont le menton barbu attirait les quolibets. Qui, à part ses contemporaines, aurait pu croire que la Julie avait été une fillette menue et rieuse ? En dépit de sa fervente piété, la veuve Lebizot en voulait un peu au Seigneur de se montrer si cruel envers Ses créatures.

Engourdie par l'heure, les chants, le ronron des prières, Armandine aussi s'écartait du moment présent pour céder à la mélancolie du passé. Ceux qui la connaissaient bien savaient que cette femme apparemment solide, dure, souffrait d'une plaie qui ne s'était pas refermée, la mort de Nicolas, son mari. Malgré ses foucades, ses emballements irréfléchis, ses projets de songe-creux, elle le voyait tel qu'il avait été, un enfant aux tendresses émouvantes, mais capable des plus cruelles manifestations. Son amour pour sa femme et sa petite ne l'avait pas empêché de se faire tuer. Sans doute, le bon Dieu ne trouvait-Il pas son compte dans ces rêveries préférées aux prières, mais peut-être ne Lui déplaisait-il pas que certaines de ses ouailles s'écartent un peu du troupeau pour retrouver les images pures de leur jeunesse. Pour Armandine, ses songes les plus douillets, ceux qu'elle revivait avec le plus d'émotion, la ramenaient à l'époque où Nicolas la courtisait, à Valbenoîte. Alors, elle s'enfonçait dans le bel autrefois à la façon d'une pierre tombant dans l'eau. Seuls, les mouvements de l'assistance, se levant ou s'asseyant selon les rites de la prière et les appels vigoureux de la sonnette maniée par les enfants de chœur, la forçaient à revenir dans la réalité.

Thélise, pour sa part, avait envie de pleurer. Pourquoi Joseph n'était-il pas près d'elle, ainsi qu'il l'avait si souvent promis ? Sept mois qu'il était parti et elle ne comprenait encore pas pourquoi. Pourtant, il l'aimait. Elle en était sûre. Deux fois par mois, il lui écrivait et lui parlait des villes où il travaillait, des gens rencontrés, des paysages traversés. Contrairement à ses aînées, Thélise a honte de s'écarter de la cérémonie pieuse et elle craint que Dieu ne lui en tienne rigueur. Alors, vite, vite, elle récite un *Pater* et un *Ave* et repart dans son paroissien afin de rattraper le temps volé au Seigneur. N'empêche que lorsqu'on récite les litanies des saints, elle pense à Joseph et le supplie de revenir.

Antonia Colonzelle, qui avait très peur de la mort, ne cessait de supputer ce que le divin Juge pourrait penser de ce qu'elle tenait pour de mauvaises actions dont elle éprouvait de gros remords. Ainsi la fois où, jeune fille, elle s'était laissé caresser par un garçon disparu de son existence depuis des années. Colonzelle, lui, nourrissait des soucis plus simples. Il priait le Maître de toutes choses de faire en sorte que la récolte de seigle soit bonne et que sa Thélise ne dépérisse pas trop en attendant le retour de son promis. Céline et Gaspard qui avaient accompagné leur maîtresse, après avoir posé la grosse bûche de Noël dans l'âtre, suivaient l'office avec ferveur.

Le compagnonnage accordant une place importante à la religion, Joseph, de son côté, assistait à la messe de minuit au milieu des compagnons et des aspirants de la cayenne du père Soubise, à Toulouse. Au lieu du magnifique décor de la cathédrale Saint-Sernin, sa mémoire lui représentait le tableau rustique de l'église tarentaizoise. Il n'avait pas grand effort à s'imposer pour voir Armandine et Eugénie au banc familial avec Gaspard et Céline et puis, de l'autre côté de l'allée centrale, à la même hauteur, les Colonzelle. Thélise devait prier ardemment pour le retour de son bien-aimé. Ce tableau reposant, quoique idyllique, ne touchait plus Joseph comme il le touchait encore quelques semaines plus tôt, et même, le rappel incessant que son cœur lui commandait commençait à l'irriter. Sept mois qu'il avait pris la route et force lui était de reconnaître que son village lui manquait de moins en moins. Les lettres d'Armandine ne parlaient que de la ferme et des travaux qu'on y menait, mais elle s'abstenait de donner des conseils. Thélise ne savait que discourir sur son amour, thème indéfiniment repris et répété dans des missives qui, peu à peu, ennuyaient celui à qui elles étaient adressées. Quant aux rares billets venus de Boulieu-lès-Annonay, sa mère s'y contentait d'avertissements pieux. En bref, sans en approfondir les raisons, Joseph se révoltait contre son passé dont « ses » femmes voulaient faire un éternel présent.

Après la messe de minuit, le petit-fils d'Armandine réintégra avec ses amis leur cayenne toulousaine, où ils festoyèrent jusqu'à l'aube.

En se réveillant au matin de Noël, Joseph retrouva ses soucis. Ah ! qu'il était loin l'enthousiasme qui le soulevait, l'emportait au départ de Tarentaize, sept mois plus tôt ! Il lui arrivait dans ses moments de dépression, de se demander à quoi lui profitait de traîner d'une ville à l'autre, alors qu'il eût souhaité s'arrêter. Il s'apercevait qu'en dépit de ses illusions premières, il n'était pas fait pour courir les aventures. Cela tenait en partie à ce que, chaque mois, depuis octobre, Armandine lui envoyait la somme qu'elle était convenue, avec Charlotte, de lui remettre sur l'argent que la veuve de Prosper Colombier touchait régulièrement. C'était là une faiblesse qui étonnait de la part de quelqu'un comme Armandine, mais sous ses dehors impérieux, elle cachait mal une grande tendresse pour celui qui était, momentanément, le dernier homme du clan. Délivré du souci de l'argent, Joseph n'avait plus à se préoccuper des obligations du gîte et de la nourriture. Ses commodités d'existence l'écartaient un peu de ses camarades moins privilégiés. La journée de travail terminée, Joseph saluait ses compagnons et gagnait le centre de la ville, où il louait une chambre chez une demoiselle âgée, qui s'assurait de maigres revenus en enseignant l'orthographe et un peu de solfège aux enfants.

Le lit de Joseph se trouvait près de la fenêtre, si bien que, de sa couche, il pouvait voir une large portion du ciel toulousain. Ce qui s'affirmait le plus pénible pour le jeune charpentier était de se lever en pleine nuit afin de se rendre au travail. Il enviait ceux qui pouvaient demeurer au chaud jusqu'à une heure décente. Quand il lui fallait gagner son atelier à la lueur des réverbères, dans le froid humide ou dans un brouillard dû aux efforts conjugués du ciel et du fleuve, et être obligé de se diriger à tâtons, il arrivait à Joseph de regretter la tiédeur vivante de l'étable. Parfois, la brume se dissipait et, levant la tête, le piéton de l'aube contemplait les belles maisons aux fenêtres aveugles derrière lesquelles dormaient ceux et celles dont il enviait le sort.

Le dimanche, en revanche, il restait longtemps au lit. Draps et couvertures tirés jusqu'au menton, il savourait ces heures d'une paresse exquise durant lesquelles il était son seul maître. C'était le moment des bilans. Dans le silence de la chambre qui semble creusé dans le silence dominical, lui-même englouti dans le silence de l'hiver, on revit les jours, les semaines, les mois passés.

Contrairement à ce qu'il espérait, Joseph s'ennuie sur son tour de France. Encore près d'un an et demi à tourner. Il n'est pas sûr d'en avoir le courage. Pour excuser son manque d'ardeur, il se répète que les beaux tours dont parlent les anciens sont finis, comme sont finies les fameuses et cruelles batailles opposant les hommes du Devoir et ceux du Devoir de Liberté. Dans les cayennes, on entend encore des vieux raconter ces combats d'autrefois. On les écoute en souriant comme on écoute les grands-mères parlant de leur jeunesse coquette. Sous ses draps, Joseph s'attendrit en se rappelant ce que lui chantait sa jeune aïeule :

« Combien je regrette
Mon bras si dodu
Ma jambe bien faite
Et le temps perdu [1] ! »

Pauvre chère Armandine... Comment supporte-t-elle l'hiver ? et la geignante Eugénie ? Il semble à Joseph qu'il voit Thélise se lever tout enveloppée de lainages pour descendre allumer le feu. Le père donne déjà à manger aux vaches qu'Antonia commence à traire. Un dur travail qu'on n'accepte, qu'on ne supporte que parce que l'on est chez soi. On sait que, dans quelques instants, on va se retrouver ensemble autour de la soupe. Ça aide.

Dans la douce chaleur du lit, Joseph se raconte ce que sera son avenir avec Thélise. D'abord, ils n'habiteront pas Tarentaize, mais Saint-Étienne. Tous les dimanches, ils monteront visiter les parents. Joseph n'aime plus la campagne, depuis qu'il va de ville en ville. Il ne veut plus, pour lui et pour sa femme, passer ces journées d'hiver, prisonniers du froid et de la nuit. Dans les cités, on se défend avec la lumière et la chaleur. Les rues et les magasins illuminés vous font oublier la solitude des champs et des bois où ne passe que le vent. Joseph rit en songeant à ce que sera la surprise effarée de Thélise, la première fois où il l'emmènera danser dans un de ces bals chics où il faut donner cinquante centimes pour entrer, où joue un bel orchestre avec de beaux musiciens. Mais il passera encore beaucoup d'eau sous le pont avant qu'il ne rejoigne sa bien-aimée. Tout ce temps qu'il lui reste à vivre jusqu'au moment où il pourra prendre Thélise par la main et l'emmener... A cause de ce maudit

1. Chanson de Béranger.

tour de France! S'il ne craignait de gravement décevoir sa grand-mère, Campelongue, les vieux de la cayenne lyonnaise, il abandonnerait et rentrerait chez lui. Seulement, il y a des choses qu'on peut faire et d'autres pas. Sans compter qu'il serait la risée du village. Son départ a suscité bien des jalousies.

Le dimanche, Joseph déjeunait tard et en compagnie de sa logeuse, Mlle Alice Douchy, une personne extrêmement menue et frêle. En la regardant, blanche et rose, le cou enveloppé de dentelles jaunies, on pensait à ces sujets en porcelaine qu'abritent les salons bourgeois. On se demandait, devant tant de fragilité, où elle prenait la force de vivre. Sans qu'elle fît rien pour cela, Mlle Alice attendrissait son hôte, persuadé qu'elle ne mangeait pas à sa faim. Aussi, avant de s'asseoir à la table du petit déjeuner, il descendait acheter croissants et brioches que la demoiselle dévorait tout au long de la semaine.

Mlle Douchy, sevrée de confidentes, était reconnaissante à son pensionnaire de lui faire le plaisir de l'écouter. Elle lui racontait sa vie, une vie bien banale, bien médiocre où il fallait s'épuiser en recherches presque toujours inutiles pour dénicher un incident méritant d'être rapporté. Mais pour la narratrice, un changement de coiffure dans son enfance, l'achat d'un chapeau, d'une paire de chaussures, plus que tout, d'une nouvelle robe, jalonnaient des dates capables (du moins, Mlle Alice se le figurait-elle) de marquer un passé sans éclat. La vieille demoiselle était la fille d'un préparateur en pharmacie, âme pusillanime qui, toute sa vie, vécut avec l'angoisse de l'erreur commise dans la fabrication de ses sirops et pommades, erreur qui le ferait impitoyablement chasser de la profession et le réduirait à la famine avec les siens. M. Douchy vécut trente ans avec cette hantise de la faute impardonnable, jusqu'à l'instant où son cœur usé cessa de battre, et ce fut la gêne pour celles qui restaient. La mère ne se résignant pas à faire autre chose que de pleurer et de se lamenter sur son sort, Alice dut faire appel à son maigre savoir pour alimenter chichement une table qui s'appauvrissait chaque jour davantage. Mme Douchy eut la bonne idée de mourir cinq ans après son mari. Ce départ ôtait des épaules d'Alice un fardeau de plus en plus insupportable, mais la réduisait à une solitude quasi totale. Quand Joseph la regardait à la dérobée, il avait le sentiment que la vieille demoiselle n'appartenait déjà plus à ce monde.

* * *

Il commence à faire un peu plus clair, le soir. On est ragaillardi et les caractères s'en ressentent. Chaque hiver, les événements se déroulent, identiques. On a beau être habitué, savoir qu'on ne peut intervenir dans le déroulement inexorable des saisons, on espère toujours des printemps miraculeux qui chasseraient cette nuit trop longue dont — surtout quand on ne l'avoue pas — on a peur. Le soir, tous regardent les pendules. On a gagné une minute sur hier. On prépare la soupe avec plus d'entrain.

Le chantier que dirige Campelongue est fermé. L'hiver n'est pas fait pour les maçons. On a renvoyé les Piémontais et les Méridionaux. Le froid les épouvante. On les rappellera quand débutera la belle saison. En attendant, les Auvergnats et les gens du coin travaillent le bois. On s'avance en vue du jour où on pourra reprendre la tâche. Pour l'heure, la Désirade ressemble à une grande ferme abandonnée dont il ne reste plus que des carcasses.

Dans le paysage enneigé, les gens vont à petits pas craintifs. Ils redoutent de glisser sur les flaques d'eau gelée. Les plus très jeunes ne sortent pas. L'âtre devient l'autel familial devant lequel on s'agglutine. Quand il y en a un qui sort, on lui crie :

— Ferme ta porte, cré Dié ! Tu veux nous faire mourir ?

Heureusement, chez beaucoup, on peut passer directement de la maison dans l'étable, sans mettre le nez dehors. On s'y rend souvent dans le but de se réchauffer au contact des gros animaux qui ruminent. La vieille, qui regarde par la fenêtre le paysage désert, pense à sa mort et se demande s'il fera aussi froid de l'autre côté.

Chez les Colonzelle, seule Thélise ne se préoccupe pas de se battre contre la température. Elle rêve à Joseph et sourit en pensant qu'il vit dans un meilleur climat. Lorsqu'il sera là, à deux ils supporteront mieux les rigueurs des mauvaises saisons. Le père, enveloppé dans sa peau de chèvre, ressemble à un de ces explorateurs du pôle Nord qu'on a vus sur un almanach. Antonia fait songer à une ruche abandonnée. Les lainages qu'elle a entassés sur elle masquent ses formes. On voit juste sa tête, portant un bonnet enfoncé jusqu'aux yeux et qui lui cache les oreilles. Quand il faut aller voir les vaches, Adrien et sa fille se dévouent. Lui avance à pas lents, appuyé sur un bâton. Thélise préfère courir. Quand elle tombe, elle se relève en riant. C'est la meilleure manière de subir l'hiver, lorsqu'on le peut.

A la ferme Cheminas, seul Gaspard bouge sans changer ses manières. Des trois femmes, deux — Armandine et Céline — ressemblent à des ombres qui donnent l'impression de glisser plutôt que de marcher. Quant à Eugénie, elle se traîne le matin jusqu'à sa chaise, près de la fenêtre, et ne la quitte guère avant d'aller se coucher. Elle s'acharne sur son carreau. Vers le milieu du mois, Gaspard annonce que les poules, en vacances de ponte depuis trois mois, recommencent à picorer le sol et les branches. De son coin, Eugénie annonce : « Saint Antoine donne l'œuf aux gélines. »

Il arrive qu'Armandine — au grand effroi de son amie — profitant de ce qu'il ne neige pas, enfile de gros souliers, prenne la canne de son grand-père et sorte. Elle se rend toujours au même endroit : le carré que la neige transforme en un vaste plateau blanc bordé au nord par une rangée de sorbiers, tendant vers un ciel gris leurs branches dénudées. Ce spectacle est d'une profonde tristesse et il faut avoir la foi chevillée au corps pour se persuader que la belle saison reviendra. Armandine examine les traces laissées par les bêtes qui ont passé par là en quête de nourriture ou taraudées par la peur. Si l'aïeule lève les yeux et regarde au loin, elle se sent un peu perdue. La neige a enseveli, aplani le décor familier et les collines ne sont plus que des bosses arrondies. L'aïeule se dit que ce paysage, suivant les saisons, est une image de sa vie. Le printemps et ses belles espérances amoureuses, la réussite de l'été, les angoisses de l'automne et les grandes solitudes de l'hiver. Armandine rentre à la ferme et Eugénie, à nouveau, lui reproche d'être allée dehors par un temps pareil. Personne ne peut deviner que c'est dans son cœur qu'elle est allée se promener.

* * *

Maussade, Joseph regarde couler le fleuve. Le ciel gris est à l'image de ses pensées. Envie de rien. Il n'est certain que d'une chose, il lui faut partir. Il y a assez longtemps qu'il traîne dans Toulouse. A cette allure, il finira son tour à Angers. Pour la première fois depuis son départ, il n'a pas écrit à Thélise. Il le fera ce soir, en lui racontant un mensonge. Mais aussi, pourquoi ne comprend-elle pas qu'il s'en fiche des vaches de la famille Colonzelle et ce, d'autant plus qu'il est décidé à ne pas s'installer à Tarentaize. Il s'est passé quelque chose de bizarre dans l'esprit du voyageur. Du moment où, par un rude effort de volonté, il s'arrachait à l'envoûtement de la mer, il échappait au vieil enchantement de la campagne. Il voulait vivre en ville. Qui le comprendrait, à part la grand-mère ? Elle aussi, avait quitté son village pour s'installer à Saint-Étienne où elle avait réussi. Et ceux qui l'avaient blâmée, où étaient-ils ? Joseph aimait la vie toulousaine. Il avait visité Montpellier et Carcassonne où il avait travaillé. Il se sentait à l'aise dans l'atmosphère des cafés, des bals du soir, dans la fréquentation des filles. Il avait eu des maîtresses et il quittait la ville lorsqu'elles devenaient encombrantes. Claudette, la Toulousaine, commençait à se montrer dangereuse. Voilà plusieurs fois qu'elle parlait mariage. Il était urgent qu'il l'abandonnât à ses rêves inutiles. En vérité, l'amour inchangé qu'il portait à son métier empêchait le garçon de commettre de grosses bêtises. Son existence de bohème ne portait aucun préjudice à son application au travail. A chaque étape, il apprenait un peu plus en choisissant ses employeurs selon les spécialités où leurs ateliers excellaient. Sa réputation précédait Joseph sur son tour de France et dans les cayennes des Enfants du père Soubise, on parlait de lui. Les anciens admiraient son sens inné du bois qui lui faisait trouver, du premier coup d'œil, la veine où il fallait attaquer. Le petit-fils d'Armandine se fût volontiers fixé à Toulouse où il eût largement gagné sa vie. Mais laisser Tarentaize et celles qui l'y attendaient était matériellement impossiblc. La veille de la Chandeleur, il dit un au revoir (qui était un adieu) à Claudette et rentra chez lui pour boucler son bagage. Le lendemain matin, il lui faudrait prévenir Mlle Douchy. Cette pensée gâta son sommeil.

* * *

Premier levé, Gaspard avance précautionneusement dans la salle basse. Cette heure matinale constitue son domaine privé. Pendant que les autres dorment encore, il s'imagine qu'il est le patron. Il va à la fenêtre et regarde le ciel. Il constate avec dépit, que le temps est au beau. Gaspard sait tout de la nature, par tradition, par l'expérience des hommes d'autrefois et, s'il fait la moue en constatant l'éclat du jour, c'est qu'il se souvient de ce que les vieux enseignaient au gamin qu'il était :

« Quand Notre-Dame-de-la-Chandeleur luit,
L'hiver quarante jours s'ensuit
La chandeleur noire,
L'hiver a fait son devoir.
La chandeleur trouble
L'hiver redouble. »

Les inquiétudes que lui donne le temps trouvent un écho dans l'atmosphère tendue de la ferme, depuis que Joseph n'écrit plus régulièrement. On n'en parle pas, mais qui pourrait empêcher Eugénie de gémir quand le facteur n'apporte pas la lettre désirée. Parce que c'est dans son caractère et qu'elle est trop vieille pour changer, elle se lamente :

— Moi, je suis sûre qu'il est malade ! Peut-être qu'il est à l'hôpital...

On ne pouvait pas la faire taire, alors on lui cédait la

place, jusqu'à ce qu'elle se soit apaisée et remise au travail sur son carreau.

Gaspard aussi se faisait du mauvais sang car il connaissait assez Armandine pour deviner qu'elle s'interrogeait et commençait d'avoir peur, mais il ignorait de quoi. Ce qui troublait la grand-mère par-dessus tout, c'est que Thélise ne recevait plus les nouvelles selon la régularité à laquelle elle était habituée. Armandine ne pensait pas à la maladie ou à l'accident. Elle savait que l'entraide compagnonnique l'eût prévenue. Campelongue la confortait dans cette conviction. Elle redoutait bien davantage que Joseph se laissât aller à de mauvaises fréquentations qui pourraient le mener Dieu sait où !

Le domestique attendit que sa femme l'eût rejoint pour se rendre à l'étable. Restée seule, Céline commença à remettre en place les chaises dérangées à la veillée. Elle était également sensible à l'angoisse de la maison. Elle aimait Joseph d'une tendresse un peu maternelle. Le ménage fait, elle prépara l'âtre et alluma le feu au moment où Eugénie entrait et se traînait jusqu'à son siège.

— Mangerez-vous quelque chose, madame Eugénie ?

— Non... un bol de café, ça suffira.

Armandine à son tour se montra. Après les salutations familières, la grand-mère donna ses ordres à Céline pour les tâches de la journée puis, comme Eugénie, elle attendit le facteur. Celui-ci n'apporta rien d'autre que le journal. Laissant son amie à ses jérémiades, elle annonça :

— Je vais chez les Colonzelle.

La vieille femme avance à grands pas, sans se préoccuper de l'eau qui jaillit lorsqu'elle met le pied dans une flaque. C'est le temps des nettoyages, tant aux champs qu'à la maison. En allant à travers la campagne, on imagine se promener dans les communs d'un vaste établissement où l'on fait disparaître les vilaines choses laissées par l'hiver qui se meurt. La brume pesant sur les champs est trouée par de petits feux où l'on brûle ce qui est inutilisable. Armandine ne se soucie pas du décor qui l'enveloppe. Elle ne pense qu'au chagrin de Thélise correspondant au sien, mais avec plus d'éclat.

Et c'est vrai que les choses vont mal chez les Colonzelle. Thélise ne pleure pas, ne se plaint guère, mais ne parle que très rarement et n'a plus aucun goût pour la nourriture. En bref, elle devient une sorte d'ombre silencieuse qui exaspère sa mère et inquiète son père. D'ordinaire, les uns et les autres, malheureux, se confinent dans le mutisme. Il arrive cependant qu'Antonia explose. Prenant à partie d'invisibles témoins, elle se met soudain à crier en désignant Thélise d'un doigt vengeur :

— Non, mais regardez-moi cette tête d'enterrement ! On dirait qu'elle a mené toute sa famille au cimetière ! Si c'est pas honteux à son âge ! Et cela parce que son godelureau de soi-disant fiancé est, sans doute, en train d'en caresser une autre !

Sous ce coup, Thélise brame à la façon d'un cerf blessé. Aussitôt Adrien se porte au secours de son enfant.

— Tu pourrais pas fermer ta sacrée goule, Antonia, non ?

Le souffle coupé par une stupeur indignée, Mme Colonzelle retrouve son sang-froid pour demander :

— C'est bien à moi que t'oses causer sur ce ton, Colonzelle ?

— A toi, en personne !

— Et pourquoi que tu me manques de respect devant la chair de ma chair ?

— Parce que je peux pas supporter que tu sois mauvaise !

— Tandis que la Thélise, elle est pas mauvaise peut-être, elle qui nous fait tourner le sang en eau ?

— Elle est malheureuse ! et toi, sa mère, tu devrais la comprendre mieux que n'importe qui !

— Et moi, je le suis pas, malheureuse ? M'être crevée pendant plus de vingt ans pour faire de ma fille quelqu'un de bien et finir par avoir une mijaurée qui tombe dans la « rasthénie » parce que celui qui lui plaît couche avec une autre !

Thélise hurla :

— Pourquoi tu dis des saletés sur Joseph ? Tu devrais avoir honte !

— Voilà-t'y pas qu'elle va me donner des leçons, à présent ?

Adrien, une fois encore, épousa la cause de sa fille.

— Tu sais plus ce que tu racontes, Antonia, tu devrais te taire !

— Je suis chez moi, ici !

— Non, chez moi !

— Mais, bon Dieu ! si ça lui démange à ce point-là, c'est pas les garçons qui manquent pour la calmer !

Thélise sortit en courant tandis qu'Adrien se jetait sur sa femme, la main levée, en criant :

— Cette fois, tu y as droit !

Toutefois, l'entrée d'Armandine suspendit la colère d'Adrien.

— Bonjour tout le monde !

Malheureusement, Antonia était trop exaspérée pour raisonner et elle s'en prit à la nouvelle venue :

— Ah ! vous voilà, vous ! Ce qui nous arrive est de votre faute !

Colonzelle ordonna :

— Tais-toi ! Tu sais plus ce que tu racontes !

Mais Mme Colonzelle était la proie d'une si furieuse colère qu'elle n'entendit pas son mari et poursuivit son agression verbale :

— Vous vous figurez que vous pouvez décider, ordonner sans demander l'avis de personne, hein ? Vous trouvez sans doute très normal que votre monstre de petit-fils s'amuse à nous ruiner la vie ?

Sans répondre, Armandine se laissa aller sur une chaise et mit son visage entre ses mains. Thélise qui entrait crut la visiteuse malade et s'agenouilla auprès d'elle en s'enquérant d'une voix tendre :

— Quelque chose qui va pas, grand-mère ?

Antonia, bouleversée par cette première preuve de faiblesse que donnait Mme Cheminas, se tut, sa colère subitement envolée. Quant à Adrien, les bras ballants, il ne savait plus quelle attitude adopter. Armandine posa sa longue main sèche sur la tête de Thélise.

— Il faut être patiente... Je l'ai été si longtemps... Dieu ne permettra pas que ce soit pour rien. Il m'a fait porter de lourds fardeaux... Il ne veut pas m'écraser avec le dernier.

Thélise se releva et embrassa la vieille femme.

— Moi, j'ai confiance.

— Je sais. C'est pourquoi je t'aime, mon enfant.

Antonia, les larmes aux yeux, prit Armandine par les épaules en chuchotant :

— Je... je vous demande pardon.

— De quoi ?

— De ce que je vous ai dit tantôt.

— Je n'ai pas entendu.

Pour tous les soucis, voire les chagrins, Adrien ne connaissait qu'un remède l' « Eau de mélisse des Carmes ». Il l'offrit à son hôte qui refusa. Armandine prit congé après avoir assuré Thélise qu'elle ne devait pas se faire de mauvais sang. Joseph devait être très fatigué par ses travaux et c'est pourquoi il ne fallait pas lui en vouloir s'il dormait, le soir, au lieu d'écrire à celles qui vivaient dans l'attente de ses nouvelles. Personne ne fut dupe de cette excuse, mais on feignit d'y croire.

* * *

Il avait profité de ce qu'il savait être leur dernier petit déjeuner dominical pour lui annoncer son départ immédiat. Il l'avait fait de manière maladroite, brutale, parce qu'il était malheureux. Il s'était attaché à Mlle Douchy qui lui rappelait ces vieilles filles qu'on rencontre dans nombre de villages de France et qui, le plus souvent, meurent doucement de faim parmi ceux qui vantent leurs vertus. Quand il lui avait dit qu'il avait bouclé sa valise en vue de prendre, à trois heures, le train pour Agen, elle n'avait pas réagi, mais ses yeux s'étaient remplis de larmes qui ne coulaient pas. Cette eau en suspens... Joseph s'était souvenu de ces petites mares où, avec Thélise, ils regardaient des insectes se noyer. Ils se débattaient longuement pour rejoindre la rive puis, comme s'ils renonçaient brusquement, ils coulaient. Mlle Douchy, elle aussi, ne luttait plus. Elle coulait dans la solitude retrouvée et qui la tuait. Il murmura gauchement :

— Je pouvais pas rester indéfiniment...

Elle lui adressa un sourire triste et répondit d'une voix douce :

— Non, bien sûr... Il n'empêche que la maison va être vide sans vous.

— Je vous écrirai.

Il savait qu'il lui serait impossible de tenir cette promesse. Elle le savait aussi.

Dans sa chambre, Joseph bouclait rageusement ses affaires. Il se sentait de moins en moins fait pour cette existence au jour le jour. Aller sans cesse plus loin, abandonner sans espoir de retour les gens avec qui on sympathisait et qu'on eût aimé compter parmi ses amis, culbuter des filles qui se donnaient pour quelques francs et dont les fausses étreintes vous laissaient dégoûté de vous-même, non, ce n'était pas la vie, mais sa caricature. La vraie vie se trouvait dans le foyer où veillait l'épouse qu'on ne quittait jamais, où grandissaient les enfants. Ce foyer dont rêvait le garçon serait dans une ville car il ne pourrait se passer, désormais, de l'animation des grandes cités où tout lui était découvertes et plaisirs. Il envisageait, amusé, les émerveillements de Thélise. Pensant à sa fiancée, il prit conscience qu'il y avait presque quinze jours qu'il ne lui avait pas écrit, ainsi d'ailleurs qu'à sa grand-mère. Honteux, il se mit aussitôt à la tâche mais, ayant relu ce qu'il avait écrit il ne s'aperçut pas que, dans ses deux lettres, il ne parlait guère que de Mlle Douchy et du chagrin qu'il éprouvait à la quitter. Il n'avait pas encore assez vécu pour réaliser que la peine des autres nous touche surtout quand nous sommes heureux. Mais, pour la plupart, le poids de leurs propres misères les empêche de s'attendrir sur autrui.

Sorti pour un ultime adieu à Toulouse, il se promena dans la vieille ville. Passant à proximité de la cathédrale Saint-Sernin, il y entra. N'ayant pas rompu avec la foi de son enfance, il se trouvait à son aise dans la pénombre des vieilles églises que trouait la flamme tremblante des cierges. Agenouillé, Joseph ne pouvait détacher ses yeux de cette couronne de feux et il se demandait quelles étranges et muettes prières ils soulignaient. A son tour, il alluma un cierge pour que le bon Dieu vienne un peu au secours de la pauvre Mlle Douchy.

Lorsque Joseph revint prendre son bagage, il se heurta à la vieille demoiselle qui guettait son retour. Un moment difficile. Il dit :

— Alors, voilà, je pars.

Elle lui tendit un morceau d'étoffe, enveloppé d'un papier de soie.

— Je suis pauvre et ne puis vous offrir quoi que ce soit. Voilà, c'est le ruban que ma mère avait à son corsage, le jour de ses noces. Vous le donnerez à votre femme, quand vous vous marierez. Je suis sûre qu'il lui portera bonheur.

Trop ému pour répondre, Joseph prit Mlle Douchy dans ses bras et embrassa longuement les vieilles joues parcheminées puis, se dégageant, il fila sans un mot.

* * *

En mars, le travail reprit sur le chantier de Tarentaize et ce ne fut pas sans intérêt qu'on vit revenir les Piémontais et les hommes du Midi. Les premiers plaisaient à l'abbé Marioux pour leur application à remplir leur devoir de catholiques. Les seconds enchantaient le successeur de Lebizot à l'auberge, par leur fidélité à l'heure sacrée de l'apéritif. La Mélie Sourdeval, qui préparait la nourriture des Italiens, jalousait l'Alphonsine Mareuil qui s'occupait des Méridionaux et gagnait beaucoup plus de sous qu'elle. Les Piémontais, en effet, buvaient de l'eau, mangeaient de la farine de maïs et des pâtes chaque jour, de la viande trois fois par semaine, à seule fin de pouvoir envoyer un peu plus d'argent dans leur pays où, à ce qu'il paraît, on crevait de faim. Les Provençaux eux, s'affirmaient d'excellents clients. Il leur fallait de la viande tous les jours et Prosper Talmas, le boucher, glissait en douce de jolies ristournes à Alphonsine pour qu'elle n'aille pas se servir chez son rival du Bessat Louis Pluvigner qui venait trois fois par semaine à Tarentaize, à la grande colère du Prosper qui n'en pouvait mais. En attendant, la Mareuil faisait son beurre et la Sourdeval en jaunissait de dépit. Les paysans et leurs compagnes, qui n'étaient pas parties prenantes dans l'affaire, rigolaient entre eux de ces rivalités mercantiles.

Dans les champs, on procède à la dernière toilette avant les gros travaux de printemps. Thélise, qui se promène pour apaiser sa peine, aime voir, à travers les rideaux de brume laissés par la pluie, la lueur des feux où brûlent les mauvaises herbes. Voilà maintenant quinze jours que Joseph ne lui a pas écrit. Malgré son angoisse, elle ne veut pas douter de lui. La patience, dit Armandine, est le seul remède. Elle garde, dans son corsage, l'étrange lettre qu'il lui a envoyée au moment de quitter Toulouse, où il parle de son chagrin d'avoir dû abandonner la vieille demoiselle chez qui il logeait. Ça lui va bien de pleurnicher sur la solitude de cette personne, alors qu'elle, Thélise, se sent plus abandonnée que la plus délaissée. Et si ce n'était pas vrai ? Si la demoiselle Douchy était une jeune personne qui avait séduit Joseph ? Emportée par ses fantasmes, elle se serait laissé aller à hurler si le bon vieux sens paysan, hérité de ses parents, ne lui avait pas soufflé à l'oreille que, si son prétendu lui mentait, il n'aurait pas quitté Toulouse. Alors, sautant d'un excès à l'autre, elle admirait la noblesse de cœur de son Joseph et aurait souhaité en convaincre tout le monde.

La jeune fille, dans ses courses champêtres, prend soin de passer très au large du chantier où les Méridionaux, sur le passage de la petite, ont beau s'exprimer dans leur patois, on devine qu'ils disent des malhonnêtetés.

Les Colonzelle ne sont pas tellement contents que leur fille gaspille des heures, qui auraient pu être consacrées au travail, en promenades inutiles. Colonzelle, surtout, n'est pas heureux car les tâches que Thélise n'assume plus lui retombent dessus. Il s'en plaint amèrement et sa femme réplique, indignée :

— T'aimerais peut-être mieux qu'elle se périsse ?

— Dis pas de bêtises !

— Ou qu'elle meure de conception[1].

— De conception ?

— Celles qui mangent plus, qui dorment plus et qui

1. Consomption.

finissent par s'éteindre à la façon d'une chandelle usée.

— Non, bien sûr que non...

— Alors, laissons-la faire à son idée. Quand elle sera fatiguée, elle s'arrêtera.

C'est à peu près le même langage que tient Campelongue à Armandine et à Eugénie :

— Il faut pas, mesdames, vous dévorer les sangs. S'il arrivait la moindre des choses graves, je serais averti.

Eugénie protesta :

— Dans ce cas, pourquoi il n'écrit pas alors qu'il l'avait promis ?

— Au moment du départ, on promet n'importe quoi tant on est heureux de partir.

La marraine hésite puis :

— C'est vrai. Souviens-toi, Armandine... On était folles de joie à l'idée de vivre à Saint-Étienne. On se souciait guère, alors, de ceux qu'on laissait.

La grand-mère ne répondit pas. Elle détestait être prise en faute et, pendant plusieurs jours, elle en voulut à son amie de l'avoir forcée à reconnaître, fût-ce par son silence, que l'insouciance de Joseph n'était que le reflet de sa propre impatience d'autrefois.

— De plus, reprend Campelongue, il doit beaucoup travailler. Plus de huit mois qu'il est parti. Sûrement, il doit penser à l'ouvrage qu'il présentera pour être reçu compagnon. Ensuite, il le lui faudra dessiner, coter, etc., enfin, il devra trouver un maître qui l'aidera de ses conseils, au moins dans les premières semaines.

Eugénie s'emporte :

— Et nous, qu'est-ce qu'on devient, pendant ce temps ?

Armandine répond durement :

— On attend.

Campelongue, soudain timide, ajouta :

— Et puis... qui sait ? Peut-être qu'il aime plus la Thélise ?

— Je ne le lui permettrai pas !

Avant de retrouver ses compagnons de travail, Campelongue aimait à marcher un peu pour, disait-il, aider la digestion. Quand il quittait Armandine, après une discussion, cette envie d'un effort physique devenait un besoin pour se calmer. Il admirait la grand-mère de Joseph, il la respectait, mais il supportait difficilement un autoritarisme ne tolérant pas la contradiction. Plus encore que la marche, ce qui apaisait le vieil homme, c'est le silence dans lequel il baigne, sur une terre où traîne encore trop de froidure pour que les oiseaux qui sont restés aient envie de chanter.

Et pourquoi serait-ce scandaleux de supposer que Joseph ait pu rencontrer une fille qui lui plaise mieux que Thélise ? Les sentiments, ça se commande pas toujours, ni les envies. Joseph et Thélise se fréquentent-ils pas depuis trop longtemps pour que le garçon ne voie, dans sa camarade de toujours, une sœur plutôt qu'une bonne amie ? Naturellement, il n'y a rien de sûr, mais c'est possible, simplement possible, pourquoi ne pas l'envisager ?

Des hommes travaillant dans un champ, saluent Campelongue qui ne les entend pas. Il est si absorbé dans ses pensées qu'il ne prête guère attention à ce qui l'entoure. Le vent souffle du sud et le promeneur n'aime pas ça, parce qu'il risque de neiger à nouveau (ce qui serait un malheur pour le chantier) et une neige lourde, compacte, celle qui, à l'orée du printemps, étête les résineux et casse leurs branches, une vraie catastrophe pour la forêt.

Les engagements pris, les fidélités jurées, c'est bien joli, mais ça ne tient pas compte de la nature humaine. On lui répond : « Et vous, vous êtes bien resté fidèle à la mémoire de votre Elmine, non? pas une femme n'est passée dans votre vie depuis le jour affreux où vous avez vu votre épouse disparaître dans le ravin, avec Kléber, le mulet. » Ceux qui disent cela, ils ne comprennent pas. On peut se détacher d'une vivante parce qu'elle peut se défendre, mais une morte ? Elle demeure près de vous tant que vous l'aimez et si vous l'oubliez, qu'est-ce que vous voulez qu'elle fasse, la pauvre ? Elmine est la première à qui Campelongue parle, le matin, au réveil, et durant la journée entière, il lui demande son avis sur tout. Elle le guide quand il fait sa cuisine d'homme seul, lorsqu'il met de l'ordre dans la maison. Les jeunes qui l'entendent rigolent en douce et chuchotent :

— La cervelle de Campelongue commence à patiner.

Un des ouvriers, qui est au courant du terrible malheur du maître, a envie de taper sur la gueule de ces imbéciles.

Campelongue retourne vers le chantier. Les Piémontais sont déjà au travail, les Auvergnats s'y mettent. Seuls, les Méridionaux fument une ultime cigarette en terminant une discussion qui les emporte dans un tourbillon de cris, de serments et de jurons.

Faut dire ce qui est, pas vrai ? La Thélise, elle a aucun mérite à rester fidèle. Elle est bien à l'abri au creux de sa famille et, protégée par les siens et Armandine à qui personne n'oserait faire de mauvaises façons, elle risque pas grand-chose. Tandis que Joseph, dans les villes où il passe, doit en rencontrer des filles encore plus jolies que la petite Colonzelle et autrement mieux attifées.

Il y a une question qui revient sans cesse à l'esprit de Campelongue depuis que le chantier a recommencé : pourquoi cette construction énorme, terriblement coûteuse ? On dit la vieille dame riche, à cause des bois qui ont triplé de valeur, mais tout de même... Quelle idée a-t-elle derrière la tête ?

En marchant, Campelongue réfléchit. Armandine est trop âgée pour s'installer dans sa nouvelle propriété et y régenter les travaux. Alors, qui veut-elle installer là-bas, le moment venu ? Soudain, le vieil homme s'arrête net, bloqué par l'idée qui lui a traversé l'esprit : Joseph ! Il a bâti une sorte de vaste hangar, qui peut servir d'atelier de charpenterie, la place des machines a été préservée. C'est ce qui a engourdi l'intelligence de Campelongue. A présent, il voyait la duperie. Armandine, intelligemment, n'avait pas combattu la vocation de son petit-fils pour la charpente, mais ce n'était qu'une ruse, une tromperie. L'aïeule se voulait certaine que Joseph, comme son grand-père et son arrière-grand-père, subirait l'appel de la terre. Elle désirait que le jour où cela se produirait, son garçon n'ait que la peine de s'installer dans un cadre prêt à l'accueillir. Joliment joué !

Conscient d'avoir été roulé et d'avoir agi sottement, le maître charpentier se persuadait qu'Armandine en serait pour ses frais, car Joseph avait la charpente dans le sang ; rien, jamais rien ne l'y ferait renoncer.

* * *

Elle a reçu la lettre des mains du facteur et s'est précipitée dans l'étable, son royaume, pour la lire à l'abri des autres. Mais, la voilà qui s'affole en voyant l'en-tête du papier « Hôpital d'Agen ». Du coup, les yeux brouillés de larmes, elle ne parvient plus à lire. Elle se lève avec difficulté du tabouret de traite sur lequel elle était assise et regagne péniblement la ferme où la mère, esclave des tâches quotidiennes, prépare l'éternelle soupe aux légumes de saison, sans omettre d'y plonger un bon morceau de lard. En voyant sa fille, elle soupire :

— Qu'est-ce qu'il y a, encore ?

— C'est... c'est Joseph...

— Ça recommence !

— Oh ! maman... Il est peut-être mort, en ce moment.

— En voilà une idée !

— Il m'écrit de l'hôpital...

— Ça prouve pas grand-chose !

— Bien sûr ! tu t'en fiches ! tu l'aimes pas !

— Il m'embête, si tu veux que je te dise la vérité ! Avant, on était tranquilles, heureux... Sitôt qu'il est parti faire son temps, tout a changé chez nous et toi, d'abord, qui es devenu insupportable.

A son mari qui s'étonne de l'absence de leur fille alors qu'il est l'heure de passer à table, Antonia réplique, exaspérée :

— Ta fille, tu veux que je te dise ? Elle devient maboule !

Là-dessus, elle lui rapporte ce qu'il s'est passé et conclut :

— Je vais te confier mon opinion, Adrien : le Joseph, il me sort par les yeux !

— Il est peut-être vraiment malade ?

— Et alors ? Il avait qu'à demeurer chez lui, mais Monsieur voulait voir du pays !

— Ça m'apprend pas où est Thélise !

— Où veux-tu qu'elle soit ? Chez Mme Armandine, évidemment ! C'est plus nous, ses parents, c'est elle !

Thélise court sur le chemin menant au village. Ceux qui l'aperçoivent se confient les uns aux autres :

— Peut-être qu'elle va chercher le curé !

Par instants, la jeune fille traverse les écharpes de brume. Alors, elle a le sentiment de se hâter dans un monde inconnu, à la rencontre de Joseph. Un coup de vent la remet dans la réalité. Elle n'en peut plus. Elle aborde le village d'un pas normal. Elle ne tient pas à exciter les curiosités toujours plus ou moins malsaines. Elle s'arrête devant la croix qui se dresse à proximité du lavoir, pour l'heure déserté, et récite, vite un *Ave* pour que la Sainte Vierge se porte au secours de Joseph, le cas échéant.

On mange une gibelotte de lapin accompagnée de pommes de terre à l'eau, lorsque Thélise, avec un air un peu hagard, pousse la porte de la ferme. Armandine, par son calme, arrête les exclamations :

— Qu'est-ce qu'il y a, petite ?

— Une lettre de Joseph.

Elle tend le papier avant de dire avec une voix pleine de sanglots.

— Il... il est à... à l'hôpital...

Eugénie joint les mains au-dessus de son assiette et soupire :

— Jésus-Marie !

Ce n'est pas exactement une plainte, mais un rappel de tous les cierges qu'elle a brûlés, au cours de sa vie, en l'honneur de la Vierge et de son Fils. Eugénie, dans sa foi simple, estime qu'elle est un peu créancière et donc que Marie ne peut moins faire que d'aider Joseph.

Armandine demande :

— Tu as lu jusqu'au bout ?

— J'ai pas eu le courage...

— Tu t'es conduite comme une écervelée parce que tu te serais rendu compte qu'en ce moment, il est retourné à son travail.

— Si j'avais su...

Eugénie donne son avis :

— Ma Thélise, tu me rappelles la Marie Souppes quand elle a eu son premier... Sa petite Rosalie, c'était la merveille du monde. Elle passait son temps à délanger, à nettoyer son poupon. Ne voilà-t-il pas qu'un jour le bébé tout nu crispe ses petits poings, recroqueville ses jambes, se contorsionne, devient tout rouge et, au moment où sa maman, affolée, allait appeler au secours, lâche — révérence parlée — un gros pet, puis calmé se détend, reprend ses couleurs naturelles et rit comme s'il était fier de son exploit. Cependant, la Marie, qui avait des idées à elle sur le sujet, estime que ce que venait de faire sa Rosalie était tellement disproportionné qu'on l'eût plus facilement attribué à un garçon qu'à une fille. Elle en déduit que son enfant devait cacher une maladie. Ayant déposé le bébé chez sa mère, la Lucie Aubeterre, femme d'Auguste, le marchand épicier, elle court chez la Perrine Malogues, veuve de l'Aristide, longtemps boulanger à Tarentaize.

Quand nous sommes arrivés ici, avec Charles, la Perrine était déjà quasiment sur ses fins. Tu vois que ça remonte loin... La Perrine se présentait sous la forme d'un gros tas de chiffons d'où sortait, en haut, une tête surmontée d'un bonnet crasseux d'où s'échappaient deux ou trois mèches grises et, en bas, on voyait des pieds qui ressemblaient à tout ce qu'on voulait sauf à des pieds. On la disait un peu guérisseuse, un peu sorcière.

— Qu'est-ce que tu veux, Marie ?

Alors, la maman conta l'exploit de sa Rosalie et quand elle conclut :

— Ça ressemblerait plutôt à un bruit de garçon que de fille.

La vieille ricane et demande :

— T'as de l'expérience sur ce sujet ?

La jeune mère rougit jusqu'aux oreilles :

— Non, bien sûr que non, mais...

— Alors, écoute celui-là !

J'invente pas. C'est la Marie, elle-même, qui m'a raconté l'affaire. Donc, voilà la Perrine qui s'incline sur une fesse et en lâche un qui fait vibrer les vitres de la pièce. Avant que la visiteuse soit revenue de sa stupéfaction indignée, la Perrine l'interroge :

— Si t'aurais eu le dos tourné, à qui que tu l'aurais attribué ? un homme ou une femme ?

Marie a la gorge serrée par la colère.

— Perrine ! Vous... vous avez pas honte ? vous pourriez au moins vous excuser !

— Et pourquoi ? Tu penses tout de même pas que je vais renier mon cul pour ça ! Et puis, par où voulais-tu qu'il sorte ?

— N'empêche... c'est dégoûtant !

— Fais pas la mijaurée avec moi ! Quant à ta petite, si tu la bourrais un peu moins de farines compliquées, elle ferait sans doute pas de musique. Donne-lui de l'eau sucrée, du jus de carotte et de...

Eugénie conclut :

— J'ignore si la Marie Souppes a suivi le conseil de la Perrine. Ce que je sais c'est que la Rosalie vient d'être grand-mère.

Sur le chemin des Citadelles, Thélise allait doucement. Elle annoncerait toujours assez tôt à ses parents qu'elle s'était conduite comme une sotte. Les autres ne comprennent pas qu'elle ne cesse de vivre dans l'inquiétude, qu'elle soit toujours envahie de mauvais pressentiments. Quand elle a vu l'en-tête de l'hôpital, elle s'est immédiatement persuadée que son incessant cauchemar était devenu réalité et que Joseph mourait loin d'elle dans l'anonymat d'un hôpital d'Agen, une ville dont, jusqu'ici, elle ignorait l'existence.

Thélise ralentit encore le pas. Elle s'en veut de son attitude stupide digne d'une gamine sans cervelle. Elle s'arrête au sommet de la petite côte du haut de laquelle on domine le hameau des Citadelles. Pour trouver le courage d'affronter les railleries maternelles, elle s'appuie contre la barrière rustique protégeant le champ de Sauveur Villefort et reprend la lettre de Joseph pour s'assurer une fois encore qu'il ne lui est rien arrivé de grave. Elle lit à mi-voix. A part le vent, personne ne peut l'entendre.

« Ma Thélise chérie,

(elle répète trois fois cette tendre appellation ; à croire qu'elle veut s'en imprégner)

« Il faut pas que tu te fasses du mauvais sang parce que je t'écris de l'hôpital. Je suis pas malade, juste un léger accident. Figure-toi qu'ayant dîné dans un restaurant que je fréquente depuis trois semaines que je suis à Agen, je rentrais tranquillement chez moi, lorsqu'une voiture dont les chevaux s'étaient emballés m'arrive dessus. Je me suis bien jeté de côté, pas assez vite cependant et j'ai été bousculé par une des bêtes qui m'a envoyé rouler jusqu'à une fontaine. Je me suis durement cogné. Remis sur mes jambes par de braves gens, je vacillais un peu. J'avoue que je savais pas trop où je me trouvais. Sur ce, des sergents de ville sont arrivés et, mis au courant de ce qui s'était produit, ils m'ont emmené à l'hôpital après avoir réquisitionné un fiacre.

« Rassure-toi, ma Thélise, j'ai pas un os de cassé. Les docteurs m'ont tripoté dans tous les sens. L'ensemble est en ordre. Je me suis prélassé deux jours dans un lit et, demain, je retournerai au travail où l'on doit se demander ce que je suis devenu. Vois-tu, Thélise chérie, un accident aussi stupide me fait m'interroger sur ce que je fiche à Agen au lieu d'être près de toi. Salue bien tes parents et va embrasser ma grand-mère et ma marraine. Je leur écrirai dimanche prochain. Je t'embrasse aussi fort que je t'aime.

« Joseph. »

Thélise relit à haute voix la dernière phrase, elle la retient entre ses dents, la mâche un instant, avant qu'elle ne se dissolve. Cette tendresse, qui lui rappelle celui qu'elle aime, lui monte à la tête et, oubliant son angoisse de l'heure précédente, elle descend vers la ferme Colonzelle en chantonnant.

En entendant et en voyant sa fille, Antonia remarque :

— Tiens ! voilà la veuve joyeuse !

Adrien s'emporte :

— Je t'en prie, Antonia, commence pas !... Tu as mangé, Thélise ?

— Pas encore.

— La maman va te réchauffer ta part.

La mère est trop ulcérée de constater la façon dont son mari reçoit leur fille, pour pardonner du premier coup.

— N'empêche que cette grande nioche, elle arrête pas de nous rendre mabouls et toi, Colonzelle, tu lui passes tout !

— C'est notre seule enfant, Antonia...

— Ça y est ! nous y voilà ! A présent, tu vas me reprocher de n'avoir pas pu te donner un garçon ou deux, hein ? Mais, à qui c'est la faute ? Je me suis laissé dire qu'avant ton mariage, t'avais été un fameux couratier et que moi j'ai dû me contenter des restes !

Colonzelle ricane en montrant sa fille :

— Tu t'es pas mal débrouillée avec ces restes ! Faut croire qu'ils étaient de bonne qualité, non ?

— A condition que la Thélise soit bien de toi !

— Nom de Dzi !

Adrien s'est dressé d'un jet et lève la main sur sa femme quand leur fille hurle :

— Adieu !

L'événement suspend gestes et cris. Colonzelle demande :

— Pourquoi adieu ?

— Parce que je m'en vais !

— Quand ?

— Maintenant.

La mère oublie tout devant la menace du départ de son enfant.

— Où tu veux aller ?

— A la ferme Tuchon, au Bessat.

— Pour quoi y faire ?

— Ils cherchent une servante.

Le père et la mère se regardent, l'un cherchant chez l'autre l'assurance qu'il a bien entendu.

— Tu veux devenir servante chez les Tuchon ?

— Oui.

— Toi, servante ! Mais pourquoi ?

— Parce qu'à cause de moi, vous vous disputez sans arrêt !

Colonzelle lâche bride à la grosse colère qui l'étouffe.

— Alors, je me suis crevé au travail avec ta mère dans

l'idée de faire de toi quelqu'un de correct et tu irais te laisser pincer les fesses par des garçons dont je voudrais même pas pour curer l'étable ! Bon Dieu de bon Dieu de bon Dieu ! Je crois que je préférerais t'étrangler de mes propres mains et finir mes jours au bagne !

Devant pareille menace, Antonia, blême, se lève et empoigne le pique-feu :

— Touche seulement à un cheveu de Thélise et je te pète le crâne avec cet instrument !

Adrien hésite. Un moment, on peut croire qu'il va se ruer sur sa femme (en dépit du pique-feu), puis il vacille, change de ton et d'attitude et dit, bonhomme :

— C'est pas vrai, Antonia, que tu m'aurais cogné ?

— Si tu t'en étais pris à Thélise...

— Antonia, je pouvais pas penser que tu m'aurais cru capable de frapper la petite !

Ils tombèrent dans les bras l'un de l'autre sous l'œil attendri de leur fille. Adrien, s'étant dégagé de l'étreinte conjugale, lança à Thélise :

— Jure-nous que tu parleras plus de partir ?

— Je vous le jure !

Mme Colonzelle, qui se sentait un peu coupable de cette légère tempête familiale, voulait, pour se racheter, faire l'aimable.

— Et si, Thélise, tu nous lisais la lettre de ce monstre de Joseph ? Naturellement, tu pourras passer les passages trop lestes, s'il y en a.

Ce disant, Antonia adressa une œillade appuyée à son mari qui s'évertua, en vain, à comprendre ce que cette mimique signifiait. Il n'y parvint pas. Cela n'avait d'ailleurs aucune importance.

Thélise lut sa lettre de la façon dont M. Marioux lisait l'Évangile de la semaine, à la messe du dimanche. Quand la jeune fille eut terminé, ils se regardèrent en silence, le sourire aux lèvres et le père conclut :

— Pour une bonne lettre, c'est une bonne lettre.

Ils ignoraient que cette bonne lettre était, avant tout, un gros mensonge.

* * *

Ainsi que tous les soirs, depuis les trois semaines qu'il avait déjà passées à Agen, Joseph, sitôt libéré du travail, se rendait à « La Boule conquérante » où il buvait tranquillement son absinthe en parcourant le journal. Ce soir-là, l'atmosphère paisible du café se tendit quand entrèrent trois énormes gaillards dont les larges pantalons de velours disaient assez qu'ils relevaient de la charpenterie. Ils commandèrent du vin. Il était visible qu'ils avaient déjà pas mal bu avant de se présenter à « La Boule conquérante ». Ils se mirent à échanger leurs impressions à haute voix :

— A ton idée, Léon, quel métier exerce ce monsieur ?

— Pour moi, Alcide, si j'en juge par son pantalon, il se prendrait peut-être pour un charpentier.

— Tu le connais, toi, Louis ?

— Non, ça doit être un imposteur, un type qui se déguise.

— C'est pas correct, ça, Louis.

Léon reprit la parole :

— Dites donc, pays, par hasard, Monsieur serait-il pas un de ces voyous qui se prétendent « charpentiers passant bons drilles » de ce rigolo de père Soubise...

Voulant éviter la bagarre, Joseph régla son dû au patron qui lui chuchota :

— S'ils vous suivent, j'appelle la police.

Ils le suivirent. Joseph tenta de hâter le pas. Ils l'imitèrent. Arrivé devant la fontaine, orgueil de la vieille ville, Joseph se retourna :

— Qu'est-ce que vous me voulez ?

— Te corriger pour t'apprendre à venir traîner chez nous.

— Mais, ici, je suis aussi bien chez moi que vous, non ?

— C'est pas notre idée... et on va te le montrer.

Épaule contre épaule, ils avancèrent vers leur victime désignée. De toutes ses forces, l'assailli envoya son pied dans le bas-ventre d'Alcide qui poussa un hurlement inhumain avant de rouler au sol, en gémissant.

— A moi, les pays... ce salaud m'a estropié... crevez-le !

Léon et Louis s'y employèrent de leur mieux. Coups de

poing et de pied alternèrent et le petit-fils d'Armandine, qui se protégeait le ventre, crut qu'il allait y passer lorsqu'on avertit les combattants :

— La police !

Les deux charpentiers empoignèrent Alcide, leur blessé, par les aisselles et les pieds, et s'enfuirent en courant dans le dédale des ruelles où il eût été vain de les poursuivre. Les sergents de ville emportèrent Joseph à l'hôpital. Son patron vint l'y voir. Joseph lui raconta sa mésaventure et l'autre comprit.

— Ce sont les « compagnons indiens » de Salomon. On leur rendra la monnaie de leur pièce. Vous avez bien dit : « La Boule conquérante » ?

Le samedi suivant, Léon et Louis revinrent au café, théâtre de leurs exploits, en compagnie de Marcel qui remplaçait Alcide, lui aussi soigné à l'hôpital. Le patron du café fit grise mine en les voyant entrer.

— Dites, messieurs, vous allez pas recommencer ?

— Y a pas de raison, puisqu'on voit pas, ce soir, de ces indésirables qui vous gâtent l'air qu'on respire. Apportez-nous donc trois chopines.

Alors que le patron se dirigeait vers son comptoir, un garçon entra, l'air un peu faraud, dressant au vent un nez aussi moqueur qu'insolent. Le patron sentit que les choses allaient très vite se gâter. Cela ne tarda pas. Le nouveau venu vint se planter devant les charpentiers.

— Comme ça, c'est vous trois qui avez assommé mon copain ?

— Vous seriez pas jaloux, des fois ?

— Vous êtes de beaux salauds et des lâches comme tous les enfants de Salomon.

Sur ces mots, laissant les trois bonshommes stupéfaits par tant d'audace, l'insulteur pivota sur ses talons, gagna la porte et sortit. Léon remarqua, en se levant :

— On peut pas laisser un aussi gentil garçon rentrer seul chez lui, il pourrait lui arriver malheur...

A leur tour, ils quittèrent le café en annonçant leur prochain retour pour vider des chopines à peine entamées. Dehors, ils virent la silhouette de leur proie et lui crièrent de les attendre. En réponse, l'autre se mit à courir. Ils firent de même et, très vite, ils atteignirent la fontaine où Joseph avait encaissé une sérieuse correction. Le poursuivi s'arrêta, se retourna :

— Qu'est-ce que vous me voulez ?

Léon eut un gros rire tandis que Louis expliquait :

— Juste te donner une petite leçon pour t'apprendre la politesse.

— Mais, je suis seul et vous êtes trois !

— Quand tu nous as insultés, on était trois. On a partagé l'affront, on partage la vengeance.

— D'accord ! Allons-y, les amis !

Il en sortit de tous les coins d'ombre, de tous les porches des maisons qui, à coups de bâton, tapèrent gaillardement sur les trois charpentiers. Ces derniers avaient beau être forts et courageux, ils ne tardèrent pas à succomber sous le nombre. Leurs adversaires ne les laissèrent que lorsqu'ils furent étendus sur le sol, incapables de bouger sans pousser des cris de douleur.

Le surlendemain de cette batterie, Joseph s'apprêtait à se lever afin de rentrer chez lui, quand un sergent de ville se montra pour lui annoncer que le commissaire de police l'attendait au début de l'après-midi, muni de ses papiers. Le fiancé de Thélise, après un frugal repas, passa à la cayenne prendre son affaire et, à l'heure dite, se présenta devant le fonctionnaire qui l'avait convoqué. Après avoir examiné les papiers du prévenu, le policier soupira :

— Tout cela est en règle et comme vous ne faites l'objet d'aucune plainte, je ne peux vous mettre en cabane, je le regrette.

— Mais... mais pourquoi ?

— Parce qu'à cause de vous, on risque de voir réapparaître ces batteries dont on croyait être à jamais débarrassé ! Ces marques que vous avez sur la figure, ce n'est pas en jouant au Nain jaune qu'on vous les a faites ?

— Non... j'ai été agressé.

— Je sais. Trois enfants de Salomon, des charpentiers que vous appelez des « renards de liberté » dans votre jargon : Léon Lezoux, dit Cœur loyal, Louis Allanche, dit

Honneur de Tarascon et Marcel, dit le Résolu. Vous avez beaucoup de chance, Joseph.Leudit, de vous être trouvé à l'hôpital pendant la batterie, sinon je ne vous ratais pas !

— Mais, j'ai rien fait !

— C'est à voir ! Un nommé Alcide Chamaison, dit Va de l'avant, a reçu un terrible coup de pied dans les testicules. Il a fallu l'opérer. Il ne sera plus jamais un homme, un vrai et le curieux de l'affaire, c'est que cela lui est arrivé juste le soir où vous avez été agressé. Monsieur Leudit, vous avez été la cause de ces sauvages empoignades. Vos ennemis ont été affreusement corrigés : des côtes cassées, une jambe et deux bras brisés. Léon Lezoux a encaissé tellement de coups sur la tête que, depuis qu'on l'a hospitalisé, il ne parvient pas à remettre ses idées en place.

— Je vois pas ce que j'ai...

— Monsieur Leudit, c'est ce que je vois, moi, qui compte. Vous faites votre tour de France, n'est-ce pas ?

— En effet.

— Alors, écoutez : si demain, vous êtes encore à Agen, je vous boucle. Vous pouvez disposer.

A l'aube suivante, Joseph prenait la route de Bordeaux.

* * *

Armandine repassait. Une manie qu'elle avait. Elle n'entendait confier à personne le soin de sa lingerie. Tout en travaillant, elle bavardait avec Eugénie qui continuait, obstinée, à se battre avec ses fuseaux. Ses doigts n'étaient plus assez agiles et sa vue assez bonne, mais pour rien au monde, elle n'en serait convenue.

— Tu sais que la Denise Faverolles s'est promise au Jean-Pierre Tagnon ?

— Il me semble que Céline m'a parlé de quelque chose comme ça.

— Deux braves familles.

— Si on veut...

— Comment ça, si on veut ?

— Ben, le grand-père de la petite, l'Amédé Faverolles, il a bien été en prison, non ?

— Pour braconnage, c'est pas grave... Qui n'a pas mangé du gibier braconné, hein ? Pas toi, en tout cas, parce qu'avec Charles, vous en avez servi des lapins et des lièvres pris au collet, ou si je me trompe ?

En réponse, Eugénie cria :

— Charles !

Sans se retourner, Armandine s'étonna :

— Qu'est-ce qui te prend ?

Eugénie ne répondant pas, son amie insista :

— Pourquoi diable appelles-tu ton mari ?

N'obtenant aucune explication de l'interpellée, Armandine posa son fer et se retourna vivement :

— Mais enfin, pourquoi ne me...

Les mots expirèrent sur ses lèvres et en voyant Eugénie, le menton sur le carreau, elle eut peur.

— Génie...

Elle s'approcha doucement, releva la tête aux cheveux gris.

— Ma pauvre Génie... C'est Charles qui est venu te chercher, hein ?

Elle baissa les paupières de la morte, lui redressa le buste, embrassa longuement le visage de celle qui venait de la quitter et se redressant, cria :

— Céline ! Gaspard !

Les domestiques arrivèrent, inquiets et s'arrêtèrent en voyant leur maîtresse tenir son amie par les épaules et qui les regardait avec des yeux qu'ils ne lui avaient jamais vus.

— Mme Eugénie vient de passer... Portez-la sur son lit. Vous vous sentez capables de procéder à sa toilette ? Sinon, Gaspard pourrait aller chercher celles qui ont l'habitude...

Ils affirmèrent qu'ils n'avaient besoin de personne pour rendre cet ultime devoir à cette excellente femme qui les aimait et qu'ils aimaient. Les abandonnant à leur funèbre besogne, Armandine se rendit à la cure. M. Marioux revenait de l'église. N'ayant plus sa sœur, il ouvrait lui-même à ses visiteurs.

— Tiens ! Madame Cheminas, quel...

A cet instant, il remarqua le visage ravagé d'Armandine.

Spontanément, dans un vieux geste de protection, il passa son bras sur les épaules de la grand-mère.

— Entrez vite.

Il la conduisit jusqu'à la pièce où il vivait continuellement et la fit asseoir dans son unique fauteuil.

— Là... et maintenant... que vous arrive-t-il ?

— Eugénie...

— Eh bien ?

— Elle est morte voici quelques instants. Gaspard et Céline procèdent à sa toilette.

Par un réflexe naturel, chaque fois qu'on lui parlait de quelqu'un qui venait de mourir, M. Marioux tombait à genoux et priait. Quand il eut terminé, il se releva, prit place en face de sa visiteuse, mit ses mains sur les siennes.

— Racontez-moi...

Elle dit, en pleurant, la manière simplette — et qui lui ressemblait tout à fait — dont Mme Lebizot était passée de ce monde dans l'autre.

— Vous comprenez, monsieur l'Abbé, c'était ma seule amie, le témoin de toute ma vie. Sa présence me donnait la force de continuer... Maintenant qu'elle n'est plus là...

— Mais elle est toujours là ! Sa dépouille n'a plus aucune importance. Ce n'est pas sur nos apparences que nous serons jugés, heureusement ! Je vais vous faire une confidence qui, si elle était connue, me ferait réputer hérétique... Je ne crois pas que, pour nous juger, Dieu attende les derniers éclats de la trompette de l'Ange... Non, je suis sûr qu'à peine avons-nous fermé les yeux, un envoyé du Ciel vient chercher notre âme et l'accompagne devant le Juge suprême qui rend sa sentence. Pour Mme Eugénie, nous n'avons aucun souci à nous faire. Laissez les gens de peu de foi pleurer sur un lopin de terre où il n'y a plus rien que de la poussière retournant à la poussière originelle. Quant à nous, réjouissons-nous de ce que notre amie ait déjà reçu la récompense méritée par son existence de chrétienne. Madame Cheminas, jusqu'à ce que vous l'ayez rejointe, son ombre protectrice ne vous quittera plus. N'hésitez pas à lui demander conseil si vous traversez des moments difficiles.

— En mourant, elle a appelé son mari, comme s'il était là...

— Il y était, soyez-en assurée.

La nouvelle de la mort d'Eugénie eut vite fait le tour du village et le lent carrousel des condoléances commença. Armandine reçut les premières femmes éplorées et leurs baisers consolateurs, mais quand les Colonzelle arrivèrent, la grand-mère céda sa place à Antonia qui en éprouva un orgueil certain. La grand-mère, quant à elle, se retira dans sa propre chambre pour écrire à sa fille.

Tout le monde se souvenait du bon Charles Lebizot, et c'est pourquoi la mort de sa femme en chagrina plus d'un. La disparition d'Eugénie donna l'occasion d'évoquer des souvenirs et de redonner vie, pour quelques heures, à des ombres oubliées. Même ce Fernand Voutenay, ancien voiturier et le doyen du canton (il était né en 1790, sous la Grande Révolution), fut mis au courant. A celles qui lui apportaient la nouvelle dans son fauteuil, dont il ne bougeait plus depuis la fin de la guerre de 1870, il répondait :

— Cette Eugénie, c'est pas la fillette de ceux-là qui tenaient l'auberge dans le temps ?

— Tout juste !

— Eh ben ! ça m'étonne pas ! j'ai toujours pensé que cette gamine était de chétive santé et qu'elle mourrait jeune...

— Vous savez, pépé, elle avait septante-six ans...

— C'est ce que je disais, pauvre petite...

Pour visiter la défunte, on mit les plus belles robes. Les femmes de la campagne semblent toujours en deuil, toutes portent des vêtements noirs. Les hommes, eux aussi, revêtent leurs costumes du dimanche et passent une chemise propre avant de se rendre, à la veillée, au chevet de celle qui n'est plus. Dans toute la commune, les prières pour le repos de l'âme d'Eugénie Lebizot font comme un léger bourdonnement. On l'aimait bien.

Céline a fait les choses comme il fallait : l'horloge a été arrêtée et les miroirs voilés. Sur la table de nuit, une bougie brûle et sa faible clarté donne un aspect étrange à la chambre aux volets clos. Thélise couchera à la ferme. Elle veillera la défunte jusqu'à minuit. Elle sera relevée par Armandine que Céline remplacera vers quatre heures.

Maintenant, Armandine est seule dans la chambre mortuaire. Elle est assise tout près d'Eugénie à qui elle n'avait jamais vu un air si sérieux. Sous le poids des souvenirs, les traits de la morte, pour la seule Armandine, se modifient doucement, lentement. Les poches sous les yeux s'effacent, les rides sont gommées, le nez, épaté par l'âge, se redresse et retrouve sa juvénile insolence. Le front retrouve sa clarté perdue et les lèvres fripées redeviennent lisses et pulpeuses. Le regard fixe, l'aïeule est captivée par cette transformation qui se passe sous ses yeux. Elle ne se rend pas compte que le souvenir est en train de prendre en elle la place de la réalité. La grand-mère de Joseph ne pleure pas, ne prie pas, et celui ou celle qui l'eût surprise en cet instant se serait scandalisé de la voir sourire, car il ne pourrait deviner que la vieille Mme Cheminas est partie, en compagnie de la défunte, sur les chemins de leur jeunesse. Armandine chuchote :

— J'aurais tant voulu que tu sois là pour entrer avec moi à la Désirade. Mais, je sais que tu y seras. M. Marioux me l'a dit.

Tous les habitants de la commune semblaient être venus assister aux obsèques d'Eugénie Lebizot. Tous, sauf Charlotte. Elle a écrit à sa mère pour lui dire sa peine au reçu de la triste nouvelle, mais que vivant actuellement le temps de la Passion, elle ne pouvait manquer offices et prières de cette sainte période. Haussant les épaules, Armandine avait déchiré cette lettre imbécile et l'avait jetée au feu en pensant, avec amertume, à quel point elle s'était trompée sur son enfant.

Pour la grand-mère, les grands offices religieux auxquels elle assistait étaient l'occasion de plongées dans le passé. Lorsqu'elle était assise, à sa place, sur le banc de famille, elle sentait qu'elle échappait au monde extérieur que le silence niait. Répondant à son appel muet, ceux et celles qu'elle avait aimés la rejoignaient. Les fidèles, qui la voyaient de profil et regardaient ses lèvres bouger, admiraient sa piété, la croyant en train de réciter prières et litanies alors qu'elle conversait avec ses fantômes. Femme pratique, elle n'omettait cependant pas de remercier Dieu de la fantastique augmentation du prix des bois, faisant d'elle la rentière la plus riche et la plus discrète du canton. Le *Dies irae,* ce grand cri de terreur de l'humanité chrétienne, ramena son esprit à l'office qu'on célébrait :

*Dies irae, dies illa...*

Au cimetière, jeunes et vieux savaient qu'ils ne perdraient pas, de longtemps, le souvenir de cette grande femme maigre et noire dont le regard aigu séchait sur les lèvres les paroles de condoléances. Les Colonzelle se tenaient à ses côtés. Une manière solennelle d'officialiser les rapports étroits de la famille Cheminas et de la famille de Thélise.

Armandine avait ordonné qu'on la laissât seule après la cérémonie et, tandis qu'en groupes éparpillés sur la pente les assistants redescendaient vers Tarentaize, elle se dirigea vers la tombe où dormaient les siens. M. Marioux l'y attendait.

— Il y a peu, ma chère amie, vous veniez me consoler. Aujourd'hui, c'est mon tour de tenir ce rôle auprès de vous.

— Il est bien difficile de consoler une femme de mon âge.

— Au contraire, vous possédez la sagesse qui apaise les désarrois. Nous savons, vous et moi, que nous ne serons plus longtemps séparés de ceux qui nous ont quittés.

— Vous êtes le plus sûr ami que j'aie dans le village.

— J'en suis fier et je vous remercie de me le dire.

Ils se séparèrent aux premières maisons de Tarentaize et Armandine rentra chez elle pour écrire à Joseph.

CINQUIÈME PARTIE

# *Stéphanois Bon Vouloir*

# 1.

D'abord, Joseph s'étonna de recevoir une lettre de sa grand-mère en dehors des jours fixés. Ensuite, il s'inquiéta et ce fut avec des doigts tremblants qu'il ouvrit l'enveloppe et, dès les premières lignes, ses yeux se brouillèrent.

« Mon cher Joseph,

« C'est une triste nouvelle que je t'annonce. Je rentre du cimetière où j'ai eu le chagrin d'enterrer ta marraine, mon amie de toujours, Eugénie. Ma seule consolation est qu'elle s'est éteinte sans, quasiment, s'en rendre compte. Elle était occupée à son carreau, dont elle ne parvenait pas à démêler les canettes et les écheveaux. Soudain, elle a appelé ton parrain d'une voix forte et elle est morte. Je ne t'ai pas prévenu sur le moment parce que je ne voulais pas que tu t'imposes un voyage aussi pénible pour pleurer sur une femme qui n'était plus celle que tu avais connue. Je devine ta peine, mon petit, mais dis-toi que la vie est d'autant plus pleine de douleurs qu'on a des parents et des amis qu'on aime. Il faut se résigner et se réfugier en Dieu, ce que ta mère a déjà fait. Heureusement, Thélise et les siens, Céline et Gaspard ont sans cesse été à mes côtés. Le temps me dure — et dure à d'autres, tu me comprends ? — que tu sois de retour parmi nous. Nous nous consolons, ta fiancée et moi, en nous répétant que parti depuis bientôt un an, tu as fait la moitié de la durée de ton exil. En attendant, prenons patience, toi et moi, et prions le Seigneur qu'Il nous permette de nous retrouver, le moment venu. Je t'embrasse, mon Joseph, et te souhaite de te garder en santé. Ta grand-mère qui t'aime.

« Armandine Cheminas, née Versillac. »

Joseph éprouva beaucoup de mal à surmonter son chagrin. L'idée qu'il ne reverrait plus la chère Eugénie lui serrait la poitrine et lui nouait la gorge. Aussi loin qu'il se le rappelait dans son passé, Eugénie y apparaissait sans cesse comme la bonne fée adoucissant les punitions, glissant un peu de monnaie au gamin, prenant sa défense chaque fois que c'était nécessaire. D'ailleurs, l'enfant qui ne s'y trompait pas, sitôt qu'il avait commis une sottise, courait se réfugier chez sa marraine dont le mari, Charles, lui faisait un peu peur, ne fût-ce que par ses dimensions. Avec une seule main, il couvrait le derrière du petit Joseph, ce qui simplifiait le rituel de la fessée.

Non, contrairement à ce que se figurait Armandine, Joseph ne regrettait pas de n'avoir pas assisté à l'enterrement. Il préférait garder de la défunte l'image qu'il portait en lui. Au fond, tout au fond, il n'avait pas envie de retourner à Tarentaize. Eugénie en était partie, demain ce serait peut-être le tour de la grand-mère, de Campelongue... Alors, privé de tous ceux qui le soutenaient, l'aidaient, que deviendrait-il ? Sa dernière entrevue avec sa mère l'avait éloigné d'elle à jamais. Bien sûr, il y avait Thélise, mais l'aimait-il assez pour accepter la promesse d'une existence campagnarde ? Il savait qu'elle n'accepterait de vivre en ville que si elle pouvait continuer d'entretenir des liens étroits avec ses parents. Franchement, Joseph ne voyait pas Antonia et Adrien Colonzelle mener une vie citadine. Il n'osait s'avouer que, depuis qu'il couchait avec des filles sentant bon et portant des dessous de dentelle, l'idée de Thélise au lit l'excitait de moins en moins.

La lettre de Thélise parvint à Joseph deux jours après celle de sa grand-mère. Sa lecture, loin d'émouvoir son destinataire, l'irrita. La fille des Colonzelle énumérait sur deux pages les vertus et les qualités de la défunte. Comme si Joseph ne les connaissait pas ! Puis venait, conté par le menu, le récit des funérailles. A travers les lignes, on devinait une sorte d'enfantine naïveté qui exaspérait son fiancé. Qu'il y ait eu cent personnes ou aucune pour regarder le cercueil glisser dans la fosse n'avait aucune importance. L'essentiel était que la pauvre Eugénie avait été mise dans le trou.

Brusquement, Bordeaux, où il se plaisait pourtant, s'associa, dans son esprit, à la disparition d'Eugénie et il prit la ville en horreur. Quand il annonça son départ au bourgeois qui l'employait, ce dernier se montra surpris :

— Je pensais que vous resteriez au moins jusqu'à l'été !

— Je suis obligé de partir.

— Vous n'avez rien fait de malhonnête, je pense ?

Pour dissiper tout malentendu, Joseph expliqua ce qui le travaillait intérieurement. Le patron l'écouta avec attention et amitié. Le récit achevé, il se contenta de demander :

— Vous ne croyez pas que c'est un peu léger ?

— Peut-être, monsieur, mais je suis comme je suis.

— Depuis toujours, nous essayons d'échapper à nos peines en fuyant. Nous ne nous rendons pas compte que, seul, le décor change, un décor dont la nouveauté n'atténue en rien notre chagrin. Mais, sans l'illusion, la vie serait très triste. Je vous regretterai. Bonne chance.

Avant de prendre le train pour Saintes, où il se proposait de coucher, Joseph écrivit longuement à sa grand-mère en lui expliquant pour quelles raisons sentimentales il abandonnait Bordeaux, et promit d'aller mettre un gros cierge à Saint-Saurin pour le repos de l'âme de la chère Eugénie. Il ne crut pas nécessaire de répondre tout de suite à Thélise.

* * *

Après une nuit de repos dans un hôtel confortable, Joseph s'offrit une journée de vacances pour visiter Saintes où il fut séduit par la vieille ville plus que par les monuments antiques. Le lendemain matin, il s'embarqua dans la grosse voiture attelée de quatre chevaux. Elle allait l'emmener à La Rochelle, à septante kilomètres de là. Il avait choisi ce moyen de transport pour bien voir les régions traversées, qui relevaient presque autant de la mer que de la terre, à un moment où le mois de mai faisait éclore toutes les fleurs.

A travers les vitres de la portière (une dame frileuse avait refusé qu'on l'abaissât), le petit-fils d'Armandine contemplait le paysage que les cahots de la route faisaient danser sous ses yeux. L'air était transparent, on le devinait léger. Joseph regretta l'époque où il s'installait sur le toit de la voiture, derrière le cocher. Il y avait à peine douze mois de cela et il lui semblait que des années s'étaient écoulées depuis qu'il descendait la vallée du Rhône, le vent de la course lui fouettant le visage.

Un paysage doux et frais où le regard porte loin. La terre et l'homme, ici, semblent vivre en bonne entente. Partout, dans les champs, des gens au travail, mais moins protégés qu'à Tarentaize contre les caprices du temps. Les fermes n'ont plus l'allure de forteresses hostiles au monde extérieur, mais de jolies propriétés où les bâtisseurs ont eu le souci du beau. Les vaches non plus ne ressemblent pas à celles qui paissent sur les pentes du Pilat. Elles sont lourdes, grosses, avec d'énormes mamelles et leurs cornes font penser davantage à un ornement bizarre qu'à un solide moyen de défense.

Joseph ne se rappelle pas avoir vu une campagne aussi verte et aussi fleurie. Partout, on gratte pour lutter contre cette marée d'herbes qui enchante l'œil mais étouffe les premières pousses des plantes vivrières. La seule dame voyageuse permet qu'on abaisse la vitre et, aussitôt, le chant ironique du coucou pousse les messieurs à mettre — pour obéir à la légende — la main à la poche. Le fiancé de Thélise sourit en pensant que la fille de Colonzelle ne doit jamais sortir sans un peu de monnaie dans son tablier ou dans son jupon. Les cerisiers, en pleine floraison, font penser à de la neige. Joseph ne se laisse pas captiver totalement car il sait que sous ces tendres douceurs, se dissimulent des gelées tardives et cruelles. Et comment un originaire des hauts pays oublierait-il les menaces que font peser sur tout ce qui pousse, sur tout ce qui croît, les abominables saints de glace? En passant à Tonnay-Charente, on voit une noce sortir de l'église. On l'acclame et les mariés saluent la voiture qui s'éloigne. Joseph rit en se rappelant la chanson qui irrite tellement M. Marioux :

« Ne prenez pas femme dans le mois de mai
Moi j'en ai pris une, j'en suis ennuyé. »

Partout s'ouvrent des chemins sous les arbres, des chemins qu'on aimerait suivre. Un pays autrement plaisant que les montagnes du Pilat. Thélise serait sûrement heureuse dans ce coin. Mais elle soulèverait des objections. Joseph avait la triste certitude que la jeune Colonzelle, née à Tarentaize, y mourrait. Elle était faite pour vivre sur ces terres difficiles, dans un climat dur. Cette idée l'emplissait d'une colère sourde qui ne pouvait s'exprimer, sa cause étant trop lointaine.

On s'arrêta un instant, au dernier relais, celui de Rochefort afin d'exécuter une brillante entrée dans La Rochelle.

* * *

La Rochelle avait conquis Joseph dès son arrivée. S'étant présenté à la cayenne, il avait surpris le « premier en ville », en déclarant qu'il verrait son futur patron le lendemain matin, en compagnie du rôleur. Ayant remis son affaire à la mère qui constata que le livret du nouveau venu était en règle, Joseph prit congé de ses amis et se hâta de gagner le port. Le spectacle du soleil couchant et des deux grandes tours, reliées le soir par une chaîne pour protéger la ville contre des navires ennemis naviguant de nuit, l'enchanta. Sur le quai, il retrouva cette odeur qui, à Marseille, avait failli lui faire perdre la tête. Un homme s'approcha. Pas plus de vingt-deux, vingt-trois ans avec, dans le regard, une lumière identique à celle qu'il avait vue dans l'œil de l'Auxerrois. Encore un intoxiqué de la mer et de ses rêves. Joseph s'étant assis sur une caisse, l'autre s'installa sur un rouleau de cordage et ne tarda pas à parler :

— Vous aimez la mer, monsieur ?
— Sans doute.

— Vous êtes marin ?

— Non.

— Moi, je donnerais n'importe quoi pour embarquer !

— Vraiment ?

— Vivre entre le ciel et l'eau... aborder des rivages inconnus... mener une vie tellement différente...

— Je crois que vous vous faites des illusions...

— Comment ça ?

— Où que vous alliez, vous rencontrerez toujours la peine de l'homme. Adieu et bonne chance, si vous partez.

— Je partirai, soyez-en sûr !

La rencontre de ce garçon avait un peu attristé Joseph. Cette envie irrépressible de s'en aller n'était-elle pas, tout simplement, due au fait que rien ni personne ne le retenait ? N'était-ce pas pour échapper à la solitude quotidienne qu'il cherchait une solitude différente que son imagination parait de couleurs chatoyantes ? Lui-même, sans Thélise, sans Tarentaize, sans Armandine et Eugénie eût-il, peut-être, cédé au mirage. Dans ces instants de clairvoyance Joseph s'avouait, malgré ses accès de colère, qu'il ne pourrait jamais arracher Thélise de son cœur, ni aimer moins sa grand-mère. Parce qu'il était très jeune, il prenait ces sentiments pour des faiblesses dont il triomphait par foucades très vite regrettées. Dès qu'il fut dans la chambre louée à l'Hôtel du Port, il sortit son écritoire et écrivit une longue lettre à Thélise, où la description du site de La Rochelle s'entrecoupait de tendres rappels et de promesses amoureuses. On eût bien étonné le petit-fils d'Armandine en lui demandant s'il était ou non sincère.

Le matin suivant, Joseph, en chemise et pieds nus, ne pouvait quitter la fenêtre à travers laquelle il regardait le soleil se lever sur La Rochelle. Pour la première fois depuis qu'il avait pris la route, il avait l'impression d'avoir trouvé l'endroit où Dieu l'attendait. Aussi, gagna-t-il d'un pied léger la cayenne où il rencontra le rôleur. Ils se saluèrent, burent le café préparé par la mère et l'aîné déclara :

— J'ai lu les certificats de tes différents patrons. Tous ont déploré ton départ, ce qui est une bonne note. Aussi, je te conduis chez M. Victor Cholet. Il a été un fameux charpentier et il dirige une belle entreprise où je pense que tu te sentiras à ton aise.

Victor Cholet ressemblait à un saint tel que Joseph se représentait ces élus du Seigneur qui vivent parmi nous et que nous ne reconnaissons presque jamais. Un homme de haute taille, avec des cheveux blancs lui descendant jusqu'au bas du visage, des yeux bleus qui avaient gardé la limpidité de l'enfance. Pour la première fois de sa vie, Joseph, subjugué, fasciné, se sentait incapable de réagir. M. Cholet lui parla doucement :

— Tous ceux qui vous ont employé se sont déclarés satisfaits de vos services. Il n'y a vraiment aucune raison pour qu'il n'en soit pas de même chez moi. Nous sommes samedi, soyez à l'atelier lundi à six heures. Avez-vous besoin d'argent ?

— Non, monsieur, merci

— Alors, à lundi.

Dehors, le petit-fils d'Armandine se confia au rôleur.

— Il a l'air très bon.

— Il l'est.

— Et très triste, aussi.

— Il l'est.

— Pourquoi ?

— Il vous l'apprendra lui-même s'il le juge nécessaire.

Heureux à l'idée de travailler pour M. Cholet, Joseph passa la fin de la semaine, d'une part à visiter La Rochelle et d'autre part à monter sur un bateau où il eut un léger avant-goût de ce que pouvait être un voyage en mer. Quand il réintégra, le soir, sa chambre d'hôtel, il était si content de ses deux journées qu'il lui fallut partager son bonheur avec quelqu'un et il écrivit à Armandine pour lui confier ses premières impressions.

Quand Joseph était gai, il écrivait à Armandine, dans le cas contraire, il s'épanchait auprès de Thélise. Cela tenait aux rôles bien différents que ces deux femmes jouaient dans sa vie. L'aïeule, par suite de sa longue expérience, était à même de tout comprendre et, partant, de tout pardonner. Auprès d'elle — qu'elle fut présente ou non — il se sentait protégé. En revanche, Thélise, le plus souvent, lui semblait à plaindre quand il se trouvait à son aise dans la ville qu'il habitait provisoirement. Aimer sa grand-mère était pour le garçon dû à un élan du cœur qu'une crainte affectueuse transformait parfois en devoir fondamental depuis toujours accepté. Le seul fait qui le dressait timidement contre son aïeule, tenait à ce que sa présence l'empêcherait de quitter Tarentaize. Mais rien de ce qu'il voyait autour de lui, dans ces rues si merveilleusement achalandées, ne portait ombrage à l'image d'Armandine qu'il gardait en lui. En revanche, la fréquentation des villes se révélait néfaste au souvenir de Thélise. Il la « voyait » circulant parmi la foule des Rochellois, avec sa robe du dimanche, taillée dans un drap solide, par une vieille demoiselle de Saint-Genest-Malifaux qui méprisait la mode. Pauvre Thélise, sur le passage de qui on se retournerait, ici, tant elle prêterait à sourire, avec ses bonnes joues hâlées, ses cheveux sans apprêt et sa tenue seyant davantage à une nonne qu'à une citadine. On rirait d'elle et ces rires imaginaires faisaient honte à Joseph. Cette humiliation inventée mettait le garçon en colère. Il en voulait fort injustement à Thélise au nom de règles qu'elle ignorait. Le fiancé finissait sa promenade en mijotant une façon gentille de rompre avec les Colonzelle sans déclencher un drame. Et pourtant... Pourtant, même s'il ne voulait pas en convenir, le petit-fils d'Armandine aimait Thélise. Le soir, quand, avant de se coucher, Joseph s'accoudait à la fenêtre, Thélise lui manquait. Il la sentait à côté de lui, il passait son bras autour de sa taille et ce poids d'un corps tiède l'emplissait d'une douceur sans pareille. Des mots tendres lui montaient spontanément aux lèvres. Pour combattre les influences néfastes de la rue dans l'esprit du fiancé, le passé et le souvenir arrivaient à la rescousse. Au matin, tout recommençait. A croire que pour posséder la moindre autorité, l'image de Thélise avait besoin de l'ombre et du silence.

Tous les dimanches, bâton en main, Joseph parcourait les routes de l'Aunis. Il appréciait la paix qui pesait à la façon d'une couverture légère sur ce pays béni de Dieu. La température, la lumière, les couleurs, la gentillesse des gens rencontrés enchantaient le promeneur. Il retrouvait sans effort ses gestes d'autrefois quand il courait les bois et jouait à se perdre pour apeurer Thélise. Il avançait au hasard des chemins mais, dans ces régions, il était difficile de se perdre. Un clocher qui pointait toujours derrière vous et, devant, la mer. Les champs sont peuplés d'hommes qui semblent danser sur un rythme très lent en maniant la faux. Derrière eux, les femmes font des gerbes. Elles ont la peau rouge, brûlée par le soleil et par le frottement du blé. Les mains de quelques-unes saignent. S'il y avait des arbres..., mais il n'y en a pas ou si peu... Pour Joseph, les arbres, les vrais, ne sont pas les fruitiers, même pas les peupliers mais les épicéas, les hêtres, les sapins, les érables.

On arrivait déjà à la mi-juillet. Joseph se trouvait tellement à son aise à La Rochelle qu'il n'envisageait pas d'en partir de sitôt. Chaque samedi, il consultait Hugues Cheray — un ouvrier qui était là avant l'arrivée de M. Cholet — sur le temps qu'il ferait le lendemain. Le bonhomme se trompait rarement car il s'y connaissait comme personne, dans les lunaisons dont il enseignait les effets sous forme de dictons : « Lune pâle, c'est la pluie ; lune rougeâtre, du vent ; lune blanche, du beau temps. »

Cheray était veuf depuis longtemps et, quelquefois, pour le remercier de ses conseils visant le temps, Joseph l'invitait à dîner. La vie suivait un cours des plus calmes jusqu'au matin où M. Cholet, inspectant ses ateliers, s'arrêta près de Joseph :

— Ça va ?

— Oui, monsieur, très bien.

— J'aime ce que vous faites. Du beau travail.

— Merci, monsieur.

— Il y a dans votre manière de vous empoigner avec le bois des finesses, des tours de main, qui rappellent étrangement le menuisier.

— Mon père et mon grand-père étaient menuisiers. Mon premier jouet a été un rabot.

— C'est donc ça... Vous êtes pris, dimanche ?

— Ma foi non...

— Alors, venez passer la journée avec nous. Mme Cholet

est une excellente cuisinière et je possède de très bons vins. Entendu ?

— Si ce n'est pas abuser...

— Puisque je vous invite. Dans ma maison de campagne : vous prendrez la voiture pour Villedoux, je vous attendrai à l'arrivée. Vous verrez, c'est un pays étrange qui déconcerte, en ce sens qu'on ne sait plus très bien où l'on est. Et puis, il y a ce silence... un silence qu'on ne peut trouver nulle part ailleurs.

Le dimanche matin, Joseph se leva de très bonne heure pour ne point manquer le départ du courrier à la place d'Armes. Il était à peine monté dans la voiture que les chevaux, répondant au cri de leur cocher, dans un effort puissant qui faisait saillir les veines de leurs cous et les muscles de leurs jambes, entraînaient la guimbarde.

Le trajet était court, à peine dix-sept kilomètres, mais tout de suite, le paysage traversé accaparait l'esprit du voyageur. Des terres sans relief que la mer bordait au loin. Terres riches si l'on en devait juger par le nombre de ceux qui habitaient la multitude de fermes qu'on côtoyait, les hameaux qu'on traversait. De loin en loin, le clocher d'une église évoquait l'image classique du berger entouré de son troupeau.

Comme promis, M. Cholet attendait son hôte à l'endroit désigné. Il portait un costume de velours côtelé et des bottes. Un vaste chapeau ombrageant son visage cachait ses cheveux blancs. Après les brefs compliments d'usage, M. Cholet annonça que sa demeure se situait à l'autre bout du village, près des canaux, et qu'ils allaient s'y rendre à pied. Ils avançaient sans se presser, s'efforçant à une conversation banale. Joseph avait le sentiment que son patron aurait voulu lui dire quelque chose, mais qu'il n'osait pas.

— Notre maison de campagne est celle où naquit ma femme ; elle est très attachée à son pays et je vous conseille de l'admirer si vous voulez gagner ses bonnes grâces.

— Je n'aurai pas à me forcer.

Le village de Villedoux plut à Joseph, car la proximité de

la mer et des canaux (nos vrais chemins, disait M. Cholet) en faisait un lieu qui tenait autant de la terre que de l'eau.

— J'espère que vous aimez le poisson ?

— Beaucoup.

— Tant mieux, car vous n'échapperez ni à la mouclade ni à la chaudrée, mets qui constituent le blason gastronomique de mon épouse. Elle doit, sans doute, son habileté de cuisinière à une application ancienne et plus encore à son attachement inconditionnel à l'Aunis.

Les murs blanchis à la chaux, le toit de chaume où poussaient des graines apportées par le vent donnaient un aspect des plus rustiques à cette maison.

— Une cabane que j'ai transformée... pas trop... Mme Cholet voulait retrouver son enfance.. En somme, chaque fois qu'elle y vient, c'est pour elle une cure de jouvence... Je ne sais si vous êtes au courant, mais nous avons une fille, Jeanne, que nous appelons Nanou... elle vit avec nous.

Mme Cholet ressemblait à son mari dont elle avait l'air triste. Une grande femme aux cheveux blancs. Elle accueillit maternellement Joseph qui eut très vite la conviction que, pour des raisons inconnues, on ne devait pas rire souvent dans la famille. Le petit-fils d'Armandine, en compagnie de ses hôtes, buvait un petit verre de ratafia lorsqu'il entendit gratter derrière la porte. Il crut à un animal familier n'acceptant pas d'être tenu à l'écart quand Mme Cholet lança d'une voix forte :

— Entre, Nanou ! (Pour son hôte, elle ajouta :) Elle est très timide, au début, quand elle ne connaît pas.

Joseph s'attendait à voir entrer une gamine. Aussi, quelle ne fut pas sa surprise de voir apparaître la plus jolie fille qu'il eût jamais vue. Une brune, à la chevelure roulée en torsade autour de la tête, des yeux noirs, une peau qui semblait sans défaut, une bouche aux lèvres impeccables découvrant des dents qui eussent fait envie à la plus coquette citadine. Comme toujours, dans ces cas-là, les hommes ont l'air stupide et l'invité n'échappa pas à la règle. La bouche légèrement entrouverte, il paraissait fasciné. Le patron se porta à son secours, en ordonnant :

— Nanou, dis bonjour à notre ami.

La jeune fille exécuta une courte révérence en demandant :

— Est-ce que tu me trouves jolie, monsieur ?

Joseph était tellement surpris par cette question insolite qu'il ne put que balbutier :

— Oui, oui... bien sûr... très jolie...

Nanou battit des mains et, se jetant sur la poitrine de son père, elle s'exclama, heureuse :

— Tu entends, papa ? dis ? t'as entendu ?

— Oui. Reste tranquille ou je t'envoie dans ta chambre.

Le repas se passa sans incident. On parla peu métier pour ne pas ennuyer Mme Cholet. Toujours pour elle, on mit la conversation sur le pays, les gens et les mœurs. Joseph parla essentiellement de sa grand-mère et les Cholet lui surent gré d'aimer son aïeule et de l'avouer. Le seul incident tint à ce que, tout à coup, la jeune fille se pencha vers sa mère pour remarquer :

— Il est gentil, le monsieur, hein, maman ?

— Très gentil. Viens m'aider à préparer le café.

Les femmes parties, M. Cholet déclara :

— Je me doute de ce que vous pensez...

— Mon Dieu, monsieur...

— Nous irons faire un tour et je vous expliquerai.

Tandis qu'on buvait le café, Nanou entra, un livre à la main, qu'elle s'en fut déposer sur les genoux de Joseph.

— Tu voudrais pas me lire « Riquet à la houppe » ?

Fort ennuyé, le petit-fils d'Armandine ne savait que répondre lorsque M. Cholet intervint :

— Voyons, Nanou ! Laisse Monsieur tranquille ! Il n'est pas venu pour te faire la lecture.

M. Cholet se leva.

— D'ailleurs, nous allons partir, Joseph et moi.

— Je peux venir ?

— Non, tu restes avec maman.

Une fois dehors, M. Cholet emmena son hôte à travers

champs jusqu'à un petit embarcadère où était attachée la « niole[1] » de la famille Cholet.

— Ces embarcations sont un peu nos voitures de maître.

Quand les deux hommes eurent pris place dans le bateau, M. Cholet se mit à ramer avec sa pelle[2] et la niole glissa sur l'eau dans un silence que rien ne venait troubler. Le paysage impressionnait Joseph. Ces canaux au courant si lent qu'ils en paraissaient immobiles ! Ces voûtes de feuillage servant presque de dais à l'esquif glissant entre les herbes hautes des deux rives ! Tout le terrain que l'on apercevait était découpé en îles par des canaux de largeurs différentes ! De temps à autre, à demi perdu parmi les plantes sauvages, surgissait une vache ruminant paisiblement.

— C'est beau, n'est-ce pas ?

— Beau à ne pas croire !

— Oui, on se sent ailleurs. Ici, il faut s'imposer un effort pour admettre que les villes existent. Sur cette eau silencieuse, dans ce paysage déserté, on a l'impression qu'aucune vilenie ne peut nous atteindre, aucune laideur nous souiller.

Ils abandonnèrent leur embarcation et grimpèrent sur une petite crête herbeuse.

— Un coin qui m'appartient. J'y viens souvent méditer quand j'ai des ennuis.

Ils s'installèrent dans un endroit où la végétation abîmée disait assez que le lieu était fréquenté.

— Je vous ai invité, Joseph, parce que j'ai jugé que vous étiez au-dessus de vos compagnons. Je suis persuadé que, dans votre métier, vous vous hisserez très vite au premier rang. Un chemin que j'aurai sans doute suivi sans la naissance de Jeanne. J'avais vingt-huit ans, ma femme vingt-quatre. Ce bébé était si joli que nous en étions monstrueusement fiers. Est-ce pour nous punir de cet orgueil stupide que Dieu nous a frappés ? Je ne sais. Toujours est-il que ce fut seulement lorsque Jeanne atteignit sa septième ou huitième année que nous nous sommes aperçus qu'elle n'était pas normale.

1. Barque au nez pointu.
2. Sorte de rame courte.

— Qu'a-t-elle, exactement ?

— Tandis que son corps se développait normalement, son cerveau, lui, ne se développait pas et cette grande et belle fille de vingt-deux ans n'en a que huit, en ce qui concerne l'intelligence. Elle, elle n'est pas malheureuse... Elle ne se rend pas compte. Une religieuse lui a appris à lire à peu près... Pour ce qui est d'écrire, elle éprouve beaucoup plus de difficultés... Elle n'a pas conscience de sa différence de taille avec les jeunes enfants en compagnie desquels elle joue. On la connaît au village. On l'aime bien et personne ne songerait à lui faire du mal.

— Sûrement pas ! elle est trop... trop désarmée.

— Désarmée, c'est le mot. Tant que sa mère et moi, nous serons là, elle sera défendue, mais après nous ?

Ils reprirent la barque pour s'enfoncer plus avant dans le dédale des canaux où M. Cholet se dirigeait sans la moindre hésitation. Les deux hommes se taisaient. Joseph, envoûté par le décor au milieu duquel il glissait, n'avait pas envie de parler. Qu'aurait-il pu exprimer ? Son hôte savait ce qu'il éprouvait. Un monde étrange au seuil duquel l'autre s'arrêtait, s'effaçait. Dans le silence qui les enveloppait, où le moindre bruit, si léger fût-il, prenait une importance démesurée, bavarder eût été une incongruité. Pourtant, M. Cholet se mit à parler, mais à mi-voix, comme s'il s'adressait à un auditeur invisible ou à lui-même.

— Ici, j'ai l'impression de vivre dans un domaine féerique. On y perd le sens de la réalité et on s'abandonne au rêve...

Joseph était assis à l'avant du bateau et écoutait distraitement. Soudain il vit une tête à longues moustaches qui l'observait puis, rassuré, l'animal se remit à nager jusqu'au petit canal. Là, le castor sortit de l'élément liquide pour se hâter sur la terre ferme en traînant sa longue queue. Pendant ce temps, le patron poursuivait son monologue.

— Moi, je suis tellement amoureux du marais, j'ai tellement l'impression de lui appartenir par toutes les fibres de mon être, qu'une fée se dresserait devant moi, à l'orée d'une de ces rigoles, je tomberais à genoux pour la supplier de venir au secours de mon enfant.

— De quelle façon ?

— Oh ! un rêve impossible ! Je m'y raccroche cependant pour ne pas désespérer. Il m'arrive d'imaginer que ma fée du marais me fait rencontrer un garçon assez extraordinaire pour épouser ma Nanou et se résigner à vivre avec une femme-enfant qu'il devrait aimer comme un père et non comme un mari. En échange, je lui laisserais tout mon bien. Quand on est malheureux, l'imagination a tôt fait de battre la campagne.

Joseph devinait maintenant pourquoi on l'avait invité à Villedoux. Il se reprocha de n'avoir pas parlé de Thélise. A présent, cela se révélait plus difficile. Pourtant, il se devait de détromper tout de suite M. Cholet. Mais comment s'y prendre pour ne pas le blesser ? En tout cas, le petit-fils d'Armandine était bien résolu à ne pas entretenir plus longtemps les illusions de ces braves gens et de ne plus accepter la moindre invitation. Cependant, quand l'heure du départ eut sonné et que Mme Cholet lui dit :

— Peut-être à dimanche prochain ?

Joseph s'entendit répondre :

— Avec le plus grand plaisir.

Nanou lui prit la main en chuchotant :

— Tu reviendras, dis ?

Dans la voiture le ramenant à La Rochelle, Joseph se sentait en proie à des sentiments bizarres. Les charmes du marais, la gentillesse des Cholet et la douceur enfantine de Nanou unissaient leurs efforts pour troubler un garçon qui ne savait plus très bien où il en était. Il avait envie d'abandonner la ville au plus tôt et de filer vers Nantes mais, en même temps, il lui durait d'être au dimanche suivant.

Avant de se coucher, il écrivit longuement à Thélise pour parler à quelqu'un des merveilles du marais, de l'accueil extraordinaire de son patron. Il omit de faire allusion à Nanou, comme il avait oublié de citer le nom de Thélise aux Cholet. Il s'endormit en rêvant que, devenu propriétaire de l'atelier de charpenterie, le travail terminé, il allait se promener avec sa femme-enfant dans les méandres du marais.

* * *

Ainsi qu'elle le faisait toujours, Thélise s'en fut porter à Armandine la lettre de Joseph, et les lectrices se félicitèrent de ce que celui qu'elles chérissaient semblait captivé et par son travail et par la ville où il vivait. Thélise ne trouvait pas, chez ses parents, d'échos à sa joie car sa mère, confidente habituelle, était trop intéressée par le malheur qui frappait l'Aurore Lacougotte pour prêter une oreille attentive aux divagations amoureuses de son enfant.

Les Lacougotte venaient de Rochetaillée et depuis trois générations s'étaient installés à Tarentaize. Des braves gens qu'on estimait. Le père, Armand, travaillait en qualité de maçon et jouissait de la confiance de Campelongue qui l'avait embauché sur son chantier. Malheureusement, comme partout où on les rencontrait, les Piémontais exerçaient des ravages dans les cœurs féminins par leurs voix et leurs musiques. D'ordinaire, ils ne fournissaient que des rêves aux mal-mariées et aux demoiselles en âge de penser à l'amour. Parmi ces Italiens, il y avait Enrico Morfasso, un garçon superbe qui, le soir, chantait des chansons qui émouvaient aux larmes celles qui l'écoutaient et, parmi celles-là, Aurore Lacougotte.

Le petit drame qui, pour l'heure, bouleversait le village, avait des origines aussi banales que simples. Aurore avait eu trop envie de croire aux promesses d'Enrico pour ne pas lui accorder ce qu'il réclamait, si bien qu'un matin d'août — exactement le 13, le jour de sainte Radegonde —, Aurore fut obligée d'avouer à sa mère qu'elle était enceinte. Elle déclencha un hourvari qui débuta par une maîtresse paire de gifles. Aussitôt, la demoiselle ressembla à un sorbier secoué par le vent du nord. Quand Mme Lacougotte sut, en plus, qui était le père de son petit-fils ou de sa petite-fille, elle s'effondra sur une chaise et son enfant dut longuement lui tapoter les joues puis lui faire boire du ratafia pour lui rendre ses esprits. Sitôt que ce fut fait, Marthe Lacougotte poussa un gémissement assez effrayant :

— Que va dire ton père, malheureuse ?

Aurore se doutait assez de ce que serait la réaction paternelle pour ne nourrir aucune illusion.

— Il est capable de me tuer !

— Et moi avec, afin de me punir de t'avoir mise au monde !

— Maman, j'ai peur !

— C'est du saligaud qui t'a collé le paquet qu'il fallait avoir peur, dévergondée !

Quand Lacougotte revint du travail, sa femme dut le mettre au courant. Il encaissa le coup sans crier. C'était un homme froid, aux gestes mesurés. Il s'enquit d'une voix dure :

— Où qu'elle est ?

— Elle se cache. Elle a peur.

— Elle a raison. Si je la vois, je l'assomme.

Cette menace était annoncée avec une telle détermination qu'on y croyait.

— Non !

Il regarda sa femme, surpris.

— Qu'est-ce que ça veut dire, ce « non » ?

— Que tu toucheras pas à ma fille !

— Tiens donc ! Je vais me gêner d'étriper cette putain qui nous déshonore !

— Comment tu oses parler de l'enfant que j'ai porté ?

— Elle est rien d'autre que ce que je dis ! et je vais commencer par y flanquer une volée dont elle se souviendra !

Mme Lacougotte attrapa le couteau à découper dont elle venait de se servir.

— Si tu le prends comme ça, Aurore et moi, nous partirons. Tu penses pas que je vais abandonner mon Aurore au moment où elle a le plus besoin de moi !

— Bon. Puisque c'est comme ça, je vais manger à la cantine ! On reparlera de toute cette cochonnerie ce soir !

— Cochonnerie ! T'as pas honte ! Peut-être que t'as pas eu de plaisir à la faire, notre Aurore ?

— C'était pas la même chose, on était mariés !

— Je vois pas ce que ça change !

Lacougotte sortit en faisant claquer la porte. Sitôt qu'elle fut assurée qu'il s'était éloigné pour de bon, la mère grimpa jusqu'à la chambre de sa fille qui, assise sur son lit, pleurait.

— Aurore ! T'auras tout le temps de pleurer ! Comment qu'il s'appelle celui qui t'a fait ça ?

— Enrico.

— D'où qu'il sort, celui-là ? Enrico... comment ?

— Morfasso. C'est un Piémontais.

— Seigneur Jésus ! Un étranger du dehors ! Malheureuse ! Tu te rends compte que lorsque ton père saura que tu t'es fait engrossée par un Piémontais, il est capable de te tuer deux fois ! Ce voyou qui t'a mise dans l'état où tu es, a-t-il l'intention de t'épouser ?

— Je sais pas, j'y ai pas demandé...

— Sainte Mère de Dieu, qu'est-ce que j'ai pu faire à votre fils pour qu'il me flanque un pareil coup ? Aurore, monte dans ta chambre et n'en bouge pas avant mon retour.

— Où tu vas ?

— Causer au curé. Y a que lui qui peut nous sortir du pétrin.

Dans son minuscule jardin, M. Marioux, assis sur la chaise de sa cuisine, méditait sur l'homme et se demandait, comme toujours, s'il faisait bien son métier. Lorsqu'il dressait le bilan de ses victoires sur la sottise, la méchanceté, l'ignorance, le résultat se révélait pauvre et il se demandait de quelle façon Dieu le recevrait, le moment venu. Ce genre de réflexions le plongeait dans une dépression profonde. A ces moments-là, il souhaitait mourir vite pour connaître plus tôt le verdict divin. La mère d'Aurore fit irruption dans cette eau calme et grise, en y déchaînant la tempête.

— Eh la ! eh la ! madame Lacougotte ! Que vous arrive-t-il ?

— Un grand malheur, monsieur le Curé, un malheur si grand qu'on peut pas dire !

— Mais encore ?

— Mon Aurore !

— Une gentille enfant...

— Une pute, oui ! rien d'autre qu'une pute !

— Madame Lacougotte, de quel droit insultez-vous votre petite ?

— Parce qu'elle s'est fait engrosser !

Toujours la même histoire... Depuis qu'il exerçait son sacerdoce, M. Marioux en avait récupéré plusieurs de ces gamines soi-disant perdues et qui devenaient de bonnes mères de famille.

— Quelqu'un de bien, enfin quelqu'un qu'on peut épouser sans honte ?

— Non !

— Seigneur ! Un homme marié ?

— Pis ! Un Piémontais !

— Vous savez son nom ?

— Enrico Morfasso.

— Oh ! Je le connais. C'est lui qui me servira la messe pour l'Assomption. Un garçon très pieux.

— Un beau cochon, oui !

— Dites donc, madame Lacougotte, Enrico ne l'a pas violée, votre fille, hein ?

— Je pense pas, mais...

— Je l'attends, votre Enrico, pour mettre au point la cérémonie du 15 août. Vous savez qu'on aura deux fanfares ?

Mme Lacougotte revint chez elle, pas tellement rassurée et, près de sa fille, attendit dans une angoisse commune le retour du père. Quant à M. Marioux, il se rendit à l'église pour supplier Dieu de l'aider dans ce qu'il avait à faire.

Vers cinq heures — grâce à une permission spéciale de Campelongue — Enrico, s'étant grossièrement débarbouillé, se présenta devant le curé.

— Mé voilà, signor Abbé, je suis prêt.

— Comme tu vas travailler pour la Sainte Vierge, tu dois être impeccable au-dedans et au-dehors. Donc, installe-toi, je vais te confesser.

— Si vous voulez.

Les choses allèrent promptement. Lorsque Enrico eut terminé l'énumération de ses péchés, M. Marioux s'enquit :

— C'est tout ?

— Si, mi padre.

— Dans ce cas, je te refuse l'absolution.

— Vous... me... ma perché ?

— Parce que tu n'es qu'un foutu menteur !

— Io ?

— Oui, toi ! Oser mentir à son curé, dans son église, sais-tu que ça frise l'excommunication ?

— Je vous assure que...

— Tais-toi ! Ou plutôt non, parle-moi de l'Aurore Lacougotte ? Tu la connais ?

— Si... un poco...

— Un peu ! Je me demande ce qu'il faudrait pour que tu la connaisses bien ! Tu vas t'arrêter de mentir, Enrico, oui ou non ?

— C'est-à-dire...

— ... que tu as couché avec elle !

— Un... un poco...

— Eh bien ! pour un peu !... tu sais qu'elle est enceinte... Elle porte ton petit...

— No e sicuro.

Le curé empoigna le crucifix accroché au confessionnal et le brandit.

— Tu te permettrais de diffamer cette malheureuse enfant que tu as séduite ! Parfaitement ! séduite !

M. Marioux tendit le crucifix à Enrico.

— Jure, sur ta part de paradis, qu'elle était pas toute neuve quand tu y as sauté dessus, espèce de pourceau !

Après une hésitation, le Piémontais avoua :

— Jé né peux pas... poverella...

— Oui, poverella, comme tu dis... que son père est peut-être en train de la tuer, à l'heure qu'il est !

Affolé, le Piémontais cria :

— Non è vero !

— Je n'en sais rien... Tu l'aimes, Aurore ?

— Creo que si...

— Tu n'es pas déjà marié, au moins ?

— Non, non...

— Alors, file chez toi, lave-toi, rase-toi, mets une chemise propre et reviens. Je t'attends.

Au soir, lorsque Lacougotte rentra du chantier, il vit le couvert mis et s'étonna :

— Trois couverts ? On attend quelqu'un ?

Mme Lacougotte haussa les épaules.

— T'y es plus, mon pauvre homme ? On a toujours été trois, non ? Toi, moi, la petite.

— Enlève son assiette, que si je la vois, je la petafine !

Sans répondre, la mère enleva le couvert d'Aurore et le sien. Le père s'en étonna :

— Seulement le sien, j'ai dit !

— Ce que tu dis, je m'en fous ! Une seule chose est sûre, c'est que j'abandonnerai pas mon enfant et que si tu y tapes dessus, j'enverrai chercher les gendarmes !

— Les gendarmes, je les emmerde !

— T'auras que la peine de le leur dire, assassin !

Lacougotte se leva, hors de lui, prêt à frapper quand le curé et Enrico entrèrent. La maman s'enquit timidement :

— C'est lui ?

Sur un signe affirmatif du prêtre, elle s'exclama :

— Par saint Roch, qu'il est beau !

Lacougotte coupa la parole à son épouse.

— Qu'est-ce que tu viens foutre, Enrico ?

M. Marioux répondit pour le garçon :

— Demander la main de votre fille, Aurore.

— Parce que c'est lui le cochon qui...

Il alla décrocher son fusil.

— Je vais t'arranger ta figure d'enjôleur, saligaud !

Le prêtre se plaça devant le Piémontais.

— Vous allez finir vos idioties, Lacougotte ? Enrico est un brave gars qui a eu un moment d'égarement. D'ailleurs, si vous n'aviez pas fait une aussi jolie fille, elle ne tenterait pas les garçons !

La maman se sentit agréablement flattée. Elle se pencha vers son mari :

— Si Dieu aide, ils vont nous faire un garçon qui sera la merveille du monde ! Aussi beau que ses parents et aussi intelligent que toi !

Le coup porta. Le père ne se rendit pas tout de suite, mais grâce aux efforts du curé, aux flagorneries de la mère, aux cajoleries de la fille et au bon sourire du Piémontais, ce qui aurait pu être un drame se termina dans une aimable beuverie.

Naturellement, Mme Lacougotte bavardant au lavoir, Aurore se confiant à ses amies, Enrico conviant ceux de ses compatriotes qu'il estimait à la noce, la commune entière fut très vite au courant, et dans les moindres détails. En voyant passer Enrico, plus d'une demoiselle envia Aurore.

Thélise et sa mère se passionnèrent pour cette aventure domestique et on écrivit longuement au fiancé. Peut-être espérait-elle que celui-ci verrait dans l'histoire d'Aurore une menace pour son propre bonheur ? Thélise ne risquait-elle pas de rencontrer un bel étranger ? Alors, le petit-fils d'Armandine hâterait son retour ?

C'était un mauvais calcul.

* * *

La lettre de Thélise ne pouvait toucher Joseph qui vivait dans un univers où les bruits de l'existence quotidienne ne l'atteignaient plus. Il ne vivait, en dehors de son travail, que pour une femme-enfant qu'il emmenait dans des promenades silencieuses sur une eau complice dans un paysage de rêve. Au fur et à mesure que le temps passait, l'apprenti charpentier se détachait de tout ce qu'il avait laissé derrière lui. Il ressentait, comme toujours, un pincement au cœur chaque fois qu'il pensait à Armandine. Mais l'aïeule était née pour vivre dans un univers où il fallait se battre avec le temps, les saisons, alors qu'ici, on vieillissait sans à-coups, dans un milieu dont la vertu première était le silence, la vertu seconde, la lenteur.

Chaque semaine, Joseph se hâtait de rejoindre Villedoux où il était accueilli déjà comme un fils. Nanou se collait à lui sitôt qu'il arrivait et ne le quittait plus. Le garçon était devenu assez expérimenté pour qu'on lui laissât prendre la barque et on avait suffisamment confiance pour qu'on lui permît d'emmener l'enfant de la maison.

Beauté émouvante des matins dans le marais, où l'on pouvait se croire à l'aube de la civilisation. Nanou se pelotonnait aux pieds de Joseph quand il conduisait l'esquif à la pigouille — la gaffe. Un après-midi, il avait arrêté l'embarcation dans une crique. On était en septembre. Le soleil jouait à travers les branches et mettait sur la surface de l'eau, de grandes taches dorées. Nanou s'était assise contre lui. Un oiseau avait lancé quelques trilles et Joseph avait pris Nanou dans ses bras, il la serrait très fort et il s'en était fallu de peu qu'il posât ses lèvres sur celles de la jeune fille, mais il avait eu honte et s'était ressaisi. Nanou était une jeune fille qui ne serait jamais adulte.

Au début de l'automne, les Cholet retournèrent à La Rochelle. Loin du marais, Nanou perdit beaucoup de son charme étrange. Sans doute était-elle aussi jolie qu'à Villedoux, mais emprisonnée dans un appartement sans originalité, elle redevenait une pauvre enfant suscitant davantage la pitié que l'amour. Joseph avait renoncé à ses rêves d'un moment qui lui auraient fait sacrifier le passé et celles qu'il aimait pour un avenir malsain.

Durant la première semaine d'octobre, il s'en fut parler à M. Cholet.

— Quelque chose qui ne va pas ?

— Je pars.

— Ah !... c'est... c'est définitif?

— Définitif. Je serai à Nantes demain.

— Ma femme et Nanou auront de la peine.

— Moi aussi, monsieur. Je préférerais ne pas voir ces dames... Vous voudrez bien les saluer pour moi.

— C'est à cause de ma fille que vous partez ?

— Oui.

— Vous l'aimez ?

— Oui, mais je suis trop jeune pour jouer le papa auprès de ma femme.

— Je vous comprends. Nous ne vous oublierons pas, Joseph.

— Moi non plus, monsieur.

## 2.

Dans le train l'emmenant à Nantes, le petit-fils Leudit regardait fuir le pays rochelais. Il avait besoin de se répéter qu'il avait sagement agi pour apaiser les regrets qui le submergeaient : les Cholet, Nanou, le marais. Retrouverait-il un jour cette quiétude du cœur et du corps ? C'était la première fois qu'il se trouvait aux prises avec un tel problème. Il en voulait au monde entier et à lui-même de ne pouvoir franchir cet obstacle. Il savait qu'il mettrait longtemps à guérir.

A la cayenne de Nantes, on fit fête à Joseph, que sa réputation d'ouvrier hors pair avait devancé. Dès le lendemain de son arrivée, il débuta chez M. Fallon, sur le port. Mais, s'il travaillait honnêtement, le petit-fils d'Armandine semblait avoir perdu la flamme qui l'animait au début de son tour de France. D'abord parce qu'il estimait n'avoir plus grand-chose à apprendre, ensuite parce qu'il ne parvenait pas à débarrasser son esprit de l'image de Nanou. Il n'écrivait plus chez lui. Il ne savait quoi raconter et craignait, en laissant courir sa plume, de trahir son secret dont personne n'était capable de comprendre la signification profonde.

N'ayant pas envie de fréquenter ses camarades, il fuyait les soirées au cabaret et sitôt qu'il avait dîné, Joseph s'enfermait dans sa chambre pour lire les livres empruntés à la cayenne. Le dernier dimanche d'octobre, où le matin ensoleillé avait la fragilité de ce qui va disparaître, il voulut profiter de la belle journée qui s'offrait à lui. Il décida d'aller se promener sur l'Erdre. Assis à l'avânt de l'embarcation, Joseph se laissait pénétrer par la douceur ambiante, à laquelle concouraient la beauté du pays et la lumière du ciel. Mais, au fur et à mesure que la rivière allait se rétrécissant, le voyageur, oubliant ce qui l'entourait, se revoyait à Villedoux. Son bras, sans qu'il y prît garde, enveloppa l'ombre aimée de Nanou. Souriant, il se pencha vers elle et se retrouva presque la tête sur l'épaule d'un vieux monsieur qui lui sourit :

— Sommeil, hein ?

— Oui.

— Ah ! jeune homme, ne gaspillez pas vos nuits. Il faut toujours payer.

Sitôt de retour à Nantes, Joseph se hâta de regagner sa chambre où il s'enferma. Il sentait qu'il ne serait pas heureux tant qu'il ne se serait pas débarrassé du fantôme de Nanou et pour cela, d'abord, il devait s'éloigner de l'eau et des barques. Il patienta plusieurs semaines encore et passait à la cayenne le temps qu'il ne consacrait pas au travail. On l'estimait, mais on le devinait en proie à une sorte d'obsession dont personne, bien sûr, ne connaissait la nature.

Un soir, le premier en ville le prit à part :

— Excusez-moi, la coterie, si je me mêle de ce qui ne me regarde pas, mais vous m'êtes sympathique et je souhaiterais vous aider.

— Vous êtes un bon camarade, mais je ne vois pas ce que vous pourriez faire.

— On a sans cesse besoin d'un ami.

— J'aime une fille... Elle est morte... Je ne peux l'arracher de ma mémoire...

— Et vous en avez besoin ?

— Absolument. Je dois rentrer chez nous entièrement débarrassé de tous ces souvenirs qui m'empêchent de vivre. J'ai une fiancée qui m'attend.

— Je vois. A mon avis, il n'y a qu'un remède : le travail, le plus loin possible d'ici.

— J'avais l'intention de partir.

— Pour aller où ?

— Je ne sais pas. Je voudrais construire une pièce que je présenterai à l'examen de compagnon.

— Alors, filez à Nevers et là, demandez à rencontrer Morvandiau, l'Ami du travail. Il est dur à la tâche, mais si vous acceptez de suivre ses conseils, de vous plier à sa discipline, il vous mènera où vous souhaitez aller.

— Je crois que vous avez raison, la coterie.

Dans la nuit nantaise que traversaient de longues traînées de froidure, Joseph releva le col de sa veste. Il avait le sentiment que l'hiver poussait ses discrètes avant-gardes nocturnes.

* * *

Armandine s'étonnait de ce qu'ayant vécu à Saint-Étienne, les nouvelles de la ville que lui apportait le journal ne l'intéressaient plus. Saint-Étienne, c'était une grande partie de son passé pourtant, l'époque où elle avait vécu le plus intensément. Retournée au pays natal, elle voulait ressembler aux Tarentaizoises et rien de plus.

Campelongue était venu lui annoncer que pour Pâques de 1885, il lui remettrait les clés de la Désirade.

La grand-mère souffrait toutefois de la solitude, durant les interminables veillées que l'absence d'Eugénie rendait plus pénibles encore. Peu à peu, cette solitude engendrait une certaine peur, celle de mourir avant le retour de Joseph, avant son mariage, avant la naissance de son premier arrière-petit-fils, avant que la vie puisse s'installer à la Désirade. Elle se rendait de plus en plus souvent chez les Colonzelle, pour parler à Thélise de son futur enfant.

La mauvaise saison s'installait, avec son cortège de vent, de froid et de neige. Bientôt, on serait astreint à vivre claquemuré chez soi, près de l'âtre pour échapper à cet air glacé qui, lorsque vous le respiriez, vous gelait le dedans. Le mariage d'Aurore et d'Enrico eut lieu à cette époque. On s'étonna qu'ils n'aient pas choisi un autre mois que ce novembre noir, dirigé par les défunts, où règne le brouillard, où toute la campagne semble morte. Les vieilles chuchotèrent que si les amoureux n'avaient pas voulu attendre la belle saison, c'est qu'il y avait de l'urgence quelque part et des clins d'œil appuyés, des rires étouffés laissaient clairement entendre que chacun savait où se situait ce « quelque part ». Toutefois, selon la coutume campagnarde, on feignit d'être dupe et, en dépit de son ventre un peu fort, on ne trouva rien à redire au fait qu'Aurore se mariât en blanc. Seule, la veuve Mazeyrolles, la plus méchante langue du pays, remarqua : « Ces deux-là, s'ils avaient été moins pressés, ils auraient pu faire l'économie d'une cérémonie, et célébrer en même temps le mariage et le baptême. » Toutefois, en dépit des ragots, ce fut une belle journée et, jusqu'au soir, le village vibra sous la puissance des chœurs piémontais. Les Méridionaux ne voulurent pas demeurer en reste et même les Auvergnats se mêlèrent à la fête. Oui, une belle journée où plus d'une commit le péché d'envie.

Thélise et sa mère avaient suivi attentivement la cérémonie et Armandine, qui l'observait, se doutait que la petite se voyait à la place d'Aurore avec Joseph à côté d'elle. Plus que six mois et le coureur de routes serait de retour. L'aïeule suppliait le bon Dieu de faire en sorte que son petit-fils ne changeât point d'idée. Si un pareil malheur se produisait, Thélise risquait de perdre la raison et à qui servirait la Désirade ? Sous le fouet de ces angoisses muettes, Armandine se redressait : elle se battrait.

Quand les Colonzelle furent de retour chez eux, Thélise écrivit à son fiancé pour lui raconter longuement la cérémonie du jour. Elle espérait, la naïve, que son enthousiasme serait partagé par le bien-aimé qui, alors, précipiterait son retour.

* * *

Joseph arriva à Nevers — après un long voyage — à la fin de novembre. Il gagna tout de suite la cayenne où il demanda l'adresse de Morvandiau l'ami du travail. Le premier en ville qui le reçut s'enquit des raisons qu'il avait de vouloir travailler chez le Morvandiau.

— Parce que je suis arrivé à ma dernière étape. Je veux

préparer la pièce que je présenterai aux compagnons pour être reçu parmi eux.

— Sans aucun doute, vous pouvez pas trouver meilleur maître que ce Morvandiau, à condition que vous soyez physiquement très fort et que vous ayez un caractère facile.

— Pourquoi ?

— Votre futur maître est un vieux garçon qui ne vit que pour son métier. Le bois est son univers, sa famille. Certains le disent fou car on l'entend parler à ses planches comme à des enfants. Mais, croyez-moi, il est aussi sain d'esprit que vous et moi. Allez, bonne chance, la coterie, et si vous avez des ennuis, venez me les confier.

On avait appris à Joseph que celui qu'il cherchait habitait près de la vieille porte du Croux et que, n'importe qui, dans ce coin, le conduirait là où il désirait aller. De fait, le premier à qui il s'adressa, se mit à rire :

— C'est pas difficile. Vous entendez ces coups ? C'est chez lui.

Joseph remonta tranquillement cette piste sonore et parvint à une sorte d'atelier s'ouvrant sur la rue par un vaste porche de pierre qui permettait de travailler à la lumière du jour, le plus longtemps possible et à l'abri des intempéries. Là, besognait un homme pas très grand mais au torse quasiment monstrueux dans ses disproportions. En voyant ces bras énormes et couverts de poils, on pensait à un singe. Le nouveau venu se planta devant le bonhomme, sans mot dire et l'autre, intrigué, finit par demander :

— Vous voulez quelque chose ?

— Rencontrer Morvandiau l'Ami du travail.

— Ah ?... Venez par ici.

Ayant posé ses outils, Morvandiau emmena son visiteur dans l'atelier et se livra à ces figures de reconnaissance ressemblant à une danse sacrée à laquelle Joseph répondit.

— C'est bon, vous êtes des nôtres. Comment c'est votre nom ?

— Stéphanois. Je suis encore apprenti. On m'a envoyé près de vous pour vous prier de m'aider à préparer la pièce qui me permettra de devenir compagnon.

Joseph fournit toutes les explications réclamées et Morvandiau conclut :

— Je dis pas oui et je dis pas non. Faut d'abord que je voie de quoi vous êtes capable.

— Je commence quand vous voudrez.

— Tout de suite. Je vous logerai et on fera popote commune. D'accord ?

— D'accord.

— Pour les sous...

— C'est pas le plus important.

— Vous me plaisez, Stéphanois. Otez votre veste, prenez ce tablier et au travail.

Pendant à peu près cinq semaines, Joseph mena une vie de forçat. A cinq heures, son patron l'arrachait aux douceurs du sommeil. On déjeunait d'un morceau de fromage et d'un verre de vin. A onze heures, Morvandiau s'occupait du repas. Ce vieux garçon adorait la propreté et n'entendait confier à personne le soin de préparer son manger, de faire la vaisselle et autres tâches ménagères. Le soir, on se contentait des restes et, le dîner achevé, la vaisselle nettoyée, on jouait au piquet. Joseph s'endormait souvent en distribuant les cartes.

Morvandiau avait complètement asservi Joseph qui n'avait pas un moment de libre. Il besognait du matin au soir. Il ne se posait pas de question, sachant que son patron savait ce qu'il faisait. Il le confronta à toutes les difficultés du métier, sans jamais lui témoigner la moindre satisfaction ou se fendre du plus petit compliment. Le dimanche, les deux hommes déjeunaient dans un cabaret de mariniers et, pour bien digérer leurs repas, s'offraient une grande course à travers la campagne dépouillée. Ils rentraient le soir, fourbus. Le petit-fils d'Armandine devait s'imposer un gros effort pour trouver la force et le courage d'écrire à sa grand-mère ou à Thélise.

Enfin, un peu avant Noël, le jour de la saint Thomas, Morvandiau à la fin du repas, déclara :

— Vous êtes un bon ouvrier, Stéphanois. Je vous ai longuement étudié. Vous savez presque tout faire. Je vous ai mené la vie dure, c'était dans votre intérêt. Maintenant, je me propose d'étudier la pièce que vous devrez réaliser et à laquelle vous aurez permission de travailler, deux heures par jour.

— A votre avis, ça durera jusqu'à quand ?

— Le printemps. Si vous avez la patience ?

— Je l'aurai.

Ils se serrèrent la main et ne parlèrent plus de leur projet jusqu'à Noël. Ils se rendirent à l'église Saint-Étienne pour y écouter les trois messes basses traditionnelles. Leurs dévotions achevées, ils s'en furent réveillonner chez la Rosalie — une brave femme venue de Château-Chinon, qui s'était installée au port. On y mangeait le jambon persillé, les escargots en sauce, le coq au vin et pour terminer, une galette de maïs. Un repas arrosé de vins de Pouilly et de Sancerre.

* * *

Elles ne comprenaient pas les raisons semblant pousser Joseph à s'incruster à Nevers. Thélise ignorait où se trouvait cette ville. Elle avait dû se la faire montrer sur la grande carte de France ornant un des murs de la classe où régnait Mlle Touchabeau, institutrice libre envoyée par l'évêché, en vue de porter les lumières de la foi dans les têtes dures des petits Tarentaizois des deux sexes. De son côté, Armandine se montrait inquiète. Parce qu'elle doutait de l'opiniâtreté de son petit-fils, elle imaginait des choses.

Elles avaient tort.

* * *

Morvandiau avait convaincu sans mal son élève, de se lancer dans l'exécution d'un clocher, où les difficultés étaient telles qu'elles ne pouvaient être résolues que par un charpentier de tout premier ordre. Le maître savait que c'était le cas de son apprenti.

Ils venaient de manger la soupe et Joseph s'apprêtait à retourner à ses outils afin de travailler une heure encore avant le coucher, lorsque Morvandiau l'interrogea :

— Je vous ai jamais demandé pourquoi vous voulez tellement être reçu compagnon ?

— Dans l'espoir de me mettre à mon compte.

— Où ça ? dans votre village ?

— Oh ! non... à Saint-Étienne, je pense.

— Ah ? Alors, je crois que vous feriez une sottise.

— Parce que... ?

— Parce que vous êtes pas bâti pour vivre à la ville.

— Qu'en savez-vous ?

— Je pense vous connaître depuis que nous vivons ensemble. Vous êtes un excellent ouvrier. Je vous l'ai déjà dit, et pourtant, je me figure que vous tiendriez pas le coup dans une ville.

— Vous vous trompez, patron. Depuis que j'ai quitté mon village, j'ai vécu dans des villes où j'aurais aimé m'établir.

— Pourtant, vous changez du tout au tout quand nous allons nous promener dans la campagne. Vous devenez soudain plus détendu, plus jeune, plus gai. Vous regardez les champs, les arbres et vous épiez le passage des bêtes, comme aucun citadin ne saurait le faire. Vous vous trompez sans doute en toute bonne foi, mais moi, vous me trompez pas.

Ce soir-là, ils ne discutèrent pas plus avant, chacun restant sur ses positions, mais sans qu'il voulût se l'avouer, Joseph était plus irrité que troublé par des remarques qu'il jugeait ne reposer sur rien. Il savait bien, lui, qu'à son retour, il mettrait le marché en main à Thélise : ou elle le suivrait à Saint-Étienne ou elle resterait avec son papa et sa maman, aux Citadelles. Joseph estimait qu'il avait assez obéi aux uns et aux autres. Désormais, il n'en ferait qu'à sa tête, que cela plaise ou non.

* * *

Elles ne comprenaient toujours pas.

Joseph demeurait fidèle à sa promesse d'écrire toutes les semaines, tantôt à l'une, tantôt à l'autre. Mais ses lettres ne faisaient que peu de place aux sentiments. Leur lecture laissait Thélise désemparée. Il lui disait qu'il l'aimait, certes, mais en quelques mots, après avoir consacré l'essentiel de son courrier à décrire la façon dont son patron se comportait à son égard ; il parlait de sa dernière promenade dans la campagne nivernaise. Pour sa grand-mère, il dépeignait les grands bœufs blancs qu'on ne rentrait guère à l'étable et qui, dans les prés, se déplaçaient avec des lenteurs nourricières. Les comparaisons qu'il établissait avec les bêtes de Tarentaize étaient à l'avantage de celles-ci. Dans ces comparaisons, la naïve Thélise voyait la preuve de son attachement au pays et donc à elle.

A la date fixée, Campelongue, fidèle à sa promesse, remit les clés de la Désirade à Armandine. Ce ne fut pas sans un certain regret — au-delà des amertumes suscitées par le manque à gagner — qu'on vit partir les Piémontais, les Méridionaux et les Auvergnats. Le village, soudain réduit à ses seuls habitants, plongea dans une mélancolie dont triompheraient les travaux d'été.

* * *

A peu près au même moment, Joseph mit la dernière main à son travail. Morvandiau, à qui il le présenta, le garda près de lui pendant des heures et quand, enfin, il le lui rendit, il se contenta de dire :

— De la belle ouvrage... Vous pouvez y aller.

Le Morvandiau n'était pas un sentimental et s'attachait plus aux objets qu'à ceux les ayant fabriqués. Ses adieux à son apprenti furent brefs :

— Adieu, la coterie. On a fait du bon travail ensemble. Vous êtes un ouvrier hors du commun et pourtant, je n'en démords pas, vous êtes pas fait pour le métier.

Après le rituel du départ, Joseph passa à la cayenne récupérer ses papiers et s'en fut à la gare prendre un billet pour Orléans.

* * *

Armandine, maintenant qu'Eugénie n'était plus là, n'avait personne à qui confier ses soucis. Antonia Colonzelle était d'esprit simplet et ne comprenait pas au-delà de l'élémentaire. Elle s'arrêtait aux apparences. Thélise vivait dans un monde que Joseph occupait tout entier. La grand-mère avait trop négligé les autres pour tenter, maintenant, de réclamer leur aide. Et puis, l'orgueil... Une Armandine Cheminas, née Versillac, ne partage pas ses soucis avec n'importe qui. Heureusement, restait M. Marioux, lequel, afin de tromper son isolement, avait pris l'habitude de venir faire quatre heures chez la grand-mère. Ils n'avaient qu'une dizaine d'années d'écart et étaient pratiquement seuls, tous deux. Le curé se plaignait de ses paroissiens, Armandine, de Joseph.

— Ma chère et grande amie, en entrant au séminaire, je me suis juré de combattre au nom de Dieu et pour Dieu seul. J'imaginais devoir livrer de grandes batailles. Au lieu de cela, partout je me suis heurté à une indifférence polie. Certes, on va à la messe dominicale, comme on se rend au cabaret en en sortant. Dans toutes les paroisses où je suis passé, les gens préfèrent contribuer à l'achat d'une statue pieuse plutôt que de témoigner d'un peu de bonté, de générosité envers celui qui est dans le besoin.

— Pourquoi ?

— Parce qu'avec Dieu, ils se figurent procéder à un troc. « Je Vous fais cadeau d'une statue pour votre église et, en échange, Vous me réservez une place dans Votre paradis. »

— J'ai toujours pensé que la religion était trop compliquée pour les âmes simples.

M. Marioux haussa les épaules.

— Y a-t-il encore des âmes simples ?

— Sans doute. Rappelez-vous votre sœur et Eugénie...

— C'est vrai. J'ai manqué, à mon tour, à la charité chrétienne. Disons que je suis déçu et que je n'accepte pas cette déception. Pourtant, à soixante-cinq ans, je devrais me résigner. Je ressemble au père, obligé de reconnaître qu'il n'a pas su élever les enfants qu'on lui avait confiés.

— Je vous comprends, mon ami, parce que je pourrais raconter la même chose.

— Auriez-vous reçu de mauvaises nouvelles ?

— Je ne sais pas. Joseph m'écrit et ne me dit rien.

N'importe qui pourrait me parler de ce dont il me parle. Il ne m'apprend pas grand-chose de lui. Pas une phrase, pas un mot où je le sens vivre, respirer. En résumé, je vous avoue le fond de ma pensée : je ne suis plus certaine qu'il veuille revenir au pays et épouser Thélise.

* * *

Après un très bref séjour à Orléans, Joseph partit pour Lyon.

## 3.

Par fidélité à des souvenirs pas très anciens, Joseph, en arrivant dans la grande ville rhodanienne, se fit tout de suite conduire à la Croix-Rousse où il prit une chambre dans l'hôtel où, jadis, il était descendu avec Campelongue.

Il passa la soirée à se promener dans le vieux quartier. A chaque pas, le petit-fils d'Armandine revivait ses angoisses anciennes, quand il s'apprêtait à passer des examens dont les difficultés imaginées alors l'incitaient à sourire aujourd'hui. Le lendemain, le fiancé de Thélise se rendit à la cayenne où il confia son chef-d'œuvre au premier en ville qui s'exclama :

— Eh bien, on s'était pas trompé sur votre compte ! Ça, c'est quelque chose !

On convint qu'on appellerait Joseph à son hôtel sitôt la date de sa comparution devant les compagnons fixée. L'aspirant profita de ce répit et s'en fut se promener dans la Croix-Rousse, s'intéressant aux boutiques à louer. De temps à autre, il s'arrêtait, s'asseyait sur un banc et restait de longs moments à regarder le trafic. Il se persuadait, quoi qu'en ait dit Morvandiau, qu'il avait besoin du bruit, de cette vie un peu haletante, de cette presse de tous les instants pour vivre pleinement. C'est ainsi qu'au surlendemain de son retour à Lyon, il rencontra Annette.

Joseph n'était pas heureux. Il en avait fini avec cette aventure du tour de France où il aurait mieux fait de ne pas se risquer, car pour le peu qu'il avait appris, il s'était séparé de Tarentaize et de son passé. En regagnant son pays natal, il ramènerait un titre flatteur — compagnon — mais cela ne saurait compenser ce qu'il avait perdu : la foi dans une existence simple, dans un amour partagé, le goût des espaces libres, de l'air pur. Que rapportait-il de son trop long voyage ? pas grand-chose sinon le visage d'une femme-enfant errant à travers le marais silencieux et à laquelle il rêverait jusqu'à son dernier jour.

Les compagnons avaient prévenu Joseph qu'il devait se présenter le lendemain à la cayenne pour y subir les épreuves d'initiation au grade auquel il aspirait. Jadis, il eût été fou de joie. Aujourd'hui, l'annonce de l'épreuve le laissait indifférent. Pour un peu, il ne s'y serait pas rendu. Mais il y avait Campelongue et la grand-mère, et Thélise, avait-il le droit de les décevoir ? Pour essayer de penser à autre chose, le mal-content avait quitté son hôtel de bonne heure, était monté dans une voiture assurant le service au-delà du Rhône et était descendu à l'entrée du parc de la Tête-d'Or. Il s'y promena pendant deux heures sans prendre conscience qu'il ne respirait vraiment à son aise que parmi les arbres. Fuyant le bord du lac (la seule vue de l'eau lui rappelait le marais et Nanou) il se réfugia dans un coin moins fréquenté. Il prit place sur le premier banc rencontré, sans se soucier de la personne qui y était déjà assise.

Ce ne fut qu'au bout d'un moment qu'il regarda sa voisine qui, elle aussi, ne semblait guère heureuse. Elle était indiscutablement jolie. Une brune aux yeux noirs, vêtue avec goût. Du bonnet lui enserrant la tête, s'échappaient des boucles sombres. Depuis des mois, sous l'emprise de Morvandiau, Joseph n'avait guère pensé aux femmes. Aussi, un peu pour cette raison, cette gracieuse jeune fille retenait son attention. Il prit sa voix la plus douce pour demander :

— Excusez-moi de vous importuner, mademoiselle, mais vous semblez si triste...

Elle soupira :

— Y a de quoi ! J'ai perdu mon emploi.

— Que faisiez-vous ?

— Corsetière.

— Je suis certain que vous allez vite retrouver à vous placer.

— Que Dieu vous entende, sinon il me resterait qu'à me jeter dans le Rhône.

— Je vous défends de dire des horreurs pareilles ! Tenez, vous me connaissez pas et je vous connais pas, cela nous empêche-t-il de déjeuner ensemble ?

— J'ai bientôt plus un sou...

— Je vous invite. Je m'appelle Joseph Leudit.

— Et moi, Annette Londinières.

Il lui donna le bras pour l'aider à se relever.

* * *

La consécration de Joseph, en qualité de compagnon, se réduisit à une simple formalité. On décida de placer au musée le chef-d'œuvre réussi par le petit-fils d'Armandine, qui hérita du surnom de Stéphanois Bon Vouloir. La soirée qui fêta le succès du nouveau promu fut quelque peu tumultueuse. Contrairement à ses camarades, Joseph but très peu. Il aurait préféré être avec cette Annette rencontrée la veille. Un hasard bienveillant l'avait placée sur sa route, un autre hasard aussi aimable avait voulu qu'elle habitât la Croix-Rousse. Tout entier la proie de ses fantasmes, Joseph décida de s'installer à Lyon. Si Thélise ne voulait pas le suivre, tant pis pour elle ! De retour dans sa chambre, et bien que l'aube pointât à la fenêtre, il écrivit un mot à sa fiancée pour lui annoncer son succès et l'avertir de son prochain retour. Il adressa quelques lignes à sa grand-mère en lui faisant hommage de sa réussite, des remerciements aussi pour Campelongue, le vieux maître.

Les Colonzelle ne savaient plus comment calmer leur fille. Dès l'instant où elle avait reçu le billet de son fiancé, Thélise se conduisit comme une gamine. Dès le réveil, elle se mettait à chanter, se rendait à l'étable en dansant et, pour un oui pour un non, embrassait frénétiquement ses parents. Ceux-ci souriaient, mais n'étaient pas dupes.

— Ce Joseph, soupirait Antonia, je suis contente qu'il

revienne et qu'on en finisse, pourtant je lui pardonnerai jamais les soucis qu'il nous a causés !

De son côté, Campelongue confiait à Armandine :

— Je suis quand même profondément déçu. Notre gamin n'a pas cru devoir m'appeler pour assister à sa réception.

L'aïeule tapota l'épaule de son compagnon.

— L'ingratitude des enfants est aussi profonde que l'amour dont nous les entourons. Enfin, maintenant qu'il revient pour se marier, nous allons nous reposer.

— Vous le croyez vraiment ?

Armandine hésita avant d'avouer :

— Je ne sais pas...

Seuls, M. Marioux et Thélise accueillirent avec une joie sans mélange l'annonce du retour de Joseph.

* * *

Depuis sa réussite auprès des compagnons, Joseph ne quittait plus guère Annette. Ils pensaient la même chose à peu près sur tout et partageaient des goûts identiques. Très vite, au cours de leurs promenades, ils en vinrent aux confidences. Ainsi, le garçon sut qu'Annette était seule au monde. Ses parents tués dans un accident, elle avait été élevée par une grand-tante qui, heureusement pour l'enfant, était morte très âgée. Alors, Annette avait entamé l'épuisante et démoralisante quête du premier emploi où la jeune fille se heurtait sans cesse à l'égoïsme et à la lubricité de patrons sans âme. En écoutant ce triste récit, Joseph ne put se tenir de prendre la jeune fille dans ses bras et de la serrer sur sa poitrine. Elle se pelotonna contre lui et la chaleur du corps de son amie, chaleur qui le pénétrait, acheva de lui faire perdre la tête. Quand il l'embrassa, il ne sut plus s'il embrassait Thélise ou Nanou, ou les deux à la fois, mais sûrement pas celle qui était à son côté et qu'il ne connaissait pas. A son tour, lorsqu'ils s'écartèrent l'un de l'autre, il entreprit de se raconter. Après un récit presque féerique de son existence à Tarentaize, une description pleine de tendresse de l'aïeule qui l'attendait, de Campelongue le maître à qui il devait tout, il parla de sa mère, confite en religion, etc. Cependant, il ne dit pas un mot de Thélise. Interrogé sur cette omission, il n'aurait pu fournir d'explication. Instinctivement, par son silence, il entendait la protéger. Il n'aurait su expliquer de quoi.

Ils ne voulaient plus se quitter. Ils étaient si bien ensemble... Joseph offrit à sa compagne de dîner avec lui à la « Jambe de bois », un établissement célèbre dans la Croix-Rousse pour son pot-au-feu et les couennes chaudes qu'on servait avec un saucisson cuit dans un bouillon. Annette refusa.

— Au restaurant, on n'est pas certains d'être seuls à notre table, à l'abri d'oreilles indiscrètes. Cela vous ennuierait de venir chez moi ? On achèterait un peu de charcuterie, du vin, du pain et on ferait la dînette.

— Ça me va !

Ils vécurent une merveilleuse soirée et il était assez tard quand Joseph annonça son départ pour que son hôtesse n'ait pas besoin de témoigner d'une grande opiniâtreté afin de le retenir auprès d'elle. Le lendemain matin, Joseph était si heureux de sa nuit qu'il n'y avait point place en son cœur pour le remords. Annette se montrait une amoureuse que jamais la pauvre Thélise n'égalerait.

Au bout de quelques jours, Joseph n'eut pas grand-mal à persuader sa compagne de venir loger avec lui, à l'hôtel. Puis, il alla trouver le premier en ville et, lui expliquant qu'il voulait étudier les possibilités de se fixer à Lyon, il le pria de lui trouver du travail. Il en obtint immédiatement chez un M. Évron, pas loin du Gros-Caillou. Cependant le compagnon amoureux d'Annette ne ressemblait plus à Stéphanois Bon Vouloir, orgueil des charpentiers de haute futaie, enfants du père Soubise. Ne parvenant pas, le matin, à s'arracher aux bras de sa compagne, il arrivait en retard et, le soir, il lui tardait tellement de retrouver Annette qu'il quittait son atelier un peu tôt. A l'époque, les patrons supportaient mal ces fantaisies. En quinze jours, le petit-fils d'Armandine, qu'on s'arrachait peu de temps auparavant, dut quitter trois ateliers. A la cayenne, on ne comprenait pas. Un jour où Joseph venait, une fois encore, solliciter du travail, le premier en ville le prit à part :

— Que se passe-t-il, la coterie ? Vous ne restez nulle part...

— Ça, ce sont mes affaires !

— Un peu les nôtres aussi, puisque nous vous recommandons...

— Autrement dit, sans vous...

— Sans les compagnons, vous ne trouveriez plus d'embauche.

— C'est ce qu'on verra !

— Vous avez pris, librement, des engagements que vous devez tenir.

— Je me fiche de vos engagements imbéciles ! Je veux être libre pour de bon !

— Vous appelez liberté, renier son passé et son pays pour vivre avec une garce ?

Joseph ne pouvait supporter qu'on parlât ainsi de sa bien-aimée. Il sauta à la gorge du premier en ville. Étant beaucoup plus jeune, il eût facilement triomphé si des compagnons ne lui étaient tombés dessus à grands coups de poing et de pied pour, finalement, le jeter tout saignant, à la rue.

* * *

A Tarentaize, une dépression totale avait succédé à l'euphorie des premiers jours, après la réception de la lettre de Joseph annonçant et sa réussite et son retour. L'enthousiasme s'était affaibli de jour en jour. Après avoir inventé d'innombrables motifs susceptibles de justifier le retard du fiancé, le temps qui passait démolissait les frêles excuses. Au bout de trois semaines, il fallut se rendre à l'évidence, Joseph ne revenait pas. Les lettres qu'on lui adressait à la cayenne lyonnaise demeuraient, sinon sans réponse, du moins sans grand effet. Oh ! il écrivait, l'ingrat ! Mais, pouvait-on appeler cela des lettres ? A peine des billets, où il affirmait être prisonnier de son travail (sans plus d'explications) et assurait Thélise de son affection. Pour une fiancée, la pitance était maigre. Aussi, la malheureuse Thélise sombrait-elle dans une mélancolie d'où ses parents ne parvenaient pas à la tirer. Une fois de plus, les Colonzelle juraient qu'ils ne pardonneraient jamais au petit-fils d'Armandine d'avoir mis leur enfant dans un tel état. Individuellement, Antonia appelait les malédictions du Ciel sur la tête de celui qui faisait souffrir sa petite. Quant à Adrien, il se promettait, rien de moins que de prendre son fusil et de ramener l'insouciant au bout de son canon. Armandine n'était pas mieux traitée que sa future belle-fille, seulement Thélise, toujours prompte à la jalousie, dénonçait dans l'attitude de son fiancé, la présence d'une rivale. L'aïeule soupçonnait quelque chose de plus dangereux sans qu'elle pût, pour autant, en définir la nature. Elle chargea Campelongue, confident de ses angoisses, d'écrire à la cayenne lyonnaise où son nom était toujours respecté.

* * *

En vérité, la mauvaise humeur de Joseph, son irritabilité qu'un rien exacerbait tenaient à ce qu'il ne savait plus où il en était. Il ne supportait pas de travailler dans des ateliers sous les ordres de contremaîtres trop zélés et de patrons uniquement attentifs à leurs gains. Il ne voulait pas se rendre compte que c'était lui, et non ses camarades, qui avait changé.

Ayant rapporté à Annette (qui ignorait toujours l'existence de Thélise) les vilains qualificatifs dont on l'avait accablée chez les compagnons, elle s'était mise à pleurer avant d'expliquer :

— Parce qu'à mon âge, si j'ai pas d'époux, c'est que je suis une fille sans mœurs ! Les hommes qui se plaignent le plus du joug conjugal ne supportent pas que les autres en soient pas écrasés. Alors, par regret de leur liberté perdue, ils calomnient ceux qui ont eu le courage de faire ce qu'ils ont pas osé faire ! Pour qu'on te laisse tranquille, le plus simple serait que nous nous séparions. Je tâcherai de me consoler avec nos beaux souvenirs. J'aimerais, mon chéri, que tu m'emmènes au parc de la Tête-d'Or, pour que nous nous quittions là où nous nous sommes rencontrés...

Ce genre de discours bouleversait Joseph. Pour se calmer, il se hâtait de filer sous prétexte de trouver de l'embauche.

Les choses se sont gâtées pour Joseph depuis le début de ce tour de France qui lui a essentiellement fourni des occasions de se découvrir lui-même, de se remettre en question. Quand il était seul, il gardait assez de clairvoyance pour admettre qu'il était l'unique responsable des erreurs commises. Sans complaisance, tout en vidant une chopine de morgon, il dressait son constat d'échec. Avoir tant travaillé pour devenir compagnon et, sitôt reçu, se brouiller avec les amis ! Il s'était mis à s'interroger sur son amour pour Thélise, sitôt qu'il avait vécu dans des décors où elle n'aurait pu tenir sa place. Permettant aux plaisirs de la ville d'effacer en lui le souvenir des joies simples de la campagne, Joseph n'envisageait plus d'épouser Thélise, ni de revenir à Tarentaize. Mais Armandine ? Évoquant ce vieil ange protecteur, il aurait souhaité qu'elle vînt à son secours, ce qui s'affirmait impossible à tous les points de vue. Une certaine honte (manquer à la parole donnée) se mélange, en lui, à la colère. Il essaie de se persuader que tous sont ligués contre lui, alors que c'est lui qui se dresse contre tous.

Bouillant d'une rage contenue en face de son impuissance à décider de son avenir, il va furieusement à travers le quartier de la Croix-Rousse où son grand-père a fait le coup de feu contre les soldats du Pouvoir. Partout où il se présente, dès qu'il dit son nom, les visages se ferment et on lui annonce qu'il n'y a pas de travail pour lui. Un charpentier qui ressemble à Campelongue le rattrape dans la rue.

— Écoutez, la coterie, j' sais pas ce qu'on vous reproche et ça me regarde pas. A votre place, maintenant que vous êtes sur la liste rouge, je m'en irais dans une ville où il y a pas de cayenne. A présent, ce que j'en dis, hein ?

* * *

L'après-midi de ce mois de mai, plein de soleil, de couleurs et de chants d'oiseaux, enchantait tous les habitants de la commune, sauf les Colonzelle qui avaient complètement perdu la tête et Armandine, engloutie dans une morosité dont rien ne semblait devoir la sortir. Vers cinq heures, Campelongue se présente devant l'aïeule.

— Alors, vous avez une réponse au sujet de Joseph ?

— Oui.

— Eh bien... ?

— Il s'est dérangé... Il travaille pas et vit avec une fille de mauvaise réputation.

Armandine n'eut pas le temps de réagir avant qu'une voiture ne s'arrête devant sa porte, qui s'ouvrit pour laisser passer le trio Colonzelle.

Selon leurs habitudes, Antonia vociférait, entremêlant ses imprécations d'appels à la rigueur divine ; Thélise, secouée de sanglots qui la faisaient hoqueter, pleurait, pleurait, pleurait... Adrien plaçait son gros poing sous le nez de l'aïeule, en énumérant ce qu'il se proposait d'infliger à sa canaille de petit-fils. Campelongue intervint :

— Vous avez pas vergogne de causer sur ce ton à Mme Armandine ?

— Ce monstre de Joseph est son petit-fils, non ?

— Et puis ? Tout le pays est témoin qu'elle l'a bien élevé !

— Joli résultat !

Pendant la dispute, Armandine, sur sa chaise, ne bouge pas, le visage figé, elle semble ne rien entendre. Campelongue insista :

— Pourquoi vous êtes venus ?

Colonzelle tend un papier.

— Pour vous montrer la lettre que Thélise a reçue ce matin !

Antonia crut nécessaire de préciser :

— Même que quand elle l'a eu lue, elle est tombée raide sur le plancher ; j'ai cru que ma pauvre petite était morte !

L'aïeule choisit cet instant pour sortir de son mutisme.

— Cessez de crier, Antonia, c'est inutile et cela fait beaucoup de bruit. Arrête de pleurer, Thélise. Ton attitude n'est pas celle que je voudrais voir adopter par ma petite-fille en pareille circonstance et vous, Adrien, finissez de jouer les ours en cage. Campelongue, lisez-moi la lettre, j'ai les yeux trop fatigués.

Campelongue s'exécute :

« Ma chère Thélise,

« Cette lettre va, je le crains, t'infliger une grosse peine, mais je vois pas le moyen d'agir autrement et je te demande pardon à l'avance. Voilà : après avoir bien réfléchi, je pense pas que je sois capable d'être un bon mari. Pas plus que je pourrai me résoudre à vivre à Tarentaize. Alors, je te rends ta parole et je reprends la mienne. Une chose est sûre : je t'oublierai jamais et je souhaite, de tout mon cœur, que tu rencontres celui qui vaudra mieux que moi et qui t'aimera comme j'avais promis de t'aimer. Essaie de pas être trop fâchée contre moi

« Joseph Leudit. »

Un silence suivit la lecture de la lettre, puis Antonia s'enquit :

— Qu'est-ce que vous en dites, madame Armandine ?

En réponse, la grand-mère se leva de sa chaise et annonça, d'une voix dure :

— Je vais le chercher.

## 4.

A l'hôtel de la Croix-Rousse, les choses se gâtaient. Le couple n'avait plus d'argent et commençait à s'accuser mutuellement de fainéantise. Plusieurs fois, le patron était monté jusqu'à leur chambre en leur intimant l'ordre de se taire sous peine d'expulsion.

— Bon ! avait dit Joseph, c'est inutile de nous quereller, ça nous avance pas. Il faut voir les choses comme elles sont. Je veux pas vivre à tes crochets, Annette, au cas où tu trouverais du travail. Pour moi, la question est entendue, on m'embauchera nulle part.

— Tes compagnons te considèrent comme un pestiféré, alors ?

— Nous devons tenter notre chance ailleurs.

— C'est-à-dire ?

— Je sais pas, moi... Grenoble, peut-être ?

— Ça me plaît pas tellement, l'idée de quitter mon pays !

— Tu préférerais me quitter moi, hein ?

— Et après ? Nous sommes pas mariés !

— Ainsi, c'était ça, ton grand amour ?

— Et le tien ? Tu me racontes que ta famille est pleine d'argent, hein ? Alors, pourquoi que tu lui en demandes pas ?

— J'entends vivre de mon métier et non de charité !

— Mais que moi, j'aie faim, tu t'en fous !

— Non, et tu le sais bien !

— Alors, cherche du travail, fainéant !

— Nom de Dieu ! Tu m'as traité de fainéant !

— Et qu'est-ce que t'es d'autre ?

Au rez-de-chaussée, le patron de l'hôtel, écoutant les échos de cette nouvelle querelle, hésitait à alerter le sergent de ville qui, au coin de la rue, bavardait avec la concierge de la maison d'en face. Mais, quand il entendit un couple de vieillards à l'air décidé lui demander le numéro de la chambre de Joseph Leudit, il le leur donna et dès que les visiteurs lui eurent tourné le dos, il se hâta vers le policier pour lui confier son inquiétude.

Au fur et à mesure qu'ils grimpaient l'escalier en soufflant, l'écho de la dispute, opposant le petit-fils d'Armandine et Annette, parvenait avec de plus en plus de force à l'aïeule et à son compagnon. Cependant, ils feignaient de ne rien entendre.

— T'es qu'un pauvre type !

— Et toi, une garce ! Tiens ! je préfère m'en aller, je serais capable de te cogner dessus !

Annette s'empara d'une paire de ciseaux.

— Viens t'y frotter, si t'es un homme !

— Imbécile !

Joseph ouvrit la porte palière et parut figé, dans l'impossibilité d'esquisser le moindre mouvement. Il ne put que balbutier :

— Grand-mère...

Celle-ci repoussa son petit-fils pour pénétrer dans la chambre, suivie de Campelongue.

— Co... comment es-tu... tu là ?

— Pour ça.

Sans que Joseph eût le temps de répondre, il encaissait une paire de gifles dont la violence le laissa pantois.

— La récompense pour l'ignoble lettre que tu as osé écrire à Thélise.

Par un réflexe naturel, Annette se porta au secours de son compagnon.

— Non mais, qui c'est cette délabrée ?

Armandine gifla de nouveau son petit-fils.

— Pour tolérer que cette créature m'adresse la parole.

La fille vit rouge.

— C'est pas vrai ! Tu vas te laisser rosser par ce débris ?

Qu'on ose parler à la grand-mère sur ce ton et en ces termes était au-dessus de la patience de Campelongue qui, à son tour, souffleta brutalement Annette qui en chut sur le derrière. On allait au pugilat lorsque se présenta le sergent de ville.

— Qu'est-ce qu'il se passe ici ? Tiens, Annette ! que fais-tu là ?

Armandine demanda au policier :

— Qui est cette fille ?

— Annette ? La plus célèbre putain de la Croix-Rousse !

La grand-mère se tourna vers son petit-fils :

— Tu as un sac ?

— Oui.

— Mets-y tes affaires. Nous partons.

Annette protesta :

— Et moi ?

Le sergent de ville lui répondit en souriant :

— T'en fais pas, ma grande, tu sais que chez nous, les collègues sont toujours heureux de te revoir.

* * *

Durant le trajet en chemin de fer qui les conduisit à Saint-Étienne, tout comme au cours de la longue montée vers Tarentaize, au pas lent de Sacripant, les voyageurs n'échangèrent pas un mot. Joseph était paralysé par le visage fermé de sa grand-mère et Campelongue estimait qu'il n'avait, en aucune façon, à se glisser dans ce silence où il n'avait pas sa place.

En arrivant au carrefour où le chemin menant à Tarentaize se détache de la route du Rhône, Joseph prit brusquement la main de son aïeule.

— Je... je te demande pardon.

— Si je ne t'avais pas pardonné d'avance, nous ne serions pas là, ensemble.

Campelongue grogna :

— C'est pas malheureux ! Je me demandais combien de temps ça allait durer !

Sur la pente, Sacripant daignait trotter, histoire, sans doute, d'exécuter une brillante entrée dans le village, quand, poussant un cri, Joseph se dressa. Instinctivement, Campelongue arrêta le cheval.

— Qu'est-ce qu'il y a, encore ?

Sans répondre, le petit-fils d'Armandine montrait, d'un doigt tremblant, les bâtiments érigés sous la direction du vieux charpentier. Quand il voulut parler, il en bégaya d'émotion.

— Là ! là !... qu'est-ce que... que c'est ?

— Une ferme.

— Non ! non ! C'est la Désirade ! ma Désirade ! On m'a volé mon plan ! Qui a bâti cet ensemble ?

Campelongue avoua :

— Moi, bien sûr !

— Oh ! vous m'avez trahi ! et pour le compte de qui ?

La grand-mère intervint :

— Le mien.

Joseph se laissa retomber sur son siège et Sacripant, tout faraud, repartit au trot.

— Tu comprends, mon petit, j'en avais assez d'entendre dire que la Désirade n'existait pas. Alors, j'ai vendu mes bois pour clouer le bec aux incrédules et leur montrer que la Désirade, telle que l'avait imaginée mon grand-père, existait bel et bien.

Dès qu'il fut dans la ferme d'Armandine, Joseph ne vit que Thélise. Elle s'approcha timidement et demanda, d'une toute petite voix :

— C'est... c'est vrai que tu m'aimes plus ?

Alors, quelque chose creva dans la poitrine de Joseph et le submergea. Finie la petite fille errant sur le marais, oubliée l'amoureuse nîmoise, disparue la trop délurée Annette... Il n'y avait plus que Thélise, Thélise seule. Il la prit dans ses bras, la serra contre lui, la couvrit de baisers en balbutiant des mots sans suite tandis que la fiancée pleurait et riait à la fois.

D'une voix chargée de reproches, Antonia s'adressa à son mari :

— Colonzelle, t'as jamais été aussi amiteux avec moi.

Sur ce, à son tour, elle éclata en sanglots et Adrien, lui aussi, dut prendre sa femme dans ses bras et la consoler de ne plus avoir vingt ans.

* * *

Tarentaize ressemblait à une fourmilière dérangée par un promeneur distrait ou stupide. On courait de ferme en ferme, on se hélait d'un champ à l'autre, les jardins étaient désertés et la soupe n'était plus prête à l'heure. Les maisons bruissaient de questions, d'hypothèses, de commentaires, de « moi je me doutais de... », « qui aurait prévu une chose pareille ? », « elle a dû se faire une sacrée pelote, l'Armandine », etc. Cependant, dans l'ensemble, on n'en voulait pas à la grand-mère. Le respect qu'on lui portait depuis si longtemps étouffait l'envie et la médisance. La vérité se fit jour par on ne sait quel chemin, puis s'imposa. Ainsi, on apprit qu'Armandine faisait don de la Désirade à son petit-fils sous la seule condition qu'il épousât Thélise. Les Colonzelle abandonnaient leur fermage des Citadelles pour venir s'installer auprès de leur fille et de leur gendre. Adrien était chargé d'acheter un troupeau important qui engloutirait le reste de la fortune de Mme Cheminas. Gaspard et Céline continueraient à vivre dans la vieille ferme avec Armandine qui tenait à sa liberté. Toutefois, l'émotion atteignit son paroxysme lorsque le maire, par l'intermédiaire du garde champêtre et de son tambour, fit savoir à la population qu'au prochain dimanche, après la messe, les portes de la Désirade seraient ouvertes à tous et que M. le maire, accompagné de M. le curé, honorerait de sa présence, cette amicale cérémonie avec l'aide de la fanfare.

* * *

Le dimanche venu, Armandine se leva la première de la maisonnée. A ceux qui l'interrogeaient sur ce caprice, elle répondit simplement qu'elle avait à faire. Nul n'osa l'interroger plus avant. Partout, le dimanche a un goût particulier, une saveur spéciale, mais à la campagne plus qu'ailleurs. Il règne un silence ressemblant à un recueillement. Le seul jour de la semaine où l'on s'attarde à sa toilette. Les beaux costumes vous donnent une allure quelque peu guindée, une démarche moins naturelle. On évite de crier, sauf après les enfants dont on se soucie davantage que de coutume à cause des jolies robes et des culottes soigneusement repassées.

Armandine n'a rencontré personne sur son chemin. Elle pousse la grille du cimetière et se dirige vers sa tombe. Là, elle se penche, en se tenant à la croix aux inscriptions effacées, vers la pierre où, un moment, elle suit du doigt le contour ou les creux des lettres indiquant les noms de défunts qui dorment là et dit, d'une voix forte :

— Ça y est !

Elle sait qu'elle n'a nul besoin de donner plus d'explications. Ils ont compris. Il lui semble qu'ils se réveillent pour la remercier. Honoré, d'abord, lui qui inventa la Désirade, l'autre grand-père et sa femme, Élodie, la petite maman si fragile, Louise, Cheminas, l'époux. Ils sont là, tous, immobiles, qui la regardent et lui sourient. Armandine en voit deux, qui arrivent du fond du cimetière, c'est Eugénie et Charles. Pour eux, la grand-mère répète :

— Ça y est !

Ils inclinent une dernière fois la tête et disparaissent à la façon de la brume dissipée par le vent. A l'entrée du village, Armandine rencontre M. Marioux qui s'étonne :

— Déjà debout ? et déjà sur les chemins ?

— Je viens du cimetière.

— Ah ?

— Il fallait que je leur dise que tout, désormais, était en ordre.

* * *

Après la messe, le village s'est rassemblé derrière la fanfare qui précède immédiatement le maire, le curé, les familles Cheminas et Colonzelle, sauf l'aïeule qui n'a pas assisté à l'office. Elle est partie au milieu de la matinée, seule, et pour l'heure, à la Désirade, elle a pris place sur le banc enserrant le grand arbre qui était l'orgueil du vieux

Landeyrat. Armandine est tout entière ensevelie dans ses souvenirs auxquels l'arrachent l'éclat des cuivres et le roulement des tambours entraînant la foule des villageois à travers la campagne. Quand le long cortège passe sous le porche fermant la propriété, on a l'impression que la vie s'installe à la Désirade. Sur son banc, l'aïeule contemple le défilé, mais elle est la seule à voir, gambadant devant les musiciens, un garçonnet qui, cent onze ans plus tôt, à Saint-Georges-le-Jaloux, tenant par la main une petite fille blonde, l'entraîne dans son rêve : la Désirade.

TABLE

*Aubin Imprimeur*
LIGUGÉ, POITIERS

Achevé d'imprimer en septembre 1990
N° d'édition ES 90114 / N° d'impression L 35889
Dépôt légal, septembre 1990
Imprimé en France

ISBN 2-73-82-0350-7
33-12-5350-01/5